诡案迷踪

虾小飞 ◎ 著

中国华侨出版社

图书在版编目（CIP）数据

诡案迷踪 / 虾小飞著. -- 北京：中国华侨出版社，2014.8
ISBN 978-7-5113-4824-1

Ⅰ. ①诡… Ⅱ. ①虾… Ⅲ. ①侦探小说—中国—当代 Ⅳ. ① I247.5

中国版本图书馆 CIP 数据核字 (2014) 第 181622 号

诡案迷踪

著　　者 / 虾小飞
责任编辑 / 棠　静
责任校对 / 王京燕
封面设计 / BBBDesign
经　　销 / 新华书店
开　　本 / 710 毫米 ×1000 毫米　16 开　印张 /24　字数 /434 千
印　　刷 / 深圳市希望印务有限公司
版　　次 / 2014 年 10 月第 1 版　2020 年 5 月第 2 次印刷
书　　号 / ISBN 978-7-5113-4824-1
定　　价 / 60.00 元

中国华侨出版社　北京市朝阳区静安里 26 号通成大厦 3 层　邮编 100028
法律顾问：陈鹰律师事务所
编辑部：（010）64443056　传真：（010）64439708
发行部：（010）64443051
网　址：www.oveaschin.com
E-mail：oveaschin@sina.com

目录 Contents

引子 …… 001

第一章 命案 …… 003

第二章 盲人 …… 015

第三章 身份 …… 018

第四章 弃尸 …… 034

第五章 眼睛 …… 040

第六章 罗莎 …… 052

第七章 胸针 …… 067

第八章 敲诈 …… 071

第九章 暗查 …… 078

第十章 破绽 …… 104

第十一章 行动 …… 133

第十二章 阳县 …… 153

第十三章 牺牲 …… 175

第十四章 审问 …… 208

第十五章 背叛 …… 250

第十六章 裁缝 …… 283

第十七章 假瞎 …… 311

第十八章 旧案 …… 327

第十九章 荣静 …… 335

第二十章 抓捕 …… 361

结局 …… 377

引子

"你爱我吗？"

荣静安静地躺在杨波的身边，而杨波的脑子里想的却是明天要办的事。杨波伸出胳膊，轻轻地将荣静搂入怀里："爱，怎么，我的小宝贝又要调皮了？"

荣静顺从地钻进杨波的怀里，头枕在胸口上，一只手在杨波的胸膛上轻轻地来回划弄。

荣静没有说话。杨波知道，对于他的回答，妻子是满意的，就如同他知道妻子也同样爱他一样。是的，杨波深爱着荣静，能与荣静携手余生，此生无憾了。

荣静柔软的秀发弄得杨波的胸膛痒痒的。她的指尖轻柔地划过肌肤，更撩起杨波心中的一丝欲望。杨波更加搂紧了妻子，内心无限感慨，而更多的却是内疚。

杨波觉得对不起妻子，本以为能给妻子带来幸福的生活，可愿望却被残酷的现实打磨得找不到一点儿痕迹。疲于奔命地工作，一件件接踵而来的要命的事，几乎占据了他每一天的时间，也只有晚上与妻子相拥而卧，他才能感觉到些许的安慰，这对于他来说也是奢侈的。想到这里，杨波叹了一口气："静儿，对不起。"

荣静扬起了头，看着自己的丈夫，微微一笑："波，如果两个人真心相爱的话，是不是无论对方变成什么样，都能一眼认出？"

杨波也笑了："当然。"

"骗人，"荣静想了想，"如果，我把脸捂得严严实实的，只留下眼睛，你还能认出我吗？"

杨波腾出一只手，轻轻地抚摸荣静的脸："你就是浑身上下都捂得严严实实的，我也照样认得你。"

"没跟你开玩笑,"荣静坐起了身,拿起被单在脑袋上缠了又缠,"就现在这个样子,你认得我吗?"

荣静此刻像个木乃伊一样,整个脸部只剩下两只眼睛,黑黑的眼睛,如同两个黑洞。

杨波一把拉下荣静脸上的被单:"认得,我一定认得你。"

荣静好像没有听到回答一样,扔下被单,重新躺回杨波的怀里:"如果,我只剩下两只眼睛,你还能认出我吗?"

……

两天后,荣静果然如她所说的,只留下两只眼睛出现在杨波的面前。

不同的是,荣静的脸上并没有缠裹任何遮挡物,她的整个面部皮肤都没有了,只剩下两只眼珠!

两个光秃秃的眼珠,在血淋淋的脸部,显得尤为突出!

荣静身体的其他部位,都保存得很完好。只是自脖根处往上至头顶,皮肤被生生地割下,只留下两只眼珠!

杨波不敢相信地看着眼前的情景,似乎有人在耳边向他诉说着什么,而他却完全听不进去,脑中只有一个声音:"如果,我只剩下两只眼睛,你还能认出我吗?"

脑海中,妻子的音容笑貌是那么地生动、美丽,怎么会是眼前的这具尸体呢?不,那不是静儿,不是静儿!

"如果,我只剩下两只眼睛,你还能认出我吗?"

杨波没有想到,妻子的一句玩笑话,竟然成了真。只剩下两个眼珠的荣静,睁着没有任何生气的大眼睛,愣愣地看着这个世界,仿佛她自己也无法接受这个现实。

"如果,我只剩下两只眼睛,你还能认出我吗?"

是谁?是谁夺走了妻子美丽的容貌?!杨波痛苦地闭上了眼,他不忍心看到妻子惨死的样子。

"如果,我只剩下两只眼睛,你还能认出我吗?"

妻子的话在耳边缠绕不休,美丽的、血腥的脸交相映出。杨波痛苦的表情极尽扭曲,最终,他晃了晃身子,轰然倒塌……

第一章 命案

　　杨丽丽在屋里走来走去，外面的天有些阴沉，看不到星星，看样子马上要下雨了，而她的心情却阴晴不定。

　　杨丽丽使劲地攥了攥了口袋，那里有一个厚厚的信封。信封还在，她稍稍松了一口气，心情也大有好转。

　　信封里装了 5000 元。那是一个陌生男子给她的，现在想想，杨丽丽根本就没有看清那个男人的脸。匆匆地相约一见，站在阴暗处，帽檐压低的男人扔给她一个信封："晚上别迟到了。"随后，男人就消失在阴暗当中。

　　让杨丽丽感到奇怪的是，她从来没有见过这样的客人。以往的客人，都是急匆匆地办完事之后，才把钱甩给她，而她就可以揣着那点儿微薄的报酬走了。可这个男人在看过她上传的照片之后，就要求立刻见面，并且承诺提前预支 5000 元的订金。更让杨丽丽始料不及的是，男人还说如果她够听话的话，事后还另加 5000 元！

　　杨丽丽觉得自己被天上掉下来的大馅饼给砸晕了！这前后加起来就是 10000 块呢！

　　想到此，杨丽丽掏出信封，取出钱又仔细数了一遍。确实是 5000 元，一张都不少，尽管她已经点过好几次了。

　　看来这世上真的有冤大头啊，这么好的事居然让她杨丽丽占上了？转念一想，这里该不会有什么不妥吧？杨丽丽心里一紧！这钱已经到手了，按理说她完全可以放那人鸽子。可这到了嘴边上的肥羊，就这么丢了也怪可惜的。她太需要钱了，为了这个家她拼了！

杨丽丽有一个不幸的家庭，还有一个不争气的丈夫。丈夫前两年没事儿学人家炒股，也不看看自己有没有那个能耐，结果当然是赔光了家里所有的钱，还欠了一屁股的债。虽然杨丽丽有份工作，但工资杯水车薪。生活都成困难，哪够还钱的！

"轰——"外面响起一个炸雷，下雨了。

突如其来的雷声吓得杨丽丽一哆嗦，也似乎给了她肯定的决定——挣钱，这钱一定要挣！

杨丽丽把钱收好，精心地化了一个艳丽的妆后，出门了。

杨丽丽如约来到指定地点，西郊一户民房。

地方虽然非常偏，但很好找。方圆几里都是如膝高的荒草，偶尔还能看到一小片水洼地，只有一户黑屋子矗立在荒草地的边缘。

杨丽丽撑着伞，踩着泥泞的路向屋子走去。刚刚下车的时候，杨丽丽看到了司机鄙视的目光，对此，她视而不见。

屋子就在眼前了，黑乎乎的，看不出里面有灯光，似乎没有人。正在杨丽丽犹豫着要不要上前叫门时，门自动开了，一道微弱的灯光映了出来。

杨丽丽没有动，她在等着屋子的主人发话。

一分钟过去了，屋里一点儿声响都没有。

雨还在下着，杨丽丽不喜欢在雨中站太久。深吸一口气，杨丽丽推门进了屋。

屋子很大，空空的，什么家什都没有。一个十几瓦的黄色灯泡被高高地吊在屋顶，这不像是人居住的地方。杨丽丽又环视了一下四周，唯一的一扇窗户就在门的左边不远处，挂上了黑色的布帘。窗户的下边放着一个黑箱子，不知里面装着什么东西。杨丽丽有些好奇，慢慢地走近箱子，刚想弯腰看个究竟，一个声音突然冒了出来："你最好不要动它。"

杨丽丽被吓了一跳，转身朝声音处一看，屋子里不知什么时候多了一个男人。再看看男人的身后，原来，那里还有一个里间。

"你要吓死我啊！"

"把门关上。"男人的脸上没有任何表情。

杨丽丽关上了门，再次看向这个男人。没有初见时的帽子，男人露出了本来的面目。

杨丽丽觉得眼前一亮，这个男人看着年纪不大，应该不到30岁。身材不错，很结实，也很有型，但最好看的还是他那张棱角分明的脸。加上尖尖的下巴，直挺的鼻子，再配上黑亮的眼睛，杨丽丽觉得这回自己真是好运，遇到这么一个帅气男人。

杨丽丽发自内心地笑了，甚至有些沾沾自喜。

男人也在看杨丽丽的脸，并且慢慢地朝她走了过去。男人走到杨丽丽跟前的同时，右手捏住了杨丽丽的下巴："我很讨厌浓妆艳抹的女人，到里面把脸洗了去。"

里间非常小、简陋，还没有灯。角落里有一个非常古老的水龙头，下面是一个用水泥堆砌的小池子，仅此而已。杨丽丽把伞放在地上，从包里掏出化妆镜，借着外屋的灯光照了照。她平时不化妆，也就是出来的时候才把自己的脸画得跟个花猫似的。

脸上的油彩被洗干净后，杨丽丽听见外面传来箱子被打开的声音。好戏要上场了，她走了出去。

刚一迈出里间，杨丽丽就瞪大了眼睛，吃惊地看着正在摆弄绳子的男人，男人的旁边还有那个黑箱子。

男人也抬头吃惊地看着一丝不挂走出来的杨丽丽。

男人拿起绳子站了起来，盯着杨丽丽的脸没有说话。

杨丽丽对这个场面并不陌生，对自己的身材及肌肤也非常自信。她相信，只要是个男人，在看到她时，眼睛都会盯着她的胸部，那是她的骄傲。可当她慢慢走近男人时，男人的眼睛始终在她的脸上，似乎对她的身体并不感兴趣。真是个奇怪的人！

男人抬了抬手中的绳子，示意了一下。

杨丽丽灿烂一笑，表示赞同。

男人毫不客气地用绳子把杨丽丽绑了起来。

杨丽丽本以为男人会把她绑得很专业，可这个男人只是简单地用绳子在她的上身紧紧地绑了一圈，在背后中心处与绳子的源头系死并向上提起，与上方的什么东西紧紧地系在了一起。

杨丽丽仰起头才看见，头上的屋顶处有一个类似于小挂钩的东西，不知是进屋的时候没注意到，还是刚刚男人趁她洗脸的时候弄上去的。总之，现在的她与屋顶相连，绳子却还留有一定的空余。

站在杨丽丽的面前，男人伸出左手捏住了杨丽丽的下巴："我很喜欢你的脸。"

男人说话的时候，非常认真。杨丽丽觉得那是他发自内心的独白，心中有些痒痒的，似乎有些期盼着下面将要发生的事。

男人松开了杨丽丽的下巴，顺势绕到她的身后，手随着走动，由前至后轻轻地划过，在后脖处又抚摸了起来："皮肤真好。"

杨丽丽的心中又是一荡，被男人抚摸过的地方有些发烫。

杨丽丽盼望着男人的手，自后脖处向下，再向下，她觉得自己的腰部已经有些痒痒了。

男人停止了手上的动作，抬起膝盖磕向杨丽丽的腿部。

杨丽丽就势向下跪去，在离地面几公分处，绳子停住、勒紧，前脚掌随着冲劲与地面亲密接触，可整个小腿却与地面保持着45度的角。

男人"哼"了一声，跪在了杨丽丽的双脚上，手又从前面抚上了她的脖子。

杨丽丽小腿有些吃痛，上半身又被绳子牢牢地吊起。这样痛苦的姿势却没有抵消她心中的悸动，相反，她觉得身体在亢奋，不自觉地轻微呻吟了一下。

男人没有理会杨丽丽的引诱，空出的右手伸进一旁的箱子摸索了起来。

杨丽丽动了一下脖子，想扭头看看男人能掏出什么样的工具。刚一动，就被男人的大手掰了回去。

"别乱动！"男人左手力道加大，右手也终于从箱子里找到了他想要的东西。

杨丽丽被男人掐得有些喘，这更加重了她受虐的心态。她知道一场大汗淋漓的大战即将拉开序幕，她很期待！

突然，脖子后面一下刺痛，杨丽丽愣住了。她在分辨脖子后面是什么东西，这还是她头一回尝试。

男人的嘴角向上扬了扬，右手里握的工具狠狠地向下划去。

还没容杨丽丽想明白，脖后又是一阵剧痛。这次来得更猛烈，她能感觉到后脖被尖锐的东西划开了一个口子。马上，她就想到了刀，那是一把刀！

男人用刀竖着划开了一道口子后，手腕微微右转，横着向右划去。

疼痛遍及全身，令杨丽丽窒息。液体从破口处涌出，流向后背。她想呼喊，可脖子被男人卡得死死的，只能发出含糊的呜呜声。

男人像个熟练的刀客一样，手腕翻转。瞬间，刀子被推到杨丽丽的前脖处，在离正中不到一毫米的位置停住了。

杨丽丽疼得几乎快昏过去了，她想要挣扎，可胳膊被绑着动弹不得。她斜眼向右下方看去，看到了鲜红的血顺着脖子流了下来，转眼间，全身就变成了红

第一章 命案

色,她知道自己的肌肤在绽放!

"准备好了吗?"男人轻松地吐出了最后一个字,同时,左手抬起,右手的刀子狠狠地划过喉部。

热热的液体喷溅而出,杨丽丽生平第一次,也是最后一次,看见红色的喷泉从眼前闪过,她甚至都没来得及叫喊一声!

男人站起身,走到杨丽丽的左前方,将刀子再次插进她的喉部,手腕又是一个轻轻的翻转,刀子回到了后脖的起始点。

杨丽丽不可思议地看着男人,她不明白为什么会这样。她想知道原因,她努力地想要说话,可自喉部发出的声音被一个个血色的气泡代替了。

刀子随着男人的手在杨丽丽的脖子上划过……一次又一次地重复、延续。像个艺术家一样,认认真真地对待着自己的艺术品……

邓原坐在飞驰的警车中,眉头紧锁。

现场的情况他已经初步了解了,又是一个剥皮案,死者为女性,脸皮被生生地割下。

对于从事多年刑警工作的邓原来说,更变态的案子他都见过。让他皱眉的原因是,他想起了半年前的一个案子。

半年前,市里发生了一起恶性凶杀案。死者是名女性,从脖子至头顶,整张皮被割下,可以说该死者是因失血过多而死亡。此案轰动全市,尤其是警界。

然而,让人关注此案的并不是凶手杀人的手段如何残忍,而是因为死者偏偏是市里一名刑警的妻子。案子至今未破,那名刑警也因此案"引退"警界。有人笑话他是个孬种,只懂儿女情长,不配做维护正义的刑警。

这件事本与邓原无关,完全可以当作一个茶余饭后的谈资。可这名刑警邓原认识,他就是杨波,A市西区警察分局侦缉二组的。认识杨波的时候,邓原还是侦缉一组的组长,两人的交情不深。如今邓原已因战功显赫,荣升至市局刑侦一队,并通过自己的努力,组员除了大勇外,其余的全都跟随了他。

邓原是个念旧的人,还在西区分局侦缉一组的时候,就备受当时"白菊"的重用。"白菊"是局长的外号,原名白华,大家都称他为白局长,久而久之,就简称了"白菊"。也正是因此,邓原才接了此案。刚刚临行前,"白菊"已经来电,讲明这个案子很可能跟半年前杨波妻子被杀的案子有关。他还特意强调,西区分局的耻辱,一定要由西区分局出来的人来完结它。于是,邓原自动请缨,接下了案子。

邓原想到了杨波，虽然他跟杨波的交情不深，但多少还是了解他的。邓原不会像其他人那样嘲笑他没出息，相反，他理解杨波。杨波是把破案的好手，但有些"感情"用事。这里说的感情，就是指杨波对妻子的深重感情。是人就都有弱点，杨波的弱点就是他的妻子。

邓原也是个有感情、重情谊的人。可偏偏感情把邓原伤得很深。也许邓原是个善于掩饰的人，至少，他没有表现出来，更没有影响到工作。同样，受感情折磨与考验的人，他的组员——曾秀，此时就坐在警车的后排座上。

曾秀斜眼看了看右前方的后视镜，那里映出了邓原的面容。曾秀大概能猜出邓原在想什么："邓队，如果这个案子与杨波的那个是同一个凶手所为，我们是不是要把半年前未破的案子重新拿出来审查？"

邓原没有说话，旁边开车的大刘开了腔："什么叫杨波的那个案子？说得好像杨波就是凶手似的，是他的妻子被杀好吧？杨波只是死者亲属而已。"

坐在曾秀旁的大兵笑了："我说大刘，别老欺负曾秀妹妹，那个案子就是因为杨波而出名，说是杨波的案子也没什么错嘛。"

大刘刚要还嘴，邓原说话了："到了，都少说两句吧。"

警车停在了西郊一片荒草地旁，后面还跟了两辆车，分别是法医和痕迹检验的。前方已被警戒线隔开，远处能看到一个独立的小屋。

还好，没有围观群众，邓原稍稍放松了些。在这种凶案现场，邓原还真是不愿意见到太多人围观。他不是那种爱出风头的人，靠社会舆论造势，对他这个刑警来说，这就是压力！

邓原一行人下了车后，一个体形稍胖的男警走到邓原的面前："邓队是吧，我姓赵，'白菊'已经通知我们说你会过来的。"

西郊属于西区管辖，"白菊"有能力第一时间把这个案子捅给自己。

"我是邓原，现场什么情况？"

"死者在屋里，现场已经保护好了，只有我和报案人进去过。"

"谁报的案？"邓原发现眼前的这位男警的表情有些异样。

赵警官指了指蹲在远处的一位老汉："就是他，他是这个屋子的屋主。"

老汉看到赵警官指向自己，就赶紧起身走了过来。

邓原身后的曾秀掏出笔记本，开始记录了起来。

第一章 命案

邓原仔细地打量了一下老汉，他年纪大约在60岁上下，一看就是个很老实的人："是什么时候发现死者的？"

老汉听到死者两个字后，身体明显地抖了一下："今……今儿个早晨。"

赵警官上前拍了拍老汉的肩膀："慢慢说，把刚刚说过的，再详细地跟邓警官说一遍。"

老汉点点头："今儿个早晨，我照惯例来到这里看看，一进门就看……看到了死者。"

邓原发现老汉似乎很怕提到死者："死者你认识吗？"

老汉的头摇得像个拨浪鼓："不……不认识。"

邓原知道死者被割下了脸皮，从相貌上肯定认不出死者："身体的其他部位呢？能够辨认出死者吗？"

"不认识，从来没见过。"

"可是这个屋子是你的，死者又死在你的屋子里，你认不出死者？"

老汉赶忙解释道："屋子是我的，但我不住这里。这里以前是一片菜地，这个屋子是专门看地用的，很简陋。我只是偶尔过来看看，毕竟种了几十年的地了，有感情。"

邓原点点头，觉得老汉说得在理："你每天都过来吗？"

"不是，至少两三天以上才过来看看，在这儿待一待就走。"

"每次都进屋吗？"

"不，那屋子就是一小破屋，我每次都在地里走一走，几乎不进屋的。"

"今天为什么会进去呢？"邓原接着问道。

"因为屋门和窗户都敞开着，我有些奇怪，就算有流浪者光顾，至少不会大敞屋门，所以就进去看了看，没想到，就……就看到了死人！"

"谢谢你们保护现场，"邓原对赵警官说完，又看向老汉，"你暂时还不能走，需要做一下笔录。其他人，跟我进去。"

老汉不情愿地跟着邓原他们以及其他工作人员，进入了警戒线内。

警戒线内距屋子还有一小段距离，也是进入屋子的唯一通路，几个技术人员开始对地面进行鞋印勘察。

邓原看向屋子，果然如老汉所说，门窗敞开着，还能看到有苍蝇来回地进出。邓原皱起了眉头："看来，咱们得下些功夫了。"

邓原的话音刚落，大刘和大兵就分别脱下了外套，快步走向屋子。

曾秀暂时还没明白，刚想问，就见两人已经开始在屋门口轰赶苍蝇了。曾秀笑了："早知道，应该带几瓶灭虫剂来。"

邓原没有理会曾秀，而是抢先进入了屋子。

曾秀看了看老汉，后者则使劲地摇头，不肯再向前一步。曾秀脸上划过一丝嘲笑，至于吗？不就是死人嘛！随后，她也跟着进了屋。

邓原在进入屋子的那一刻，终于明白了为什么赵警官的脸上会有异样，而老汉在说到死者时会发抖。他不得不承认，眼前的情境还是让他震惊！

一个赤身裸体的女人被吊在屋子正中。上身被捆，吊于屋顶；下体屈膝悬空，仅有一半的脚面贴着地面，支撑着身体。女人惨白的身体上全是血，血顺着脖子垂直向下划出一道道密集的血痕。由于血液开始凝固，每一道血痕的终点都结了一个暗红色的血珠。然而这些，还远远比不上她的头部。

邓原为了更好地观察死者的尸体，无奈地蹲了下来，仰视死者的头部。

死者的头可以用血球来形容。虽然之前已得到信息，死者的脸皮被剥去，但是真正亲临现场，还是让邓原触目惊心。没有头发，没有耳朵，鼻子处是平的，嘴部只剩下两排微张、发红的牙齿，那是血液冲刷过的痕迹。五官里仅存的只有两只眼珠，由于面部朝下，没有眼睑的两只眼球显得格外突出，就像是两个红色的弹球。此刻，在邓原看来，死者正瞪着两只没有神气的眼珠，茫然地盯着自己，仿佛在问："为什么？"

邓原站起了身："可以让法医进来了。"

大刘和大兵没有说话，看着邓原的身后。

邓原突然想起了什么，心中暗叫一声糟糕，赶快转头看向了身后。

此刻曾秀正脸色苍白地盯着死者，身体随着沉重的呼吸一抖一抖的。

邓原看出曾秀快支撑不住了，从兜里掏出一个证物袋递给了她，后者接过袋子夺门而出。

曾秀在屋外捧着证物袋吐得七荤八素的。她感到不仅早餐报销了，连头天晚上吃的东西都快被吐光了，到最后，没有东西可吐，只有干呕的份儿。

曾秀觉得自己非常不争气，自从警校毕业后，就跟随了邓原。两年多了，各种案件都经历过，血腥的场面也都见识过，应该是身经百战了，怎么这次这么地不济呢？难道是高估了自己？

曾秀不禁又想起刚刚看到的情景，胃里又有些翻涌，刚吐过的嘴里又苦又酸。她深吸了几口气，把想吐的想法压了回去。她真是理解不了，凶手跟死者之间到底有多大的仇啊，以至于如此地残害死者？

同样作为女人，曾秀知道容貌对于女人来说是多么地重要，无论是年轻的，还是年老的，多多少少都会在意自己的容颜，即便是有的人表面上摆出一副无所谓的样子，但内心里攀比的想法，是每一个女人都有的。她难以想象，死者家属看到这样的场景会有何想法。如果自己死的时候没有了脸面，家人会认出自己吗？他们能接受这个现实吗？再或者，自己能接受吗？

曾秀觉得自己已经开始浮想联翩了。不行，她现在应该回到屋子里去，战友们都在忙碌着，她应该跟战友们在一起并肩作战。抬起头，她看到了一双十分关切的眼睛。

老汉此时正无比同情地看着曾秀，他非常清楚屋里的情况，他是第一个被恶心得吐出来的人，他知道女人看到这样的情况会是什么样的反应。

曾秀看到老汉的表情后，无比地懊恼，她不希望别人看到她软弱的一面。

老汉尴尬地咧嘴笑了笑，表示对不起。

曾秀白了老汉一眼。随着目光一闪，她看到自己斜前方的地上有一堆呕吐物，上面正飞舞着几只苍蝇。本来已强压下去的呕吐感，再一次决堤，她又控制不住地吐了起来……

老汉支支吾吾："那个……我……"

终于，曾秀吐得不想再吐了，抹了把嘴，站直身准备进屋的时候，被走出来的邓原拦住了："你就别进去了，给老汉做笔录吧。"

曾秀感激地冲邓原点了点头。

屋里的空中掠夺者都已经被清干净了，法医和技术人员也已经展开了自己的工作。

法医通过对尸体的初步检验，得出以下几点结论：

死者年龄应在 28 岁至 30 岁之间，死前并未遭到性侵犯，致命伤为喉管被切断，导致失血过多而亡。

根据死者身上尸斑的分布及呈状，死者应死于昨天夜里 11 点左右。

死者前脚掌有被重压过的痕迹，应该是凶手所为。通过痕迹推断并非外界硬物所致。再根据死者被捆姿势、死者头部皮肤被割及喉管被切断的方向为右至左，得出结论：凶手很可能跪于死者前脚掌上进行行凶。从而得出凶手的身高应该在一米七八到一米八之间。

邓原对于最后一点不太明白，看向老法医："跪在死者的脚上？"

老法医解释道:"死者的前脚掌上被压的痕迹很重,有部分瘀青,至少是被100多斤以上的重物挤压过。再看这些瘀痕,比较圆,没有棱角。而且这屋子里除了死者再无其他之物,而屋外除了野草就是野草,没有可利用的东西。所以,我觉得凶手一定是跪在了死者的脚上。"

邓原点点头:"有道理,凶手不可能携带100多斤的重物。他跪在死者脚上是为了能更好地控制死者,可为什么要跪着呢?凶手完全可以踩住死者的双脚。"

"为了方便剥皮。也正是通过这一点,我们才能估计出凶手的身高。"

"我也很奇怪,你们怎么这么快就能得出凶手的身高。"

"这完全是凭借多年的经验。虽然算不上特别精准,但也八九不离十了。"老法医笑笑,"我相信凶手事先已经算计好,之所以让死者半跪着,完全是为了让死者失去支撑点。如果死者是站着的,在遇到凶险时,自然会反抗,但支撑点没了,唯一与地面接触的双脚又被控制住,死者完全就是待宰羔羊。死者的身高将近一米六,脚上的瘀痕又并非是鞋之类的东西所留下的,那么,凶手跪在死者的脚上,还能精准地剥下死者的皮,身高至少在一米七八到一米八之间。"

"如果凶手是一米八的话,被绑后的死者身高应该在一米五多,凶手完全可以站着进行行凶,有必要非得跪在死者的脚上吗?这会不会是凶手特意设下的套,以误导警方?"邓原的考虑不是没有道理。

"不会,"老法医摇摇头接着说,"还有一点也更加证明凶手是跪在死者的脚上行凶的。"

"愿闻其详。"

"凶手剥皮的手法,"老法医看着邓原,"剥皮是门手艺活儿,而凶手绝对是个高手。从死者头部所留下的刀痕来看,凶手是从死者的后脖处入刀,先竖着划开皮肤,再右转横向划到死者喉部,切断喉管,再从右边划回后脖处。整个过程可以说是一气呵成,你从死者脖子处余留皮肤上的划痕就可以看出。"

邓原早已端详过尸体,正如老法医所说,死者脖上的刀口非常平整,但他还是说出了心中的疑问:"死者从脖子至头部的整个皮肤都没了,怎么能够证明凶手是从后脖处下的刀?也许凶手是从后脑,或者头顶,只要皮被剥下就行了。"

"还是从死者头部的刀痕来看。你可以再仔细观察一下尸体,你会发现死者脖子上的刀痕是从后脖中间分别斜着向左右两边推向喉部的,而死者的脸部及后脑上的刀痕则是从下往上的,所以,凶手一定是与死者头部近距离接触,跪在死者的脚上,从后脖处下的刀。"老法医在说这话的时候,非常地自信。

第一章 命案

邓原不禁瞥了眼一旁的尸体。此刻，死者已经被解下，躺于地，虽然身上盖着白单，但他还是马上就想到了死者那个令人作呕的"血球"！他特别理解曾秀，即使作为一个大男人，他也实在不愿意再注目那具尸体。也许近一段时间内，"血球"都会成为他们这些个参与者的噩梦。

但同时，邓原不得不钦佩眼前的这个老头子。面对如此惨烈血腥的场景，还能细心地发现细节，并通过细节挖掘出凶手更多的信息。这绝对是一个尊重自己职业的人，也同样被别人尊重。

邓原仔细观察了一下老法医，年纪已过半百，个子不高，精瘦，眼部的皱纹和头顶稀疏的白发，丝毫掩盖不住他脸上透露出来的干练："都说何老是咱市法医界里的权威人士，如今见识了，果然名不虚传！"

何老笑了笑："那都是他们瞎说的，咱们市局法医部门的其他同事也都非常优秀。"

"在没调到市局之前，早就听说过您的大名，今天有幸第一次跟您合作。"

"是啊，市局对这个案子非常重视，所以，这次希望能够帮到你。"

"您得出的结论，毋庸置疑！"

"这只是尸检的初步结果，尸体内部的细节以及是否存在药物都还要进一步检验，详细的尸检报告明天会出，你还有的忙，有什么不明白的就来问我。"说完何老指挥其他人把尸体抬走了。

检验遇到了麻烦，一无所获。凶手非常地狡猾，没有留下任何指纹、鞋印，想必是做了保护措施，清理了现场。唯一在小间里找到的指纹、鞋印还是死者的，同时还找到了死者的衣服、伞和坤包。衣服很整齐，没有撕扯捆绑的痕迹。

"看来像是死者自己脱的衣服，哼，估计不是什么好人。"大刘的言外之意，大家都明白。

曾秀反驳道："有可能是情侣关系，也有可能是凶手强行扒下死者的衣服，然后再整理好，现场他不是也清理得很干净吗？"

"我觉得不像是情侣关系，小情侣们不会到这种地方来。凶手清理现场是迫不得已，如果是他扒下死者的衣服，这些衣物他完全可以带走烧掉或者扔了，没有必要每件地去仔细整理好，凶手和死者之间很有可能是种交易关系。"

"我也倾向于死者可能是个妓女，"大兵提着证物袋，里面是死者的坤包，"这包里只有零钱、化妆包、钥匙、钱包和能证明身份的东西都没有，最重要的是，里面还有避孕套。"

"看来，我们得先搞清楚死者的身份。"

大刘看到证物袋，冲曾秀笑笑："还好，死者的东西少，线索也几乎没有。否则，咱们的证物袋还真有可能不够用的。"

"你！"曾秀气得直翻白眼。

邓原也瞪了大刘一眼："就你话多，死者身份的事就交给你了。"

大刘点点头。

大兵发问了："邓队，昨天夜里下雨，屋外的线索也都没了，这案子怎么查？"

"曾秀，老汉这边就交给你了，去他家里查查，"邓原想了想，"先收队吧。"

第二章 盲人

汉亭桥是A市西区很普通的一座桥，但它却吸引了很多人。它的引人之处不是桥上飞驰的车辆，而是桥下的一条深水河。汉亭桥是东西走向，桥下的河是南北流通，桥和河从上往下看就像是一个十字扣。

河没有具体的名字，站在桥上，两边都看不到头，也许它们分别通向另外两个城市。老一辈的人管这条河叫护城河，原因很简单，在他们还小的时候，河的西边是一片荒草地，河的东边是市民的居住区，护城河由此得名。

随着经济发展，A市早已开垦扩张，护城河的西边也是一片高层建筑、繁华街道，而这条河也被逐渐改造成供市民游玩的公共场所。河的两边筑起了石栏和通道，通道的一边上隔着十几米就有一条长凳。长凳的后面距离斜上方的马路是30多米宽的草地，草地上种了两排树。

到了夏天，经常可以看到有人在这里乘凉、钓鱼。冬天，会看到一些老年人在河里冬泳。

此刻，河边通道的一条长凳上坐着一个男人。男人很消瘦，精神不太好，脸上的表情很木然，让人一眼看上去像是缩在长凳里。男人的萎靡并没有吸引太多行人的目光，在生活中，谁没有个烦心事呢？让人议论纷纷的是他的眼睛。男人的眼睛上裹着厚厚的纱布，不难看出是刚刚做完眼部手术。一个眼睛看不见的人，独自坐在河边，确实让人揪心，但这种揪心没有保持多长时间，男人的表情拒绝了所有人。

男人知道大家都议论他，他不关心，他现在关心的是脚步声。在来往的行人的步伐中，他听到了一个特殊的脚步声，这个声音来自于他的右方。

脚步声离他越来越近，男人低下了头，他在仔细地聆听。其他行人的脚步声是松散、随意的，而这个脚步声是沉稳有力、目的性很强的。男人知道，这个脚步的最终目标就是自己。

果然，脚步声在他的斜前方停住了。同时，男人感觉到自己的右侧站了一个人。

半分钟过去了，来人一直站在那里没有出声。

那些先前关注男人的游客们，在看到另一个人站到男人面前时便收回了目光。在他们看来，这个看不见东西的男人是有朋友的，那还有什么可担心的呢？

"谁？"男人按捺不住，先向来人发了问。

"你要沉沦到什么时候？"

来人说话的声音很小，但听得很清晰，是个男人，只是声音有些奇怪，像是捏着嗓子在说话。

"你是谁？你的脚步声我熟悉，这几天，你一直在跟踪我，为什么跟着我？"

"去找裁缝。"来人说出了第二句话。

"裁缝是谁？"男人从长凳上站了起来。

"找到了你就知道了。"来人说完第三句话，径直向前方走去。

"喂，等……"男人的话没有说完，他听到了来人离去的脚步声，迅速有力。

男人站在长凳前仔细地侧耳倾听，离去人的脚步声夹杂在过往的行人中渐渐远去。他不敢贸然追去，前方不远处就是河，他不知道自己在迈出第几步时就会掉进去。可是不追他又不甘心，一连几日，他每天来这里静坐时，都感觉不远处有一个人在跟着他，同样的脚步声，同样的步频。

今天，他特意把护工支开，坐在长凳上等，跟踪人果真上前找他说话。他可以感觉到，来人并无恶意，可他的目的是什么呢？为什么要跟着自己呢？为什么要伪装声音？难道是认识的人，怕自己听出来？会是什么人呢？还有，他说的裁缝又是谁呢？为什么要我去找裁缝？一连串的问题在他的脑中快速闪过。

就在男人站在原地犹豫不决的时候，一只手抓上了他的胳膊："你站起来干什么？这里有很多行人，你不怕被挤进河里啊？"

男人听出了是他的护工："你看看左前方的行人中有没有一个走路很快的男人？"

护工望了望："没有啊。"

"你再仔细看看，身高大概在一米七五以上。"男人急切地说道。

第二章 盲人

护工又仔细看了看:"没有,真的没有,你在找人吗?"

男人有些失望:"算了,扶我回去吧。"

护工把男人安全地送回了家:"饭菜已做好,茶几上,盖着盖子的。吃完放在那里就行了,晚些我会过来收拾。"

男人往前走了几步,小腿碰上了茶几:"其实你不用每天过来照顾我的。"

护工上前把男人扶到了沙发上:"你的眼睛刚做完了手术,等过些日子好了,你就能自理了,这里的环境你要慢慢适应啊。"

男人低下了头:"我的眼睛恐怕永远都不会好了。"

护工看了看男人,脸上没有任何表情:"别瞎说,你要对自己有信心。"

男人咧了咧嘴:"信心?我现在已经是一个废人了。"

护工想了想,问了一句:"你刚才到底在找什么人?"

男人没有回答,也问了一句:"你知道裁缝吗?"

"裁缝谁不知道?就是给人做衣服的呗。"护工不假思索地回答了。

男人却没有给护工一个答案,他陷入了深思。

护工摇了摇头,叹了口气,面无表情地走了。那一声叹息像是在怪自己多问,也像是在感慨男人的不幸。

关门声打扰了男人,在他心里形成了一个小小的撞击。正如那个跟踪人所问的,要沉沦到什么时候呢?是的,不能再沉沦了,一定要做些什么。

一个个画面撞入脑中,随即眼部又传来了疼痛,男人痛苦地低下了头……不要想……不能再想了……

男人使劲地甩甩头,将画面赶了出去,裁缝?!

到底是什么样的一个人?跟自己的遭遇有关系吗?

男人咬了咬牙,不管跟踪人的目的到底是什么,不管这个裁缝跟自己有没有关系,他都要想办法找到他!

可,怎么找呢?

男人抓起旁边的电话攥在手里。要不要找他?他会帮我吗?他会相信我吗?

犹豫了半天,男人最终还是把电话放下了。也许再得到更多的线索后再去找他吧,真希望能再遇到那个跟踪人!

第三章 身份

飘香的茶叶浮在水面上，偶尔还能看到几片茶叶缓缓地落到杯底，杯口的上方充满着热气。热腾腾的茶杯对面坐着一个男人，浓眉大眼，微薄的双唇上布满了青色的胡茬，宽厚结实的肩膀被两只粗壮的胳膊支在桌子上。他正紧盯着面前的茶杯，好像在细心地数茶叶，又像是在想着什么心事。

旁边，一个身形略微消瘦的男子正趴在桌子上写着什么。简短的小平头，坚毅的目光，显露出一股军人的气息。

另一旁，一双纤细青葱的玉手捧着一堆照片，玉手的主人睁着大大的眼睛，目光坚定从容。高高梳起的马尾辫、清瘦的小脸，丝毫掩盖不住青春活泼的气息。

三个人，三个方向，分别专注于自己面前的事。

宁静的气氛并没有持续多久，就被打破了。门被推开，走进来两个人。一个体形中等，个子不高，脸上有些倦容。另一个个头高出旁边的人半个脑袋，恬静的脸上虽然架着副眼镜，但黝黑的皮肤又表露出少许的沧桑感。

见有人进来，马尾辫放下手中的照片："哎哟，你们俩怎么一块回来的？"

"门口正好遇上了，"眼镜男笑笑，直接走到一处桌子旁，"邓队，我回来了。"

邓原把眼前的茶杯推到了一旁："胡子，来，坐下说。"

另一个刚进门的男人笑嘻嘻地跑到一处："袖子妹妹，看什么呢？这么专心。"

"当然是看案子的照片了，"曾秀把照片往桌上一摊，右手从一旁抓过两个小塑料袋，"大刘，我帮你带早餐了，一起吃吧。"

大刘往照片上瞟了一眼，全是些死者头部的特写，身子立马往后闪了一下。虽然他已经控制得很好，但还是难逃曾秀的眼睛。大刘不自觉地伸手抓了抓微卷

第三章　身份

的头发:"这么用功啊。"

曾秀把其中一个小塑料袋推到大刘的身前:"我想看看能不能再发现什么线索,都看了半天了,你怎么才回来?"说完,曾秀从另一个塑料袋里拿出已经凉了的煎饼,咬了一大口,边嚼边看向了照片。

大刘看了看血腥的照片,又看了看津津有味地吃着早点的曾秀,顿感胃里有些不舒服。他使劲咽了咽干燥的喉咙:"呃,那个……"

"那什么啊,来坐下,"曾秀三下五除二干掉煎饼,站起身把大刘按在自己的座位上,"你也仔细看一下,看咱俩能不能发现共同点。我去趟洗手间,马上回来。"

大刘看着迈着轻松步伐走出门的曾秀,满脸愕然。一旁的大兵,早已放下了手中的笔,捂着嘴乐了起来。

曾秀走出门,等身后的门关上的那一刻,发足狂奔,一头栽进女洗手间,抱着一个面盆就吐了起来……

终于,曾秀抬起了头,打开水管冲掉了呕吐物。她看了看眼前镜子里的自己,由于刚刚的呕吐,眼里挂了泪水,她重重地捶了一下墙:"死大刘!"

曾秀回到办公室时,其他人都已在会议桌前就位。

大刘看到曾秀赶忙起身,拉过一把椅子示意其坐下。

"大刘辛苦了,先汇报一下情况吧。"邓原看人都到齐了,会议正式开始。

"总的来说,还是有收获的,"一进入工作状态,大刘就不见了先前的嬉皮笑脸,"根据案发现场的环境,位置偏僻,除了高架桥以外,附近几公里内都没有公交车站,而高架桥上是高速公路,所以,排除了凶手和死者是通过公交车来到案发现场的。"

对于这一点,大家都认同,纷纷点头。

大刘接着说:"通过死者的衣物,我不认为死者像是拥有私家车的人。因为我不认为一个有钱的女人会到这种地方来寻求刺激的。"

"好像也不能完全排除,"胡子推了推架在鼻梁上的眼镜,"有可能死者是开车来的。凶手杀完人后,开着死者的车走了。大家也都知道现场被凶手清理过,屋外因下雨也没有任何的线索。"

"难道就没有人想到,死者跟凶手是认识的吗?凶手开车带死者来到案发现场,杀了人后,再开车溜之大吉。"大兵手上玩儿着笔,也说出了自己的看法。

邓原敲了敲桌子:"行了大刘,别卖关子了,直接说你的结果吧。"

"你们刚刚说的这些，我也有想过。不过，我觉得无论是凶手还是死者，都有可能是坐出租车来的。所以，我抱着一线希望，把市里所有的出租车公司查了个底，别说，还真查出了结果。"

邓原问道："凶手的，还是死者的？"

"死者的。"大刘接着说，"案发当天夜里，确实有不少出租车载着客人经过西郊那片荒草地，但绝大多数都是从高架桥上路过，只有一辆出租车是停在了桥附近的荒草地旁，而且，车上载的是名女客人。"

"哦？"邓原挑了挑眉毛，"接着说。"

"据该出租车司机说，他是案发当天晚上 9:30 左右在林正街上载了一位女士，女士的目的地就是案发现场。司机说他在远处也看到了一个独立的小黑屋。而最关键的是，司机对这位女士的描述与死者的穿戴完全一样。"

邓原问道："完全一样？"

大刘点点头："是的，我拿死者的衣物跟司机所描述的仔细比对过，完全一样。而且，乘车的女士也拿着一把红伞。"

"死者的伞确实是红色的，"邓原也点头道，"这个出租车司机的观察记忆力够好的啊！"

"我也是这么问他的，"大刘笑了，"那个司机说了，他之所以对死者记得非常清楚，是因为他一看死者的打扮就猜出来她是做什么的，所以，开车时通过后视镜观察过死者。"

"死者的相貌呢？他没有形容一下？"

"司机说，死者当时化了极浓的艳妆，对于相貌描述就失真了。"

"林正街？"曾秀吃惊地说，"那可是在东区啊，也真难为死者了，大老远地来送死！"

"司机的情况核实了吗？"邓原问道。

"核实了，没有作案时间，"大刘看了眼记录，"死者是该司机接的最后一个生意。死者下车后，司机就把车开回了东区。11 点，也就是死者死亡的时间，司机正跟一帮朋友喝酒。"

"现在已经排除了死者跟凶手一起出现的可能，但是为什么他们俩会到那么偏的地方去？以及他们之间的关系，最重要的还是死者的身份。"

"死者的身份应该不难查了，在林正街上的车，至少应该就住在附近。"

"大刘，这个事还是交给你。可以去派出所查查报失踪的，案发截至今日已

第三章 身份

经两天了,从这里入手应该会快些。让胡子帮你,他手上的事已经结了。"

"没问题,一定完成任务。"

"老汉那边有什么线索吗?"邓原看向了曾秀。

"暂时可以排除了。老汉跟老伴还有儿子、媳妇住一起,还有一个在上小学的孙子,他们的交际圈非常小,没什么亲戚朋友。而案发当天他们都在家里,有邻居可以做证。"

"死者的尸检报告已经出来了,跟何老说的无异,死者的体内无伤,也没有药物作用的痕迹。"邓原把面前的一份文件往前推了推,"大家有什么看法吗?"

大兵先发了言:"凶手是个擅长用刀的人,这说明凶手在生活中经常用到刀,或者对刀有很深厚的兴趣。我觉得凶手的范围应该锁定在医院的医务人员、厨师、一些嗜刀如命的爱好者俱乐部。"

"还有屠夫,"曾秀补充道,"医学院的老师及学生也有可能。"

大刘笑了:"照这么说的话,咱们法医部门也有可能哟。"

"这范围有些广了,"曾秀叹气道,"还有很多深藏不露的人呢!跟大海捞针没什么区别了。"

"凶手的身高在一米八左右,这样来说范围就缩小些了。"胡子及时补充道。

"再难也要想办法,总比坐在这里等凶手再作案强!"邓原顿了顿,"凶手让现场的屋门窗都敞开,就是想让死者被早些发现,有可能是针对警方,也有可能是针对某些人,我认为凶手还有可能再作案!"

邓原看到大家没有反对意见:"大兵跟曾秀负责凶手的基本排查,我要去一趟西区警局,把半年前的案宗调过来,散会。"

大清早,邓原来到西区警察分局,直接推开了"白菊"办公室的大门。

"白菊"正低头看一份报告,被闯入者惊得直皱眉头,但一看来人,马上喜笑颜开:"就知道你小子会来。"

邓原也毫不客气,一屁股坐在了"白菊"办公桌前的椅子上:"'白菊',多日不见,精神还是这么好啊。"

"白菊"已满头白发,快到退休的年龄了,但工作的精神和状态却如刚入警时,尤其是那对炯炯有神的眼睛:"你小子,喊我加个'长'字会死啊?"

邓原嘿嘿一笑:"我这不是叫习惯了嘛。"

"哼,没大没小。走了以后也不知道回来看看,把老战友们都忘了吧!""白菊"假装瞪了邓原一眼。

"怎么可能忘了呢，咱这不是来了嘛！"邓原摆出一副可怜相，"那不是您把我一脚踢开的嘛！"

"去，我还不知道你，没事不会来我这儿的，"虽然嘴上这么说，但"白菊"还是很欣赏地看着邓原，"你以为我愿意放你走啊，那不是不想误了你的前程嘛。"

邓原有些感动："白局长，谢谢您一直对我工作上的支持！"

"别跟我说这个，真酸！""白菊"摆了摆手，随后拉开右边的一个抽屉，拿出一个小罐子，"瞧，特级绿茶，我没舍得喝，特意给你留着呢。"

"哎呀，这敢情好，还是老局长了解我，知道我就好这口。"邓原抢过"白菊"手里的茶叶罐，就到一旁的饮水机那儿沏茶去了。这里就跟他的家一样随便。

"我哪能不了解你呢？你们一组以前不是对你有个比喻嘛，见茶如见邓，你以为我不知道吗？笑话！""白菊"看着邓原沏好茶，回到座位，"对自己的手下都不了解，我还怎么当这个局长啊。实话告诉你吧，我每次去你们一组找你，什么都不用问，用鼻子闻闻有没有茶味我就知道你在不在了，哈哈。"

邓原也被逗乐了："这我还真不知道呢，那都是他们瞎说着玩儿的。"

"咱们西区分局啊，就属你们一组最热闹了，尤其是以你这个组长为首。"

"唉！"邓原叹了口气，"是啊，还真是挺怀念那个时候呢。"

"怎么样？市局那边还适应吧？""白菊"问道。

"嗯，适应，还不错，"邓原瞟了眼"白菊"，"就是，少了大勇，总觉得缺了点儿什么，嘿嘿。"

"你小子少来，对你已经够优厚的了。""白菊"白了邓原一眼，"你去打听打听，有哪个上调是带着整组走的？人家一个个都自己卷个铺盖卷就去了，现伐木现造船，哎，招兵买马慢慢才把队伍拉起来的。"

"就差大勇一个了嘛，我使他们使顺手了，这要再招新人，还得再培养，麻烦嘛！"邓原吸了吸鼻子，"再说了，熟手好上案啊，早点儿进入状态，对结案有利啊！"

"你小子，少拿案子来威胁我，我不是第一天认识你了，这招对我没用。""白菊"点了点桌子，"行了，说正事吧，你来是为了杨波吧？"

邓原点头道："嗯，想看看半年前他妻子被杀的案子。"

"白菊"严肃了起来："怎么样？跟刚接手的案子有关系吗？"

"目前还说不好，只能说两名死者都是被剥下了脸皮，具体的还要看了详细

第三章　身份

的案宗才能确定。"

"知道你会来的，早就准备好了。"说着"白菊"拿起了桌上的电话，拨了一个号，"把荣静的案宗拿来。"

看"白菊"放下电话，邓原又道："咱局里也有好多精英呢，这案子您为什么……"

"白菊"显得有些无奈："案子一直未破，再加上杨波的情况，大家多少有些抵触情绪。"

"到底怎么回事？还有杨波为什么'引退'了？"对此邓原早有耳闻，可惜当时他已经调到市局了，不好插手过问，他也想借机了解一下内幕。

"杨波是死者家属，按理是不应该参加案件侦破的。但他执意参与，又因为荣静是他唯一的亲人，所以，我们也就随他去了。开始是由他们二组负责，可在侦破过程当中，杨波的判断多次出现偏差，可以说，他就像个无头苍蝇一样到处乱撞，弄得好多同事对他产生怨言。"

"什么怨言？杨波的工作能力我多少知道的啊，偏差出在哪儿了？"邓原问道。

"荣静的情况你不知道，她没有工作，一直待在家里，可又出了这样的事，杨波就认为问题是出在他这边。"

"问题出在杨波的身上？"邓原马上想到了，"杨波的意思是仇家寻仇？"

"是啊。""白菊"点点头，"杨波从警有几年了，也破了不少的案子，多少会有些不法分子怀恨在心。所以一开始，大家也都努力朝着这个方向去寻找答案。杨波把所有可能成为仇家的人都审了一遍，没有任何线索。大家觉得也许可以换条思路，可杨波不这么认为，他坚决认定是他造成了妻子被杀的恶果，别人怎么劝说都听不进去。经过一轮又一轮的审查后，没有任何进展不说，那些被调查的人都怨声载道，有的认为是杨波在打击报复。唉，乱成一锅粥了！"

"后来杨波的身体出了问题，无奈退出了案子，案子就交给了别的组，也一直没有破，就这么搁浅了。"

"这是关心则乱啊，杨波已经因妻子的死乱了心智！"

屋门被推开，一个行政人员把一份文档放在邓原的面前，转身离去。

邓原看向"白菊"："你说杨波的身体出了问题？"

"案子一直没有头绪，杨波把自己困在家里好几天，等我们再见到他的时候，他已经在医院里了，""白菊"定了定，"他的眼睛伤了！"

邓原有些吃惊："怎么会这样？"

"我们也想知道怎么回事，但杨波不肯说，只能让他暂时停职，""白菊"无奈地叹了口气，"算了，你回去好好看看案宗，有眉目了再说吧。"

邓原也没有再多说什么，拿了案宗离开了。

大刘和胡子分别赶往两个街道派出所，一个是青远路，一个是林正街。

他们得到的消息是，整个东区近两天来一共有三起失踪。分别是，林正街派出所：一个走失的智障老者，一个两天未归家的妻子。最后一个则是青远路派出所：一家名叫康丝咨询的私营公司，报案说是一名女员工两天没来上班，联系了员工家属也未果。而后两个所报失踪人的姓名都是杨丽丽。

综合以上报失踪的情况，排除了走失的智障老者外，大刘和胡子锁定了那个叫杨丽丽的人，极有可能就是剥皮案的死者。尤其是因为林正街正是死者搭乘出租车的地方。

东城区说大不大，说小也不小，但两条街却相隔甚远。大刘和胡子决定分别前往，一旦确定失踪人就是死者，立即通知邓队。

胡子所去的是林正街街道派出所，很痛快，直接递上一个地址：林正街三号院一号楼201室，报案人：季勇。

季勇踢踏着拖鞋打开门后愣了一下，门外站着一个瘦高的小伙子，鼻梁上还架着一副眼镜。季勇不认识这个男人："找谁？"

"你是季勇？"小伙子看到开门出来的人也愣了一下，此人与名字完全不符，从哪儿看不出一个勇字。个子不高，还有些驼背。

"我是，你是？"季勇不明白这个陌生人怎么会知道他的名字。

小伙子从兜里掏出证件："我是市局刑侦一队警员胡志军，这是我的证件。你报案说你的妻子杨丽丽失踪了？"

季勇更愣了，市局的？明明只是在街道派出所报的案，怎么市局会来人呢？难道妻子出事了？"是我报的案，她已经两天没回家了，今天已经是第三天了。"

胡志军自然就是邓原口中所说的胡子，他收起证件："方便进去吗？"

"啊，请进。"季勇赶快侧身把胡子让进屋，这时的他还是有些蒙。

胡子仔细观察了一下屋里的环境，很普通的一个家，装修和家具都显得土气，但多少还是个温馨的家。季勇引胡子进了客厅，又要忙活着去倒水，被胡子制止了："不用忙了，你看看这个，是不是你妻子杨丽丽的？"

第三章　身份

季勇接过胡子拿出的东西，那是几张照片，上面是几件衣物。他一眼就认出了照片上的衣物都是妻子杨丽丽的，他频点头道："是她的，这个包的带子断过，她亲手缝的。为了美观，她还在缝补处弄了个小花作为装饰。"

"有一个名叫康丝咨询的公司，报案说一个女员工失踪了，名字也叫杨丽丽，是你妻子吗？"

季勇点头说："是啊，那是她工作单位，还是她单位的人给我打电话说她这几天都没上班，我才意识到事情的严重性，于是报了案。"

胡子掏出手机拨完号："大刘，两个杨丽丽是同一个人……好，挂了。"

"我妻子到底怎么了？"

胡子没理会他，又拨了一号："邓队，死者身份已确定……好，挂了。"

"咚——"胡子挂电话的同时，听到了倒地声。

邓原回到市局刑侦一队，椅子还没捂热，就被一个电话给叫出来了。

按照路程远近，邓原先来到了死者家，没想到开门的却是胡子："怎么是你？"

"昏倒了，"胡子有些无奈，"一听我在电话里说死者，就昏倒了。"

邓原来到客厅，看到沙发上躺着一个大老爷们儿，还没醒。胡子把了解到的情况跟邓原做了一个汇报。

季勇醒来后，发现家里又多了一个陌生男人，他支撑着坐起身："你是谁？"

"这是我们刑侦队的队长，邓原。"胡子主动做了介绍。

季勇像是屁股上扎了针，腾地站起身："我老婆怎么死的？她现在在哪里？"

"你冷静一下，"邓原把季勇按回了沙发上，顺手从旁边拉了把椅子，坐到了他的对面，"她的喉咙被割破，失血过多而死。"

"是谁干的？"季勇的表情很痛苦。

"我们也在调查。"

"我想要见她。"

"你先回答我们几个问题，"旁边的胡子已经准备做记录了，"为什么是你老婆的单位找到你后你才报案，而不是你第一时间发现她没回家就马上报案？"

季勇觉得自己像是个被审的犯人："我要见我老婆。"

"我觉得你现在不适合见她。"邓原回答道。

季勇抬眼看着邓原："为什么？我要知道她是怎么死的。"

"不如，你先回答我们的问题，适合你见的时候会安排的。"

"已经说过了，死于割喉。"邓原发现眼前的这个人有些犟，但在这件事上，犟，绝不是件好事。

"我要知道细节。"

邓原想了想，其实他早晚都会知道的："好吧，你可以先看一下现场的照片。但是，请你做好心理准备。"

什么意思？做好心理准备！季勇的脸抽搐了一下："给我。"

邓原回头看了眼胡子，后者已经把照片准备好。"我很认真地跟你说，做好心理准备。"

季勇嫌邓原有些啰唆，站起来抢过胡子手里的照片，刚看一眼，照片就被他扔在了地上。"啊！"同时，他跌坐回了沙发里，双手捂住脸痛哭起来，"怎么会这样，怎么会这样？"

邓原耐心地看着季勇发泄悲痛的情绪，直到对方哭声渐小，抽泣的时候他才说话："现在能回答我们的问题了吧？"

季勇边抽泣边说："我每天晚上上夜班，第二天有人来接班了，我才能回家。那天回到家我没有看到她，以为她去上班了。直到又过了一天，她单位来电话说她两天没去了，我才去报了警。"

"你晚上几点上夜班？"

"8：30左右从家出来。"

"那为什么又过了一天，接到你老婆单位的电话后才报的案呢？"邓原盯着季勇，"你早上下夜班回家没有看到老婆，这属正常。但晚上上夜班之前老婆都没有回来，你不觉得奇怪吗？"

"我……我……"季勇说话有些含糊。

虽然季勇低着头，但邓原还是看出他有些闪烁其词，难道他是有什么难言之隐吗？"有什么你就直说，要想尽快抓获凶手，你提供的情况非常重要。"

"唉，"季勇叹了口气，"我老婆……她有时夜不归宿，我已经习惯了。"

夜不归宿这个词值得推敲，邓原马上问道："那她因为什么夜不归宿呢？"

"她，"季勇也就用了不到一秒的时间思考了下，"她说她在外面接了活儿，所以，有时会夜不归宿。"

这不到一秒的思考，没能逃过邓原的法眼。通过前面案情的分析，和出租车司机的描述，杨丽丽极有可能是个妓女："我想知道，是什么样的工作，让一个本身有职业的女人再去工作一宿？而且，你说到了'有时'，我想没有一个单位愿意让自己花钱雇用的工人'有时'出勤。"

季勇没有马上回答，他在做思想斗争。

邓原决定推波助澜："我刚才说过了，你提供的情况越多，越有利于破案，我相信你也希望我们警方早日抓到凶手！"

季勇深吸一口气："好，我直说，我的老婆利用空余时间，出去做……"

"你知道？！"邓原有些吃惊。

季勇苦笑了一下："她是我老婆，身体上有什么变化，心理上有什么波动，我怎么可能不知道呢？"

这回轮到邓原说不出话了，他实在难以想象，作为一个男人，自己的老婆做这种事，那会是怎样一个心情？天天跟自己睡在一起、身体属于自己的女人，同时又被无数的男人所占有，怎么能够接受呢？

"其实这一切都怪我，"季勇说话的时候有些哽咽，虽不像前面的号啕大哭，但泣不成声反而能更加体现他的苦和悲，"都怪我把家败光了，我欠了一屁股的债，我们拼命地挣钱，就是为了还债。她起初骗我说是在外面找到了活儿，可以多挣些钱来还债。但慢慢地，我知道了她在外面做什么。可让我怎么说呢？我没脸指责她，她这么做也是为了我，为了这个家啊！"

邓原怎么想也理解不了，一个女人为了帮丈夫还债，竟然去做这种生意，而作为丈夫的还袖手旁观，说不通！

季勇像是看出了邓原的想法："我跟我老婆认识的时候，她家里很穷，她父母因为身有重病，已经没有亲戚愿意帮助她们了，迫不得已向我张了口。我二话没说，帮她把欠亲戚们的钱还了，还帮她照顾濒死的父母，直到给他们送终，她是含着泪嫁给我的。我知道，她觉得愧对于我，在她心里我是她的恩人。由于我的失误，欠下了巨款，她是想要报答我才这么做的。而我现在什么本事都没有了，没有能力还上这笔钱，只能窝心地骂自己没用！"

"你欠债是因为赌博还是什么？"

"唉，都怪我自己啊！"季勇说这些的时候，始终不敢抬头，也许他是觉得自己没面子，"本来我们是有些积蓄的，虽然不像别人家那么富有，但过日子还是不愁的，是我财迷了心窍。前年，到处都在炒股，也确实是富了一部分人，我当时觉得这是个机会，不如用手上的钱生钱，我想要给老婆好的生活，而且我也认为我有这个头脑。于是，我辞了工作，专心在家炒股。可没承想，我一赔再赔，把手上的积蓄都赔光了。我不服气，又向外面借了巨款，我想要翻身，可最后全打了水漂。全被套住了，钱拿不回来，但债主们可不这么想，他们只知道管我要钱，我被逼得有好几次起了轻生的念头。"

没有等邓原问话，季勇又自言自语起来，像是终于抓住了一个机会，让自己心里的憋屈得以发泄："是我对不起她，是我给了她生活的压力，很重的压力，这让她透不过气来。而我什么能耐都没有，这让她非常失望，不用她说，我对自己都非常失望。她在外面做这种事，也许是为了寻求一种解脱感，也许身体和心理的刺激，才能让她轻松一些。"

邓原觉得有点儿理解这个女人了，也有点儿同情可怜的季勇："那你想想，杨丽丽的死有没有可能跟你们欠债有关？"

季勇想了想："应该不会，钱都是我一人借的，债主们要钱也都找我。再说，把我们弄死了，也还不了他们的钱啊，他们的最终目的还是要钱的。"

"你都是跟些什么人借的钱，黑社会？"

"黑社会我哪敢惹？"季勇晃晃脑袋，"也都是一些炒股的大户，他们也都是钱套钱的。"

"你们有没有什么仇人？或者，杨丽丽跟什么人有起过恩怨？"

季勇想都不想就回答道："我们的精力全在挣钱还债上了，哪有时间跟别人结怨啊。"

其实邓原是想知道杨丽丽是否跟那些"客人"之间有什么牵连，但恐怕这个也只有她自己知道了："能给我们提供一张杨丽丽的照片吗？"

一提到照片，季勇的表情又痛苦起来。被惊吓得扔掉了的照片早已被胡子捡起收好，季勇甚至都不敢往胡子那边看。但他还是点点头："我去找找。"

季勇找出了两张照片，一张合影，一张杨丽丽的独照。邓原看到合影时，有些不相信似的看了看季勇，那上面的两个人笑得很甜，很靓丽般配的一对。再看看现在的季勇，完全变了一个人。

胡子也凑过来看照片，不合时宜地冒了一句："杨丽丽挺漂亮的嘛。"

邓原气得真想给胡子一下，这不是刺激人家嘛！他赶快说："对了，在遗物里我们没有找到杨丽丽的手机。"

"她晚上出去不带手机，基本上她也用不上那个。"

邓原听明白了，看来在手机上是甭想找到什么线索了，杨丽丽肯定是通过别的途径跟"客人"联系的："家里的电脑方便我们看看吗？"

季勇摇了摇头："早卖了，那玩意儿对于我们来说没用。"

第三章 身份

看来这里也没什么有价值的东西了，邓原突然想到了什么："对了，麻烦你找找，能不能提供一根儿杨丽丽的头发，我们需要进一步做 DNA 验证。"

听到这话，季勇明显的眼睛一亮，然后急急忙忙跑进了卧室。

邓原明白季勇为什么会有这样的反应，单从遗物上证实死者的身份，还不能达到百分之百的准确率。衣物可以被别人利用来迷惑警方。但 DNA 验证，拥有绝对的准确率！也正是因为这一点，季勇还存有侥幸的心理，也许，死者可能不是杨丽丽。但同时，邓原最清楚不过，这个可能性极小，通过各种线索都很充分地证明死者就是杨丽丽。可他不忍心打击季勇，而且做最准确的验证也是警方必须做的。

邓原没有想到这一举措会得到意外的收获。

季勇挥舞着一个信封从卧室里跑出来："我刚才翻了下我老婆的衣柜，在一堆衣服里发现了这个，里面装的是钱，不知对你们有没有帮助？"

一个装钱的信封再平常不过了，这也可能是杨丽丽私留的私房钱。不过，邓原还是戴上手套接过了信封："这钱你不知道吗？"

"不知道。我们一有了钱，就留下很少一部分作为家用，其他的全还债了，家里不会留这么多现金的。"

那看来这个信封是有它的特殊意义了，邓原把这个信封装进了一个证物袋里："刚才你碰过这个信封了，你得留一下手印，我们回去检验一下，再还给你，可以吗？"

季勇点头道："当然可以。"

邓原把装好的证物袋递给胡子，随口说了句："6 月 15 日晚 11 点左右，也就是杨丽丽被杀的时候，你在哪里？做什么？"

"我在上夜班啊，"季勇愣了一下，随后他脸憋得通红，"什么意思？你们在怀疑我？"

"别激动，例行公事。"

季勇的脸色缓和了些："我在市卷纸厂值夜班，晚上一共有两个人，还有一帮搬运工可以为我做证。"

邓原点点头："你再好好想想，如果有什么发现马上通知我们。"

季勇把邓原他们送到门口。邓原刚准备跨出屋门，身后传来季勇的声音："那个……"

邓原回过身看着季勇，后者低下了头："我老婆是个好人，真的。无论她做了什么出格的事,我都会原谅她的。她对我已经非常好了,要是换作别的女人,像我这样的早被甩了,我跟我老婆是真心相爱的。"

邓原没有想到季勇会说出这番话,他本以为季勇是突然想到了什么。这时的邓原反而不知道该说什么好了,安慰他?肯定他?同情他?邓原伸手在季勇的肩膀上拍了拍:"走了。"

季勇抬起了头,眼里含着泪。他的心情非常复杂,有委屈,有感谢,还有一些他自己都说不出来的滋味,他就这么默默地看着邓原他们消失在楼道的尽头。

康丝咨询有限公司,邓原的下一个目标。

康丝咨询有限公司位于青远路四季商务花园内。邓原和胡子来到D座楼,爬上三层,就到了康丝咨询公司。整个三层,六个屋子,都是该公司的。

在楼梯口右边第一个屋子里,大刘正在看着一个小伙子操作电脑。旁边的几个女员工在窃窃私语,还时不时地瞟向邓原他们。大刘也看到了邓原,他朝他们努努嘴,示意外面说。

三个人在楼道里吸起烟来。大刘及时汇报了刚获取的信息:"杨丽丽在这家公司做咨询员,工作有年头了。跟同事关系一般,也没有什么矛盾。据同事讲,她生活非常拮据,而且还挺神秘,经常看到她在聊QQ,可从她身边一经过,她就很慌张地把对话框关掉。"

"杨丽丽上班还能聊QQ?"

"他们公司主要是做咨询的,除了电话,基本上就是通过聊天工具与客户联络。我刚来的时候,一进门,所有人都在QQ对话框里噼里啪啦地打字,可壮观了。"大刘吐了一个烟雾,"但他们聊天都是为了业务,完全公开,有时同事之间还会互相商量怎么对付难缠的客户。只有杨丽丽经常躲着大家,一有人近身就关了对话框,所以我觉得可疑,就让他们公司的网管查一下她的电脑。"

"还有别的吗?"

"有。有一个同事说15号那天,杨丽丽下午出去过,回来的时候神神秘秘,还跑到财务室待了会儿。"大刘把烟屁扔在地上用脚踩灭,"时间差不多了,去看看有没有什么结果。"

公司的网管把杨丽丽的QQ密码破解了。由于出了人命案,小伙子不想给自己惹麻烦,示意大刘他们来看,然后就闪一边去了。

杨丽丽的QQ好友分两组,一组是业务客户,另一组是"嫖客"。翻看了几

第三章 身份

个人的聊天记录，大刘就看不下去了，里面全是污言秽语。基本上都是杨丽丽在一个同城的聊天室里认识的人，对方加她好友后就直奔主题。无奈，大刘只能耐着性子看，终于，目标人物出现了。那是一个叫"加我"的人，时间正是15号下午。对方要求看杨丽丽的照片，看过之后表示满意，并要求立刻见面，还许诺可以先付5000元，聊天记录也就到此为止了。

胡子掏出证物袋，里面是从杨丽丽家带来的信封："应该是这个了，现在可以百分之百肯定死者就是杨丽丽。"

"还是检验一下上面的指纹再确定吧。胡子，你去问一下公司的财务有没有碰过这个信封。"邓原又看向大刘，"通知网监部门，查这个号。"

胡子很快就回来了："公司的财务说没有见过杨丽丽拿信封，倒是帮她验过几张钞票的真伪。"

"信封上的指纹除了杨丽丽和季勇的，就有可能是凶手的了。"邓原觉得今天的收获还可以，"走吧。"

邓原他们开车回市局，还没到门口，大老远地就看到一个中年男子蹲在市局门口的一边，低头抽闷烟。

这个人邓原见过，还不止一两次。近一段时间内，邓原上下班的时候，经常在市局的门口看到这个人。起初，邓原以为他是来找人的。可后来，邓原发现这个人总是满脸愁容，徘徊在门口，想进又不敢进的样子。有一次，邓原都已经看到他迈进了市局的大门，但他一看到邓原出来就退了出去。

邓原知道，这里是市公安局，来这里的人不是警察就是报案的，有时甚至是罪犯。这个人一定有事，可为什么要胆怯呢？一直因公务繁忙，邓原没有刻意理会他，但该解决的事情总是要解决的，这次，邓原决定去问问他。

"把车停这儿就行了，你们该干什么干什么，有情况即时汇报。"在离门口还有十几米的地方，邓原叫停了车，然后扔下胡子和大刘就走了。

中年男子一边抽着烟，一边认真地研究自己的两只脚。突然，另一双脚出现在自己的眼前，把他吓了一跳，他立马扔了手里的烟，抬头望着那双脚的主人。

邓原第一次这么近距离地观察这个行为怪异的男人。他年纪应该在40岁以上，看起来甚至更沧桑，脸上的褶皱很多。黑黑的皮肤，明显是被烈日晒出来的，头顶上不多的刺头已经有了白发。可他的肌肉很结实，尤其是两条臂膀上青筋爆出，一看就是干体力活儿出身。

中年男子仰头愣愣地看着邓原，没有说话。

邓原不知道对方会以怎样的方式来对付自己，他索性直接给出选择式的问答："我不是第一次看到你了，你是跟我进去把事情说一下，还是继续蹲在这里？"

中年男子听话地起身跟邓原进了市局。

邓原贡献了自己心爱的茶叶，给中年男子沏了一杯茶，放在他的面前："你需要帮助对吗？"

中年男子像是响应邓原的问话，点点头，眼里噙了泪："我的女儿找不到了。"

"你没有去当地派出所报案吗？"邓原有些奇怪。

中年男子回答道："我报案了，一个多月过去了，一点儿消息都没有！"

邓原心里暗暗吃惊，一个多月，这么久了都没有找到，估计已是凶多吉少。"于是你就在这里徘徊。没有想想别的办法吗？对于这种失踪案，报案人提供的线索越多，警方才能越快地找到失踪者。"

"该想的都想了，先是到派出所报案，然后等，没有结果。后来，我又去了区警队，还是等，还是没有结果。实在没有办法了，我想到这里碰碰运气，可我不知道你们受理不受理。"中年男子小声地抽泣起来，"都这么长时间过去了，我不知道我的女儿现在在哪里，我不知道她是否还活着。"

"你天天站在外面不进来，只能减小找到你女儿的几率。"

"我，我害怕！派出所、警队，我都找过了，我天天去，天天催，他们都有些烦我了。可我谁都不认识，不找警方还能找谁？我怕你们也跟他们一样，所以……"中年男子不敢看邓原，好像怕哪句话说错了而得罪了他。

邓原觉得这可能是一起拐卖案："大概说一说情况吧。"

"我和我女儿不是这里的人，我们住在偏远的农村。我女儿去年到这个城市打工，她可乖了，天天都打电话给我报个平安。可自从一个多月前她就没再打过电话，我打给她，也是关机。我等来等去，实在等不及了，就到这里来找她。可她工作的地方的人说她也一个多月没来上班了。"中年男子抹了把眼泪。

"你女儿在这个城市就没有别的朋友吗？"

"她一个农村的小丫头哪有什么朋友啊！至于后来有没有朋友我就不知道了。反正在电话中没听她说过。"

"据我所知，一个人不可能完全生活在真空当中，肯定会接触人的，你没有去打听一下吗？"

"都打听过了，我女儿工作过的地方，我都去问了，他们都不知道我女儿去

第三章　身份

了哪里。"中年男子继续说,"孩子她娘早早就没了,我们父女俩相依为命。本来已经给她找了一个婆家,可我女儿好强,说是不想靠将来的男人生活,想要挣些钱再嫁过去。我想这对她也有好处,有钱了自然底气足,不用去受气,就依了她,让她外出打工。我们说好了天天联络,只要挣够了钱,就马上回来结婚。男方家也豁达,同意了我们的想法,可我真的没想到啊,竟会出这样的事。"

邓原虽然一直在询问,可他自己知道,就目前而言没有一句是实质性的问话。不是他不想,也不是他问不出,而是他在考虑该不该去问。这明显是一个近期之内找不到答案的案子,而他的手上又有棘手的剥皮案,他不知道,这个时候管这件事应不应该,他一直在犹豫着。

但是,眼前的这个中年男子让他揪心。那是一个父亲对孩子的关心与疼爱,是发自内心的,这让邓原想起了自己的父母,那两个没有陪伴他到现在早早离去的父母。也就在这一刻,邓原想都没想就问出了一个警察该问的问题:"你女儿叫什么名字?在什么地方工作?"

中年男子猛地抬起头,眼中充满了希望,"我姓房,我女儿叫房少芬,刚满18岁,大家都管她叫小芬。她在梦之幻俱乐部做美容护理……"

邓原找来纸和笔记下所有信息:"我可以叫你房先生吧,这些我都记下来了。虽然我不敢保证能给你一个结果,但我会尽我的所能去找寻的。"

房先生感激地频频点头,也许他被邓原的认真所感动:"只要您肯帮忙就行。"

邓原笑了笑:"你要是发现了什么线索,马上通知我,我也一样,好吗?"

房先生的头点得如磕头虫:"谢谢,太感谢您了!"

第四章 弃尸

穿衣镜中的胴体亮丽光鲜，刚经过热水的浸泡还微微泛着红润。一些水珠挂在肌肤上，依依不舍地滑落，留下优美的曲线。

穿衣镜前的人满意地看着镜中自己的裸体，手轻轻抚上脸颊，抚摸起极尽标致的容颜。深陷的眼窝显得眼睛大而明亮，高高的鼻梁直线般架起标准的黄金比例，尖尖的下巴上是红宝石般的红唇。她笑了，钱真是没白花，这么精致的面容，谁见谁不爱呢？

眼微一低垂，笑容更灿烂了，那是她的骄傲，绝对的骄傲！这就是资本，想想那些被自己迷得五迷三道的男人们，有的盯上了怎么也舍不得把眼睛挪开，更有的口水都快流出来了，失态！不过，那正是她想要的。

"莎莎，要走了，你好了没有？"屋外传来一个女人的声音。

迅速穿好衣服，莎莎推门出来："催什么催，人家要好好打扮的。"

"嚯，莎莎，今天可真漂亮啊！是不是跟你家小帅哥约会啊？"

"别跟我提他，扫兴。"莎莎翻了一白眼。

"哟，又吵架了？"

莎莎看了看表："赶时间，先走了哈。"说完，就踩着高跟鞋小跑着走了。

莎莎没有像往常那样走后门，她不想让同行们在背后议论她。穿过喧闹的大厅，身后响起几声匪哨，但她无心理睬。她的目标在大门外，那里应该有辆高级轿车在等她。

门外紧临街道，此刻已接近午夜，街上的车很少，只有三三两两的行人。

莎莎没有在门外看到高级轿车，松了口气，好不容易钓到的金龟，她可不

第四章 弃尸

想因一时大意而丢了"钱"程。这个金龟对她非常上心,也许再努把力,就能上位了。名分什么的都无所谓,真金白银才是实惠的。

就在莎莎想心事的时候,不远处驶来一辆车。车开得非常缓慢,在离莎莎不远处停了下来,车里的人透过车窗玻璃,看了看莎莎,手按向了方向盘。

"嘀——"

莎莎被吓了一跳,看向声音处,脸上立刻堆上一个妩媚的笑容,微转身,扭着腰肢向车的方向慢慢走去。

一只手凭空出现在眼前,莎莎还没看明白,就闻到一股刺鼻的味道,随后失去了知觉。

一个黑衣男子即时站到莎莎的左侧,右手迅速揽在她的右肩膀上。

一对情侣正从对面走来……

"你瞧你,又喝这么多!"黑衣男子扶着莎莎步履蹒跚地往前走。

对面的情侣走到了他们的眼前。

"哎,看着点儿,再撞着别人!"黑衣男子搂着莎莎假装一个趔趄。

情侣很自然地闪到一边,向他们的后面走远了。

黑衣男子搀扶着莎莎上了远处的轿车……

A市既有繁华的街道、建筑、靓丽的商业街、各种星级的宾馆酒店,也有低矮窝棚、坑洼难走的泥土小路组成的平民区,旧里就是其中之一。

旧里就如同它的名字一样,一切都透着一个旧字。破旧不堪的小平房、深一脚浅一脚的小路、随处可见的垃圾,使得这里的环境脏、乱、差。尤其一下雨,雨水在小路上形成一条小河,垃圾和脏物就漂浮在上面,简直没有可下脚的地方。

住在旧里的都是穷人和外地来的打工者,他们租不起更买不起高价的住宅楼,他们早已习惯了这里臭烘烘的味道。

今天的旧里格外地臭!

并不是因为下雨,而是一辆掏粪车横在了旧里与其他马路的连接处。恶臭来自于粪车和它旁边的一个公共厕所。

这个公共厕所位于旧里的东出口,非常地出名,在旧里有着举足轻重的地位。它承载着旧里所有人还有一些路过此地急于方便的行人的粪便。公共厕所一年四季都散发着臭味,尤其一到夏天,臭味更浓,从这儿经过的人都绕着走。

粪车每隔两天都要到这里收集一次粪便,来也匆匆,去也匆匆,然而今天,它却停下了脚步。粪车在掏粪的过程中出现了故障，堵了。堵的原因是掏出了尸体，确切地说是尸块。

粪车无奈地留在原地，车上还时不时滴下黄色的液体，在地上汇成一条小河，流向远处的地沟。好多爱凑热闹的人忍着恶臭，远远地向粪车和公共厕所张望着。

何法医戴着口罩，指挥着一群同样戴着口罩的法医技术人员忙活着。

邓原赶过来的时候，法医们的工作已经接近尾声，他先找到了何法医："接到你的电话我就赶快来了，情况怎么样？"

"报案人是两个掏粪工人，他们在工作的时候掏出了死者的部分尸体。"何法医一边摘下口罩一边说，"死者是女性，被碎尸后扔于这个公共厕所内。通过捞出尸体的初步拼凑，死者的尸体比较完整，除了胸部被剥，也正是因为这个我才通知了你。"

"胸部被剥皮？死者的头部呢？"

"死者的头部保存完好。"

邓原看了看周围的环境："这里不是第一作案现场。"

"不知道这个案子跟你刚接手的有没有关系，"何法医叹气道，"死者的尸体被粪便浸泡过，受损严重，清理起来也比较麻烦，可能这次提供不了更多的信息。我这就回去，尽快给你初步尸检结果。"

"好的，我等您消息。"

邓原拿着份报告从法医部出来，急匆匆地进了刑侦一队会议室，那里已经有四个人在等着他了。

"怎么样，有进展吗？"邓原坐下把报告往桌上一扔，随手拿起一边的茶杯猛灌起来。

胡子回答道："从杨丽丽家拿回的信封，经过技术部门对指纹的检验，一共查出两个指纹，一个就是杨丽丽本人的，另一个是她老公季勇的。"

邓原放下茶杯："这下可以百分之百肯定死者就是杨丽丽了。凶手没有留下指纹，说明他应该戴着手套之类的东西。"

"是的。我们本来想对信封里的钱进行指纹检验，但钱这东西大家也都知道，经手人太多，所以无从排查凶手的指纹。季勇的工作单位我去过了，杨丽丽被杀时，他正在值夜班，有一个同事和几个长期雇用的搬运工可以做证。"

"季勇不会是凶手的，身高不符，而且以他对杨丽丽的感情，我不相信他能

第四章 弃尸

做出这种事。"

"我这里也是坏消息，"大刘耸耸肩，"与杨丽丽联系的QQ号是最近才注册的，在各个同城聊天室里都有出现过。他很有目的性，只跟那些做皮肉生意的女性联系，然后索要照片。他跟杨丽丽的联系也是他最后一次登录这个QQ号，通过IP地址的查询，是一个网吧。我去那里看过，客流量很大，门口也没有摄像头，网吧的老板也提供不出任何有用的信息。"

"这个凶手非常小心，他要是留下线索才怪呢！现在可以初步断定，凶手通过聊天室与杨丽丽取得联系，对其相貌满意后，以5000元预付金为诱惑，约杨丽丽晚上出来虐杀之。"

"这杨丽丽也太笨了吧？接个客能挣5000元，可能吗？明显是个套啊，为了5000元丢了性命，真不值！"胡子对杨丽丽的死没有同情，只有嗤之以鼻。

"杨丽丽的家境，咱们都知道了，她需要钱来还债。也正是因为她缺钱的这份急迫性，反而让她丧失了最基本的提防心，正所谓人为财死啊！"邓原看了看曾秀和大兵，话锋一转，"你们呢？"

曾秀低着头不说话，大兵看了看她，再看向邓原："没有任何进展，不过，我们已经把凶手少得可怜的基本特征跟各家医院、屠宰场、医学院等进行了通报，下面就慢慢地等消息了。"

气氛有些沉闷，个个都蔫头耷脑的，邓原太了解他的这几个部下了，有时候需要鼓励。他拍了拍桌子："干吗这是？我们不是第一次办案了，这点儿小小的挫折就能把你们打败？都给我抬起头来。"

四个人听话地抬起头，齐刷刷地看向邓原。

"这还差不多，都别老垂头丧气的，还有很多事情等着我们做呢！"邓原把刚刚扔在桌子上的报告向前推了推，"看看这个，今天刚接的案子。"

果然，四个人的积极性被充分调动起来，大家纷纷抢着看起报告来。

报告是刚刚法医和技术部对尸体得出的初步检验，何法医一回到市局就马上带人对碎尸进行清洗和检验。报告里除了文字的东西，还有一些碎尸和现场环境的照片。

邓原趁着大家看报告的时候，同步进行了讲解："死者女性，年龄大概在25岁左右。胸部皮肤被剥，被碎尸后扔于旧里东侧的公共厕所内。"

"胸部被剥？"曾秀拿起其中一张照片，上面是死者上半身的特写。死者的上半身不完整，被切割成好几块，但拼凑出的整体，除了肚子上还有皮外，整个肩膀到胃部的皮肤都没有了，取而代之的是一片暗红色的肉。

邓原接着说："该公共厕所每隔两天被清理一次粪便，而且，根据尸检报告，死者在粪便中应该已经泡了两天，死亡时间应该是6月17日晚。"

"旧里我知道，那里的环境糟糕得一塌糊涂，确实是抛尸的好地点。"胡子说道。

"是的，那里是外来打工人口的集散地，各式各样的人都混迹于此。由于死者是两天前被杀并被抛于此地，所以在痕迹勘察上的结果是零。"

"经过那里的人太多了，无论是从鞋印还是指纹上来讲，都无从查证，更何况还是两天以上。"胡子接着说。

"庆幸的是，凶手只是剥下了死者胸部的皮肤，头部还是保存完好，在确认死者身份上，我们会轻松一些。"

"死者很漂亮，但死时也很痛苦。通过表情可以看出，她当时受到了巨大的折磨。"一张死者脸部的特写摆在大兵的面前。扭曲得不成样子的脸、瞪得大大的眼睛、张开的嘴，无不表现出死者当时有多痛苦。大兵觉得死者当时一定是眼睁睁地看着自己被剥皮切割的。尽管如此，还是不难看出死者那沉鱼落雁的容貌。

"没错，死者死前确实是受到了极大的痛苦。通过对死者下体的检验，死者死前遭受过虐待。死者的下体有明显的创伤，经检验是被钝器所致。所以，有两种可能。一是，死者遭受过外界力量的虐待，如器械猛烈攻击。二是，死者遭受过侵犯，凶手不想留下自己的线索，利用外界物体对死者的下体进行过清理。"邓原补充道。

"变态！"曾秀狠狠地骂了一句。

"这个案子的线索更少，由于清洗尸体，即便是凶手在尸体上留下了指纹，现在也都没有了。凶手的身高、体重以及作案手法都没法推断。"邓原想起了刚刚何法医一脸愁苦地跟他说这些的时候，那表情就好像是做错了事的学生。

"怎么样？大家有什么看法？"

大刘提出了自己的看法："我想的是，这个案子跟杨丽丽的那个有没有关系，凶手会是同一人吗？虽然两人都被剥了皮，但一个是头部，一个是胸部。还有，杨丽丽的现场是门窗大开，凶手有意让死者被发现。而这个死者则是被碎尸抛于厕所内，似乎凶手并不想让死者被发现，在这一点上有出入。"

"一个头部，一个胸部，只能说明凶手虐杀死者的目的不同，并不能完全代表凶手不是同一人。"曾秀对于第一点做出了反驳。

第四章　弃尸

"可是为什么一个要暴露，一个要隐藏呢？还有，这个死者遭受过性虐待。"

大家都没有说话，对于这两点，确实存在着问题。

过了一会儿，大兵又说道："还有一个问题，如果是同一个凶手的话，作案未免有些频繁了。杨丽丽死于 15 号，这个是 17 号，只相隔了两天，凶手来得及做准备吗？"

"也许凶手早就锁定两名死者为目标，只是选择杀人时间而已。"胡子说道。

邓原看了看大伙儿："你们说得都有道理，也都有可能性。现在还真说不好这两个案子有关系，或者没关系。"

"等一等，我总觉得还有一种可能性，"曾秀看了看死者胸部特写的照片，想了想，"杨丽丽是从脖子往上至头顶的皮被剥掉，而这个死者是从肩膀往下至胃部的皮被剥，你们想想看？"

"这两名死者被剥的皮可以凑成一个上半身。"大兵脱口而出。

"对，就是这个意思！所以，我觉得有没有一种可能，这是一个集团性质的杀人团伙，凶手不止一个，他们每个人都负责自己的目标。这样一来就可以解释为什么一个尸体被暴露，另一个被隐藏。一个未被性侵，一个被性虐待。凶手的杀人手法完全不同嘛。"

邓原点点头："有道理，也有可能是不同的凶手为了完成同一个目的。"

"完成同一个目的？"胡子刚问出，就明白了邓原的意思，"难道是有人想要一张人皮？"

大兵也道："可能有人花重金订购人皮，于是就出现了不同杀人手法的凶手。"

曾秀有些不太理解："那剥了一个人的整张皮不就完了，有必要分人分部位吗？要是这样的话，还会有人死。"

"也许是对被害人的身体部位有特殊要求，看来我们得研究一下杨丽丽的面部和这名死者的胸部了。"大刘咧了咧嘴，"还有都有什么样的人对人皮感兴趣。"

"不错，"邓原对于大家的分析比较满意，"都知道该干什么了吧？"

"知道。"大家异口同声地回答。

第五章 眼睛

手下们都走了，邓原舍不得回家，其实也是不想回。虽然调到市局后，局里给他分了一套一居室，新的住所宽敞明亮，环境也好，但他还是喜欢以前西区警局分给他的那个烟雾缭绕的"快乐单身宿舍"。

烟雾缭绕，想到这里邓原笑了。那时同在一组的大刘、曾秀他们，经常跑到他的"快乐单身宿舍"来，他们一起吃火锅、胡闹。几个"烟囱"一通冒烟，曾秀就会吵着开窗户放烟。那是大刘他们趁邓原不在的时候，在他的小屋门上挂了一个牌：快乐单身宿舍。邓原虽然嘴上骂他们忘恩负义，但心里却喜欢得很，觉得很贴切，就保留了下来。

好久没有回去看看了，邓原不知道"快乐单身宿舍"现在被谁住着，也不知道那个牌子是否还挂在门上。

他甩了甩头，想保持头脑清醒，却瞥见了一旁的一份文件。邓原又笑了，真是闲下来就容易瞎想，差点儿忘了今天留下来的真正目的——看案宗。

半年前杨波妻子被杀的案宗拿回来后，就扔在了邓原的办公桌上，他一直没抽出时间来看。现在又出现了剥皮案，是时候好好研究这个案子了。

打开封皮，里面是一些死者的现场照片、案发现场记录、尸检报告，还有几份问讯笔录，内容不多，有些出乎邓原的意料。

邓原先研究起现场记录。

荣静，女，26岁，于1月9日被发现死于市第一服装厂布料仓库内，报案人为仓库管理员。该仓库管理员在早上上班时发现仓库门被撬开，随后发现仓库内的死者。

第五章 眼睛

根据现场的血迹和痕迹来看，仓库不是第一作案现场，荣静死后被移于地此。

邓原找出几张照片，上面都是仓库的门以及内部环境。其中一张是门锁的特写，一把一边被扭断的大铜锁歪歪斜斜地挂在门上。锁非常普通，邓原一看就知道是被铁棍之类的东西别断的。而仓库内部的环境就更简单了，除了门口到中间部分是空的，其余的地方都是成捆的布料，按照颜色整齐地排列在一起。

看到这里，邓原停了下来。虽然没去过服装厂，但他知道那里已近郊区。仓库的外部环境又是一个公共场所，谁都可以进出，也就是说，凶手完全可以在深更半夜的时候把荣静运到这里，轻轻松松地撬开仓库的门，抛完尸再稍做处理，不会留下一点儿线索。

果然，在后面的记录里写道：现场没有发现任何凶手的痕迹。

邓原对尸检报告是最感兴趣的，因为他的重点就是要把这个案子与杨丽丽的案子做比较。

考虑到凶手作案手法的特殊性，邓原特意从照片中挑出尸体的特写与尸检报告一起看。

死者荣静因失血过多而亡，这个与杨丽丽的一致。

但荣静没有被割破喉管，而是被注射了乙醚。尸检报告上说荣静被注射了大量的乙醚，所以，她是在昏迷后被凶手剥的皮，没有受到任何痛苦。这一点与杨丽丽不一致。

再看凶手行凶的手法，也是从荣静的后脖处起刀，分左右两边向前再向上。邓原拿起荣静的头部照片，仔细端详了起来。

确实与杨丽丽被害的手法如出一辙，极像是同一人所为，可为什么一个要清醒地被杀，一个要被注射乙醚呢？

邓原突然恍然大悟！是了，杨丽丽是妓女，被凶手骗去接客，自然会非常配合凶手的，搞不好连被绑都是心甘情愿的。凶手杀她不用费太多周折，直接一刀毙命。而荣静是警察的妻子，不会像杨丽丽那样听话地自投罗网，凶手不是利用别的招数把她骗出来，而是一开始直接把她迷晕。是什么样的人要去杀警察的妻子呢？报复寻仇？也许杨波在哪件案子中得罪了什么人，所以妻子荣静被杀？

一时半会儿想不明白，邓原又继续看案宗里的其他资料。没一会儿，邓原就扔下了，没有任何新的发现。邓原想，如果当时是他来接手这个案子，现在会不会已经破了呢？还有一个问题，他想不明白，为什么荣静和杨丽丽的案子会隔半年之久？还有现在刚接的案子跟杨丽丽的只相隔了两天？也许，应该去找杨波了解一下更多的情况了。

邓原觉得头有些难受，忙了一天了，是该休息的时候了。突然桌上的电话响了，邓原拿起电话刚说了一个喂字，电话里就传来了一个熟悉的声音："就知道你还没走。"

"'白菊'？"邓原哈哈地笑了起来，"您怎么知道我在？"

"我还不知道你吗？一有案子就拼命，这个时候打办公室的电话，一准能找到你！""白菊"也笑了，"案卷看得怎么样？"

邓原知道"白菊"是问荣静被杀的案子："看了，凶手杀人的手法跟我接的案子一样。"

"嗯，那就好，你接手了我放心，一定要想办法破案。"

"案宗的内容太少了，我需要找一下杨波。"

"我找你就是为这个。刚刚杨波打电话找我了，他也想见你呢。"

"哦？他知道我现在负责这个案子了？"

"是的，他一来电话就直接问现在谁负责荣静的案子。我一说已转交你手，他还挺高兴的，说有些情况一定要当面跟你说，连我这个老局长的面子都不给。"

"把他的地址告诉我，我明天就去。"邓原撂下电话，正准备收拾东西走人，门被推开，进来一人。

邓原险些吓一跳："袖子，这么晚你怎么来了？"

"就知道你还没走。"曾秀快步走到邓原的桌前，把一个塑料袋放在了桌上。

"你怎么说话跟'白菊'一个口气。"

曾秀拉了把椅子坐下来："刚才的电话是'白菊'来的？"

邓原看了眼塑料袋，里面装了两个快餐盒，同时，他也闻到了肉香味："嘿嘿，看来我们的小丫头长大了啊。"

曾秀笑了："给你买夜宵就说明我长大了？"

"当然不是，"邓原迫不及待地把快餐盒拿出来，"如果我没记错的话，这是我认识你以来，第一次叫你袖子，你没生气。"

曾秀有些哭笑不得："就因为这个？你们愣给我起外号，我能有什么办法。"

邓原塞了满满一口肉，唔唔地说："不错，还记得我爱吃什么，好丫头。"

"哼！"曾秀白了邓原一眼，"'白菊'找你什么事？"

"还别说，你来得真是时候。你不来，我一会儿也会给你打电话。"邓原努力地把肉咽下，"'白菊'说杨波要见我，你明天跟我走一趟。"

第五章 眼睛

"明天？"曾秀眨了眨眼，"明天要跟大兵他们去查刚接的案子呢。"

"不用管他们，他们的能力你还不知道吗？少你一个没什么的。"邓原把刚收拾好的案宗拿出来，"先看看吧，多少了解一下案子。"

曾秀刚要接，邓原又缩了缩："呃，我忘了……"

曾秀明白邓原什么意思，抢过案宗："没事，我不会影响你吃饭的。"

邓原全力以赴地干掉两个快餐盒里的美食，曾秀也看完了案宗："怎么样？什么想法？"

"从作案手法来看，确实像是同一个人所为，难怪'白菊'会把案子扔给咱们。但是，为什么这两个案子要隔半年这么长时间？"

"这个问题我想到了，也许凶手在杀死荣静后躲了起来。观察一段时间后，发现警方并没有实质性的动作，于是，再出来疯狂作案。"

曾秀点点头："也对，毕竟现在高频率的连环杀人案，一般都出现在影视上，实际生活中还是少数的。"

邓原突然想到了什么："对了，明天你去的时候，注意一些。我知道有好多人对杨波产生了误会，虽然他的眼睛伤了，但我不希望他能'看'出我们有歧视的态度。"

"杨波的眼睛伤了？"曾秀很吃惊。

"伤到什么程度？现在好没好？具体情况我也不清楚。因为你是女同志，在照顾人这方面比我行，所以，才让你一起去的。"

曾秀一口答应了："放心。通过杨丽丽的案子，我才知道，真正发生在自己身上是另外一回事。"

邓原起身收拾东西："唉，你们好久没去我那儿了，什么时候去我新居看看啊，一起吃火锅，就像以前一样。"说完邓原的心里也有些收紧，他也感到了曾秀的不自在。

曾秀低下了头："有时间再说呗。"

邓原知道，过去的事情，她没有忘。

汉亭桥上依然车水马龙，桥下依然清新悠然。湖面上吹起的微风，夹杂着河岸两边淡淡的泥土味。桥上的行人，有的停下来倚靠在桥栏上观看下面的景致。

河东边通道的一条长凳上，一个眼部蒙着纱布的男人静静地坐在那里。他看起来略显紧张，身子坐得笔直，与附近慵懒惬意、嘻哈逗笑的人群相比，格格不入。

他的注意力全在耳朵上。他在听，仔细地听，听那个他这几天一直期待出现的脚步声。自从上次，那个跟踪人匆匆丢下几句话后，就再也没出现过。他天天坐在这里，就是等跟踪人的再次出现。

这时，右边传来两个特殊的脚步声。一个沉稳有力，步速不慢。另一个轻柔一些，像是个女人。两个人正快速地朝自己的方向走来。

他听出这两个人都不是他要等的人，但他也知道这两个人的目的就是他。他略微向前倾了倾身子，做好随时站起来的准备。

几秒钟后，一个高大魁梧的男人立在了长凳前，眼睛盯着凳子上男人头部的纱布看。他的身旁站着一个纤瘦的女人，手里拎个袋子，也同样盯着纱布看。

"杨波。"魁梧男说了话。

长凳上的男人吃了一惊："你是？"

"我是邓原。"魁梧男笑了。

杨波赶忙站起来，邓原也赶忙上前扶住了他。杨波拍了拍邓原的肩膀："你怎么到这儿来了？咱们可好久没见了。"

"坐下说，"邓原又扶杨波坐在凳子上，"不是你要见我吗？"

"哦，对，瞧我，"杨波有些不好意思了，"我没想到你会这个时候来。"

"是啊，我跟曾秀先按照'白菊'给的地址到了你家，敲了半天门也没人理。后来还是一个邻居告诉我们，你每天都到这里来的。我说，你可瘦了不少啊！"

"曾秀也来了。"杨波朝曾秀的方位点了点头，又转向邓原，"没有什么胃口。"

"时间匆忙，只买了这些东西，都是对眼睛有好处的。"曾秀把袋子放在了杨波的腿上。曾秀跟随邓原在西区分局的时间不长，跟杨波也就是打个照面的交情，彼此知道有这么个人。

杨波笑笑："来就来吧，干吗还买东西？"

"杨波，你的眼睛到底怎么回事？"邓原正色道。

"唉，一言难尽啊，"杨波低下了头，随后又抬了起来，"时间也差不多了，咱们回去说吧。"

"你的眼睛不方便，你自己一个人到这儿来的？"

"我有一个护工，她天天送我来，到点了再送我回去，"说着，杨波伸出胳膊挥了几下，"她看到我的手势会过来接我的。"

不一会儿，一个女人从远处走来，在离长凳有一小段距离的时候停了下来。女人朝邓原他们看了看，没有过来。

第五章 眼睛

"她来了,可能看你们在,不好意思。走吧,我们先回去。"

邓原有些吃惊地看着杨波:"你怎么知道她过来了?"

杨波笑了:"眼睛看不见了,耳朵就特别地灵,我能听出脚步声。你们来的时候,我也听出你们是来找我的。"

这下邓原明白了,为什么一见到杨波时,杨波一副警惕的神态,那是经过多年警训的结果。邓原记得受训的时候,教官特意训练他们在特殊环境下,尤其是遇到危险、身陷绝境,或者身体受到伤害的时候,如何利用自身的条件充分开发潜能,以给自己创造更多的时间和机会。有点儿类似于生存能力的特训,但是强度是非常高的,几近残酷。

杨波在眼睛看不到的情况下,耳朵就自然而然地发挥出重要作用。受过特训的人,会不自觉对周围的声音进行归纳总结,找出哪些是对自己有利的,哪些是对自己不利的。所以,杨波能够记住身边人的脚步声,并在众多的脚步声中分辨出来,同时还能通过脚步的步速以及轻重分析出周围人的基本信息。

邓原赞许地看了看杨波:"行啊,不愧是受过训练的人,基本防御本能没丢。"

杨波苦笑了下:"走吧。"

回去的路上,邓原与杨波同行,一直在说着以前西区分局的事。

曾秀很自觉地走在了后面。她本想跟护工一起同行,这样方便更多了解杨波眼部的情况。可这个护工似乎有意与他们保持距离,总是远远地跟在后面,不肯上前。她回了几次头,看到护工低着头悠哉地走着,倒挺像是散步,还好,路途不算遥远,一会儿就到了杨波的家。

杨波的家里很干净,家什非常少,都是些最基本的生活用品。对于一个眼睛看不到的人来说,倒是挺适合居住的,至少不会在家里被绊得东倒西歪。不过邓原还是有些奇怪,他不记得西区警局在汉亭桥这片有房子:"杨波,你这房子是哪来的?我记得你的家好像不是在这边吧,难道我记错了?"

杨波被邓原扶着坐到了沙发上:"你没记错,这是我一个朋友的房子,我暂时住在这里。"

曾秀没有注意听邓原和杨波的谈话,她的好奇心和注意力全在后面。到家了,看你往哪儿躲,难不成站在外面不进来啊?

护工像是知道躲不过去了,索性大大方方地进来,并迎上了曾秀的目光,后者的脸上露出了吃惊的神色。

在河边的时候,护工离得远远的。现在,护工就在眼前,曾秀倒吸了一口气!

这个护工长得可真不是一般地难看，这张脸太对不起观众了。她现在明白了，护工为什么要躲得远远的，这副尊容也只能照顾眼睛看不到的病人。

曾秀站在那里，有些不知所措。杨波替她解了围，对护工说："你去忙吧，他们都是我以前的同事，我们要好好聊聊。"

护工点点头，转身去了厨房。

曾秀忍不住又看了看护工的背影，从身材上看，虽然她穿着宽大的粗布衣服，但难遮掩其姣好的身段，看样子年龄跟自己应该差不了多少，可她那张脸实在是不好判断年龄。曾秀走到沙发旁："杨波，这个护工你是从哪儿找的啊？"

"不是我找的，我住院做眼部手术的时候，警局帮我找了个护工，是当时医院里一个岁数大的女人。你们也知道，我没有亲人了，局里怕我需要帮助。后来，快出院的时候，那个岁数大的护工因有急事，要回老家，就找了她来代替。"

"这样啊，她长得可真是……"没说完，曾秀就收住了嘴，杨波根本看不到，说这话会刺激到他的。

杨波倒是没有在意："她来也没多久，听说话的声音，年纪应该不大。"

邓原白了曾秀一眼："咱们来说说正事吧。"

第一个响应的是杨波，他等了许久了，还没等邓原的问话，就抓住邓原的胳膊："裁缝，帮我找到裁缝！"

邓原大脑有些短路："什么？"

"裁缝，一定要帮我找到裁缝！"杨波又说了一遍，情绪有些激动。

"'白菊'说你有情况要讲，就是这个？"邓原挑了挑眉毛，他本以为杨波会说一些跟案情有关的东西，这突然冒出的裁缝，真是让他摸不着头脑。

"是的，"杨波控制了一下自己的情绪，"刚出院后，为了放松心情，我会到汉亭桥那边去坐坐。慢慢地，我发现有人在跟踪我，应该是个男人。"

"有人在跟踪你？"

杨波点点头："你也知道我现在的耳朵很灵，连着好几天，都有一个同样的脚步声出现在我附近。开始我并没有在意，我当他是巧合，可次数多了，我不得不提防。"

"他只是跟着你，没有做什么吗？"邓原也有些好奇了。

"开始是，我发现他只是跟着我，并没有什么恶意。如果有的话，他早下手了，我觉得他可能是有什么话要对我说。于是，有次我特意支开护工，一个人坐在长凳上，他果然出现了，跟我说了三句话。"

第五章　眼睛

"说什么了？"曾秀禁不住问了出来。

"他一上来就问我'你要沉沦到什么时候'。我问他是谁，他不回答我，反而跟我说'去找裁缝'。我不知道裁缝是谁，他最后说'找到了你就知道了'。我再想跟他交谈，他却走了。"

邓原示意曾秀把这些情况记下："就这些吗？"

"目前就这些，我也想知道更多的信息，所以，每天都到河边去等他，可他再也没有出现过。"杨波有些失望，"以前都是护工送我到河边，然后她回到家里帮我准备晚饭。后来，出现了这个跟踪人，护工怕我有闪失掉进河里，又怕因为有她在那个人不再出现，把我安顿好后，她就在我附近转悠，直到我伸手示意可以回去了。"

"这个人会不会是你认识的人？"曾秀问道。

"有可能,但我不知道，"杨波点点头，又摇摇头，"他说话的时候声音很怪异，像是捏着嗓子，但是，我知道他身高应该在一米七五以上。"

"一米七五以上，这个范围太广了。"

杨波解释道："我是一米七五，从说话声音的方向判断出他高于我。但是我想，既然能在声音上做出掩饰，他不会让我轻易知道他的身高的，所以一米七五以上是最保守的了。"

"那照你这么说，这个人是有准备的了，至少他应该知道你警察的身份。"曾秀若有所思地说。

杨波点头道："应该是。"

"可是裁缝又是谁呢？他为什么让你去找裁缝？"曾秀也想不明白。

杨波叹了口气："我也想知道啊。"

邓原暂时没说话，他反复琢磨这三句话。

第一句话不难理解。"你要沉沦到什么时候？"显然说这话的人对杨波不满意。杨波作为警察的身份，对他不满意的人应该分为三种。第一种，杨波的同事、好友。第二种，曾经被杨波抓过的犯人。第三种，杨波未破案当事人的亲友。从这句话的意义来讲，第一种人不可能，同事和好友不会在他受伤的时候来刺激他。第二种也不可能，那些个栽在杨波手上的人，不会这么文雅地来报复，直接真刀真枪了。而且这句话中明显有鼓励的成分，绝不会是他们的。那么第三种人呢？据邓原所知，杨波就是栽在这个案子上的，他也是死者荣静的唯一亲属，也不像是第三种人。那么，这个人扮演的是什么角色呢？难道他说的跟荣静的案子有关？或者他是知情者？

还有裁缝，为什么要找到裁缝？裁缝在案件中起到一个什么作用？凶手？还是重要线索？最重要的是怎么去找这个裁缝？到什么地方去找？

邓原觉得这些问题都需要时间来研究，有没有结果还是个未知数，与其在这上面浪费时间，不如先达到今天的目的："杨波，这件事我们会想办法帮你查清。我们今天来也是想向你了解一些情况，这会提及你妻子案子中的细节，我希望你能冷静配合，好吗？"

杨波点了点头："好的，想知道什么尽管问吧。"

邓原知道，那个神秘跟踪人的话起到了作用，也许应该谢谢他。"案宗我已经看过了，内容很少，一些基本情况我们都没有掌握，例如，荣静是做什么的？有没有在工作生活中与什么人结过仇？"

"荣静没有工作。我和她是小时候一起长大的，青梅竹马。后来，在我警校快毕业的时候，她的家里出了事，她的父母死于一场灾难。她举目无亲，就到了我这里，我从没让她出去工作过，她也很贤惠，一直在家操持家务，直到……她出了事。"

邓原察觉出杨波在说最后一句话的时候，情绪有些很小的波动："那她平时在家都干什么呢？在外面就没有什么朋友吗？"

"她是我的妻子，不是我的犯人，一个家庭妇女还能干什么呢！"杨波明显有些不高兴，他自己也意识到了，缓了一秒，"对不起。荣静因她父母的事，情绪不好，需要保护，她很少出门，更没有什么朋友，也就是买菜做饭。"

邓原早已猜到杨波会有这样的反应，他没有在意，继续问他的问题："这样看来，荣静遇害之前，你是最后一个见过她的人了，你有没有发现她有什么不对劲吗？"

"我最后一次见她是她出事前一天的早上，我急着去局里。因为要出差，但第二天就可以回来了。我没发现她有什么异常，很平常的。"

"也就是说，1月8日你早上离开家时，最后见到荣静。9日清晨荣静遇害，而当天你出差回来就知道了她遇害的事。"邓原记起来了，案宗里有提到，荣静除了头部被剥皮，身体其他部位都保存完好，衣物也是。在包里发现了她的身份证，所以，很快就确定了身份。

"是的，我一出差回来，就听到这个噩耗。我简直不敢相信我的耳朵，我没有去过现场，我在局里见到了她，我……我都认不出她来了。"杨波说完，痛苦

第五章 眼睛

地低下了头。

"杨波,别这样,"邓原拍了拍他的肩膀,"你再好好想想,你最后见她时,或者,时间再往前推,无论是言谈还是举止,她一点儿异常都没有吗?"

邓原的想法很简单,杨丽丽被杀,是因为出去接客。虽然荣静的身份跟杨丽丽不同,但要让一个几乎不怎么出门的人跑出去被杀,总得有些原因,而这个原因,在平时的生活点滴中总会有所表现。

杨波沉默了一会儿,突然抬起头来:"我想起来了,头天晚上睡觉前,她跟我开了一个玩笑,说是如果她只剩下两只眼珠我能否再认出她来。我以为她因我忙于工作忽视了她,在跟我撒娇。她以前经常这样的,所以,我没有在意。早知道这样,我死也不会去出差的,你说我出差干什么呢?我应该守在她身边,我没想到她的玩笑竟然成了真!"

邓原没有想到杨波爱妻如命,荣静能有这样一个丈夫,这一生没白来。

曾秀看了一眼邓原,邓原明白她的意思。这个玩笑,说大不大,因为它只是一对情人间暧昧的调情。可又说小不小,当事人确实只剩下两只眼珠,玩笑成真。是巧合吗?谁也说不清,看来得通过案情的进一步调查才能得到答案了。

邓原想了想,换了一个问题问道:"杨波,从案子调查到现在一直未果,你觉得是哪里出了问题呢?"

"方向,"杨波顿了顿,"我们一直没有找到破案的方向。没有了方向,这个案子无从着手,我根本想象不出会是谁干出这样的事!"

"我知道,你一直认为问题是出在你这方面。"邓原清楚地记得案宗最后部分的那些讯问笔录,杨波认为凶手可能是冲着他来的,为了报复。

"是的,我实在想象不出这么贤惠的一个妻子会有什么仇人。而我办了那么多的案子,多多少少会有些仇人,所以我集中所有精力,去查询那些可能会记恨我的人。可是,唉……"

在这一点上,邓原还是理解杨波的。从荣静的人际关系上看,确实没有着手点,如果这个案子一开始让他来查的话,他也会走上这条路。但是,当这条路走不通的时候,为什么不去寻找其他的路径呢?在原地打转,只能拖延破案的时间,给凶手以逃脱的机会。

邓原想到了杨波的眼睛。正因为案子始终没有头绪,而杨波又因眼睛的伤住进了医院,这个案子也就被搁了下来。是谁伤了他的眼睛?会不会是那些被他调查的人?"杨波,告诉我,你的眼睛到底是怎么伤的?是谁弄伤的?"

"是我自己，"杨波咧开嘴，苦笑了一下，"想不到吧！"

还真是没想到，邓原看了曾秀一眼，后者也是一脸的吃惊。"怎么回事？"

"你们有没有真真切切地去爱过一个人，爱她的一切，尤其爱她的美？可突然有一天，你所深爱的被摧毁了，毁得面目全非，毁得你根本没法接受，你们会是怎样的心情呢？"杨波的眼睛虽然裹着纱布，但他的眉头紧紧拧成一个团，脑门上爆出了青筋，他又陷入了痛苦。

爱情对于邓原来说，就是一张白纸。曾秀对这一点特有体会，她刚刚从这个泥坑中爬出来，她明白这种痛苦，她安慰道："谁都无法接受的，你不要再想了。"

"我根本接受不了，我满脑子都是静儿剩下两只眼珠的样子。她的样子就这样在我眼前晃来晃去，挥也挥不去。到最后，我根本不敢看人的眼睛，无论是在街上、局里，任何有人的地方，我只要一看到他们的眼睛，静儿惨死的样子就出现在我的眼前。我甚至不敢回家，家里有静儿的东西，有静儿的气息，我害怕看到它们，"杨波双手捂住脸，"知道吗？我真希望我是个瞎子，什么都看不到！"

邓原震惊了，他现在彻底理解杨波了。邓原能想象到，杨波从听到妻子惨死的消息，到接手这案子，再到调查，都经受着多么大的折磨。眼睛是心灵的窗口，人们通常通过眼睛所看到的人和事物来进行沟通交流。而杨波的心灵却时时刻刻经受着残酷的视觉冲击，不受刺激才怪。同时，邓原想到了那些不理解、误会杨波的人，甚至还有那些笑话杨波、骂他是孬种的人，简直是站着说话不腰疼！让他们去尝试一下这样的经历，不知会变成什么德行！

骂归骂，但现在容不得邓原再继续做思想换位思考，他看出杨波已经接近崩溃，他不知道杨波下一步会做什么。"杨波，我能理解你，你别这样好吗？"

"我真恨不得我的眼睛瞎了，我捶我的眼睛，狠狠地捶它，为什么我总能看到死时的静儿？为什么！"杨波已经吼了出来，本已捂住脸的双手，突然离开并紧紧地攥成了拳头。

曾秀吓了一大跳："杨波，你冷静一下！"

邓原快速地伸出双手握住杨波的拳头，杨波痛苦地吼道："我真的受不了了！"

邓原不敢撒手："杨波，冷静，你现在看不到了，你的眼睛瞎了，什么都看不到了。"

"别再问了，"护工突然推开屋门，急匆匆地跑到杨波的身边，"别再问了，他该上药了。"

曾秀看到沙发旁边的小桌子上有几袋膏药，她拿了过来："是这些吗？"

第五章　眼睛

护工点点头："麻烦你帮我打盆水，再拿个毛巾。"

曾秀起身去了洗手间。邓原依旧握着杨波的手，他看着护工打开杨波眼部的纱布，杨波的眼睛上还有好多瘀青没有消。邓原难以想象，那是自己的眼睛啊，怎么下得了狠手呢？

水很快被打来，护工用沾湿的毛巾轻轻地擦拭杨波眼睛上的旧药："放松，你这样我没法给你上药。"

邓原感到杨波手部的力量已经没有刚才那么大了，但他还是不敢松手。

护工已经在给杨波的眼部上新的药："肌肉放松才有利于药物吸收，这样眼睛才能好得快些。"

曾秀在一边看着，一点儿忙都帮不上。药已经上完，杨波也已放松下来，邓原收回了手。他跟曾秀就这么看着护工给杨波换上新的纱布，他们一时不知道该说什么好，气氛有些尴尬。

"对不起，我刚才失礼了，没有吓到你们吧？"平静后的杨波，脸上有些愧色。

"没有，是我不好，我不该刺激你。"

"他该休息了。"护工把脏毛巾扔进了水里，站在那里。

护工在下逐客令，邓原也不想再在这种尴尬气氛中待下去，站起了身。

曾秀再看向护工的脸，已经没有先前的惊吓了，此时，她觉得这个护工非常地尽职。她也是第一次看到一张难看的脸也可以这么有威严。

邓原走到门口的时候，身后又传来了杨波的声音："邓原，帮我找裁缝。"

"知道。"邓原和曾秀逃也似的离开了杨波的家。

邓原点了一根烟，狠命吸了几口："我没想到会是这样，我们此次之行，完全是在揭他的伤疤！"

"是啊，我们光顾着问案子，根本没有顾及他的感受，其实，他也是个很可怜的人，我们真应该好好关心关心他。"曾秀的心里很不是滋味。

"我觉得对他最大的关心，就是尽快抓住杀害他妻子的凶手。"

"有什么想法吗，邓队？"

邓原重重吐出一口烟雾："暂时没有，我脑子也很乱，我需要理一理头绪。"

"别忘了，你答应他找裁缝的。"

"裁缝，"邓原想了想，"我觉得这是一个外号，如果是职业的话，一般都会加个姓。"

曾秀苦笑一下："这比找凶手还难呢！走吧，回去再说。"

第六章 罗莎

邓原推开刑侦一队的大门时，屋里热热闹闹、有说有笑的。邓原还以为自己走错了门，都说三个女人一台戏，没想到三个大老爷们儿也能搞出这种气氛来。邓原咳嗽了一声："怎么，山中无老虎，猴子称大王了？"

大刘正眉飞色舞地比画着，看到邓原和曾秀回来了，哈哈一笑："猴子还没来得及称大王呢，老虎又回来了，哈哈！"

邓原也被大刘逗乐了，一扫杨波那里的阴郁："一看你们这么高兴，就知道有收获，快说说。"

"收获算不上，但至少比杨丽丽的案子有些眉目。"胡子把刚摘下的眼镜又戴上了，一般不需要工作的时候，他总要摘下眼镜让眼睛休息休息。

"我说邓队，别说你把袖子妹妹调走了，你就是再调走一人，或者就剩我一个，这事照样儿给你办了。"大刘边说边冲大兵挤了下眼。

邓原看了看大兵，大兵只是笑笑没说话。邓原收起了笑容，假装一本正经的样子："我说大刘啊，你什么时候能跟大兵学学，你瞧瞧人家，总是一副正派军人样，你再瞧瞧你自己，真跟只猴子似的。"

大刘又瞥了瞥大兵："他那是装的，刚才你没回来的时候，他比谁叫得都欢。"

"嘿！别以为我话少就好欺负啊。"大兵明白，邓原在成心气大刘。

"谁欺负你了，你们不信问胡子，刚才大兵就差跳桌子上去了。"大刘有点儿抓狂了。

大刘对于邓原来说，可以算得上是"又爱又恨"！大刘聪明能干，虽然爱使些小聪明，但也有他自己独特的手段。有时候遇到难题，交给大刘，他还真能给

第六章　罗莎

你办出彩儿来。这也正是为什么邓原总爱把一些难办的、艰苦的任务交给他，而并不是因为他话多。但，是人就有缺点，大刘的缺点还就是在这张嘴上，一贫起来没完没了，尤其是得到周围人不反对的情况下，颇有些蹬鼻子上脸，有时候需要敲打敲打："大刘啊，你是不是找我把最难最累的任务交给你啊？"

大刘扁了扁嘴："就知道欺负我。"

"你说什么？"邓原敲了敲桌子。

"没，没什么，我是说我给你沏了茶，你要不要喝？"

"还不快去拿。"邓原看着转身走开的大刘，终于乐了，但他没乐出声来。

其他人也都捂嘴乐了起来，这是难得一见的场景。大家都是年轻人，本来应该是充满活力、愉快的，但工作性质导致他们长期忍受各种压力，有时候，他们也需要喘口气。

玩闹归玩闹，过后还是要工作，刑侦一队的人围坐在了一起，他们有许多信息需要及时交流与沟通。

"死者身份已经查清，罗莎，24岁，业余模特。"第一个汇报的是大刘，"3年前来到本市，在本市没有亲戚。经常到一些大型酒吧或者夜店做些表演。6月17日晚，也就是罗莎被杀的日子，她在聚焦点酒吧做完表演后，就失踪了。"

"那最后与罗莎接触的人就是聚焦点酒吧里的人？"邓原问道。

"不是，是一个模特队里的人。"大刘继续说道，"虽然罗莎从事的是业余模特，但也有他们自己的模特队，说白了就是由一个交际广、道儿深的经纪人组织的小团队。这个模特队里的成员全是一帮串场的野模。经纪人主要是联系演出场所，以及该档期演出的成员。罗莎由于出道儿早，资格老，备受该经纪人的青睐。所以，几乎每场演出罗莎都会被提前安排好，除非罗莎有自己的安排不参加表演。罗莎在该模特队里比较出名，大家都叫她莎莎。"

邓原点点头，示意大刘继续说。

大刘接着说："我去该模特队走访过，其中一个17日晚跟罗莎同台表演名叫娜娜的野模说，罗莎表演完后，把自己打扮得特别地漂亮。她还以为罗莎约了男朋友，从罗莎说话的口气来看，像是约了别人。但是，具体约了谁，她就不太清楚了。"

"表演几点结束？"邓原想了想，"除了这个娜娜就没有别人接触过罗莎吗？"

"表演是晚上9点结束，但罗莎并没有马上离开，而是洗了澡，并做了精心的打扮后，于9点半左右离开的。其他人都在忙着赶下一个场子。"

"又洗澡又化妆的才半个小时？"曾秀有些不太理解，她的那些个同学好友，每次都要在镜子前坐上一个多小时，才肯离开。

大刘笑了："据那个娜娜讲，罗莎是标准的刀下美人，从头到脚几乎没有什么地方是没整形过的，尤其是她的那张脸，花了不少钱。所以，这种'自然'美人化起妆来轻松、简易。"

"嗯，这点倒真有可能，罗莎的照片咱们也看过了，除了表情痛苦，还真是一个大美人呢。我当时就觉得奇怪，怎么会有长得这么漂亮的女人？"大兵接口道。

邓原白了大兵一眼，这话题要讨论下去没完了："罗莎跟模特队的关系怎样？"

"可以说是互相利用的关系。罗莎利用模特队挣钱，而模特队利用罗莎的资本来打响名声。"

"按理说，一帮女人中，就怕出现一个拔尖的，我想多少会有人忌妒罗莎，会不会有人因忌妒在心，买凶杀人？"曾秀觉得任何一个爱美的女人，在看到另一个比自己漂亮的女人时，都会有那么一点儿忌妒心。更何况一个个还都是让人羡慕的模特，这种攀比肯定更加激烈。

"这种可能当然存在，不过，据我的观察和了解，不像是这种动机。"大刘想了下，"这么说吧，这个模特队人员的流动量很大，好多都是参加一两次演出后就不再来了，好多模特之间互相都不认识。有几个倒是跟罗莎熟些，但她们都抱着吃不着葡萄说葡萄酸的观点，用她们的话说就是，整容整出来的，胜之不武。"

大家都被逗乐了。

"确实没什么动机，谁也不会为了一个不怎么熟识的人去冒杀人的风险。"胡子接过了话，"聚焦点酒吧是一个中高档酒吧，每晚都有各种表演。据一个服务员说，17日晚9点半左右，罗莎确实是从酒吧前门出去的，还在门外站了会儿，像是在等什么人。但客人多，他忙着招呼，没一会儿工夫罗莎就不见了。"

"看来，问题的关键在于罗莎离开聚焦点酒吧后见了什么人。"

曾秀有些疑惑："可是，根本就没有人看到她跟什么人走了。那个娜娜也说，以为罗莎约的是男友，可听口气又不像。"

"据几个熟悉罗莎的模特讲，罗莎跟男友的关系不太好，经常看到别的男人来找罗莎。"大刘解释道。

"所以，你们所说的有眉目指的就是这个男友吧？"邓原瞟了大刘一眼，"据目前来看，除了这个男友，其他男人的身份还不确定，说说这个男友吧。"

第六章 罗莎

"此人叫白良,跟罗莎同岁,也是近几年到本市的,没有正当职业,靠罗莎养着。白良跟罗莎同居,租了风景阁小区里的一个一居室。我去过那里,没有人,据邻居讲,白良和罗莎这几天都没有回来过。"

"会不会是白良也出了什么意外?"曾秀问道。

"白良没出意外,他还活着。"大兵顿了顿,"我找到了房主,房主还提供了一个信息,这几天是交房租的日子,他给白良和罗莎打电话,一个是不接,一个是关机。可就在昨天,他的卡里收到一笔房款,汇款人正是白良。我查了,是咱们市的一个工行支行。通过银行的监控录像,更加证实了是白良给房主汇的钱。"

"邻居和房主有没有提供白良是从什么时候开始没有回家的?"邓原问道。

"这个他们也说不好,没有人会天天盯着别人家看有没有人回来。只是觉得白良和罗莎的家,最近几天特别安静,以前三天两头吵,所以,才知道他们这几天没回家的。"

"一个被杀,一个立马就找不到了,让人怎么想?难道他就是凶手?躲起来了?"曾秀若有所思。

"从动机上说,白良杀罗莎是有可能的。无论是模特队的,还是邻居,都证实了罗莎和白良的关系并不好,有别的男人找过罗莎,很有可能是白良因情所困,怀恨杀人。"胡子摸了摸下巴,"可是这样做也未免太笨了,以他和罗莎的关系,谁都会第一个想到他可能是凶手。而且,真要是他杀了人,应该立马离开本市,能跑多远跑多远,还留在这里,还汇钱!"

"哪有那么多高智商谋杀啊,大多数都是一时冲动、脑子一热就把人杀了,然后就吓得躲起来,等着警察抓。别忘了,没有一个人看到罗莎出了酒吧后是跟什么人走的,很有可能是白良在酒吧门口堵住了罗莎,企图挽回感情,最后因未果起了杀机。"

"那他为什么要剥罗莎胸部的皮?直接杀死碎尸再扔掉多简单。"曾秀问道。

胡子解释道:"这个可以用杀人的心理来解释。有些凶手,心中充满了仇恨,简简单单的杀人已经满足不了他们。他们通常会虐待死者,通过残酷的手段慢慢地杀死死者,死者在痛苦挣扎甚至求救时,他们会得到解脱、满足,甚至非常享受。白良和罗莎的关系不好,出现了第三者,或者多者,白良作为男人的自尊心受到了伤害,也可以说有些扭曲,他用极端手段对付罗莎,也不是没有可能。"

"那也用不着那么残忍吧?再怎么说也是他爱过的人啊,还真下得去手!"曾秀觉得不过瘾,又补了一句,"真变态!"

邓原摆摆手："我觉得还有一种可能，白良也许知道什么跟罗莎的死有关的事，他在躲什么人。"

"嗯，也对，毕竟现在找不到白良，一切都还不能确定。"曾秀点头道。

"只要还在本市，我就有办法把他找出来。大兵从他家里找出的照片，我已经撒出去了，这两天估计就有信儿了。"

"那好，趁着现在等结果，你们看看这个案子，"邓原示意曾秀把案宗拿来，"我和曾秀已经去过杨波那里了。他妻子半年前被杀的案子，咱们现在也算正式接手了，你们先了解一下。现在，我们要找一个叫裁缝的人。"

翻了没一会儿，大兵皱了眉头："这内容也太少了吧，他们干什么吃的？"

三个大老爷们儿眨眨眼，没明白。曾秀用最简短的方式，把会见杨波的情况说了下："我跟邓队都觉得应该帮杨波一把，你们呢？"

大刘抓了抓头上的卷毛："真没想到他这么惨，真是用情至深啊！找人这方面我在行，只是这个难度有些大，可能近期不会有结果的。"

"何止是有些大啊，简直是太大了，完全没有范围可讲。裁缝，是职业，还是外号？男人，女人？还有，是不是就在咱们市里？那个，不是我不想帮啊，我只是阐述一下难度而已。"胡子想想就觉得头疼。

"难度肯定是有的，我想，只要我们尽力了就行了。我坚持找这个裁缝，还有另一个原因，我觉得这个裁缝极有可能跟这个案子有关，弄不好可能就是破案的突破点。"

"我同意邓队的，为什么跟踪人要在破案的时候说出裁缝，我觉得他是在做提示。"曾秀说道。

"先不说这个跟踪人的身份，从时间上来讲就有些疑点。"大兵看了看案宗，"他要提示的话，为什么不是半年前杨波查这个案子的时候，而是现在呢？"

"这个很好解释啊，因为杨波没有破了这个案子，并因此消沉了起来。跟踪人的第一句就说了，'你要消沉到什么时候'。"

胡子玩味地笑了起来："不错，越来越忙，我喜欢。"

一阵鸟叫，大刘的手机响了。大刘掏出手机，刚听了几秒就马上说："太好了，我们马上过去。"

"找到白良了，有人今天看到他跟一个女人进了通泰酒店。"大刘合上手机看向邓原，"马上过去？"

"这家伙跑酒店去干什么？还跟一个女的！"胡子站了起来，有些跃跃欲试。

第六章　罗莎

"干什么，坐下，又不是去抓捕，我跟大刘去会会他，"邓原想了想，"还有一个女的，曾秀也去吧。"

通泰酒店，挂牌准四星，由于地理位置并非商业区，但在A市的旅游业内也小有名气，一些业内人士、富商们却常来这里光顾，因为它够偏。

邓原是第一次进到通泰酒店里面。酒店内部的装潢让邓原有些晃眼，与酒店外部的灰头土脸相比，完全高出了好几个档次："怪不得这里这么出名，跟皇宫一样！"

"不知道白良躲在哪个房间里？"大刘扫了眼前台，"邓队，你说他们会配合吗？"

此次出行，邓原他们着了便服。因为不知道与白良一起的女人是什么身份，而白良目前还不被确定为第一嫌疑人，他们不想影响到这里的其他客人："为什么不配合？我们又不是来捣乱的，正常查案。"

邓原来到前台，直接出示了证件，前台小姐也很痛快地一个电话把值班经理叫来了。

值班经理是一个小伙子，长得体面，穿得更体面，他示意邓原跟他去办公室详谈。邓原则把曾秀和大刘留在了大堂，让他们把守出入口，邓原可不想这个时候发生什么意外。

没想到事情进行得非常顺利，在讲明来意后，值班经理非常配合地带邓原去了监控室。在监控屏幕中，邓原看到白良进了906房。值班经理看到后也及时与前台取得了联系。

"这个房间是谁开的？"邓原看着值班经理挂了电话。

"是一个叫于梅的女人开的房，17日晚入住的。她是我们的常客，很有钱，但据我所知，这应该是她的假名。"

邓原听出了弦外音，很显然这个叫于梅的不是酒店的"保护贵宾"，这样更好："我们需要进入房间。"

"没问题。但是，我要跟你们一起。别误会，我只是不想影响到其他客人。"

"当然可以，我们也需要你们的配合。"邓原的目标是白良，其他的他才不关心。

"还有一点，如果你们查出什么，都与本酒店无关。"

"可以。"邓原听懂了，这个值班经理肯定知道于梅是什么人，只是不方便说。

906房间在九层的一个拐角尽头，这个拐角不深，一共就三个套房，相对于整个楼层来说，还是比较安静的。

但906房里一点儿都不安静。值班经理带着邓原他们一走进拐角，就听到一些声音从906房间里传出来。有男声，也有女声，哼哼唧唧的像是在唱歌。

真的像是在唱歌，邓原和曾秀他们第一时间以为白良和那个女人在房间里唱卡拉OK。"真有闲情逸致啊。"大刘撇了撇嘴。

邓原大步向906房走去，边走边说："也不怕吵着其他客人，其他两间房都有人住吗？"

"没，没有。"值班经理道。

邓原他们已经站在了906房的门口，里面的声音更加清晰地传到了耳朵里。

大刘走到906房门前，看了看门上挂着的"请勿打扰"，又将一侧脸贴在门上仔细地听了听。

邓原狠狠地瞪了他一眼："叫门。"

"叮咚！"门铃声乱叫了一阵后，没有任何反应，大刘索性抬手拍门，还是没有任何反应。

"他们聋了吗？"

值班经理从兜里掏出一张门卡，在门上刷了一下，"嘀"的一声，906的房门开了："这里应该没我什么事了，我还有事先走了，需要帮助，来找我。"值班经理没有等邓原回答就走了，可能他也不想看到尴尬的场面。

邓原握住门把手，看了眼曾秀："你先别进去呢。"

大刘苦笑着摇摇头，跟邓原一起进了906房。

不得不说通泰酒店的内部装修确实过硬，无论是从屋子的整体布局，再到精致别雅的家具，每一处都别具一格，甚至连壁纸和地毯都不难看出是经过精挑细选的。

屋内沙发上躺着一男一女两个人。

"谁啊，谁？"女人见有人进来，便很是意外地从沙发上站了起来。

"你们谁啊，你们怎么进来的？"女高音似乎并不着急穿衣服。

大刘掏出了证件："警察。"

"警察就牛了？给老娘滚出去。"女高音大手一挥，道。

邓原实在是理解不了，这哪里是个女人啊？整个一大老爷们儿，满嘴脏话的。"于梅是吧？不知道你的真实姓名是什么，不过，我想我们不难查出的。"

第六章 罗莎

于梅愣了一下，随后弯腰抄起地上的衣服挡在了身前："吓唬谁呢？唱卡拉OK没见过啊？我们你情我愿，犯什么法了？"

大刘从一旁的桌子上拿起一个空的小塑料袋，看了看又闻了闻："我还奇怪呢，你们唱歌也太投入了吧。我那么使劲地拍门，你们都听不见。不过，现在我明白了，这袋子里装的应该是冰毒吧！"

于梅的脸上终于露出了一丝害怕，但她看了看空的塑料袋又有些得意："一破袋子能说明什么？警察就可以造谣啊？"

大刘也笑了："是不是冰毒，你跟我们回去一化验就知道了，怎么样？"

"那，那不是我的，是他带来的，"于梅指了指仍躺在沙发上的白良，"我也不知道那是什么玩意儿，这可跟我没关系啊！"

"给我穿上衣服去！"邓原吼了一句。

于梅抱着衣服，扭着肥胖的身躯跑进了卫生间。

邓原走到白良身边："吸食了多少啊？"

沙发上的白良没有回话，一副虚脱得不行的样子。

"看样子是不少啊。"大刘也走了过来，看了看白良，咂舌道，"啧啧啧，真没想到这个白良居然是个'冰仔'！"

"起来吧，别装了，刚刚还生龙活虎的呢，你顶多受了点儿伤。"邓原冲沙发上的白良喊道。

白良还是躺在沙发上不动。

"起来，听到没？别装死了。"大刘一脚踹在了白良的屁股上。

"哎哟"一声，白良哼哼唧唧地坐了起来。

"把衣服穿上，"邓原又冲大刘说道，"让曾秀进来吧。"

白良的确很白，样子不难看，一看就是个小白脸，这倒符合他的姓。可人品实在不敢用"良"字来形容，虽然他现在已经穿上了衣服坐了起来，但眼神飘忽，一脸的流里流气，活脱一个黑社会小痞子。

"白良，你这几天都一直躲在这里？"邓原站在卧室正中，看着白良。

"警察同志，我跟这人不熟啊，他的事我什么都不知道，我是不是可以走了？"白良没回答，坐在一边沙发上的于梅倒抢了先。

白良怒脸看向了于梅："什么叫不熟？警官，那冰毒都是她带来的，你们找她。"

"明明是你带来的，我给你开了高价，你说包货的。"于梅还击得毫不客气。

白良气得直翻白眼："我要是有钱搞这个，还来伺候你？"

于梅腾地从沙发上跳了起来，脸涨得通红，一副要找白良拼命的样子。

"都给我住口，"邓原可没工夫看他们骂架，"曾秀，带她出去。"

曾秀拽了拽于梅的衣服："走吧，有什么跟我说。"

于梅愤愤地跟曾秀去了套间的外屋，还时不时地回头冲白良骂两句。

邓原拉了把椅子坐在了白良的对面："罗莎是你女朋友吧？"

白良没有想到邓原会问这个，他以为警察这次来的目的是扫毒："是啊，咋？她惹什么事了？"

"她死了，你不知道吗？"邓原接着问。

白良彻底踏实了，只要不与毒品有关，其他的他可不怕："不知道。"

"她是你的女朋友，听到这个消息，你一点儿都不伤心吗？"

"伤心个什么啊，那人早晚这结果。"白良不屑一顾。

"你似乎已经知道她会死？"

"实不相瞒啊，我跟罗莎的关系不怎么样。她嫌我没本事，弄不来钱，我知道她早想把我甩了。我就寻思着，指不定哪天，她得罪了哪个款爷的老婆，人家找几个道上的人把她先奸后杀。"白良说完还嘿嘿笑了两声。

"可是，据我所知，一直是罗莎在养着你。"

"呸！谁靠她养着了？我靠自己挣钱，你们刚刚不也看到了嘛。"白良冷哼了起来，"罗莎那点儿钱，全捐给整容事业了。真是可惜花了那么多钱啊，整得再漂亮也没见哪个款爷把她包下。"

"罗莎最近跟什么人混在一起？"邓原接着问道。

"我哪知道啊，她看见我烦都来不及呢！怎么会跟我说这个？"白良说这话的时候，低头玩儿起了手指。

邓原不相信白良不知道，虽说他们关系不好，但也一直同居着，白良不可能一点儿都不知道。但邓原也明白，像白良这种小混混，不吓唬他一下，他是不会老实交代的。于是，邓原换了一个问题："6月17日晚，你在什么地方？做什么？"

"当然是在这里，"白良笑了，"你们不是怀疑我吧？我有那杀人的力气和功夫，不如多挣钱呢！不信，你们可以问外面那个人，我这几天天天陪她。"

邓原知道白良没有说谎，值班经理也说了，这房是17号开的，但这也不能说明这几天里，白良都待在这个房间里："天天陪着她，你还有工夫去银行汇钱？"

"不愧是警察，有备而来啊，"白良做出一副佩服相，"没办法啊，该交房租了，

第六章 罗莎

要不没地方住了，我出来伺候那人也是为了这个啊。那人跟我一块去的，一刻都不愿意跟我分开，除了汇款，我们都在一起。"

"你们这几天一直在一起干这个？你不要命了？"大刘觉得有些不可思议。

"她开价高啊。一般男人都满足不了她，我开始还能对付，次数多了我也受不了。是她提出来用冰毒的，说是效果好，干劲足。"白良不忘又强调了一下，"都是她的主意啊，冰毒也是她提供的，我就是为了挣她的钱。"

"甭管你们谁提供，就凭你们吸食毒品、性交易，我就足以把你们带回警局。"

"别啊，警官，我那不是被逼无奈嘛，"白良有些蔫了，"您看，我这不是好好配合调查嘛，您问什么，我答什么的，没任何隐瞒。"

"是吗？"邓原冷笑一下，"没任何隐瞒？你跟罗莎同居住一起，她以前都跟什么人来往，你都说得头头是道。现在跟什么人混一起，你一点儿都说不上来，这可能吗？"

"我，我只是不能确定，"白良搓了搓手，一边想一边说，"好像是个做服装生意起家的，现在主营皮货，姓杜，圈里人都叫他杜老大，具体名字我还真不清楚。据说此人道儿比较深，黑白两道都有认识的人，生意涉及得也比较广，好像哪个都跟他有点儿关系，具体什么关系就不知道了。罗莎跟他怎么认识的，我也不清楚。你看，我就是一小人物，混饭吃的，知道的也就这么多了。"

邓原觉得白良说得还不透，估计还有保留，看来需要挤牙膏了："再好好想想，我想你也不希望跟我们跑趟警局。"

"哦，对了，据说这个姓杜的有一个癖好，特别喜欢胸部漂亮的女人，他基本上都要上手。"白良又仔细地想了想，"就，就这些了，我知道的真的就这些了。这只是人家的癖好，也不知对你们有没有用。"

一说到胸部，邓原想起来了："罗莎的胸部有什么特征吗？"

"啥？"白良又笑了，刚刚的蔫劲又被痞相取代了，"警官，您这是在问我啊？"

大刘瞪了白良一眼："老实点儿，有那么可笑吗？告诉你，罗莎的胸部被剥了皮，她的胸部有什么特征，对这个案子很重要。你是在这里说，还是跟我们回警局说？"

这招儿还挺管用，白良又老实了起来："罗莎的右胸上有一个蝴蝶的文身。"

"具体位置，图案什么样？"

"这个让我怎么说啊，家里有照片，我可以提供。"白良怕邓原他们又用去警局来威胁他，索性谄媚道，"还有一个情况，罗莎全身上下都做过整形，只有胸

061

部没有动,嘿嘿。"

还别说,白良的话还真给了邓原一些提示。整形,那是要跟身体肌肤直接接触的,之前就在想什么人会对人皮感兴趣,整形医师有这个可能,也具备娴熟的刀功。还有文身,也是跟皮肤接触的行业,想到这里,邓原问白良:"罗莎的文身以及整形都是在哪里做的?"

"这个,我也不太清楚,我对这方面没兴趣,不过,我可以回家查查,应该能找到的。"

邓原点点头,示意大刘继续问,他来到了外屋,曾秀已经结束了工作。他问了句:"怎么样?"

曾秀回答道:"她真名叫郑梅,老公在外省市做煤矿生意,在外面胡闹,常年不回家,倒是每月给她汇巨额生活费。她为了报复老公,自己也在外面快活,不得不靠冰毒来满足。17号下午,她在这里开了房,傍晚的时候与白良入住,除了汇房费和外出提货,两人都在这个房间里。"

邓原看了眼郑梅,后者一脸的谦卑:"你可以走了。"

郑梅如释重负地奔了出去,不顾屋里的白良。

"就这么让她走了?"曾秀厌恶地看着郑梅消失的背影。

"没有证据证明他们的毒品交易,我们的重点也不在此。不过,这种人不会有好果子吃,早晚被毒品所害。"

大刘也出来了:"没什么可问的了。"

"我还指望在这里能有什么大的收获呢,空欢喜一场。"曾秀有些垂头丧气。

邓原明白曾秀的意思,大家都把希望寄托在白良这里,无论是杀人动机还是从白良消失的时间来讲,白良都极有可能就是凶手。但是,通过刚刚那一出闹剧,这点基本上被否定了。只是邓原还没有放弃,虽然从时间上白良有充分的不在场证据,但这并不代表他不会怀恨在心买凶杀人。白良和罗莎之间的关系,各玩各的,有怨恨了还在一起,这不是正常情侣应有的关系。也许这里还有什么文章,只是目前还搞不清楚。"我不太相信这个人,密切注意他的行踪。"

"包在我身上。"大刘接下了任务。

曾秀还有些沉浸在悲伤、无奈的情绪中:"你们说这两个人,怎么那么不珍惜自己呢?出门在外的,寄托了多少父母的希望,不好好打拼,竟整些无耻的事来,让父母知道他们有这样的下场,得多伤心啊!"

曾秀的话让邓原想起了房先生,那个苦苦找寻自己女儿的男人,这时候的邓

第六章 罗莎

原特别能理解他。邓原一直想跟队里人说，但案子一个接一个，组员们都有些忙不过来了，现在想想，邓原有些后悔接下这个事。"大刘，辛苦你跟白良走一趟，其他的回去再说。"

既然裁缝是提示给杨波的，一定是跟案子有关。裁缝，说好找也挺好找，满大街的制衣店、裁缝店以及服装加工厂，一抓一大把。说不好找也真难找，因为全是裁缝，张裁缝、李裁缝、赵裁缝……可哪个才是杨波要找的裁缝呢？或者说，哪个才是杨波应该找的裁缝呢？恐怕也只有那个跟踪人才知道。

这个结果邓原已经猜到了。

不过，还是有收获的，与罗莎近期接触的"杜老大"已经查到。

杜宏，42岁，典型的暴发户。没什么文化知识，但是敢闯，年轻的时候带着老婆跑到国外做服装生意，两个人齐心协力，有了自己的店面，生意更涉及皮草行业。后来因局势动荡，安全得不到保障，两人便回了国。回国后的杜宏继续他的服装事业，老婆则安心在家当他的后盾。杜宏先后在A市承包服装批发，再到服装市场城建，胃口越来越大，皮货生意基本上只是一个幌子。由于多年的闯荡，杜宏认识不少黑白两道的人，现如今他的生意已经涉及多个行业领域。

邓原已经感到了压力，他深知这种人不好对付。先不说目前他是否被列入嫌疑人名单，光是调查就有难度，不知道会有什么样的人物因被触及痛处而从中作梗。

可再难啃的骨头也要啃，邓原带着大兵找上了杜宏。

天鼎高级别墅区，A市有名的富人区之一，住在这里的人都是富得流油的商人。在其中一幢靠北边的别墅门前，邓原按响了门铃。出来开门的保姆看到邓原出示的警官证后，很客气地把他们请到了客厅，并把杜宏的老婆唤了出来。

杜宏的老婆有些发福，但一看就是保养得很好的。可惜，杜宏的老婆比那个保姆还冷傲："我家老杜不在。"

"知道他去哪儿了吗？"邓原对这个女人以及这家的辉煌装修没兴趣，他也不想耽误时间。

"约了梦之幻的人谈生意。"杜宏的老婆回答说。

"6月17日晚，杜宏在什么地方？"

"在家里享用晚餐，"杜宏老婆停了下，"还有市长秘书。"

"罗莎你认识吗？"

"警察同志，我只是一个居家的女人，有什么事去问我家老杜吧，送客。"杜宏老婆冷了脸。

"什么玩意儿，不就是有几个臭钱吗！"出来后，大兵先发起了牢骚。大兵生气了也会骂人，只是他不会像大刘那样骂出脏字来。

吃了软钉子的邓原心里也堵得慌，还特意强调是陪市长秘书吃饭，压谁呢？不过想归想，如果这个案子真的牵扯到政府部门的人，那还真是不好办了，邓原只能在心里希望不是这样。

"邓队，下面该怎么办？那姓杜的有不在场证据，还要不要去见他？"在大兵看来，这是他入警以来最简短的一次查案。那个女人简简单单的四句话，概括了所有的内容，还包括了拒绝警方。不愧是跟杜宏一起打过天下的女人，不一般。

邓原一时没有说话，他在琢磨杜宏老婆的那几句话，他总觉得这里好像有什么，可怎么也想不明白。他看了看大兵："有不在场证据，也不见得能证明他与这个案子无关。我想，我们以后得有确切的把握，否则在他这里还是碰钉子。先回去看看大刘那边的情况吧。"

罗莎右胸上方靠近胸部中间的位置，文了一只粉蓝色的蝴蝶，栩栩如生。穿上低V的套裙，蝴蝶正好露在外面，给人整体上增添了几分妩媚。可放在刑侦一队这几个大老爷们儿面前，这种效果完全没有显现出来，因为他们看到罗莎的照片时，想的却是她那被剥了皮的暗红色的胸部。

唯独曾秀一人坐在一旁，她可不想跟几个男人一起看这种照片。她已经先看过了，目的是为了记住蝴蝶文身的位置及样子："你们说凶手剥她的胸干什么用？"

"估计是留下欣赏，不然还能干吗？"胡子摘下了眼镜，揉了揉眼睛。

大刘坏笑了一下："也可用啊，好比凶手是个变态，晚上在家的时候抱着死者的胸部……"

"我看是你的想法变态！"曾秀白了大刘一眼。

"这不是没有可能嘛！"大刘继续坏笑，"变态的凶手咱们又不是没见过，人是很奇妙的，什么事都做得出来。是吧，袖子妹妹。"

"去死！"曾秀狠狠瞪了大刘一眼。

"我说，你这一天到晚地老咒我去死，"大刘不生气，反而凑近曾秀，嬉皮笑脸地说，"我怀疑你爱上我了！"

"呸！"曾秀被逗乐了，她对大刘的这种无理取闹的行为早已经习惯了。

"哎，说正事吧，瞧你们俩，一天不逗几句难受。"邓原敲了敲桌子。

第六章 罗莎

"好，说正事。"大刘严肃了起来，"这个白良真的挺无耻的，在他家床垫底下藏的一个纸袋里有好多的照片，一部分是罗莎的艳照，还有一部分是罗莎跟不同男人在一起时的照片。所以，我怀疑，白良利用这些艳照威胁罗莎，所以罗莎才没有离开。"

胡子摇摇头说："我觉得不光如此，也有可能是白良和罗莎之间的交易，他们之间达成了一种共识。如果光是罗莎的艳照的话，可以说是白良威胁罗莎。但是那些罗莎跟别的男人的照片呢？怎么解释？只能解释是罗莎利用自己的美色勾引别的男人跟她上床，白良偷拍下照片以敲诈那些人。"

"两个都不是好人。"曾秀哼了一句。

"会是那些曾经被他们敲诈过的人吗？"大兵首先否定了自己的想法，"不像啊？如果是为了艳照的话，何必杀人呢？把照片和底片偷走不就得了吗？或者，真是出于无奈杀人的话，为什么白良没有事？照片还都好好地保存着？"

"要是这样的话，白良买凶杀罗莎的动机就不存在了。罗莎一死，他的财路就少了一条。"邓原突然想到了什么，"白良提供的是所有照片吗？底片呢？"

"白良说是全部的了，在他家里也没有再找到别的照片，电脑里也是干净的，底片更是交给了我，"大刘明白邓原的意思，"但是这小子滑头，估计留了一手。"

"那还得继续关注他，弄不好他在哪里还藏了照片。也许其中就有杜宏的，白良极有可能去敲杜宏一笔。"曾秀说道。

"敲诈杜宏？那他是自寻死路。"虽然没有见到杜宏，但他的老婆就先来了个下马威，杜宏恐怕更不好对付，大兵深知这点。

"先注意白良的行踪，我们的重点还得从罗莎的胸部找文章，之前讨论的方向没有错，整张人皮，关键还是剥皮。"邓原总结说。

"不知道是什么人对人皮感兴趣。而且还不止一张。就目前我们接手的案子来看，两个头部被剥，一个胸部，至少可以明确是两张人皮了。"胡子叹了口气，"究竟还要死多少人啊？"

邓原看了眼大刘："整形和文身呢？有眉目了吗？"

"有了，罗莎是在梦之幻俱乐部做的整形和文身。该俱乐部是一个综合型的美容纤体中心，规模挺大，涉及美容美发、整形、纤体减肥，以及娱乐健身。罗莎是该俱乐部的高级会员，持有金卡。据白良说，她每周都要抽时间去那里进行各种保养。"

"梦之幻俱乐部？我好像在电视上看过他们的广告。"曾秀毕竟是女人，对美的东西还是比男人注意得多些。

"等等，俱乐部的名字叫什么？"

"梦之幻俱乐部啊。"邓原莫名其妙的问话让大刘有些摸不着头脑。

邓原皱起了眉头，刚刚回来的路上，他就一直在想杜宏老婆说的话，总觉得有哪里不对。现在他想起来了，是名字。杜宏约了梦之幻的人谈生意，这个俱乐部的名字也叫梦之幻，怎么有些耳熟？邓原拉开抽屉，找出一张纸一看，没错，梦之幻俱乐部，房少芬失踪前就在那里工作。

"邓队，有什么不妥吗？"曾秀轻轻问了一句。

"没什么，你们去调查一下这个梦之幻俱乐部，有了结果告诉我。"邓原决定还是确定了以后再说。

第七章 胸针

邓原在一条曲里拐弯的小胡同里走着。这条胡同很窄，车开不进去，只能徒步进入胡同。

胡同很长，好像永远也走不到头，左拐右转，一个个连接着的小院、杂货小店，密集分布在胡同的两边。一群小不点儿来回奔跑着。

邓原左右看着门牌号，顾着不要绊倒脚旁的小朋友，偶尔还要迈过一小堆垃圾。这让他想到了旧里。这里的环境跟旧里差不多，唯一的区别就是这里的小路更弯曲。

邓原想起了去旧里的那天，从公厕里掏出了被碎尸的罗莎。而今天来到这个相似的环境，为的是失踪一个多月的少女。两者看似没有关系，却突然间被套上了一个共同点，那就是梦之幻俱乐部。

罗莎是俱乐部里的会员，房少芬是工作人员，她们之间互相认识吗？

从时间上讲，房少芬一个多月前失踪，罗莎是几天前被杀，这之间有什么关联吗？

邓原又想到了杜宏。杜宏与梦之幻俱乐部之间有生意往来，杜宏与罗莎之间的关系，以及罗莎是梦之幻俱乐部的客户，这三者仿佛被一根儿线给连了起来，这根儿线是什么？这三者都各自扮演着什么角色？还有，罗莎为什么会死？

从关系上讲，可能是杜宏与罗莎认识后，介绍罗莎去梦之幻俱乐部。也可能，罗莎是在梦之幻俱乐部里认识了杜宏。还有没有第三种可能？

邓原觉得如果有第三种可能的话，应该是出在梦之幻俱乐部身上。如果要想挖出这一线索，就得靠失踪一个多月的房少芬了。单从罗莎来讲，她只是梦之幻俱乐部的会员，从失踪到被杀都暂时扯不上该俱乐部。但房少芬就不同了，她是在俱乐部里工作，她的失踪能让邓原有机会去俱乐部里一探究竟。可是，房少芬为什么会失踪？是意外吗？是房少芬在梦之幻俱乐部里发生了什么事，或者发现了什么？房少芬的失踪跟剥皮案有没有关系？

邓原最矛盾的就是这两点，一方面，邓原不希望房少芬的失踪被扯进剥皮案里来，他不希望有更多的无辜者，更不希望看到一位悲伤欲绝的父亲。但另一方面，邓原又希望两个案子之间有关联，这样线索就会多，就更容易找出凶手的破绽，才容易侦破。

不知不觉中，邓原终于在一户门前住了脚。在一个拐弯处，有一个独立的小院子，院门口的旁边又单独立了一个小门，看样子与小院子没有关系。邓原掏出了纸，又看了看小院子门牌上的号，没错，地址上写的就是65号院旁边的小门。邓原知道该要面对的，怎么也躲不过去，逃避也不是他的做法，于是，他走过去拍响了小门。

邓原看着出来开门的房先生，微微一笑："房先生。"

"邓警官！"房先生看到来人是邓原，打心眼儿里乐了出来，"您来也不事先说声。"

邓原进了门后，还以为会有一个小过道，或者是一个极小的院子，没想到直接进屋了："你一直找不到小芬，地址又留的是这里的，不用问，你肯定在。"

房先生愁眉苦脸地说："是啊，我也是没什么办法了，只有在这里等消息。就怕你们找到了我闺女，联系不到我。"

邓原观察了一下屋里的环境，说实话，简陋得可以，不像是人长期居住的，倒像是一个临时房："房先生，小芬跟你就住在这里？"

"不要叫我房先生了，我这身份哪配先生啊，叫我老房就行了，"老房给邓原拉了把木凳，示意他坐，"小芬不住这里，她打工的地方给她安排宿舍。这是我来这里后找的住处，房主是个好心人，看我也没啥钱，又急着找女儿，就把这房子腾给我了，还安排我夜里去他那里看个门，也算挣点儿钱了。"

"行，我就叫你老房，"邓原自打看见老房，就看出他的眼中充满希望。邓原不想被问得很被动，所以他主动说，"目前还没有小芬的消息，我这次来是有一些事情需要详细问一下。"

老房有些失望，但马上他又高兴起来："自从我报案以后，邓警官是第一个主动来找我的，没有消息没关系，您有这份心就行了，有什么您请问。"

第七章 胸针

"小芬不是在梦之幻俱乐部工作嘛,我想知道你去那里找小芬的具体情况,能多具体就多具体。"

老房更高兴了,警察能这么问,就说明愿意帮他找女儿,求之不得呢!但他一下子又有些紧张,一时不知道该怎么说好。

邓原反客为主充当了一回主人,起身给老房倒了杯水:"别着急,慢慢说。"

老房点头接过水杯,想了想:"是这样。我这里没有亲戚朋友,小芬失踪后,我只能找她打工的地方问问,也就是梦之幻俱乐部。那里的一个女主管说,小芬自5月10号起就没来上过班,打她的手机也是关机,他们也不知道她去哪里了。5月9号,小芬还上了班,晚上也跟同班的小姐妹们一起回的宿舍,但第二天早上却没见着她。他们还把小芬的一些私人物品还给了我。"

"那个主管姓什么,叫什么?你没有见到他们的经理或者主事的人?"

老房回答道:"没有见到,我也搞不清楚。接待我的那个主管也没说姓什么,只是说她是主管。对了,他们那里的主管特别多。"

"跟小芬同一宿舍的人你都见到了吗?她们有没有说什么?"邓原又问道。

老房摇头道:"没见到,我也不知道谁跟小芬住一屋。当时她们都在上班,我去领小芬物品的时候,屋子里没人。"

"我记得你上次说过,还去过小芬以前工作过的地方。哪都是什么地方?有没有什么线索?"邓原要全面了解所有细节,一个都不能放过,然后再找出一个最有利的调查方向。

"有两个,一个是个小餐馆,小芬曾经在那里做过服务员。然后是一个小美容院,小芬在那里学会了手艺以后就去梦之幻俱乐部了,因为那里的规模大,待遇也好。那两个小地儿挣不到什么钱不说,我也觉得不安全。那都是老早的事了,后来小芬一直在梦之幻俱乐部干,梦之幻是小芬干的时间最长的一个。我去那两个小芬以前工作的地方,那里的人都不记得有小芬这个人了。"

邓原觉得目前还是梦之幻俱乐部嫌疑大些,先解决重点问题,如果没有线索,倒不妨考虑去查查这两个地方。不过,邓原也大概能猜出不会有什么结果的。"小芬既然到这里有段时间了,就没有一个朋友吗?"

老房接着说:"我家小芬是属于表面内向、性子里特倔强的人,没有什么特别要好的朋友。在这儿打工认识的一些人也都是普通的同事关系,她都不跟我说。每次她打电话都说一些问候啊,身体上应该注意些什么的。"

邓原想想也对,对一个刚到这里的打工族来说,不可能马上融入这个环境,但他还是问道:"小芬有没有跟你说过,在梦之幻俱乐部认识一个叫罗莎的女人?"

"罗莎?"老房使劲想了想,"没有。罗莎是干什么的?也是俱乐部里的员工吗?"

"不是,只是那里的一个客人,随便问问。"邓原想了想,还是不要说太清楚了,"小芬的私人物品呢?我能看看吗?"

老房从旁边的一个柜子里拿出一个纸箱子:"都在这里了。"

邓原翻出来看了看,衣服、鞋,还有一些女孩子用的生活用品,看了半天也没看出什么端倪。邓原一件一件把东西往箱子里装,当他拿起一双旅游鞋的时候,其中一只鞋的鞋面上一个微小的亮光瞬间闪了一下,很快,如果不仔细注意的话根本看不到。邓原还以为自己看错了,他把那只鞋拿起,在灯光下晃了晃,亮光又出现了。邓原仔细地观察起这只鞋,鞋是白色的,不仔细看的话还真很难看出鞋面上有一根针。邓原把手伸进鞋里一摸,有东西。他索性把鞋带拆开,把鞋从里面翻了过来,一个小巧的兰花胸针露了出来,它被别在了鞋的里面。邓原把胸针取了下来,胸针除了兰花外,下面还有一个小坠子,上面刻着字:"婷"。

"我想这个应该不是小芬的。"邓原把胸针拿到老房的面前。

"这东西看着挺贵啊,小芬不是奢侈的孩子。"

"这个我需要带回去。"邓原又从物品中找出一根绑有皮筋的笔,皮筋上还有头发,"还有这个,我也要拿走。"

老房点点头:"拿去吧。"

被别在鞋的里面,显然,小芬是不想这个东西被别人知道,那它的存在就有一定的意义,看来这次没白来。

"小芬的身上有什么特征吗?血型是什么?"邓原不想现在就让老房知道剥皮案的事,怕吓着他,而且小芬的失踪跟剥皮案到底有没有关系还不好说。于是他补充道,"这些特征有利于寻找她。"

"O型,她的后腰正中有个拇指大的胎记。"

第八章 敲诈

白良不耐烦地看了看表,这是第多少次了?他自己也数不清。白良甚至开始有些厌恶这块表了,怎么看怎么不顺眼,真想把这块表砸了。

白良扫了眼桌上的咖啡杯,里面的咖啡早被他牛饮般灌下。他实在不喜欢这个调调,更不喜欢这个环境。

一个多小时前,花衬衫、敞怀,衬衫里的胸骨时隐时现。下身的牛仔裤挂在胯上,里面的内裤都露出了边,随着走动,真让人担心牛仔裤会掉下来。白良就是以这样一个形象快速走进了这家高档的咖啡厅,对门口的服务员看都不看一眼。

"这位先生,您……"女服务员追了过去。她不是没有见过这种痞子,只是痞子都不稀罕到这里来。

白良头也不回,在咖啡厅里转悠,寻找喜欢的位子:"我约了杜老板,杜老板你们还不知道吗?"

女服务员当然知道杜老板,这里的贵客。她看出了白良的不善,但嘴上还是很客气地说道:"您请。"

白良找了一个临窗的位子坐下:"我要你们这儿最好的咖啡。"

女服务员心里哼了一声,走了。

白良舒服地靠进椅子里,他不是不知道女服务的不屑。搁以前,他一定会上前调戏一番,可现在,他的注意力在即将到来的人身上,还有他兜里装的东西。今天早上,白良致电杜宏,告之有好东西要交易,没想到杜宏马上答应在这家咖啡厅里见面。白良想着就乐了出来,甚至非常得意:"杜宏啊,看你这回在我身上压多少钱!"

白良惬意地看向了窗外，外面繁华的街道上行人川流不息，各色人等频频从眼前闪过，他欣赏着，开心极了，今天注定是个好日子。

时间一分一秒地划过，漂亮姑娘白良也看够了，可杜宏一直没有出现。白良开始坐不住了，不停地看时间，每隔几分钟就看一次表。可一个多小时过去了，杜宏仍然没有出现。白良觉得自己是在浪费时间："好你个姓杜的，耍我是吧？我今天跟你没完！"

白良把钞票扔在桌子上，愤愤地朝门口走去。

女服务员看到白良，轻蔑一笑："哎哟，杜老板还没来呢，您就走了？"

白良狠狠瞪了女服务员一眼，出门抬手，招了辆出租车。"天鼎别墅！"白良说完，猛地拉上了车门。

不远处的一辆车里坐着大刘，他看到出租车开走后，也启动了车子。

大刘奉邓原之命盯着白良。从白良出家门，再到咖啡厅，大刘都远远地看着。他不明白白良为什么会到这种高档次的咖啡厅来，按照他对白良的理解，白良不像是享受这种小资情调的人。可没想到白良在这种地方一待就是一个多小时，大刘已经猜出白良是要见什么人。但从白良出来的情形看，他要见的人并没有来。

大刘开车一直跟在白良所坐出租车的后面，不紧不慢的。直到出租车停在了天鼎高级别墅区的门前，大刘才把车停在了斜对面。这是杜宏的住处，没想到这家伙今天就有所行动，真是迫不及待。

42岁的男人并不算老，但杜宏看着比实际年龄要大些。可能风花雪月混得太多了，他脑顶的头发已有些稀疏，脸虽然白白净净，但松弛的皮肤还是难以掩盖疲惫和沧桑，尤其是那挺起的肚子，实在难以想象这是一个刚步入四十的男人。

不过，杜宏有一双很犀利的眼睛，透着一股子精光。眼珠子转转，就知道他在进行脑力劳动，绝对是一个精明的人。

现在的杜宏正盯着一个大木头箱子看，木头箱子就立在他面前的空地上。他坐在沙发上并没有急着起身，他点了一根儿烟，双目微闭。

箱子里的东西是杜宏梦寐以求的，他没有像其他人那样急切地扑上去看个究竟，而是在心中想象它会是什么样子，或者它应该是什么样子。这是杜宏的习惯，也可以说是癖好，他沉浸其中。

杜宏所处的屋子，是他的私密珍藏室，私密得连他的老婆都不允许进来，除非经过他的同意。整个屋子里，全是他的珍藏品。每一件珍藏品的到来，他都会

第八章 敲诈

像刚刚那样，极致地进行想象，然后揭开神秘的面纱。如果幻想与现实相符合，那么他将得到极大的满足。这个过程，杜宏非常享受，甚至很依赖，他每天都会抽时间待在这个屋子里，进行他的精神"盛宴"。

正想着，门外响起了敲门声，随后老婆的声音传了进来："老杜，外面有人找你。"

哼！杜宏冷哼了一下，他知道来人是谁，特意地戏耍他，竟然找上门来，胆儿肥了吗？杜宏拉门出来："什么人？这里的保安都是吃白饭的吗？"

"保安当然拦了，可那个人在外面无理取闹，胡嚷胡叫的，保安也是没办法才来问咱们见不见的，现在那人还在外面呢。"

"告诉那帮吃白食的，下回遇到这种情况直接报警。"杜宏只是嘴上说说，撒撒气，他明白，那个人肯定说了不少他的坏话，否则，那些保安早把他收拾了，"让他进来吧，书房见我。"

杜宏老婆什么都没有说，转身走了。

白良正面红耳赤地跟门口的保安争执着，突然得了特赦令，可算有机会一吐心中的不快："你们这群小兔崽子，等着吧，不会有好果子吃！"

白良跟着保姆进了杜宏的家，一头怒火被浇掉了三分之一。杜宏的老婆面无表情地丢下一句话："楼上书房。"然后转身去忙自己的了。

进了书房，白良一眼看见杜宏正坐在书桌后悠闲地叼着烟，眼神中有七分鄙视，三分幸灾乐祸。随后，他身后响起了关门声，保姆退了出去。白良突然有些不知所措，他以为杜宏会对他发火，或者有一群魁梧的保镖对他拳打脚踢，他甚至想好了如何以自己微弱的身体进行还击。可是，这些都没有，从他进门到现在，一切都透着两个字：冷傲！

这种感觉让白良非常不舒服，心中的怒火又少了三分之一。

白良虽然对眼前的状况有些意想不到，但几秒钟后他还是缓了过来。"是你杜宏耍我，竟然如此嚣张！"他又想到了揣在兜里的宝贝，"哼，看你笑到什么时候。"

"杜老板，您今天爽约了。"

杜宏弹了一下烟："我临时有事绊住了，所以没来得及赶过去。"

临时有事？有事还待在家中？门口的保安说了，这杜宏根本就没有出去过，白良心里暗想着，嘴上道："恐怕是杜老板您贵人多忘事吧！"

"你这不是已经找来了嘛，"杜宏笑了笑，"有什么事直接说吧，我时间紧。"

很好，那就开门见山。白良从裤兜里掏出一个信封，晃了晃："如果您还记得的话，我说过了，要跟您谈一笔交易。"

"是你手里拿的东西吗？"杜宏笑得更浓了，"我最喜欢的就是谈生意，来吧，先让我看看货。"

白良走上前，把信封扔在了杜宏面前的桌子上，他才不怕杜宏有什么作为，他手里有底片！

杜宏掐灭了烟，拿起信封，慢慢地把里面的东西拿了出来，是一叠照片。杜宏很欣赏地一张张翻看着照片，有时还会咧嘴笑笑，一副非常满意的表情。

白良看到杜宏看照片的表情，有些吃不准了。怎么这么镇定，就像是在看别人的照片？白良想起以前那些个被他敲诈过的人，个个都恼羞成怒，恨不得要把照片撕碎！难道杜宏是在特意伪装："杜老板，怎么样？货您还满意吧？"

"不错，很好！"杜宏仍然低头看着照片，根本没有抬头看白良的意思，"拍照的角度很好，表情抓拍得也很到位、清晰。嗯，有几张简直太像专业人士拍出的片了，真不错啊！"

白良有些不敢相信自己的耳朵，他疯了吗？"杜老板，您看到自己跟一个女人赤裸裸地出现在照片中，难道没什么想法吗？"

"想法？有啊！"杜宏终于抬起头，"我相信你是有备而来，底片肯定藏得好好的。"

白良终于找到得意的感觉："那当然，底片藏在一个非常隐蔽的地方。杜老板，您大可以放心，绝对不会有人能找到它的。"

"那就好，"杜宏把照片扔在了桌子上，"我还担心，你们精心拍摄的作品被不法分子所利用呢。"

白良不喜欢这种饶舌，不如干脆些："杜老板，您觉得它值多少钱？"

"多少钱啊？让我想想啊，"杜宏果然如他自己所说，认真想了想，"我觉得还是要分人，如果对我来说，它一分不值！如果对于那些报纸媒体，它还是值一些钱的，至少你这个月，吃饭不愁了。"

什么？白良再一次地有些不敢相信自己的耳朵："杜老板，您不怕媒体利用这个大肆宣扬吗？您真的觉得它一文不值吗？"

"媒体？"杜宏轻轻一笑，"恐怕不是媒体，而是你白良，想利用这个大肆宣扬吧？知道吗，你的这种行为叫作敲诈！"

终于扯到正题上来了，白良一点儿都不紧张，敲诈又怎样？他有敲诈的资本：

第八章 敲诈

"不宣扬也可以啊，那要看杜老板开个什么价了。"

"开价？白良，你到现在还不明白吗？这个，"杜宏指了指桌上的照片，"一分不值！"

白良有些怒了，就算他故作镇静，表现得也太过了吧！"杜老板，难道您不怕您光溜溜的身躯明天就出现在报章头条吗？"

"求之不得啊！"杜宏情不自禁地伸出双手鼓掌，"我恨不得天天都出现在报纸、娱乐杂志的头条呢！那能给我提高多大的知名度啊，比任何广告都有效果！"

白良愣了一下，随即一想，哼，姓杜的难道真的以为自己不敢这么做吗？"我怎么觉得这种负面新闻只能败坏你的名声，我想杜老板也不想成为万人喊打的过街老鼠吧！"

"过街老鼠？白良，你错了，"杜宏这会儿工夫，又点了根儿烟，"你还不了解吗？是个人都削尖了脑袋往前冲，为什么？当然是为了出名啊，出了名才能财源滚滚！只要能够站在风口浪尖，甭管是正面的还是负面的，目的达到了就行了。而那些个看着的人，只会是为了满足自己的好奇心，才不会去评论是非曲直。"

白良脑子有些空白，他没有想到姓杜的不惧威胁："这么说来，杜老板很愿意别人津津乐道地讨论你的艳照了？"

"哈哈哈……"杜宏肆无忌惮地笑了起来，"白良啊，谁不知道我杜宏是出了名地喜欢美女？我会去怕别人议论吗？他们不议论我还不开心呢！你最好现在就去把这些照片公布于众，到时候我的知名度再一次飙高，生意更上一层楼，你这是在为我的事业做贡献啊，我得好好谢谢你呢。"

白良彻底愣住了，一时不知该说什么好。

杜宏可没有放过这个机会："敲诈是讲究技巧的，你要找出对方的弱点，而不是你自己臆想出来的。虽然你曾成功敲诈了一些人，但那些人都太弱，尝到了甜头的你自然不会放过这次机会。这点，我理解你。好了，这些照片你拿走，随便你怎么处理。"

白良没有想到会是这样的结果，明明他是来威胁的，结果让对方将了一军。他有些气急败坏："你就不怕你老婆看到吗？"

杜宏表现出吃惊的表情："你是不是气糊涂了？媒体的宣扬我都不怕，还能怕她看到吗？她就在外面，你去给她好了，其实你进门的时候就应该给她看。"

白良有些咬牙："你不要太嚣张，罗莎已经死了，你是第一嫌疑人，警方会找你算账的。"

"嗯，从你进门到现在，这是你唯一说到点上的，"杜宏点头称道，"不过，你确定我就是第一嫌疑人吗？我的确是认识罗莎，但你的这些照片只能证明我跟她有不正当的关系，还能证明什么呢？相反，你的嫌疑也不小，用不用我到警察那里去说一说你们的事？"

"你胡说，"白良有些控制不住自己了，他不由自主地握紧拳头，壮了壮胆子大声斥喝，"姓杜的，罗莎是我的女人，就冲这一点我就可以跟你拼命。"

"拼命？你会吗？不是我杜宏瞧不起你，"杜宏冷哼一声，"白良，我对你还是有一些了解的。如果你有那拼命的胆量，你早混出来了。别的我不敢保证，至少我杜宏会用你。"

白良不自觉地颤抖了一下，杜宏说得没错，他确实没有这个胆量。他知道自己懦弱、没本事，整天不知道自己在混什么，只能靠女人养着。他曾不止一两次发誓一定要混出个名堂来，可惰性十足的他总是安于现状。白良被说到了痛点，他咬牙道："给我逼急了，我什么事都做得出来。"

杜宏似乎并没有在意白良说的这句狠话，在他看来，那还不如吃饭吧唧嘴来得有力。他说道："要想在道儿上混出名堂来，至少要做到阴、狠两个字。阴险毒辣，你有吗？狠，你更达不到。别以为我不知道你跟罗莎的那点儿勾当，也就是那些个蠢材才会着了你们的道儿。行了，别耽误大家的时间了，回去好好想想吧。"

白良被彻底打败了，从一开始的气势上他就没有占得先机。自己挑出的事端，却被对方击得粉身碎骨。失败，真是太失败了。白良觉得自己非常没面子，甚至无地自容，他什么话也没有再说，转身向门口走去。

"等等，"杜宏叫住了白良，"这些照片你忘了拿。"

"你自己留着慢慢欣赏吧。"说完，白良推开门走了出去。

杜宏看着离去的白良："哼，不自量力。"

杜宏收起照片又回到了珍藏室，那里有他时时牵挂的宝贝。这一次，他没有再犹豫，三下五除二地拆开了木头箱子。里面的物品露出了真面目，静静地站在箱子里，仿佛在等待被发现一样。

杜宏眼睛一亮，没错，是这样，就是这样，这正是他想要的样子。他情不自禁伸手抚摸了起来，梦寐以求的东西就在眼前。

"当当当——老杜？"屋门再次被敲响，老婆的声音传了进来。

杜宏合上了箱子，走到门口，打开门："怎么了？"

第八章 敲诈

"为什么对那个人那么客气？"

"一个小混混，用不着对他费心思。"杜宏想起了白良，不屑一顾。

"警察来找过你。"

"我知道，你不是已经帮我处理好了吗？"杜宏说道。

"是啊，那天晚上我们在陪市长秘书用餐。"

"那些只是警方的正常调查，不用放在心上。"杜宏轻蔑地一笑。

"嗯，我知道。对了，梦之幻那边的生意谈得怎样？"

"很好。你身体不太好，多注意休息，其他的事，我来处理。"杜宏的心思还在箱子里的宝贝上。

"嗯。"杜宏老婆没有再说什么，转身离开了。

077

第九章 暗查

大刘坐在车里一直盯着天鼎高级别墅区门口的动静，从白良与门口保安发生口角上的争执，再到叫骂，甚至是无理取闹的身体冲撞，一切都尽收眼底。大刘觉得白良很可笑，不过，不难看出他正处于愤怒状态中。

白良的举动引来了好多的围观群众，大家都像看一个跳梁小丑一样，欣赏着他的滑稽表演。直到白良狠狠地骂了一句，进了别墅区，围观群众才散去。

大刘没有急着跟上去，在他看来，大白天的，白良不会做出什么有危险性的事。同样，白良也不会受到任何生命上的威胁。更何况，刚刚还有一群围观群众，于是，大刘放心地坐在车里等待结果。

果不其然，没多久，白良就蔫头耷脑出来了，一脸垂头丧气，尤其是经过保安室时，更是狠狠地朝地上吐了口痰。大刘虽然不能十分肯定白良找杜宏的目的，但有一点可以确定，白良没得逞。

大刘及时跟邓原汇报了这一情况，后者命其归队，白良的事可以暂时放一放。

邓原一回局里，就钻进了检验科，他把从小芬鞋里找到的兰花胸针和笔交给了检验员，上面有一些东西需要化验后才能确定。

在老房的家里时，邓原看出胸针上有一些划痕，兰花雕刻的缝隙中还有一些暗褐色的东西，通过自己多年从警的经验，嗅出这应该是血迹。邓原没敢声张，他怕吓到老房，仅凭小芬把胸针藏得这么隐蔽，就能说明这是一个非常重要的线索，跟小芬的失踪一定有很大的关系。而血迹这个东西是最容易让人往坏处想的，在现在还没有确定这个血迹是不是小芬的之前，邓原不想看到担惊受怕的老房，于是，他把该问的问题问明白后，就赶回了警局。

第九章 暗查

依邓原的判断，胸针被藏得这么隐蔽，指纹应该不多。自己的、小芬的、物主的，其他的就应该是可疑人的了。就算不是凶手的，也应该是能扯上些有关的人。

检验员对此并不抱太大的希望，第一，通过初步的痕迹观察，胸针被保存的时间过长，这期间都经过什么人的手，不得而知。第二，指纹重叠过多，一个个摘出来需要时间，也非常有难度。

邓原没有再耽搁，回了刑侦一队，大兵和胡子应该已经获取到梦之幻俱乐部的一些信息了，他需要进行汇总。

没想到大兵和胡子并没有带回什么有用的信息，他们受到了"阻拦"！

"阻拦"的原因有些意外，邓原想想都后悔，早知道就让曾秀去了。

"梦之幻俱乐部的人倒真是配合，问什么回答什么，但是，只是初步的表面现象，再想深入调查就办不到了，谁让咱们是爷们儿呢！"胡子说这话的时候，自己都觉得好笑，"里面都是女客户，都在保养呢，你们说咱进去算干吗的！"

"所以呢，我们也只是大概了解了下情况。"胡子想到和大兵一起，在梦之幻俱乐部里被一群小姑娘围着，一听说他们要进去看看，个个都笑得乱颤。打听之后才知道，该俱乐部是做全身的美容养护，从头到脚，所有的客人进去都要脱掉衣服。别提当时两个大老爷们儿有多尴尬了，愣是在外面转了转没敢进去。

曾秀也被逗笑了，她能想象出当时两个人能有多窘迫："早知道，我就跟你们一起去了，至少我还能进去。不过，你们可以勒令那些个客人穿上衣服，等你们调查完了，再继续保养呗，也不在乎那几分钟。"

胡子耸耸肩："没这个必要吧！罗莎是在聚焦点酒吧参加表演后出的事，与梦之幻俱乐部应该扯不上多大的关系，她只是那里的金卡会员而已。"

"怎么会没必要呢？所有跟死者有关系的都要接受调查，这是规矩。"曾秀反驳道。

胡子推推眼镜，那是他常有的动作："没说不调查啊，这不是去了嘛！只不过人家在营业，咱们不方便进去啊，该问的还是都问了啊。是吧，大兵？"

"嗯，是，"大兵点点头，"不过，袖子妹妹说得也对，毕竟罗莎是在梦之幻俱乐部里做的整形和文身，与皮肤有关系的还是要好好调查一下的。"

胡子感觉像是被踩了一脚："哎哟，真是女同胞受到格外照顾啊，瞧大兵都向着你。反正你俩就是一唱一和欺负我。我是觉得没有必要绕弯路，应该把重点放在罗莎与杜宏，还有白良之间的关系上。"

"瞎扯什么，我那是在就事论事。再说了，我不是跟你一块去调查的嘛。"大兵扫了眼一边的邓原，发现他今天有点儿反常。

曾秀也发现了邓原的异常，她朝胡子努努嘴。胡子也看向邓原，见他一副心事重重的样子，这可不像他。每次开会讨论案情，邓原的话虽不多，但总是有总结性和指导意义的，今天这是怎么了？"邓队？有什么指示吗？"

邓原虽然一直在听他们的争论，可他的心里却在想另外一个问题，到底要不要跟他们说小芬的事。小芬的失踪，和那个兰花胸针都说明梦之幻俱乐部可能存在着很大的问题，但只是可能，没有证据。是否与罗莎的案子有关系，就更难证明了，他不想妨碍大家的判断方向和思路。邓原想来想去，决定还是先不说，至少有些眉目了再说。"梦之幻俱乐部的负责人，你们查了吗？"

虽然看出邓原有心事，但他不说，大家也觉得没有必要追问。大兵做了回答："梦之幻俱乐部的负责人，也就是注册法人，是一个叫朱永义的男人，他也是俱乐部里的顶级美容总监兼顾问，绝对是个一把手。我们当时去的时候，他正在为一个客户做隆鼻手术，一时半会儿分不开身，所以我们没有见到他本人。"

"梦之幻俱乐部几点关门？"邓原看了看表，已接近傍晚。

胡子回答说："据他们的员工说，晚上九十点钟吧，可能还会晚。基本上是最后一位客人走后，才能下班。因为有一些客户是要下班后才能去他们那里进行美容保养，所以，他们的营业时间比较长。"

邓原没有再犹豫，站了起来："跟我再走一趟。"

"现在？"

"再去一趟梦之幻俱乐部？"为了案子，熬夜加班根本不算什么，大家早已习以为常。只是今天的邓原太奇怪了，大家都感觉到摸不着头脑。

"有什么问题吗？"一句问话，邓原却用肯定的行动来表达，他没等大家回答，自己径直朝门口走去。

其他人二话没说，纷纷跟上。

刚跨出刑侦一队的门，匆忙赶回来的大刘把邓原他们拦住了："邓队，我有些想法。"

邓原知道大刘说的是什么，肯定是关于白良的事，如果没猜错的话，大刘应该是想继续跟踪白良："理由？"

"白良从杜宏的住处出来后就回了家，暂时还没有什么异常。这样，我在回来的路上仔细想过了，这条线咱们不能放啊。就目前的状况来看，虽然我们还不

第九章 暗查

清楚白良找杜宏是不是敲诈,但有一点可以说明,白良与罗莎及杜宏有着很微妙的关系。这种关系虽然现在还不能保证对破案有帮助,我也不能保证从白良身上再挖出什么重要线索来,可如果没有人理这件事,就等于是完全地放弃,我不甘心啊。就算没有结果,我也想试一试。"说完,大刘用很期盼的眼神看着邓原。

其实邓原也想到了这点,只是他现在的重心完全放在了梦之幻俱乐部这里,他需要找到突破口。如果现在就去找杜宏的话,只能是为难自己,因为根本没有有力的证据。邓原可不愿意打没把握的仗,更何况仅从罗莎跟杜宏的情人关系上还找不出充分的说服点。当然,邓原也不想错过白良这条线,甭管这条路走得通,走不通,都要试,不试怎么会知道结果呢?对于警察破案来说,就是要在千万条路上找出那条关键的路径。绕弯路、陷入歧途,都不可怕,哪一个最终破获的案子没有经历过这些?最可怕的就是轻易放任任何一条线,追悔莫及。邓原赞许地看了看大刘:"你小子,肯定已经计划好了,说来听听。"

大刘嘻嘻地笑了起来,他早就知道,邓原一定会支持他的想法:"看今天白良的表情应该是计划失败了,似乎对杜宏有仇恨。所以,我想利用这一点说服他跟咱们合作。"

"你这是想做策反工作啊!"邓原笑了,随后想了想,"白良这人的脾气我们还没完全摸透,如果他在杜宏那里吃了瘪,现在的情况要么就是彻底蔫了,要么就会狗急了跳墙。你多注意下,别给他刺激过头了。"

"嗯,放心吧,我还能让他给利用了!"

"白良要是利用咱们,倒是好事,咱们可以反利用他,"邓原觉得时间差不多了,"你自己酌情处理吧,需要帮助的话找我。"

警车开到距梦之幻俱乐部还有一个路口的地方停了下来,邓原扭头仔细地看着坐在副驾上的曾秀。

曾秀被邓原看得有些毛,刚想伸手摸摸脸上是不是有什么东西,就看见邓原把目光从她的脸上下移,扫过上身、腿,甚至低头看了看她的脚。"看什么呢?"曾秀真想摸摸邓原的头,是不是发烧了。

邓原点点头:"不错,今天穿得还挺漂亮。"

除了警局里的任务,或者重要的场合,一般他们都不穿警服。大家都这样,邓原从来没有对谁的着装提出过异议,曾秀实在不明白邓原今天抽的哪门子风:"没生病吧?"

"你才有病呢！"邓原白了曾秀一眼，"你现在下车，先我们一步过去，扮作客人，把里面的情况都摸清楚了。"

"有必要这么神秘吗？正常调查我也能进去啊！"曾秀回头看了眼坐在后面的大兵和胡子，两人也大眼瞪小眼地看着她。

邓原没再说话，就那么看着曾秀，小丫头片子，敢不听命令了是不是？

曾秀噘着嘴下车了，邓原赶紧补充了一句："所有的地方，瞧仔细了，回来你要画图的。"

曾秀在心里抱怨了一句，朝着梦之幻俱乐部的方向去了。

邓原眼瞧着曾秀走远，他也没给后面两个人发问的机会："该抽烟的抽烟，20分钟后，跟我一起过去。"

邓原对于美容业的了解，仅限于别人聊天的谈话中，就这都是极少的。所以，当邓原站在梦之幻俱乐部前面时，他吃惊不小。

梦之幻俱乐部不像其他美容院一样，蜗居于某个商场大厦里，或者挤在一群小的服装精品屋中。它足有两层，而且是单独的小楼，邓原想起老房说过，梦之幻俱乐部提供员工住宿，不知道宿舍是在这楼里，还是被安排在什么地方。

整个楼的外部装修简约、靓丽。没有精美大理石的塑造，也没有豪华装饰品的点缀，整个两层楼的外墙全由透明的钢化玻璃取代，简单至极。虽看似简单，却有着别样的妙处。尤其是现在已接近傍晚，天色暗了下来，俱乐部里灯火通明，使得整栋楼光彩靓丽，从外面就能看到里面人影绰绰，一个个穿着紧身制服的小姑娘，还有一些打扮入时的漂亮女子，扭着美妙的身姿从你眼前闪过。当然，你也只能看到这些靠近玻璃的人，再往里面就是一个个的白色隔断，给人一种想要看又看不彻底的朦胧感。

在一楼门口的两边分别贴着一幅美女出浴图和巨字广告标语。出浴图上的美女，半遮半裸，恰到好处地达到了让人浮想联翩的目的。而广告标语只有一句话："梦之幻，梦想成真！"挺俗的一句话，却抓住了每一个有梦想的人的心。

邓原不得不承认，这个梦之幻俱乐部的确很会造势，经营者一定是个有头脑的人。至少，在他站在门前的这会儿工夫，街上的行人都瞥来欣赏的目光，有的甚至驻足张望。

邓原看到俱乐部里面已经有人在向他们张望了。"走吧。"邓原率先走了过去。

由于之前大兵和胡子已经来过这里，梦之幻俱乐部的人先是对于站在门口的三个男人感到奇怪，因为通常站在门口犹豫着要不要进来的都是女人，随后他

第九章 暗查

们认出其中两个是警察，就赶快迎了出来。同一天之内，警察接连来两次，他们也不知道俱乐部里出了什么事。

进了梦之幻俱乐部的邓原独自观察起一层大厅的环境，大兵和胡子则与出来接洽的经理交代此行的目的。

所谓的大厅就是和房间隔出的空地，空间不大。正对大门的斜右前方是前台，前台的后面是一堵挂满照片的墙。所谓的前台就是一个漆木的深棕色大班台，上面摆着一台电脑、一部电话和一个精致的花盆，旁边堆放着一堆文件夹。一个化着浓妆的小姑娘正站在班台后看着邓原。

前台的斜对面，也就是门口的左手边，是一个半弧的沙发，沙发前是一个玻璃茶几，上面摆着几个小巧的茶杯。一个女客人正被一个穿制服的小姐叫去一个房间。她们边看着邓原，边小声嘀咕着，邓原听见女客人在问："怎么男人也来这里？"

邓原四处看了看，全是一个个的小房间，门紧关着。他在找通往二层的楼梯，寻摸半天才在前台的后面看到一个楼梯的小拐角，不仔细看还真看不出来。

一个穿着黑色紧身制服、领口别着一朵玫瑰花的女人站在了邓原的面前："邓队长是吧？我姓孟，我是梦之幻俱乐部的经理，您有什么事问我就可以了。"

邓原看了一眼这个姓孟的女人，她年纪有些大，至少35岁以上，脸上同样化着极浓的妆。"我的同事之前已经来过了，但是，还有一些细节上的问题我们需要了解一下。"

孟经理点了点头，正准备再寒暄几句，一旁的几个不谙世事的小姑娘围了上来，个个都瞪着大眼睛。在她们看来，警察查案只有在影视上看见过，这种现实生活中亲临的感觉还是头一回。

邓原皱了下眉头，他很不喜欢被一群浓妆艳抹的姑娘围着："你们该忙忙你们的去，有需要，我会找你们的。"

孟经理一眼看出了邓原的厌烦，冲那几个小姑娘努努嘴："去，都一边去，照顾好客人。"

小姑娘们一哄四散，邓原看到她们进了几个屋子："方便进去边走边说吗？"

孟经理面露为难之色，进去吧，真是不太方便，客户们肯定会有意见，弄不好还会吓走一些人。可要是不进去呢，又不太可能，先前来的两个小将打发也就是了，这个可是刑警队长，如果真是下令哄走客人，也是没有办法的事。这可该怎么办呢？

邓原看出了孟经理的为难:"你误会我的意思了,我是说在这里看看。除非有必要,我不会进屋里去打扰你们的客人。"

"行。"孟经理脸色稍微缓和些,但她还是有些担心。可刑警队长都能理解她的难处,她反而不好再阻拦了。

邓原并没有急着进去,而是返回到前台,指着前台桌上的一堆文件夹说:"这里应该是所有客户的资料了吧?"

孟经理有些吃惊,她没有想到一个从来没有来过这里的男人会一眼就看出文件夹的意义:"对,这是所有客户的美容档案,您是怎么知道的?"

邓原微微一笑:"我猜的。"

"嗯,"孟经理点点头,"我们这里很专业的,每一位客户的需求、所购项目、时间安排以及她们的喜好都有详细的记录。哦,对了,她们的生日我们也记了,只要有会员过生日,我们就免费赠送一次项目护理……"

"行了,"邓原打断了孟经理的话,"我要看所有的资料。"

"可以,这个没问题的。"孟经理招呼前台小姐把所有的资料都找了出来。

"胡子,你在这里详详细细把资料过一遍,找出罗莎的。另外,把所有名字中含有婷字的也都找出来,所有的,一个都不要落下。"邓原认为,以房少芬少得可怜的交友关系来看,她的失踪跟梦之幻俱乐部的关系最大。那么从她鞋里找到的兰花胸针,也必定跟俱乐部有关系,只是不知道是客人的,还是工作人员的。

胡子应了声后,马上开始着手阅读资料,虽然他的心中也有疑问,但在这种场合,配合邓原是必须的,他相信邓原会给他一个合理的解释。

孟经理有些犯愣,她没明白警察为什么会查一个名字中带"婷"字的女人,不是冲着罗莎来的吗?难道又有别的事?容不得她细想,邓原和大兵已经朝里面走去了。

孟经理快步跟上邓原他们:"邓队长,您找名字中有婷字的人是为什么?是有新情况了吗?跟我们梦之幻俱乐部有关系?"

邓原没有停下脚步:"这个你不用管,需要你回答的时候,我自然会问你。"

孟经理有些尴尬,她看了看一旁的大兵,虽然表情非常冷漠,但跟邓原比起来算是可爱多了。

"孟经理,罗莎是你们这里的金卡会员,跟你们的关系应该不错吧?"邓原稍稍放慢了些脚步。

"是啊,她每周都要来这里做一次全面护理,跟我们也可热情了,每次都姐、

第九章　暗查

姐地叫我呢！跟我们这里好多人都成了朋友。"孟经理随后叹了口气，"唉，你说罗莎怎么就出了这种事呢？少了她这个大客户，我们的生意就受损了！"

邓原没有理会孟经理的牢骚，接着问道："罗莎这个人你怎么看？"

孟经理被问倒了，为什么问她这个问题呢？就好像她的死跟自己有关似的！可对于邓原的问题，她又不敢不回答，于是，想了想："她是我们这儿的贵客，我能怎么看呢？天天巴不得她能来就好了，她这人出手也阔绰。对了，她遇害的那天我在这里值班，有好多的员工可以给我证明的。"

邓原被孟经理的紧张逗乐了："我就随便问问。对了，罗莎最近跟什么人走得很近？除了俱乐部里的人？"

"这我哪儿知道啊！"

邓原索性停了下来："你仔细想想，罗莎是不是跟一个叫杜宏的人走得很近？你们有没有听她说过？"

"杜宏？怎么听着有些耳熟？"孟经理仔细地想了想，最终还是摇摇头，"不知道，罗莎只是我们的客人，每次都是跟她商讨如何保养。至于她的个人私事，她自己从来没主动说过，我们也不好过问啊。"

"罗莎是你们的常客，多少应该能透露些什么吧？"

"哟，邓队长，看您真是说笑了，我们一天都面对近百个客人，怎么可能记得住每一位客人都说了什么呢？"

"也对，"邓原盯住了孟经理的眼睛，仿佛想把她看透一样，"客人你们不能十分地了解，但是员工，你们应该掌握得比谁都清楚吧？"

"这还用说吗？"孟经理又有些紧张了，她感到邓原又像是在给她下套，"我们的员工，当然了解了。"

"那好，我问一个人。"

"谁？"孟经理知道，她这会儿工夫一定死了好多的脑细胞。

"房少芬。"邓原慢慢地，一个字一个字地念出来。

大兵凑了过来，他先看了看邓原，他不明白邓原为什么会问出这个名字。跟案子有什么关系吗？怎么从来没听邓原说过？然后，他又看了看孟经理，他更期待的是孟经理的回答。

孟经理看了看邓原："房少芬？你确定是我们这里的员工？"

这回轮到邓原迟疑了，难道房少芬不是梦之幻俱乐部的员工？难道老房一直都搞错了？不可能啊，小芬遗留下的东西怎么拿回来的？可看孟经理的表情，很真切，难道是太会伪装了？邓原决定提示一下她："房少芬，一个多月前从你们这里失踪的。"

孟经理像是卸下了重担，长嘘一口气："您说的是小芬啊，我当谁呢？对，她是我们这里的员工。她的父亲也来找过，我们把小芬的东西还给了他。"

邓原也有些吃惊："你们记不住员工的名字吗？"

"那员工的名字也就财务发工资的时候用得上，我们这儿啊一般都叫小名，比如，圆圆、小辛、小桐，等等。"孟经理笑了，"时间长了养成的习惯。第一，我们这里的员工比较多，流动量又比较大，一个个地记名字，实在记不过来。第二呢，这也是为了客户着想，我们这里的客户基本上都是来自于白领阶层，她们拼命工作了一天，到这里来就是为了图个放松，叫小名呢，既好记，又觉得亲切，客户一般打电话提前预约都是直接说时间和员工的小名，我们记录下来，安排好就是了。"

"你们就这么处理员工的失踪？"邓原看着孟经理，语气加重地说，"小芬可是在你们这里失踪的，你们就一点儿责任都不负吗？为什么不报警？"

"小芬她爸报了啊！"孟经理觉得有些委屈，"员工又没卖给我们，我们没有权力干涉她们的自由，小芬自己走的，我们有什么办法？！"

推得真干净，邓原没有理会，接着问："按你刚才说的，客户都有固定的员工接待，罗莎一般都是由谁来负责？"

"哟，那可多了。罗莎是我们这里项目做得比较全的一个，所以，每次她来，都是好几个一起招呼。"

"小芬呢？罗莎是不是也是小芬的客户？"邓原试图找出罗莎与小芬的关系，毕竟两个都是与梦之幻俱乐部有关系的人，一个是大客户，一个是员工，多少应该有些交集。

"小芬不负责罗莎。小芬来的时间短，业务方面还不是很成熟。像罗莎这种要求高的客户，我们一般不安排新来的员工，都是主管级别的人接待。"孟经理跟邓原介绍了一下俱乐部里员工的级别安排。

"她们不认识吗？从来没有接触过？"邓原在等孟经理的回答，如果她说不，那一定有问题。

"这个还真说不好，毕竟都是在俱乐部里，要说从来没接触过，那不太可能。虽然，我没有安排过小芬接待罗莎。但在各种项目进行中，帮个忙，或者端个茶倒个水的倒是极有可能。您可能对我们的业务不太了解，有些项目是必须多人操作的。也许她们见过，但您说的关系，我真的不知道了。"孟经理很认真地回答。

邓原点点头，他觉得孟经理说得很在理。罗莎和小芬是否认识，是否有关联，看来得从别的地方下手了："负责罗莎的人都在吗？有些事要问问她们。"

"应该都在呢，我去找找。"

孟经理说完就走进右斜前方的一个屋子，不一会儿就带出一个小姑娘来。然后她又进了对面的两个屋子，陆陆续续地带出了一些人："就是她们，有什么您问吧。"

"你来问吧，"邓原看了眼大兵，后又转向孟经理，"我想到楼上看看。"

孟经理带着邓原又返回了前台的后面，顺着楼梯往上走。来到二楼后，邓原发现二楼跟一楼一样，无数个门，门上挂牌标着：激光、形体、手术1、手术2等。邓原觉得这里不像是俱乐部，倒像是医院。"从外面看挺大的，没想到里面这么拥挤。"

"这里以前是个酒楼，老板盘下后重新布置了格局。屋里的空间挺大的，这不，里面都有客人嘛，要不，就带您进去看看了。"孟经理一边带着邓原在过道里慢走一边说，"一楼主要是美容护理和保健，二楼基本上就是整形了。"

"我们这次来也是为了小芬失踪的事。"邓原又把话题扯到了小芬失踪上。

"唉，说小芬是从我们这里失踪的，真是憋屈。"说这话的时候，孟经理挂上了一脸愁苦，"你说那脚长在她腿上，她要去哪儿，我们哪拦得住啊！"

"具体点儿。"

"我们也是好心，为了让员工方便上下班，特意安排了宿舍，甭管有没有地儿住，都可以住宿舍，不忙的时候大家也可以倒着班轮流在宿舍里休息。谁知道那个小芬哪根儿筋不对了，自己跑出去了。"

"应该已经有警察来过了吧？"

"可不是，还不是小芬她那个老子闹的，跑我们这儿好几趟，硬说是我们把他女儿弄丢了，非要我们还他女儿，什么道理啊？"孟经理又换上了一副不屑的表情，"片警来过两次，啥也没查出来啊。早知道这样，我们就先报失窃了！"

邓原奇怪地看了看孟经理："难道你的意思是，小芬失踪是携款潜逃？"

"哟，我可没那么说。不过，您不知道，我们这儿啊，只要有员工突然不来上班了，第一时间就是把俱乐部的库房啊、保险柜啊，还有各种器材室清查一遍。尤其是那些器材，有的都是国外进口的，随便搬出去一件能卖不少钱呢！"说到这里孟经理似乎觉得不过瘾，特别又强调了一下，"小芬不见的第二天，我们就仔细地检查了一遍呢。"

"结果当然是什么都没少，是吧？"邓原不喜欢孟经理的这种说话口气，但转念一想，作为雇用方来说，做出这样的举动也无可厚非，"梦之幻俱乐部请了您这样的经理真是有福气了，您可真是尽职尽责呢！"

不知道是否真听出邓原的话里带有讥讽的成分，孟经理不好意思地一笑："哟，瞧您说的，这俱乐部的待遇不错，我这不也是拿多少钱办多少事嘛。好在我们这里人都干净，还真没出过什么偷窃的事。"

一听到偷窃这个词，邓原突然想起来了："对了，孟经理，你回忆一下，最近有没有什么人说过丢了东西？"

"丢东西？"孟经理奇怪地看了看邓原，"没丢什么啊。"

"我指的不是你们俱乐部丢东西，而是你们的员工，或者客人，有没有丢什么私人物品？比如说，一些贵重的饰品。"邓原又做了进一步的解释，"时间还可以往前一个月，或者两三个月，这期间有没有什么人反映过私人物品丢了？"

"贵重的饰品是指什么？项链？钻戒？还是什么？"孟经理被问得有些莫名其妙。

"例如，价格不菲的胸针，做工很精细，一看就是重金定做的。"邓原问这个的目的，是想搞清楚小芬鞋里藏的兰花胸针到底是员工的还是客人的。

"邓队长，我们的员工要是买得起这种高级饰品，还来我们这里打工啊？客人就更没有听说过了，要是有客人反映丢东西，那还了得？！肯定彻查的。"孟经理笑了，随后又严肃了起来，"但是，既然您说了，我会好好问一问的。"

邓原明白了，兰花胸针不是员工的。无论是员工丢了后小芬捡到的，还是小芬偷的，这个时候俱乐部里的人肯定都知道了。那这个兰花胸针就是客人的，但如果要是客人的话，丢了这么贵重的东西，肯定会找回来的，而孟经理又不知道，那么只能说明，兰花胸针的主人要么就是对这个胸针根本不在乎，要么就是丢了后就再也没出现过。想来想去，邓原还是觉得兰花胸针是客人的可能性极大，希望胡子能在资料里找到线索。

"你所说的员工宿舍在哪里？怎么这里没有看到？"一楼二楼都转悠完了，每一个屋门上都挂了标牌，邓原就是没找到员工宿舍。

"这里是客人用的地方。员工宿舍在后面，后面有一个小院，除了简易宿舍，还有一个厨房，我们还专门请了一个厨子给大家伙做饭。"孟经理边说边把邓原往过道的尽头带，远远地就能看到一个小门，"那，过了那个门就到后院了。我

第九章 暗查

跟您说过,这里以前是个酒楼,后院里的宿舍和厨房是本来就有的,我们也没费什么事。"

孟经理打开了门,外面直接一个直通下面的铁制楼梯。邓原站上楼梯,看到不远处的对面有一个简易的小平房,应该是厨房,因为门口摆放着青菜。"宿舍在哪儿?"

"下去您就看到了,就在楼梯口边上,那里有个门,进去就是宿舍。"孟经理解释道,"我带您下去。"

"不了,我那个同事应该问完了,麻烦你把他带过来。还有,那些跟小芬同宿舍的也都带过来,我在下面等你们。"邓原没容孟经理是否同意,就率先下了楼梯。

邓原快速来到楼下,站在院子里观察起周围的环境。所谓的小院只是俱乐部后面隔出的一小片空地,除了一个厨房,什么也没有了。这也解释了邓原心里的疑惑,刚刚他来的时候站在俱乐部的正门门口,怎么也看不出后面还会有个院子,所以,他一进俱乐部就在找员工宿舍。

刚刚走过的楼梯在俱乐部背身靠右边的位置,楼梯虽有些斜度,但也接近90度。最下方堆满了废品,都是一些废纸箱子。再往右是一个狭小的过道,一头通往俱乐部的正门的方向,另一头是一堵墙,挡住了去路。邓原向右边走了过去,过道不宽,能容下一辆面包车,再往前能看到外面的马路。没什么看头,邓原返回打算去后院的左边看看。余光扫过废品堆,邓原站住了,有一个不同于废品颜色的东西闪入了他的眼睛。邓原转过身,仔细地观察废品堆,由于纸箱子大小不一,堆放得又极其混乱,十几个不起眼的纸箱子居然码到了一人多高。邓原想起自己所居住小区外面的收废站,那里的人都把纸箱子拆开,压平再打个捆,一捆下来30多个纸箱子,还不占地方,可这里的纸箱子为何如此堆放呢?稍微整理一下,还能放下好多的废品。

邓原把纸箱子一个一个地拉了出来,不一会儿他就看到了后面有一个不同于纸箱颜色的东西。原来那里有一个小门,门上还上了一把大铁锁。这让邓原不得不怀疑,废纸箱子如此堆放,是不是为了遮挡门的位置?

孟经理和大兵带着三个小姑娘下来了。大兵冲邓原摇了摇头,邓原明白,没有收获。

看到邓原在废品前发呆,孟经理赶紧跑了过去:"邓队长,我还以为您会在宿舍等我们呢!怎么站在这里?"

"这是干什么的?"邓原指了指上了大锁的小门。

"这里以前是酒楼放的垃圾桶,"孟经理看了看被邓原拽得东倒西歪的废纸箱子,"您这是?"

"你们的废纸箱子就这么堆在这里?"邓原隐隐嗅到了一丝臭味,不知道是不是心理作用,"既然这屋里本来就是放垃圾的,你们干吗不继续用?这废品就这么堆放在这儿,多难看,也不卫生啊。"

"哎哟,您可不知道,这屋里味道可重呢!别说进去了,走到门口就能把人熏一跟头,真不知道以前那帮酒楼里的人怎么忍受的!"孟经理说着,把别在衣领口的玫瑰花摘了下来,扣子也解开一个,用手在脸前扇了扇,想必刚才跑来跑去地叫人出了不少汗,"我们又不是经营酒楼的,无非就是些装货物的箱子,与其让这屋子熏死谁,不如干脆封了,反正也根本用不上。"

邓原想想,也对,毕竟人家是美容俱乐部,不是专业收废站,随便乱扔一些废品也属正常:"带我们去宿舍吧。"

员工宿舍并没有像邓原想象中的那样,是一个独立的小群体,它就在俱乐部的里面,只不过唯一的出入口在俱乐部背身的左边,从楼梯往左几步就能看到一个小门洞。门是向里开的,被一块石头别着。

拐进门洞,昏暗一片,一条狭长的过道只有两个暗黄色的小灯泡供照明,一个在过道的正中位置,另一个在过道的尽头。而过道的头里完全靠外面的日光,估计到了晚上,门一关,一定是阴森恐怖。

员工宿舍很像是过去那种古老的居民楼,每一层都是一个长长的通道,两边挤着好多家,一个个独立的门户,门对门,每一个门的后面就代表一个家。员工宿舍与之不同的是,过道并没有那么长,也没有架起的简易灶台和煤气罐。过道的尽头,正对着一个门,虽然门紧关着,但邓原也能猜出那里应该是水房,或者厕所。

邓原站在门口,并没有深入走进去。目测了一下,房间不多,邓原觉得这里的空间不像是能容下所有员工的,于是他问孟经理:"所有的员工都住这里?"

"当然不是了,这点儿地哪够啊!有些员工是本市的,或者有自己的住处,就不住宿舍。那些个从外地来的,或者没找到住处的就暂时住这里。当然,没住宿舍的也会来这里玩儿,住了宿舍的,也会出去耍,只要有地方睡就行了,毕竟大家都是一个地方打工的姐妹,挤挤也没啥。"孟经理觉得,作为一个管理层的人说出这样的话,似乎欠妥,于是她又补充道:"唉,大家都是成年人了嘛,工

第九章 暗查

作做好就行了，私人的事，我们也无权干涉啊。"

邓原有些皱眉，他有一种不好的预感，恐怕宿舍里找不到什么好的答案。如果真如孟经理所说，这宿舍晚上应该是混乱的，有人进进出出都不会有人在意，更不会去关注，因为大家都已经习惯了，以至于第二天小芬没在宿舍都没有人在意，直到小芬的父亲来找。同时，邓原又有些奇怪，同在一起工作的小姐妹们，突然一个不见了，还连续好几天不来上班，就没有一个人来关心吗？这是一个什么样的工作环境呢？

不过，这些并没有让邓原死心，混乱也有混乱的好处，也许小芬失踪的那天夜里，有人刚巧看到了什么。无论是什么，哪怕是一个小小的细节，都可能找出蛛丝马迹，他希望是这样的。邓原侧身回头看了看站在外面的三个小姑娘："你们跟小芬一个宿舍的？哪一间？"

"右手第二间就是。"孟经理抢先回答了，"小娟，快掏钥匙把门打开。"

"孟经理，我知道你挺忙的，你又是一个爱岗敬业的人，我就跟她们了解一下情况，不耽误你工作了。"邓原还是习惯于分开式查问，虽然还不能确定梦之幻俱乐部的人有嫌疑，但他不想在查问的时候有孟经理在场。邓原认为有领导在的话，员工是不可能畅言的。可偏偏他需要的就是多说，员工说得越多，透露得越多，对案子有用的就有可能会多些。

孟经理愣了一下，随后堆了一个笑容："哦，行，那我先去忙了，有事您再叫我。"

邓原看着孟经理两步一回头地走远了，又冲着刚刚被叫作小娟的女孩儿指了指门。小娟从上衣兜里掏出钥匙，跑到右边第二个门前，打开了屋门。

小芬所住的宿舍十分简陋，从开门走到顶头的柜子，超不过六步。屋子是一个长方形，两边各有一个上下铺的床，除了贴在墙上的帅哥海报和挂着的衣服，就什么都没有了。由于床紧挨着门，五个人一走进屋子，空间就显得特别挤压。

邓原看了看与小芬同宿舍的三个室友，其中那个叫小娟的明显高出一头，另外两个小姑娘高矮胖瘦几乎一样，就连发式都一样，再加上统一的着装、统一的浓妆，还真不太好区分，好在一个是圆脸，一个是尖脸。邓原看出这三个小姑娘有些紧张，他笑了一下："不用紧张，我就是来了解一下情况，咱们就像是唠家常一样，随便聊聊。你们呢，就把我当成一起工作的小姐妹。"

站在一旁的大兵被逗乐了，心想：哪有你这么魁梧彪悍的小姑娘！"这位是我刑侦一队的邓队长，有什么，你们尽可能详细地说。"

"我认得你，"叫小娟的女孩看向了大兵，"你之前来过，我还给你倒了水呢。"

另外两个小姑娘也纷纷点头，一起说："是哎。"

"你跟那个查客户资料的警察一起来的，你们还挺有意思的呢。"

大兵有些窘，他还真的不记得这三个人了，没办法，当时小姑娘太多，他只好嘿嘿干笑两声。

很不错，邓原要的就是这种轻松易处的气氛："你们都叫什么？"

还是那个叫小娟的小姑娘先开了口："我叫小娟，刚刚孟经理已经说过了，她叫萌萌，这位叫小莉。"

邓原分别看过去，脸圆的叫萌萌，尖脸的叫小莉。邓原点点头："哪个是小芬的床位？她的东西一般都放在什么地方？"

叫萌萌的小姑娘指了指右边的下铺："这个就是小芬的，我是她的上铺。东西嘛，一般都是放在床上，或者柜子里。"

邓原在刚进屋的时候就观察了，四张床位上都摆了东西，想必小芬的床已经被别人取代了："你们是什么时候发现小芬不见了的？"

"第二天一早醒来啊，小芬的床上就没有人了。"小娟说完看了看小莉，后者点了点头。

醒来才发现没有人，那么谁也说不清楚小芬是什么时候离开这个屋子的，可能是舍友睡着后，可能是夜里，也有可能是天蒙蒙亮的时候。邓原相信这三个小姑娘不会在发现小芬不在床上时，第一时间摸被单的温度以确定小芬的具体离开时间，她们一定是认为小芬去厕所了，或者吃早点什么的。看来要想破解小芬失踪之谜，得想别的办法了。"那天夜里，你们有没有发现什么异样？"

"没有什么异样啊！我记得我那天很累，洗了澡就上床了，闲扯了几句，我都不知道什么时候睡着的。"叫小莉的小姑娘说这话的时候，看了看小娟，"是吧，娟娟？"

小娟点点头："是啊，我也没发现有什么异样，跟平常再一样不过了。"

邓原发现小娟和小莉在讨论的时候根本没有看那个叫萌萌的小姑娘，他正想问，萌萌自己说了："那天晚上我没在宿舍，我……我去我男朋友那里过夜了。"

萌萌有些害羞，脸微红，她又补充道："那是不是可以不用问我了？我可以回去工作了？"

"我说过了，我们就当聊天似的聊一聊，不光那天晚上，也不光小芬，我还有一些其他的事情想要了解。"邓原报以鼓励的眼神，转而又看向小娟和小莉，

第九章 暗查

"你们再仔细想一想，那天晚上你们有没有听到什么声响？比如，有没有什么人进来？"

"没有。晚上睡觉的时候门是从里面插上的，有人要想进来的话，肯定得敲门，可我们没有听到敲门啊。"

"对，没错，只能是小芬自己出去的。"小莉也插口道，"我知道你们是怎么想的，你们一定认为是谁把小芬绑架了。那是不可能的，光不说那人是如何进得屋里，就算是进来了，小芬哪有不反抗的啊？那样的话，别说我和娟娟两个人了，整个宿舍的人都得吵醒了。"

"行啊，想不到你小小年纪，分析起来头头是道啊。"邓原被小莉逗乐了，其实他根本没想过小芬是被别人绑架出去的，很有可能是因为什么重要的事，或者是被什么人叫出去。

邓原分别微笑地看着这三个小姑娘，话锋突然一转："那么为什么小芬失踪后，你们没有一个去关心这事，去寻找，甚至去报警？"

三个小姑娘愣住了，气氛略微有些尴尬。

"如果你们第二天没有看到小芬，以为她有什么事，这个我可以理解。可后来小芬就没有出现过，难道你们就一点儿都不关心与自己一起工作的同事？一点儿都不担心天天与自己住在一起的朋友吗？你们就不觉得这事很奇怪吗？"邓原说这话的时候非常严肃，他又想到了老房，老房那双期盼的眼睛。他知道这些小姑娘是不会处在为人父母的角度去考虑问题的。

大兵也在仔细观察这三个小姑娘，他看的是她们的表情和眼神。大兵知道邓原这么做的目的，突然吓一下，会有意想不到的收获。

果然，懵懂紧张、不知所措，还有一些内疚感呈现在三个人的脸上，这说明她们也知道自己的行为有欠妥当。这也是她们该有的正常反应，没有任何虚假，大兵相信像这种刚成年的小姑娘，能很好地掩饰好自己的情绪的极少。像孟经理那样老练的反而不好对付，搞不好人家事先就能想到你会问什么。

虽然大兵不知道邓原所调查的人和事到底是什么，但他从听到的信息中可以得知，此事不一般，极有可能与案件有关。他不禁回头看了看宿舍的门和插销，会不会是有人利用工具挑开插销进入房间？瞬间迷晕小芬并弄走？可是邓原又说小芬失踪一个多月了，这么长的时间过去了，门上是不会有什么线索留下的。要是当时她们就报案的话，也许不是现在这样。

"我……我没想那么多，经常有人突然就不干了。"憋了将近三分钟，小娟第一个开了口,"我们都以为小芬不干了,所以才没在意的。"

"不干了能什么东西都不拿就走的吗?还把自己的私人物品留在这里?有这样辞职的吗?"邓原不明白,是不是她们的生活环境已经让人变得不知人情冷暖了?

小莉说:"我们跟孟经理反映过,孟经理说只要俱乐部没有损失就行了,其他的她来处理,我们也就没再多事。"

邓原突然想到了什么:"你们刚刚说的突然有人不干了,也是小芬这种情况?人突然就走了?"

"也不完全是,有的是事先打了招呼的。我们这里押15天的工资,每月15号才能拿到上个月的钱。有的人就提前说好了要走,干满后,按口结算工资。有的人不在乎这十几天,拿了工资后,招呼也不打就走了。"半天没有说话的萌萌进一步解释道,"我干完这个月也不干了,我男朋友说要带我回老家结婚。"

"那像小芬这种突然不见了的情况多吗?"邓原明白,外来打工人口工作极不稳定,说不干就不干了,但是,像小芬这种情况还是少数。

"应该有吧?具体的就不太清楚了,这种事都是由孟经理管的。"萌萌接着说,"人员变动太多了,我们早都习惯了,所以,也不会多问的。"

邓原明白了,她们打工的目的就是挣钱,对于周围同事的来去根本不会关心,因为她们自己都不知道自己这份工作会坚持到什么时候,可以说她们都不是朋友。"你们对小芬有多少了解?"

"了解谈不上,就是工作上那点儿事。"小娟想了想,"不过小芬这人挺有个性的,不是很合群,但又不是格格不入。在一起的时候,她不怎么跟我们吵闹聊天,但是有事找她,她也愿意帮。"

"就是这样的。我们白天干一天活儿,很累的,晚上回到宿舍也就闲聊几句就睡觉了。休息日的时候,小芬就待在宿舍不怎么出去,挺不起眼的那么一个人。"小莉也点头道。

"甭管小芬这人怎样,毕竟一起工作过。我们也是见到小芬的父亲和警察才知道她是失踪了,我们的心里也不太好受。您有什么就问吧,我们尽可能回答您,我们能做的也只有这些了。"小娟第一个带头表态,其他两个也纷纷点头。

邓原笑了,他的目的达到了:"在小芬失踪之前,你们有没有发现她有什么不对劲的地方?毕竟你们是同一个宿舍的,我相信她跟你们应该比跟其他人走得近些。"

第九章 暗查

三个小姑娘想了半天，萌萌说了话："要说是不对劲的地方，也算是有吧，只是我不清楚这算不算是。"

"说来听听，"邓原又鼓励了一下，"没关系，有什么说什么，越详细越好，哪怕没有用，也不要错过任何一个细节。"

"嗯，好。"萌萌点了点头，"我觉得小芬不对劲的地方，就是她突然爱打电话了。我们除了基本工资，还有提成的，所以，我们也有任务要完成。孟经理要求我们给那些个购买了会员卡可又不怎么常来的客户打电话，催她们过来做项目，这样会提高续费率，我们的提成是按照客户的购买金额来算的。小芬就挺不喜欢这项工作的，她认为，客户有时间自然会来的，老这么催倒会起到反作用。所以，每回我们给客户联系的时候，小芬总是在一旁磨蹭。为这个，主管还批评过她呢。可后来，我突然发现小芬爱联系客户了，有好几次，我都看见小芬在前台抱着电话。不知道这个对你们有没有用？"

"你确定小芬是在联系客户吗？会不会是在给什么朋友打电话？"邓原觉得这个信息不能忽视。

"我确定。因为有一次我过去找客户资料的时候，小芬正一手抱着电话，一手按着资料夹中的一页，那样子就是在跟客户联系。"

"对了，你这么一说，我也想起来了。我还看见过小芬，放下电话后一副有心事的样子，我问她怎么了，她什么也没说。"小娟突然接口道。

"那你们有没有听她在电话中跟客户说些什么？"

"没听到过，好像基本上都是小芬在听电话，并没有说话。"小娟仔细想了想，"好像也有说话吧，那个，我真的记不清了。"

打电话并没有说话，那说明对方没有接。突然反常地联系客户，是因为被主管批评了而起到了作用，还是什么别的原因？联系客户？邓原突然想到了那个兰花胸针，如果胸针是客人的话，小芬突然联系客户、小芬把胸针藏在鞋里，这里面有什么必然的联系吗？"小芬的客户你们熟吗？有没有跟小芬关系比较好的？对了，名字中带有婷字的？"

"要说客户的话，无论谁的，我们基本上都是点头之交，打个招呼什么的。"萌萌说道，"虽然没听小芬说过哪个客户跟她的关系比较好，但在俱乐部干过一段时间的，都有自己的客户，客户资料表里都有记录的。我们刚才也说了，小芬不是很谈得来的那种人，您查一下资料表就知道了。"

邓原想了想，也是，都在一个地方打工，维护自己的客户就好了，谁也不会去探听其他员工手里的客户，这样只能是给自己的工作带来不便。邓原希望胡子那边能查出什么东西来："不错，这个对我们很有帮助，你们再好好想想，还有别的吗？"

"那个，小芬跑垃圾堆的次数越来越勤了。"在大家正在绞尽脑汁想的时候，小莉的声音冒了出来。

"垃圾堆？"邓原还没来得及反应，大兵就问了出来。

"就是后院靠近右边小过道的那个垃圾堆，刚才你们不还在那里说废品箱子的事嘛。"小莉看了看恍然大悟的邓原和大兵，"我们就管那里叫垃圾堆了，所有的废品都扔到那里。"

一说到垃圾堆，邓原想到的就是又臭又脏、苍蝇满处飞的垃圾站，从那里经过都要闭气，或者捂住鼻子，一时还真没往刚刚去过的地方想。不过，话又说回来，俱乐部后面的垃圾堆还真是属于清爽型，除了堆放有些不雅外。"我发现你们的废品也都是一些纸箱子，都是干什么用的？"

"都是装物品用的啊，比如口罩手套、洗涤用品、原材料，还有一些是美容设备的外包装。"小莉说着，从左边的床下拉出一个小纸箱子，"我用的这个是比较小的，还有好多大的箱子。箱子一拆开就没有用了，基本上全都扔在后面。有时候卖给收废品的，有时候我们会留下自用。"

邓原往纸箱子里瞄了一眼，里面装的是鞋，这让他想起了老房家装小芬遗留物品的箱子，好像也是这样的。"小芬为什么老去哪个垃圾堆？"

"其实也不止小芬了，我们也经常去。除了找一些适合自己的留用，其他的捡捡能卖个好价钱呢！俱乐部也不管。可是后来收废品的价格杀得太厉害了，我们也懒得为了这几毛钱费口舌，就都不怎么捡了，废纸箱子也就那么堆着。"

"你是说，小芬一直都靠卖那些废纸箱子换钱？"邓原问。

"也不是，小芬开始的时候很少去，可是后来大家都不怎么管了，她倒经常去。我看见过好几次呢，她就在那里翻箱子。"小莉想了想，"可折腾半天，废纸箱还是那样堆着，没见少，也没见她拿什么箱子回来。我也不清楚她在那里搞什么。"

邓原听小莉的描述，感觉小芬像是在找什么东西，会不会就是兰花胸针？可胸针已经被小芬藏起来了，难道她在找别的东西？"你们提供的这两点信息，有没有时间上的顺序？"

三个小姑娘看看邓原，又互相看看，摇头，没明白。

第九章 暗查

"就是说,小芬突然联系客户和在翻废纸箱子,哪个在前,哪个在后?"邓原又做了进一步的解释。

三个小姑娘为难了,咬了半天嘴,最后还是小娟说了话:"这我们哪知道啊?其实都是很普通的事了,只是当时觉得有些奇怪罢了,要不是想帮你们,我根本就想不起来这些事,怎么可能注意时间呢!"

邓原看着她们为难的样子,也猜出不会再问出什么结果了。不过,她们提供的这两点信息,还真是有用,这些看似细微的变化,还真能说明一些重要问题,需要好好依靠逻辑性综合一下。尤其是那个垃圾堆,邓原觉得应该再去看看:"对了,那些废纸箱子最后是怎么处理的?既然你们都不再卖了,但总要有人管吧,难不成就那么一直堆着?"

小娟回答说:"应该是收废品的来收吧,我们每天都把没用的箱子往那里扔,可也没见那里乱得没地下脚,我想应该是有人定期来收的。"

"收废品的一般什么时候来?他们在什么地方?叫什么?"邓原看了眼大兵,示意他记下来。

"就在俱乐部左边的小区里,那里就一个收废品的,是一对老夫妻,这一片的废品他们都包了。你们到那里随便一找就能找到。"

邓原点点头:"还有没有了,再好好想想?"

"暂时没有了,"三个小姑娘一齐点点头,"其实小芬来的时间也不长,我们对她也不是特了解。白天工作都各忙各的,晚上也基本上是睡觉,也就这些了。"

"嗯,"邓原觉得也差不多了,有些东西需要灵光一闪才能想到,这么逼着反而会起到反作用,"对了,罗莎你们有没有接触过?"

"我们这里谁不知道罗莎啊!"萌萌笑了,"她从头到脚都是在我们这里做的整形,每次一来,都跟贵宾似的,就快成俱乐部的代言人了。"

"不过,我们都不负责她,孟经理嫌我们太嫩了,挑的全是主管级的人,"小莉接着道,"罗莎一来,孟经理就跟见到亲娘一样贴上去。罗莎对她也挺客气,老孟姐、孟姐地叫。"

"可人家罗莎就是漂亮嘛,整形整出来的也是漂亮。"小娟有些羡慕,"我还以为她是个小明星,可在电视和报纸上又没见过她,不知道她是干什么的,倒是真有钱呢!"

"再漂亮、再有钱,有什么用?不是照样被杀了!"小莉又说道,"听说罗莎死得可惨了,被碎尸了呢!还被扔在臭烘烘的公共厕所里。邓警察,您说是不是？"

萌萌被吓到了："真的啊？太恐怖了！"

三个小姑娘你一言我一语地把邓原的耳根子吵得都热了。他本来是看看有没有什么新的发现，看来这里是没有什么文章了，于是，他打断了她们的话："给罗莎做整形的是你们的老板吧？他这人怎么样？"

"不知道怎么形容，我们不常见到他，他也很少来俱乐部，但是一来准是有整形手术，整个俱乐部都是孟经理全权负责。"

"不过他今天在呢！下午有个隆鼻手术。"萌萌说着捂嘴乐了起来，"一会儿你见到他就知道了。虽然很少见，但是，让人印象深刻。"

"好，今天就这样。我希望你们再想想，要是想到了什么，联系我们。"邓原让大兵给三个小姑娘留了电话，"要是孟经理问你们，我不希望她知道我们的谈话内容。"

三个小姑娘点了点头。

邓原和大兵出了宿舍，并没有急着出去，而是向过道尽头走去。三个小姑娘没有多问，跑回去工作了。

过道的尽头正如邓原猜的那样，是水房和厕所，分别占了两个屋子，不分男女。两个屋子的空间不大，还有些潮湿，除了一处墙的最高处有一个小窗子能通向外面，其他的地方都与外面相隔。

"这里没什么，出去再说。"邓原看出大兵有话要问，他制止了。

回到后院，邓原看了看左边，一堵高墙，把外面的居民小区与俱乐部隔开，看来要想进入后院，除了那个二层的楼梯，就是右边的过道了，除非有人选择翻墙。邓原又向堆放废纸箱子的地方走去。

大兵知道邓原不让他在水房那里问的原因，是担心哪个宿舍里会有人听到。现在院子里四处无人，可逮住了与邓原独处的机会："我说邓队，说说吧，到底怎么回事？"

邓原的心思全在那些个废纸箱子上，他把收拾好的箱子又一个一个拽了出来："什么怎么回事？过来，帮个手。"

"就是小芬啊，到底怎么回事？还有，为什么让胡子查一个名字里带婷字的人？"大兵一边帮忙，一边继续问。

"一时半会儿也说不清楚，我这儿也没什么头绪呢！等我弄明白了会告诉你们的。"两个人就是快，被封的门露了出来。

第九章 暗查

邓原随手打开一个箱子看了看，里面装了一些用过的口罩。他放下箱子，看向大兵："说说你的想法。"

"我的想法？"大兵想了想，"我觉得可以进一步调查这个孟经理，还有那个老板朱永义。我们来了这么半天了，他都没出现，我总觉得他像是在躲着咱们。"

"嗯。"邓原点点头，一时没有说话，看向了那个被封的门。一个非常普通的木门，门上没什么尘土，邓原上前拽了拽，门被锁住了。他又把鼻子凑到门上闻了闻，隐隐约约是有些臭味。

"要不让他们把门打开看看？"大兵在一旁提议道。

"还用得着他们吗？"邓原笑了，从兜里掏出一个小包打开，里面全是一些小巧的工具。邓原看了看门上的锁孔，从包里挑出一个型号适合的工具，对准锁眼儿插了进去，几下转动，轻松打开门锁。

邓原一把拉开门，一股恶臭迎面扑来，邓原和大兵不自觉地用手捂住了鼻子。

屋子的空间非常小，里面只并排放了两个巨大的垃圾桶。桶的后面就是墙，前面顶着门。

大兵觉得快要窒息了，他实在是受不了这个味道，冲邓原挥挥手，示意关上门。

邓原看了看门锁，是很普通的撞锁，他把门里面的锁梢一扭，快速地把门关上。

大兵终于呼吸到还算是新鲜的空气了："早知道就不打开了。"

邓原收好工具："大兵，去找找那个收废品的，你知道该怎么问。"

大兵点点头，先邓原一步离开了。邓原把废纸箱子归位后，从右边的过道绕到前面，从正门返回了俱乐部。

邓原返回一楼前台的时候，胡子已经把所有的客户资料查完了，孟经理也在旁边候着。

孟经理看到邓原回来，很主动地上前迎接。邓原没有理她，走到胡子身边："怎么样？"

"都在这里了。"胡子扬了扬手里的一叠A4纸。

邓原大概翻看了几张，除了第一页罗莎的资料外，其他的全是名字中带一个婷字的，还不少。邓原没有细看，而是转向孟经理："孟经理，给罗莎做整形的技术总监，也是你们俱乐部的老板朱永义，我想见见他。"

"哎哟，您看，真不巧，"孟经理搓了搓手，"我们老板正在给一个客户做隆鼻手术，暂时脱不开身。"

"孟经理，"邓原笑了，"虽然我是大老爷们儿，但我也知道隆鼻手术最长不会超过两个小时。如果要是针式填充的话，半个小时之内搞定。我同事下午来的时候他就在做隆鼻手术，现在都已经傍晚了，手术肯定已经做完了，麻烦你找他出来吧。"

"哦，都这么晚了。您看，我这一忙工作，把时间都忘了，我去找找他啊。"孟经理尴尬地走了。

看着孟经理走远，邓原又对前台值班的小姑娘说："麻烦你给我倒杯水。"

胡子看出来了，邓原分明是在支开她们。他冲邓原使了个眼色，意思是问："有什么吩咐？"

邓原小声地跟胡子说："再把资料看一遍，把所有超过一个月没有来的客户找出来，复印一份。"

邓原刚跟胡子交代完，孟经理就跑了回来："邓队长，我们上楼吧，朱老板马上就来。"

曾秀先是看见梦之幻俱乐部的孟经理匆匆忙忙地进了屋，在朱永义的耳边说了几句就离开了。随后，朱永义非常抱歉地告诉她有个重要的客人要招待，也走了。

曾秀长长地出了一口气，噩梦可算结束了！

踏入这梦之幻俱乐部之后，所有热情的工作人员以及孟经理都没有吓到曾秀。可以说，曾秀已经做足了思想准备，到这种地方来，肯定会有太多的阿谀奉承、恭维，其目的就是为了让她掏出钱来。可这个朱永义的到来，彻底把曾秀打败了。

一股刺鼻的香味袭来，到现在曾秀都没分辨出那到底是一种什么味道。紧跟着一个人的身体就贴了上来，手不停地在她的脸上摸，并伴着一连串的赞美："好干净的皮肤啊！""真是难得见到如此清澈的人！""比那些庸脂俗粉强出万倍！"……

这就是朱永义，从一开始到最后，从各个房间、各个项目的介绍，一直都在重复着这几句话，手也一直没有停过，像是要把曾秀生吞活剥了。

曾秀好几次都忍无可忍想给予痛扁，可她最终还是忍住了，为了案子，她咬牙挺过了。当然，她也毫不客气地在心里骂了邓原上万遍。

一旁的小姐看到朱永义离开后，一脸的笑容："曾小姐，我们要不要继续？"

第九章　暗查

曾秀也马上挤出一个笑容:"好啊,我还想再看看……"

邓原以为孟经理会把他带到诸如经理办公室之类的地方,没想到只是一个手术室。邓原所进的这个手术室是一个套间,外面是一个大屋子,摆着手术台及一些机器设备。里面的是一个小半间,只有一个办公桌,和两三把椅子。

孟经理交代邓原随便坐后就离开了。

邓原看了看办公桌,桌面上什么都没有,连最起码的笔、纸还有杯子都没有,看来不像是常用的,也许可以看看抽屉。正在邓原想着要不要翻看一下的时候,有人推门进来了。

邓原被吓了一跳,倒不是因为刚刚生起翻看别人东西的想法,作为一个警察,为了查案而翻找一些东西,还是不难的。吓到他的是一股味道,浓烈的香水味,真呛人!邓原有些怀疑,来人是不是朱永义。

邓原转过身看向来人,心里又是一惊。是个男人没错,香水味也是从他身上散发出来的。邓原不喜欢喷香水的女人,他觉得那是对自我本色的遮掩;更加无法接受喷香水的男人,简直没男子气概。

"邓队长,真是不好意思,刚有一位客人,"朱永义微笑着说,"好久没有见过这么纯真朴实的客人了,不施粉黛,是那么地自然,充满青春气息。啧啧,我真是陶醉了。"

听着朱永义细细的说话声,邓原一直在心里强迫自己,冷静!耐心观察了一下,朱永义身高一米七出头,很瘦,但皮肤很白,配上身上裹的白大褂,整体给人一种阴气森森的感觉。五官很普通,白净的脸上没有胡须,一根儿都没有,非常地干净。目光暗沉,又透着些阴柔,标准的娘娘腔。难怪萌萌会说老板很少见到,但让人印象深刻。的确是深刻,恐怕很长一段时间都不会忘记。

朱永义完全沉浸在刚刚与客人的接触中:"太难得了!那些个天天化着浓妆、抹着厚厚粉底的人,简直没法比,庸俗!"

邓原基本上已经缓过来了,心里笑了,看来曾秀已先他一步与这个娘娘腔对上了。邓原清咳了一下:"朱老板,我们这次来的目的,孟经理肯定已经跟你说过了,我有一些问题想要问你,希望你能配合。"

"哦,瞧我,光顾着自言自语了,"朱永义几步走到办公桌前,随便拉了把椅子,"邓队长,请坐,我去给您倒杯水,想喝什么?"

朱永义一靠近,香水味更刺鼻了,邓原不自觉地抬手挡了下鼻子。真是走了两个极端,刚刚是被臭得差点儿熏一跟头,现在是被香得快失去嗅觉了。尽管如此,邓原还是觉得这样做有失礼貌,爱喷香水是人家的个人爱好,应该尊重他人。邓原马上把挡在鼻子上的手拿开:"不用忙了,只是简单问几个问题,用不了多少时间。"

朱永义看出了邓原对于香水的敏感:"我的工作面对的全是女性,爱美的女性,所以,我也养成了喷香水的习惯。"

邓原对这个话题没兴趣:"你们俱乐部所有的整形都是你做的吗?"

"不全是,我是总监兼顾问,那些技术要求高的我来负责,我们俱乐部还有其他整形医师。哦,对了,"朱永义突然想到了什么,快步走到办公桌后,拉出一个抽屉,从里面拿出几张纸递给邓原,"俱乐部里所有整形医师的资格证明,我都有留底的,绝对权威,有些还是从医院返聘来的。"

邓原本来不想看,他的目的不在此,但转念一想,看看这些个与皮肤接触的人也无妨。他接过资料大概翻了翻:"怎么全是女的?"

"呵呵,我们这里除了我,都是女的。"朱永义笑得很轻松。

"据我所知,罗莎的整形和文身,都是你负责的,她们其中有人参与吗?"邓原把话题扯到了正道上。

朱永义的眼中立马显现出精光:"罗莎是我的杰作,从头到尾都是我量身设计的,怎么能让别人参与呢?"

邓原觉得"量身设计"这四个字有些别扭,但又说不上来:"罗莎任由你来操刀,可见她很相信你,你们的关系怎样?"

"罗莎这人很随和,对于整形要求不是那种非达到目的不可。对于有些不切合她自身条件的,我提出了异议,她都接受了。"朱永义停顿了一下,"不过你说的关系,我就不明白了。罗莎是我的客户,她付给我钱,我按照她的要求尽量满足她,就这么简单。"

"罗莎的胸部被剥了皮,你有什么看法?"邓原突然问道。

"可惜,太可惜了。"朱永义根本没有任何停顿或者思索,"罗莎的胸部堪称完美啊,本来她还想让胸部更大些,我告诉她胸部要轮廓好,并不是大了就是好的。她接受了,于是,我在她胸部文了只蝴蝶,起到点睛的作用。"

朱永义说话的时候,邓原一直在仔细观察他的眼神和表情,什么也没有看出来:"有没有听罗莎说过,跟一个叫杜宏的人走得很近?"

"客人的私事我不管,我只负责把她们变得越来越漂亮。"朱永义轻描淡写地

第九章　暗查

回答。

"6月17日晚，你在哪里？"

"俱乐部，手术。"朱永义补充道，"由于手术后时间太晚，我就留在了这里，还让孟经理她们帮我做了夜宵。"

回答没有什么可挑剔的，邓原换了话题："员工小芬的失踪，你作为负责人，怎么看？"

朱永义又笑了："这件事我听孟经理说过。不过，好像是她自己走的。如果是工作上出了什么事故，我们会负责的，赔偿都没问题。如果与俱乐部无关，我不觉得有什么责任可承担。"

邓原心里冷哼了一下，怎么跟孟经理说话一个口气，弄不好还是他教姓孟的这么处理的。"听说你们这里员工的流动量挺大，以前出过这样的事吗？"

"没有，这次要不是惊动了警察，我可能还不知道呢。我的重心全在技术上，孟经理负责所有日常的工作。"

这是在推脱吗？邓原明白，还是得有证据啊，否则就会被对方牵着鼻子走。邓原站起身："谢谢你的配合，我想，我们可能以后还会再见的。"

"随时恭候。"朱永义做了一个请的手势。

第十章 破绽

梦之幻俱乐部隔街的一个路口，一辆警车停在路边，三个男人闷坐在车里。

邓原坐在驾驶座上，一会儿看看前面的马路，一会儿看看梦之幻俱乐部的方向，还时不时地通过后视镜观看坐在后座的两个人。

后座上，左边的大兵，侧头盯着窗外，想着心事；右边的胡子则仔细看着手里的资料。

邓原觉得气氛有些沉闷，他了解自己的队员，都不是深沉的善茬。之前他们是被他的故作神秘搞得不敢多问，现在秘密已经没了，怎么大家反而这么安静呢？邓原心里有些犯嘀咕："有什么要问的，现在问吧。"

大兵依然盯着窗外，胡子怎么也不舍得抬起头来。

"嘿，刚才是紧着问，现在怎么都哑巴了？"邓原索性扭过头，看着后面的两个。

大兵有反应了，看向右边的胡子："看什么呢？这么仔细。"

"问什么问，该你知道的时候，自然会告诉你。"胡子抬起头，却没有看邓原，直接与大兵对上眼儿了，"你呢？刚才跑哪儿去了？"

大兵又把头扭向了窗外："当然有事了，等我想明白了会告诉你的。"

胡子白了大兵一眼，又低下了头。

邓原心里这个气啊："这分明是在学我说话的口气嘛！当我不存在是吧？闹死你们！"邓原刚想发威，就看见大兵摇下车窗，伸出胳膊冲外面挥了挥手。邓原转正身子，往外一看，曾秀回来了。

曾秀一边急走着，一边用什么东西在脸上擦。一屁股坐进车里，还没等邓原

第十章 破绽

发问，她就叫唤上了："我的天啊，简直把我当化学试验田了，什么东西都往我脸上招呼。"

"怎么样？里面的情况都摸清楚了？"邓原看了看曾秀，脸上湿湿的，应该是湿纸巾的杰作。

曾秀刚要回答，后面的胡子扑了上来："我说，你去的时候包里扁扁的，怎么回来的时候这么鼓，有什么战利品？"

"嘿，别提了，全是宣传手册。"曾秀拉开包，掏出了一叠彩印广告。

"袖子，我问你话……"邓原又重复了一遍。

"都什么好东西啊？让我也见识见识。"邓原的话还没说完，大兵也凑了过来。

邓原有些快翻白眼了。

曾秀似乎看出了些门道："呃……这是？"

"是什么啊？都啥好东西啊，快说。"胡子催促道，并一个劲儿地给曾秀使眼色。

曾秀有些明白了，这两个小子跟邓原之间肯定有什么事，她在心里盘算着应该向着哪头。

"你可别像某人似的啊，有啥咱就说啥。"大兵开始敲锣边。

胡子也帮腔道："就是，还一个战壕的战友呢，玩儿起神秘来了。"

曾秀更加明白了，邓原有事瞒着大家，本来她就想问为什么会被安排扮作客人进入俱乐部，这下好了，机会不能错过："来，看看，这张是激光护肤的，这张是经络排毒的……"

看着一边倒的趋势，邓原彻底明白了，今天自己是不会有好果子吃的："你们到底想怎样？"

"请客！"三个人大叫一声后，乐开了花。

就在邓原被同伴成功敲诈的同时，风景阁小区的门口，白良的身影晃了出来。白天在杜宏那里吃了亏的他，觉得要是晚上不出来喝点儿酒，或者闹点儿什么，这一天都过不去。

顺着小马路一路向南，再拐进右手边的一个小胡同，一"条"非常热闹的大排档出现在眼前。叫它"条"是因为胡同虽然不窄，但两边全是小馆子。每个小馆子的主人都跟抢地盘似的，在门口摆满了桌椅，能摆多少摆多少，愣是把胡同挤得只能容下一辆车行驶。打这经过的车也特别练技术，小心翼翼地躲过每一个突然出现的阻挡物。

就是这么一"条"大排档,每天晚上都爆满。除了住在风景阁里的居民,附近一些小区里的人也都爱往这儿跑。白天,大都衣冠楚楚的小白领,到了晚上也不讲究什么卫生了,全都挤在这里吃吃喝喝,这就是生活。

白良今天来得早,伴随着各种烧烤、炒菜的味道,在小胡同里转悠了一半,才满意地坐在了一家小馆子前。冰啤、小菜、烤串上齐后,白良并没有急着动筷子,而是抄起啤酒瓶子一通仰脖,随着喉咙的涌动,半瓶啤酒下肚了。他不顾形象地打了一个长长的酒嗝。痛快,仿佛真能把胸中的憋闷挥发出去。再次仰脖,一瓶啤酒见底了,白良觉得不过瘾:"老板,再来瓶冰啤。"

屋里的老板应了声,拎了瓶啤酒放在了桌子上。

白良举起啤酒瓶刚要张口,又撂在了桌子上:"起子呢?让不让人喝啊?"

老板看出了白良的火气,没敢应声。

白良正骂骂咧咧,眼前突然出现了一支筷子。白良愣了一下,咋?见着怂人压不住火?老子就这么好欺负?"就这么糊弄老子啊?想关门了是吧?"

白良正憋着火想打一架呢,侧头一看拿着筷子的人,火气立马没了。前一秒,白良还想借机痛痛快快闹一场,这一秒,他却想逃。

"别动。"握着筷子的手架在白良的脖子上,筷子的一头距喉部仅一公分。

小命捏在别人的手里呢,怎么敢动?虽然知道对方不会这么做,但白良还是谄媚道:"我不动,有话好说,有话好说嘛。"

来人还就真的放了手,轻轻松松地拉了把椅子,坐在白良的右斜方,似笑非笑地看着白良。

白良是老实听话的人吗?当然不是。白良此刻正想着怎么逃走,可他发现形势对自己相当不利。前面是桌子,右边是有威胁的人,左边有棵大树挡住了去路,而后面就是小馆子,进去肯定死路一条。白良现在有些后悔了,自己怎么挑了这么个位子,早知道就坐到外边了,有个啥事,跑还来得及。

坐在右斜方的人当然看出了白良的心思。他自从跟着白良到此,就一直在寻找有利的地形,既然选择了这个方向这个位置,就说明他已经掌控了全局,怎么可能会让白良逃脱呢?他开心地一笑:"白良,你老老实实的,我不会为难你。"

白良咧嘴一笑:"哟,刘警官您这是从何说起呢?我这不是挺老实的嘛!"

大刘也报之以笑:"老实?那你干吗想跑啊?别以为我不知道啊。不过,你自己也应该明白,没有机会的。"

第十章　破绽

"哟，瞧您说的，"白良笑得有些尴尬了，"我那不是猛一见着警察紧张嘛。"

大刘玩味地看了看白良："做什么亏心事了，这么紧张？"

"没有啊，我就一市井小民，能干出啥啊！"白良说这话的时候自己都心虚。他第一眼看到大刘时，马上就想到了杜宏：该不是杜宏那王八蛋报警了吧？表面上装作不在乎，背后却捅你一刀，这事杜宏绝对干得出来。早知道不应该把照片留那儿，这不是给丫的送证据去了嘛，该死，我怎么这么笨！

"是吗？你一市井小民跑天鼎高级别墅区干什么？别跟我说，你最近刚攀一亲戚正好就住那里。你走亲戚还真是与众不同呢，都快惊动警察了！"大刘说完，盯着白良的眼睛看。

完了，完了，真让自己猜着了，警察真的是冲杜宏的事来的。白良现在后悔也来不及了，他在心里盘算着，这敲诈勒索能怎么判？

"说说吧，到天鼎别墅区干什么去了？"大刘不想在饶舌上耽误太多时间，他索性直接说，"正好杜宏也住那里呢。"

白良愣了一下，听警察说这话的口气不像是知道他和杜宏之间的事，更不像是来抓他的，心里稍稍放松些："嘿嘿，也没什么，就是正好在那里遇见他了，一起喝个茶，聊个天。"

"跟情敌一起喝茶聊天？"大刘使劲忍着笑，"你心胸还真宽广啊！"

"呃，真是让你见笑了。"白良都觉得自己说得很可笑。

"我说白良啊，你觉得警方不掌握些什么就来找你吗？"大刘正色道，"你上午先是在一家高档咖啡厅独坐了一个多小时，然后又打车去了天鼎高级别墅区。在那里，你跟门口的保安发生了冲突。虽然你最终成功进入了别墅区，但从你出来的表情和举止来看，我不觉得你跟杜宏的关系会好到可以喝茶聊天的地步。"

"你……你跟踪我。"白良想发怒，可是他发现自己根本没有底气。

"跟踪你是再正常不过的了，只要罗莎的案子没结，你就随时有可能成为嫌疑人。虽然你有不在场的证明，但那也说明不了什么问题。"大刘观察了一下白良的表情，见他略微有些沮丧，还带着一点点愤恨，但不是很明显，他接着说，"自从我在你家里看到那些艳照，我就知道这事还没完，你小子肯定有所隐瞒，并且有自己的计划。如果我没猜错的话，你应该是威胁，或者敲诈杜宏。"

沮丧的表情没有了，白良稍稍低下头，没有说话。

"我也知道，你没有得逞，心中肯定有些不甘。"大刘顿了顿，"所以，我觉得你不如跟警方合作，说出所有你知道的，或者你认为有用的信息。你要知道

107

以你一人之力，折腾不出什么花样来，也许我们警方可以帮你完成心愿，你觉得呢？"

白良在做作思想斗争，说实话，他对警方没好感，甚至可以说有些厌恶。当然，他也非常了解自己，以及现在所做的事情都是跟警方对着干的。可跟杜宏相比，白良更恨杜宏。他杜宏有什么能耐，居然把别人踩在脚下，自己却高高在上？尤其是今天满盘皆赢的局面，竟被杜宏轻易化解，他不服气，更咽不下这口气。

可跟警方合作，那无疑是把自己的罪证完全暴露了出来。

大刘看出了白良的犹豫，他决定反作用威胁一下。大刘把别在后腰的东西拿了出来，放在白良的面前："好好看看吧，这些东西，你应该比我还清楚。"

摆在白良面前的是几张文件，确切地说是一些案宗记录。白良拿起来看了几眼，就扔在了桌子上："既然都已经掌握了情况，要干什么随你的便。"

"不妨我来帮你念念，这可是市井小民的丰功伟绩啊，很精彩的！"大刘并没有重新拿起那些文件，内容他完全可以背下来了，"去年3月，因涉嫌贩卖摇头丸，被警方扣留了48小时，后因你成功嫁祸他人才幸免。同年7月，你因在红唇酒吧做皮条客，并涉嫌藏大麻，又被警察请走了，后也因证据不足被放了。同年11月和今年4月，你又因滋事涉黄，分别进了两次局子……不过，不得不说，你很幸运，每次都能侥幸逃脱。"

白良哼了一声，没有说话。

"上次你跟那个富婆在宾馆里干的好事，要是虎哥知道了，会不会再给你记上一笔？"大刘开始加筹码了。

白良心里一颤，他真有点儿害怕了。他倒不是怕大刘翻上次的旧账，当时他们都没治他，现在来找，他更不会承认了。何况大刘他们也没有证据，那个装冰毒的小塑料口袋也早扔了，他怕的是大刘说的虎哥。

虎哥是市缉毒大队的，大名陈学虎，道儿上的人都叫他虎哥。虎哥很出名，尤其在那些玩儿毒的小弟们中，甚至可以说是"谈虎色变"。

白良唏嘘起来，虽然大刘手里没有有力的证据，这要是因大刘再次落入虎哥的手里，恐怕真是凶多吉少了。

"你也不想想，我都跟了你半天多了，怎么现在才来找你？当然是去找虎哥要这些东西了。"大刘特意指了指桌上的文件，"你这么滑头，没有点儿实质上的东西，我怎么来跟你谈条件啊？"

第十章 破绽

白良又想起了杜宏掏心窝子似的话："敲诈是讲究技巧的，你要找出对方的弱点、痛点，而不是你自己臆想出来的。"大刘很聪明地抓住了他的弱点，他今天真是彻底地失败了，他才是那个被敲诈的人。

打一巴掌，给俩甜枣吃，大刘话锋一转："你跟我们好好合作，我相信虎哥还是肯给我这个面子的。"

大刘虽然没有说出后面的话，但白良太明白了，有些话不用说得太明白，大家谁也不傻。白良如泄气的皮球一样长出一口气，蔫了。

大刘看到了满意的效果，心中一笑："说说你在杜宏那里的经过吧。"

白良老老实实地把与杜宏会面的经过一说，最后叹道："我是没有想到杜宏这么无耻，服了。"

哼，这白良说得自己好像多道德似的！不过，这个杜宏还真是不能小视，临危不慌不乱，轻松化险为夷，确实是个不好对付的主，怪不得邓原不急于跟他正面交锋。"罗莎和杜宏之间你到底知道多少？"

"其实也不多，真的不多。"

"知道多少，说多少。"大刘盯着白良的眼睛，"我可没有我们队长那么好的脾气，你要是一点儿一点儿地拖，你知道我会怎么做。"

"那我从头说。"白良点点头，"罗莎是在梦之幻俱乐部里认识杜宏的，开始罗莎只是那里很普通的会员，定期去做做面护。可突然有一天，罗莎回来告诉我她认识了一个有钱人。"

"怎么认识的？是在俱乐部里认识的，还是通过别人介绍的？"大刘问道。

"这个我是真的不知道，"白良一脸的虔诚，还真是难得，"其实主要是我也根本没关心过。你也知道，罗莎认识了有钱人后，我们就会通过手段引诱他们，我们好进行敲诈。所以，我根本就没问过她具体是怎么认识杜宏的。"

可对于破案来说，这个恰恰是很重要的。这里意味着会不会有别人牵扯进来，这个人会扮演着什么角色，对于案子有没有新的线索可寻。

"接着说。"

"后来，罗莎变了。我知道这不能怪她，是我自己没本事，也高估了我自己。以前遇到的那些个小有成就的人，我们都成功地敲上一小笔，然后津津乐道地一边数钱，一边计划以后的生活。"白良苦笑了起来，"可杜宏太厉害了，他完全俘获了罗莎的心。以至于到最后，罗莎只字不提威胁敲诈的事了，一心一意地想要跟杜宏有个结果。为此，我们不知吵了多少次，她甚至为了杜宏要彻底离开我。

109

好在我手里有罗莎以及他们在一起时的艳照，我才没有完全失控。不过，我跟罗莎也已经貌合神离，彻底没共同语言了。"

大刘不知道该说什么好，在他看来，白良跟罗莎一开始就是错误的。他们没有把属于自己的幸福建立在辛勤耕作的基础之上，而投机倒把地依托于完全不靠谱的敲诈勒索上。这是违法的，也是注定不会成功的。而对于案子而言，更没有什么有用之处："具体一些吧，我们需要细节，你能想到的，哪怕是很微不足道的。"

"细节？"白良想了想，"从何说起呢？"

生活中的细节真的是点点滴滴，说上一个月也不见得能说得完。可大刘没有时间跟白良在这儿探讨生活，无论罗莎、白良还是杜宏，一切都应该是从梦之幻俱乐部开始，才有了微妙的变化："就从罗莎在梦之幻俱乐部认识了杜宏之后吧。"

"罗莎自从认识了杜宏之后，几乎不怎么回来，而我，单方面认为她在做套。直到她的身体上慢慢地有了变化，我才知道她在梦之幻俱乐部里做了整形。这种大的手笔，肯定是杜宏出的钱，真没想到杜宏肯为罗莎这么出血。我当时就应该预想到，事情已经慢慢地不是我所能控制的了。"

"除了杜宏，罗莎在近期有没有跟别的什么人有过多的接触？"大刘想到罗莎被害的当天晚上，酒吧的服务员说她在酒吧门口站着，像是在等什么人。以现在来看，罗莎等的会不会是杜宏？

"应该没别人了，她没那精力。不过，你也知道，罗莎自从跟了杜宏，就很少回我这里，我也不是很肯定。"白良的言下之意就是，这个事情是你们警方的事了。

"杜宏跟梦之幻俱乐部是什么关系？"

"我哪知道啊？"白良心想，他又不是警察，管得着人家嘛。不过白良还是认真想了下，"听罗莎那意思，杜宏跟梦之幻俱乐部的关系不一般，具体的她也不太清楚。我觉得吧，杜宏可能跟俱乐部是合作的关系，那杜宏不是也做投资嘛。"

"你怎么知道杜宏住在天鼎高级别墅区的？"大刘认为，以白良这种小瘪三的角色，近不了杜宏的身。唯一能跟杜宏扯上瓜葛的还是女人，大刘可不相信罗莎在跟杜宏在一起的时候会叫白良一起。

"当然是罗莎告诉我的了，别说住哪儿了，杜宏的电话我都有。对了，一说这个，有个事我倒想起来了，特有意思。"白良又露出了得意的神色，事还没说，

第十章 破绽

自己先乐了起来,"哈哈,罗莎这个傻瓜,还真以为杜宏把她当回事呢!愣跑到人家里去了,结果可想而知了。惹了一肚子气回来,还想让我去给她出气,真当我不是爷们儿啊,我才不管呢。也不搞清楚了,杜宏什么时候缺过女人!"

"照你这么说的话,杜宏跟罗莎的关系也不是很好啊,都闹家里去了。罗莎是不是在杜宏老婆那儿吃了亏?"大刘又想到了一层,会不会是情杀?正室发了威,灭了第三者?可荣静和杨丽丽呢,难道也跟杜宏扯上了关系?

"还真不是,要不才说这事有意思呢!杜宏老婆居然都没出面,是老妈子接待的。"白良冷哼一下,"瞧瞧人家这气度,根本就不理罗莎。"

"那因为什么?"大刘也觉得挺奇怪的,按理第三者杀上门,至少应该是一场恶战。

"据说当时杜宏在一个屋子里,可老妈子不敢去通报,说是杜宏在那样的情况下,连他老婆都不敢去打扰,所以呢,罗莎只能在门外等。可等了半天也不见杜宏出来,罗莎愣是闯了进去。给杜宏吓了一跳,不过,当时杜宏倒没发火。你也应该知道了,这女人一撒起娇来,很少有男人能挡得住的。"白良又嗤之以鼻了一下,"罗莎说,那个屋子很普通,没什么稀奇的,就是有好多的珍藏品,各种各样的小饰品,看着没多高档,做工倒是非常精细。罗莎说当时以为杜宏在屋里数钱呢,她实在搞不明白那些个饰品哪有那么吸引人,所以,她就随便拿起一个看了看。嘿,谁知道杜宏突然不知哪来的邪火,他给了罗莎一个大耳帖子,把罗莎骂跑了。"

"一个肯为女人砸钱的男人,竟然为了一个小饰品出手打人?"大刘在想,会不会是白良在故弄玄虚?

"谁知道啊!可能人家杜宏比较在意珍藏品吧,那不是有好多的收藏家都视自己的珍藏品为宝贝嘛,容不得别人摸、碰。"白良又接着说,"罗莎可委屈了,跟我哭诉,说她在杜宏的眼里还不如一个珍藏品。不过,她觉得那个珍藏品的手感很不错,像是皮革制品。还想让我替她出头呢,你说这事有意思吧?"

大刘点点头,确实有意思!但大刘觉得有意思的不是杜宏,或者罗莎,也更不是白良所说的吵闹事件,他觉得有意思的是杜宏的老婆。通过白天跟踪白良,大刘知道天鼎高级别墅区的保安是非常严格的,非住户人员要想进入小区,必须通过屋主的允许。可杜宏的老婆明知道杜宏当时不能被打扰,还让罗莎进来了,不出面竟还让保姆带去,哼,这分明是利用杜宏的怪癖杀了罗莎一个下马威!大刘觉得杜宏的老婆不简单:"你对杜宏的老婆了解多少,有没有听罗莎说起过?"

"我连自己的女人都弄不了，还会去关心别人的老婆吗？"白良说完看到大刘冷冷的眼神，立马改了口，"我根本就不认识杜宏的老婆，罗莎也不知道，连面都没见过呢。不过，听说杜宏的老婆很神秘，自从回国后，几乎就没出过门，任何场合都不出现，都是杜宏一个人！要不，杜宏哪有机会和那么多女人胡来？"

"他们的夫妻关系还挺奇特的呢。"

"有什么可奇特啊，人家那叫明事理！老公有的是钱，该吃吃，该花花，好日子过着，搁我，我也不管。"白良一副什么都知道的样子。

"你再想想，还有没有什么其他的？"大刘不想跟白良继续为夫妻关系纠缠。

"哪还有其他的啊，不是说了嘛，罗莎后来都不怎么理我了，一心要跟杜宏。"白良有些为难了，"我倒想好好跟她掰扯掰扯呢，她根本不给我机会啊。"

大刘想了想，也对，一个变了心的女人，怎么还会跟白良掏心窝子呢？"对于罗莎整形，你有什么想法？"

"爱美之心，人人皆有啊。"白良觉得大刘的问题有些好笑，"罗莎虽然不是什么小明星，但是人家要样儿，又有人给出钱，我能有什么想法啊？看着呗，就当养眼儿了。用罗莎自己的话说，杜宏给了她所有的支持，梦之幻给了她一个全方位的焕然一新的自己，就像裁缝做衣服一样，量身制作，合身！"

大刘听到"裁缝"这两个字，很刺耳，不禁皱了下眉头。邓队说过裁缝，是与杨波有关。现在白良又说到裁缝，是跟罗莎整形有关。这两者之间有什么关联吗？与杨波要找的裁缝有关系吗？

大刘在想着心事，白良还在继续叨叨着："整得杜宏和梦之幻俱乐部像亲爹娘似的，真是快不知道自己姓什么了……"

"关于裁缝的形容，能不能再具体一些？"大刘打断了白良的话。

"具体？"白良有些吃惊地看了看大刘，"没有具体的啊，我觉得那就是一种比喻。整形嘛，全身上下脱胎换骨的那种，就跟换了一个人一样。就好比裁缝给你重新量身定做了一套非常合身的衣服，这有啥可具体的啊？"

大刘看白良看自己的眼神，就像看个神经病人一样，他笑了，可能是自己太过于紧张了，也许真的没什么，只是一个巧合罢了。"那你对罗莎的遇害有什么想法吗？会不会与杜宏有关？"

"说实话啊，真没什么想法！别看我恨杜宏，但我觉得他跟罗莎的被害应该没什么关系。"白良叹了口气，很少有地认真说，"单从杜宏和罗莎的关系来讲，我觉得杜宏没有杀罗莎的动机，也更没必要。杜宏在罗莎身上花了那么多钱，就

第十章　破绽

算是当个宠物玩玩儿，也没有必要杀了她吧！不喜欢了，玩儿腻歪了，一脚踢开就行了，连我的敲诈杜宏都不当回事，他为什么要去害罗莎呢？"

"那你呢？罗莎已经死了，你接下来打算怎样？"大刘总觉得白良不是那种特能让人相信的人，无论是做事的风格还是态度，总觉得他留了一手。

"我知道你们瞧不起我，靠女人养的嘛，肯定没自尊了。"白良有些自嘲。

大刘手机响了，他掏出看了看，站起身："白良，有些事做得，有些事做不得，不要再去招惹杜宏。"说完，大刘转身走了。

白良看着大刘的背影，点了点头。

大刘丢下白良后，来不及歇口气就直奔邓原家，刚刚曾秀发来短信："速来邓队家汇合。"

大刘知道肯定是有什么事了，而且还挺急，否则不会去邓原家。在大刘的印象中，上一次去邓原那里是什么时候他已经不记得了，好像是八百年前的事。本来邓原搬了新居，哥几个就应该去闹闹新房，祝贺乔迁之喜，可事情一拖再拖，直到现在谁还都没有去过。大刘曾经提议过，但邓原和其他人的兴趣都不高。大刘知道是为什么，可能有些事真的需要时间才能抚平。

一路驱车，大刘来到了市局的宿舍院，一拐过楼梯口，大刘就看见斜前方邓原的家大敞着门，屋里传出笑声，还有缕缕青烟冒出，哈哈，这正是他所期待的。

果不其然，一走到门口，大刘就看到屋里的几个爷们儿个个叼着烟卷，边抽边指手画脚的；一旁的曾秀用报纸当扇子，驱散屋里的烟，当然她嘴上也没闲着。这种感觉太亲切了，还是跟以前一样，大刘发自内心地笑了。

"干什么呢？接到群众举报，你们这里严重扰民！"大刘一踏进屋，就以这样一种方式做了开场白。

屋里的人也不是吃素的，心理素质过硬，纷纷瞟了大刘一眼。胡子更是撇撇嘴："都在等你呢，我说你换个花样行不行？装警察！"

"我还用得着装吗？"大刘被逗乐了，"你们就这么大敞着门啊，就算这楼里住的都是警察，也不用这么大意啊！现在的小偷可厉害着呢，照样偷你于无形。"

"散散烟味，"曾秀站了起来，"快开始吧，我们都快饿扁了。"

大刘环视了一下邓原的新家，宽敞明亮，比"快乐单身宿舍"强多了。随后，他发现屋里的桌子上摆满了肉、菜，还有一个插了电的锅，锅的后面是一些文件，"我在外面奔波，你们就在家里大鱼大肉地享受，太不像话了啊！还是袖子妹妹好，通知我过来。"

"这是我们敲邓队的,谁让他有事瞒着咱们,你绝对有权参加。"大兵冲大刘说道。

胡子对于大刘刚刚的话有些不乐意了:"说得我们好像吃白食似的,我们也是忙活了一天呢!马不停蹄地去了梦之幻俱乐部,然后又马不停蹄地进行调查。"

"还马不停蹄地回到了局里,进行信息搜查,最后,马不停蹄地忙活准备吃的,等着你马不停蹄地赶过来。"曾秀也插口道。

大兵也跟着帮腔:"就是,你以为就你一个人忙啊,光梦之幻俱乐部,我跟胡子就跑了两趟。"

大刘看着这三个人一句接一句的,抓了抓头发:"嗯,不错,学会用马不停蹄这个成语了,有进步。"

"行了,都别逗了,"一直没有说话的邓原制止了一场口水战,"白良那边情况怎样?"

"白良还真是提供了一些信息,也不知道对案子有没有帮助。"

"先吃饭吧,都累了一天了。"邓原招呼大家上了桌。

四男一女一围上桌就各自埋头苦干,邓原抬头看了眼大家,他手下的这几块料,包括他自己,都吃得像饿死鬼投胎似的。每次聚餐,开始还口若悬河地互相喷唾沫,只要饭菜一上桌,20分钟内鸦雀无声。吃个半饱了,大家才纷纷抬头边吃边讨论。

这次也绝不例外,邓原看到自己用血汗钱换来的肉、菜被消灭了一半后,才有人开腔说话。

在交谈中,大刘知道了他们在梦之幻俱乐部里调查的大致经过,以及这顿饭的由来。大刘在把白良那边的情况简单交代了一下后,基本上桌上已经盆干碗净了,甚至连汤都被喝了个精光。

来不及收拾,饭桌直接成了会议桌,会议开始了。

"关于房少芬的案子,我郑重地向大家道歉。我是出于个人原因,私下接了这个案子,没有想到会牵扯到梦之幻俱乐部。后来因线索不明,我也一直没有跟你们讲,实在对不起。"邓原说这话的时候,非常地诚恳。这让大家有些不适应,作为队长,他有权下达各种命令,敲他一顿饭,完全就是找个借口闹一闹,轻松一下。

"刚才咱们也都通了气,我个人认为,房少芬的失踪与梦之幻俱乐部有关,而且很有可能与咱们接手的剥皮案有关。"大兵先开了口,分析案子是最重要的,

第十章　破绽

其他的，可以等闲下来了再互相开开玩笑。

"我也是这么认为的，光从小芬把兰花胸针藏在鞋里，就很能说明问题。兰花胸针上有明显的划痕和血迹，从这点上来讲，胸针的主人恐怕已经出了事。而兰花胸针上又标注了一个'婷'字，说明这个胸针应该不是小芬的。可为什么小芬得到了胸针后，还要藏起来？这里面肯定有文章，会不会小芬就是因为这个而失踪的？所以，我们要找出这个兰花胸针的主人。"邓原看向胡子，"梦之幻俱乐部的客户资料分析得如何了？"

"呃，我也把俱乐部所有的客户资料都复印来了。"胡子刚一说完，大家都笑了，胡子推了推眼镜继续道，"我是这么想的，既然案子指向了俱乐部，那么要查就查全了。不光罗莎和那个名字中带'婷'字的，所有人都查，看看能不能找到荣静和杨丽丽的资料。如果她们也在俱乐部里，那我们就可以锁定目标了。"

"想法不错嘛，我们的工作就是要细。"邓原给予了肯定，"不过，以杨丽丽的家境来看，入会俱乐部的几率是零。荣静嘛，还真是不好说，你查了，有结果吗？"

"目前没有，但是，"胡子找出一张客户资料表，展示给大家看，"虽然资料上有姓名、生日、电话，甚至还有住址，可我怀疑这里面有水分。你们可以试想一下，像这种调查表，有多少人会如实填写？有些客户可能不想受到广告性质的骚扰，随手乱写些内容，比如，假名字、假地址，电话也有可能是假的。所以，我认为有必要一个一个去核实。"

"有道理，像这种调查表就是自愿的，不需要出示户口本或者身份证，信息完全有可能是假的，或者不全。"大刘非常赞同胡子的观点。

"确实有必要，胡子，就按你的想法查吧，有结果了马上通知我。"邓原突然想到了什么，"对了，这个可能涉及杨波，杨波就交给我吧，他现在的情绪还不稳定。"

一旁的曾秀重重地点了点头，她太深有体会了，上次与邓原的造访，差点儿害得杨波再次入院。

"我让你查的一个月以上没有去过梦之幻俱乐部，还有名字中带'婷'字的，都怎样了？"邓原继续问道。

胡子从面前的文件中分别拿出两叠资料："这些是所有一个月以上没有来过俱乐部的客户资料，这些相对少一些的是名字中带'婷'字的，只有十几个。而名字中带'婷'字又一个月以上没有来过的，只有两个，一个叫张婷，另一个叫卢筱婷。资料里记录了她们上次来的时间，都是超过两个多月。"

"重点先核实这两个人。兰花胸针我已经交给检验部门了，估计这两天就能出结果。如果这两个人都排除了，就在其他的范围内找，一定要找出这个胸针的主人。"邓原想了想，"可以找一下兰花胸针的制作厂家，这个胸针设计和制作都非常精美，应该是定做的，可能会有一些我们需要的信息。"

胡子点点头，邓原接着说道："那些长期没有来又联系不上的，可以找俱乐部的员工协助调查。她们每个员工都有固定的客户，问她们会清楚些，注意避过孟经理和朱永义。"

"明白。"

"邓队，难道你是怀疑这些近期没有出现的人都有可能是失踪？"曾秀虽然没有参加外围的调查工作，但从听到的信息来分析，她跟邓原想到一起去了。

"目前只是怀疑，虽然我们不能确定俱乐部有问题，但是核查所有相关细节并不是坏事，指不定哪个隐藏的细节就能明确我们的破案方向。"邓原说完看了看大家，见大家都没有反对意见，又转向大兵，"收废品那边的情况怎样？"

"收废品的是一对外地来的夫妇，他们定期到俱乐部去收废品，有时候是白天，但夜间去的时候居多。"

"那……一个多月前，小芬失踪的前后，他们有没有去俱乐部那边收废品，有没有什么可疑情况？"邓原问道。

"去俱乐部那边的具体时间他们是记不清了，用他们的话说，隔个两三天就会去一次，不固定。每次去那里，看见有废品了就拿，没有就走人。他们还说俱乐部的老板人很好，不管他们要钱，废品随便拿。"大兵停顿了一下，"不过，他们倒是提供一个信息，说经常看到有一辆面包车夜间的时候停在俱乐部的后面，有时候是停一宿，有时候是停一会儿就走，白天倒是没有见到过。"

邓原问道："什么样的面包车？有没有记住车牌号？"

"他们说天太黑，看不清车牌号，也根本没有去注意过，印象中是一辆普通的白色金杯车。在他们看来，俱乐部毕竟每天都要进一些货物，有面包车停在那里再平常不过了，不然那些客户用的东西都是怎么到俱乐部的？他们夜里去的时候，见面包车不在，就去拿废品；车在呢，他们就第二天再去。俱乐部右边的过道不宽，有面包车在，也不方便他们收废品。"大兵回答，并做了进一步的解释。

"那他们每次见到面包车在的时候，是在卸货呢？还是在干些什么？"邓原又问道。

"这个，他们还真的没有注意，只是每次看到有车在那里停着，他们就走了。"大兵忍不住笑了，"说来也可笑，这夫妇俩吧，一边念着俱乐部老板的好，收废品不管他们要钱，这一边呢又担心人家随时变卦。每次去俱乐部后面，别说车了，有个人影他们也不敢进去，就怕俱乐部的人突然跳出来朝他们要钱。"

这一点，邓原还是能理解的，合乎情理。但是面包车为什么只是夜间来呢？无论送货，白天夜间应该都是可以的，为什么偏偏选夜间呢？"他们能确定面包车每次都是夜里的时候来？白天从来没有看到过？"

大兵想了想："确定不了，他们只是夜间收废品，白天很少来，所以，白天没有看到面包车，并不代表面包车白天从来没有到过俱乐部。这个，恐怕得跟俱乐部的人核实了。"

"那好，全面调查这辆金杯车，看它是不是俱乐部的私有财产。如果是的话，都是什么时间什么情况下出现在俱乐部。除了俱乐部，它还会去哪里。如果不是俱乐部私有的，那会是谁的。"邓原看了看点头的大兵，"如果有需要的话，可以找交通监管部门帮助。俱乐部门前是一个比较宽敞的大街，我相信两边的路口都有摄像头，可以看看监控录像，看有没有什么启发。"

"如果，面包车是从俱乐部右边街道进入的话，监控录像会有记录。但是，该俱乐部的左边是一个居民小区，有不少的岔路口。如果面包车是从左边的小区进入街道，再到俱乐部的话，这个就不好查了。"

"那就看你的本事了，我不管你用什么方法，一定要查清这辆车。"邓原下了死命令。

半天没有插上嘴的大刘，实在是憋不住了，他不怕讨论，哪怕非常激烈的那种，但就怕说不上话。他看了看曾秀和邓原："你们闹腾了一个下午加晚上的，就搞出这点儿东西？"

"怎么可能呢！"曾秀撇嘴瞟了眼邓原，"那不是有人故作神秘嘛，回到警局也不痛改前非，一进门就把自己关屋里了。大刘你放心，肯定有重磅炸弹。"

"嘿，那是，"邓原一点儿都不生气，反而少有地开起玩笑来，"反正怎么也是被你们敲顿饭，早说晚说都一样的，债多了不愁，虱子多了不痒嘛。"

"行了，别拿着了，快说。"曾秀真想白邓原一眼，可惜她也想知道有什么新的线索，"还有，为什么让我装作客人，你到底要我查什么？"

"其实当时我也不明确到底要查什么，我只是觉得梦之幻俱乐部以顾客为女性，不方便调查为由，看似合情合理，但这也可能是一种拒绝、掩饰的理由。与

117

其正面强硬地进去调查一些他们可能事先准备好的，不如侧面派个人进去，也许会有些意外收获。当然，那只是我当时的猜测，也许是我想多了，可现在看来，我当时的这个决定没有错。"邓原停下来看了看大家好奇的表情，"我回警局后，仔细调看了梦之幻俱乐部以及朱永义的档案资料，嗯，还真发现了些问题。"

胡子和大兵几乎异口同声地说："我们查过啊，没有什么可疑的啊！"

"难道他们的资料都是假的？不应该啊，警方查的都是假的，那还有什么是真的？"

"不是假的，你们查的那些都是真的，只是非常地片面，而且有些细节你们也没有注意到。"说完，邓原又报以不好意思的一笑，"当然，这也不怪你们，我没有跟你们说小芬以及兰花胸针的事，你们自然没有把俱乐部和朱永义当成重点调查对象，查不出什么来很正常。而且，你们也没有见到朱永义本人，如果你们见到他的话，一定会对这个人产生深厚的兴趣。有了兴趣，调查起来自然就有了动力，这个错是我造成的，我就来弥补它。"

"什么兴趣啊，我都快被他恶心死了！"曾秀没等大家的反应，第一个叫了起来。在她看来，与朱永义相处的那点儿时间，简直是人生中的噩梦，噩梦中的噩梦！好色之徒，她不是没见过，可像朱永义那样明目张胆扑上来，还对她的皮肤品头论足一番的，还真是没遇到过。她觉得朱永义当时的眼神，已经透过衣服把她全身上下看了个遍！

邓原被曾秀的反应逗乐了，他完全可以想象当时的情境。其他几个人也被曾秀说得跃跃欲试，想要探明究竟，但邓原阻止了他们："先说说梦之幻俱乐部，从去年年初注册成立到现在，短短一年半的时间内发展到现在的规模，你们不觉得奇怪吗？该俱乐部的情况你们也都见识过了，像是一个刚起步的经营模式吗？有哪个在没有任何实力资助情况下成立的公司，能这么快速地越过经营艰难的爬坡阶段？"

大家都沉默了，虽然刑侦队针对的不是一些经济纠纷类的案件，但大家大概也都了解，梦之幻俱乐部能如此快速壮大，那就说明背后一定有相当实力的人在支持它。

"我知道了，一定是杜宏在资助俱乐部。"大刘首先发表了意见，"听白良的口气，杜宏与俱乐部之间有些关联呢。"

"背后支持的是不是杜宏，我们现在还不能十分肯定，但俱乐部肯定是有人资助的。我查过，俱乐部的注册资金是1000万元，而银行汇入的资金记录，汇

第十章 破绽

款人不是朱永义,也不是杜宏,而是一个叫黄达的人,朱永义只是法人。"邓原点头肯定了大刘的推断,"而这个叫黄达的人目前正在监狱服劳役,罪行是涉黑伤人。想必你们也都猜到了,黄达只是一个幌子,背后真正的主儿藏起来了。"

"估计朱永义也是个幌子,这俱乐部的主人另有其人。"大刘还是坚持自己的判断,"99%就是杜宏,可以查一下这个黄达的人际关系,也许在他认识的人当中能找到杜宏的影子。"

"我觉得那个朱永义也不像是拥有数千万元的人。"曾秀一说到朱永义就有些皱眉头,"怎么看也不像是个大老板的样儿。邓队,你觉得呢?"

"还真让你说着了,你们肯定想不到朱永义以前是干什么的,我查起来也费了些波折。"邓原似乎有些想笑,但还是忍住了,"查看朱永义的资料时我发现了一个问题,虽然记录不多,但全是近几年的,奇怪吧?有什么人的档案资料会是近几年的呢?两种可能,一种是外来落户人口,第二种就是以前犯过事被抹掉了。"

"你是说朱永义有前科?"大兵有些吃惊,想了想,"那也不应该啊,就算他以前不在咱们市,只要有前科,还是能查到的。"

"我所说的犯过事,不是指那些经过刑法审判的,这些是永远也抹不去的。我指的是,朱永义以前干过不光彩的事,而这些事被他自己,或者在他人的帮助下,给抹过去了。"邓原从一个档案袋里拿出几页纸,"通过朱永义现有的资料上看,朱永义5年前从阳县来到咱们市的。于是我找到阳县有关部门询问,发现朱永义这个名字是他后来改的,他的原名叫朱孝人,阳县殡仪馆的尸体化妆师。"

"什么?他以前是给尸体化妆的?"曾秀惊了,一想到朱永义那双经常触碰尸体的手在她的脸上摸过,她就隐隐作呕。

这种机会大刘是不会错过的:"我说袖子妹妹,不能职业歧视啊。尸体化妆也是正当职业啊,就跟咱们的法医一样,那法医们也天天跟尸体打交道呢,不也照样吃饭、睡觉、结婚、过日子嘛。"

曾秀瞪了大刘一眼:"他那不光彩的事不会与尸体化妆有关吧?"

"与化妆无关,与尸体有关。"邓原忍不住点了根烟,"我马上与阳县殡仪馆取得了联系,一位正在值班的同志透露了一些关于朱孝人的情况。朱孝人在阳县殡仪馆工作多年,可以说,是那里最敬业的化妆师。刚才大刘说对了,职业歧视,给尸体化妆的一般都受到很严重的歧视,亲戚朋友远离他们,跟他们在一起就好像跟尸体为伍似的,有的因为这个还搞不上对象。因此,有许多人干不了多久就辞职不干了。只有朱孝人是唯一一个从头到尾都非常热爱这个职业的人，他工作的积极性比任何人都高，从来没有发过牢骚，直到最后出了事。"

"他到底干什么了？"胡子禁不住问道。

"猥亵侮辱尸体，恶意残害尸体。"烟头的火星亮了一下，邓原吐了口烟，看了看在座的几位接着说，"东窗事发事件是一户到殡仪馆来火化尸体的人家，在仪式举行完，个别家属观尸的时候发现死者尸体的部分皮肤被割，而负责给尸体穿衣化妆的人就是朱孝人。死者家属非常恼怒，找到殡仪馆馆长理论，馆长息事宁人地安抚了一阵后，最终以朱孝人被开除收场。"

在座的其他三位男士振奋了，尸体的皮肤被割，终于与剥皮案实质性扯上点儿关系了。

而曾秀不镇定了，她觉得胃部有些不舒服，不自觉地用手挡了一下嘴，做了几个深呼吸。

"这残害、侮辱尸体也可以定个小罪名了，至少能关他一阵子。不过呢，"大刘耸肩撇嘴一番，"殡仪馆肯定不希望这样了，赔点儿钱，不了了之了。"

"朱孝人要死尸的皮干吗？难道他有恋尸癖？那他不适合殡仪馆的工作，他应该去停尸房。"胡子想了想，"既然朱永义已经在殡仪馆里工作多年了，割死尸皮的事应该不止那一件吧，为什么那次被发现了？这里会不会有什么文章？"

邓原摇了摇头："应该没有什么文章，据说那次他被发现纯属偶然，一般来殡仪馆火化尸体的死者家属，在仪式完成后是不会仔细察看死者尸体的，尸体直接就进炉子了。而死尸被化完妆后，还会穿上家属提供的寿衣，从表面上根本看不出尸体表皮有没有损害，一般人也不会去探究。死者为大，把仪式做好，事办完了就行了，一般不会有人去动尸体的。可那户人家比较特殊，可能是太悲哀了，跟死者告别的时候，其中一个家属扑在了死者的身上痛哭起来，不小心掀开了衣角，这才发现尸体的部分皮肤被割了。"

"哼！"曾秀冷笑一声，"这就是多行不义必自毙！坏事干太多了，早晚要露出马脚的。"

"这点你们猜对了，朱孝人还真是多行！"邓原抓紧时间，又续了第二根烟，"在朱孝人被开除的那段时间里，各种不利于他的传闻纷纷冒了出来。有人说，朱孝人对于皮肤有一种特殊的爱好，可以说已到了非常痴迷的状态。曾经不止一两次有人看到朱孝人爱抚尸体，并且一副特别陶醉的样子。还有人说，朱孝人一有机会就往停尸房跑，甚至吃饭也在那里，特别对女死者的尸体尤为热爱，每一

第十章 破绽

个进入殡仪馆的女尸，每天都要受到朱孝人的骚扰。"

在场的男士们都被逗乐了，胡子笑得有些喘："这明显是在添油加醋！说得跟他亲眼看到过似的！"

"哼！"曾秀不屑一顾地白了眼胡子，"我可不觉得是添油加醋，那姓朱的就是一变态，你们是没见过他，别说是猥亵尸体了，他就是把尸体吃了，我都相信。"

"嚯，看来咱们的袖子妹妹是受刺激了。"大兵询问般地看了看邓原，没有找到答案，"梦之幻俱乐部里那么多的女顾客呢，个个都像你这样受到惊吓，那他们的生意还怎么做啊？客人还不都跑光了！"

曾秀有些不服气，还是冷哼了一下，暂时没有说话。

"人跟人不一样，而且目的也不同。曾秀本身对这方面就不感兴趣，去那里也是为了查案，而那些客人是为了改变自己，不同的心态对待同一个人或事物，反应是不一样的。"邓原替曾秀做了解释，随后又把话题扯了回来，"朱孝人被开除后，在阳县是混不下去了，改了名后，来到了本市。起初的两三年，他没有任何工作，可以说是销声匿迹了。然后，他摇身一变成为了梦之幻俱乐部的法人及美容总监。你们有什么想法？"

"如果那些传闻属实的话，这个朱孝人，不对，现在叫朱永义，可以成为我们的第一嫌疑人了。"大刘开心地笑了，终于有眉目了，"邓队，恭喜，锁定目标了。"

"既然是传闻的话，肯定就有不属实的地方。但这种事情，无风不起浪，人们不会平白无故地给你编造这种莫须有的谣言，肯定是在一定的依据上无限夸大、夸张。"胡子推了推眼镜，停顿了一下，"所以，我也觉得应该好好调查一下这个朱永义。"

邓原赞许地点了点头："通过我对朱永义初步调查的结果，还有那些传闻，都说明了朱永义与咱们接手的剥皮案有脱不开的关系。首先，皮肤是本案的重点，三名死者都被剥掉了部分的皮，而朱永义又对皮肤有深厚的兴趣。其次，第三名死者罗莎和失踪的小芬，又分别是朱永义所经营俱乐部里的顾客和员工。虽然我们目前对名字中带'婷'字的客户了解得不多，但仅凭以上两点，就足以锁定调查方向了。"

结论一得出，大家伙都高兴了。曾秀虽然对朱永义的举止还有些耿耿于怀，但脸色也缓和了许多，她仔细想了一下所有的过程："邓队，我觉得梦之幻俱乐部也不能放松调查。"

邓原心里笑了，其实他就在等曾秀说这句话："正要问你呢！在这里，只有你与朱永义相处的时间最长，俱乐部里待得也最长，你有发现什么可疑处吗？"

"可疑之处倒没发现。一开始是一个小姑娘带着我四处乱转，简直就跟走迷宫一样。哪哪都是过道、门，随便拐个弯，不是绕回原地，就是拐上了另一个过道。真是难为那里的员工了，得绕多久才能适应啊，反正我是晕了。"

"你虽然比我们早进去 20 分钟，但除去前面的询问和介绍，实际上跟我和大兵相差不了多久，我们怎么没遇到过你？两层你都看过了？"邓原说完，看了看大兵，大兵也是摇摇头。

"看了啊！先是一层，再是二层，几乎所有的房间我都进去过了。我也纳闷呢，怎么没有看到你们？我还想着如果碰到你们怎么假装不认识呢。"曾秀也奇怪地问道。

邓原低头沉默了一下，后又抬头说道："俱乐部的前身是个酒楼，后来被重新装修布局，我想问题可能就出在这里。就好比员工宿舍，我本以为在后院会是一个单独的小楼，没想到就在俱乐部里面，只是入口在后面。那么，我相信这个布局里面应该有文章。"

"我也这么觉得，看着不是很大，但总感觉有走不完的过道、进不完的门，搞不好，可能会有密室，或者地下通道之类的呢。"曾秀非常赞同邓原的观点，胡子是在前台查找客户资料，大兵也只是在二层短暂停留了一下，他们是感受不到她被绕得五迷三道的感觉。

"所以，这个任务就交给你了。"邓原的话音刚一落，其他的三位男士已经笑出了声。

"什么？"曾秀明白了，邓原在给她下套，她还得像今天一样，继续假扮客人跟朱永义周旋，并寻找俱乐部里潜在的秘密。

"没事儿，公共场合嘛，朱永义怎么不了你的。"大刘一边捂着嘴乐一边说。

"行了，大刘，别欺负她了，说说你那边的情况。"

"白良在杜宏那儿没捞到任何好处，还被羞辱了一番。"大刘一想起白良那副德行就笑了起来，"虽然有一肚子的怒火，但没地儿撒，我看他是蔫了。"

"早就猜到了，他要是能在杜宏那儿得着便宜才怪呢！哼，别说杜宏了，光他的老婆就够人一呛的，我可是见识过了。"大兵接过了话，他跟邓原是一队里最早接触杜宏家的人。

第十章 破绽

"我虽然没有见过杜宏的老婆,可我感觉到了,这个女人挺厉害的。"大刘抢过邓原手里的火机,抽起了烟,"据白良讲,罗莎曾经杀到过杜宏的家里,可杜宏的老婆都不露面,就利用杜宏的癖好将了罗莎一军。所以我猜想,罗莎的死会不会跟杜宏的老婆有关?"

"你是说情杀?不过,也是有可能的。"曾秀觉得至少杀人动机有了。

"大胆猜测是对的,但我们也要讲依据。据我所知,杜宏的老婆是个大门不出二门不迈的主儿,罗莎找上门了,她起了杀机倒是可以理解,其他两个人呢?还有失踪的人呢?有些解释不通。还有,她已经击败了罗莎,还有必要杀死罗莎吗?"邓原虽然没有支持这个推断,但也不排斥,"不过,杀人案有时候是没有动机可言的,怎么都要查杜宏,可以顺便查查他老婆。"

"听起来确实有点儿意思,可我对他们的三角关系不感兴趣。大刘,你刚刚说杜宏的癖好,是什么?"胡子道。

"也没什么,就是有钱人都喜欢玩玩儿收藏。杜宏的家里有一个收藏室,罗莎找上门的时候,杜宏正在屋里欣赏收藏品,又因罗莎碰了一件饰品,甩了罗莎一个嘴巴。"大刘想了想,"对了,罗莎跟白良说,那个饰品做工挺精致,摸起来像是皮革。"

"能不能具体地形容一下这个饰品?"邓原问道。

"没有具体的形容,罗莎只是碰了一下,还没感觉出是什么呢,就被杜宏给打跑了。"

"皮革制的饰品,"邓原轻轻地念叨了一下,又看向大刘,"还有别的吗?"

"应该没什么了,还有就是……"大刘皱眉想了想,"对了,白良也提到了裁缝!"

"哦?他怎么说的?"邓原问道。

"他就是用裁缝来形容罗莎在俱乐部整形的事。我想了想,好像也说明不了什么问题。"

"残害尸体的化妆师、梦之幻俱乐部的整形、皮革制品、裁缝……"大兵把这几个要点了念了一遍,"好像有点儿门道了,但又说不出。"

"难道裁缝也牵扯其中?可我们连裁缝是谁都不知道呢!"曾秀有些无奈。

邓原快速在本子上记录下这几点:"看来这些答案也只有在以后的调查中才能知道了,而且,我们还要讲究证据。"

"但至少我们已经有些线索了,总比毫无头绪强。"胡子鼓励道。

"是啊,至少到现在我们没白折腾。"曾秀看了眼邓原,发现他正盯着本子想心事,"邓队,我们有线索、有方向了,应该高兴才对,你怎么还愁眉苦脸的呢?"

"线索是有了,但都是局面性的,只限于罗莎的被杀和小芬的失踪。"邓原抬起了头,"荣静和杨丽丽的案子还是没有任何线索,我们连方向都找不到。"

"我想我们只要努力找到荣静、杨丽丽与朱永义、俱乐部还有杜宏之间,哪怕一丁点儿的关系,这条线就串起来了,破案指日可待。"

"好,那我们就想尽一切办法,把所有事查清。"邓原合上了记录本,"分一下工,曾秀负责俱乐部内部,胡子负责客户清查,车的事就交给大兵了,我觉得白良那边暂时可以不用管了,大刘就去查一下出资人黄达吧,我要再去找一下杨波,看看能不能挖出更多裁缝的线索。有问题了,大家及时通个气,就这样吧。"

邓原在杨波家楼下猛抽了两根烟后,才下定决心上去。

刚刚邓原在杨丽丽家被季勇缠得够呛。他本来是想去询问一些杨丽丽生活中的细节,以便能够找出杨丽丽与梦之幻俱乐部,以及杜宏之间有没有什么潜在的联系。可季勇什么都提供不出来不说,还把邓原当成了垃圾桶。他把一肚子的苦水,也不管邓原愿意不愿意,通通往他耳朵里塞。

好多次,邓原提出实质性的问题,季勇就把生活中的零七八碎扯进来。好不容易邓原把话题又扯到正轨上来,季勇又不遗余力地把话题再次扯远。邓原可怜他,但又希望在满腹的牢骚中能搜索出有用的信息,愣是挺过来了。

结果,当然是零。这个邓原已经想到了,以杨丽丽的家境来看,她不像是奢侈到去梦之幻俱乐部这种地方的人,也更不会跟杜宏扯上什么关系。虽然杨丽丽长得也很漂亮,但邓原相信,杜宏不会跟一个有了丈夫的女人搞上关系。

但邓原还是来了,原因很简单,就是想在不可能中找出可能性。这会很艰难,但更难的是见杨波。他不知道该怎么问杨波,也不知道杨波会是什么反应,他更不希望自己哪句不小心说出的话导致杨波的拳头又挥向他自己的眼睛。所以,他先找上了季勇,把杨波这个难啃的骨头留在最后。

思想准备做足了,邓原拍响了杨波家的门。

杨波正坐在客厅的沙发上蒙着眼吃方便面,他抬头朝着门的方向笑了笑:"是邓队吧?"

邓原看到杨波的眼睛上还裹着纱布,不知道他的伤势好得怎样了。杨波依然消瘦的脸上伏着层热气,额头还挂着几个汗珠,一看就是低头吃泡面,热气冲

第十章 破绽

顶的结果。他嘴角两边还有浅红色的汤汁，有些滑稽，换作别人，实在难以想象，眼前的这个人曾经是警界里小有名气的人。邓原也笑了一下："怎么样？眼睛好些了吗？"

杨波把嘴里的面吞下，用手背抹了把嘴："还那样。"

"你怎么也不锁门啊？这要是有什么人闯进来，多危险！"邓原本以为会有人来开门，没想到只是屋里传来两个字："请进。"他随手一推，门就开了。

"求之不得呢，最好能把我弄死。"杨波淡淡地说，脸上没有任何表情。

邓原感觉杨波的情绪还是不好，他赶快扯开话题："我刚刚只是敲了门，并没有说话，你怎么知道是我？不会也记得我的脚步声吧？"

面已经吃得差不多了，杨波把面桶往前推了推："哪有那么神奇？你只来过我这里一次，对你的脚步声只有一个大概的印象，还分辨不出来。只是，除了你和护工，没有人会来我这里。"

原来如此，邓原左右看了看："护工呢，怎么就留你一个人在家？"

"她不止照顾我一个，还有一个鳏寡老人，她每天都是两头跑，可能一会儿就会来了。"杨波慢慢地站了起来，"来，邓队，过来坐。"

"骂我是不是？"邓原赶快走上前，扶着杨波又坐回沙发，"叫我邓原，咱还像以前一样。"

杨波笑了，感觉轻松了些："你来找我肯定有事，来，坐下说吧。"

邓原坐了下来，却迟迟开不了口。之前设计好的话语，这个时候全都不知道跑到哪儿去了。邓原只好盯着茶几上的面桶，数里面剩余的面条。

"邓原，虽然我们俩以前并不是特别熟，但你也不用这么怕我吧？"杨波洞察到了邓原的紧张。

邓原的注意力还在如何跟杨波开口上，他愣了一下："我怕你？"

"那你紧张什么？我都感觉到了，你现在恐怕快出汗了。"杨波伸出手摸到邓原的胳膊，拍了拍。

邓原在心里嘲笑了自己一下，什么时候变得这么没用了？"哦，我只是不知道该怎么说，事情太多，太复杂了。"

"那就说说案子吧，我知道，你最近接手了两件案，你能来找我，肯定跟案子有关。"杨波报以鼓励的一笑。

"你是怎么知道的？"如果说荣静的案子转到邓原的手上，那肯定是"白菊"说的。可新接手的两个剥皮案，杨波是怎么知道的呢？难道也是"白菊"告诉他的?不会,"白菊"不是能做出这种事的人,而且,没有必要的联系,不插手其他警务人员的案子,是刑警界里多年来的习惯。

"是我的护工告诉我的。"杨波也是警察,自然了解警界的规矩,他又做了进一步的解释,"她的另一个要照顾的老人,天天收听新闻,她是从那里得知的。"

那就对了,新闻媒体干的好事。最近邓原太忙了,案子一个接一个,要查的、要想的东西太多,他还真没有时间停下来好好地看过新闻。"是啊,两个很棘手的案子,还都是剥皮案……"

"再说下去,你可是对非警务人员透露案情,这可是犯纪律的啊!"杨波打断了邓原的话。

"嘿,你小子,什么意思啊?前脚问我,后脚又说我犯纪律,耍我啊!"邓原很不客气地捶了杨波一下。

"哈哈,逗逗你嘛,让你放松一下。"杨波笑得很爽朗,"可能我上次吓到你了,是我不对,无形当中给了你压力。"

"行了,"邓原挥了挥手,气氛果然轻松了许多,"也没什么犯纪律不犯纪律的,你也是当事人之一,有些事情你应该知道,我也想让你知道,顺便让你帮我理理头绪。有一些问题,我明知道朝着一个方向查下去会有结果,可我又不确定了。"

"邓原,你这是在给自己压力呢。有什么问题就说出来吧,就当两个多年不见的老朋友聊天一样,我也希望能帮你分析一下,于你,于我,都有帮助。"

邓原把杨丽丽与罗莎剥皮案的内容,尽量以简短的方式讲述给了杨波。当讲到杨丽丽头部被剥皮时,邓原看到杨波的身子明显抖了几下,面部的表情有些扭曲,他一定是又想到妻子荣静了,邓原赶紧把内容转入查案细节。讲到罗莎是胸部被剥皮时,杨波的情绪没有太大的波动,除了眉头紧锁,相比刚刚的情况已经好了很多。

邓原一边讲解案子,一边观察杨波的反应,这比他给上级领导汇报案情时还要小心谨慎。尤其是最后的关键时刻,朱永义的出现,以及朱永义与那些尸体的亲密关系,邓原看杨波的情绪又有所起伏,双手有了握拳的趋势。邓原知道杨波的想法,他也有同样的想法,但有待商榷。邓原不急于先讨论这个,他有更重要的问题,于是他说:"如果,是你来查这个案子,你会怎么做?"

杨波微低下头,大脑快速地运转了起来,可抬头后说的却是:"我是个失败者,哪有资格评定案子呢!"

第十章 破绽

"你别这么说，你不是失败者。我仔细想过了，如果半年前是我负责你妻子被杀的案子，结果一样。现在有了破案的线索和方向，还得感谢后来发生的命案。否则，我也一样一败涂地。"邓原真是这么认为的，光荣静孤零零的一个案子，搁谁，谁都会栽跟头。可凭借着凶手再次连续作案而得到的信息，不知是该高兴，还是无奈？成功？距离目标还很远。失败？邓原不敢想，案子发展到如今的地步，如果最终失败的话，他会不会连杨波都不如？

杨波再次低下头，邓原看不到他的表情，更有些拿捏不准后面的话该怎么说，正想着，杨波说话了："你的不确定，是指我妻子和那个叫杨丽丽的案子吧？"

邓原点点头，没有说话。虽然他知道杨波看不到他点头的动作，但从他的沉默可以得知，杨波的结论是对的。当然，这根本就不是什么难事，随便找个人把所有案子串一遍，都会得出这样的结论。难就在于，怎样找出荣静、杨丽丽与现在正在查找的线索的关系。

"你想知道，我妻子是不是跟梦之幻俱乐部以及杜宏有什么关系？"杨波再次抬起头，轻叹一口气，"我真的很想帮你，可我也真的不知道。"

邓原顿觉心里的那块石头落地了。问题与答案，对于邓原来说，更为难的是问题。谁都想知道答案，可问题怎么问呢？难道让邓原轻松地问："嘿，杨波，你老婆是不是跟那个色狼杜宏有什么关系？"或者："杨波，你老婆是不是在梦之幻俱乐部？做过整形？"邓原问不出口，他在楼下猛抽烟的时候，想的就是这个问题。好在杨波理解他，替他避过了这个难题。邓原很感激他："没关系，只要是一点点的细节都可以，你好好想一想。"

"不是我不愿意想，就是有，我也不知道。"杨波这个时候很冷静，没有邓原想象中的激动，"你也知道我们做警察的，忙得跟什么似的，有哪个能够顾到家里？荣静虽然长年在家，可她平时都具体干些什么，我从来不过问的。夫妻之间需要的是信任，你明白吗？"

邓原虽然没成家，但他也明白，没有哪个警察疯忙了一天后，回到家里，还要像审犯人一样审问自己的亲人当天都干了什么。"那看来，只能寄希望于胡子那边了，看他能不能从客户资料里找出什么，或者，从俱乐部和杜宏那边想办法了。"

"杨丽丽那边呢？也什么信息都没有？"杨波问道。

"嘿，别提了，我刚被她老公折磨完。"邓原想到了与季勇的对话，有些哭笑不得。

127

"不会吧？你被折磨？"杨波以为自己听错了，在他眼里邓原是个雷厉风行的人。记得还在西区分局的时候，杨波就听说过邓原在查案的过程中如何拍桌子、瞪眼睛，各种跟案件有关系的人，最后都败在他的手上。

"她老公倒是真配合啊，就是……"邓原在想，用个什么方式来形容，"唉，就是你无论问他什么，他都从有狗那年开始说起，这不是折磨这是什么？"

"哈哈哈！"杨波禁不住笑了起来，邓原的这个形容真逗。可没多久他就收住了笑容，"邓原，非常抱歉，我也没能提供任何有用的信息。"

邓原看出了杨波的沮丧，其实对于杨波和季勇来讲，虽然一个说话干净利落，一个啰啰唆唆，但他们的本意还是想尽可能地多提供信息的，谁都希望早日抓到残害自己妻子的凶手。"你不要这样，我都没沮丧呢。其实这个结果我已经猜到了，再想办法吧！好了，我知道你有事情要说，裁缝是吧？"

"邓原，"杨波一把抓住邓原的胳膊，非常激动，他等这个问题已经有些不耐烦了，"那个朱永义，一定是裁缝，他一定就是裁缝！"

邓原一点儿也不吃惊，他早就知道杨波是这么想的，在他跟杨波讲案子提到朱永义时他就发现了。"杨波，你冷静一下。"

"我冷静不下来，你知道吗？我一直在找那个跟踪人，我每天定时定点地去桥下静坐，护工有时也帮我观察，可他就是没有再出现过。"杨波激动的表情中又夹杂了些许兴奋，"这下好了，你帮我找到裁缝了，我不需要再天天去找那个跟踪人了。"

"你凭什么认定朱永义就是裁缝呢？"

"那朱永义怎么就不是裁缝呢？"杨波用了一个反问，情绪还是有些激动，"先从裁缝这个词来讲，裁缝是为人量身做衣的，而朱永义是为客户量身整形的。形式虽然不一，但实质却是异曲同工。再从案子来讲，跟踪人为什么让我去找裁缝，肯定跟案子有关。死者不同程度地被剥了皮，而朱永义又对皮肤有着相当浓厚的兴趣。再有，就是他以前犯的那些事，不都能证明他有这个杀人的动机吗？而最关键的就是，朱永义有这个能力。整形师，邓原你想想，什么人能做整形师？至少刀法应该是娴熟的。难道这些还不能证明吗？"

"我刚才说了，冷静！就是让你静下心来好好地想一想。"邓原不自觉地从兜里掏出烟，刚打开烟盒，却发现杨波家里的茶几上没有烟缸。

杨波听到了烟盒的声音，伸手摸到茶几上的面桶，往邓原的方向一推，有些汤汁洒了出来："凑合用这个吧。"

第十章 破绽

邓原听出了杨波说话的口气中带有不耐烦的成分："杨波，说实话，我最初也有你这样的想法，可慢慢地，我又有些动摇了，你不觉得这里存在着一些问题吗？"

杨波这次真的冷静下来了，他听到邓原说的是动摇，而不是否定。那么说明两人还是有共识的，只是后面出了些分歧。以杨波对邓原的认识，一个思路清晰、分析能力强的人，觉得有问题那肯定是有道理的，是什么呢？杨波认真思考了起来。

"我没有肯定或者否定朱永义就是裁缝，因为我发觉裁缝这个角色出现得没有意义了，你觉得呢？"邓原看到杨波安静了下来，终于把烟点上了。

"没有意义了？"经邓原的提示，杨波突然有些明白了，"你的意思是说，案件调查到现在，很明显，朱永义与剥皮案有关，那么，他到底是不是裁缝，都是多余的了？"

"没错，我就是这个意思。朱永义是裁缝也好，不是裁缝也好，案子查到这里，他都脱不了干系，调查的方向指的都是他。所以，根本不需要什么神秘人来提示线索，他所说的裁缝，到目前为止对案子没有任何帮助。我觉得这里面应该有别的原因。"邓原很喜欢这样的探讨，双方都是多年的刑警，有些东西一点就透。

"经你这么一说，还真是有些奇怪呢。"杨波也点头道，"那个跟踪人为什么要说裁缝呢？"

"不光是为什么要说出裁缝，还有，为什么这个时候说出裁缝？"邓原补充道。

"是啊，为什么偏偏这个时候说出裁缝呢？"杨波苦笑了一下，"我妻子是第一个案子，他不说。半年后的案子，他却跑出来提供所谓的线索。不知道他是在玩儿我呢，还是有什么别的目的？"

"我觉得有三种可能，第一，这个神秘跟踪人完全就是来搅局的，他可能是朱永义的帮凶，或者同谋，平白无故地找出个裁缝来混淆警方的视听。"邓原分析道。

"第二种可能是，也许这个裁缝真的跟案子有某种牵连，只是这种牵连关系我们还没搞清楚，也许在案子的进一步调查中会明朗些。"杨波接着说，"你说的第三种可能是什么？我怎么没有想到？"

"第三种可能是我假设的，神秘跟踪人也不知道裁缝是谁，在哪儿，或者他也在找裁缝。他通过你传达给警方这个信息，以便于警方帮他找到他想找的裁缝！"

杨波恍然大悟,他还真没有想到这一层。也许,这就是他跟邓原之间的差别,姜还是老的辣。"你说得很有道理,而且,我更倾向于你的这第三个推论。"

"猜测而已啊!现在就是不知道这个跟踪人到底是什么目的。混淆视听?那我们会利用这一点反其道而搅之,他的狐狸尾巴迟早会露出来的。利用警方找他想要找的人?恐怕不会得逞。"邓原一边想一边说,"只要知道他的动机和目的,其他的都好办了。"

"都怪我,还没整明白呢,就告诉你们裁缝这个信息了,我都有点儿后悔了。"

"杨波,你没必要自责,这不是你的错。"邓原安慰道,"你不如把眼睛养好,帮我们破案。"

杨波叹了口气:"也许,我的眼睛还没好,你们就已经破案了呢!"

邓原对于杨波的最后一句话,有些拿捏不准。他不知道杨波是在拒绝他,还是在感叹自己的遭遇。邓原有些为难,这样冷场的感觉很不好,正想着说些什么的时候,却发现杨波的表情有些异样。

杨波微侧着头,脸冲着门的方向,眉头皱起:"护工来了,怎么站在门口不进来?"

"啊?"邓原也看向门,他光顾着跟杨波讨论案情了,根本没注意门外是否有人,"你听出她的脚步声了?"

杨波点点头:"是啊,她一走进楼道,我就听出来是她了。"

对于这点,邓原不得不佩服杨波。杨波现在所住的是一个非常普通的居民楼,楼里有人走动,屋里的人是能够听到声音的。可一边激烈讨论事情,一边还能够注意外面的动静,并通过获取的声音进行判断,这个有些难度了,至少邓原就做不到。他的心思全在讨论的内容上,楼道里有没有人经过,有多少人,他根本没在意过。"她是不是听到屋里有人说话,不好意思进来?"

"应该不是,"杨波笑了,"她在门口也就站了不到两分钟,可能买东西了,不方便开门,我去接一下她。"

邓原扶着杨波来到门口,门一打开,邓原愣住了。

门口站的还真是护工,可她的手里并没有想象中的那样,拿了很多的东西,也没有狠狠地腾出手找钥匙。护工愣愣地站在门口,看着手里拿的东西发呆。听到房门被打开,护工扬起丑陋的脸,定定地看着眼前的杨波和邓原。

杨波感觉到了气氛的不同:"怎么了?"

邓原一直盯着护工的脸看,上一次他没有仔细注意过护工,这次看来,护工

第十章 破绽

长得还真是丑，而且，站在门口不进屋的举止也有些怪异。

"我在门口捡到了一张照片。"护工说话了，并把照片递到杨波和邓原的面前，"不知道是别人不小心掉在这里了，还是……"

邓原这才注意到护工手里拿的东西，是一张照片，彩色的，但明显很旧了。"这是什么照片？"

护工知道邓原，把照片交到邓原的手中："我也不知道是什么，你看看吧。"

"什么样的照片啊？你刚刚在门口捡到的？"杨波问道。

"是啊，我在楼道里，远远地就看到门口好像有东西。我开始还以为是谁家扔垃圾时不小心掉在门口的纸张，走近一看才知道是张照片。我正拿起来看呢，你们就出来了。"

邓原没听杨波和护工的对话，他在看照片。一个非常旧的彩色照片，看样子年头已经非常久远了，有些泛黄。照片上是几个青年男女在一个饭馆前的留影，通过照片上男女的穿着，可以看出至少是20多年前了，现代人的穿衣打扮不会是这个样子的，太土了。

照片上的餐馆是一间平房，因为房梁上写着"欣欣小吃店"，才能判断出这是一家小餐馆。从店面的装饰和布置来看，应该是一个很偏远的地方，至少不像是在城里。再看门口站着的几个青年男女，也有些土气，但个个脸上满是纯真。

这时，一个上了年纪的老大爷拎着一篮子菜拐进了楼道。

老大爷对前面挡住半个楼道的三个人产生了兴趣，那个眼睛上裹着纱布不知看向哪里的男人，他知道，同住在楼里。旁边的一个高大魁梧的，正低头看东西的男人，他没见过。而两个男人对面站着的女人，老大爷也一眼认出了，是照顾眼睛上裹纱布男人的护理人员。

老大爷慢悠悠地拎着菜篮子走近三个人，他冲眼睛上裹纱布的杨波点点头："有客人啊？"

杨波一把拉住旁边的邓原，往自己身旁拽了拽："是啊，您慢走啊。"

邓原突然被打扰后，才发现有个老大爷经过："进屋再说吧。"

三个人进了屋里，护工很自觉地收拾起茶几上的垃圾，并进入厨房进行自己该做的工作。邓原扶着杨波坐在沙发上，继续看照片。

照片从整体上来看，没有什么异样。5个青年男女站在餐馆的门前拍照留念，一看就是聚会照。唯一可说的就是照片在拍摄的一刹那，站在最右边的一个女生面露吃惊的神色，并抬起一只手指着拍照人的方向。邓原看到这个画面第一个想到的就是，她，看到了什么？"拍照的时候好像发生了什么突发事件。"

"是什么照片啊？"杨波问道。

"应该是几个青年聚会时拍的照片，等等，下面有日期。"邓原在照片的右下方看到一行黄色小字，"难怪看这照片那么旧，原来是1982年的。"

"那是30年前的了，照片上有什么吗？"

"照片上看不出什么，但是好像留影的人发现了什么事。"邓原看图说话般跟杨波进行了解释。

"还有吗？这张照片会不会是不小心掉在我门口的？"杨波又问道。

"等我看看再说。"邓原说完把照片翻了个个，照片的背面赫然写着一个数字"一"，还画了一个圆圈，旁边又写着一个"裁"字，"不像是别人掉的，我觉得像是特意留在你家门口的。"

"怎么讲？"杨波紧张了起来。

"照片的背面写了一个'裁'字，'裁缝'的'裁'字，还有一个数字'一'，应该是第一张的意思。"邓原若有所思地说，"我猜想应该是一些照片中的第一张。"

"裁缝？"杨波的面色凝重了，"会不会是跟踪人给我留的提示？"

"不好说啊，"邓原又仔细观察了一下照片背面的数字和字，"不像是一个人的笔迹，从字迹的墨色来看，不像是同一个时间写上去的。"

杨波又有些激动了，他一把抓住邓原："邓原，那个神秘跟踪人又出现了，可我为什么没有听出他的脚步声？"

"你别这么激动，"邓原安慰了下杨波，"照片我先拿回去，看看能不能找出什么启发，有了情况我再告诉你。"

杨波点了点头："为什么是30年前的一张照片呢？"

邓原也想知道为什么，但他现在要做的是稳住杨波："你急也没用，先把眼睛养好。你给我时间，我好好查一查。"

"好的，有结果了一定要告诉我。"杨波又嘱咐了一遍。

第十一章 行动

邓原没有在杨波家多做停留,因为他还有很多的事要处理,随意寒暄嘱托了几句,就离开了。

邓原出了杨波的家门后,仔细地观察了楼道以及楼外的环境。如果那个跟踪人刻意伪装自己,在屋里的他和杨波是不可能发现跟踪人出现的。跟踪人在放照片的时候,选择在他和杨波正好推门出来,或者护工过来。这足以说明,跟踪人已经掌握了杨波的作息。

邓原想到了兜里装的照片,他实在不明白跟踪人此举有什么意义。照片没出现前,邓原就不认为裁缝跟案子有什么牵连,但他还是细心分析出了三点,毕竟答应了杨波替他找出裁缝,他也不忍心拒绝杨波。现在又多出了一张跟案子毫无关系的照片,还是30年前的,邓原觉得有些可笑。在他看来,那个神秘跟踪人就像是一个调皮的孩子,也许以前跟杨波有过什么恩怨。邓原笑了笑,随他们去吧,先把案子拿下再说。

曾秀于晚上7点半多,第二次进入了梦之幻俱乐部。

这是曾秀特意挑选的时间,白天俱乐部的人多,客户多,工作人员也多,不方便她进行调查。更重要的原因是,曾秀不想看到朱永义。邓原交给她的任务很明确,就是摸清俱乐部的内部结构,至于朱永义本人,谁有兴趣谁去伺候吧。

俱乐部前台,孟经理一看到曾秀,立马笑眯眯走上前:"这不是曾小姐吗?"

曾秀对这个孟经理的印象也挺深刻,但她还是摆出一副吃惊的面容:"你记得我?"

"那当然，怎么会不记得呢！"孟经理像是遇到多年未见的好姐妹一样，半挽着曾秀的胳膊，"你昨天来过的，今天又能来，肯定会成为我们的贵宾。我早就看出你跟我们俱乐部有缘，呵呵。"

曾秀觉得挺好笑，看来这位孟经理是以钱认人了。不过，恐怕这次她是看走眼了！曾秀也甜甜一笑："你记性真好，我记得昨天接待我的是一个叫小莲的小姑娘，我觉得她的服务态度特好，她今天在吗？"

"在呢，小莲刚送走一个客人，现在可能在休息，我去叫她啊。"孟经理说完就一路小跑进去。

前台小姐也如接待贵宾般地把曾秀请到了斜对面的沙发上，并给曾秀倒了杯玫瑰茶，然后像个侍奉的小丫鬟般站在一旁，不肯离去。

"我刚才进来的时候，有一辆白色的面包车开进来，差点儿撞到我呢。是你们这里的吗？怎么这么鲁莽？"曾秀拿起玫瑰茶，吹了吹漂在水面上的红色花瓣，心里想的却是临行前大兵的交代。大兵认为与其漫无目的地在一堆交通监控录像上找答案，不如问问俱乐部的内部人员，这样更快捷一些。正巧，曾秀来的时候，看到右边的过道上停了一辆白色面包车，她记下了车牌号。

"那车是我们老板一个朋友的，白天有自己的事，经常晚上过来帮着卸货。我一会儿就跟孟经理反映，怎么能伤着我们的贵客呢！"前台小姐赶忙回答道。

"你们老板朋友的？"曾秀又是一副吃惊的表情，"你们这么大个俱乐部，连自己的车都没有啊？"

"这个我就不太清楚了，那是老板的事。"前台小姐有些窘，她不知道该如何回答曾秀的问题，那辆车她也很少看到。

"怎么了？有什么问题？"孟经理带着小莲从里面走了出来，她听到了前台小姐的话，不知道发生了什么事。顾客就是上帝，她可不想得罪了人。

"没什么，就是我进来的时候差点儿被你们老板朋友的车给撞了。"曾秀接过了话，替前台小姐打了圆场。

"哦，那辆车啊。"孟经理松了口气，她以为是前台小姐的哪句话说得不得当了，"那是我们朱老板的合伙人杜总的。你放心，这事以后绝对不会发生。你要是不满意，我现在就让司机跟你道歉。"

"那倒不用了，"曾秀心里笑了，她看向小莲，小莲的脸上有些倦容，"我下班后才赶过来，是不是有些晚了？"

"怎么会呢？曾姐，正盼着你来呢。"小莲立马换上笑容，跑过来坐到曾秀

第十一章 行动

的旁边,"曾姐什么时候来都成。"

孟经理满意地笑了,前台小姐拿来客户登记表,放在曾秀的面前:"曾姐,麻烦你填个表吧,这样你以后一来,什么都不用说,我们就知道你需要什么,保证让你满意。"

这个表曾秀再熟悉不过了,头天晚上还跟邓原他们一起研究过呢。曾秀很从容地拿起笔填起表来,孟经理和小莲就在一边认真看着。

曾秀一边填表一边想起了胡子跟大家说的话,客户资料的内容不一定是真实的。的确,曾秀现在就在填一份真假参半的资料。姓名年龄都是真的,身份证号的后几位变了两个数,地址也有一半是瞎写的。在填工作单位时,曾秀特意写了杨丽丽的公司名,然后停顿了一下,喝了口玫瑰茶,看了看孟经理和小莲没什么反应,又在职务一栏上大笔一挥:行政人事经理。

"哎呀,原来曾姐这么厉害啊,人事经理呢!那一定挣得很多啊,羡慕死我了!"小莲忙不迭声地惊叫道。

"还真没看出曾小姐这么能干呢,这人事经理一定接触不少人吧?曾小姐可以把朋友们都叫过来,我们俱乐部的信誉很高的,物有所值,保证你的朋友们都满意。"孟经理也忙着附和道。

"行啊,这个还不好说。"曾秀在电话那栏上写了以前用的一个手机号,那个号已经转移到现在公安系统派发的手机号上。曾秀相信,凭这帮俱乐部的菜鸟们是查不出来什么的。

资料表填完后,曾秀从包里掏出一小叠现金,随便目测一下就知道,一万块钱。"这点儿押金够办金卡的吗?"

小莲脸上的假笑早已荡然无存,激动充满了面部,她已经预算出自己这个月能拿多少提成了:"足够了,我马上去给你办金卡。"

孟经理虽然深沉一些,但说话的口气明显又谄媚了许多:"曾小姐真是出手阔绰啊,我早就看出你会成为我们的贵宾的。"

"毕竟第一次来你们俱乐部,先交这么多,我好好感受一下。如果好的话,我想约你们朱老板谈一下整形的事。到时候该交多少钱,我一次性补齐。"曾秀当然出手阔绰了,这钱是邓原专门申请下来的,就为查案用。曾秀相信,不用多来几次俱乐部,这钱就能找回来。

"这个绝对没问题,只要你方便,我们随时待命。"孟经理看了一眼正在忙活的小莲,又转过头看着曾秀,"这一时半会儿办不完呢!曾小姐不如去洗个花瓣浴吧，或者做个头发什么的，金卡会员这些都是免费的。"

"那敢情好，你们还真是会做生意呢。"曾秀想了想，上次来的时候好像看到美发和整形都在二层，那里似乎没有什么玄机，不如从一层开始查起，"做头发太麻烦了，我去感受一下花瓣浴吧。还有，麻烦你跟小莲说一下，上次她给我推荐的那个特级疗程我挺满意，就先让她给我安排那个吧。"

孟经理有些眉飞色舞了，那个特级疗程，只要5次，就能用掉曾秀刚交的一半订金："放心吧，我会跟小莲安排好的。走，我带你去换衣服。"

孟经理带着曾秀在一层左边的通道里一通乱走，绕了几个弯后终于在一个门前停住了，门上的标牌上写着：花瓣浴。

曾秀不记得上次有没有到过这里，就算来过她也记不清了，迷宫一样的俱乐部，走上10次她也可能只记得一半。花瓣浴室的旁边还有一个门，门上只写一个"浴"字，但从门到所在通道的尽头来看，空间应该比花瓣浴室要大好多。"这里也是浴室吗？"

"那里是一般的普通客户用的，就跟公共澡堂子差不多。你是金卡客户，待遇比她们好。"孟经理一边解释着，一边推开了花瓣浴室的门，"右手的小间是换衣服的，我去给你准备浴桶。"

一个粉红色的空间展现在了曾秀的面前，暖粉柔和的灯光，粉色的墙壁，粉色的挂帘，曾秀感觉进入了一个粉色的梦幻世界。正对着门的是一个大一些的房间，里面摆了两个大大的木桶，孟经理正在最右边的木桶前忙活着，应该是放水、放香精、花瓣之类的。右手边有一个粉色的挂帘，掀开，里面是一个很小的房间，只有两个立式的长柜。柜门的锁上还插着钥匙，钥匙上有皮筋。

"曾小姐，换衣服吧，柜子里有浴袍。"孟经理的声音传了过来。

"好。"曾秀应了一声，随便挑了一个柜子打开，换了衣服。

等曾秀换好浴袍出来的时候，孟经理已经准备好了一切。右边的木桶里放了八成的热水，水面上飘满了红色的玫瑰花瓣，一缕缕带着香味的热气冒出，再配上屋里的粉色气氛，曾秀觉得，是个女人都会迫不及待地想要钻进桶里去。但曾秀还是不习惯在陌生人面前赤身裸体。

孟经理看出来了："曾小姐，你慢慢享受吧，我先出去了，等护理准备好了我叫你。"

曾秀看着孟经理出去后，马上来到木桶前，迅速地撩起水把头发弄湿，随后也走出了花瓣浴室。

第十一章 行动

  浴袍足够大、厚，穿在身上还挺舒服，最可爱的是前面还有两个兜。曾秀很舒服地把双手插到兜里，右手里握着手机。换衣服的时候，曾秀及时把面包车的信息短信给了大兵，大兵也回信说，俱乐部的正门往右是死路，从左边想办法。

  这一点正合曾秀的意，她现在的位置是花瓣浴室门口，一条通道的把头。左边是"公共澡堂子"，然后是尽头，右边则是来时的过道。曾秀站在原地判断了一下方向，根据邓原对俱乐部后面的描述，"公共澡堂子"尽头的另一边就应该是员工宿舍了。没有什么看头，对于空间上没有问题的，她不想耽误时间，她的任务是找出可能有问题的。

  选择来时的过道，曾秀一边往前台的方向走，一边见门就推。遇到有客人和工作人员的屋子，曾秀就不好意思地装作找错了，临走时还会故意问一下厕所怎么走。反正她穿着俱乐部的大浴袍，傻子也能看出她是这里的客人，所有被打扰的人对她都很客气。没有人的屋子，曾秀就会仔细查看，甚至敲敲墙。

  这一次曾秀特别用心，进去过的屋子，她都把标牌铭记于心，没能进去查看的就只能看以后的机会了。时间过得很快，曾秀觉得孟经理和小莲差不多要来找她了，而俱乐部的左边她也查得七七八八了，于是，她赶快往回走。

  刚走过两个门，身后传来了开门声。曾秀还以为是哪个客户或者工作人员，正想着用找不到厕所的方法如法炮制，可等了一会儿，身后并没有响起询问的声音。

  曾秀迟疑了一下，因为她发现门开过后，没有关门的声音，也没有脚步声，很安静，只有微小的窸窸窣窣声。曾秀转过了身，没有看到半开着的门，她走过的两个屋门都紧关着，更没有人，可声音还在响着。

  曾秀朝着声音的方向看去，在两个屋门斜对面的墙上有一幅很大的墙体宣传画报，有一个半门宽，高则由顶部到墙根儿。整个宣传画报是一个欧洲美女的脸部特写，一半脸是靓丽绝美的容颜，另一半除了眼睛和嘴唇，都敷上深黑色的面膜。

  欧洲美女的嘴部突然凸起，还有些晃动，同时，宣传画报的最外侧被掀起了一条缝。

  曾秀来不及多想，转身快速跑到前面走道的一边，闪身躲在了拐角里。

  曾秀刚隐藏好，欧洲美女的一边脸就被高高抬起，一辆小型的两层手推车从美女的脑子里钻了出来，手推车的后面是一个化着浓妆的工作人员。

  躲在角落里的曾秀没有探出头来，她不想打草惊蛇。直到车轮滑过地面的声

137

音和脚步声离她越来越远了，她才伸出半个脑袋。曾秀清楚地看到一个穿着工作服的小姑娘推着一辆小车拐向了过道的另一头，车上放着些瓶瓶罐罐，应该是给某个客人准备的。

一分钟过去后，推车和脚步声已经听不到了，曾秀才现身出来。她重新走回到欧洲美女宣传画报前，面对着画报仔细地端详了起来。

这个欧洲美女的宣传画报曾秀有印象，两次来她都看到过。刚刚在查探时，她也经过这里，可每次都只是注意画报上的美人儿。的确，画报上的美人足够吸引每一个人的眼球，但只限于美人儿的美以及脸上的美容效果，没有人会去注意细枝末节。曾秀相信除了这里的工作人员，谁经过这里都只会惊鸿一瞥地欣赏一下美人儿，不会注意其他的地方，更不会想到这画报的后面会有什么。

曾秀没有再过多注意画报上美人儿的脸，她仔细观察起画报的两边。

画报的左右两边分别与墙面有一个一厘米宽的缝隙，缝隙是黑色的，整体看来，像是画报的两个边框。曾秀用手摸了摸，右边的缝隙与墙面相连，而左边的缝隙与墙面是断开的，还略微往里凹了一些。由于黑色的缝隙在视觉上产生了误导，让人乍一看以为两个是在同一水平线上，而断开的那一边缝隙恰恰是工作人员推车出来的地方。

曾秀再次把手伸进左边的缝隙，握住画报的一边轻轻一拉，画报被掀起了一边，一个小黑门出现在了眼前。门没有锁，曾秀一推，门就开了一角。出乎意料的是屋里有灯光，曾秀左右看了看没有人，快速进了屋，并顺手把屋门关上了。

屋里的空间不大，长方形，除了中间留有能容下一个半人的空地外，墙两边都杂乱地摆放了些东西。右边的墙边角落堆放着许多的小塑料桶，每个桶的边上还贴着看不懂的外文标签。曾秀随手掀起一个桶的盖子，里面都是一些如面粉样的东西，捏出一些闻了闻，还有香味。曾秀又打开了几个桶，全是粉状物，只是颜色各有不同。曾秀有些后悔了，早知道拿个塑料袋来，至少可以提取一些回去化验一下。

再看向左边，一辆及腰部高的二层不锈钢质小推车，车上空空的什么也没有，不过曾秀认出来了，与刚刚从这里出去的工作人员推的车一样。车的旁边有几个纸箱子，分别装了些面护的工具，这些曾秀认识，无非是些小镊子、粉刺针之类的，还有就是些口罩、面盆，没有什么特别可疑的。

曾秀看出来了，这里应该是个小型的存储室，只是她不明白，有必要搞得这么神秘吗？曾秀笑了笑，又看向了面对门的一道墙，没有任何东西，一个布帘挂

第十一章 行动

在了墙上。曾秀几步走过去掀开布帘,又一个小黑门显现了出来。虽然门上有锁,但她还是推了推,没推开,看来是锁上了。

正在曾秀想着要不要想办法撬开锁看个究竟的时候,来时的门被推开了一条缝。曾秀被吓了一跳,做贼心虚的心理有些让她冒汗。该死,太注意这个锁着的门了,怎么没注意听外面的声音呢?太大意了!不过,根据现场的环境来看,就算听到外面的画报有动静,她也来不及躲藏,屋里根本没有能容她藏身的地方。

短短的两秒钟,曾秀做好了心理准备。就在门缓缓被推开的同时,曾秀用手敲了敲布帘后面的门,然后,假装吃惊地扭头看向外门。

小莲推着美容用的手推车进入存储室时,也被眼前的情境吓了一跳,她没有想到曾秀会在这里:"曾姐,你怎么会在这里啊?"

"吓死我了,你进来怎么不敲门啊?"曾秀装出一副被惊吓得不得了的样子,甚至用手拍了拍胸口,"我想上厕所,可我找不到啊,就找到这里来了。"

小莲被曾秀的样子逗乐了:"找不到,你叫我啊。其实厕所就在花瓣浴室的旁边呢!当然,这也怪我,没跟你说清楚。"

曾秀早就知道厕所在哪儿了,刚才被她打扰的几个客人和工作人员都清楚地告诉她厕所就在公共浴室里。不过,曾秀还是装着说:"我以为我能找到呢,就到处走,然后看到有人从这里出来,我以为是,就进来了。"

"这里不是啦,这是我们的工作间,我们给客人进行护理前,都要先到这里准备东西的。"小莲说道。

"我说呢,这里怎么这么乱。"曾秀放下布帘,指了指那些小塑料桶,"这里装的都是什么啊?怎么颜色还都不一样?"

"都是面膜粉啊,我们用一定比例的水、精油把它调和成糊,敷在面部以达到吸收、美容的效果。"小莲说到这里,好像又想到了什么,"当然,这只是一般客户用的,你是我们的金卡会员,做的护理级别高,不会是这些简单的面膜粉的,这个你放心好了。"

"原来是面膜粉啊,我在电视广告上看到的怎么都是往脸上糊一张湿糊糊的布啊?"这点曾秀说的是真的,她没有接触过美容,知道得不多。

"你说的那是自用的,我们的面膜可都是外国进口的,商标都是国外的牌子呢。每个颜色代表了不同的疗效,有美白的、去皱的,还有去痘的,等等。商场超市那些千篇一律的商品怎么能跟我们的比呢!"小莲解释道。

曾秀点点头,她真是头一回听说这些,受益匪浅:"看来,我还真够外行啊,得慢慢多了解了。那个，这些外国进口的面膜，只有你们梦之幻俱乐部有吗？别的美容院有没有？"

"据我所知，只有我们俱乐部里有。这个牌子的代理很难拿的，还是我们老板的一个朋友帮着搞定的。"小莲说这些的时候，脸上多了些许的自豪，"曾姐只是不了解这些罢了，我们有的客人还会特意要求我们在面膜里加精油呢！你做的是特级疗程，所有的东西里都加了精油的，一分钱一分货，保证物有所值。"

曾秀又意味深长地点点头，突然，抬手一指挂着的布帘："这里是干什么的啊？难道也是你们的工作室？是不是我们特级护理的都在这里？"

小莲知道曾秀说的是帘后面的那道门："那倒不是，这个门后面是什么我也不知道，谁都没有进去过，连孟经理也没有钥匙。据说在俱乐部之前就有了，老板说用不上，所以才在前面挂了个帘。"

"有些忍不住了，我去厕所。"曾秀觉得再问下去，她找厕所的借口就要穿帮了，说完就往外走。

"好的，我准备好了去花瓣浴室找你。"

曾秀出来后，又驻足凝望画报。她思索的是里面，可以想象出小莲是如何准备器具，但更想了解的是那个挂着布帘被锁死的门。

曾秀总觉得那个门有问题，问题出在哪儿呢？她又说不好。

单从小莲的解释来说，没有什么疑点。置久不用的空间被封，合情合理。可她怎么觉得这个理由有些牵强呢？何来的牵强呢？自己为什么会有这种想法？

曾秀仔细地回忆了一下，从她发现布帘到帘子后面的门，再到突然出现的小莲，总共也就几秒钟的时间。而在这么短的时间内就让她有了疑问，问题应该是在表面上，显而易见的东西。

"表面上"，曾秀反复斟酌这三个字。突然，她终于明白问题是出在哪儿了。

问题还真就出在表面上。

如果是长期不用的地方，为什么两边的墙前都放满了东西，唯独那里空了出来？工作间的空间本就不大，两边摆放的物品把中间的空地挤得只能容下个小手推车，偏偏挂布帘的墙前什么东西都没有，这是什么道理？哪里像是弃用的地方？

再有就是，无论是挂着的布帘还是布帘后面的门都很干净，没有什么尘土，怎么看都不像是一个无人问津的地方。曾秀觉得那里应该是她要仔细查看的地方，弄不好她的最终目的地就是那里，看来，这个工作间还要再来。

曾秀打算先回花瓣浴室，有机会了再来这里探个究竟。刚一转身，左眼的

第十一章 行动

余光扫到一个小影,非常地小,小到曾秀都怀疑自己到底有没有看清楚。她转过身,看了看过道的左侧,什么也没有。她又快速地跑到过道的尽头,除了一条横着斜插的过道,还是什么都没有。

曾秀一边往回走,一边想,会不会是从哪个屋里出来的?也不应该啊,没有听到开门和关门的声音。在这个寂静的过道里,曾秀相信自己的耳朵不会出现什么差错。又回到画报前,曾秀忍不住地看了一眼,难道是因为当时在看画报,转身时的余光看到的只是画报上的美人儿?想想,这个解释也最合理了,曾秀不禁自嘲了一下,什么时候变得这么一惊一乍的了?

疑虑打消后,曾秀快速回到了花瓣浴室。她觉得在过道里太危险,小莲随时都有可能从画报后面冒出来。浴桶里的水还算热,曾秀煞有介事地往身上撩了撩水,脑子里又想起了刚才的一幕。

可能是职业习惯,从事刑警工作的曾秀警惕性比其他人都要高。虽然余光扫到的极有可能就是画报上的美人儿,但曾秀的心里还是有些阴晦。尤其是现在,不知是不是受到心理的影响,她总觉得有双眼睛在盯着她。

曾秀前后左右看了看,哪里有什么眼睛,四周除了墙就是墙。可这种被盯着的感觉还是存在,这个时候她倒是真的希望小莲赶快过来,越快越好,有人在身边,至少还会觉得踏实些。

"曾姐,我可以进来吗?"小莲的声音自外面传了进来。

"快进来。"曾秀几乎是迫不及待地喊了出来。

小莲微笑着走近曾秀:"曾姐,都准备好了,随时可以开始。"

梦之幻俱乐部的员工都喜欢管自己的客户叫姐,这样显得亲切,听得次数多了,曾秀也慢慢适应了。但这次小莲甜甜的一声姐,却让曾秀浑身不舒服。问题不是在称呼上,而是在小莲的身上。

随着小莲的步步走近,曾秀在小莲的身上嗅到一股淡淡的不舒服的味道,这个不舒服让曾秀想到了一个人——朱永义。曾秀对于朱永义那刺鼻的香味,久久不能释怀,她自己也不知道为什么。可能因为经常跟着一帮大男人一起在案件里摸爬滚打的原因,曾秀觉得自己与其他女孩子的不同之处在于,她更像一个假小子。

小莲的身上能有朱永义的香味,说明他们接触过,曾秀觉得应该是在她回到花瓣浴室后。"小莲啊,你这身上什么味啊?怎么那么像你们老板的?"

"曾姐,你鼻子真灵,我刚才在过道里碰到了老板,他问了我几个问题。"

141

"不是我鼻子灵，是你们老板身上的香味太特别了，想忘都忘不掉。"曾秀说这话的时候，心里想的却是，朱永义会不会就是那个不能确定的影儿？如果真是朱永义的话，为什么要躲我呢？这个俱乐部就是他的，在过道遇到客人再正常不过了，为什么要躲呢？还有，当时为什么没有在过道里闻到朱永义那特有的香味？是因为离得远吗？还是另有其人？

"曾姐，看来对我们朱老板的印象够深刻啊！"小莲捂嘴乐了，随后又说，"还别说，你们挺有缘分，老板也挺注意你呢！"

"什么缘分！"曾秀心里小小地恶心了一把，"对了，他怎么注意我呢？"

"也没什么了，就是听说你来了，特意过来问问情况，看看有没有什么需要安排的。"

特意？曾秀感到了寒冷："他对你们这里的每一位客人都这样吗？"

小莲想了想："也不是啊，那么多客人呢，他也得顾得过来嘛！在我看来，朱老板比较看重那些贵宾，其他客人就一般般了。"

原来是有针对性的，曾秀不明白，她才来了两次而已，怎么会有如此优厚的待遇呢？

小莲的声音又响了起来："朱老板也是看人的，人跟人之间不都是有磁场的嘛，面缘好的自然会多多注意的。曾姐昨天第一次来的时候，老板多热情啊，要不是临时有事，肯定会全程到底的，很难得的呢。"

这话在曾秀听来，更加怀疑朱永义就是刚才那个影儿了。哼，关注我，肯定没什么好事！"我才不稀罕呢，也就你们才忍受得了。"

"哈哈！"小莲被曾秀逗笑了，"谁第一次见朱老板，都有些不能接受，时间长了就好了。朱老板在我们俱乐部的客人里口碑可好了，你可别小看哟，很多客人后来都抢着找他呢。"

曾秀挺同情那些客人的，如果她们知道朱永义用那双曾经抚摸过尸体的双手把她们当尸体般蹂躏，恐怕不会再来俱乐部享受贵宾级待遇了。"好了，我准备好了，开始吧。"

剩下的事情就很简单了，曾秀舒舒服服地享受了把特级美容护理。期间，小莲的话不多，她从不主动说话，全心全意完成着自己的工作。倒是曾秀有时问一些无关痛痒的问题，小莲也是简单回答一下。慢慢地，曾秀竟然睡着了。

等曾秀迷迷糊糊地醒来时，美容室里就只有她一个人了，小莲不知去了哪里。曾秀记得刚进这间美容室的时候，屋里的灯都亮着的，而现在，有几盏已经熄了，

第十一章 行动

亮着的几个也被调得暗暗的,一定是小莲干的,倒真是不错的睡觉气氛。摸出手机一看,已经快11点了,天,要不是自己醒了,难不成在俱乐部里过夜了?

曾秀出了美容室,过道里的灯昏昏暗暗的,一个人也没有。她一边往花瓣浴室走,一边随手推了几个门,都锁了,这个时候应该不会有客人在了。也许是个不错的机会,可以去探探那个布帘后面的门。转念一想,曾秀又觉得不妥。现在不能确定小莲在什么地方,如果再被小莲撞到她在工作间里神神秘秘的,恐怕找厕所的理由就会被揭穿了,会打草惊蛇的。再者,她也不能确保自己能否弄开那道门,也许下次来的时候得带些工具。

主意打定后,曾秀快步向花瓣浴室走去。

昏暗幽静的过道,脚步声特别地明显,曾秀不自觉地在心里数了起来。

"嗒!"一个极其微小的声音刺进了曾秀的耳朵里。

曾秀站住了身,声音来自于身后,同时她又有了那种芒刺在背的感觉。她转过身看了看,什么都没有:"谁?"

没有回答,声音也没有再响起,一度让曾秀怀疑自己是不是听错了。可这么安静的地方,掉根儿针都能听得真真的,怎么可能听错呢?

曾秀轻手轻脚,尽量不发出声音地朝过道的尽头走去。一走到尽头,她就迅速向两边张望,还是什么也没有。她又努力地闻了闻,没有预想的浓烈香水味。曾秀放弃了,嗒的一声似乎也说明不了什么问题,关键是,那个声音要是特意躲着她的话,她这么找下去也没有用。

"曾姐,你醒了啊。"小莲的声音突然在过道的另一头响了起来。

"你要吓死我啊!"曾秀真的是被吓了一跳,她转过头看着小莲,"你走路怎么没声音啊?"

"我们统一配了舞蹈鞋,走路都没声的。"小莲解释着,看了看曾秀的面容,确实吓得够呛,"对不起啊曾姐,我没想吓你的。"

曾秀松了口气,镇定了一下,随后走到小莲的面前:"没什么了,就是你们这儿怎么感觉这么阴森啊?"

小莲听出曾秀的语气有所缓和,笑了:"我没觉得啊,可能是我习惯了吧。现在都没人了,显得安静些吧。"

曾秀白了小莲一眼:"你还笑呢,我睡着了也不叫醒我,都这么晚了。"

"我看你睡得香,没好意思叫你。我们这儿的客人都这样,基本上忙了一天,做护理又是放松的状态,都容易睡着的。我们一般也不叫醒客人,忙自己的事,等忙完了客人还没醒，我们才会叫的。"

曾秀想了想："要是客人自己醒了呢？"

"有的会到前台找我们，有的自己就走了。大部分客人都是熟客，哪里换衣服，哪里存放东西，她们都清楚的，也不用我们再指引。我就遇到过这样的情况，我看客人睡着了，就去忙别的，等忙完了回来，发现客人自己走了。当然，这种情况发生得少。"小莲答道。

曾秀寻思了一下，也在理："你们朱老板呢？"

"走了吧？应该早就走了，他来问过你的情况后，我就没有再见着他了。"小莲好奇地看了看曾秀，"曾姐找他有事吗？我可以帮你们约个时间。"

"没有，我就随便问问。"曾秀赶忙说道，"不早了，我换衣服走了。"

出了梦之幻俱乐部，曾秀特意来到右边，发现面包车已经不在了。再看向俱乐部前面，小莲正在关灯准备锁门。她不想让小莲看到她过多停留，小跑着上了外面的街道。

街上的行人已经没有几个了，车也只是偶尔驶过一两辆。曾秀边走边想着俱乐部里发生的一切，她总觉得有种被监视的感觉，而且这种感觉非常强烈。曾秀想，也许她也应该像杨波那样锻炼一下自己的耳朵，至少在辨别脚步声上对自己有利，不至于搞得这么狼狈。

一想到脚步声这个词，曾秀听到身后还真有脚步声，大概在离自己3米多的地方。是行人吗？难道真有人跟踪我？从俱乐部跟踪到外面？到底是什么人？为什么跟踪我？

曾秀放慢了脚步，听得出，后面的人也走慢了。

曾秀又快走了几步，后面人的步伐也快了。

真是有人跟踪啊！曾秀没有回头，她不想跟踪人在知道自己暴露的情况下夺路而逃。曾秀扫了眼左边，那里有一个小胡同，太好了，一定要看看这人的庐山真面目，她迅速地拐进了左边的胡同里。

街道斜对面的马路上，停着一辆黑色的高级小轿车，车里的人在看到曾秀拐进胡同后，发动车子驶向了前方。车子并没有左转或调头朝着曾秀的方向，而是驶向了右手边的一个路口。

曾秀藏在胡同口，没有注意到对面的高级轿车，她的注意力全在马上就要进入胡同的脚步声。

脚步声越来越快，显然是因为失去了目标而有些慌乱。

第十一章 行动

曾秀屏气聆听，就在脚步声马上要拐进胡同口的时候，猛地闪出身来，举拳朝脚步声的主人挥去。

"嘿！"脚步声的主人够机警，身形一偏右，躲过了曾秀的拳头，"有病吧你？"

曾秀的拳头扑了空，她也听出了来人的说话声："你才有病呢！死大刘，跟着我干吗？"

两个人都站定了身，看着对方有些好笑。大刘更是无奈地叹口气："大兵说你在这儿，我担心你的安全，过来看看，你就这么对待我啊？"

曾秀也被气笑了："你来也不给我打个电话啊？"

"我知道你在俱乐部里是什么情况啊？万一你正跟朱永义斗智斗勇呢，我再坏了你的好事，一直外面等着呢！"大刘翻了个白眼。

虚惊一场，曾秀轻松地笑了："边走边说。"

黑色高级小轿车顺着街道不紧不慢地向前行驶着，车里的两个人也如车速一样，不紧不慢地各自想着心事。

坐在驾驶座上的男人，手扶方向盘，时不时地透过后视镜看看后座上的男人。

后座上，一个一身白衣的男子，穿着白色的西裤，白色的绸缎上衣，颇像个舞男。虽然微微垂目，但这不代表他不知道前面的人在看他。他慢悠悠地从身旁的包里摸出一个精致的小瓶子，打开盖子，凑到鼻前深深地一吸，随后抬眼看向前方："这次什么事啊？这么急？"

"还能有什么事啊！"开车的男人答道。

白衣男子咧嘴假笑了一下："阿龙，你好像心事重重，在担心什么？"

"我担心你啊，上次的事办得不漂亮，老板动怒了。"被叫作阿龙的男人报以轻松的一笑，"我就是个听差的，让我做什么，我就做什么。倒是你，好好想想怎么跟老板解释吧！"

"我还以为是什么事呢，原来是这个。"白衣男子的假笑换成了轻蔑，"别说得那么轻巧，我也跟你一样，听使唤的。当然，这件事我会承担下来，与你无关！"

"那是最好了。"阿龙不再说话，收回目光，加快了车速。

掠过几条繁华街道，路越来越偏、越来越窄，路灯也明显变得稀疏了，两边不多的高楼被一片片的空地、平房包围着。再发达的城市，也能找到与之相反的环境，就连地名都起得极为不好听，罗庄村。

罗庄村是个商品批发集散地。这种批发集散地以囤积货物、批发、零售等为一体，各家各户都参与其中。所涉及的商品种类繁多，例如，丧葬用品、烟花爆竹、服装加工，等等。又因为是批发，这里的价格往往低于市区的各种商场店铺，就连那些店铺也基本上都是到这里来提货。贪图便宜的人一般都到这种地方来购买物品，只要他们按照行话"说拿货"就可以了，一般两三件以上就可以算作是批发。

罗庄村的批发以成人用品、情趣用品等等为主，甚至还包括服务行业。每一家都是一个门面，除了提供物品销售外，还提供各种有偿服务。用他们的话来讲，就是对物品的性能及使用方法做一个详尽的实际说明，美其名曰，以全方位的服务满足客户的需求！

阿龙把车子驶进罗庄村后，在一户很不起眼儿的小院前停了车，前面还有一辆白色金杯车停在那里。阿龙没有急着下车，他看了眼前面的金杯车，又看向后视镜里的白衣男子："都到齐了。"

白衣男子把精致的小瓶放进包里，什么话也没有说，下了车，快步走进了小院内。

阿龙终于下了车，前面金杯车里也走下一个男人。两人凑到一起抽起了烟，阿龙吸了一口烟："老板的脸色如何？"

"还那样，不爽呗。"说话的人弹了下烟蒂。

"恐怕这次不好摆平。"

"这事让老板愁去，"男子嘿嘿一笑，"不过，真爽啊，不知下次还有没有机会了？"

阿龙也笑了："就知道这个。"

白衣男子对这个小院非常熟悉，说是院子，其实就只有两间房。正对着门的是一间正房，亮着灯。旁边还有一个侧房，同样也亮着灯。白衣男子知道谁在里面，但他要见的人在正房。白衣男子走到正房前，停下，思考了两三秒钟后，推开了正房的门。

杜宏坐在一张桌子后面，正漫不经心地把玩欣赏手里的一个饰品，对于突然闯进来的人，一点儿都不吃惊，倒是随之而来的阵阵香味让他皱了眉。杜宏抬眼看了看白衣男子，鼻子不自觉地动了动："跟你说多少遍了，见我不用把自己搞得这么香。"

"没办法，习惯了。"白衣男子走到桌子前，把一个小包放在了桌子上，随手拉了把椅子坐在了杜宏的对面，"我不想让别人闻出我身上的血腥味。"

第十一章　行动

杜宏轻蔑地一笑："洗干净不就得了？以义兄的高超技术，弄掉身上的味道不是什么难事。"

杜宏说的义兄，自然就是朱永义。朱永义摇了摇头："杜总是不会明白的，像我这种双手沾满鲜血的人，洗是洗不干净的。那是一种独特的味道，常人闻不出来，而接触过血腥的人一闻便知。既然改变不了，那我就用别的方式来掩饰它。"

杜宏不喜欢朱永义的这种说话口气，搞得他杜宏好像白痴一样什么都不懂，不就是杀人嘛，他杀人的时候，这个朱永义指不定在哪个犄角旮旯里窝着呢。不过，杜宏并没有生气，他饶有兴趣地说道："你说的独特是指什么？"

"感觉！不是用鼻子闻出来，而是感觉出来。"说到这里，朱永义似乎又闻到了自己身上的血腥味，他从桌上的包里掏出精致的小瓶放在鼻子前，"举个例子，杀气！一个陌生人，或者一个你熟知的人，来到你的面前，你会感觉到他有没有恶意，甚至他是否带着杀气！"

"所以你用浓烈的香水味来掩盖身上的血腥味？"看到朱永义点头，杜宏继续说，"那你进到这个屋子里有没有感觉到什么？"

"怨气，也可以说是一种恨意或者不满。"朱永义放下了瓶子，"我知道杜总是怎么想的。你想的是，既然怕别人感觉出身上的血腥味，为什么又把警方招惹过来？"

杜宏冷哼一声："你不知道你在玩儿火吗？"

"我掩盖身上的血腥味不是怕警方，而是不想惊吓了我们的目标，我可不想让那些待宰的羔羊们嗅出什么危险。"

杜宏瞪了一眼朱永义："那你告诉我，为什么让罗莎的尸体公布于众？你知不知道警方已经在查了！"

"当然知道，警方已经来过俱乐部了。"朱永义说这话的时候很轻松，"不是杜总你吩咐的，不让罗莎'好过'的嘛！"

"她竟然拍了照片想要威胁我，我是那么好惹的吗？"杜宏点了根儿烟，皱眉看着朱永义，"我是让你们虐杀她，可我没让你们把她的尸体公布给警方。以前你们做得都很好，毁尸灭迹，这次为什么这么做？你到底是什么意思？"

"认识杜总又不是一天两天了，难道杜总还不知道我的想法吗？"朱永义反问道。

"哼，就为了那个人，值吗？"杜宏怎么会不明白朱永义的想法，也正是因此，

147

他才没有动朱永义。要搁以前，凡是不听话、坏事的早被他灭了，还容他在这里解释？当然这里还有另一层的意思，警方已经介入进来，照着这个发展势态，恐怕最后得有一个人出来承担一切，所以，他今天找来朱永义就是要探探口风。

"值，做什么都值，哪怕是毁了我也值！"朱永义也不傻，知道杜宏此次找自己来的目的，"杜总放心，所有的事情我一个人承担，绝不会牵连杜总。感谢杜总这几年来对我的帮助与支持，给予了我一个可以完成梦想的机会，可惜是我技不如人。"

杜宏心里笑了，他要的正是这个，于是，缓和了下口气："你的技术已经非常好了，恐怕现在没有什么人能超过你，何苦为了一个都不知道现在是否还存在的人而毁了自己呢？你的那个梦想，代价太大了。"

"存在，他一定存在的，而且我敢保证，他就在这里。我之所以抛出罗莎的尸体，就是想引他出现。"一说到那个人，朱永义的脸上出现了神往的神色，"我一生追求的就是要达到他的水平，不求超过他，只要能跟他旗鼓相当，我就死而无憾了！"

"如果他始终不出现呢？你打算怎么办？"杜宏问道。

"我会尽我所能，做出一件非凡的作品，我相信那个时候，他一定出现！"

"好，那我预祝你成功。"杜宏不想就这个话题继续下去，他还有事要交代，"俱乐部那边，你自己照看好了，有了麻烦就先避避风头，这个时候不要跟警方逞强。还有，咱们的事还得接着干下去，你的口碑不错，出手的作品很受欢迎，卖价都很高，这次找你也是为了这事，又有人订货了。"

"哼，都是一群俗人！哪有杜老板有眼光，懂欣赏。"朱永义一扫脸上的神往，笑着看向杜宏，"杜总对那件作品还算满意吧？"

"满意，相当地满意，简直是爱不释手啊！"杜宏也跟着笑了，这几天，他天天沉浸在刚刚寄来的货物上，一秒钟都不想离开它，"啧啧啧，义兄的手艺真是越来越精湛了，等完成了这件订货，还得麻烦义兄再帮我做一个。"

"这个还不好说，杜总想要多少我就给你做多少，什么样的我都做得出来。"

杜宏摆了摆手："行了，说说你的新目标吧。我知道，你手上没什么东西是不会来见我的。"

"杜总果然是了解我啊，还别说，我刚物色了一个极品，正准备拿给你看看呢。"说完，朱永义从桌上的包里掏出一叠照片放在了杜宏的面前。

杜宏迫不及待拿起照片，仔细地看了起来。所有的照片都是一个女人，正

第十一章 行动

面的、侧面的、坐着的、还有躺着的。杜宏挑出一张女人的正面全身照，看向朱永义："就她？义兄的眼光不会是出了什么问题吧？"

"杜总难道觉得这个女人不好？她可是我特意挑选来的。"朱永义笑着道。

"身材这么差，干巴巴的要哪儿没哪儿，皮肤倒是不错，人看着也干净，可我怎么没看出她哪里极品来着？"杜宏一边看着照片一边说。

朱永义接过杜宏手里的照片："杜总说对了一半，她的皮肤很不错，而且相当地干净，我就是看中了她的干净。现在像她这样纯净自然的女人已经极少了，难道不够极品吗？"

杜宏又拿起了其他的几张照片："再怎么看都是挺一般的啊。"

"她姓曾，这位曾小姐是这两天刚来俱乐部的，我一眼就看中了她。"朱永义看到杜宏的眼神里还是有些不明所以，继续说道，"她的干净只是其一，另外还有一个原因是她的身份。"

"哦？"杜宏放下了照片，看着朱永义，"这位曾小姐有什么特殊身份吗？"

"目前我也不是十分肯定，大概能猜出个七八分，我想以她特殊身份完成的作品，绝对保证比你刚刚得到的那件更让你心动！"朱永义胸有成竹。

果然，杜宏的眼睛直放光："是吗？那我要看看这位曾小姐比罗莎强出多少来，你打算什么时候上手？"

"应该很快了，如果不出现什么意外的话。"朱永义特意强调了不发生意外，他知道杜宏对他在罗莎事情上的处理很有意见，他不想杜宏做出什么影响他完成心愿的事。

"那你放手去做吧，只要作品好，什么都好说。"杜宏给予了肯定的答案。

"我知道杜总还有其他的事，就不打扰你们了，我在外面等。"说完，朱永义拿起包起身离开了。

朱永义一走出正房就看到候在外面的两个人，一个是开车载他来的阿龙，另一个他也认识，叫成仔。还有一个没有出来，现在正在侧房中忙活着，那个是烟囱。这三个人以前是杜宏的跟班，都不同程度上受过杜宏的恩惠，可以说是杜宏的心腹。杜宏自从决定资助朱永义做生意，就租下这个小院作为库房，安排烟囱守这个院子，负责货物清点，阿龙和成仔负责货物往来。三个人看似远离了杜宏，实则是受到了重用。

杜宏是个做事非常小心谨慎的人，把这三个人单独挑出来，一方面，如果将来出了什么事，谁也不会第一时间想到他杜宏。另一方面，这三个还有监视朱永义并互相督促的作用。每次来这个小院谈事，除了阿龙带朱永义过来，其他人都是单独行动。尤其是杜宏，从来不让别人接送，小院的门口只能看到金杯车和黑色高级小轿车，朱永义认为杜宏应该是在不远处停了车，步行进入这里的。

朱永义跟这三个人的接触不多，他的任务是接受安排，或者选定目标，完成作品后再通知阿龙和成仔来俱乐部。这一两年来，跟这三个人说话最多的一次，也就是处理罗莎的那次。朱永义看了看眼前的两个人，虽然天色昏暗，也不难看出他们幸灾乐祸的表情。朱永义没有说话，绕开他们向院门口走去。

阿龙和成仔目送朱永义出了小院后，叫上侧房里的烟囱一起进了正房。他们来到杜宏的面前，看到杜宏正盯着桌上的照片想心事。他们不敢说话，谁都清楚记得杜宏今天找到他们时的气急败坏，他们刚想解释，杜宏就甩来一句："把朱永义叫来！"

三个人就这么静静地站在杜宏的面前，杜宏也装作没看到，最后还是烟囱试探性地、小心翼翼地说："老板，货都清点好了。"

杜宏抬头看了看面前站着的三个人，唯唯诺诺、毕恭毕敬的样子："你们跟我多少年了？"

"哟，那可久了，自从我走投无路跟了您以后，多少年我都记不清了。"成仔第一个回答。

杜宏清楚地记得，当年成仔被一群地痞流氓围攻的时候，那副拼了命的狠劲，那是已经豁出去了，死也要拉个垫背的。也正因此，杜宏才出手救了他，并收留了他。从此成仔就忠贞不贰地跟着杜宏，帮杜宏做了很多事，当然，杜宏也从来没有亏待过他。成仔额头上的长刀疤，就是当年械斗中留下的。

"是啊，好多年了，老板一直对我们很照顾。"阿龙与烟囱也点头说道。

阿龙和烟囱虽然没有成仔跟随杜宏早，但跟杜宏也是过命的交情。起初这两个人混迹在杜宏的众多小弟中，杜宏并没有在意过他们。在一次黑道交易中，杜宏被对手算计，在一群小弟被打散打跑的情况下，这两个人却舍命守在了杜宏的身边。杜宏在逃出来之后，第一时间灭了对手，并把这两人安排在了自己的身旁。阿龙是这三个人中最高、最壮的一个，犹如他名字中的龙。烟囱的名来自于他的外号，因为他特别爱抽烟，瘦且个子不高，给人一种大烟鬼的感觉，经常有人开他玩笑说："你干脆到楼顶上抱着烟囱抽得了！"他由此得名。

"既然我们有这么久的交情了，那为什么这次发生这么大的事，你们没有一个来主动跟我说的？要不是警察找上我家，我还被蒙在鼓里呢！"杜宏看这三个

第十一章 行动

人的眼神慢慢地变成了愤怒，他狠拍一下桌子，吼道，"为什么？"

出其不意的怒吼把三个人都吓得抖了一下。

"这……这个……我，也不知道啊……我们，以为是您特许的呢！"成仔说话时都有些结巴了。

"我也不知道怎么回事啊，我只管按着命令干活儿，那抛尸的事我没管。"烟囱及时插口道。

"是啊，都是那姓朱的让我们这么干的，我们真的以为是经过您同意的呢。"

"借口，都是借口。"杜宏狠狠瞪了三人一眼，"就因为你们跟了我这么多年，我做事的风格你们还不知道吗？你们什么时候见我这么处理过事情？把尸体抛到外面，这不是等着警察找上门嘛，这跟自首有什么区别？"

"是那姓朱的说的。罗莎得罪了老板，老板放话了，要好好地治她，我们才对她下狠手的。后来，也是姓朱的说不能这么便宜了她，要把她的尸体扔到外面去，让她的死相尽人皆知。"阿龙回答道。

"对，姓朱的就是这么说的，我们也觉得这样做才能给老板您出口恶气，所以我们也没想那么多。"成仔也接口道。

"真的是这样吗？"杜宏逐个仔细地盯着三个人的眼睛，"别以为我不知道你们是怎么想的！你们早就对朱永义的处理方式产生了疑问，但你们不敢跟我说。我知道原因，就因为罗莎是我杜宏睡过的女人是不是？你们玩儿了我曾经玩儿过的女人，怕我迁怒于你们是不是？"

三个人不敢说话了，个个表情阴晴不定的。

"唉，你们多虑了！"杜宏松了口，"她就是个玩意儿，能比得上我们多年的情谊吗？你们要早点儿告诉我，我至少还有能力控制住事情的发展，也不会像现在这样。"

三个人一听杜宏这么说，立马又活了过来。成仔赶忙问道："那警察查得怎么样了，有没有为难老板？"

"就目前来看应该只是例行查案。警察去过我家，可我当时没在，他们没问出什么来，也没再找我。"杜宏缓缓地说。

"那就没事了啊，吓了我半天。"烟囱说着就笑了起来，一扫刚才的紧张。

"都是姓朱的那货惹的事。"

"我也觉得那姓朱的有问题！还老一副老板的姿态，对我们使唤来使唤去的，早看他不顺眼了。"烟囱刚一放松，就加入到煽风点火的行列中。

151

"就是，整天满身的香水味，搞得跟个娘们儿似的，我也不喜欢他。"阿龙也帮腔道。

三个人，你一言我一语的，真有一种要冲出去把朱永义解决掉的气势。

"都稳着点儿，别把事情想得简单了。"杜宏制止了小骚动，"警方暂时没有动静不代表以后没有，朱永义这么做的目的我也知道。再说，我还暂时用得着他。"

"那怎么办？就任凭那姓朱的这么为所欲为下去吗？有第一次就有第二次啊，老板！"成仔急道。

"怎么可能？这点儿事还难不倒我。"杜宏顿了顿，"朱永义已经说了，所有的事他来承担，既然他愿意搞大，就随他，出了事都往他身上推。"

"好，就这么办！"三个人一同回答。

此时的朱永义虽然坐在院外的车子里，但脑子也没闲着。他能猜出杜宏找那三个人都会说些什么，会怎么合起伙来提防自己，甚至算计自己，这些他早就想到了。但他一点儿都不关心，他只关心他的梦想。

自从认识了杜宏，又被杜宏极力赏识，朱永义就知道自己离梦想成真已经不远了，可时间一长他与杜宏出现了分歧。杜宏利用他扩张资金，而他想利用杜宏达到自己的目的，就是他的这个目的出了问题。朱永义要的是成就感，他要站在世人面前，展现自己的成就。不管那是不是违法的，更不管后果如何，他就是要让那个人站出来肯定他的一切！杜宏对这一点的不认同，使得他认为杜宏是一个束手束脚的人，他才不会听杜宏的那一套。哪怕被警方抓获，哪怕明天他就会死，今天的他也要为自己的梦想努力。

第十二章 阳县

当杜宏与朱永义各自心怀鬼胎的时候，刑侦一队的人又聚在了一起。这次不是在邓原家，而是在市局里。

一队的办公室里灯火通明，烟雾缭绕，在内的每一位成员都既疲惫又兴奋。疲惫的是，大家都忙了一天，过了午夜还要凑在一起讨论案情。兴奋的是，他们又有了很多的收获，这些收获让他们感到了黎明即将到来。

通过各方面调查结果的汇总，朱永义以及梦之幻俱乐部已经被锁定为重点调查对象。

首先，胡子已经找出了他们要找的，名字中带"婷"字的人。

"根据梦之幻俱乐部客户资料里显示，有两个名字里有'婷'字，而又超过一个月以上没有出现过的人。一个叫卢筱婷，上一次到俱乐部的时间是两个月以前；另一个叫张婷，最后出现的时间距离现在已经将近3个月。"胡子分别拿出两个人的客户资料，摆在大家面前，"卢筱婷已经被排除了，我已经联系上了她本人。卢筱婷说由于她搬了家，离梦之幻俱乐部非常远，已经挺长时间没有去过了，最近正打算抽时间去办理退卡手续。张婷我没有联系到本人，电话一直是关机状态。通过户籍调查，我找到了张婷的住处，没有人，邻居也说好久没有见过张婷了。所以我认为，张婷就是咱们要找的人。"

"张婷的可能性确实很大，小芬是一个多月前失踪，而小芬失踪前的种种举动都说明她像是在寻找什么，尤其是小芬一反常态地联系客户就很能说明问题。"邓原肯定了胡子的推断，"张婷是不是小芬的客户？"

"是的。"胡子举起张婷的客户资料，"上一次是以客户为基准查看这些资料，后来我换了个角度，以小芬为基准重新核查了张婷的资料。除了最上面一些张婷的基本信息外，下面的全是张婷在梦之幻俱乐部每次所做项目的记录。所有的记录我都仔细看过了，在每次项目记录的最后都写了俱乐部员工的名字，应该就是服务于张婷的人。最初服务于张婷的是另外一个员工，但自从去年开始，项目记录后面的名字就变成了小芬，我想应该是前面的那个员工离职了，由小芬来接替。在后面的记录中虽然有两三次也出现了别人的名字，我想那个应该是小芬当时在忙于什么，脱不开身，而找别的同事代劳。所以，张婷应该就是小芬的客户。"

大家纷纷点头，曾秀抢先说了话："是这样的，我今天离开那里的时候，服务于我的小莲就在客户资料上写着什么，应该是在签字。"

"所以，我想办法进到了张婷的家里。"胡子说完看了眼邓原。虽说将在外，军令有所不受，但胡子还是给自己捏了把汗。第一，并没有什么人报案。第二，在没有搜查令的情况下，又没有经过房主的同意而进入到其家里，多多少少有些说不过去，但为了查案，他拼了，准备回来挨骂。

好在邓原的反应是点了点头："接着说。"

"张婷的家里一看就是好久没有人居住了，到处都是灰尘。并且，好多东西是随意摆放，可以说是有些凌乱。当时给人的感觉就是，张婷像是遇到什么意想不到的事，被耽搁了，随时有可能会回来。后来我在查找她东西的时候，更加证实了这一点。张婷的衣物还有一些生活必需品都在，我甚至在抽屉里找到了她的存折和一些现金，这至少能证明一点，张婷长期不出现，不是她计划之中的事。"

"肯定是意外，我认为张婷也是失踪了，而且还是特别突然的那种。"曾秀也点头道，"假设一下，我们都知道小芬失踪前像是在寻找什么，张婷又是小芬的客户，而张婷早在两个多月前就找不到了，小芬会不会是因为张婷的失踪而失踪呢？这也正好解释了，为什么小芬之前不愿意联系那些不常来的客户，失踪前却积极联系客户，这分明就是小芬也在找张婷。"

"兰花胸针的制作厂家我也找到了，是一家私人金品店。店主说兰花胸针是他亲自设计的，只做了一个，是非卖品。后来被一个女顾客看中，非要买，不惜花重金，店主看在那名女顾客非常有诚意并且又肯花大价钱的情况下，才卖给了她，是女顾客要求店主在胸针上刻上'婷'字的。"胡子接着汇报，"我把从张婷家找到的照片给店主看，他一眼就认出照片上的人就是买兰花胸针的人。因为当时那个女顾客死缠烂打，所以店主对她的印象颇为深刻。"

"光有金店店主的认证还不够。胡子，我相信你已经获得了一些张婷的信息，

第十二章　阳县

去找检验科跟胸针上所采得的信息进行一下核对,我们需要最终的确定。"

"兰花胸针的检验结果出来了?"胡子问道。

"检验结果已经出来了,除了划痕,从胸针上一共检验出三样东西。第一个是指纹,除了我的还有两个。其中一个是小芬的,与小芬遗留物品上的指纹一致。最后一个,我想应该就是胸针的主人了。第二个是血迹,B型血,不是小芬的,小芬是O型血。那么,这个血迹到底是胸针主人的还是别的其他什么人的,就需要与张婷的做比对才能有结果了。"

"太好了,我们顺着张婷和兰花胸针这条线继续查下去,结案是指日可待了。"大兵有些激动了。

"就算确定了兰花胸针上的血迹是张婷的,对我们的帮助也不大。"胡子摇了摇头,有些悲观,"通过我对张婷的户籍以及邻居们的查访得知,张婷在本市出生,高中毕业后跟着父母去了加拿大。张婷的父母在加拿大有工作关系,于是便把张婷也带到了那边,想让她在那边学习工作。很不幸,4年前,张婷的父母死于一场车祸,双双离世,张婷极度悲伤,又因不想继续待在那个伤心地,就回到了本市。由于张婷的父母长年在国外工作,张婷继承了一笔不菲的财产,生活无忧,也没有什么正经的工作。"

"于是她就吃喝玩乐,过着高枕无忧的日子,时不常地去梦之幻俱乐部潇洒一把。"半天没说话的大刘哼了一句,顿时对张婷也没有了好印象,在他看来,张婷无异于一个挥金女子。

"每个人都有自己的生活方式。"曾秀知道大刘是怎么想的,话她也只说了前半句,后半句的意思是:"你管得着人家张婷怎么生活吗?吃不着葡萄说葡萄酸!"曾秀还是给大刘面子了,没说出来,看在大刘今天去接她的份儿上。

"那张婷在本市就没有别的什么亲戚朋友吗?"曾秀一说完,邓原马上问道。

胡子回答说:"据说是没有,邻居们都说张婷是个独来独往的人,几乎没看到她跟什么人在一起。由于张婷早早地就去国外了,回来后,身边反倒没有来往的亲戚朋友。你们说,根本就不知道张婷在哪儿,她也没有什么社会关系,这咋整?"

大兵接着插口道:"唉,你说现在的人怎么都那么冷漠啊,这张婷都已经失踪那么长时间了,邻居们也都是知道她没有亲戚朋友的,怎么就没有一个来报案的啊?要是我的邻居长时间不出现,我就会去看看出什么状况了。"大兵无奈地叹了口气。

"因为你是警察，打探别人的消息或者隐私什么的，还能用'警察'这两个字当借口，平常人家会吗？肯定多一事不如少一事了。"曾秀被大兵的感慨弄笑了，扫了眼大兵飘来的白眼，她赶快把话题扯了回来，"不过，我更关心的是兰花胸针上检验出的第三样东西是什么。"

"在胸针的缝隙里找到了一些粉状物，极少，由于受到了环境的破坏，还蘸有血迹，具体的成分还在化验。"邓原没有给大家过多思考的时间，"我们不能灰心，现在有了新的线索是好事，线索越多，我们离破案就越近。虽然现有的线索有些混乱，但我相信这其中必有一条线牵连着它们，只是这条线我们还没有找出来。"

"那其他一个月以上没有在俱乐部出现过的人还要再查吗？"胡子看向邓原问道。

"当然要查了，只不过我们现在把梦之幻俱乐部放在首要的位置上。"邓原做了肯定的回答，"还有，我们要查出小芬是怎样得到张婷的兰花胸针的，这个问题也很关键。"

"张婷是小芬的客户，关系好到互赠礼物也不是没可能。"大兵一边寻思着，一边说，"可为什么要藏鞋里呢？还有上面的血迹和划痕，真费解啊！"

曾秀分析道："这个我觉得不难，只要我们检验出兰花胸针上的粉状物是什么，应该至少能确定胸针曾经被放在过什么地方，或者接触过什么人，这都能说明一些问题的。"

"没错，小芬藏胸针的鞋里没有那些粉状物。我查看过，应该是小芬得到胸针时，或者没得到之前就有的，这或许能够解释清张婷、小芬和胸针的关系。"邓原接着又看向大刘，"你那边有什么收获吗？"

"一无所获呗。"大刘撇撇嘴，今天恐怕就他一个人最清闲了，清闲的原因是无功而返，他有些不适应，"那个黄达语无伦次的，一会儿说知道，一会儿又说不清楚，哼，跟我玩儿装傻。"

"哈哈。"曾秀可不会放过这个好机会，"原来你也有搞不定的时候啊，到底怎么回事？"

"什么怎么回事，那个黄达，从头到尾都是一副坦白从宽的好态度，可揣着明白装糊涂！"大刘对曾秀的挑衅视而不见，"开始问他认识朱永义不，他说不认识，从来没听说过。问他为什么会给一个从来不认识的人出资注册时，他又含糊其辞，说可能认识，忘了。问他跟杜宏什么关系时，他装傻充愣了半天，说是

第十二章 阳县

朋友太多了，倒是有姓杜的，但不叫杜宏。再问他资产都是何人管理时，他说是他老婆，可我去他家里查过，他老婆就根本不知道他有过过千万的资产。他老婆还特意强调，黄达不可能有那么多钱。"

"哼，他老婆的话也不能全信，像黄达这种道儿上混的人，指不定外面飘着多少资产呢，搞不好他老婆特意隐瞒。"大兵瞟了瞟一脸坏笑的曾秀，"当然，也有可能他老婆真的不知道，再或者是什么人利用黄达的名号投资，毕竟法人是朱永义，这注册资产的真正来历还真不好查，除非他们内部产生了什么经济纠纷。"

大刘叹气道："还真让你猜着了，黄达的老婆说了，黄达认识的人特别多，净是些打着黄达的旗号干这干那的，还跟我发牢骚说他家黄达其实是一个挺老实的人，就是被这帮朋友们给害的。"

"再明显不过了，黄达肯定是知道的，不愿意说，或者不敢说。他老婆那话不是明摆着嘛，侧面告诉咱们了，背后有人利用黄达。"邓原发表了意见，"查不出来就算了，既然背后正主有意躲着，就先让他藏着，早晚有办法让他露出狐狸尾巴。"

"大不了我上银行、税务一个一个地查账去，不信什么都查不出来。"大刘还有些愤愤不平。

"行了，我们没有必要在这种小事上分太多的心，不成就找负责经济案件的同志，让他们帮咱们，他们有的是办法。"邓原安抚大刘道，"咱们还有好多正事要办呢！大兵，说说车吧。"

"AK3175，袖子看到的车牌号，车主叫赵成，3年多前购买此车自用。而赵成这个人是个无业游民，自购车，没有背景的。"

"哎呀，一说这个我想起来了，今晚在梦之幻俱乐部里，孟经理说那车是朱永义一个朋友的，杜总。"曾秀突然说道，"可不是大兵查出来的这个赵成啊。"

"这还不知道嘛，跟黄达一样，被挂了名而已。"大刘哼了起来，"瞧瞧，杜总，姓杜哎，肯定杜宏。"

"我记得我们去梦之幻俱乐部调查的时候，孟经理说不知道杜宏，肯定在撒谎！"大兵接口道。

"我们是以警察的身份去问的，曾秀是以客人的身份，答案肯定不一样。"邓原想了想，"虽然我们明知道那个人就是杜宏，但要有证据。我当时问孟经理是否知道罗莎跟杜宏来往紧密时，她说不知道。可车主她又说是杜总，只是一个姓。如果孟经理特意狡辩的话，我们也没有办法。"

157

"这么看来，我觉得孟经理有问题，我们应该查一查她。"

"曾秀，你当咱们可爱的邓队吃素的啊，他肯定查了。"胡子笑着看了眼邓原，"是吧，邓队？我早就觉得那个孟经理有问题了。"

"孟经理肯定有问题，她可以说是梦之幻俱乐部里的二把手，不可能什么都不知道，那她刻意隐瞒的话就有两种可能。第一，她也参与其中。第二，她在维护朱永义，说一些违心的话，以保住自己的饭碗。"邓原也从面前的资料里拿出一份记录，"所以，我去查了一下孟经理的背景。这位孟经理的过去，真可谓是一把辛酸泪。孟经理叫孟君，年轻时平凡无奇，后在饼干厂做一名普通的工人。结婚生有一子，家庭还算和睦，本来平淡的生活却在一年之内遭受连连打击。先是饼干厂倒闭，孟经理列入下岗职工行列，紧接着她的老公和孩子先后被查出了肺癌，晚期。经医治无效，两个人转年都去世了。无论死的人甘不甘心，都已经去了，可活着的人还要继续受罪。为了给老公孩子治病，孟经理是四处借钱，人没救活，钱又欠了很多。她又没有收入，虽说借钱给她的亲戚朋友并不急着让她还钱，但生活的重担还是压得她这个孤苦伶仃的人喘不过气来。"

"这可真像是电视剧里的故事情节啊。"大兵盯着邓原面前的资料，仿佛把孟经理苦难的生活过了遍电影。

曾秀有些感慨："瞧瞧咱们在案件中接触的这些人，有的是命运坎坷、苦大仇深，让人可怜啊！又有的是为非作歹、嚣张跋扈，让人恨得咬牙切齿。唉，真是不知道该说什么好了。"

"有什么可感慨的，咱们的工作性质摆在这儿呢，接触的都是有'内容'的人，要是什么事都没有还要咱们警察干什么！"大刘觉得曾秀有些感性了，入警的那一天就应该知道自己将来要面对什么，他又看向邓原，"孟经理是怎么在梦之幻俱乐部就职的？"

"这个就没有记录了，孟经理下岗后，档案进入了街道，后面就没有记载了，她家里的事我还是从街道办事处打听来的。孟经理是如何就职于俱乐部，以及她和朱永义的关系，还要再查。"

"这么看来，无论她是哪一种可能，都有脱不开的干系。不如把她叫过来审问一下，实在不行可以威逼利诱，不过……"胡子只说出了一半的想法，方法可行，而且一定会有结果，但是，在没有搞清楚孟经理和俱乐部的关系之前，会"惊动"了对方。

"不妥。"果然，邓原否定了胡子的这一想法。

第十二章　阳县

"我也觉得这样不妥，不如，让我去探听一下吧。"曾秀这回主动接下了任务，她知道，她自己不说，邓原也会把这个活儿扔给她，"反正梦之幻俱乐部我也会再去的，我先从侧面打探一下，看看她的反应再说吧。"

"嗯，这样最好。如果孟经理跟朱永义他们是一伙的，她跑不了。如果她有什么难言之隐，我们倒是可以好好利用这一点。"邓原满意地冲曾秀点了点头，而后又看向大兵，"关于那辆金杯车，还有什么信息吗？"

"有，我已经跟交通部门打好了招呼，让他们全力配合咱们核查这辆车的所有信息，尤其是近半年来的行驶记录。这个需要一些时间，不过，他们已经答应我加班加点也要赶出来，整理好了会通知我的。"大兵翻开了记录本，"当然，我先挑了几个重点日期查了下。通过梦之幻俱乐部前面街道的监控录像记录，今年年初1月9日和6月15日，这辆金杯车都没有出现过；而6月17日晚10点20分左右，这辆金杯车出现在了街上，从行驶的路线和方向来看，应该是去梦之幻俱乐部的。"

"1月9日和6月15日分别是荣静和杨丽丽遇害的时间，17日是罗莎，你的意思是说这辆金杯车就是罪犯的交通工具？"胡子摸着眼镜框，若有所思地问道。

"对，我就是这么认为的。"大兵使劲点点头，"荣静是死在了近郊的服装厂仓库内，而荣静的家在市中心，凶手很有可能是通过车把荣静弄到近郊服装厂的。杨丽丽就更不用说了，咱们都去过案发现场，我不相信凶手会徒步走到那个荒草地去，一定是有交通工具，车的可能性极大，凶手可以把车停在不远处再走进荒草地。而罗莎的遇害就更有说服力了，罗莎是晚上9点半离开聚焦点酒吧后失踪的，虽然是晚上，但我相信凶手不会是在街上当着行人的面来控制住罗莎的，肯定是快速地把罗莎藏匿于某处，而这个某处就是车。再有，从聚焦点酒吧到梦之幻俱乐部，开车40分钟足够了，金杯车是晚上10点20分左右去了俱乐部，这还不能说明什么问题吗？"

"那这个工作量很大，几乎遍布多半个市区了，不过这个方向是对的。"邓原看了看其他几个同伴，他们个个都点头称是，"金杯车与梦之幻俱乐部和杜宏有关系，如果要是能在荣静和杨丽丽案发现场附近的街道上找到线索，那俱乐部的朱永义与杜宏就完全与整个案件相连了。这也正是我苦恼的地方，罗莎、小芬和张婷，多少都与梦之幻俱乐部有牵连，唯独荣静和杨丽丽怎么也找不出与之关联的地方。如果在这方面有所突破，我们就等于掌握了很有力的证据，至少可以达到敲山震虎的效果。"

"那如果最后什么也没查出来呢？"曾秀担心地问。

"哼，那我也有办法。"邓原说完，微笑地看着大家。

大家看着邓原得意的样子，都明白了，他又在卖关子，这回谁也没有抢着发问，静静地等邓原说出下面的话。

"我决定去一趟阳县。"邓原看了看大家，大家的表情都挺镇定，估计也猜出了会有阳县之行，"在咱们市找不到朱永义的信息，除了知道这个人名，除了知道他是梦之幻俱乐部的法人，其他的一概不详。"

"怎么可能呢，一个在这里生活了两三年的人竟然一点儿信息都没有？"

"我们对朱永义的了解也仅仅是阳县那里的一丁点儿信息，他在本市没有具体的住址记载，没有其他的联系方式，更别说在本市有什么亲戚朋友了。除了在俱乐部里工作，我们都不知道他平时都干些什么，与什么人一起。"邓原说。

"这还用问啊，肯定跟杜宏泡一起呗。"大刘说完自己都笑了，以杜宏这么小心谨慎的人，是不会天天跟同谋混在一起让人落下把柄的，"现在没有证据抓他，就算弄来了也问不出什么，不如跟踪他查查？"

"暗查是肯定的，但我想先去阳县进一步了解一下，因为我又发现了新的情况。"这下邓原看到了大家好奇的表情，"朱永义虽然在本市表现得格外低调，但近3年来他一直与阳县有联系。这种联系只限于一个小圈子，而在这个小圈子中，朱永义可算是风云人物。"

"什么样的圈子？我知道有驴友圈、牌友圈，不会那个圈子里的人都是给尸体化妆的吧？"胡子也笑着说。不知道从什么时候开始，大家一提到朱永义，都有了搞笑成分。

邓原看了眼曾秀，见她没有被气得要发飙的迹象："具体的还不太清楚，我又跟阳县殡仪馆取得了联系。馆长透露了一个信息，据小道儿消息称，朱永义一直混迹在一个小圈子里，而这个圈子你们可能想不到，全是做成人用品生意的。"

"成人用品？"大家齐声问道。

"之前我们已经知道了，朱永义有猥亵尸体的癖好，更从尸体上割下皮肤，你们想想，这里面会有什么联系？"邓原鼓励似的反问道。

"皮肤，成人用品，变态的行为……"大刘故意一边说一边看着曾秀，后者狠狠还以瞪目。

"与其在这里猜测，不如走一趟查个清楚。如果有收获的话，其他的都是小意思了，不信拿不下朱永义。"邓原说完也看了看曾秀，"你那边怎样？"

第十二章　阳县

"俱乐部一个工作间里有一个门，门后面是什么还不知道。我觉得有些可疑，但我需要进去后才能确定。"

"嗯，想办法进去看看。今天就这样，曾秀和大刘留下，其他人明天跟我去阳县。"邓原说完，开始收拾文件。

"为什么是我留下？"大刘第一个反对，"我跟曾秀合不来，我好心好意去接她，她打我。"

曾秀也不嘴软："谁让你鬼鬼祟祟地跟着我的，没踢残你就不错了。"

"因为你俩目前还没暴露。"邓原没有再多说，拿起文件跟大兵胡子一起出去了。

对于阳县邓原多少还是有些了解的，它位于 A 市的郊区边上，但与 S 市相连，可以说阳县是两个市的交接口。至今也没有人能说明白阳县到底是归属于 S 市还是 A 市。两个市的领导都想把阳县归于自己的地盘，好好规划一番，但又都怕伤了和气，最终就造成了两不管的局面。所以，阳县处处都透着一股子混乱劲儿。

邓原一行人到达了阳县后并没有急于跟当地的警方取得联系，因为阳县殡仪馆的馆长在电话里说得并不是很详细，只是说朱永义跟一些经营成人用品的人很熟，但具体怎么熟，熟悉到了什么程度，朱永义在这层关系中到底扮演了什么样的角色，还有这些经营成人用品的人都是些什么人，有没有背景，都不得而知。如果当地警方插手的话，很可能会打草惊蛇了。

所以，邓原他们第一站先杀向了殡仪馆。

殡仪馆的馆长很热情，非常配合邓原他们，知无不言。

殡仪馆的馆长年纪很大了，有些富态，他有些谄媚地跟邓原说："是这样，我们县有一个小群体，基本上都是经营成人用品的店主，他们经常聚在一起，但具体不知道他们都搞些什么花样。据说这个小群体朱永义应该是有份参加的，至少曾经有人不止一次看到朱永义回到我们这里，跟那帮人在一起过。所以，我觉得这个情况应该马上告知你们，也许对你们的案子会有些帮助。"

邓原轻笑了下："那为什么你现在才说出来呢？我第一次联系到你的时候为什么不说？"

"那时候我没想起来，没想起来……"馆长面露窘态，又像在做着什么思想斗争，但最终还是和盘托出，"唉，是我的错，其实我早就怀疑朱永义跟这个群体有关联，只不过……"

"从什么时候开始？"邓原打断了馆长的话，简单地问道。

"从朱永义还在殡仪馆工作的时候，我就已经怀疑了。"馆长一副坦白从宽的样，像倒苦水似的一股脑地全说了出来，"其实那些传闻、小道儿消息应该都是真的。朱永义不光对尸体有一种独特的兴趣，他甚至还发扬光大了，更是慢慢地结识了一些圈内人，变本加厉地满足他自己的私欲。虽说咱没证据，可这种事吧不可能凭空捏造出来的，总得有点儿原因。但是，你也知道我们阳县的情况，谁都想管，但又谁都管不着。就算我知道他们这样做是不对的，但我没有确切的证据啊。再说了，那些个圈内人个个都多少跟道儿上的人认识，都是有些背景的，我一个小小的殡仪馆馆长能有多大的能耐啊，哪惹得起他们啊……"

"你不如直接详细地说一下这个群体究竟都干些什么吧，其他的我们也不关心。"邓原打断了馆长的啰唆。

"呃……其实，这个我就知道这么多了，我倒想给您多提供些信息呢，那我也得有啊是不？"馆长有些为难了。

"那你至少告诉我们那都是一些什么人吧？难道让我们把阳县里所有卖成人用品的店都扫一遍吗？那我们还来找你干什么？直接去查好了。"邓原鼻子都快被气歪了，这个馆长真的是老糊涂了，还是在担心什么？

"哦，瞧我，这是太紧张了。"馆长伸手摸了下额头，"那里的人基本上都是做成人用品生意的，也不跟外人透露他们聚在一起都干些什么，所以，我跟你们说了也没多大用。不过，有一个人，最近跟我闲扯时无意间说漏了嘴，呵呵。"

"这个人叫什么？在哪里可以找到他？"邓原马上问道。

"呃，他叫……于……于……"馆长又紧张起来了，他是真不想把这个名字说出来，至少不是从他的嘴里说出的，但现在看来那是不可能的了。现在的他多少有些后悔，自己为什么要把这件事情告诉邓原。

"于什么啊？要不我去县派出所查去？"邓原被馆长的样子逗坏了，说出的话都带了笑音。

"他叫于四，家里排行老四，以前和别人合伙卖那些玩意儿，后来不知道为什么突然不干了。听说，好像是他的手上不干净，被踢出那个圈子了。"馆长马上说了出来，与其让邓原他们去找县派出所，那还不如他自己说呢，再被派出所扯出以前的烂事。

馆长哪里知道邓原是在诈他，邓原要真打算去县派出所还到他这里来干什么么？不过，邓原看出了馆长的为难之意，知道他在担心什么，于是，说道："我知

第十二章　阳县

道你在想什么。你放心吧，只要你不同意，我们是不会要求你出面的。那个于四我们自己去找好了。但是有一点你要知道，配合警方是一个公民应尽的义务。"

"那是，那是，您教育得对。"馆长彻底地大松了一口气，随后又紧张了起来，问道，"邓警官，这于四也是道儿上混的主，他要是不配合怎么办？"

馆长担心的是，如果邓原他们在于四那里没有得到什么有价值的信息，必定还会回来找自己，到那时只能是更为难了。可没想到邓原的回答却是："这个你可以放心，如果你刚刚所说的都属实的话，那这个于四肯定是恨透了那个圈子里的人，所以，于四肯定能说出些什么来的。"

"哦，对对对。"馆长恍然大悟，一个劲儿地在心里骂自己笨，"那个于四，就住在前面四条街的二号院，整天游手好闲的，应该能在家里找到他的，要是你们找不到他的话……"

"行了，我们自有办法能够找到他。"邓原打断了馆长的话，"如果，我们有什么问题，会再来找你的。你要是又想起了什么，可以随时联系我们，这几天我们可能都在阳县里。"

馆长听出了邓原他们有要走的意思，这么好的表现机会怎能错过呢？于是，他马上说道："你们大老远地过来，一起吃个饭吧？"

"不了，我们公务在身，就不打扰你了。"这种人邓原见多了，实在不想在这种人身上耽误太多时间，"大兵，给馆长留个电话，有什么事也好联系。"

邓原能这么说，馆长当然是求之不得了，他没有再坚持，心里恨不能赶快送走这三位。接过大兵递过来的电话号码后，看着邓原他们离开的背影，馆长心里一个劲儿地祈祷："于四啊于四，你可千万别让我失望啊！"

于四果然没有让馆长失望，更没有让邓原他们失望。

邓原一行人来到于四家里的时候，于四正在喝小酒儿。于四的脸微红，眯着眼睛，嚼一个花生米，抿一口酒，就这么优哉游哉地看着眼前的三个人。仿佛对于自己的家里突然多冒出来的三个人，一点儿都不感到奇怪，就像应该发生的一样。也许，他喝得已经丧失了分析能力，至少，从邓原他们出现以来到现在，他一直都没有开口询问。

邓原三个人看着眼前这个贼眉鼠眼、萎靡不振、甚至有些猥琐的男人，一时也没有说话。

双方好像进入了一场较量，心理上的较量，眼神中的较量！双方似乎都有一种要把对方看透的意思。邓原似乎并不着急这一时半会儿，他知道只有在心理上震慑住对方，对方才会老老实实地交代实情。同样，他知道对方也在用这种方法来压制，甚至是掩盖内心中的混乱，让自己镇定起来。

没一会儿工夫，于四就先败下阵来，他啐了一个牙花子："能闯进我家的有两种人，一种是我的仇人，可我根本就不认识你们，想必仇是没有了，那你们就是另外一种人，警察，怎么样？我没猜错吧？哼哼，我大概都能猜到你们找我是为了什么事。"

邓原没有说话，对于突然出现在自己面前的警察还能临危不惧，要么就是什么事都没有犯，要么就是对自己所犯的事情有极大的把握，显然于四属于后者。

"既然你知道我们的身份，那就不用费什么唇舌了。"胡子见邓原暂时没说话，知道他是在等待时机，于是胡子把此行的目的表达了出来，"我们知道你曾经跟一群卖成人用品的人联系甚密，只可惜你后来被踢出了局，我们现在就是要找那些人。想必你有办法，也知道他们的一些事情。"

"哦？你们都知道我的情况了，来来来，让我想想啊！是谁把我的情况透露给你们的，是谁呢？"于四没有回答胡子的话，而是假装认真地思考了起来，仿佛真的要把出卖自己的那个人给揪出来。其实，于四早就看出来了，站在中间那个高大魁梧的男人才是这三个人当中的头，头头都没有问话呢，他于四才不会上赶着回答。

"于四，你应该清楚得很，既然警方找上了你，自然是已经掌握了一些东西。现在，不是你提问题的时候。"胡子狠狠地瞪了于四一眼。

"哟，警察大哥，你们可别吓我啊！我胆小，我一受了惊吓就什么都忘了，这一忘可就什么都给你们提供不了了。"于四继续装傻充愣。

"嗯，受到了惊吓是不好，要是再吓破了胆，小命可就没了。"胡子饶有兴趣地看着于四，"我们做警察的，也不能眼看着人民群众的生命受到威胁啊是吧？这样吧，我知道一个地儿，保证能把你的胆小治好。"

于四的脸不自觉地抽搐了一下，他知道胡子说的地方是哪里，要是跑到那里去可就得不偿失了。于四赶紧换了个态度："这位警察大哥，我可以把他们的情况都告诉你们，我甚至可以帮你们混进他们那里去。但是，我怎么相信你们能保证我的安全呢？我承认，我恨他们恨得咬牙切齿，可威胁到我小命的事我可不干，我还想好好地活下去呢。"

邓原知道于四这是在开条件，可惜，他还不够这个资格。"可据我们掌握的情况，你之前也参与他们其中了，如果案子最终查个水落石出，你觉得你脱得了

第十二章 阳县

关系吗？不如好好配合我们，把知道的都说出来。"

"那都多早的事了！再说了，我早就被他们踢出来了，他们的事跟我没有任何关系。并且，也没有证据证明我做过什么啊！"于四看着邓原，心想，你可算是说话了。

"他们到底做了些什么，是不是违法的，你心里应该比谁都清楚。更重要的是，他们也不会忘记你掌握着这些对他们不利的证据。试想一下，如果东窗事发，他们可能不把你咬出来吗？"邓原非常认真地看着于四，"你配合警方，不是在帮助我们，而是在帮助你自己，你觉得呢？"

于四愣了一下，低下头思考了起来。

邓原知道于四在顾虑什么。说出来，那帮人知道了会想办法灭了他；不说出来，案子查明后他于四也没有好果子吃。所以，说与不说，于四都将面临着一定的威胁，就看于四把宝押在哪一边了，是警察这边？还是犯罪团伙那一边？邓原相信，于四最终会配合警方的，他也不接受阳县之行是一场空的结果。但是，如果逼于四太紧了，可能会造成适得其反的效果。

于是，邓原缓和了一下口气，说道："我可以告诉你，我们此次来阳县的目的不是针对那一团伙，而是因另一个案子，具体的案情我没必要告诉你。我只能说这个案子的重要嫌疑人与你们县里的这个团伙有着密切的关联，也曾经是你们这里的人。所以，你不用担心太多，我们完全是顺着这个嫌疑人找到这里来的。你听明白我的意思了吗？"

于四猛地抬起了头，他当然听明白了邓原的意思，也就是说，如果说出所有自己知道的，那个团伙不会想到是自己，因为警方是从另一个线上顺藤摸瓜找上他们的，那么，根本就没有什么可顾及的了。于四试探性地问道："你说那个嫌疑人曾经是我们这里的人？谁啊？你们要是不方便说就算了，我也就是好奇。"

"正好我也要问你呢，他叫朱永义，你应该知道他，跟那一伙人的来往很密，直到现在。"邓原心里笑了，看于四的反应，应该是跟警方配合了。

"朱永义？"于四一边嘴里轻念着这个名字，一边微低下头，像是在思考着什么。

"哦，我忘了，朱永义是他现在的名字。他在你们这里的时候叫朱孝人，曾经就职于殡仪馆，想起来了吧？"邓原鼓励性地提示于四，"我想知道朱孝人跟这个团伙的关系，以及这个团伙究竟都在干些什么？"

"呵，他啊，我知道他，挺神经质的一个人。"于四看着带有期待目光的邓原，

165

突然想起了什么，"哎呦，瞧我，都没招呼你们坐下呢！来，快坐，坐下说，哪能让客人一直站着啊。"

对于四的突然热情，邓原有些哭笑不得，都这个时候了，还客套上了。邓原拦住了要起身的于四，和大兵及胡子随便地找个地方坐了下来，直奔主题地又问道："请你说一下朱孝人和这个团伙的事，你知道多少就说多少。"

于四清了一下嗓子，慢慢地说了起来："朱孝人吧，我充其量也就是知道这么个人，谈不上认识。他在阳县曾经干的那点儿事想必你们也已经知道了，他是一个有特殊癖好的人，甚至可以说到了极端痴迷变态的地步。我想，可能就是因为他的这个特殊癖好才与那伙人搞在了一起。至于你们要找的那个团伙是由一些人自发组织起来的，什么时候开始的，我不太清楚，至少我入那一行的时候他们就已经存在了。你们知道那些个喜欢收藏古董的吧？还有那些个戏迷票友？每一个人多多少少都有些自己的兴趣爱好，只不过方式和所喜好的程度各不相同。有那么一些人就是对皮肤有着深厚的兴趣，而那个团伙就是为这些人制作各种'皮'用品。"

"你能说得具体些吗？据我所知那伙人都是做成人用品生意的，难道……"邓原打断了于四的话，"皮肤"这个词太关键了，关键到一个念头自脑子里一闪而过。

"嘿嘿，你们也猜到了吧？"于四的脸上泛起一个怪异的笑容，像是轻蔑的嘲笑，又有些得意的成分存在，"就是你们想的那样，不要怀疑自己的判断，也不要认为自己的想法有多龌龊，事情就是那样的。你们知道有多少成人用品里是可以用真的人皮来代替的吗？噢，不对，应该说是，本来就应该是真皮的东西被别的合成制品所取代，如今真的皮肤又把自己的市场争取了回来。"

邓原觉得一阵阵地反胃。他扫了一眼胡子和大兵，这两人的表情也有一些不太自然，邓原知道大家肯定都想到一起了。再看于四，见他颇有些幸灾乐祸地看着自己，估计这时候要真有那玩意儿在手，于四没准会津津乐道地向大家展示一番。邓原不会给于四表演的机会的，他马上问道："知道那些真皮都是从哪儿来的吗？"

"哎呦，这……这我哪知道啊！"于四脸上的笑容没有了，取而代之的是为难的神情，"我就是一个小得不能再小的小人物了，要不怎么让他们给踢出来了呢？能知道这些已经不容易了，也就是因为这个，他们嫌我碍眼才……不过，其实这事你们也应该能想象得到，这人皮还能从哪里弄来啊？就像那个朱孝人一样呗，嘿嘿，这都是我猜测的哈，我也没亲眼瞧见。"

邓原看了于四几秒，微微一笑："也就是说，他们都是怎么交易的，你也不知道了？"

于四更为难了，弱弱地说道："那……那是……自然的……了。"

邓原用眼神阻止了胡子和大兵，他们都清楚地知道，一个刚刚还要跟警方讲条件的人，必定会有一些有价值的线索，那是他开价的筹码，不可能会是现在这样的结果。于是，三个人就这么定定地看着于四，直到于四的脑门上冒出了汗。

于四也深深地感觉到了这点，看这架势，不爆出点儿什么料来，这三位是不会离开的！他本来还指望仅存的那点儿信息能给自己讨来些许的好处，现在看来是没希望了，于四现在能想到的就是赶快把这三位请走，至于其他的都无所谓了，只要不骚扰到自己的生活就行了。

于四故意狠拍了一下自己的大腿，叫道："哎呦，瞧我这记性，真该死，我怎么能把这么重要的事情给忘了呢？对不住，对不住啊。"

"想起什么来了？"邓原满意地笑了。

"我虽然不知道他们是怎么交易的，但我有办法让你们扮作客户跟他们进行交易，这样一来你们就能掌握到第一手的证据了。至于以后的事嘛，那就是你们警方的事了，怎么样？这个可以了吧？"于四很认真地看着邓原说道。

邓原皱了皱眉头，有些不相信似的看着于四："你一个很早被踢出来的人，又什么都不知道，你如何让我们混进去呢？"

胡子和大兵也奇怪地看着于四，他们觉得于四的提议太大胆了，大胆得让他们怀疑是否掺有水分。这到底是在协助警方呢？还是在给警方捣乱呢？

"我自然有我的办法，只不过……"说到这里于四停顿了一下，"这个办法有一定的难度，最后能不能成就看你们的造化了。"

"你先说来听听，可不可行我们自己掂量。"邓原觉得与其找不到一条出路，不如听一下于四的建议，也许真的就柳暗花明了。

"有一个人，在那个圈子里非常出名，有很多与他有关系的，或者是打着他的旗号的人都受到了最优等的对待，甚至是信任。"于四环视了大家一眼，"这个人叫裁缝。"

"什么？裁缝！"邓原三人异口同声地惊呼了起来。

"是啊，裁缝，咋了？"于四被邓原三人的反应吓了一跳，莫名其妙地看看这个，又看看那个，"我说，你们怎么这么大的反应啊？难道你们也认识那个裁缝？"

邓原仅用了几秒钟的时间快速运转大脑，裁缝，怎么又是裁缝？难道案子真的跟裁缝脱不了干系？于四嘴中所说的裁缝会不会就是杨波要找的那个裁缝？如果是的话，案子兴许真的就有了新的突破口。可要是不是呢？凑巧重名？邓原没再犹豫，他不能跟于四透露案子，以免节外生枝，于是，他装出很轻松的样子笑着说："不认识，我们就是觉得裁缝这个名字太奇怪了，好像跟你所说的不太搭吧？"

于四恍然大悟，也笑着说："嗨，别说你们了，一开始我也觉得奇怪呢！这裁缝不是给人做衣服的嘛，怎么混到这个圈子里了呢？后来听得多了，我才大概知道怎么回事，不是不太搭，是完全太搭了！"

邓原疑惑地看着于四："哦？那你具体说说这个裁缝，姓什么、叫什么？我们掌握得越多对我们的帮助就越大，你不是也说了，我们要想混进去就得靠这个人了。"

"唉……"长叹了一声之后，于四又为难了起来，"我刚才也说了，有难度，而这个难度就在于我根本就不认识这个裁缝，不知道他真名叫什么，也更没见过他，都是听别人说来的。"

"你什么都不知道，还说个什么劲儿？"一旁的胡子插了嘴，有些生气的样子。

邓原瞪了胡子一眼，随后又看向于四："没关系，你只要把你所知道的都说出来就行了。"

"其实……其实我虽然没有见过这个人，但我知道的情况对你们肯定是有帮助的。"于四显然对刚刚胡子的话有些不满，但他也只能埋怨一两句，毕竟对方是警察，惹不起，他马上就说到了正题，"裁缝在这个圈子里具有举足轻重的地位，他是这个圈子的发起人之一，又有着很多特殊客户。据说他最牛的就是有一手的绝活儿，口碑极佳。有许多客户指名点姓就要他做出的玩意儿，他还经常介绍一些大的客户来，按照客户们的特殊要求做出特殊的玩意儿，可以说这个圈子要是没有了裁缝，那早完蛋了。所以啊，只要有人在这个圈子里一说，认识裁缝，或者是裁缝介绍来的，那绝对的，能把你们捧上天去，保证你们能得到你们想要的。唉，我真的是想帮你们啊，可我要是出面的话，他们一准能认出你们来，谁不知道我跟他们有仇啊，那只能是害了你们。"

邓原明白于四的意思了，只要警方把宝押在这个裁缝的身上，肯定会有很大的收获，只是，于四说的这些还是有些少。邓原想了想，问道："裁缝的绝活儿是什么？还有，他一般都会做出什么样的东西？你大概形容一下，至少让我们

第十二章 阳县

心里有个底，也知道该从什么地方着手了。"

"哎呦，警察大哥，那个圈子里做出的东西能是什么啊？至于裁缝的绝活儿嘛，我想应该是跟人皮有关吧。"于四说着轻笑了起来，好像想到了什么特别开心的事。

邓原点了点头，他知道了，接下来他们要跟一帮流氓打交道了："于四，你再好好想一想，还有什么没有？"

于四还真听话地低下头认真地想了想，一会儿，他抬起头看着邓原说道："你这么一问，我还真想起一件事来。不过，我觉得这可能对你们没什么帮助。就是，特早的时候曾经有人谣传那个朱孝人就是裁缝，后来朱孝人离开这里后，也就没有人再这么谣传了。我是怎么也不会相信的，他姓朱的是个什么东西啊，不就是一个给死尸化妆的嘛，怎么可能是裁缝呢？真是太抬举他了，他也就对死尸做些淫秽之事，也就这点儿本事，上不了台面的。"

"看来，你对朱孝人很有成见啊，该不会你被踢出来就是跟他有关吧？"邓原其实根本不关心于四到底是因为什么被踢出局的，他这是在拖延。于四说得越多，透露出来的信息也就越多，有些信息可能于四自己都没有意识到会是重要的线索，但他不会错过任何一丁点儿的可能。刚刚于四说得太重要了，重要到邓原感觉到自己就像是一个猎人，已经嗅到了猎物的味道，朱永义就是裁缝！杨波这样猜测过，于四的嘴里也说出来了，甚至他自己也曾经这样假设过，难道这些都仅仅只是巧合吗？应该不是巧合，种种迹象都表明了，朱永义似乎就是裁缝，现在已经不能简单地问朱永义是裁缝吗，而应该问朱永义为什么不是裁缝。可邓原不敢就这么草率地下结论，他需要证据，他需要最终的证明。

不容邓原再多想什么，于四的说话声打断了他的思绪。于四回答道："那倒不是，那姓朱的跟我八竿子打不着，主要是裁缝在这个圈子里太有名了，许多人都打着裁缝的旗号上位，所以，嘿嘿……"

"交易的事情都是什么人来负责？怎么能够找到他们？"邓原打断了于四的话，这些信息都没用。

"哦，我正打算跟你们说呢！"于四往前挪了挪身子，一副积极的样子，他心里明白，问到这个程度基本就要结束了，他真是恨不得这三个警察马上从家里消失掉，"以前他们交易的地点我是知道的，但都隔了这么久了，他们肯定换地了。不过，有一个店主可以带你们去，出了这个门向东隔两条街，有一个叫粉红情人的成人用品店，店主姓康。他那个店就是一个幌子，主要就是接待重要客户的。你们去了就找康老板，不用多说别的，只要一说是裁缝介绍来的，他立马就会跟孙子似的贴在你身上。"

邓原冲于四点了点头："感谢你对警方的配合。今天就这样，我们有什么不明白的会再来找你，你要是想到了什么也可以联系我们。大兵，给他留个电话。"

邓原三人向于四家的大门走去。

于四点头哈腰地送邓原他们出了家门，甚至送出了院门，看着三个人的背影消失在街道的尽头，才回到了屋子里。于四先是在房间里踱了会儿步，然后坐下来把瓶子里仅剩的一点儿酒干掉，看了一眼表，20多分钟过去了。他仔细地听了听外面，没有什么动静，这才急急地放下酒杯，抄起一边的电话，拨出了一个电话号码。

嘟嘟几声铃响过后，电话的那一头有人接听了，于四殷勤地冲着电话里的人喊道："朱哥，还真让你说着了，警察真的找到这边来了。"

电话那一头的正是朱永义，此时，他正拿着电话站在窗户旁，望了望窗外的景致，他笑出了声："哈哈，我什么时候骗过你啊，怎么样？该说的都说了？"

"按照你事先吩咐好的，该说的我都说了，不该说的我也一个字没露。"于四回答道，"朱哥，一切都按你设想的那样，我借着醉酒说漏嘴的机会把信息传递给了那傻馆长。没想到他还真的马上就通知了警方，这傻帽还被蒙在鼓里呢，你说逗不？"

"馆长其实人并不坏，就是有些胆小怕事了，当年他对我也算是不错的，也只有他把消息传出去才最合适。更何况这对于他来说是一件邀功的事，他肯定乐意得很。"朱永义想了想，又问道，"事隔这么多年才向警方抛出这个消息，警方没有怀疑什么吧？"

"没有，至少我没看出来他们有怀疑的意思。"于四也仔细地想了一下，更加确切地回答说，"我没有进豆似的把一切都主动说了出来，我采用了欲擒故纵的迂回战术，卖了好大的关子一点一点地告诉他们的，所以，他们应该不会怀疑。"

"嗯，这就好。"朱永义冲着窗外点了点头，"警方听到裁缝时是什么反应？他们有没有说些什么？"

"他们说的不多，只是说是因为别的案子牵扯到这里，他们才过来的。具体是什么案情他们没有说，只是一个劲儿地鼓励我多说些。可我知道的就这么多，还都是你告诉我的呢。"于四停顿了一下，接着说道，"他们一听裁缝这个名字，特别震惊，但很快他们自己就掩饰过去了，别的就没什么了。"

第十二章　阳县

朱永义又笑了："哈哈，太好了，看来有了警方的帮助，我离梦想就更近了。"

"朱哥，你为什么要这么做呢？就算你真是那个裁缝，也用不着向警方出卖自己啊！你在玩儿火你知不知道？他们都是坏人，他们活该，可你不是，这么多年只有你一人对我好，也是你一直在帮助我，我怎么忍心看着你出事呢？"于四说着，声音哽咽了起来。

"于四，这么做自有我的道理，你就别再问了。"朱永义也有些动情，"于四，听我说，这件事根本与你无关，知道得太多了对你绝对没有好处。听话，离开那里吧，好好过你后半生的日子。"

"朱哥，我……"

"我们都有自己的命，离开吧，切记。"朱永义打断了于四的话，说完就匆匆地挂了电话，外面还有人在等着他。

朱永义打开门，看到孟君站在门口望着自己，脸上的表情很复杂，有些心事重重，又有些担惊受怕的样子。他知道孟君一直在门口等着自己，也知道她有重要的事要说，却假装轻松地笑了笑："怎么了？"

"看你紧张地接电话，我还以为……没什么事吧？"朱永义看着挺轻松，可孟君却怎么也轻松不起来。刚刚她正想跟朱永义说些事情，刚张口没说出几个字呢，朱永义的电话就来了。她看到朱永义接电话时的表情有些凝重，又示意自己先出去，一定是有事发生了！结合最近几天发生的事，她实在是放心不下啊。

"哦，没什么，就是一个许久没联系的好朋友，多聊了几句。"朱永义又是轻松地一笑，"对了，你刚才要跟我说什么事来着？"

孟君看朱永义没让自己进屋的意思，看来是有事情要办。她左右看了看过道，没有人，于是很神秘地看着朱永义说道："我突然有一种不祥的预感，我怎么觉得咱们俱乐部可能要出事啊！"

"是什么事让你有了这样的预感？"朱永义收起了笑容。

"还能有什么事啊？罗莎的死，还有员工的失踪，好多事情都透着奇怪呢！如今警察又找上门来了，你说我能有好的预感吗？"孟君只说了一部分，很少的一部分，还都是摆在明面上的。除了这些以外的其他事，她不敢提出来。其实孟君早就发现俱乐部里有问题，早到她一进俱乐部工作没多久，只是活到这个年纪的她明白如何自我保护。

"这些事不是早就发生了吗，你现在才注意到？"朱永义知道孟君此次来找他绝非这些事这么简单，要不她早说了，还用得着等到今天吗？

"不光这些啊，还有那个最近来的客户曾小姐。"孟君说到这里又向四处看了看，再次确定没人后，更加神秘地跟朱永义说，"我怀疑那位曾小姐是有来头的人。小莲跟我说，曾小姐对咱们俱乐部的好奇远远大于对美容上的需求，这个很不平常。一般到咱们这儿来的客人哪个不是在价钱上磨来磨去的，尽可能想少花钱多做项目，就算价格谈不下来，最后也会要些赠送品。可这位曾小姐话里话外问的都是咱俱乐部的事，跟美容扯不上一点儿关系。小莲还说曾小姐找厕所找到工作间去了，这是从来没有发生过的事啊！工作间你又不是不知道，找厕所怎么能找到那里去呢？"

"孟经理，你是不是想太多了？"朱永义摆出一副嗤之以鼻的样子，"曾小姐一来咱们俱乐部就办理了金卡会员，出手阔绰，当然不会计较那一点点价格上的水分了。再说了，咱们这里结构复杂，刚来这里的人难免找错了地方，有什么可大惊小怪的？"

"我说的可是工作间啊，那个工作间不是……"孟君怪异地看着朱永义，她怀疑自己的耳朵是不是听错了。工作间本身并没有什么特别的，特别之处在于里面墙上的门，那个是朱永义严禁任何人进去的门。

"工作间而已，说明不了什么问题。"朱永义轻描淡写地说道，"孟经理，你还有什么重要的事吗？"

"我……"孟君眨了眨眼，愣愣地看着朱永义，她实在搞不懂朱永义是怎么想的，但她该说的一定要说，"刚才曾小姐找我聊天，我能感觉到她不是随便聊聊，像是特意来找我的。而且，她问的都是我以前的事，你不觉得奇怪吗？"

"这就更平常不过了，女人嘛，凑在一起不都是聊聊家常、问问八卦之类的事吗？"朱永义说这话的时候都笑出了声，仿佛最奇怪的那个倒是孟君似的。

孟君不自禁地张了张嘴，她突然发现眼前的这男人变了，变得她已经不再认识了。怎么说的这些他一点儿反应都没有呢？是个人都会认为这里必定存在着重大的问题，他是一时糊涂了还是怎么着？为什么都不问问曾小姐都问了自己一些什么问题呢？她彻底看不明白了。

朱永义看着发呆的孟君几秒后，意味深长地对她说："孟经理，你只要做好自己的本职工作，就足够了，明白了吗？"

他这句话是什么意思？孟君试图想研究明白，可她发现自己的脑子已经快跟不上了，她只能机械地点点头，却还站在门口不肯离去。

朱永义叹了口气，他本不想以这个态度对待孟君，可除了这样他又能怎样

第十二章 阳县

呢？他缓和了一下语气，安慰般地说道："孟经理，你身体不太好，最近就好好在家休息吧。我有非常重要的事要办，就不打扰你了。"

我身体不好？我什么时候身体不好了？孟君心里再怎么不甘心，再想怎么劝说都已经没有机会了，朱永义摆明了是要支开自己，无奈之下，除了转身离去还有什么可以选择的吗？

孟君最后看了朱永义一眼，目光坚定，似乎还能看到有一丝丝的期盼。他到底在想什么呢？

茫然地转身，刚迈出几步之后，孟君猛地停住了身子。就在这一刻，她彻底明白了，她彻底理解了朱永义这种不寻常的反应。朱永义不是不明白她在说什么，他也不是不懂得所有的利害关系，相反，他洞察了所有的一切。朱永义清楚地知道他自己所面临的局面，甚至已经预测到了自己会有怎样的下场。他之所以这么做，只说明了一点，他在保护她！也许这种保护是出自朱永义对自己的私心，也许朱永义只是不想让别人牵扯到整个事件当中。

孟君就那么停在了那里，不用回头她也知道此时的朱永义正微笑着看着自己，像是祝福，又像是在告别。对于朱永义的这种好心，孟君的心里百感交集。她希望朱永义这么做，这样一来自己就远离了那些事端；可同时她又不希望朱永义这么做，尤其是朱永义曾经给予了自己极大的帮助。矛盾，孟君感受到了前所未有的矛盾！

算了，既然你已经这么安排了，那我就谢谢你的好意！

孟君没有说出这句话，心里在默念一遍后，抬步离去了。

朱永义一直看着孟君，看到她突然停下，思索片刻后最终离去。朱永义知道她是在做思想斗争，希望她能够想明白，希望她理解自己的苦衷。如果，她真的理解不了，那也没办法了，该做的都已经做了，而且，他也必须这么做。

朱永义没有再耽搁，快速地回到了屋子里，因为他还有很多事情要好好地合计一下。

于四已经成功地把消息透露给了警方，虽然于四万般不愿意。为此朱永义是费尽了唇舌，可于四一句话就给挡了回来。于四的观点是，干什么也不能干出卖朋友的事，更何况还是帮助过自己的恩人。

无奈之下，朱永义只好露了底儿。他告诉于四，阳县那边肯定会被查，如果揭老底的话他于四也会被牵扯出来。与其被动地被警方抓获，不如主动交代，至少可以保全自己。

于四不是傻子，他明白这里面的利害关系，但于四只答应出卖阳县那伙人，出卖朱永义他还是不答应。

朱永义不是不感动，能有于四这样的朋友他很欣慰，可自己的梦想呢？那个一生为之奋斗的目标怎么可能轻易放弃呢？朱永义知道于四的弱点，那就是对朋友很讲义气，于是他用了撒手锏。声称如果于四不帮他完成他的梦想，从此就不认于四这个朋友，恩断义绝，老死不相往来。

就这样，于四最终答应了帮朱永义这个忙。尽管于四一直忧心忡忡，尽管于四给朱永义回电话的时候一再表明心中的不安，可于四还是成全了朱永义。就像朱永义在电话中所说的那样，命，每个人都有自己的命，朱永义的命就是尽自己最大的可能去完成梦想，甚至可以牺牲自己。

朱永义寻思着，警方现在已经掌握了线索，那么，今天晚上或者明天他们就会跟康老板对上。如果一切都顺利的话，也许今天去阳县的警察夜里就会赶回A市，最迟明天也一定回来了。

紧迫感，朱永义感觉到了强烈的紧迫感，留给他的时间不多了，他必须马上采取行动！今晚，今晚就是一个绝佳的机会！

一想到这里，朱永义不自禁地在屋子里踱起步来，紧张之余，又有一丝兴奋涌上心头，他似乎期待着夜晚赶快到来。突然想到了什么，他停住了脚步，掏出电话拨出了一串号码，接通后他立马说道："成仔，今晚有个货物出手，你们过来一趟吧。"

"哟，朱老板这么快就有动作了啊，是不是还像上次那样啊，让兄弟们先尽情地爽一下啊！"随后电话里传来一阵淫荡的大笑声。

朱永义很反感成仔的这一反应，但他一个人成不了事，还是需要他们的帮助："这次这位客人的身份很特殊，可能，客人会自己到达那里。"

"这么听话啊，看来朱老板的功夫做得足啊。"

"别废话了，你们来了先按兵不动，听我的安排。"朱永义挂了电话，他实在不想跟这个成仔再多说一句，他要把今晚的计划再好好地想一想。

第十三章 牺牲

　　同样也在思索着计划的是曾秀。
　　此时的曾秀正顶着一脸的大白"腻子"躺在美容床上。其实盖在脸上的是面膜，但在曾秀看来，自己的脸上敷上这么一层厚厚的东西，完全就像是一个挂了一脸腻子的女鬼，难看死了。
　　小莲在一旁的工具车上忙活着，曾秀舒舒服服地吐出一口气，闭上了双眼，一副轻松惬意、昏昏欲睡的样子。曾秀可一点儿都不困，精神得很。她是特意装出来给小莲看，她希望小莲能马上出去，她需要空间，好好地理一理思绪，因为脑子太乱了。
　　果然，小莲收拾好东西后，看到曾秀的样子，赶忙走了过去，轻声地说："曾姐，真是不好意思啊，我男朋友出了点儿事，我得马上赶过去。我都交代给孟经理了，她会亲自给您服务的。"
　　曾秀嘴里嘟囔了一下，眼睛闭得更沉了，仿佛马上就要进入梦乡一样。
　　"曾姐，你好好地睡一觉吧，这副面膜也需要较长的时间，我就不打扰你了。"小莲说完没等回答就急匆匆地走了出去。出了门，小莲就往前台跑去。
　　小莲前脚刚跨出门去，曾秀就瞪大了眼睛，她还没有来得及把脑海里要想的东西一一列举出来，一个人的名字就先撞了进来：孟君。
　　曾秀此次前来梦之幻俱乐部，可谓是身带多项任务，其中一项就是探孟君的口风。用一人之下万人之上来形容孟君在俱乐部的地位一点儿都不过分，然而处在这样一个地位的人，是不可能什么都不知道的，关键在于这个人扮演了一个什么样的角色。

曾秀不敢妄自推断孟君的角色，稍一推断错误，则满盘皆输。她不是怕孟君反水，而是怕影响了今晚的行动。对付孟君并不难，难就难在如何在不打草惊蛇的情况下还能掌控全局。

于是，曾秀采用了唠家常的方式，旁敲侧击地把问题往要点上带。之前邓原通过对孟君背景的调查，可以说孟君应该不是一个罪恶之人，相反她是一个可怜之人，可怜到必须得有人扶她一把，她才能够在这个社会上存活下去。而扶持孟君的这个人，偏偏就是朱永义！

问题的重点就在于孟君和朱永义的关系。孟君表面上轻描淡写，简单几句就把问题化解了，实则就像一个张开浑身刺的刺猬，极力保护着什么，一点儿口风都不露。尤其是她看曾秀的最后一眼，很明显，她已经明白了曾秀的目的。

现在想想，曾秀多少觉得自己的行为有些鲁莽，不过，这也更加说明了今晚的行动是势在必行的。

今晚必须行动！

曾秀打定了主意，走到现在这一步，她已经顾不了孟君的反应以及所扮演的角色，必须假设孟君就是朱永义的帮凶，而此时此刻的孟君没准正在向朱永义发出警告，甚至他们已经在计划着些什么。所以，时间不多了，她今晚必须出击，一定要抢在他们毁掉一切证据之前。

当然，今晚的行动不止曾秀一个人，还有大刘。行动的计划是曾秀来梦之幻俱乐部之前就已经设计好的，只不过，那个时候曾秀的心里还有一些犹豫，而现在她已经不能再犹豫了。

行动计划是曾秀和大刘临时决定的，原因有二。

首先，兰花胸针上那个指纹，通过技术部门对张婷物品上遗留的指纹进行仔细的比对，已经确定是张婷的。这证明了张婷极有可能是遇害了，并且有在梦之幻俱乐部里遇害的可能性。

兰花胸针上检验出的血型是B型，与小芬的O型不符，可与张婷家里提取的DNA检验的结果一致！

那么设想一下，一个带有血迹的胸针，被小芬藏在俱乐部宿舍的鞋里，而血迹又是小芬的一个失踪已久的客户的，会是一个什么样的情境？

对此，大刘做出了一个大胆的假设：小芬在工作中与客户张婷建立了好友关系。张婷失踪后，小芬在梦之幻俱乐部里的某处找到了带有血迹的兰花胸针，猜测到了张婷可能已经遇害，所以在俱乐部里到处寻找更多的证据，也为此造成了

第十三章 牺牲

自己的失踪，甚至是遇害。

曾秀也比较倾向于大刘的这一推断，她也做出了假设，那就是兰花胸针上检验出的粉状物。曾秀认为那些粉末可能就是梦之幻俱乐部里用的面膜粉，她在俱乐部里做过护理，通常摆到客人面前的是已经调和好的面膜，而兰花胸针上能够沾有面膜粉的可能只有一个，那就是张婷曾经去了那个隐蔽的工作间，或者张婷的兰花胸针曾经在工作间里出现过。这也进一步证明了大刘的推断，小芬可能是在工作间里发现了兰花胸针。

所以，曾秀认为有必要在梦之幻俱乐部里搞到一些面膜粉与兰花胸针上的粉末进行化验，最好是找机会再次进入那个工作间里。

让曾秀和大刘决定采取行动的还有另一个原因，就是梦之幻俱乐部的内部结构。

上次探访梦之幻俱乐部时，邓原曾经让曾秀画出俱乐部的内部草图。虽然后来邓原并没有真的管曾秀要草图，可这一次曾秀却认真了起来。凭借着两次去俱乐部里探访，曾秀愣是绞尽脑汁地画出了一个草图来。

草图非常简单，曾秀也反复地修改过，凡是她走过的地方都用粗线条勾勒了出来，没有去过的地方凭借推断则用虚线表示了出来，再加上之前的记录内容，曾秀和大刘还真看出了一些问题。

问题是出在了俱乐部的一层。

整个梦之幻俱乐部是一座两层的小楼，这是众所周知且从外表就能看出来的。所以俱乐部二层及以上的空间是实打实的，楼梯的两边布满了房间，在二层不会存有什么猫腻，那问题就出在一层。

从草图上的标注来看，一层偏右侧的位置除了一小块空地作为接待，还有一个直通二层的楼梯外，别的什么都没有了，而一层的左边却布满了过道和房间。这种在视觉空间上极其不协调的左右两边，实在不得不让人产生一种疑问，一层右边的空间哪里去了？或者说，一层的右边用来干什么了？

大刘虽然没有实地去过梦之幻俱乐部，但单单从草图上就能看出一层的右侧到整个俱乐部的右外围有一定的空间，难道这些空间都是实体墙吗？这样的设计岂不是太浪费了？

还有更重要的一点，花瓣浴室旁的公共浴室，尽头是与员工宿舍相连的，而员工宿舍的入口是在俱乐部的后面。那么，另一个问题就出来了。与员工宿舍入口平行的垃圾房，也是镶嵌在俱乐部里的，可垃圾房仅能容纳两个垃圾桶，单独开辟这么一个小小的空间是不是有些不合理呢？垃圾桶是完全可以放在外面的，却要占了俱乐部里"拥挤"的空间，也许那不仅仅是一个简单的垃圾房！

让曾秀和大刘更加坚定这种想法的是垃圾房的位置，不偏不倚正好与俱乐部右边那个未知空间是一条线。如果梦之幻俱乐部里真的有密道的话，也许垃圾房只是掩人耳目，实则是密道的一个入口。这也可以解释了为什么小芬后来总是在存放垃圾的地方徘徊，也许小芬也怀疑起了那里。

如果这一点假设成立的话，俱乐部里肯定还有另一个入口，否则，把一个人从后面运进的话目标实在是大。曾秀认为另一个入口应该就是工作间里那道锁着的门。

这些假设实在让人兴奋，似乎朱永义的犯罪全过程都能展现在眼前。可兴奋是不够的，他们需要有力的证据。邓原他们去了阳县，也许已经有所收获。大刘和曾秀有些坐不住了，他们想在邓原他们回来之前就能掌握一切，这样双管齐下，破案就指日可待了。

于是，曾秀和大刘相约晚上10点，一个从俱乐部内部的工作间里探路，一个从后面的垃圾房里找寻，也许他们会在俱乐部里的某一处会合。

正想着，房门突然被打开了，曾秀看到一个小姑娘走了进来。

小姑娘走到曾秀面前，在她敷的面膜上涂抹着东西。曾秀感到一阵香味扑鼻，正要开口，小姑娘却说了话："曾姐，孟经理身体不适先走了，这是最后一道精油。"

曾秀假装被惊扰了梦，不高兴地说："你去忙吧，我困着呢。"

小姑娘离开了，曾秀乐了，连孟君都不在了，看来今晚的行动注定会成功！

只是，这最后一道精油的香味怎么比以前的要浓？曾秀没有多想，她闭上了眼睛，离10点还有一些时间，她要保存好体力。

与此同时，邓原和大兵、胡子正坐在车里，三个人的眼睛齐刷刷地看着斜对面街上的一家店。

那是一家非常扎眼的店，扎眼的名字、扎眼的灯光以及扎眼的人。粉红情人成人用品，几个红色烫金大字被一圈霓虹灯包围着，一闪一闪的，想不看清都难。柔和的粉色灯光从店里透射出来，连带小店的周围也映照在粉红色的荡漾之中。仔细一看，原来是小店门面的两扇玻璃窗子上挂了粉红色的纱帘，纱帘前摆着简易的玻璃架子，架子上则摆满了各种小瓶子和盒子。

现在已经是夜晚，整条街道都黑乎乎的，唯独这家成人用品小店霓亮鬼魅

第十三章 牺牲

如红灯区一般。一个身穿制服的女人正站在成人用品店的门口，身子扭成个八字斜靠在粉色的门框上，眼睛正在瞟往邓原停车的位置。

邓原心里一阵阵作呕，他怎么也想象不出一个卖成人用品的小店也可以整成这个样子，不禁皱起了眉头，抬手指了指那个靠在门口的女人："你们说，我怎么那么想把她给拘起来啊！"

"哈哈哈！"胡子第一个忍不住笑出了声，"我说邓队，淡定啊。"

"就是，人家衣冠整齐地站在那里，什么也没干啊，咱有什么理由抓她啊！"大兵也附和着说道，但声音里已然有了笑声。

邓原当然没打算真去抓那个女人，但发发牢骚还是可以的。

大兵朝女人的方向努了努嘴："邓队，那个女人已经看了咱们半天了，咱们再不下车，恐怕她就要扑过来了。"

邓原回过神来，扭头看了看大兵，正色道："你长得太正统了，去了难免会露馅，你就等在车里吧。"

"大兵啊，看来长得正统也不是什么优点。"刚止住笑的胡子又被逗乐了，"还是兄弟我长得好，白领、大学生啥的怎么来怎么行，是吧，邓队？"

"嗯，眼镜不错，"邓原说着伸手把胡子的头发弄乱，"这下更好了，挺像斯文败类的。"

这下轮到大兵捂嘴乐了起来，胡子则微张了张嘴，说不出话来。

女人看着从对面车上下来向自己走近的两个男人，笑了，她早就看出对面那辆车是冲着店里来的。她站直了身子，赶忙把自己身上的衣服向下拽了拽，脸上绽开出一朵桃花来。

女人当然高兴了，在她看来这一定会是个大客户，心里小兴奋了一把，身子向前欠了欠，嗲声嗲气地冲走在前面的邓原叫道："这位大哥，是远道来的吧？看着面生呢。"

邓原差点儿没被女人的声音噎一个跟头，明明就是一个鸭子嗓，非要装出百灵鸟来。邓原向女人看去，真是近距离了才能看得真切，女人就是一个徐娘半老的女人，胸部使劲挺得老高。他没有理会女人的谄笑，直接蹬门走进了店里。

女人并没有因邓原的无理而冷了脸，依然笑得春风满面。她看了眼紧跟在邓原身后的胡子，这个男人的样子儒雅了些，但眼镜后面的眼睛里透出一股子精光来，一看也不是善茬，不过，气场还是弱了些。这个女人是个见人下菜碟的主儿，她一准看出了这先后两个人的关系，前面那个一看就像个老大的样子，后面

179

这个倒像是个二把手，跟以前一到店里就跟她动手动脚的货色相比，绝对不是一路子的。看来今天会有好生意了，女人把店门一关，迎了进去。

邓原进入小店后，快速地观察了一下环境，这已经成了他的习惯，无论走到哪里。

小店是长方形的，左右两边分别摆放了很大很长的玻璃货架，左边的货架上摆放了许多精美的小瓶子和一些小包装的物品。而右边货架上的东西则大出了好几倍来，全都是一尺多高的盒状包装物，有的包装盒的一面还是透明的，可以清楚地看到里面装着的物品。邓原知道，这些仿真的工具才是他今天到此的目的。不过，邓原并没有急于挑明来意，因为他看到店的尽头有一扇门，像是库房，又或者通向什么不知名的地方。

女人又忙不迭地蹭到了邓原的身边："这位大哥，需要些什么呢？用不用我来演示一下？"

邓原还是没有理会这个女人，他先走到了左边的货架前打量了起来。虽然他最关心右边货架上摆放的物品，但做戏要做足了，不能马上直奔主题，会让人家产生怀疑的。

女人也跟着蹭到了左边来，身子一个劲儿地往邓原的身上靠："大哥，这些东西都是可以免费试用的哟。"

女人并没有等来邓原关于"免费试用"的询问，这个不出乎她的意料，她知道像邓原这样的人来这里绝不会是为了这个。不过，这阻挡不了她继续卖弄风情："大哥，要不要试试啊？我亲自为您服务。"

女人的话是对邓原说的，可眼睛却瞟向了一旁的胡子，颇有些挑逗的意思。胡子假装没看到，也把眼睛扫向了货架上的物品，心里却笑得不行了，他猜测邓原可能快要发火了。

邓原就像甩牛皮糖一样，快速地移步到了右边的货架前，端详起上面的仿真品来。他实在是忍受不了这个女人，是时候进入正题了。

女人看到邓原注视着仿真品，笑得更灿烂了，马上也扑了过去："哟，原来大哥好这口啊，来，我给您挑一个最好的。"

"你别忙活了，我是来找康老板的。"邓原终于对女人说了话。

"哎哟，找谁都一样啊，我可比康老板更贴心呢。"女人还在坚持着。

"我们是经朋友介绍专程过来的，"邓原不耐烦地看向女人，却扫到了胡子偷笑的表情，心里狠狠地骂了一下，"康老板知道的，你去叫他一下。"

第十三章 牺牲

这下，女人的脸色不好看了，她扭着肥臀朝小店尽头那扇门走去，开门的一瞬间还能从她的嘴里听到"哼"的一声。

很快，一个精瘦的小个子男人推门走了出来，后面跟着那个女人。他示意她出去看好门后，打量了邓原一下，略微迟疑地问道："这位老板是？"

邓原没有马上回答，而是又转过身看向右边货架上的那些仿真品："康老板，这些个玩意儿都太假了吧，有没有更好的啊？"

"呵呵，原来是个行家啊！"康老板也走到那些仿真品前，继续说道，"这些确实是劣品，我这儿有更真的，这位老板要不要看一下啊？"

"专程而来的能不看一下嘛！"邓原特意强调了一下，"介绍我来的那个朋友可说了，你这里有好东西。"

"这边请。"康老板伸手向刚出来的那扇门示意了一下，邓原让胡子待在外面，他则跟着康老板走了进去。

进门之后，邓原就失望了，那是一间非常小的屋子，除了一套桌椅外，其他的全是诸如外面那样的仿真品，只是样式多了一些，做工精细了一些。不过，邓原还是一一地仔细观赏起那些物品来，到了这个时候他不得不装出一副十分感兴趣的样子，尽管他的心里早已恶心得不行了。

这一细看，还真让邓原看出了问题来，虽然他现在无法辨别这些东西是否都是人的皮肤所制，但除了成人用品外，没有其他的，至少没有脸部皮肤，这个不符合他的案子，康老板一定还留了一手。他装出不高兴的样子说："康老板，裁缝可跟我说你这里有我想要的东西，可这些……"

"哟，怎么不早说啊？"康老板一听到裁缝，眼神直放光，"我还以为您是别人介绍来的呢！您要早点儿说裁缝，我还带您到这里来干什么啊！呵呵，裁缝最近可好啊？"

邓原微微怔了一下，但他仅用了两秒钟的时间就做出了反应，微微一笑，轻描淡写地回道："还好，就是身上的香水味越来越浓了。"

邓原一时没有想到康老板会突然问起裁缝来，显然，康老板并没有完全相信他，是在试探他。好在邓原一直在看那些个仿真品，康老板只能看到他的侧面，并没有捕捉到他那微微的一怔。

可又有谁知道，这两秒钟杀死了邓原多少的脑细胞呢？短瞬的两秒钟，许多念头自他的脑中闪过。按于四说的，只要一提是裁缝介绍来的，一切都会一帆风顺，可康老板为什么这个时候突然问起裁缝来？开始都还好好的，现在却突然

181

问起，难道是哪个环节暴露了自己吗？还是康老板只是随意地提起了裁缝？或者，康老板在提防自己？这些都不算什么，最重要的就是裁缝其人，谁是裁缝？邓原自己肯定是不知道了，于四说曾经有谣传朱永义就是裁缝，可是谣传的东西能信吗？也许朱永义真的就是裁缝，也许，裁缝另有其人呢？在这么一个贩卖人皮制品的团伙里，既有朱永义存在也有裁缝存在的可能性不是没有，可留给邓原的时间不多，容不得他去仔细研究这个问题，他必须马上做出回答。邓原决定赌一把，他赌朱永义就是裁缝，而让他马上想到朱永义身上最显著的特点的，就是那身让人无法忍受的浓烈香水味。

赌，是迫于无奈，可结果是好的，邓原赌赢了！

康老板一听到邓原的回答，马上就哈哈大笑起来："他就是那样，也不知道跟谁学的，那香水喷得比女人身上的都重，我每次见他都跟他保持一定的距离。不过，他这人倒是随和，并没有什么怨言，想必你也受够了他身上的味道吧？"

邓原松了一口气，心里暗自庆幸自己赌对了地方。他放弃了对那些仿真品的鉴赏，转过身看向康老板："其实也没有什么不能接受的，时间长了就能习惯了。再说了，谁没有个特殊爱好啊。"

"也对，也对！哈哈，这话说得好啊，"康老板大有赞赏意味地看了看邓原，继续说道，"特殊爱好，谁没有个特殊爱好呢？可偏偏就是这个特殊爱好反倒成就了咱们啊。"

邓原看出康老板明显比刚才放松了许多，也随意了许多。这说明康老板之前一直在提防自己，直到确认了自己的身份后才放松了警惕。当然，这些都已经不重要了，前面这一关已经过了，后面还不好说嘛。于是，邓原也应景地冲康老板笑了笑，随后马上直奔主题："康老板，这回能让我看看我想要的东西了吧？"

"哎呦，瞧我，光顾着聊天了，差点儿忘了正事。"说着，康老板用手捶了下自己的头，然后马上说道，"只是现在已经很晚了，您还方便吗？"

"当然方便，我大老远地跑来的呢！"邓原可不想夜长梦多，"我的司机就在外面……"

"我这就带您过去。"对于生意上的事，康老板比谁都更积极。

曾秀换好了自己的衣服，今天来之前她特意挑选了轻便的衣服和鞋，为的就是方便晚上的行动。她掏出放在兜里的手机，再次确认了是震动状态，她可不想在关键的时刻突然铃声大作，所有妨碍行动的因素都要提前排除掉。

第十三章 牺牲

10点的时候，大刘给曾秀打来电话，说已经在梦之幻俱乐部附近了，一会儿他就要想办法进入俱乐部后面的那个垃圾房里。为了不被别人发现，从现在开始两人的手机都设成震动状态，并且不到万不得已不用电话联系。如果没有在垃圾房里找到任何入口，大刘发短信通知行动取消，如果没有发来短信就说明确实有密道。同样，如果曾秀在进入工作间那个门后，如果没有发现任何密室，也立刻通知大刘；如果确实那里是密道的入口，那两个人就想办法在密道里碰头。

当然，也有另外一种可能，那就是梦之幻俱乐部里不止一个密道，也许垃圾房和工作间分别是两个密道的入口，密道与密道之间并不相通，那么，两个人就只能各自为战，寻找证据，最后在俱乐部的外面会合。

行动的时间定为10点，这是曾秀和大刘仔细考量过的。根据梦之幻俱乐部经营时间的特殊性，白天肯定是不行的，无论是俱乐部的里面还是后面，人多，目标大，很容易就会被发现，就只能是晚上。而晚上也不是所有的时间都可以，通常情况下，美容护理的前多半部分都有员工守在曾秀的身边的，只有在上面膜的时候员工才会离开去小憩一会儿，她才可以脱身，所以时间不能定得太早了。太晚了也不行，整套美容护理程序完了后，曾秀就只能在员工的护送下离开俱乐部，也就没有接近工作间的机会了。

所以，10点刚刚好，曾秀可以在做面膜的时候抽出身来，伪装成已经离开的假象，她就有时间和机会进入工作间了。而对于在俱乐部外面的大刘来说时间也是合适的，晚上10点，基本上不会有什么客人了，员工们也都回到宿舍里休息，后面走动的人很少，他才能轻松地潜入垃圾房里。

综合以上情况，曾秀今天在到达梦之幻俱乐部后，特意挑选了一套程序最为复杂的美容护理，以保证她能把时间拖到晚上10点。

曾秀打了一个哈欠，莫名地犯起困来。她甩了甩头，使得自己保持了清醒。10点已经过了10多分钟了，一直没有收到大刘的短信，看来他那边是有进展了，而自己也该出发了。

曾秀把浴袍往美容床上随便一扔，她这么做的目的就是为了让负责她的员工在进入这间美容室后，看到床上扔的浴袍而以为她已经走了，这样，该员工就会回宿舍去休息，而不是在俱乐部里到处找她。她可不想自己在工作间里正跟那扇锁着的门较劲的时候，突然有人闯进来。

一切都已准备就绪，就差冲进工作间里破门而入了。一想到那扇被锁死的门，曾秀有些犯嘀咕。她不太确定自己能否搞定那扇门，在溜门撬锁这方面她远不及邓原他们，甚至可以说她根本就不懂。

为此，曾秀白天特意向大刘请教了如何撬锁，因为在梦之幻这种男人无法进去的俱乐部里，她也只能靠自己了。好在上一次进入到那个工作间时曾秀已经把门上锁的样子记熟于心里，根据她的描述，大刘更是找来好几把同类型的锁让她练手。但她还是担心，不确定自己在训练了许多次后能否在现场打开那把锁，天知道那把看似简单的锁里有没有什么别的玄机？现在她也只能祈求老天爷，能够顺利地搞定那把锁。

过道的灯早已被调暗，非常安静，曾秀尽量放慢速度，放轻脚步，慢慢走到那幅遮盖住工作间的巨幅海报前。她先把耳朵靠在海报上仔细听了听，里面没有任何声音，心想太好了，工作间里没有人。一把掀开海报的一边，曾秀快速地进了工作间，第一时间从一旁的桶里取出少许面膜粉装入一个塑料袋子里。虽然不知道兰花胸针上沾的粉末到底是哪一种面膜粉，但曾秀曾经听小莲说过，这些同一个品牌的面膜粉主要成分都是一样的，只是根据不同的功效增加了相应的护理成分而已，所以，就算她拿的是不同功效的面膜粉，只要检验时主要成分一致，就足以证明兰花胸针上的粉末是在这里沾上的。

收好袋子，曾秀又对工作间进行了检查。她没有过多逗留，就快步朝工作间的尽头走去，掀起布帘，那扇锁死的门露了出来。曾秀掏出撬锁工具，正要插入锁眼儿的时候，工具刚一碰到门，门自己开了一条缝……

门竟然没有锁！

曾秀把门推开，映入眼帘的是一条较窄的走道，走道微微向下，坡度不是很大。过道的顶部挂了一个瓦数极低的灯泡，微弱的灯光虽然能照射整个过道，但模糊一片，不是很透亮。

曾秀站在门口，她第一时间想到的就是朱永义在里面！

很显然，朱永义办完事临走时忘了锁门的几率几乎为零，那么门没有锁的结果就只有一个，朱永义就在里面。曾秀有些犹豫，朱永义今天跑到这里来干什么呢？是处理工作上的事情，还是有什么不轨行动？

曾秀突然觉得自己产生这样的疑问有些不妥，再怎么说朱永义也是梦之幻俱乐部的老板，出现在俱乐部里的任何一个地方都不奇怪，反倒是自己才是那个不良入侵者。再者，走道通往哪里？都是些什么地方？曾秀还不得而知，也许只是比工作间更大一些的库房罢了。

不过，有一点曾秀是非常肯定的，那就是她很有可能会在里面遇到朱永义。

第十三章 牺牲

那到底要不要进去呢？她一时拿不定主意了。

大刘！曾秀突然想到了自己的同伴，她赶快掏出手机。大刘没有发来短信，也就是说他那边目前还没出什么意外。大刘比自己要早些潜入俱乐部里，按照时间的推算，他现在应该已经在密道里的某个地方了，那他也有可能会遇到朱永义。曾秀心里一惊，她必须马上把这一消息告诉大刘，快速地输入内容，短信发送了出去。

曾秀耐心地等待大刘的回复，可一分钟过去了，却没有收到大刘的任何回音。曾秀有些着急了，她不知道大刘那边是不方便回复还是出了什么状况。看了一眼昏暗的过道，曾秀决定进去探个究竟。事到如今她不想错过这么一个绝佳的机会，谁知道朱永义在里面正在干什么？也许他正在销毁证据。

曾秀轻轻把门关上后，慢慢地一步一步地向里面走，耳朵仔细地听着周围的声音。她甚至已经在盘算，如果很不幸地遇到了朱永义，自己该用什么样的借口才好呢？

曾秀不知道的是，在她走的这条过道的尽头有另一个门，门后屋子的另一头还有一个出口通往另一个昏暗的过道，此时，大刘正站在那个过道上。

大刘本来的计划是先于曾秀一步通过垃圾房里进入俱乐部里，然后，曾秀再从工作间里的那扇门进入，电话中他也特意交代曾秀晚 10 分钟后再行动。

大刘主要考虑的是，梦之幻俱乐部后面的那个垃圾房里有没有入口还是个问题，他需要寻找后才能知道，再或者，如果垃圾房里没有入口，那他就得想别的办法进入俱乐部里，所以，他需要时间。10 分钟的时间足够了，对于大刘来说，潜入俱乐部里不是难题。

还有一个原因也使大刘需要这 10 分钟的时间，俱乐部后面的环境复杂，旁边就是员工宿舍，随时都有可能有人突然出现而阻挠了他，相对于扮作客人的曾秀来说，难度大了一些。

可让大刘没有想到的是，一切都很顺利，非常地顺利。他选择了从俱乐部后面的小区翻墙进入。小区与俱乐部的后院隔有一堵高墙，这对大刘来说根本不是问题，两秒钟不到他就已经伏在墙头上了。他先观察了一下后院的环境，后院整个楼看似铜墙铁壁，黑暗一片，只有左边的员工宿舍过道里洒出些许微弱的灯光。再看向右边，与外面相通的走道里停了一辆面包车，只能看到车头却看不清车牌号，应该就是那辆只有夜间才来俱乐部的面包车。难道今天他们又要卸货？

大刘仔细观察了一下车的周围，没有人，于是他一翻身，轻巧地跳到了后院里。他并没有急于向垃圾房靠近,而是躲在阴暗处等了一会儿,在确认没有人出现后,他快速地跑到了垃圾房前。

垃圾房前堆放的纸箱子并没有给大刘造成多大的障碍,反倒很好地掩护了他,他非常轻松地就进到了垃圾房里。

大刘以为垃圾房的门关上的一瞬间,自己整个人会贴在垃圾桶上。因为邓原提供的情况是,垃圾房的空间很小,垃圾桶的一边顶着里面的墙,另一边则顶着门。可真正门关上的时候,身前的垃圾桶自动向前方挪了挪。大刘打开手机的照明灯,才发现垃圾房里的空间其实并不小,有一定的活动空间,只是在视觉上让人产生非常拥挤的感觉,这也更加证明了他认为垃圾房里有机关入口的想法。

垃圾房在整个俱乐部的右边,从方位上讲,如果垃圾房里真的有密道入口的话,应该是在门正对着的那面墙,或者右边的墙上。要是这两个地方都找不到的话,那就得在地面上想办法了。

于是,大刘把两个垃圾桶分别向左右两边推了推,从中间挤出一个能容半个身子的空间来,先从正面的墙入手。借着手机的光亮,他的手不停地在墙面上摸索着。终于,在墙面的最右边他摸到了缝隙。大刘把手机凑了过去,缝隙非常小,看来入口就是在这里了,可是怎么才能打开它呢?

大刘把手机往上移,上面没有任何发现,他又把手机向下移,移到胯部的时候,他看到了一个能伸进去手指头的小洞。大刘把右手食指伸进了小洞里,摸到了一个类似于小铁疙瘩的东西。他试着按了一下,马上,"啪——"的一声传入了耳中。

好像有什么东西被打开了,大刘下意识地用手推了推墙的右边,没推动。再看向缝隙那里,这才恍然大悟,原来密道入口的门并不是在垃圾房门对面的墙上,而是在右面的墙上,只不过门门的插销设在了对面墙的边上。再加上插销是在墙面的下方,正好被垃圾桶挡上了,也难怪邓原他们上次来这里时没有发现机关所在。

大刘轻笑了一下,这谁设计的?不会是朱永义那个变态吧?

大刘把刚才推到最右边的垃圾桶又重新拽了回来,侧着身子来到了右墙前,轻轻一推,右边的墙就被撕开了一个很大的裂缝。裂缝的后面是一个直通地下的台阶,还有光透上来。顺着台阶向下走,随着能见物越来越清晰。当能看清所处环境的时候,大刘已经迈下了最后一级台阶。这回没出意外,台阶连着一条长的过道,回头看看,没路可走,只能顺着这条窄的过道往前走。大刘估摸了一下方

第十三章 牺牲

位,自己现在是处在垃圾房下的地下一层,如果按着这条过道走的话,他应该会走到员工宿舍的下面,就是不知道过道的尽头还有没有别的路了,也不知道曾秀那边是什么情况。大刘顺着过道快速往前走,他希望能够遇到曾秀。

过道里极其安静,大刘只能听到自己轻微的脚步声,除此之外什么也没有。直到走到了尽头,他的左手边又显现出了一个过道,新过道右手边出现了几个门,虽然都是锁上的,但也没能阻挡他把每一个房间都走访一遍。

锁着门的几个房间看着挺像是库房的,有的装满了各种大小型的器械,有的是一些美容床和一些纸箱子,箱子里装的都是美容用品和用具,并没有什么特别之处。可当大刘走到过道尽头的时候,发现在过道尽头的左侧出现了一个门。他试着拧了一下门把手,门竟然没有锁,整个房间都暴露在了眼前。

这个房间跟过道右侧的那几个房间不同。房间面积不大,可里面什么东西也没有,除了屋顶上的灯泡,还有就是对面墙上的另一个门。他不知道这个房间是用来干什么用的,看上去倒像是一个连接房,也许对面那扇门的后面会是另一个过道。

果然,当大刘打开对面门时,又一条向左拐的过道出现了,同样在过道的右侧也有几个屋门。大刘知道这条过道与房子那一头的过道是平行的,也就是说这条走道又拐回了垃圾房的位置。

这一次,大刘并没有急于去探查新出现的几个门。走到现在,他一个人也没有看到,包括曾秀。而预计碰头的时间也已经过了,他是要继续前进,还是留在这里等曾秀呢?

曾秀为什么现在还没有出现?难道梦之幻俱乐部里的密道真的不止一个?自己现在是处于俱乐部的地下一层,难道工作间里的那门是通向俱乐部一层右边那个未知空间里的?如果真是这样的话,那他与曾秀就处在不同的楼层里,那肯定是遇不上了。

大刘拿出手机,他可不想因为自己太过于注意密道里的情形而忽略了手机,也许曾秀已经发来了短信,他没有注意到罢了。可这一看,大刘差点儿没骂出声来,没信号!

大刘气得把手机往兜里一揣,怎么忽略了这一点呢?看来还是边探查边找曾秀吧,他没有再迟疑,朝着过道右侧的一个房门走去……

大刘不知道的是,在他走过的那个台阶的底部后面,有一个暗门,那是要绕到台阶的后面才能看到的。暗门里的右边有一个斜着向上的楼梯，走上去会看到一个类似于客厅一样大的房间，房间的四面墙上又都分别有一道房门。

其中一间房门后是一间大的监控室，一面的墙上摆满了显示屏，有三个男人站在那里，盯着其中的一个显示屏议论着什么。在他们的身后是一个长长的台子，一个男人坐在台子前的一把椅子上，什么话也没有说。

站着的三个男人似乎对屏幕上的画面不太满意，其中一个扭回头看着后面椅子上坐着的男人说道："朱老板，就这种货色的女人你也看得上眼？"

朱永义的脸虽然朝着三个人的方向，但眼睛却没有看他们，他的脑子在走神。正想着的事情被打断了，他看向说话的人，是那个烟瘾很大的烟囱，他的心里有些不高兴。

烟囱旁边的一个男人一边向朱永义走来一边不屑地说："我就说我等在车里好了，你们非叫我来看美人！这哪是美人啊？跟罗莎比起来差远了。"

朱永义很讨厌成仔那一副嘴脸，就像他额头上那丑陋的刀疤一样让人作呕。不过，朱永义还是起身把椅子让给了成仔，他知道成仔接下来想要干什么。

朱永义慢慢地向着屏幕走去，他看到阿龙冲着屏幕摇了摇头，紧接着阿龙叹道："唉，朱老板的眼光越来越差了，是现在的绝色越来越少了还是怎么着？"

屏幕离朱永义越来越近，屏幕上的曾秀正躺在一张美容床上闭目养神。朱永义走到屏幕前伸手抚摸着曾秀那张干净的脸，那极致的皮肤让他的眼睛都发出光来，他一边抚摸着一边淡淡地对三个人说道："她的美，你们不懂。"

"我们都不懂，就你懂行了吧。"烟囱哼了一声，转身也向台子走去。

真是话不投机半句多，朱永义放弃了与他们的交流。

成仔在操控台上忙活了起来。这个没什么文化的人，每次到这里来都要捣鼓半天，也不见得能搞得定，至少他是不能一下子就找到他想要看的东西。这次也不例外，弄了半天，最后对朱永义说："我说朱老板啊，这妞一般啊！"

"嘿嘿，就是啊，怎么也得先养养眼儿啊。"烟囱说完就跟成仔一起大声地淫笑了起来。

朱永义没有理会，但也没阻止他们，谁叫自己需要他们的帮助呢？就再忍他们一个晚上，过了今晚，看他们还怎么嚣张！

阿龙看出了朱永义的不悦，劝说道："朱老板，我们都等了这么半天了也不见你所说的妞自己送上门来，总得让我们找点儿事干吧。"

朱永义也意识到了这个问题，嘴里喃喃地说道："不应该啊，我给她下的是

第十三章　牺牲

小剂量的药，难道……"

正在朱义寻思着的时候，墙面上的屏幕被打开了几个，有的屏幕上显示的是一个女人在换衣服，还有的屏幕上显示的是一个女人正在做保养。原来，这个监控室里监控了俱乐部里的每一个房间，并且还做了录像。正在三个男人陶醉其中的时候，也不知道是谁触碰了哪个按键，一个屏幕上突然出现了与其他屏幕不相符的画面，一个男人正在一间屋子里查找着什么。

阿龙第一个注意到，大叫了起来："这个人是谁？怎么会有男人出现？"

朱永义也被吓了一跳，他仔细一看，屏幕上出现的房间正是地下室里的其中一间。他的心里突的一惊，但随后又恢复了平静："原来，她还叫来了帮手。"

"帮手？什么意思？"烟囱突然想到了什么，看着朱永义问道，"你说那个女人会自己主动走到地下室去，她为什么会这么做？"

朱永义轻笑了起来："这还难猜吗？你们说能有什么人对俱乐部的地下室感兴趣，又能主动找过来的？"

"警察？"阿龙第一个想到了答案，惊声叫道，"你是说他们是警察？"

朱永义没有回答，脸上的笑容肯定了阿龙的猜测。

"姓朱的，你什么意思啊？你把警察引到这里来，你对得起杜总吗？"成仔焦急地拍案而起，"你这不是要害死我们嘛！"

这三个人当中，也只有阿龙沉稳一些，他看着朱永义："不行，他们两个绝对不能活着离开这里。"

朱永义耸了耸肩，轻松地说道："我无所谓啊，我要的是人，只要人来了就成，其他的你们随便吧。"

朱永义的话音刚落，三个人就冲出了房门。

工作间下面的通道里。曾秀不记得这是今晚第几次打哈欠了，她只是觉得很困，很想睡觉。她用手扶住通道一边的墙，头有些晕，她需要停一停。

曾秀知道自己虽然不是一个标准的夜猫子，但现在凌晨都没到，自己怎么会困成这样呢？这是从来没有过的，是哪里出了问题呢？

对于从事刑警这种职业的人来说，加班加点那是家常便饭，通宵熬夜审案也是常有的，基本上，没过夜里两点曾秀是不会犯困的。可这才刚刚过了晚上10点啊，并且在梦之幻俱乐部里她也是躺在美容床上被别人伺候，疲劳困乏根本找不上她，这里一定有什么隐情。曾秀以她的职业习惯嗅出了不寻常的味道。

曾秀强迫自己清醒起来，只有清醒了才能发挥分析能力。味道？对，没错，就是味道！曾秀马上想到了美容小姐给她上的最后一道精油，那个香味比以前任何一次都要浓很多的精油，这个香味绝不寻常！问题应该是出在香味上，就是导致她困乏的原因。

一定是这样的，整个俱乐部看似和善热情，原来一个个都在算计她，他们这么做是为了什么？如果不是自己提前揭掉了面膜，就那么睡着了，会有什么事发生？

一想到这里，曾秀冒出了冷汗，将要发生什么事她心里明镜似的。她都能想象得到，熟睡无意识中的自己被朱永义，或者孟君，再或者什么人运到俱乐部的地下室，然后就像待宰羔羊一样任由他们屠杀。也许明天的某时某地就会有人发现自己的尸体，身体上某个部位的皮被剥，也许是脸部，也许是胸部，也许是她想象不出的哪个部位。

不对，曾秀觉得这里似乎还存在着问题，她今晚在俱乐部里根本就没有见到过朱永义，他到底有没有来俱乐部她都不得而知。孟君，因为身体不适临时离开了俱乐部，就连小莲也因为有事走了，这三个能左右自己行动的人都不在了，这意味着什么？意味着自己行动的便利，意味着自己可以在俱乐部里随便走动。还有，那个工作间里没有锁着的门，曾秀突然产生了一种请君入瓮的感觉，难道他们知道自己今天会有所行动，在等着自己主动送死？

曾秀来不及验证自己的假设是否成立，因为她又意识到了另一个非常严重的问题，那就是大刘！

大刘现在应该就在俱乐部的密道里，那他的处境非常危险，不行，一定要找到他。

就在曾秀刚想迈出一步的时候，突然眼前一黑，通道里那微弱的灯灭了。

曾秀大气都不敢出，戒备了起来，她不知道这个时候究竟会发生什么。渐渐地，她听到了身后有声响，像是脚步声，正慢慢地向自己靠近。她一动不动地站在那里，尽量不发出任何声音来。她知道，同样在黑暗中，不管来人是谁，对方同样什么也看不到。

靠近自己的脚步声越来越清晰，似乎已经站在了自己的身旁。就在曾秀准备给对方痛击的时候，她的头部突然传来剧烈的疼痛，身子一软，倒了下去……

邓原吃惊地看着眼前的一切，他甚至有些不敢相信自己的眼睛。

第十三章 牺牲

现在，邓原和胡子站在一间普通的平房里，康老板在一旁津津有味地一一展示着他自己认为非凡无比的物品，并给它们统一起了一个名字：宝贝。

库房就位于阳县与A市的交接口处，在几排低矮的小平房中显得是那么平常。其实，邓原他们在来阳县的时候曾经经过这里，看到过这些平房。但邓原怎么也想不到在若干个小时之后他还会再回到这里。更让他想不到的是，就这么一间不起眼的平房里有着让人触目惊心的东西。

那些展现在眼前的物品，包罗万象，什么都有。小到名片夹套、杯垫、钥匙包等，大到绘画挂饰、桌布、灯套等，甚至还有人偶。能叫得上来的是邓原看到过的，还有许许多多没有看过的，就不知道都是些什么了。不过，他所看到的每一个物品都做工精细、精雕细琢，可以说个个都是精品中的精品，绝不亚于那些商场里明码标价的奢侈贵重物品。可是，又有多少人知道这些个精美绝伦的物件都是出自皮，人的皮！

邓原还是第一次知道人的皮肤除了有保护身体的作用外，还能有这么多的用处。同时，在他的心里，制造这些东西的人无比可耻。身体发肤，受之父母，他们有什么权力就这么随意掠夺？简直是罪大恶极！

邓原惊异的表情来源于心中的愤怒，可在康老板看来却是激动与欣喜。他认为邓原一定是看到了心仪的宝贝，或者像那些没见过什么世面的人一样，被眼前的宝贝们所震惊。这是他最乐意见到的。于是，他又忙着摆出更多的宝贝供邓原欣赏，嘴里也不停地说着："这些宝贝主要以收藏为主。您放心，这收藏价值绝对高，个个全都是手工制作，而且这些皮都是经过特殊处理了，耐久且好保存。哟，瞧我这卖弄劲儿的，您是裁缝介绍来的，肯定懂得比我多呢，嘿嘿。"

康老板本以为邓原会附和着自己说，没想到邓原却说道："就这些吗？有没有再特别一些的？"

"特别一些的？"康老板一时有些摸不着头脑，"特别一些的是指什么？难道您觉得这些还不够特别吗？"

邓原一直在心里劝说自己不要发怒，此行的主要目的是为了手上那几个棘手的案子，其他的过不了多久自然有人来收拾。可是到现在他也没有掌握案子的有力证据，那就是那几名女死者身上被剥去的皮，康老板的成人用品店里没有，这里也没有，那究竟会在哪里呢？

如果说罗莎、小芬以及张婷这三个女人都跟梦之幻俱乐部有关系，就算再困难也最终能定了朱永义的罪。可荣静和杨丽丽呢？这两个被夺去脸的女人呢？

一直没有突破口,就像是沉入大海里的两根针一样,再这样下去,恐怕真的是白跑一趟了。邓原不允许这样的事发生,他决定投石问路:"康老板,人都是有脸的。"

"人脸!你难道……"康老板明显被邓原的话吓了一跳,他瞪大了眼睛,惊奇地看着邓原。

"我们老板的爱好特殊,康老板不会是被吓着了吧?"胡子及时插上了话,他明白邓原是怎么想的。可是,看康老板的样子,着实是吓得不轻。在现在所有的一切都还不是特别明朗的时候,他需要辅助邓原,在不惊吓了对方的情况下,还能多套出线索来。

邓原也明白胡子的意思,共同工作多年,早已心照不宣了。他冲康老板笑了笑,说道:"康老板不用这么故意装作大惊小怪吧?久经沙场的老炮手了,怎么会什么都没见过呢?"

被邓原和胡子架得老高的康老板,此时想找台阶下都没有机会了。不过,他姓康的也确实不是吃素的,仅用了几秒钟的苦想后,大彻大悟般地看着邓原,眼睛里都冒出了精光:"我明白你的意思了,你说的是面具,人皮做的面具!"

人皮面具!邓原心里一颤,说真的,他还真没有想到过这个。他能想到的就是跟头部有关的东西,比如,头像。看来多沟通就是能发现新的东西,也许这就是"祸从口出"的意义。面具,以后的侦破思路可以往这上面靠一靠。邓原一边思量着,一边对康老板说道:"是啊,你这里有没有?"

"这个,我这里还真的没有……"康老板回答得有些迟疑,这是他见过的要求最特殊的一个,以前从来没有遇到过。以前到这里来的人,哪个不是见到他展示出来的宝贝后欢喜无比,提出特殊要求的是少数,更何况像邓原提出的这种极其特殊要求的。再有,这是裁缝介绍来的,他不想得罪了,跟客户作对就等于跟钱作对,他是一个生意人,这样做不划算。于是,康老板给自己留了一个回旋的余地:"如果您真的很想要的话,可以定做,我们按照您的要求去制作,包您满意。"

可以定做!这下轮到邓原吃惊了。他是来破案的,别到头来案子没有破,却因为自己的一句话而导致又有一两个人受害,那跟刽子手还有什么区别吗?但话已出口,他现在想反悔也来不及了,只能希望尽快找到证据,定朱永义的罪,尽量减少伤害。邓原依然笑容满面地看着康老板:"好啊!我不着急,只要能让我满意就行。"

第十三章 牺牲

"那您有没有什么具体的描述呢？或者您想要什么样的面具？"康老板再接再厉，这种事情他怎么可能怠慢了呢？

"你们以前有没有人做过面具？或者有没有什么人定做过？"邓原也没有放弃，现在没有不代表以前没有。看到康老板有些皱眉头，会不会是自己问得过于直接了，有些像是在审问了？邓原马上做了进一步的解释，"我的意思是，总得有个样子什么的吧，我好参考一下啊。"

康老板恍然大悟道："这样啊！不过，我这里还真的没有过，真是不好意思啊。要不你大概说说，要男人还是女人的？老的还是少的？"

邓原有些失望，看康老板的样子又不像是在说假话，难道除了这里还有其他的囤货聚点吗？这个得以后慢慢找了，现在他要先把康老板应付过去，难不成他还真要说出要什么样人的脸吗？既然荣静和杨丽丽的线索在这里找不到，那就回到前面的主题，看看能不能找到其他死者的线索。邓原又转脸看向那些"宝贝"："我想裁缝这方面肯定有经验，具体的我跟他说吧，这样也省得你来回传话了。"

"也对，也对！"康老板连声附和着说道，"裁缝在咱们这个圈子里声望极高，我这里绝大多数宝贝，尤其是那些个上成极品，都是裁缝提供的。您要亲自找他定做，错不了的。"

"康老板，裁缝说这里有我想要的东西，可我到现在也没看到一个能入眼的，你可别让我白跑一趟啊。"邓原是想把这里所有的东西都过遍目，他说不上那些死者的皮究竟会被做成什么，但看看总归是没有坏处的，兴许还真的能有所发现呢。

经邓原这么一说，康老板似乎想到了什么。他走到一个柜子前，打开柜门从里面取出一样东西，边打开外面包裹着的包装边对邓原说："这个宝贝在我这里挺长时间的了，裁缝说肯定会有人来拿，可一直没有人来取这个，该不会是你要的东西吧？"

邓原充满好奇地走过去，接过康老板手里的宝贝仔细一看，是个32开见方的"布"，上面是一幅简单的水墨画，并没有什么特别的。可既然是裁缝特意留下的，肯定会有它的特别之处。他端详着水墨画上的每一个细节，看着看着他的眼睛就定格在了一处。那是一朵小花，其中的一个花瓣跟其他的好像有些不太一样，为了看得更清楚，他把宝贝贴近眼睛并用手轻轻地摸了摸，终于发现了不同之处。水墨画应该是文上去的，多少能看出后期添加上去的痕迹，可那个花瓣却像是原原本本就在上面的，而且它的颜色也明显比其他的淡了一些。不知道为什么，邓原总觉得那个拇指般大小的花瓣有文章，他好像意识到了什么，又好像没有，一时看得出了神。

康老板看邓原出神的样子，猜到一定是令他满意的宝贝："怎么样，是您想要的吧？"

邓原决定把这个宝贝领走，他相信自己的直觉，但是他突然又想到了一个老问题，裁缝到底是不是朱永义？之前以朱永义身上的香水味为判断还是有些草率了，天知道这世上究竟有多少男人喜欢喷香水？万一裁缝另有其人，只不过恰巧跟朱永义一样对香水情有独钟呢，所以，必须在名字上得到确认。

邓原装出一副非常满意的样子，哈哈大笑起来："不愧是孝人兄啊，最知道我喜欢什么了，这一定是他特意为我制作的，太好了！康老板，出个价吧。"

康老板此时笑得跟朵花儿似的："哎哟，您跟裁缝的关系这么铁啊，那我哪敢要价啊？裁缝早就交代过了，您以后常来光顾我这里就行了。"

太好了，裁缝就是朱永义，邓原满意地笑了。

邓原一行人离开了康老板的库房后，连夜驱车赶回A市。

邓原一上车就完全沉浸在手中所拿的宝贝当中，根本不顾及车里的另外两个人以及车速。大兵驾驶着车子，时不时地扭头看一看坐在副驾驶上有些神经质的邓原。后座上的胡子索性向前探直了身子，趴在副驾的座椅背上探个脑袋盯着邓原手里拿着的东西，他也想要搞明白，这么一个不起眼的玩意儿怎么能让邓原如此地如痴如醉？

十几分钟过去了，邓原一点儿反应也没有，完全当身旁和身后的两个人不存在。坐在车后的胡子还故意弄出些声响来，可也无济于事，最后他沉不住气了，冲着邓原的后脖子吹了口气，说道："我说邓队，咱别查个案子又添新毛病啊！我真是看不过去了，你瞧你现在这个样子，那痴迷的，该不会是你也好上这口了吧？"

"一边去，别影响我。"邓原还是舍不得把目光从手中的宝贝上移开。

大兵虽然集中精力开车，但不影响说话，他也问道："邓队，独乐乐不如众乐乐啊，别一个人独享，好东西要跟大家分享才对嘛。"

"拉倒吧，什么好东西啊！"胡子嗤之以鼻地哼了一下，"我就真是奇了怪了，你说那库房里有那么多好东西，邓队你怎么就偏偏挑了这么一个玩意儿啊！档次也低点儿了吧，你说说它哪里好了？"

这下邓原有了反应，他把手中的宝贝举了起来以便胡子能够看清楚："我觉

第十三章 牺牲

得这个有问题,在库房里我第一眼见到它就觉得了,可我又说不出是哪里有问题,要不你也看看?"

胡子瞪着眼睛看了半天也没瞧出什么端倪来:"我怎么看不出哪有问题来啊?邓队,你觉得哪里不对劲儿了?一个人的思路有限,说出来让我们帮你想一想。"

邓原腾出一只手,指着那个小花解释道:"就是这里,你看这个花瓣跟其他的不一样,对于整幅画来说也好像有些格格不入。这是裁缝有意留下来的,我想一定有问题。"

胡子从邓原的手里接过宝贝,毕竟现在是晚上,车里的灯光不够足,他需要近距离地仔细看。没一会儿他就点头称道:"还别说,真是有些不一样哎,不仔细看还真看不出来。邓队,真是难为你了,这都能发现了。"

"嘿,别提了,看得我眼睛都疼了。怎样,你有什么发现没有?"邓原边说边揉着眼睛。

胡子一时没有回答,他皱着眉头盯着那个特别的花瓣,还用手摸了摸:"呃,我怎么瞅着这个有点儿像……有点儿像胎记啊?"

"胎记!"开车的大兵惊叫了一声,"你没看错吧?"

"没吧,那,我再看看。"胡子被大兵这么一惊问,搞得也有些含糊了,又盯着看了半天,最终说道,"应该没看错,这真的非常像胎记呢。其实,大部分人都是有胎记的,只是颜色、大小以及所处身上的位置不同罢了。我也有胎记的,跟这个差不多大,在头上,被头发盖住了。"

大兵虽然没有仔细地看过那个宝贝,但刚才扭头瞄邓原的时候多少也看到了些,大概知道什么样,他不禁地感叹道:"这帮人可真行啊,利用胎记作画,真想得出来啊。"

"现在什么人没有啊,啥事都有可能发生,别那么大惊小怪的啊。再说了,现在还不能百分之百确定这个就是胎记呢,不过,我觉得九成九是。邓队,你觉得呢?你觉得这个是不是胎记?"

没有听到邓原的回答,胡子还以为邓原在思考,可等了一会儿还是没有回音,他迟疑地看了看邓原:"邓队?"

"那个是胎记。"

邓原的声音听上去非常地不好,如鲠在喉。大兵扭脸看了眼邓原,发现他的脸色也不好:"邓队,你怎么了?"

邓原深吸了一口气:"如果我没想错的话,这个胎记应该是小芬的,这张人

195

皮也是小芬的。小芬的父亲曾经告诉过我，小芬的腰部有一个拇指大的胎记。"

"不是吧！"胡子差点儿把手里的宝贝给扔出去，刚刚他还在责怪大兵大惊小怪，现在轮他自己不矜持了，"这朱永义也太绝了吧！"

大兵这个时候倒有些镇定了："先别这么早下结论呢！胡子刚才也说了，许多人的身上都有胎记的，也许，这个不一定是小芬的呢。"

"是啊，这个还需要技术部门鉴定后才能确定，我希望是我想错了。"说完邓原沉默了，他真的希望是自己想错了。虽然说与案件打交道，最讲究的就是真凭实据，可同时，他也非常相信自己的直觉，他的直觉极少出过错。

气氛有些沉重了，为了缓解一下，胡子特意跳开了话题："邓队，总的来说咱们这次阳县之行收获颇丰啊！首先，确认了朱永义就是裁缝。其次，他们非法制作、贩卖人皮的证据咱也掌握了，囤货的库房咱也都摸清了。最后，这个玩意儿要是通过技术部门鉴定无误，那等待着咱们的是什么呢？结案呗！"

邓原心里苦笑了起来，是啊，马上能结案了，可案子告捷的结果就是证实了小芬的遇害。即便是早已猜到了会是这样的结果，当事实摆在眼前时，他还是无法面对，他面对不了老房那充满希望的眼神变得暗淡，他面对不了一个父亲的极度悲哀。

"哪用得着那么多啊，前两项就够了！"大兵也附和着胡子说道。

事已至此，再悲哀又有什么用呢？世上十全十美的事情本来就少之又少，更何况小芬的事情似乎早已成定局，相信老房最终能够接受事实。邓原舒了一口气，好在案子能结了，多少是个交代。

大兵斜眼看邓原的面色缓和了些，知道他已经想通了，于是问道："邓队，康老板那边要不要现在就通知阳县警方，把窝点给端了？"

邓原想了一下，说道："先不呢，等朱永义这边的落实了以后再说。反正姓康的证据咱们已经掌握了，跑得了和尚跑不了庙，再说了他也并没有怀疑咱们什么。"

"那咱们这回就是大获全胜了，之前一直被案子牵着鼻子走，这回好了，是咱们出击的时候了，太好了。"大兵有些兴奋，说着还用手狠拍了下方向盘。

"哎，你好好开车啊！赶夜路呢，再高兴也不能把哥几个的命搭上啊。"胡子借机数落大兵，可他自己却收不住嘴了，"还别说啊，我真以为咱们会在阳县蹲几天呢，没想到一天就搞定了。这老天爷也真是帮忙，你们说咋就那么顺呢！刚一查朱永义的底，阳县这边马上就有了线索，那馆长和于四配合得简直没话说，

第十三章 牺牲

最逗的是那康老板，蹦豆似的啥都招呼，真是一气呵成啊。这叫什么？这叫该着案子就让咱们给破了，回头咱们好好臭臭那帮西区警局的人。看到没，他们破不了的案子咱们得手了。"

邓原听着胡子跟大兵调侃，思路也被拉了过去，虽然胡子形容得有些夸张，但总的来说这次阳县之行确实挺顺利。可以说，在他从警这几年的所有暗查中算是最顺利的一次，似乎顺利得有些不可思议了。邓原不禁思索起来，甚至是心里产生了小小的怀疑，人有时候就是这样。要不有一句话说得好，没有吃不了的苦，只有享不了的福。可能是以前查案的过程太过艰辛，这次突然来个顺顺当当的反倒觉得有些不适应了，仿佛没问题也要找出一些问题来。

大兵似乎对胡子的言论有些不满，反驳道："你这可有点儿过分了啊，咱们都是从西区警局出来的，这不是过河拆桥嘛。"

"怎么就过河拆桥了？他们确实技不如人嘛！哎，你这人怎么胳膊肘朝外拐啊？"胡子也不示弱，"咱们这是在帮他们，知道吗？'白菊'至少得给咱们什么嘉奖吧！"

大兵从后视镜里白了眼坐在后面的胡子："你还真好意思说呢，这个案子是人家给咱们的，如果人家要是不告诉咱们，咱们就能摊上这么好的事了？"

邓原正想着要不要也加入到他们的调侃之中，大兵的一句话让他愣住了。

"如果人家要是不告诉咱们，咱们就能摊上这么好的事了？"

"如果人家不告诉咱们……"邓原反复咀嚼着这几个字，终于，他明白自己为什么觉得有问题了，问题就出在这个"告诉"上。这次的暗查之所以能够如此地顺利，就是因为及时得到了被告诉的信息。这些信息的准确性不用怀疑，就目前案件侦破的进展来看，毋庸置疑，一些细节线索也确实是针对案子的，并且也得到了相应的收获。可从另一个角度想，这些被告知的信息的时间顺序就耐人寻味了，为什么偏偏是这个时候呢？或者说，为什么这些线索偏偏在同一个时间里都冒出来了呢？

回想起在阳县调查中的所有细节，邓原惊出一身汗，猛地一拍大腿："都别吵了！"

还在争辩中的胡子和大兵被邓原这么粗鲁地一打断，先是吓了一跳，随后两人异口同声地问道："怎么了？"

"我觉得这里有问题，我们忽略了一些很重要的问题。"邓原自顾自地说着，根本不顾及胡子和大兵那惊异的表情，"我总觉得我们像是被人下了套。首先，

197

那个殡仪馆馆长提供的线索,为什么我们最早查朱永义的时候他不说,我后来再联系他时他才把这么重要的线索告诉咱们?这是为什么?"

"这么一说还真是有问题啊,要说馆长开始忘了,后来又想起来的,这个我认为不成立。朱永义跟阳县那帮倒卖人皮的联系不是一年两年了,要知道早就该知道了,可现在才说……"胡子想了想,"难道这个馆长有问题?他不会也参与其中了吧?现在出了事,为了自保,他就出卖了他们?"

邓原却否定了胡子的观点:"我倒不这么认为,那馆长一看就是个胆小怕事的主儿,如果他要真是参与其中了,当年还开除朱永义干吗?"

"那就是给馆长提供消息的人有问题,那个于四。"大兵有些明白邓原的意思了。

"对,大兵跟我想到一块去了,就是这个于四。现在想想,他的问题还真不少。"邓原边想边继续说道,"还是回到刚刚那个问题,为什么于四现在才把消息透露给馆长?为什么不是当年他被踢出来的时候?当年他恨他们恨得要命,那个时候却偏偏不揭发?这里面意味着什么?"

"可是,无论是当年还是现在,他确实真的提供了很重要的线索啊!我们通过他提供的线索已经得到了证据,这些证据可以说是致命的。"胡子又提出了异议。

"这就是奇怪之处了,我也想不明白。"邓原说着皱了皱眉头,"不过有一点我敢肯定,于四绝对是特意这么做的。你们好好回忆一下他刚见到咱们时的情景,那像是一个小角色该有的表现吗?不是他一直在装,就是有人教他的。"

"哎,还别说啊,邓队,经你这么一说,我还真有这种感觉了。"胡子不是有意奉承邓原,他是认真地回想后得出的结论,"我感觉这个于四就是故意在卖弄,他表面装出怕遭到报复不敢说的样子,可到最后他不但什么都说了,还额外奉送,他这么做的目的就是为了麻痹我们的警惕性。试想一下,如果一开始他很痛快地和盘托出,我们必定会怀疑他的。"

"我们怀疑他什么呢?我们出来查案,最终的目的就是要获取线索,他早早地痛快说和拖泥带水地说出来,对我们来说区别不大啊?"大兵提出了自己的疑问,他也想不明白于四为什么要这么做。

于四的问题一时半会儿是想不通的了,邓原打算先把于四放一放,因为他还有一个问题要说:"还有那个康老板也有异常。虽然于四提供的裁缝的信息帮助我们获得了他的信任,可我怎么觉得他好像知道我们要去找他,或者说,他知道

第十三章 牺牲

最近会有人来找他取货。"

大兵没有参与最后的暗查行动，他没有发言权，可胡子是亲身经历的，他也点头说道："确实整个过程都非常简单，康老板表现得过于轻易相信我们了。毕竟是非法的地下组织啊，怎么能这么懈怠呢？就算我们知道裁缝是谁也不应该啊？邓队，你说会不会是最近确实有一些人要去找他提货，偏巧我们赶在了前面？"

邓原摇了摇头："不像是。那里的情况你也见到了，他们的货物大多是有主顾的，或者是有人定做的。尤其是你手里现在拿的这个，一直没有人来领，咱们一去他都不多问问就拱手相送，连价都没开，就好像这个东西特意是为咱们准备的一样。"

"那个是朱永义留下的，难道是他特意留给咱们的？"

"唉……"邓原重重地叹了口气，"所以，我更加确信这个就是小芬的皮。"

胡子突然觉得自己手里拿着的这个东西，分量很重，重得他呼吸都有些急促了。他定了定神，问道："如果这个真的是小芬的，那其他几个人的呢？难道我们都要这么一个一个地去找吗？"

"不用，只要有一个，这朱永义的罪行就证实了，我一定会想办法让他说出其他几个人的。"邓原斩钉截铁地说道。

"等一等，我突然意识到了一个问题。"后来没怎么说话的大兵突然打断了邓原和胡子的交谈，"按照刚刚分析的，无论是于四也好，还是康老板也好，他们都似乎已经知道了咱们要到阳县来。那么我大胆假设一下，会不会是他们，或者是别的什么人特意引咱们到阳县来呢？"

"他们为什么要这么做呢？出卖自己吗？"邓原还没说话，胡子先叫了起来，"那他们的脑子真是进水了。"

"大兵说的不是没有道理，虽然听起来有些匪夷所思，但我相信这里一定有他们的目的。"邓原觉得自己的脑子有点儿不够用了，他停顿了一下，"也就是说，他们完全掌控了咱们的行动。"

大兵突然想到了什么，大叫了起来："那曾秀和大刘不会有什么危险吧？"

邓原愣住了，这个问题他还真的没有想到，满脑子都是案子，还真忽略了这一点。曾秀装作客人进入梦之幻俱乐部确实存在一定的危险性，可还有大刘在呢。大刘不是个莽撞之人，可话又说回来，大刘一遇到案子就犯"疯"，想法和手段有时还真是出人意料，他们不会出什么问题吧？

就在邓原心里犯嘀咕的时候，胡子倒是没有那么紧张："应该不会吧，咱们三个在明，他们两个在暗啊。咱们在梦之幻俱乐部里亮过身份，他们要是算计咱们那是正常的，可曾秀和大刘没暴露啊。"

"你什么时候变成猪脑了？咱们市局一队就这么几个人，他们要是有意查的话很难吗？"大兵气得直翻白眼。

"打电话，问问他们干什么呢。"邓原有些紧张了。

胡子这下真正意识到了问题的严重性，马上掏出手机拨打了曾秀的号码，可直到提示音出现，曾秀也没有接电话。

"怎么样？"邓原关切地问道。

"没人接电话，已经大夜里的了，她会不会是睡觉了？"胡子回道，紧接着他又在手机里翻找着，"我再给大刘打打试试。"

"咦，大刘怎么关机了？"胡子刚把手机放到耳边就拿了下来，"不对，干咱们这行的是从来都不会关机的，大刘更不会，他们一定是出事了。"

邓原虽然心里也着急，但这个时候他必须冷静："都先别慌，他们那边到底是什么情况，咱们还不知道，大兵……"

"我知道，"大兵腾出左手摇下车窗，把一个小型的警笛按在车顶上，"邓队，梦之幻俱乐部？"

"不，先回局里，还不知道他们现在在什么地方，也许局里能找到线索。"

"都坐稳了。"大兵狠狠一脚踩在了油门上。

从阳县到A市市区大概要3个多小时的车程，夜里车少，再加上警笛的作用下，一路畅通无阻，大兵愣是用了一半的时间就把车子冲进了市局的大院里。3个人快步跑到一队的办公室，灯打开的一瞬间，邓原第一个看到了大刘办公桌上的一张草图纸。

一个箭步冲过去，邓原一把抄起桌上的草图，没看两眼他就把图纸放下："坏了，他们还真去梦之幻俱乐部了。你们看这个图纸，如果我没猜错的话，应该是曾秀画的。这上面标注了可疑点，他们一定是晚上去那里暗查了。"

大兵接过图纸："看这上面的标注，他们应该是从俱乐部内外两路分头进行的。邓队，现在怎么办？"

"什么怎么办？赶紧去找他们啊！"胡子说完就要往外冲。

"等等，别这么轻举妄动。"邓原及时喝住了胡子，"一切情况都还不明，我们三个不能都去。这样，胡子你先留在局里随时听候我的命令，大兵先跟我过去看看。"

第十三章 牺牲

胡子冲着已经奔出去的两个人的背影点了点头，他是多么希望跑出去的这两个人没多久就能够把曾秀和大刘安全地带回来。但往往命运这个东西却偏偏跟你作对，仅一个小时后，他的来电显示上就出现了"邓队"两个字。那一刻，他突然产生了一种极不好的感觉，他甚至已经做好了最坏的思想准备，可当他接听了电话，听到手机里传出邓原的几句话后，他还是惊得晃了下身子。

梦之幻俱乐部，如白天一样热闹，不同的是，并没有楼里映照出的人影绰绰，而是楼的前面及后面围着一群人和车。

蓝色的、红色的灯交替闪烁着，一些穿着制服戴着大壳帽的人下了车，迅速地在俱乐部的前面和后面拉起警戒线，一些不知情况的围观群众议论纷纷。随后，几个穿着白大褂拎着工具箱的人也下了车，他们没有马上进入到俱乐部里，像是在等候命令。

胡子最后一个从警车里走了下来，他愣愣地看着俱乐部，像是在思考着什么，又像是在做着什么思想斗争。最终，他带着法医和警察走进了大门。

穿过俱乐部一层左边复杂的过道，一个大型的画报被揭开了一个大角，里面正对着的一个门大敞摇开着。胡子虽然没有来过这里，但他知道这里应该就是曾秀说的那个隐蔽的工作间。

法医和其他几个警察鱼贯而入，向敞开的门朝着斜下的过道里急急地走去了。胡子慢慢地落在了最后，直到离他最近的一个人拐上了另一条过道，他还是不肯加快步伐。胡子的心底莫名地泛起了一种恐惧感，堂堂一个七尺男儿，一个在刑警队里摸爬滚打多年的探案人员，一个面对任何血腥场面都不会皱眉头的人，今天败了，彻底地败了。

胡子知道自己是败给了心里的那道坎儿，他无法面对自己马上就要看到的人。邓原在电话里只是说大刘出事了，让他马上带法医和鉴定科的人过去。邓原说得非常急，不难听出他的情绪差到了极点。胡子本来打算问明白些，可当他听到"法医"两个字后却张不开口了。

什么人跟法医打交道？死人！可以想象出大刘现在是一个什么样的情况了吧！作为一名刑警来说，自打加入这个与生死打交道的职业后，几乎都已经做好了随时牺牲的准备，但这些置生死于度外的豪情依然安抚不了胡子那颗无法平静的心。

自从接手剥皮案到现在，几名死者惨死时的相貌总是不能从胡子的记忆中抹去，尤其是此时，更是一个劲儿地往他的脑袋里钻。他尽量控制着自己不去想，不去把那些惨死的画面想成是大刘，可再怎么做都无济于事。关心则乱，那个不是素未谋面的路人甲乙，而是与他共同工作战斗的同事，是他一天中比见自己亲人还要多的兄弟，他怎么可能无动于衷呢？

还有曾秀，曾秀现在是什么情况？也跟大刘一样吗？胡子更不敢想象了。

这些揪心的问题困扰着胡子，可再长的路也有走完的时候，再不想面对的也终将要面对，他知道自己已经走到了目的地，真相即将出现在眼前。一直微低着头的胡子一咬牙，终于抬起了头，一眼就看到邓原站在一间屋子的门口，脸色铁青地盯着自己的脚前。朱永义正蹲在那里，嘴角儿有血迹，不知道是出自邓原之手，还是大兵的？他相信如果换作他自己的话，他一定也会这么做的。

邓原听到脚步声，看向胡子，想说些什么，可发现自己张不开口。

胡子看到邓原的双眼红红的，有些湿润，更多的是悲愤和怒火。邓原身后的屋里有人影晃动，不用说，法医已经在里面忙活开了。现场是什么样几乎可以想象得出来，胡子忍不住狠狠地瞪向朱永义，却看到朱永义瞥向自己的轻蔑目光，微微上扬的嘴角带着冷笑。

这是在挑衅吗？胡子无法控制自己，跑上去狠狠地一脚踢在了朱永义的身上，朱永义闷哼了一声。

"胡子，别这样。"邓原制止了胡子，忍着快流出来的眼泪指了指身后，"大刘在里面。"

胡子跨进门里的一瞬间，一口气差点儿没捯上来。尽管他已经做足了心理准备，可还是被眼前触目惊心的景象惊住了。

展现在胡子眼前的就是一个屠场，血腥的，充满了死亡气息。

不大的房间中间有一个手术台，红色的手术台。一个浑身通红的人躺在上面，不，那不应该被称作人，那是一具通红的尸体。没有了皮肤的保护，四肢的肌肉组织暴露无遗，胸腔至下腹的各个部件都突显了出来，红红的一片中还夹杂着些许的其他的颜色。整具尸体死气沉沉的，唯一的声音来自于尸体的下方，囤积在手术台上的血液随着地心的引力，一滴一滴地滑落，汇聚成河。

"滴答——滴答——"的声音，仿佛重锤一样，一下一下地敲打在胡子的心上。

在场的法医停止了动作，自动让到了一边。他们谁都没有说话，心情复杂地看着胡子。他们清楚地知道，此时的胡子比他们当中任何一个都要悲痛万分。

第十三章　牺牲

　　胡子顾不上法医们的同情目光，因为他看到了另一个更让他无法接受的东西，那是一张人皮，从头到脚的一整张人皮，被高高地挂在手术台的右后方。胡子的眼睛模糊了，他看到的是大刘的皮，从背后齐刀剥开平摊开来。如果，手术台上的尸体还能让他心存侥幸的话，那这整张人皮彻底打碎了他心里那一丁点儿的期望。人皮左肩上的那个伤疤，胡子再熟悉不过了，那是曾经在一次抓捕行动中大刘替他挡的一枪造成的。那个曾经救过他性命的兄弟，如今以这样一种形式出现在他的面前，他彻底理解了杨波那时的心情。

　　胡子一秒钟也不想再待在这个房间里，他冲出了屋子，一把提起了朱永义，狠狠地一拳打在了朱永义的身上："浑蛋，我打死你……打死你……"

　　胡子每叫喊一句，朱永义的身上就重重地挨上一拳。邓原上前握住胡子的拳头，使劲地阻挡着："胡子，你冷静一下。"

　　"我冷静不了，我今天要打死他！"胡子挣扎着，手上加大了力道想要摆脱邓原。

　　邓原用力把胡子往自己的身前一拽，顺势把他甩到了一边的墙上，吼道："冷静不了也得冷静！"

　　"邓队……"胡子哽咽了一下，随后就失声痛哭了起来。

　　邓原心软了，刚要准备去安慰一下胡子，就看到大兵从过道的另一头慌慌张张地跑了过来："邓队，我没有找到曾秀啊！这地下的里里外外我都找遍了，就是找不到曾秀。"

　　邓原转身走到朱永义的跟前："告诉我，曾秀在哪儿？"

　　朱永义被打得不轻，喘了又喘："呵呵，我不知道。"

　　邓原伸手卡住了朱永义的脖子，把他推到了墙上："你信不信我现在就能弄死你？"

　　还没等朱永义回答，大兵就扑了过来。他一把推开邓原，双手死死掐住朱永义的脖子："我豁出去了，大不了一命赔一命，看我今天弄不死你的！"

　　朱永义被卡得涨红了脸，半天才挤出一句话来："我真的不知道，我也是在找她。"

　　大兵仿佛没有听到一样，手上的力道越来越重，朱永义的眼睛几乎都快要瞪了出来。

　　刚把胡子拦了下来，邓原又不得不去阻止大兵。可大兵毕竟曾经是名军人，擒拿格斗样样精通，邓原一时还真拿不下他。邓原暂时放弃了，他还有更重要的事要做，找曾秀，曾秀现在还不知下落。邓原扭头冲着胡子叫道："快，快去带人找曾秀！"

胡子还沉浸在悲痛之中，一时没听清楚邓原说了些什么，愣愣地看着邓原。

邓原气得大声怒吼道："还愣着干什么，快带人去找曾秀啊！"

胡子这才猛地惊醒，急急忙忙地找人去了。

看着胡子跑远后，邓原又继续试着阻止大兵。他知道大兵现在已经到了发疯的状态，用武力是制伏不了的，于是他劝说道："你就这么把他弄死了，对得起大刘吗？"

心里的那根儿刺被拨动了，大兵也好，邓原自己也好，就好像被揭掉的伤疤一样疼。除此之外，邓原实在想不出别的什么办法来。好在这一招对大兵还挺管用，掐住朱永义脖子的手松动了些。

脖子得到了缓解，朱永义马上咳了起来，嘴角又喷出了血沫。

邓原赶忙借机继续劝说道："我们还要找曾秀，你与其把所有力气都用在这个肮脏的人身上，不如去把曾秀给我找回来！"

松动的手放开了朱永义的脖子，大兵低下了头，他不想让邓原看到自己含泪的眼睛。

朱永义则一下子瘫软在了地上，一边用手捂着自己的脖子，一边大口大口地呼吸着。

邓原放下心来，拍了拍大兵的肩膀，命令式地说道："去，就算把这个楼拆了也要把曾秀给我找出来！"

"我带人去上面找找。"扔下这句话，大兵走了。

邓原低下头怒目瞪着瘫在地上的朱永义，现在的朱永义就像是一条苟延残喘的狗，可偏偏就是这条狗害死了他最得力的手下。说实话，他真想上去一脚踹死朱永义，可是他不能这么做，他必须得忍。谁都可以冲动，唯独他不能，尽管他比任何人都希望朱永义能马上死去！

邓原怎么也想不明白，朱永义为何如此嚣张？当他带着大兵冲进这个屋子里的时候，朱永义正站在手术台前，晃了晃手里拿着的红色的手术刀，微笑着冲自己和大兵打招呼。当然，朱永义的微笑没保持几秒钟，就被大兵狠狠地掀翻在地。可邓原还是理解不了朱永义的那种从容不迫，在他的印象中现场被抓的凶手还从来没有过这样的。

由于凶犯当场被抓，法医和痕迹检验的工作就轻松多了，留样取证后出报

第十三章 牺牲

告就可以了。很快,他们就抬着大刘出来了。邓原的注意力全在朱永义的身上,这时才发现法医的队伍中没有何老,问了其中一个人道:"何老这次没来吗?"

对方答道:"何老年纪大了,一般不让他盯夜,你放心,何老明天会参与检验的。"

邓原点头示意他们可以离开了,随后一把拉起地上的朱永义,拖着他跟在了法医队伍的后面。

曾秀找到了。

邓原刚把朱永义铐在车里,一个刑警就跑到车前冲着车里的邓原叫道:"找到了,曾秀找到了!"

邓原的心里咯噔一下,他太紧张了,光顾着去阻拦和安慰别人,其实他的心里又能好受到哪里去呢?今天夜里对于他来说绝对是个噩梦,他真是不希望这个噩梦再继续下去。如果,曾秀再出什么状况的话,别说别人了,就连他自己都很难保证不去做什么傻事。邓原转过身看着车外的刑警,声音有些颤抖地问道:"曾秀她?"

"曾秀她没事……"对方的声音有些喜悦,可能是由于奔跑的原因,声音有些断断续续,"她……她只是被打晕了……被塞在了一个柜子里……"

邓原彻底松了一口气,这是今夜唯一的好消息,他甚至差点儿笑了出来:"她在哪里?带我去见她。"

"她不碍事的,伤得不重,"刑警说着向身后指去,"你看,她来了……"

邓原向刑警的身后看去,曾秀被胡子搀扶着正从梦之幻俱乐部的大门走出来,整个人看上去没什么大碍,除了脑袋上包裹着白纱布。邓原赶紧下了车,对刑警说道:"看好他。"

邓原向曾秀他们迎了过去,发现曾秀的眼睛通红,含着泪,他清楚曾秀已经知道了大刘的噩耗。邓原刚要发问,曾秀却先发制人地问道:"大刘在哪儿?我要见他。"

邓原心里一沉:"你最好不要见他。"

曾秀的眼泪夺眶而出:"邓队,你就让我去见他最后一面吧,求你了!"

邓原也有些动容,可是这个时候绝对不能让曾秀看到大刘,她绝对承受不了,而且他也相信大刘也一定不愿意让曾秀看到他那个样子:"大刘他……已经随车走了。"

205

曾秀痛苦地闭上了眼睛，刚才在她的逼问下胡子才说出了大刘的事。她很难想象出一个人被浑身剥了皮会是什么样，现在她的脑子里全是杨丽丽的那个"血球"！

胡子想要安慰一下曾秀，可他发现他根本安慰不了，他都无法安慰自己。一想到大刘，他就不自觉地握紧了拳头。胡子看向邓原："邓队，大兵还在楼里，我去帮帮他。"

胡子说完走了，现在的他只想尽可能地找到所有的证据，不让任何一个罪犯逃脱法律的制裁，也只有这样做才能对得起大刘的牺牲。

邓原扶着曾秀坐在了俱乐部门口的台阶上："曾秀，告诉我到底发生了什么。你们为什么今夜会到这里来？大刘是怎么牺牲的？"

"还记得你上次让我画俱乐部的草图吗……"曾秀控制着自己的情绪，把她和大刘如何根据所画的草图发现了问题，如何计划暗查俱乐部的时间及行动方案，全都告诉了邓原。最后，她又有些哽咽地说道，"我根本没在俱乐部的密道里遇到大刘，我们说好了一前一后两路进行，可我后来跟大刘失去了联系。他没有回我的短信，我只能按照我们原先制定的时间和计划进行。可后来，当我在地下室的密道里意识到问题后，我就被打晕了。"

邓原看了看曾秀头上的伤，一看就知道伤人者并没有想要曾秀的命："知道是什么人干的吗？"

"不知道，过道里的灯被灭了，我什么都看不见。"曾秀摇头说道，然后她仔细地回想了一下，"不过有一点我可以肯定，那个人应该是从工作间里的那个门进来的，而且，他应该是在跟踪我。"

"跟踪你？"邓原皱起了眉头，"难道有人知道你和大刘今夜的行动计划？"

曾秀马上回答道："不可能！行动计划的时间和安排是临时决定的，连你们都不知道，怎么可能会有别人知道呢？真是奇怪了，这个会是谁呢？"

"肯定不会是朱永义，我们找不到你的时候逼问过他，他说他也在找你……"

"绝不会是朱永义的！"曾秀打断了邓原的话，"朱永义在我的面膜里下了药，使我昏晕。他又打开了工作间里的那个门，就是等着我自己主动进去。在药的作用下丧失了反抗能力，我就可以任由他摆布了。他怎么可能把我打晕后塞在美容室的柜子里呢！他只能让法医的车里多一具尸体。"

"你分析得对，看来朱永义早就知道你警察的身份了。就算你们今夜没有行动计划，他都会把你弄到地下密道里去。看来这个朱永义很会演戏啊，之前是

第十三章　牺牲

一点儿都不露。"邓原突然想到了什么，"那这么说来，打晕你的那个人等于是救了你！"

曾秀一愣，确实是这样，只可惜，那个人救了自己却没能救了大刘。悲从心中来，曾秀又流下了眼泪，哭着说："都是我不好，你说我怎么就那么笨呢？我要是早察觉到面膜里有问题，我还能及时通知大刘。邓队，你骂我吧，我要是早点儿跟你汇报行动计划，你应该是反对我们的吧？那大刘也就不会惨死了。"

曾秀越哭越伤心，邓原的心里也非常不好受，他也在想，如果曾秀真的跟自己汇报了，会反对他们的行动计划吗？不会，一定会赞同的。邓原拍了拍曾秀的肩膀："袖子，作为警察发现了疑点去查，是职责所在，你不要有心理负担。"

曾秀哭得更厉害了，邓原有些抓心，正不知道该怎么劝说的时候，胡子跑了出来："邓队，我们找到证据了。在后面垃圾房入口一处我们找到一个金属类的划痕，划痕上有一些金属粉末，应该是兰花胸针上的。这个只要回局里一检验，马上能得出结论，应该错不了。"

"还有吗？"邓原立即问道。

"当然有了，"胡子沉重的表情终于出现了些许的欣喜，"我们在垃圾房入口楼梯的上面找到了更隐蔽的一层，也就是俱乐部一层右边的空间，那里有几间房子，朱永义就住在那里，怪不得在咱们市找不到他的信息。那些房子的其中一间是个监控室，原来俱乐部里的每一处都安装有针孔摄像头，更有监控录像可以查。这下好了，在录像里就可以找到铁证了。"

曾秀因为这一喜讯停止了哭泣，邓原更是马上站了起来："回局里，夜审朱永义！"

第十四章 审问

邓原和几个手下押着朱永义先回市局了，那些找到的证据还需要进一步检验。即便是朱永义当场被抓，在审讯和司法程序上也必须要有确凿的证据。

梦之幻俱乐部里的后续工作就留给了其他人，俱乐部的面积大、房间多，尤其是那个地下屠场，所有的地方，哪怕是犄角旮旯都要照顾到了。还有那众多的工作人员，也都要逐个查问。这绝对是个大工程，至少要折腾一宿。

好在胡子能力足够，接到邓原的电话后，他在很短的时间内把市局里所有能调动的人员全都调了出来，甚至还通过"白菊"从西区分局找来了帮手。

也许梦之幻俱乐部注定了会是"热闹非凡"，但这也是它存在的最后一天。一切工作结束后，它就要隆重谢幕了。作为凶案现场，以及犯罪活动的经营场所，凶犯又是该俱乐部的负责人，梦之幻的最终命运就是被查封。

从阳县带回来的那块人皮和在俱乐部里提取的划痕粉末以及面膜粉都交给鉴定科后，邓原马上致电阳县警方，抓捕康老板以及所有涉嫌人员，并要求他们配合A市这边的调查和取证工作。

阳县警方相当重视，立即连夜派人按照邓原所提供的信息摸了过去，还许诺一旦A市这边有需要，人和物马上送过来。

放下电话后，邓原召集几个手下集中查看那些从梦之幻俱乐部里搜查出来的监控录像。他们没有马上提审朱永义，是因为鉴定科那边需要时间，而朱永义身上的伤也需要处理，更重要的是，他们要找出那个打晕曾秀的人。既然这个人能知道曾秀他们今夜会有行动，跟踪并打晕她，不管他打晕曾秀是有别的什么目的，还是真的为了救曾秀，但有一点是可以肯定的，这个人肯定知道什么。

第十四章 审问

大家都清楚地知道，这么一个有组织的系列连环剥皮案，从选定目标到实施虐杀，再到人皮的制作加工，甚至包括后期人皮制品的出售，那绝不是朱永义一个人就能完成的，一定有涉案人员或者犯罪同伙。而要想揪出这些人，除了朱永义的供词，也就只有靠这些监控录像了。活人是否能配合招供，邓原没有把握，但他可以先从死物上找到线索。

邓原把监控录像大致分为两组，一组是梦之幻俱乐部一层右边那个隐藏着的空间以及地下密室，由胡子和大兵负责。另一组是俱乐部一层的左边以及二层的所有房间，邓原和曾秀主要查看这些。邓原的目的很明确，打晕曾秀的人是从工作间进入密道的，那么，无论是从俱乐部的正门，还是从楼后那个通往二层的楼梯进入俱乐部里，此人都会出现在俱乐部的左边，兴许监控录像里能找出这个人。

可监控录像看了还不到一半，邓原和曾秀就失望了，耐着性子用快进把所有的都看完了后，他们也没在监控录像里找到要找的人。

监控录像里出现的全都是美容室和更衣间，各种各样的客户，而这些人浑然不知自己被摄像，还在自然地摆着各种姿势。

除此之外，监控录像上什么都没有。没有梦之幻俱乐部的大堂，没有过道走廊，甚至连工作间都没有出现过。

曾秀气得捶了下桌子："这姓朱的也太过分了，就一色情狂！"

"哼，这还看不明白吗？朱永义这是在物色猎物。"邓原看着曾秀，问道，"这下知道为什么这些监控录像里没有咱们想要的东西了？"

曾秀若有所思地点点头："我知道了，朱永义监控俱乐部的目的并不是防范，而是要在俱乐部里的客户中寻找符合他要求的目标。他知道自己虽然在客户中八面玲珑，但毕竟一个人的力量有限，不可能对每一个客户都注意到了，所以，他在房间里装了微型摄像头，这样一来他就能及时掌握所有客户的信息。而他只是对皮肤感兴趣，像大堂、过道以及工作间那种看不到实质皮肤的地方就没装摄像头。"

邓原冲曾秀满意地点了点头："是啊，朱永义的目的再明显不过了。"

"那这些监控录像里就找不出打晕我的那个人了。"曾秀有些沮丧了，满心的希望被浇灭了。

"先别灰心，"邓原拍了拍曾秀的肩膀，"毕竟那个人是在地下密道里把你打晕的，看看他们那边有没有什么突破。"

曾秀又重新抱有了希望，她向胡子和大兵看去，却发现他们正紧盯着屏幕，眨都不眨一下眼睛。这有些不合乎寻常了，通常分析案情或各抒己见的时候，大家都会积极地参与进来，刚刚和邓原的这一番讨论没能引起这两个人的注意，那只能说明他们看的东西更吸引人。

带着好奇心，曾秀和邓原走了过去。不看还好，这一看，曾秀差点儿惊叫了出来。

一个赤身裸体的女人被绑在一张手术台上，一个男人背身站在女人的胸旁，俯身正在操作着什么。看不到女人的脸，可男人的背影却能一眼认出，是朱永义。

女人身上的绳子绑得很紧，根本动弹不得，细细的绳子都陷进了肉里，可这仍然阻止不了女人扭动着身体。女人的下体血肉模糊，不断地有血流出，很显然是刚刚遭受过重创。随着朱永义手上的动作，又有许多血自女人的胸部涌出，流到了身下的手术台上。

少顷，朱永义完成了手上的动作，直起身子来，从旁边拿了一块布擦拭手术刀。

女人的上半身出现在视线里的一瞬间，曾秀惊得捂住了自己的嘴。这个女人不是别人，正是罗莎！如果左胸上的那个蝴蝶文身还不足以证明她就是罗莎的话，那个张大了嘴、扭曲得不成样子的脸就绝对能证明一切了。

这样的一张脸，曾秀并不陌生，罗莎死状的照片上就是这样的。

要不是没有打开音响的缘故，曾秀相信自己会听到罗莎的惨嚎。因为，罗莎右胸的上半部分已经被掀开了皮，露出了一片红红的细胞组织。

朱永义似乎找好了下手点，拿着手术刀的右手朝着罗莎右胸的内侧划去……

"我让你们查昨晚的监控录像，你们看这个干什么！"邓原及时地发现了曾秀的不对劲，立马闪到曾秀的身前挡住屏幕，并冲着胡子和大兵两个人喊道。

两个人正看得聚精会神，根本没发现邓原和曾秀已经站在了身后，被邓原这么一叫吓得差点儿跳了起来。

"我们……"大兵有些不明所以，扭头冲着邓原解释道，"我们查的就是昨晚的啊，这个监控录像是我们在梦之幻俱乐部的现场从机子里弄出来的，后面的就应该是昨晚的了。"

"邓队，看到没有，这就是血淋淋的谋杀啊！居然还给录了下来，你说这个朱永义得变态到什么程度了！"胡子看着屏幕叹道。

邓原冲大兵使了个眼色："你们查的这些监控录像里有没有地下过道的？"

大兵这才意识到曾秀的问题，他连忙点了快进："没看到，好像没有走道的，都是房间里的。要不，看看这后面的有没有？"

第十四章 审问

曾秀没有凑上去,她明白邓原在担心自己,就那么站在后面等他们的答案。

快进着观看了一场残酷的胸部剥皮,三个大老爷们儿都有些皱眉头,毕竟都不是学医的,这种类似于活体解剖的行为实在令他们咂舌。好不容易挨过去了,屏幕上又出现了一个房间,没有人,开始还以为是另一间屋子,仔细一看,才知道就是刚刚看的那间,所有的摆设都一样。

为了不错过任何细节,大兵恢复了正常播放。没几秒,门就被推开了,两个弯着身子的男人一前一后走了进来,像是抬着什么东西。由于摄像头主要是对准了屋子中间的手术台,从门里进来的人只能看到上半身。随着两个男人慢慢地向手术台靠近,才看清楚他们抬着的是一个男人。

"是大刘!"胡子和大兵异口同声地喊了出来。

邓原马上低下了身子,凑到屏幕前仔细地看。因为他一直站在后面,看得不太清楚,这一离近了才看得真切,那个被抬着的人果真是大刘。大刘一动不动的,一点儿挣扎都没有,不知道是晕了还是已经遇害了。邓原的心里一阵抽紧。

当两个男人把大刘抬上手术台后,门再次被打开,又走进来两个男人。其中一个是朱永义,另一个不知道是谁,但他正在跟朱永义说着什么,表情很急切的样子。

"打开音响,倒回去,听听他们说什么!"

胡子赶快打开了声音,激烈的争吵声伴随着画面响了起来。

"姓朱的,那个女人呢?我怎么没有找到?"说话的是与朱永义一起进来的男人,"你不是说她会从那边的通道进来吗?那边我都找遍了,连个鬼影都没有!"

朱永义明显地愣了一下,思索了起来,可嘴上却说:"我怎么会知道?"

男人有些急了:"你怎么会不知道呢?你不是给她下了药了吗?怎么可能找不到人?"

朱永义的眼睛瞟向手术台上的大刘,似乎对要找的人已经没有什么兴趣了:"可能是她自己提前发现了,药效不够吧。"

抬大刘上手术台的两个男人走了过去,其中一个额头上有一个长刀疤的男人说道:"可能是她自己逃出去了,也可能是被什么人救走了,这个警察不也是突然出现的嘛!"

站在朱永义身边的男人更急了:"姓朱的,你这不是毁咱们吗?把警察引来了你却一点儿都不着急,你疯了啊?"

朱永义笑了一下,轻描淡写地说道:"都已经这样了,急又有什么用呢?"

"你！"男人的脸色极不好看，"姓朱的，别以为我不知道你是怎么想的。这个俱乐部是你挂的名，你知道自己是难逃死罪了，想临死前拉几个垫背的是吧？你想得美！"

刀疤男说话了："那，那我们赶紧去追她吧？"

"追个啥，你知道她现在逃到哪里去了？上哪儿追去？"朱永义身边的男人狠狠骂道，"姓朱的，大不了我跟你鱼死网破！"

"都别吵了，现在不是吵的时候，都听我说！"站在刀疤男身边的男人吼了起来，"大家都冷静一下，不管那个女人是自己逃出去的还是被别人救了，我们现在的处境很危险，警察随时会把这里包围的，还是先想想这个问题吧！"

除了朱永义依然悠闲自得以外，另外两个男人像是才意识到了这一点，你看看我，我看看你，其中那个站在朱永义身旁的人说道："那我们还是赶紧跑吧！"

"对，咱们得赶快离开这里。"刀疤男说完看了看朱永义，后者则没有任何反应。

三个男人等不及朱永义是否反对，急急地向门外跑去。最后一个跑出屋门的刀疤男冲朱永义喊道："这里就交给你了，别忘了先把那些监控都销毁了！"

朱永义冲三个跑出去的男人点了点头，随后笑了一下，转身朝着手术台走去。他似乎根本不急于去销毁监控录像，倒是手术台上的大刘更吸引他。

邓原死死地盯着屏幕，他的手已经攥紧了拳头。随着朱永义向手术台一步步地逼近，他都能听到自己猛烈的心跳声，他太清楚当朱永义走到手术台后会发生什么。

胡子和大兵也向屏幕前欠了欠身子，他们的表情非常复杂，尤其是大兵，手已经抬了起来，像是要对准屏幕上的朱永义死命地打去。

屏幕上的朱永义已经走到手术台前，他从旁边取过一把手术刀，开始划扯大刘身上的衣服……

三个人全都忽略了身后的曾秀，曾秀自从听到他们喊出"大刘"两个字后，就向旁边挪了下身子，所有的监控内容她都看得一清二楚。现在的她更是紧张得颤抖着身体，她极力地想要控制住自己，可是她根本做不到，呼吸也越来越急促……

"关了它！"邓原突然暴喝一声。

三个人被吓了一跳，曾秀更是倒退了一步。

看到胡子和大兵一时没有反应，邓原粗鲁地直接拔掉了电源插头。他看着一片黑的屏幕，脑子里映的还是刚刚看到的画面："别看了，不要再看了！"

第十四章 审问

"咚！"大兵狠命地一拳捶向了桌子，"朱永义，我真想弄死你！"

曾秀再也承受不住了，捂嘴哭着跑了出去。

胡子刚想起身追过去，邓原一把按住了他："你们两个，把录像里那三个人给我找出来。"

胡子和大兵同时重重地点了点头。

"我不管你们用什么方法，天亮之前我要见到他们！"邓原扔下这句话后就追了出去。

邓原在市局的天台上找到了曾秀，她正蜷坐在石台的一角里，脸埋在膝盖上，身体一抽一抽的。邓原知道她还在为大刘的牺牲而难过，别说是她了，就连邓原自己都在强忍着悲愤。

邓原慢慢地走了过去，坐在了曾秀的旁边。他没有打扰曾秀，他觉得这个时候应该让曾秀好好地哭一哭，宣泄一下。其实他也是想让自己冷静一下，刚才确实有一些冲动，在案子还没有侦破之前，他不能让这种情绪干扰了自己的判断力。

邓原从兜里掏出烟盒，正准备抽出一支烟，一只手就伸了过来。他愣了一下，把抽出来的烟和火机一起递了过去，随后他就在兜里找纸巾，他知道曾秀这一口烟吸下去肯定会呛到。可纸巾还没找到，却看到曾秀很自然地吐出了一口烟雾。

"原来你会抽烟。"

"早就会了，没瘾。"曾秀说话的声音囔囔的，"邓队，我是不是太没出息了？"

"不是，谁也不是石头做的。"邓原摇了摇头，"袖子，想说什么就说，想骂就骂，别憋在心里。放心，我不会告诉他们的。"

让邓原这么一说，曾秀又有些抽泣："我……我就是觉得大刘太冤了，他们根本就是冲着我来的，而我却被救了。大刘完全是因我而死，是我害死他的，我这心里……"

"袖子，你要这么说的话，我更有责任。是我让你混进梦之幻俱乐部里的，是我没有及时考虑到你们的安全，最错的那个是我。"邓原心里也苦，确实是自己忽略了这些而造成了今天的后果，他点了支烟，狠狠地吸了一口。

"邓队，你不用安慰我，其实我心里明白得很，换作是谁，谁都会这么做。我就是过不了我自己这一关，别看我平时跟大刘吵吵闹闹的，我知道大刘是故意招惹我的，他是想逗我开心，让我高兴起来，可他却因为我……"曾秀说着就哽咽了起来。

"袖子，慢慢来，别太勉强自己了。"邓原知道曾秀说的是什么，其实一队里的其他人也都希望曾秀能够快乐起来，只不过大刘付出了实际行动。

"你说，救我的那个人，他怎么不把大刘也救了呢？为什么单单只救我一个人呢？我真宁愿死的那一个人是我！"曾秀已经进入了状态，开始通过语言来发泄情绪了。

邓原继续安慰道："那个人到底是不是救你现在还不能完全确定，你不要再瞎琢磨了。"

"不，我能感觉到，他是在救我。"曾秀把烟掐灭，一副思索的表情，"他是把我打晕，并没有打死，在当时那样的情况下他要是想置我于死地，易如反掌。还有，监控录像咱们也看了，朱永义他们显然对我的失踪也很惊慌。这不是他们的计划范围之内，那就说明打晕我的那个人跟他们不是一伙的，所以，那个人应该是为了救我。"

"可是，如果他要真是救你的话，为什么只是把你放在一个柜子里，而不是把你带离梦之幻俱乐部？离俱乐部越远你才越安全。确实，我们刚刚是看过监控录像，可你更应该知道朱永义他们是打算找你的，因为怕警方马上赶到才放弃了追杀你。试想一下，如果他们真的去找你会怎样？你就在工作间附近房间的柜子里啊。"

"那你说那个人打晕我的目的到底是什么呢？"随着与邓原的讨论，曾秀已经慢慢地止住了眼泪。

"我也想不通啊。"邓原看了一眼曾秀，心里踏实了，他宁愿曾秀跟自己讨论案子，也不愿意她胡思乱想。

"想通了此人的目的，也许就能知道他是谁了。邓队，我试着分析一下，如果有不对的地方你指出来。"看到邓原点头，曾秀继续说道，"换一个角度思考，如果他打晕我的最终目的不是为了救我，那就是为了朱永义他们。他把我藏起来，朱永义他们找不到我，就不会有杀人的罪证。可他没有去大刘那边，要么是他的时间不允许，要么是他根本就不知道大刘也潜入了俱乐部里。这就存在了另外一个问题，一个临时的绝密行动，他不知道大刘的存在，只能说明他是从我这里得知的消息，那他一定就是俱乐部里的人。可能是我忽略了某个环节，而他就是抓住了这个环节才有了把我打晕的一幕。"

"有一定的道理，可是，无论他打不打晕你，朱永义他们也一定会被捕。我们从阳县找到了很有力的证据，只待检验了。"邓原提出了疑问，"所以，如果他是出于帮朱永义的话，多此一举了，不过还好，至少救了你一命。"

第十四章 审问

"我觉得不冲突，这更加说明了这个人就是俱乐部里的，而且跟我有过接触。"曾秀坚持自己的观点，"因为这个人并不知道你们会去阳县查案，更不可能知道你们已经掌握了证据，所以，他认为只要把我藏起来不让朱永义他们找到，就可以帮到朱永义了。邓队，你觉得我分析得对吗？"

邓原点了点头："这也可以解释了他为什么要把你藏在柜子里，他想要帮朱永义他们，可又不想让朱永义他们知道他的身份，所以，打晕你后来不及带你出俱乐部，他也怕朱永义他们随时会追出来，就把你暂时藏在了柜子里。"

"应该是这样的，这个人会是谁呢？在俱乐部里，从我这里探听到了暗查行动、帮朱永义而又不想暴露身份……"曾秀嘴里念叨着。

"是孟君！"曾秀还没念叨完，邓原就给出了答案。

"是她？"曾秀有些吃惊，但随后她就琢磨通了，"是了，孟君是最有可能帮朱永义的一个。在她陷入困境的时候是朱永义帮了她，她完全有理由这么做。而她得知晚上的行动，根本就是我自己说的，我在行动前曾经试探过她，她只要稍微动一下脑子就能明白我的用意。可我却单方面地认为她会是朱永义的帮凶，尽想着赶快实施行动，忽略了她有可能用另一种方式来帮朱永义。"

"我也忽略了一个问题，"邓原说着站了起来，"我们在梦之幻俱乐部里没有见到孟君，而她作为俱乐部的管理人员，也要接受调查的。"

"对，孟君肯定知道什么，"曾秀也跟着站了起来，"俱乐部的员工说她身体不舒服，很早就回家了，我去把她找来。"

"我跟你一起去。"

"不，我一个人去就足够了，你还要对付朱永义呢。"曾秀拒绝了。

"那你找一个人跟你一起去吧，毕竟这些只是咱们的推断。"邓原真不希望自己的组员再有出事的。

"邓队，你不要这么紧张，我相信咱们的推断。放心，我不会出事的。孟君真要想伤害我，我早就不站在这里了。"曾秀冲邓原笑了笑，说完就下楼去了。

邓原返回一队办公室，鉴定科的人已经在那里等他了。正如邓原所料，从阳县带回来的那块人皮经DNA检验，与小芬的一致，兰花胸针上残留的粉末也与从梦之幻俱乐部里提取的面膜粉成分相同，而那些兰花胸针上的划痕及垃圾房入口处提取的金属粉末，经过技术鉴定，证实了是兰花胸针与入口处相互摩擦碰撞所至。

证据确凿，就差审讯定罪了。可邓原一点儿都不兴奋，期盼来的这一天却换来了沉痛的代价，他甚至有些后悔接这些案子了。

怀着无比复杂的心情，邓原与朱永义在审讯室里相对而坐。朱永义表面上已经无大碍，但邓原不想给朱永义落下口实，他不想让这个他恨不得马上掐死的人指着自己的鼻子大骂警察打人。他看了看倚靠在椅子上的朱永义，很严肃地说道："你可以去告我，如果你愿意，会给你一个满意的处理结果。"

朱永义没有想到邓原会以这么一句话为审讯的开场白，愣了愣，随后他就明白邓原在说什么了，轻笑一下："我这不是好好的嘛！"

"如果你的身体还能支撑得下去，那我们就继续？"邓原可不想审讯到一半的时候，朱永义忽然来个昏晕。

"在我的印象中，邓警官是个雷厉风行的人，什么时候也变得婆妈起来了？"朱永义说这话时的表情，像是看到一件非常有趣的事。

邓原没有理会朱永义的这种无理，在他看来完全是死到临头的苦撑。邓原决定来直接的，他先按下录像键，然后拿起小芬那个带有胎记的皮，展示给朱永义看："这个你不陌生吧？"

朱永义只是抬眼皮瞟了一下，马上说道："当然不陌生，我亲手做的，小芬腰部的那个胎记长得很好，像个花瓣似的，我特意利用这一点文上了这幅画，怎么样？还不错吧？"

没想到朱永义这么痛快地就交代了，邓原本以为朱永义会狡辩一番，他甚至想以如何得到这张人皮为由头，逼迫朱永义招认的。不过想一想，朱永义的这种痛快反应也是合理的，否则他也不会那么淡定自若地等着警察来抓他。既然他承认，那就先从几名死者说起，邓原问道："为什么要杀害小芬？"

"小丫头太多事了，天天在俱乐部里查来查去、找来找去。你也知道俱乐部下面那个密道了，这要是让她找到了怎么成？所以，这么个挡脚石，我必须踢掉她！"朱永义说得很轻松，仿佛小芬真跟块石头似的，被他一脚踢离了这个世界。

邓原压着心里的火，继续问道："小芬为什么要查你？你知道她在找什么吗？"

"当然知道了，她在找一个人。"朱永义看向邓原，很认真地说，"她在找一个叫张婷的女人。张婷，你们肯定也已经知道了。不过可惜，无论是小芬还是你们警方，都不可能找到她了，因为我也让她从这个世界上消失了。"

"你为什么要这么做？"

"为什么？"朱永义咧嘴笑了，"邓警官应该已经查我的底了，难道还不知

第十四章 审问

道是为什么吗？"

"你不愿意说是吧，那好，我来替你说。"邓原冷哼了一声，"你对皮肤痴迷，可以说已经到了入魔的地步。你在阳县殡仪馆工作期间，糟蹋侮辱死尸，把尸体上完好部分的皮肤剥下做成各种饰品或者珍藏品，你甚至还参与一个非法组织，贩卖这些人皮制品。可惜好景不长，你的恶行被发现了，算你运气好，只是被开除了事。混不下去的你来到本市后，并没有就此收手，更变本加厉地打起活人的主意来。你利用梦之幻俱乐部之便，在房间里安装微型摄像头，以便你物色挑选皮肤好的女性。一旦被你选中，这些女性就会在某次的护理过程中神秘地失踪，你在她们的面膜里下迷药，或者通过其他的手段使得她们昏迷。趁晚上俱乐部里人少、员工不备之际，通过工作间那个入口把她们暂时藏匿于地下密室里，造成员工以为客户已经走了的假象。等所有人都离开俱乐部后，你就返回地下密室进行你的剥皮屠杀！是这样没错吧？"

"邓警官果然是明察秋毫，分析得太对了，我都怀疑干这些事情的时候你是不是偷偷跟踪我！"朱永义点头称道。

"你剥下这些女性的皮后，同样制作成饰品或者珍藏品运往阳县的窝点，那里专门有人负责出售，甚至还有熟客向你定做。"邓原根据最近所获得的所有线索，逐一还原朱永义的罪行。

"哈哈哈……"朱永义大笑了起来，"要不是我这手被铐着，我一定鼓掌喝彩，邓警官真可谓是神探啊！可惜啊，太晚了，她们都死翘翘了！哎呀，我是谁啊，我是无所不能的裁缝啊！我有精湛的技术，无人能及，有很多客户都是慕名而来，对出自我手的艺术品赞不绝口。慢慢地，他们就向我定做，提出更高的要求，我都能够满足他们。知道他们为什么这么地信任我吗？就因为我是裁缝，在这个圈子里，谁不知道只有我裁缝才能做出举世无双的宝贝，哈哈哈……"

邓原看着朱永义这种沾沾自喜的样子有些哭笑不得，还无所不能呢，要真是无所不能还能让警方抓到？"朱永义，我想，也许你们的非常交易不仅仅只局限于阳县那里吧？在本市也应该有你的窝点。"

朱永义停止了大笑："邓警官，你应该知道的，我来本市的时间并不长，人生地不熟的，我上哪儿找窝点去啊？"

"你不是无所不能吗？你刚刚自己说的，这还能难得倒你吗？无所不能的裁缝！"最后几个字，邓原简直是咬着牙说出来的。

"我说的是我的技术无所不能，没有人能比得了！"朱永义强调道。

217

"朱永义！"邓原猛拍了一下桌子，喝道，"你在梦之幻俱乐部里到底残害了多少人？"

朱永义被邓原的这一突然行为吓了一跳，不过，并没有慌了神，依然笑着说："不多吧，也不少，我不记得了……哦，对了，去看监控录像嘛，我相信你们已经拿到手了，所有的录像我都保留了，上面都有记录，你们一个一个去查好了。"

"我们自然会去查，一个都不会少。"邓原话锋一转，"你知道小芬为什么会怀疑你，怀疑俱乐部吗？"

朱永义像是被问住了，垂下眼皮想了想，说道："让你这么一问，我还真是不知道小芬是怎么发现的。我控制了她以后，她只是大骂我害死了张婷，骂我是凶手。我还真问过她是怎么知道的，可她却死也不肯说，无论我怎么折磨她。所以干脆我就干掉了她。"

"就是这个东西，"邓原拎起装有兰花胸针的证物袋，展示给朱永久义看，"小芬就是因为这个才怀疑张婷出了事，并且与俱乐部有关。"

朱永义抬起眼皮仔细一看，点头说道："原来是它啊，这个张婷简直把它视为宝贝，从不离身，就连在俱乐部里换完衣服，也要把它别在浴衣上，就好像存放在更衣柜里会丢一样。我还真没瞧出它有什么好来，跟我出手的艺术品比起来，差太远了。唉，也该着我倒霉，没想到这么一个不起眼儿的小东西，竟把我给出卖了。不过，这也充分说明，我做事还是不够缜密。"

朱永义完全一副恍然大悟的表情，根本没有追悔莫及、悔恨不堪的意思，甚至还调侃了起来，仿佛他不是一个被审问的罪犯，而是一个参与破案的侦查人员。邓原不禁皱了下眉头，在以往的审讯中，也不乏有一些心理素质好的罪犯，在所犯罪行的细节被警方一一说中的时候，虽然表面上装出什么反应都没有，但也没有一个像朱永义这样轻松调侃的。

邓原不想研究朱永义的心理，他现在要做的就是确定几名受害者被残害的细节，以及有力的罪证："'若要人不知，除非己莫为'的道理你应该知道，其实你已经很小心了，你不光通过微型摄像头挑选合适的猎物，你更通过客户资料在选定的那些人选中筛选出人际关系极其淡薄的人，你不会挑选那些天天与家人相守在一起的客户，这样无疑是等于告诉警方你在犯罪。你所挑选的都是独身，没有亲朋好友，甚至没有父母的人，张婷就是其中之一，对吧？"

朱永义点了点头，面容带有笑意地看着邓原，似乎在鼓励邓原继续说下去。

"你用这种双重保险的办法长期在梦之幻俱乐部里为非作歹，以至于这么长

第十四章 审问

时间也没有被发现。可惜的是，百密一疏，你忽略了重要的两点，就是这致命的两点把你给出卖了。这个兰花胸针只是其一，另一个就是你完全忽略了人与人之间的感情，你没有想到一个有钱的都市女性会与一个不相干的外来打工妹成为朋友，是不是这样？"邓原说完，很认真地看着朱永义。

"的确是这样，有的人表面上跟你称兄道弟，好似一条战线上的伙伴，实则心怀叵测、各有目的。人，说白了都是自私的。"虽然没有直接回答问题，但朱永义用这样一种方式肯定了邓原的推断。

邓原没有工夫与朱永义讨论人生，讨论人性，他继续说道："张婷有随身携带兰花胸针的习惯，你把她弄晕后，在通过工作间那里的密道入口时，不小心让兰花胸针沾上了面膜粉。你在对张婷进行血腥屠杀的时候，血液溅在了兰花胸针的缝隙里，而你将张婷的尸体以及衣物从垃圾房那个出入口运出的时候，又让兰花胸针与出入口那里产生了意外的摩擦，留下了划痕。由于这种摩擦力产生的惯性，致使兰花胸针遗落在了垃圾房外。而小芬就是在垃圾房那里无意中捡到了那枚胸针，通过对胸针上的面膜粉、血迹以及划痕，在俱乐部里工作又熟知环境的她不难猜出张婷已经遭遇不测了。所以，才有了后来的小芬查找，以及你残害小芬的罪行。"

"呵呵，我要知道会这样，一定事先就把那个兰花胸针处理掉。"依然没有任何悔意，朱永义微笑地说道。

"她们的尸体在哪儿？你是怎么处理的？"邓原在想，如果被判了死罪，朱永义是否还能笑得这么开心？

朱永义朝着邓原身前的桌子努了努嘴："那不就是嘛，你第一个拿出来的就是其中之一。"

"跟我绕圈子是吧！"邓原知道朱永义指的是小芬的那块皮，可这不是他想要的答案，"你是不是以为我们找不到死者的尸体，就拿你没办法了？你可别忘了，还有那些监控录像呢，就凭那些录像的内容就能定你的罪，死罪！"

脸上的笑容终于消失了，朱永义耸了耸肩："销尸灭迹了。"

"具体些。"

"难道邓警官不知道这个世上有一种东西叫溶尸水吗？"朱永义撇了撇嘴。

溶尸水，强硝酸与强盐酸的结合体，邓原当然知道，但他怎么也没想到朱永义竟然会用这个。邓原终于明白朱永义为何在说小芬和张婷的时候不是用了"杀死"这个词，而是用了"从世界上消失"，这真是彻底的消失啊，尸骨无存！唯一还留在世上的就是那一身被剥下来的人皮,现在还指不定在什么地方被什么人把玩欣赏着。朱永义啊朱永义,你真是绝到家了!"

邓原马上缓了过来,因为他想到了案子里的另外三名死者:"那为什么罗莎的尸体没有被溶掉?"

"哦,罗莎啊,"朱永义想了一下,"换种方式呗!老玩儿那溶尸水我也腻歪,人不能一辈子总吃一样东西啊是吧,总得换换口味嘛。再说了,罗莎怎么也是我的客户,她全身的整形都是我负责的,算是对她的一种特殊照顾吧。"

"特殊照顾?荣静和杨丽丽呢?她们也被你特殊照顾了?据我所知她们两个好像不是你俱乐部里的客户。"这一点邓原是猜测的,鉴于梦之幻俱乐部客户资料是否真实准确,必须逐一调查清楚才能知道荣静和杨丽丽到底是不是俱乐部里的客户,但接到线索后就马上去了阳县,一直没有腾出工夫来,所以,只能假设她们不是俱乐部的客户,再看朱永义的反应。

"邓警官怎么就那么肯定她们不是呢?难道这么短的时间内邓警官就已经把俱乐部里百来号客户的情况都调查清楚了?"朱永义摇着头说道,否定了邓原的假设。

对此,邓原无话可说,他只能等查清了所有客户的身份,以及那些监控录像后才能知道答案了。于是,他换了个问法:"可我肯定的是,这两个人都没有做过整形,为什么她们享有罗莎般的特殊照顾?"

"没有为什么啊,其实很多事情都很简单,是你们警方把它搞得复杂了。人做事有认真负责的时候,也就有随心所欲的时候。我不喜欢一成不变,偶尔来几个特殊一些的反倒更有意思。"朱永义淡淡地解释道。

"那么,你就把荣静和杨丽丽的特殊性具体地说一下吧。"

"也没什么了,就是我在俱乐部的地下密道里待厌了,想出来玩玩儿,于是,就找了服装厂的仓库和西郊荒地的一处平房。还别说,那里的环境还真不错,没有人打扰我,真是畅快淋漓地享受了一把。"朱永义说完,还特意用表情把享受这两个字好好地表现了一下。

"具体细节!"邓原又拍了桌子,"具体时间、地点还有过程。"

"今年1月9日凌晨,我把荣静弄晕运到第一服装厂的一个库房里,剥了她整个头部的皮,然后弃尸在那里,就这么简单。"朱永义瞟了邓原一眼,有些不情愿地简单地说了这么一句。

这么简单的一句话,看似比邓原刚刚还原朱永义的犯罪过程要精简了太多,

第十四章　审问

却包含了许多的玄机。邓原沉默了，他看着朱永义，脑子里快速闪现出荣静那个少得可怜的案宗。首先一点，根据现场血迹和痕迹判断，第一服装厂的库房不是第一作案现场，荣静是被害后被移尸到那里的，这与朱永义所说的不符，可这种疑问邓原又拿捏不准。他没有去过库房的现场，所有信息都来源于案宗，对于血迹和痕迹没有一个直观上的判断，也许这里存在着某些问题，也许朱永义在行凶后做了手脚，使现场的情况看似不是第一作案现场。

邓原不想怀疑杨波他们的工作能力，可案子未破，参与案件侦破的人员又像没头苍蝇一样乱了阵脚也是事实，这种前后的矛盾使得他不得不讯问具体的细节："库房里什么样？在什么位置？"

"库房里还能什么样啊，当然都是布了！位置嘛，我想想啊，太久远的事了……"朱永义认真地思索了一下，然后说道，"当然在服装厂区的后面了。"

回答得准确，与案宗里记录的一样，可是这些回答又不能完全说明问题。服装厂的库房里存放的是布，这恐怕连几岁的小孩子都知道，而对于大型的厂区来说，库房之类的也都安排在后面，邓原无法做出准确的判断，只得又继续问下一个问题："你是怎么把荣静弄晕的，用的什么？"

"还能有什么啊，无非就是乙醚、三唑仑、迷烟，甚至连安眠药我都用过。"朱永义又摆出一副不屑一顾的样子，"邓警官，别告诉我你不知道这些东西啊！"

"具体是哪一个？"

"邓警官，你这不是为难我嘛，"朱永义的表情又变成了苦脸，"我罪行滔天啊，我都不记得我弄死了多少人，你问我半年多前的事，谁记得住啊？你记得住你半年多前都穿过什么衣服，吃过什么饭吗？"

朱永义在借题发挥，甚至有些耍无赖，可邓原又说不出什么来。他确实想不起来半年多前自己都做过的事情的细节，他只能说出个大概。可这并不能打消邓原的疑问："为什么选择荣静，就因为她是警察的妻子？还是你与杨波有什么恩怨？"

"我不认识杨波，我是想，如果一个警察的妻子被剥了皮，肯定比其他的女人更让人瞩目。"

真是想出名想疯了，邓原换了一个受害者问："说说杨丽丽吧。"

"邓警官似乎对她很感兴趣啊，那监控录像上不都有嘛，何必……"朱永义想到了什么，表情有些鬼魅地看着邓原，"你不会是怀疑我的技术吧？你那个同事最后的样子你也见到了啊，难道还不满足？要不，你再找个人来，我现场给你演示一下我的刀功?"

如果换作别的刑警,肯定马上就炸了,邓原也不例外,居然提起大刘,找死!可他最终忍住了,他突然觉察出了别的东西。朱永义是在故意激怒自己,可他为什么要这么做呢?单图一时口快吗?

邓原觉得这里似乎有问题,要是把审讯分为上下两个半场的话,上半场中朱永义的话虽然也不是很多,小芬和张婷被害的一些细节还是邓原说出来的,但朱永义的态度是嚣张狂妄的,甚至还用调侃的形式主动参与罪行分析,符合他那变态的行为心理。可在下半场中,朱永义的表现就明显有些弱势了,被问及荣静和杨丽丽的案子时,他反应有些不正常,不愿意多说、扯开话题,甚至是口出恶语。既然证据确凿,而朱永义本人又已经认罪了,为何要出现前后不统一的表现呢?

邓原仔细地看着朱永义,后者则是脸上出现了极其微小的变化,那是一种期待的表情,不仔细看还真察觉不出来。朱永义在期待什么呢?期待自己被他刚刚说的话所激怒?期待再被狠揍一顿吗?

这一刻,邓原突然明白了,朱永义这么做是为了审讯快些结束,他在逃避荣静和杨丽丽的案子。这一点想通了,另一个问题又来了,朱永义为什么要逃避呢?他在顾虑什么?荣静的案子,邓原掌握得也不多。但杨丽丽的案子他绝对有发言权,随便问几个细节问题,便能知道朱永义的目的。哼,想躲,偏偏就不让他躲!

邓原换了一种态度,和蔼可亲地看着朱永义,仿佛根本没有听到朱永义刚刚都说了什么:"裁缝的技术还用得着我怀疑吗?我只是想知道像杨丽丽这种居家型的女人是如何入了你的眼的?这似乎与你在俱乐部里所挑选的女人有些不同啊!"

朱永义脸上那不易看出的期待表情没了,他又恢复了淡淡的神态:"我说过了,我不喜欢一成不变。"

邓原没有发问,就那么眼睛不眨一下地看着朱永义。

一分钟过去了,朱永义微低下头,他知道不说出些什么是绝对不可能的:"我把杨丽丽弄晕后运到西郊一户民房里,剥了她整个头部的皮,尸体就留在了现场。"

同样是一句简单的话,比叙述荣静被杀时的还要简单。可这次邓原却笑了,心如明镜,杨丽丽的案子不是朱永义做的,他在袒护某个人,或者某些人。正如大家在看监控录像前分析的那样,这么一个有组织的恶性系列剥皮案,绝不只有

第十四章　审问

朱永义一个人，监控录像上出现的那三个男人，恐怕只是小角色，肯定还有幕后指使者，邓原似乎能猜出这个人是谁。不过，他现在倒是不急于指出这个人来，他先要在案子的细节上打垮朱永义，让朱永义没有任何机会。

邓原微笑了下："你忘了说日期和时间。"

"6月……16号。"朱永义没有抬头，似乎在思考着什么。

6月16号？邓原差点没笑出声来："时间呢？"

"……我不记得了。"半天，朱永义才憋出了这么一句话来。

"又不记得了？看来你的记性还真是差啊。半年多前的事你不记得了，我姑且相信你，可这最近刚刚发生的事你也不记得了？"邓原收起了笑容，正色道，"你说不出具体的时间，就说明这个案子不是你做的，你是在袒护别人对吧？"

"凌晨左右，具体的时间真不记得了，"朱永义抬起了头，"因为当时我很紧张，毕竟不是在熟悉的俱乐部里，我担心随时会被人发现，所以，我根本就没注意过时间。"

凌晨左右！虽然与杨丽丽的被害时间很接近，但这也不能证明朱永义就是凶手。邓原知道朱永义是在强努着，说出这么一个模棱两可的时间来，就是想蒙混过关，看来必须得找个"对号入座"的细节才成："你多高？一米七左右吧？"

"一米七一。"朱永义没明白邓原什么意思，表情奇怪地看着他。

"根据杨丽丽被杀现场勘察，凶手身高在一米八左右，这么大的悬殊就不用我再多说什么了吧？"邓原说完，盯着朱永义。

朱永义仿佛还不死心，继续狡辩道："身高是可以伪装的，我完全可以通过别的方法误导你们。"

"朱永义，如果杨丽丽真是你杀的，你根本就不会说出刚刚那句话来，因为你根本就不知道现场是什么样。"邓原终于在朱永义的脸上看到了懊恼的表情，"你不要再逞强了，这么简单的两个细节你都说不对，就更别说其他的了。其实我知道你在袒护谁，杜宏是吧？"

"杜宏是谁？"朱永义装出一副莫名其妙的样子来，"我不认识这个人。"

朱永义越是这样表现，邓原就越是认定了杜宏肯定也参与其中。白良曾经说过，罗莎是在梦之幻俱乐部里认识杜宏的。在俱乐部那种男人很难进去的地方里，杜宏还能与罗莎结识，只能说明杜宏与俱乐部有着密切的关系。"你不可能不认识杜宏，罗莎不就是在俱乐部里认识的杜宏吗？"

"邓警官真是太逗了，俱乐部里的情况你也亲眼见到过了，除了地下密道，

223

男人是进不去的，可要进了密道，最后出来的都是死人！"朱永义像是抓到了救命稻草一样，脸色缓和了许多，"再说了，罗莎虽然是我们俱乐部的高级会员，但我们没有权力干涉她与什么人交往。而我呢，只关注罗莎那身靓丽的皮囊，至于她都认识些什么人，我是从来不会主动问的，也更没有这个资格，所以，我不知道你说的杜宏是什么人。"

邓原猜到了朱永义会这么说，他想要找到其他的突破口，却发现根本没有有力的证据证明朱永义与杜宏的关系。梦之幻俱乐部的出资人是黄达，白色金杯车的车主是一个叫赵成的人，朱永义更是住在俱乐部里，唯一能跟杜宏扯上关系的罗莎也死了，现在只能寄希望于监控录像上的那三个男人，以及孟君的供词了。

朱永义看到邓原沉默，又恢复了原先的神情："不知道外界对我裁缝会有一个什么样的评价？好期待啊！"

邓原没说话，摔门出了审讯室。

朱永义的态度令邓原恼火，他觉得有一口气憋在胸口，吐不出去。本来他已经慢慢地掌握了主动权，最后却又让朱永义搞得被动了。这次的审讯，邓原感到有些失败。以往的罪犯中也有一些是鸭子嘴，死硬，直到摆在面前的铁证击碎了最后一道防线，才老老实实地交代，可这个朱永义却偏偏死咬着自己就是凶手，还得邓原去找证据证明凶手是别人，世道颠倒了！

邓原回到了一队，意外地看到胡子和大兵押着三个男人，正是监控录像上出现的那三个。三个男人的脸上青一块紫一块的，不用说，是胡子和大兵干的。邓原走上前刚要张口，胡子先说了话："抓他们的时候，他们企图逃跑，就这样了。"

邓原明白胡子的意思了，这样的解释非常好。"还挺顺利啊，我还以为先回来的是曾秀呢。"

"我们带人过去的时候，这三个正好窝在一起，倒是省事了，一窝端。"大兵回答后，又问道，"袖子去哪儿了？"

邓原没有回答，瞟了那三个人一眼："先把他们带审讯室去。"

胡子和大兵知道邓原不想让这三个人听到他们的谈话内容，出去找人把三个人押走后，邓原才说道："袖子'请'孟君去了。"

"她一个人行吗？那孟君也是梦之幻俱乐部的，不会有什么问题吧？"大兵的第一反应跟邓原之前一样，担心再出事。

邓原摇了摇头："应该没事，你们还不知道，打晕袖子的就是孟君。她既然

第十四章 审问

能间接救了袖子，就不会对袖子不利。"

"是孟君？你们没有搞错吧？"胡子听了有些吃惊。

"先不说这个，你们是在哪儿抓到这三个人的？"邓原打断了胡子，他心里想，孟君最终的目的是帮朱永义，所以，要想从孟君的嘴里探听出什么的话估计挺难，还不如先审这三个人。

"罗庄村，真是没想到啊，那里的一个独立小院就是他们的窝点。"胡子的心情看上去不错，"我们冲进去的时候，他们正在销毁证据呢，可惜，还是晚了一步。邓队，这回可是人赃并获啊。"

邓原也露出了笑容："你们怎么找到那里去了？"

"嘿，还是我之前的工作做得好啊！"大兵也受到了鼓舞，有收获就是底气足，"我把这三个人的相貌在咱们公安系统上一传，马上就查出了他们的底。这三个人多少都有些前科，倒不严重，无非就是打架斗殴。可他们涉案的那几起械斗，背景可都跟杜宏有些关系，抢占地盘、经济纠纷等，这些都说明了他们跟杜宏是一伙的，最起码是杜宏的得力手下。"

"太好了，我现在就是不知道如何把杜宏这条线给挖出来，现在有了这三个人就好办了。"邓原频频点头道。

"哼，这回杜宏铁定跑不了了，我们还找到了更有力的证据。"胡子补充道，"那个白色金杯车的车主赵成，就是这三个人中的其中一个，那车可是作案工具啊！还有，我们还在那个小院里找到大量的人皮制品，杜宏这回死定了。"

为了节省时间，胡子和大兵分别进行审讯。邓原没有参与主审，作为旁听者穿插在两个审讯室之间，对于这种小角色不需要他亲自出马。胡子、大兵的能力足够了。关键的是，他还要等曾秀，不知道曾秀那边的情况怎样，需不需要支援。

听完了两轮审讯后，邓原放弃了。虽然只提审了两个人，但他知道那个未被提审的人也不会给出他想要的答案。

他们都跟朱永义一样，对自己所犯的罪行供认不讳，可一问到杜宏却一个字都不露，就连回答都一模一样。他们一口咬定是背着杜宏在外面自谋发展，为了有朝一日能够摆脱杜宏的控制，飞黄腾达。他们供认，是在一个圈子里听说了朱永义以及他那不同于常人的技术，联系到朱永义后一拍即合，租用了罗庄村的一个独立小院作为仓库，更购置了金杯车运送成品的货物。

自从搭上了朱永义后，他们的生意越做越火，在圈子里非常出名，前来订货

225

的人也越来越多，以至于他们货源紧缺。开始，他们的目标只是一些无家可归的流浪者、街头乞讨人员，甚至还花钱购买过尸体，但随着需求量越来越大，特殊要求也越来越高，他们不得不把魔爪伸向那些社会上的普通人群。为此，梦之幻俱乐部孕育而生，只有这种与美容美体相关联的地方，才能寻找到所需的货源。

梦之幻俱乐部的场址是经过他们挑选的，因为前身为酒楼的特殊构造，使得一些空间完全隐秘在一层和地下，这也省了他们很多的麻烦，稍做装修掩饰即可。俱乐部各个房间里的微型摄像头以及隐蔽监控室里的设备，都是为了方便他们在众多女性中挑选适合的货源……

邓原没有听完就离开了，他知道再听下去也不会有什么新的发现。稍微动一下脑子，就能发现他们的供词中有水分，先不说梦之幻俱乐部的注册资金，就光租用罗庄村的小院、购车和俱乐部房租的租金，都不是一个小数目，绝不是这三个小角色所能承担得起的。很显然，他们在保护幕后那个真正的主儿。

还有一点也充分说明了邓原的推断，这三个人因怕警方人员随时赶到而弃作案现场逃跑，一般正常情况下，罪犯在得知自己行径暴露后，会马上逃离市区，甚至逃得越远越好，而这三个人却返回到窝点去销毁货物，无疑就是等着被抓。就算假设朱永义把监控录像销毁了，但从地下密室里的脚印、指纹等痕迹，也足以抓到这三个人，更何况，朱永义根本就没有销毁录像。

那这三个人不逃反倒回到窝点，就耐人寻味了。一定是杜宏说服他们，并开出天价让他们来顶包。而这三个人能乖乖地牺牲自己，也说明他们受制于杜宏，他们清楚地知道如果不这么做的话，他们会死得更惨，甚至包括他们的家人。

邓原有些无奈，看来这条路是走不通了，他郁闷地点了根烟。

烟还没吸几口，突然冒出来的一只手把邓原嘴里叼着的烟夺了去。侧脸一看是曾秀，邓原心里踏实了些，"怎么样？还算顺利吧？"

"很顺利，她就坐在家里等着我呢！"曾秀把烟弄灭，询问般地看着邓原，"看样子你不是很顺利，我都走到你身边了，你也没听出我的脚步声来，朱永义很难缠吗？"

"何止是朱永义啊，"邓原长叹了一口气，"监控录像上的那三个人也极其不配合！"

"邓队，我知道作为警察不能徇私，我对孟君也没有什么好印象，但是……"曾秀有些为难的样子，但还是把话说了出来，"她毕竟间接救了我一命，带她来的一路上我一直都不知道该怎么开口，她也一句话都不说，所以，我希望一会

第十四章 审问

儿……"

"我明白你的意思，我们现在就去见她。"邓原打断了曾秀，他知道曾秀是怎么想的，审讯一个救过命的人，心里多少都会有些不是滋味，所以，这个恶人他来做。

审讯室里的孟君很严肃，看到邓原和曾秀进来后也没有一丁点儿的表情变化，像是一个等待死刑宣判的犯人。这让邓原有些不适应，他很难把坐在眼前的这个人跟之前在梦之幻俱乐部里见到的那个市侩、惺惺作态的人联系到一起。

邓原看着孟君，而后者则盯着面前的地面。半分钟之后，邓原开了口："孟经理，你应该知道我们为什么把你请到这里来。"

孟君没有说话，连眼皮都不抬一下，像是没有听到邓原的话。

邓原有些拿捏不准此时此刻孟君会是怎样一个心思，配合警方？那无疑是在出卖她想要帮助的人。不配合警方？以她在梦之幻俱乐部里的地位，以及她后来的种种表现，都难脱法律的严惩。正是这种矛盾的心理，让人更难琢磨，你不知道对方会把天平倾斜向哪一边，所以，邓原只得先把孟君所涉及的罪行指出来："你作为梦之幻俱乐部的管理人员，对于俱乐部的法人朱永义残害多名女性的罪名有着不可逃避的责任，你有知情不报的罪责，视情节严重程度而定，你极有可能作为从犯受到朱永义一样的法律制裁，你听明白了吗？"

其实邓原是在吓唬孟君。虽然知道孟君极有可能知情不报，但他没有证据来证明，他只能在气势上打垮孟君。可没想到的是，孟君连声说道："我知道，我有罪，我有罪……"

邓原对于孟君的回答有些意外："那，说说你的罪行吧。"

"我，作为俱乐部的管理人员没有及时上报客户的失踪，甚至连员工的失踪也没有上报，我……我有罪。"孟君说这话的时候，眼睛依然盯着面前的地面。

邓原有些失望，这些还用得着她说吗！但同时他又看到了希望，孟君说客户和员工失踪，那说明她真的是知道些什么，由于某种原因，使得她不想，甚至是不敢说出来。也许孟君是有所顾虑，也许她有自己的目的，邓原决定主动出击："你知情不报是为了朱永义吧！"

孟君再次沉默了，算是肯定了邓原的推断。

面对孟君的沉默，邓原似乎有些摸透了眼前的这个女人，沉默并不是代表思考，以拖延时间找出更合理的说辞，孟君的沉默就是一种默认。方向找对了，剩下的事就好解决了："你算得上是一个很讲义气的人，尽管这一点与你的外表并不相符，但你宁愿委屈了自己也要保全朱永义是吧？"

孟君还是沉默。

邓原这次没有理会孟君的沉默，他继续说道："可是你知道吗？朱永义本人并不领你的情。"

孟君不再沉默了，虽然仍然没有说话，但她抬起了头，愣愣地看着邓原，眼神中有疑问。

"我没有骗你，对朱永义的整个审讯我们都有录像。如果你需要的话，我可以拿给你看。"邓原很认真地对孟君说道。

孟君的表情有了变化，有一丝意料之中的味道，又有些疑惑不解，悲伤与矛盾并存。

"我调查过你，知道你过去的事情，"邓原没有具体细说，他不想在这个时候刺激孟君，"朱永义对你有恩，你为了报答他，刻意向警方隐瞒了你所知道的，可后来你发现这样做并没有用，以至于你把曾秀打晕来阻止朱永义继续犯罪，我说的没错吧？"

一直在做记录的曾秀抬起头来，她看着孟君，等待着答案。

孟君也看向曾秀："曾小姐，不对，曾警官，对不起，打晕你实属无奈之举。你跟我闲扯的时候，我就从你的言谈中猜出你是警察的身份，我隐隐觉得你今晚会做什么对朱永义不利的事，所以，我后来又返回了俱乐部里。果然，我看到工作间里的那道门开了，我随手抄了个桶就跟了进去，随后就发现了你。我知道如果你再继续向里走会凶多吉少，可我又不想让你知道是我。我事先看好你的方位，把过道的灯灭了，摸黑跟上去把你打晕的。"

猜测被证实了，曾秀却说不出话来，因为她又想到了大刘。

"你打晕曾秀后，怕朱永义找过来，因为你清楚地知道朱永义的目标就是曾秀，见不到曾秀他会找，而以你一个人的力量又不能把一个昏晕的大活人带出俱乐部去，所以，你只能把曾秀藏在工作间附近的一个柜子里，然后，你再迅速离开。"邓原接着把孟君的话说完。

孟君冲邓原点了点头："我能做的也只有这些了。"

"可是，你知道吗？除了我，还有一个人也潜进了俱乐部，就是从后面那个垃圾房里进去的，他却被朱永义……"曾秀说不下去了，鼻子一酸，眼睛湿了。

"我知道垃圾房，我知道那里……"孟君呆住了，说话有些断断续续，"可我不知道，我真的不知道……你们还有人来，如果我知道的话，我不会，不会……"

第十四章 审问

曾秀努力地睁大眼睛，不让眼泪流出来。对于孟君，她的心情极其复杂，她不知道是该谢谢孟君，还是该怨恨她。

孟君还呆呆地呓语着："我真的不知道，我已经尽力了，怎么还会这样呢？我还能做什么？还能做什么……"

"你现在还能做的，就是把你所有知道的都说出来。"邓原及时抓住了时机，他知道孟君已经在懊悔了，有懊悔就说明她的心还是正的。

"可是，我……"孟君还在犹豫，她知道朱永义这次是在劫难逃，可是如果她再说些什么的话，岂不是在落井下石嘛。

"你要真想帮助朱永义，就说出来，朱永义不但不领你的情，还大包大揽认下所有的罪行，你应该明白我的意思。"邓原抛出了诱饵，他知道孟君心里是向着朱永义的，如果朱永义承担下不是他所做的案子，孟君应该会澄清的。

果然，孟君动摇了："其实我知道的也不多，好多都是我无意中得知的，或者是我暗中偷偷发现的。他，他都承认了什么？"

"远的不说，就说今年的，"邓原还来不及核查所有遇害人员，他只能捡他知道的几个案子来说，"最早的，今年1月，一名叫荣静的女子头部被剥皮。同年4月左右，俱乐部里一名叫张婷的会员失踪，朱永义承认该女性死于他手。5月，俱乐部员工房少芬因张婷的失踪，暗查俱乐部被朱永义发现后，被残害。6月中旬，杨丽丽遇害。两天后，俱乐部高级会员罗莎，同样遇害。"

听完邓原诉说后，孟君又微低下头，皱着眉头，像是在仔细回忆着什么。

邓原偏头侧目仔细观察孟君的表情，他说的这些案子中，有两个不是朱永义做的。如果孟君能够指出来，那说明孟君真的掌握着非常重要的信息，那么，弄不好孟君真的就是朱永义的从犯。如果孟君指不出来，那就说明她只知道极少的信息，对破案没有太大的帮助。

孟君思索着，迟迟不说话。邓原决定推她一把："怎么了？有什么问题吗？"

孟君抬起头，有些怀疑地看着邓原："你说荣静？今年初……还有杨丽丽，这两个，好像……好像不是啊。他，他承认是他害死她们的？"

"是的。"邓原点头说道。面对孟君，他必须装出判定朱永义就是这两个案子的元凶，他要让孟君来反驳自己。如果这个时候透露出他知道不是朱永义做的，那他就又会面临被动的局面，尤其是，现在他还不能确定孟君到底扮演着一个什么样的角色，以及孟君对最终破案能起到多大的作用。

"可是，俱乐部里好像没有这两个会员啊，员工里也没有。"孟君说道。

"你怎么就那么确定她们不是俱乐部里的会员呢？俱乐部的会员资料表我们研究过，里面掺有很大的水分，想必你这个俱乐部的经理应该比我们更清楚。你怎么确定她们不是用假的名字、假的身份成为会员的呢？当然，退一步讲，她们确实不是俱乐部里的会员，但你怎么就确定她们不是朱永义杀害的呢？这两名死者的被害现场都不是在俱乐部里，她们有可能并非通过俱乐部被朱永义盯上，并被残害的。"邓原机关枪似的问出了疑问。

"我敢肯定，这两个人绝对不是俱乐部里的会员。"孟君表情坚定地看着邓原和曾秀，"我也敢肯定，即便是在俱乐部外面，朱永义也不会认识这两个人，更不会去杀了她们。"

"孟经理，你是不是太武断了？"邓原带有怀疑的眼神看着孟君，似乎还透着一丝笑意，"俱乐部里有百来号的会员，每一个会员的真实身份你都核实了？每天盯着俱乐部的生意，空闲了还要去核查会员的身份，你真是精力旺盛啊。"

孟君听出了邓原话中讥讽的味道，但她现在顾不了这些，她必须要帮朱永义撇清这两个根本就不是他害死的人，也许在审判时会对朱永义有帮助："一年前我来俱乐部工作没多久后，就已经发现有些地方不对劲了。可能是我的好奇心重，也可能注定有些事情我是躲不掉的，慢慢地，我发现了朱永义他们的秘密。那个两层的密道，还有前后两个隐蔽的出入口，我曾经偷偷地摸进去过。我没有进入密室，因为我知道每一个房间里都有微型摄像头，但这个并没有阻碍我知道他们在干什么。同时我也发现会员中有极少的几个人从此再也没有来过俱乐部，我暗地里打听过，她们都已经失踪了，却没有人报警。"

"那是因为朱永义挑的都是独身人士，或者说，从这个世上消失了也不会有人去关心的那种人。"邓原接过了话，"你刚才说的朱永义他们，他们都是指谁？"

"除了朱永义，还有三个人，我不知道他们叫什么。有一个好像是司机，每次都开一辆面包车来，还有一个……对了，他的额头上有疤，最后一个就很普通了。"孟君回答道。

"他们有没有跟你透露过什么？"

"没有，他们不知道我在注意他们，当然，也可能像我这种小角色，他们也看不上。"孟君摇头说着，"反正，我只要看到俱乐部外面有面包车开过来，我就知道他们来了。还有几次，我在俱乐部后面的垃圾房门口看到过他们，因为当时我在二层的楼梯上，他们没有看到我。"

"他们不会每次都这么不小心吧？随随便便地就能让别人看到？没有人怀疑

第十四章 审问

过吗？"邓原有些好奇，垃圾房就在员工宿舍的旁边，这么长的时间，除了孟君就没有一个员工对这三个人起疑吗？

孟君摇了摇头："员工是不会怀疑的，毕竟他们开着面包车来，一般都会认为是来送货的。"

邓原明白了，在朱永义的怂恿下，以及孟君的有意隐瞒，那三个人才会如此随意地进出俱乐部。"你不知道他们的名字，这很正常，但他们是干什么的？是什么人？你应该知道吧？"

刚痛快交代了一些情况的孟君，又沉默了，不难看出，她在犹豫，在做思想斗争。

如果孟君说不知道，那绝对是撒谎！一个都已经承认自己好奇心重的人，能不去想办法搞清楚情况吗？有会员失踪了都会暗中查访的人，怎么可能对这三个突然冒出来的人不闻不问呢？

同时，邓原也不得不怀疑孟君刚刚所说的是否存在虚假。在他看来，在审讯过程中，被审讯人只要有一句是在说谎，或者隐瞒，那么，该受审人提供的其他供词都有待考量。

说实话，邓原真不希望这样，要不这一宿真是白忙活了。他深知，杜宏与朱永义之间的关联、杜宏是否参与犯罪，以及杜宏在整个恶性系列犯罪过程中所处的地位是什么，都与那三个男人有分不开的关系。邓原甚至可以想象出，狡猾的杜宏为了保全自己，所有的外联事务都交给了这三个人，他们负责一切事宜，包括与朱永义的合作。一旦警方干涉进来，这三个人首当其冲，挡在了杜宏前面，而杜宏却把自己择得干干净净。

要想打破这种僵局，揪出杜宏这个幕后黑手，就必须有人直接出来指认。可朱永义那"视死如归"般的死硬，还有那三个人统一口径地阻碍，着实让邓原心里不爽。现在，他只能把希望寄托于孟君，哪怕希望渺茫，只要有人能指认出杜宏，其他的都好说。

邓原希望孟君不要让他失望，他在心里祈祷。

"我，我知道……他们是……"邓原在思索，同样，孟君也想了很多，但孟君没有让邓原失望，最终咬牙说了出来，"他们是杜宏的人。"

"你怎么知道他们是杜宏的人？你看到过杜宏跟他们一起来过梦之幻俱乐部？"邓原松了口气，他感谢孟君的坦白。面对杜宏这样的人物，男人都屈从于他，只有孟君一个女流之辈敢站出来，可见她得下了多大的决心啊！

231

"没有，杜宏从来不来俱乐部。"孟君也放松了许多，心里压着的那块石头落了地。以后会怎样？杜宏会不会找自己的麻烦？都一边去吧！

"那你怎么知道他们是杜宏的人？"邓原问道。

"是朱永义告诉我的，我曾经问过他。朱永义对我还算信任，虽然他有时不正面直接回答我的问题，但他会从侧面让我得到我想要知道的。"孟君还特意强调道，"所以，你说的荣静还有杨丽丽不是朱永义杀的，是另有其人。"

"你刚才说得非常肯定，即便是在俱乐部的外面，朱永义也不会认识荣静和杨丽丽，更不会去杀她们。"邓原停顿了一下，看到孟君在点头，他又继续说道，"你并非一天24小时地跟着朱永义，你怎么就那么地肯定呢？"

"因为朱永义根本就住在俱乐部里，没有非要他出面的事情，他一般都待在密室里做他自己的事情。还有一点，"孟君看着邓原的眼睛，很认真地说，"那个荣静我知道，是一个警察的妻子是吧？那个案子轰动一时，尽人皆知。可那不是朱永义的风格，他只是对皮肤有深厚的兴趣，不会只针对头部。更何况，荣静的那个案子在我看来更像是在报复，甚至是泄愤，这也不符合朱永义的风格。"

邓原在心里肯定了孟君的说法："如果不是朱永义做的，那会是谁呢？"

"一定是杜宏他们干的！"孟君说这话的时候语气中充满了愤恨，似乎对朱永义替杜宏顶罪的行为非常不满。

尽管邓原也倾向于荣静和杨丽丽的案子是杜宏所为，但他还是觉得这个结论有些武断，因为没有证据，他必须掌握了铁证才能去拘捕杜宏。于是，邓原决定激孟君一下："可是朱永义已经承认了是他杀害了荣静和杨丽丽，你也没有证据证明杜宏才是真凶。另外，俱乐部外面发生的事情，谁又知道究竟是怎么回事呢？我完全可以认为，你是为了帮助朱永义而嫁祸给杜宏。"

孟君明显有些发怒，脸色很不好看，她愤愤地说："的确，俱乐部外面的事情我不能百分之百地肯定，但罗莎的死一定是杜宏所为。"

孟君的这句话倒是提醒了邓原，罗莎的案子确实也有些与众不同，发生在俱乐部里，却又和荣静与杨丽丽一样保留了尸体。虽然朱永义的解释是，罗莎是他的贵宾，给予了特殊待遇，可要是细究的话，这个解释又有些牵强了。邓原决定听孟君说下去："继续。"

"是杜宏把罗莎介绍到俱乐部来的，他一定一早就计划好要做掉罗莎，他完全就是在利用朱永义。"

邓原想到了监控录像上看到的那一幕，是朱永义操刀剥了罗莎胸部的皮，在

第十四章 审问

这个铁证的面前,朱永义是凶手的罪名逃不掉了,任谁也翻不了供。可要是换个角度想想,孟君说的也有道理,完全可以假设是杜宏指使朱永义残害罗莎的,那杜宏就有了买凶杀人,甚至是从犯的罪名。邓原点了点头,说道:"能说得详细些吗?"

邓原的问话鼓舞了孟君,她像是看到了一丝希望,一股脑儿地把心中所想全说了出来:"我认为罗莎的死不是朱永义所为,而是杜宏。剥皮的事谁都会,一把刀就能解决,不见得所有的案子都是朱永义做的。当然,更重要一点的是,你们不了解朱永义,像罗莎那样的女人根本就入不了他的眼。朱永义对肤质非常地挑剔,讲究纯天然的本色皮肤。罗莎那个是后期加工出来的,在朱永义的眼里那就是两个字:肮脏!以前那几个失踪的会员也没有一个是罗莎这样的。你们说,一个对肤质要求这么严格的人,怎么会去垂青罗莎那样的人呢?更不可能把罗莎当成目标,所以,一定是杜宏害死罗莎的,然后嫁祸给朱永义。"

邓原没有说话,他不能告诉孟君罗莎确实是朱永义杀的,还有那些监控录像。孟君知道俱乐部里的房间里有微型摄像头,却不知道朱永义保存了所有自己犯罪事实的录像,这说明,孟君并没有完全掌握朱永义所有的信息。有一些是朱永义侧面透露给孟君的,还有一些是孟君自己暗中观察到的,然而,更多的是孟君自己凭借所听、所看而推断出来的,虽然没有证据,但可信度也不低。

邓原之所以隐瞒案情,就是要让孟君在不知情的情况下透露更多的信息,至少在杜宏这件事上,孟君先得说服他。

孟君见邓原迟迟没有开口,知道邓原在琢磨自己说的话,她要趁热打铁:"邓警官,请你相信我,罗莎的死一定跟杜宏有关。还有,曾警官也可以证明,朱永义只是对肤质干净的人感兴趣,她第一次来俱乐部的时候,朱永义就已经对曾警官的皮肤着迷了。"

这话曾秀听着特别扭,浑身有种不自在的感觉,不过,孟君说的也确实如此,与朱永义第一次见面,着实让自己受到了惊吓。她冲孟君点了点头,随后问了一个一直想问的问题:"你晚上因身体不适忽然离开俱乐部,是不是故意给我制造机会?还有,小莲是不是也是你支走的?你猜测晚上我可能会有所行动,但你又不确定,可有一点你很清楚,你和小莲都在的情况下我是很难抽身的。所以,你特意给我腾出空间,等你再次返回俱乐部的时候,就可以用你自己的方式来阻止我,是不是这样?"

"不是的,我根本来不及想这么多,我怀疑你以后就第一时间通知了朱永义,对不起。"面对警察，孟君对于自己的这一行为有些愧疚感，"是朱永义让我走了，我跟他费了半天的唇舌，他非但假装什么都听不懂，还说我身体不好，最近几天都不要来俱乐部了。我知道他是为我好，不想让我牵扯进去，可是，他越是这样对我，我就越觉得对不起他。思前想后，我才决定返回俱乐部看看。小莲确实是家里有事，赶巧了。"

曾秀还是希望孟君否定自己的推断的，至少可以说明孟君还算是一个正直的人。她正打算再问些什么，邓原却突然开了口："你是说朱永义已经知道了曾秀晚上可能会暗查的？"

孟君点了点头："我跟他说我怀疑曾小姐的身份，还说曾小姐曾经去过工作间那里，我觉得我说得已经够明显的了，他却偏偏装出一副听不懂的样子。唉，真不知道他到底在想些什么！"

经邓原这么一问，曾秀才意识到了问题的所在。朱永义在面膜里下药就说明他已经把自己当成了目标，从第一天见到朱永义起她就应该能意识到这个，可孟君已经发出了警告，朱永义为什么还要铤而走险呢？难道……

邓原想的却是，曾秀去俱乐部已经不是第一次了，朱永义为什么偏偏在这一次才对曾秀下手？即便是知道警方已经布控暗查了，难道他一早就是这么计划的吗？还有，曾秀并不是人际关系淡薄的那种人，孟君已经间接地告诉了他曾秀就是警察，他为什么还要选择曾秀呢？

邓原忽然想到了从阳县回来的路上，跟胡子还有大兵一起探讨过的，仿佛他们的行动已经被掌握，并给他们撒下了一个无形的网。能想到这一点并不难，难的就是这个网是杜宏布的，还是朱永义布的？他们为什么要这么做？难道就是为了千方百计地出卖他们自己吗？

邓原想不通，他需要好好地梳理一下思绪："你提供的信息，我们会一一核查的，今天就到这儿。"

邓原说完走了，曾秀起身也要离开，却停住了。她看了眼孟君："不管怎样，谢谢你救了我。"

孟君知道审讯到了这个地步，自己不会有什么好结果，但她能做的也只有这些了："对不起，没能救了你的同事。"

一提到大刘，曾秀的鼻子又是一酸，胸腔有一团怒火在烧。她看着孟君的眼神越来越冷，说话的语气也生硬了起来："即便是你救了我，我也不会对你网开一面。你对朱永义所犯罪行的隐瞒就是助纣为虐，知情不报都是便宜你了，你应

第十四章 审问

该是从犯!"

"我知道,我有罪,我真的有罪,"孟君低下头,避过了曾秀那杀人般的眼神,"朱永义在我最困难的时候帮助了我,没有他我可能都活不到今天。人,不都是要讲良心的嘛。"

"良心?"曾秀深吸一口气,以平心中的怒火,"你不配说'良心'这两个字!如果你真有良心,早点儿说出来的话,也不会死这么多人!"

孟君醒悟般地抬起头,却看到曾秀甩门而出的背影。她呆住了,心里悲苦万分。

朱永义、孟君以及那三个男人被分别关在了市局的临时拘留室里,等待着最终的审判。

对于他们这几个人来说,就像是警局里的客人,被接待完毕后就该好好"休息"了,可主人们还有得忙活。邓原汇总了所有的审讯记录,和其他组员开了一个临时会议。会议的重点是下一步的安排,大家一致把矛头指向了杜宏,可在如何对付杜宏的问题上却出现了分歧。

分歧分为两个阵营,第一阵营是大兵和胡子,他们认为现在就可以直接拘捕杜宏。

原因很简单,虽然朱永义和那三个男人始终对杜宏只字不提,但杜宏与死者之一罗莎的不正当关系,却摆脱不了他的嫌疑。尽管杜宏做得非常小心,表面上看不出与梦之幻俱乐部有任何关系,可他犯了一个错误,致命的错误,他千不该万不该把罗莎介绍到俱乐部去,更不该把罗莎作为虐杀对象。一个与他有不正当关系的人被杀了,那么他首当其冲,是要被调查的对象,是嫌疑犯。

再说荣静和杨丽丽的案子,无论是朱永义还是那三个男人,都在案子的细节上出卖了他们自己。朱永义死活咬定这两个案子是他做的,可偏偏在案件的细节上他却说得驴唇不对马嘴。而那三个男人对这两个案子的认知度却仅限于媒体报道,还特意强调如果这两个案子非要扣在俱乐部的头上的话,那也一定是朱永义一个人干的,他们根本不知情。这样一来,这三个男人非但把杜宏撇清开来,还把他们自己也择得很干净。

但是问题也就出在这里,供词前后不统一。他们一方面承认是与朱永义合作经营人皮制品,所有的虐杀活动都以俱乐部为中心,他们也都参与其中。可另一方面又说这两个案子是朱永义独立作案。很明显,他们也不确定这两个案子到底是朱永义干的还是杜宏所为,所以,他们必须把祸水泼到朱永义的身上,以保住杜宏。

通过以上分析，胡子和大兵都认为荣静和杨丽丽是死于杜宏之手，概率已经达到了九成。而他们建议立刻拘捕杜宏的原因是，杜宏极有可能要跑路，或者说杜宏已经在逃往他处的路上了。以杜宏的能力，藏匿于任何一个角落都不是难事，所以，必须先把杜宏扣下。

分歧的另一个阵营，是曾秀。曾秀同意杜宏也参与连环剥皮案的观点，但她不赞同马上抓捕杜宏，因为一切都是大家分析出来的，没有证据。

曾秀没有参与朱永义和那三个男人的审讯，可从邓原他们的简述中，她知道大家并没有掌握有力的证据。在没有证据的情况下前去抓捕，唯一的结果就是羞辱警方自己。还有，在荣静和杨丽丽这两个较特殊的案子上，曾秀也不认为杜宏就是百分之百的凶手。

首先，以杜宏现在的社会地位，不像是一个手持手术刀在夜间行凶杀人的变态杀手。其次，孟君的供词猜测性的东西太多，理由牵强。尽管孟君勇于站出来指证杜宏，可说到底她并没有亲眼见到杜宏行凶，而她一心向着朱永义，在袒护朱永义的一些借口上有些夸大。先不说别的，孟君在辩解朱永义并非杀害荣静和杨丽丽的凶手的理由，就不能让人信服，单单以朱永义住在俱乐部里，极少外出为由这一点，非警务人员都能把孟君反驳倒，更别说是司法审讯了，不会有哪个警察会以这一点来排除朱永义的犯罪嫌疑的。

所以，曾秀的观点是，先找到证据再实施对杜宏的抓捕行动。而且，离朱永义和那三个男人被捕也只过了几个小时，杜宏应该不会这么轻易地就放弃了多年来奋斗出的事业。即便杜宏逃了，也不会逃多远，时间还是有的。

两个阵营各自坚持自己的观点，互不相让。曾秀认为胡子和大兵过于激进，鲁莽行事的后果只能让案件的侦破进入困境。而胡子和大兵则认为曾秀太过死板教条，不懂变通。双方你一言我一语，到最后几乎是面红耳赤地争吵。

邓原没有参与激烈的讨论，处于中立的他认为双方的观点都有道理，所担心的也都是存在的，所以，他保持了沉默。邓原脑子里想的是，找证据固然是必须的，可所抓的四名案犯的供词都没能指出寻找证据的方向，而现有且待核查的罪证又太多，先不说阳县那边，就光俱乐部的百多号会员、窝点里数不清的赃物，以及那成堆的监控录像就要花上几天的时间，这证据怎么找？最关键的是，能不能找到指证杜宏的证据都还是个问题。如果这期间杜宏跑了怎么办？这个责任他负不起。

第十四章 审问

可真要把杜宏强行扣下，以什么样的理由呢？以罗莎与杜宏的不正当关系吗？即便是把杜宏抓来了，能坚持多久？48小时？杜宏是那么好对付的吗？且不说他有多狡猾，就光他的那个老婆就难以应付，如果他们通过各方势力给警局施压，放不放人？

胡子和曾秀他们还在争吵，邓原知道这三个手下并不是有意针对对方，他们都是太急于破案了，急于给死去的大刘一个交代。可他们这样继续下去也不是好的解决办法，邓原咳嗽了一声，打断了他们。

三个人都看向邓原，满脸期待地等着他的下一步指示。

"大家都累了一天一夜了，去休息一下。"邓原简单地说道。

"什么？"

"邓队，你……"三个人都吃惊地张大了嘴，他们实在没想到邓原会说出这么一句来。

"都急什么急，我的话还没说完呢！"邓原停顿了一下，以缓解气氛，"听好了，我只给你们几个小时的休息时间。休息好后，曾秀留下跟我一起处理局里的事务；胡子和大兵全天24小时监控杜宏，一旦发现杜宏有逃跑的迹象，立刻拘捕！"

邓原的话一说完，三个人的脸上都出现了难得的笑容，并异口同声地回道："我不需要休息。"

邓原没有再说话，摆了摆手示意他们下去了。

这是邓原能想到的一个折中的办法，既拖出了时间能够搜集证据，又可以防止杜宏逃到国外去。至于以后，就得看进展得顺不顺利了。

邓原没有去休息，他来到了市局的天台上。现在天已经蒙蒙亮，清新的空气使他暂时摆脱了倦意。他揉了揉太阳穴，尽量使思维清晰一些。自从踏入阳县，直到现在，邓原的大脑时时刻刻都处于高度紧张的状态，每一根神经都绷得紧紧的。他需要放松，需要一个宁静的空间让自己放松下来，否则，神经一定会断的。

可惜，愿望这个词往往都跟事与愿违挂钩的，尽管邓原已经知道了迎接自己的将是沉重烦琐的工作，可他忽略了来自于身边周围的，甚至是外界的各种压力。

曾秀跑到天台上找邓原的时候，邓原一点儿都不奇怪。他知道手下的人是不会去休息的，只要案子不结，一队的人没有一个会停下脚步，他们也不允许自己停下来。

"邓队，市局里所有的领导都到齐了，他们在大会议室里等着咱们呢。"曾秀跑得太急了，额头上挂了汗。

邓原不禁皱起了眉头，难得的片刻宁静又被打破了。其实，他应该能想到的，夜里的围捕惊动了全局，甚至连其他区的分局也调动了起来，局领导们怎么可能不知道？自从接手了案子后，全局上下都十分重视，光案情研讨会就开了许多次，局领导们掌握了案件进展的各个细节，更何况现在又牺牲了一名刑警。如果这个时候领导们再不出面组织工作的话，那才叫不正常。

邓原收拾了一下心情，跟曾秀一起下楼来到了大会议室。

推门进去后，邓原意外地发现，除了市局里的几位领导外，其他各刑侦队的队长及骨干人员也都到齐了。他们个个表情凝重严肃，看到自己进来更投来了关切的目光。

邓原冲大家点了点头，和曾秀找了空位子坐下。

局长发了话："夜里的事情大家都已经知道了，刘向华同志的牺牲，我感到万分悲痛……"

"简直是太猖狂了，竟然动到我们警察的头上来了，灭了他！"

"就是，太残忍了，这个仇一定要报！"

"邓原，你放心，我们都支持你，有什么要求你说吧！"

……

局长的话还没说完，其他几个刑侦队的同志们都纷纷叫了起来，并且一一表了态，绝对全力支持邓原，只要案子有需要，随时调动人力物力。

会议场面有些小波动，对于大家的同情与支持，邓原知道应该说些什么，只是他的心里想着一个人名："刘向华。"这个多年来被他习惯用大刘取代的名字，这个他几乎都快要忘记的大名，将永远刻在他的心里。邓原仔细地看着在场的每一个人，一字一顿地说："大刘，不会白白牺牲的！"

局长示意大家安静下来："凶手一定会严惩的，我不管他是谁，也不管他跟什么人有多硬的关系，绝不姑息！刘向华同志在侦破这个重大、恶性系列剥皮案中的出色表现，以及其英勇的牺牲精神，经市局讨论，将给予记个人二等功荣誉。对于一队全体成员，在案件侦破过程中，根据点滴线索层层剥茧，揪出凶手及其背后一连串涉案人员，虽然案子最终还没有完结，但经查的多数案件已告侦破。我相信，历经一年多之久的重大系列恶性杀人案终将会画上圆满的句号，为此，将给予刑侦一队记集体二等功荣誉。"

邓原有些吃惊地看着局长，案子还没有破就论功行赏，破天荒了。他知道

第十四章 审问

局长是想给一队一个承诺，鼓励一队的人继续把棘手的案结束了，可是，这无形当中也给一队的人带来了巨大的压力，如果案子最终没破怎么办？其他各队的人都在呢，他们会怎么看一队的人？难道局长是有意这么做的？邓原匆匆地扫了眼在场的其他人，他们脸上都是没有异议的表情。他希望是自己想多了，于是他说道："谢谢局长，谢谢所有人的支持，一队会尽最大的努力把案子破了。"

"小邓啊，有什么要求就尽管说出来，大家都是一个局里的，别拘着。"局长看到邓原摇了摇头，继续说道，"没关系，以后你们一队有什么需要随时来找我。案子的进展怎么样了？下一步你们是怎么打算的？"

邓原把阳县之行所获得的收获、梦之幻俱乐部里所发生的一切、所捕罪犯的审讯，以及他们在审讯中所发现的问题和下一步的应对措施，都详细地进行了叙述。尤其在下一步的证据核查上，邓原特意强调了涉及面广，要核实的内容多，是一个大工程。邓原是想给一队争取多一些的时间，阳县那边是什么结果还不知道，杜宏是跑是藏，胡子他们也没有来信，所以，这个时候不能逞强，他可不想局长一时激动，给一队一个最后期限，到那时可就真的不好办了。

局长听完后，马上做出了部署："这个不是问题，从现在起，局里凡是手上没有案子的警务人员，全都加入证据核查的工作中，具体的让小邓给大家分一下工。"

众人纷纷点头，没有人会提出反对意见，这个系列恶性剥皮案备受市局的重视，在全市也非常地出名，更何况是分局结不了转来的大案。如果市局能把这个案子给破了，那全局上下所有人面上都有光。

"我们还面临着另外一个问题，那就是媒体。这次，媒体一定不会放过我们，我今天一到办公室，就接了好几个电话，都是各方面对这个案子的询问，可想而知啊，这么重大的案件怎么能缺了媒体这个角色呢！"局长说完看向了副局，"我们还要做好外联工作，把那些科室人员全都调动起来，严防死守，不能让他们干扰了我们的工作，我们要上下齐心，一定要把这个难啃的案子给它终结了。"

大家又议论了起来，邓原更是心里一沉。他还真是忽略了媒体，可案子走到今天这一步，想捂是捂不住的了。夜里的那一折腾，所涉及的人员，还有那些围观群众，怎么可能瞒得过媒体呢？而在邓原看来，媒体还只是小事一桩，更麻烦的就是社会舆论。到底有多少人被害，现在还没有核查出来，那些受害人的家属会怎样？人们会有怎样的议论？邓原一想到这个就头疼，现在，他只能在心里期盼事件不要发展得太复杂了。

邓原正想着心事，局长又发话问道："小邓啊，咱们局里的人手有限，能安排的我都安排了，暂时给你调不过去人。你看这样好不好，如果有人结束了手头上的工作，你只要张口，我马上给你们一队派人过去，这样可以吧？"

"不用，我们人手够了。"邓原马上回道。邓原说的是真心话，他清楚局里的情况，局长这么安排已经是最大限度地照顾自己了，不能得寸进尺。再者，案子基本上已经到了后期，最复杂的核查工作局长已经安排好了人，一队的人只要一心扑在杜宏以及两个未果的案子上就可以了，还有什么不知足的呢！

"那好，今天就到这儿吧，大家都马上忙活起来，有了情况及时通气。"局长结束了会议。

邓原一回到一队办公室，就吩咐曾秀把所有待核查的进行分类，而他则马上给阳县警方去了电话。

阳县那边动作也很快，所有涉嫌人皮制品交易的人全部都被抓，库房也被查封，但同时他们也提供了一个不太好的消息。经过初步审讯，康老板和所有涉案人员都只承认销售人皮制品，但对于人皮的获取以及制作却都一口否定。他们共同指认是朱永义联系他们，并提供制作好的货品供于交易，他们只是为了钱，其他的一概都不知道。

邓原并没有感到意外，他们本来就是互相利用的关系，不出事的情况下大家都好，一旦出了事就会出卖他人以自保。不过，总的来说还不算太坏，至少康老板他们的罪名是有了，要是跟朱永义对簿公堂的话，或许还能挖出更多的罪行。于是，邓原让阳县警方马上把人和物都转移到A市来，案件彻底由一队来接手。

挂了电话后，邓原又给胡子他们打了电话，他怕刚刚开会的时候，他们有什么事要汇报而找不到自己。好在胡子告诉了邓原一个好消息，杜宏并没有跑，跟没事人一样待在自己的家里。胡子和大兵决定轮流换休，监视杜宏的一切行踪，有任何风吹草动就马上汇报。

邓原心里踏实了些，只要杜宏还在市里，一切就都不是难事，不信找不出他的把柄。邓原告诉胡子，局里已经给一队加派了人手，他们只要看住杜宏这条线，其他的都不要操心。

稳了稳心神，邓原和曾秀马上开始了烦琐的核查工作。不愧是局长发了话，配合核查工作的人员马上都到位了。

邓原把帮手分成了三个组：梦之幻俱乐部所有会员、监控录像、从罗庄村窝点里收集到的和即将从阳县运来的人皮制品。这三个组之间又是相辅相成的关

第十四章 审问

系，每一个组所获得的信息相互之间都要进行验证。其中，负责人皮制品的那组人最多，还要与法医和痕检部门相配合，要在茫茫"皮"海中找出哪一块皮都是哪一个人的。

如此复杂的大工程，进行起来让所有参与者都应接不暇，整个市局陷入了一片混乱之中。

最让邓原头疼的不是局内部的混乱，而是来自于外界的骚扰。正如局长所说，媒体开始了狂轰滥炸，一队办公室里的电话响个不停，全都是各报刊杂志、电台的记者打听案件的，有的甚至还提出要进行案件跟踪专访。邓原开始还耐着性子打发他们，后来烦得不接电话了，直到吵闹的电话声击碎了他最后一丁点儿的忍耐力，索性拔了电话线。

安静了片刻后，手机又响了，邓原有些哭笑不得。再不想接他也拿起了手机，因为一般打他手机的都是局里的人，或者是认识的人。再有，他也不想错过胡子他们的任何消息。

手机屏幕上显示的是"白菊"，愣了两秒钟后，邓原接听了电话。

"邓原，大刘的事我已经听说了，我……"邓原还没来得及说话，"白菊"的声音先传了过来。

"老领导，别说了。"邓原知道"白菊"会说些什么，他刚刚发愣的那两秒也是在考虑到底要不要接这个电话，他不是怕"白菊"，他是怕控制不了自己。

邓原的一句老领导，叫得"白菊"的心里也是一热，说话的声音都有些哽咽："邓原啊，我对不起你们，如果我知道会是这样的一个结果，说什么我也不会把这个案子推给你们。"

邓原的眼睛湿了，他再也控制不了自己了，当人们面临极度悲伤的时候，往往亲友们的一句关心的话，就能刺破心里最柔软的地方。

"白菊"在电话里听到了抽泣声，这是他最不希望的。他不希望自己的关心和问候，反倒让邓原陷入更加悲伤的状态中，他知道不能再给邓原压力了："坚强些，我了解你的，把案子破了证明给我看。"

手机扔在了一旁，邓原呆坐在椅子上。这一天在慌乱中过去了，他不知道明天是否也是这样，他只希望这样的日子早些挨过去。

邓原怎么也没有想到，第二天的情况更糟糕，糟糕到令他几近抓狂。

核查工作不是很顺利，由于不是所有的警务人员都像一队里的人那样详细掌握着案子的细节，在进行信息筛选核对的时候不能马上直奔主题，有的甚至是绕了弯路。可邓原没有时间单给大家开会详解案情，只能跟曾秀边发现问题边做解释，折腾了大半宿后两个人才得空喘口气，休息一下，将就着趴在桌子上闭会儿眼。

沉重的眼皮刚合上没多久，邓原就被外面传进来的喧哗声吵得睁开了双眼。挣扎着直起身子，胳膊和腿都已经麻了，邓原舒展了一下身子，发现窗外的天已经亮了，看来真的是累坏了，明明是睡了两三个小时，却感觉像刚刚休息一样。

外面的喧哗声还在继续着，曾秀也被吵醒了。两个人不知道局里发生了什么，刚准备出去看个究竟，副局就推门走了进来。一屁股坐在椅子上，副局一边擦着脑门上的汗，一边说道："咱市局的门槛都快被踩烂了，唉，这还是事先都想到了，做好了准备呢，还是乱成一锅粥了。"

"到底出什么事了？我们正打算出去看看呢。"邓原关切地问道。

"你们还是别出去了，都是冲着你们一队来的，都是媒体干的好事啊！"副局看向了曾秀，"我说，给咱来杯水吧，我这嘴皮子都快磨破了。"

曾秀赶快去沏茶，邓原则问道："难道媒体记者杀上门来了？昨天他们就吵着要跟踪采访，这不是添乱这是什么？"

"唉，要光是媒体记者倒好办了，料他们也不敢闯进来……"副局接过曾秀递过来的水杯，话还没有说完就猛灌了几大口。

"那，不会是……"邓原没有问下去，他已经隐隐猜到了，如果真是那样的话，事态的发展就真的不好控制了。

副局干掉了一杯子的水后，长出一口气："你也猜到了吧，全是来报案的！这回媒体真是风光了一把啊！你是没看新闻，把梦之幻俱乐部全都曝光了，他们甚至播出一段你们夜里查抄俱乐部的录像……"

邓原暗暗吃惊，居然连夜里扑查梦之幻俱乐部都被拍了下来，媒体竟能如此地神速，连他这个参与案件的当事人都是被动地临时做出扑查的决定。他们是从哪儿得到的消息呢？是有人及时通风报信？还是媒体凑巧赶上了？

邓原不敢妄自推断，这两个都极有可能。自从半年前荣静的剥皮案起，媒体就凭借着那敏锐的嗅觉紧追不舍，有专人盯案子的梢并及时做出报道，不是没有可能。要是有人通知媒体的话，那会是谁呢？警局的内部人员是不会这么做的，现场的围观群众？一般都只是抱有看热闹的心态，在警方控制现场的情况下还会有人八卦到去通知媒体吗？

第十四章 审问

邓原寻思着也许应该去看一下新闻才能做出判断，至少夜里在俱乐部时他没有发现媒体记者的存在，也许他们混迹在围观群众之中，或者在他离开以后。

"报案？都是些什么人啊？据我们调查，那些被朱永义团伙杀害的都是没什么亲友的人。就算有人报案，也早就报了啊！这些人都是从哪儿冒出来的？"在邓原思考之际，曾秀先提出了疑问。

"还不都是看了新闻报道，认为亲友的失踪都跟梦之幻俱乐部有关，也根本不管失踪的人是男是女，是老是少，跟案件到底有没有关系，一门心思地全冲着你们一队来了。"副局一说这个直皱眉头，"你说人家报案，咱们也不能不理啊。我想了一下，也许这些被报失踪的人里面，没准还真有跟俱乐部有关的呢！先安排人做登记调查吧，然后再跟你们的核查综合一下，现在也只能这样了。"

邓原觉得副局说得有道理，核查工作再急，但也要讲究细致，尤其在罪证这方面更是不能有一丁点儿的马虎。这些一窝蜂来报案的人，看似给市局带来了混乱的局面，但从另一个角度想，他们也是在帮助警方破案。从总体时间上讲，朱永义团伙的犯罪不单只在梦之幻俱乐部，早在俱乐部成立前就已经有了，那么这些"皮源"的范围就非常地广了，时间和地域跨度都很大，而他们手里掌握的仅仅是大量没有主的人皮制品。邓原曾一度头疼该如何把这些人皮制品化零为整，找到各自的主人。现在好了，有大批的人来报案，完全可以从被报失踪人反方向来核对那些人皮制品。不管希望大不大，至少可以节省时间、减少工作量。

"可我们的人手哪够啊，能用的全都派上去了，全局的人都在熬夜加班呢。"曾秀没有想到邓原所想的，她所担心的是人员不够会造成延时结案。

"没办法啊，没瞧我都冲上去了嘛。"副局叹道。

"我觉得，这对于咱们来说不见得是一件坏事，我去从核查人员中抽出一部分人来专门负责这一块吧。"邓原说完就要朝门口走去。

"小邓，你等一下，我还有话没说完。"副局马上制止了邓原，放下杯子站了起来，"你别去了，刚才局长找我商量过了，从现在开始，你们一队只负责案子，其他的什么都不管，核查我们会安排人来全权负责。"

曾秀松了一口气，邓原则问道："这样合适吗？没有人比我们一队更了解案子了，核查工作少不了我们的协助的。"

"有什么不合适？媒体在给我们施压，今天是集体报案，明天指不定又会发生什么事。舆论的威力你应该能想到的，现在首要的就是破案、结案。如果我们所有人全都拴在了核查工作上，只能造成案子的拖延，到那时我们就更被动了。"

副局拍了拍邓原的肩膀，语重心长地说，"小邓啊，你的担子非常重啊，剥皮案的侦破就全靠你们一队了。你放心，我和局长会帮你扫清一切障碍，你们必须把这个系列案给我拿下，这是局里给你们下达的命令！"

"我明白了，我们一队一定会全力以赴。"邓原接受了局里的安排。

副局走了，他还有更头疼的事要处理。

邓原看了眼曾秀，一副被解放的表情，可他却一点儿也轻松不起来。破案、结案，谈何容易啊！他宁愿埋身于枯燥的核查工作中，也不愿意与杜宏之辈正面交锋，他不是怕杜宏这个人，他是怕自己没有"底气"！说到底，还是没有证据，现在的他对"证据"这两个字简直是恨之入骨。

可邓原又不得不面对这个问题，他理解局里的苦衷，无论是上到局长，还是下到每一个警务人员，都面临着巨大的舆论压力，案子不完结，谁也不会有好日子过。更何况，他也答应了"白菊"，给西区分局一个交代。邓原感到了自己的周围布满了眼睛，一双双期待的眼睛。

"邓队，我们下面该做什么？"曾秀看着发呆中的邓原，及时地提醒了他。

"看新闻。"邓原不假思索回答道，随后他走到办公桌前打开了电脑。

"你说什么？"曾秀没想到邓原会这么回答，她以为邓原会马上带领她扑向案子，或者去找杜宏的麻烦。但她知道邓原这么做一定有他的道理，于是，跟过去凑到了电脑前。

快速打开网页，随便看了几个大型门户网站，头版头条全都是剥皮案、梦之幻俱乐部、朱永义等字眼儿的报道。报道内容篇幅不算太长，但用词都很夸张，什么剥皮杀手、夜魔使者，就连梦之幻俱乐部都被形容是血腥之城，对于那些受害人，更被说成是以另外一种形式游活于人世间。还有的甚至把剥皮案与一些欧美恐怖片相比较，字里行间都表露出这不是一系列残忍的刑事案件，而是即将要搬上屏幕的惊悚大片。

报道的下面还附有评论，一条条评论不停地顶上来，有大喊刺激过瘾的，有骂警方无能的，甚至还有人在讨论作案的手法，更有一些人发生了口角，在漫骂刷屏。

邓原的肺都快气炸了，他狠捶一下桌子："这都是什么狗屁报道，有这样报道的吗？"

曾秀也看得直皱眉头，她知道，一般刑事案件类的报道都是点到为止，不会叙述太多，尤其像这种涉案人员多、负面影响大的案件，能压就压，更何况案子现在并没有破。可这次媒体却如此失常，别说是邓原了，就连她自己也是非常地恼火。她对邓原劝说道："邓队，你别太生气了，相信副局他们一定会处理好的。"

邓原气得脸色发青，他没有说话，关闭了那些网页后，又打开了A市几个知名的电视台网页。果然，这些电视台的新闻网页里也有对剥皮案的报道，报道的内容虽然中规中矩，并没有夸大其词，可他们优于那些门户网站，拥有了第一手的现场视频报道。

报道页面上方最醒目的地方是一个视频界面，需要点击下载后才能看到，下面倒是几行不多的文字报道。整版报道看着内容不多，但具有视觉冲击效果。处在一个观看者的角度，现场影像的报道绝对比那些文字更吸引人。

邓原点开了视频报道，他要看一看夜里的扑查到底被拍到了什么。

视频画面不是很清晰，还有些晃动，从拍摄的角度上看应该是处在梦之幻俱乐部正面较远的地方，是偷拍。画面很单调，只是对俱乐部正面的特写，可以看到警车和随时走动的警务人员，这也难怪邓原没有在扑查的时候发现有记者存在，他们完全是躲了起来。并且，这些记者们还有足够的耐性等到了最后，因为在视频报道的后面还出现了从俱乐部里抬出的大刘，以及被押上车的朱永义……

"真是难为这帮做记者的了，大夜里的还都加班加点。"曾秀也在视频报道上看到了自己，目标挺大，因为脑袋上包了白纱布。

"你不觉得这里有什么问题吗？"邓原关了所有的页面，他不想再看下去了，他相信副局他们有能力扭转局面。可这次新闻事件的背后似乎存在一些问题，他已经猜到是谁在操纵媒体以给警方施加压力。

"感觉到了，这次媒体似乎有意在针对咱们，是什么样的势力可以做到这一点？"曾秀看着表情复杂的邓原，想了想，"难道……是杜宏！"

"除了他还能有谁呢！"邓原点了点头，继续说道，"刚才副局说的时候我就已经怀疑了。这些报道你也看到了，除了市电视台外，其他的媒体完全不按章法出牌，他们应该知道这么做的后果是什么，所以，他们一定是从别处得到了消息。而以杜宏现在的势力完全可以做到这一点。"

曾秀也频频点头："邓队，你说得没错，也只有杜宏有这样的势力，能在第一时间调动媒体来针对案子。之前的几件命案，媒体似乎并没有兴趣参与进来，偏偏这次查封梦之幻俱乐部时他们竟能马上赶到。我开始还奇怪呢，这媒体的嗅觉也太敏锐了吧？现在想想，一定是杜宏通过那三个男人知道俱乐部出事了，一方面，他找好了替自己顶罪的人；另一方面，他又通过媒体来制造混乱，想用舆论来迫使咱们草率结案，案子一结，他杜宏就万事大吉了！"

"万事大吉？哼！"邓原冷笑了起来，"恐怕杜宏这次是出错招了。"

"邓队，你是想好了对付杜宏的办法了吗？那，我们现在该怎么做呢？"听邓原这么一说，曾秀似乎看到了希望，她期待地看着邓原。

"不，我还没有想好，事情也没想象的这么简单，"没想到邓原却摇了摇头，复杂的神情又回到了脸上，"让我想一想，我总觉得这里面还有事。不知道为什么，我这心里有些担心。"

邓原说完就皱眉思索起来，不顾身旁满肚子疑问的曾秀。

曾秀张了几次嘴，最终没有说话，转身离去了。她不想打扰邓原，既然帮不上忙，那就做些自己能做的，她决定去核查组或者副局那里看看有没有什么需要协助的。

人们常说："福不双降，祸不单行。""好事不出门，坏事传千里"的结果就是让邓原所担心的变成了现实。

邓原其实也不明白自己到底在担心些什么，他总是觉得有些揪心，会有不好的事发生，但到底是什么他却想不出来。可能是来自于直觉，也可能来自于经验，当他看到曾秀再次返回一队办公室时身后跟着的人，他的心沉到了谷底。

邓原知道自己是为何而揪心了，如果说，那些蜂拥而至的报案人邓原可以避而不见，但剥皮案的受害者家属他却非见不可，尤其是来的这个人——小芬的父亲。

邓原知道老房一定是看了新闻得知女儿已经遇害了，尽管这个答案老房应该早已猜到，但事实真的摆在面前时，任谁都无法承受。尤其是小芬死得那么惨，作为一个疼爱女儿的父亲恐怕这辈子都无法过这一关。

这一关，邓原也不好过。

老房比起上一次相见，憔悴了许多，简直就像是变了一个人。也许正是应了那句"一夜白了头"，老房整个人看上去苍老了许多，尤其是那双瞪得老大的眼睛上爬满了血丝，在远处都能看得格外清晰。邓原眼看着老房一步步朝自己走来，却什么话也说不出口，这个时候他真是不知道用什么样的言语能来安慰这个极度悲伤的父亲。

老房的表情越来越扭曲，止不住的泪水连带一些鼻涕划过嘴唇滴到了身上。由于过于激动，他身子不停地颤抖着，走到邓原的面前时更是一把抓住了他的胳膊:"我的小芬没了……小芬没了……"

邓原赶忙扶住老房的身子,他感觉到老房随时都有可能因悲伤过度而晕过去。曾秀也跑过来帮着邓原一起搀扶老房,想把他扶到一旁的椅子上。可腾出手的老房突然挥拳狠狠地打在了邓原的肩膀上,吼道:"为什么不告诉我?为什么不早些告诉我实情?"

这一拳打得邓原很疼,疼的不是身上,而是心里。实情!连他这个旁人都不能接受的实情,更别说是受害人的亲生父亲了。这个实情该怎么说?所谓活要见人,死要见尸,小芬连个完整的尸首都没有,难道要把那张皮拿给老房看吗?无论如何,他都做不到这一点。邓原承认自己表面上一副软硬不吃的样子,其实内心里也有柔软的一面,尤其是面对那些需要帮助的人。其实,他跟杨波一样也很感性,他真不忍心看到老房痛心疾首、悲伤欲绝的样子,他觉得说出实情完全是在看一个顶天立地的男人一点一点地走向绝望!邓原不想自己这么残忍,虽然现实比他想象的更加残忍!

老房还在哭,完全不顾一个男人应有的形象。邓原非常理解老房,他不会怪罪老房那打在自己身上的一拳。男人也是人,也需要宣泄,如果能让老房心里好受一些,他宁愿多挨几下打。

邓原强行把一把鼻涕一把泪的老房架到一边的椅子上,他看着老房认真地说:"请你相信我,我不告诉你也是不想你成为现在这样。"

"邓警官,你就不要再瞒我了,我什么……都知道了,我的小……小芬没了,被害了……"老房一边抽泣一边断断续续地说,"小芬被那个……梦之幻俱乐部害死了,他们……他们剥皮……我的小芬……"

邓原看着老房红着双眼,几近语无伦次地诉说,心里特别不是滋味。他看了一眼身旁的曾秀,眼里也含着泪,想必也在为老房难过。都是媒体干的好事啊!邓原彻底理解了副局的这句话,媒体,一个信息互递的平台,既让人们在生活上依赖于它,又让人们有时候对它痛恨无比。无论邓原在心里把媒体谩骂了多少遍,该面对的现实还是要面对的,他只能对老房安慰道:"有些媒体消息都是失真的,他们为了达到吸引人眼球的目的,会无限夸大夸张的。"

老房抹了把眼泪,情绪稍缓了些,可能他自己也知道打人不对。他抬头看着邓原说道:"邓队长,我知道你瞒着我也是为了我好。可我,可我都已经知道了。他们把人皮剥了做成各种物品,还、还用溶尸水……我家小芬肯定已经……"

一说到女儿,老房刚刚转缓的情绪又激动了起来。而邓原和曾秀却吃惊地互望了一眼，老房是怎么知道这些细节的呢？无论是视频报道还是文字报道，都只是在获得的仅有的那些信息上做文章，比如被抓的朱永义以及之前的几个剥皮案，只要把它们联系起来，随便就能编出一个精彩的故事来。可诸如人皮制品，还有那个溶尸水，连媒体都不可能知道的东西老房是从何而知呢？

邓原低下身子拍了拍老房的肩膀，以示安慰，随后他马上问道："老房，告诉我，这些你都是从哪儿知道的？"

"还能哪儿，新闻报道上呗。"老房抬起头看着邓原，不明白他这么问是什么意思。

"你能说得具体些吗？是哪家的新闻报道？"邓原去过老房那里，由于老房是临时来本市找小芬，居住环境非常简陋，连个电视机都没有，他是在哪儿看到的新闻报道呢？

"我……我也不知道是哪家的。"老房看着一脸紧张的邓原，一时有些无措，"就是在网上看到的。我跟你说过的，房东对我很是照顾，也在帮我打听小芬的消息。昨晚，房东突然找到我，说在网上的什么论坛上看到了一些新闻，跟小芬工作过的梦之幻俱乐部有关，我这一看才知道……"

老房后面的话邓原没有听完，他直起身子狠踢了一脚桌子腿，该死，怎么没有想到论坛！怪不得总觉得还有什么事，原来是这个，媒体再夸张也会有一个度，要是论坛的话可就真的不好说了。邓原感到很懊恼，怎么自己没多长一个脑袋出来！

"是什么网？你还记得吗？你帮我把它们找出来好不好？"曾秀递给了老房一张面巾纸后，就跑到了电脑前。

"曾秀！"邓原赶快喊住了她，并冲她摇了摇头，那意思是说，别找了，网上的东西不难查，这个时候不能再刺激老房了。

曾秀马上心领神会，可问出去的话又没法收回。正尴尬之际，老房突然站了起来："我帮你们找，只要能让凶手绳之以法，只要能给我的小芬报仇，我什么都愿意做。"

邓原苦了脸，真是担心什么，什么就偏偏要发生。他无法跟老房说凶手现在还伏不了法，因为案子还不能结。对于一个爱女心切的父亲来说，再理性的人也无法理解这一点。

邓原阻止不了他们，把身子转向了一边，任由曾秀在老房的帮助下搜索关键词查找所需信息。不一会儿，曾秀就发出了惊叹："天啊，怎么这么多？搜索

第十四章 审问

的结果居然有几百万条!"

"就是这些,内容大致都差不多,快看看对你们有没有什么帮助。"老房化悲愤为希望,他瞪眼盯着电脑屏幕上那一条一条的内容,像是看到了自己亲自手刃凶手,眼睛里都能喷出火来。

邓原没有凑过去看,他大致能猜到内容会是些什么,他也知道这一定是杜宏的手笔。除了警方,所有知道案子细节的人都已经被捕,只有杜宏还逍遥法外,找网络推手进一步制造舆论压力。"哼,姓杜的,你以为只有你会玩儿阴的吗?"

"邓队,你快过来看看,这些内容也太……"曾秀说不下去了,一是因为被所看的内容所震惊,尤其是在活体剥皮和加工制作人皮的描写上,简直是出神入化,仿佛笔者亲眼看到了一般。二是她发现老房的情绪又有些激动了,甚至是感觉到了杀意。

曾秀放弃了电脑,转而去安慰老房。可老房刚刚燃起的怒火哪有那么容易熄灭,他咬牙切齿地吼道:"他们就是这样对我的小芬的,我要杀了他们,杀了他们,他们都该死!"

邓原听了不对劲,赶快转过身来扶住激动万分的老房:"他们会得到应有的惩罚的,老房,你不要这样。"

"是啊,我们不会放过任何一个有罪之人的,你别太激动了。"曾秀也跟着劝着。

老房听邓原和曾秀这么一说,像是看到了审判的那一天,他用期待的眼神看着邓原:"好,我不激动,那你们马上给他们判刑。死罪,他们是死罪!"

邓原不想欺骗老房,期望越高,往往失望就越大,他不想图一时解脱,而去伤害这颗不能再被伤害的心。他很认真地对老房说:"案子正处在取证阶段,即便是走上了司法程序,也是需要一定的时间的。老房,他们一定会罪有应得的,你要相信我。"

老房理解邓原,他也相信邓原绝不会食言,但一想到女儿的惨死,他的心就像是被刀扎一样。他含泪看着邓原:"小芬是我唯一的亲人了,而我连她最后一面都见不着,尸骨无存啊!邓队长,你能理解我的心情吗?"

怎么可能不理解呢?邓原的心也被狠狠地抓了一下,一时间,他不知道该怎么安慰老房好。

曾秀看出了邓原的为难之色,她接过话头与老房攀谈起来,一方面,她尽自己的可能去安慰老房;另一方面,也在给邓原争取思考的时间。

249

第十五章 背叛

邓原因为老房的话受到了震撼，他不是对杜宏完全没有办法。可他一直在犹豫到底要不要这么做，到底要不要去冒险。

可以说是老房让邓原打消了所有的顾虑，他可以容忍杜宏利用媒体来给警方制造混乱，但他无法容忍杜宏在网络上大肆透露案子的细节，以利用受害人家属的悲愤之情来给警方施压，尤其是看到老房那悲伤无助的样子，邓原的牙咬得紧紧的："想草结案子？姓杜的，你的如意算盘打错了！"

邓原决定以自己的方式来直面杜宏："曾秀，通知网监部门，让他们……"

"我知道，让他们封杀这些不良信息，查找散布者。"曾秀抢过了邓原的话，论坛上的内容她实在是看不下去了，恨不得它们立刻从眼前消失。

"不，让他们跟进所有涉及剥皮案的内容，散出杜宏因涉嫌参与剥皮案并组织贩卖人皮制品，已被警方拘捕的消息。"邓原看着一脸惊异表情的曾秀，继续说道，"让他们无论如何把这个消息在网络上炒起来，有必要的话也可以捅给媒体，我要让全市的人都知道这个消息，就说是市局下的命令。"

曾秀一时不明白邓原为何会做出这样的决定："邓队，你这么做……"

"照我说的做就行了，以后你会明白的。"这回轮到邓原打断了曾秀的话，下完命令后，他也不顾在场的老房和曾秀，转身朝门口走去。

"邓队，你去哪里？"曾秀朝着已经拉开办公室大门的邓原问道。

"抓杜宏。"门关上的一瞬间，邓原的话传了进来。曾秀和老房面面相觑，不明所以。

天鼎高级别墅区。

第十五章　背叛

邓原驱车赶到的时候，胡子和大兵有些吃惊。看着开门坐进车里的邓原，胡子好奇地问道："邓队，你怎么来了？我和大兵轮着盯呢，没问题的，你不用这么不放心吧？"

邓原没有回答胡子的问题，反问道："这边的情况怎么样？"

"什么事都没有，杜宏老实得很，天天窝在家里，连门都不出。"胡子打了个哈欠，"哼，估计是怕了。"

大兵发现邓原的脸色不太好，问道："邓队，不会是又发生什么事了吧？"

邓原点了点头，随后把这两天市局里发生的事，尤其是杜宏操纵媒体及网络施压，以及老房找上门来讨结果的事情全都告诉了他们。邓原一说完，大兵先叫了起来："这个杜宏，果然不是什么好人，比朱永义还可恶！"

"我当他还真是怕了呢，敢情是舒舒服服地待在家里看好戏呢！"胡子说话有些酸。在这儿守了一天一夜了，整得他跟杜宏的保镖似的，什么收获也没有就算了，足不出户就能完成对警方的戏耍，哪用担心人家会跑啊！明摆着，人家是舍不得跑。

"对了，我们问过这里的保安，前天夜里，也就是咱们围查梦之幻俱乐部的时候，杜宏家有辆小型货车出入过，像是运送了什么东西出去。"大兵突然想起这个重要的事情还没跟邓原汇报。

邓原的第一反应不是询问详情，而是瞪了胡子一眼："刚才问你，你怎么不说？你不是说什么事都没有吗？"

"那个……我……"胡子支支吾吾地答不上来。他是真忘了，而且，他也没觉得这个信息有多大用。

大兵看到胡子抛来的可怜眼神，赶紧打圆场解释道："当时我们谁也不在，保安说也不知道那小货车里装的是什么，只要杜宏人没跑就成了。"

"还能装的什么啊！白良说过了，杜宏有一个不允许任何人进去的收藏室，罗莎曾经进去过，里面的都是类似于皮革的饰品，皮革，皮！知道是什么东西了吧！"邓原说话的声音不大，但语气很强硬，恨铁不成钢就是他此时的心情，"这下好了，最后的证据也没了。"

"我去查，我一定把这辆小货车的行踪给查出来。唉，我怎么那么糊涂呢！"胡子意识到自己忽略了一个很重要的线索，这条线索也许真的就能够把杜宏送进局里，他悔恨地捶了捶自己的头。

"对，邓队，你别着急，是我们不好，是我们疏忽了这一点。你放心，只要这辆车在街上出现过，我们一定有办法查到它的。"大兵也紧张了，盯防杜宏的任务是交给他和胡子的，获得了这个信息却没有去继续跟进，确实有些不太像话，别说是邓原了，就连他自己都无法原谅自己。

"算了，不用了，杜宏要真是想把不利于他自己的证据藏起来，我们是找不到的。"邓原心里明白得很，杜宏那个所谓的收藏室里应该都是受害者的皮，可以说是证据，也可以说是毫无用处的证据。追究起来，杜宏完全可以以不知情、只是喜爱收藏为由拒罪行于千里之外。这就好比，你看上了一件商品，只会对它的外表以及是否所需为重点，至于该商品的出处倒完全会被忽略一样。邓原相信，即便是截获了这些人皮制品，杜宏照样能为自己开脱罪名。

"那怎么办啊？难道就这么坐视不理吗？"胡子有些急了，懊恼之余他只想怎样来弥补这个损失。

"是啊，邓队，你说该怎么做？我们听你的，只要不让杜宏得逞，我们什么都愿意做，再苦再累我们都认了。"大兵也着急，一队的人忙活了一场，为的不就是这个嘛，他实在不想因为一时的疏忽而导致全局皆输。

"我自有办法对付他。"邓原说完推门下了车，朝着自己开来的那辆车走去。

"他，这是啥意思啊？"胡子看着邓原上了车，"邓队今天发火跟以往有些不同啊。"

"看他脸色早看出来了，也就你那么没眼力见儿。呃，邓队这是……"大兵一边看着邓原的车，一边揶揄胡子，却看到邓原的车子朝着天鼎高级别墅区的大门驶去。

胡子当然也看到了："就你有眼力见儿，还不快开车跟上去看看，别再出什么事了。"

"他这不会是要去抓杜宏吧？没听他说已经找到证据了啊？"除了邓原没有人能回答得了他的问题，大兵来不及多想，赶快发动车子追了上去。

大兵以为天鼎高级别墅区的保安会把邓原的车拦下，至少他上次跟邓原一起来查访杜宏家的时候就被例行阻拦，在出示了证件之后才进入了别墅区内。但邓原今天的脾气，着实让人捏把汗，弄不好还会起冲突。

可没想到，邓原驾驶的车刚一接近别墅区的大门，门自动就开了。守门的保安什么话都没说，就让邓原通过了。并且，直到大兵的车也开进了别墅区后，保安才把电动大门关上。看来，这个守门的保安才是真的有眼力见儿。

天鼎高级别墅区的当值保安是个二十出头的小伙子，虽然长相憨厚，但早

第十五章　背叛

已见识过各色人物，他才不会去拦截刚刚驶进的那两辆车。小伙子清楚地知道这两辆车里坐的会是什么人，他早就注意到前面那辆车里的男人在到达别墅区外后的一举一动。而后面那辆车里的两个男人他就更不陌生了，在别墅区外守了一天一夜不说，更向他打听过别墅区里一家住户的情况，就算是傻子也能猜出七八分来。

顺利通过后，大兵一直紧追着邓原的车。可邓原的车速太快了，等他追到杜宏家门口的时候，邓原已经按响了门铃。

迅速下了车，杜宏家的女佣也打开了房门。邓原只是亮了一下证件，侧身推开门就闯了进去，留下一脸错愕的女佣眼瞅着后面跟上的胡子和大兵也进了屋。

等女佣反应过来大喊大叫的时候，邓原已经奔上了二层。之前来过杜宏家，对于别墅内的环境有一个大概的了解，邓原知道罗莎所说的那个珍藏室应该在二层，因为一层基本就是一个大型的客厅，会客用的。

女佣的叫声惊动了杜宏的老婆，她第一个从二层的一个房间里走了出来，看到邓原后，表情有些复杂，似乎有些意外，又似乎是意料之中。不过，转瞬之后，杜宏的老婆就恢复了冰冷的态度："我记得你，你来过我家。你是市局的邓警官，怎么？警察就可以私闯民宅了吗？"

邓原早就料到对方会以这个为说辞，他要是连这一关都过不了，那今天岂不是跑来丢脸了？邓原板着脸，同样冰冷地说道："你怎么不问问我为何到此？如果什么事都没做过的话，我何必到这里来呢？"

胡子和大兵也追上了二楼，后面跟着惊慌失措的女佣。女佣一看到女主人出来，那叫声更洪亮了，手上还带了动作，似乎判定女主人一定会把这三个不速之客赶出家去。

杜宏的老婆用眼神制止了女佣，女佣扫兴地下楼去了。她则慢慢地走向邓原，表情阴冷："邓警官，上次来这里你就一无所获，还不死心吗？"

邓原盯着杜宏老婆的眼睛，一点儿都不示弱。"哼，你以为就你会装冷酷吗？"邓原心里这么想着。

"死不死心，你一会儿就会知道。我找杜宏，如果你不方便把他找出来，我倒是很乐意代劳。"

杜宏的老婆挡在邓原的身前，眼里闪过一丝寒光："邓警官，我希望你明白你这么做的后果。"

这话说的，太挑衅了，是不把警察放在眼里吗？"我也希望你能明白，阻碍警方查案会有什么样的后果。"

杜宏的老婆显然没有想到邓原会这么说，脸上的表情有了异样，那是无法用语言能表达出来的。她足足看了邓原一分多钟后，什么话也没有说，转身朝着一个房间走去。

房门被关上的一瞬间，邓原身后的两个男人同时松了一口气。胡子小声地对邓原问道："我说，邓队，你这唱的是哪出啊？"

"哪出？人家都看明白了，你们还不明白吗？"邓原没有回头，眼睛盯着杜宏老婆刚刚走进的那个房间。

胡子看了眼大兵，那意思是说，邓队怎么这次出招这么怪异？

"我们怎么会不明白呢，可你倒是事先说一声嘛，这也太突然了。"大兵说着扭头看了看楼下时不时向上张望的女佣。

"我要的就是突然，你们俩别那么多废话了，听好了，"邓原也压低了声音，从携带的手包里掏出一张纸，递给了身后的两个人，"一会儿我进去以后，你俩把这里的所有地方，一个不落地全细查一遍。"

大兵接过邓原递来的那张纸一看，愣住了，是搜查令！"这……这个你是怎么搞来的？"

胡子倒是乐了："有了这玩意儿，那啥都好办了，嘿嘿。"

"记住，每一个角落都不要放过……"邓原没有说完，因为他看到杜宏的老婆推开房门走了出来。

杜宏的老婆像是被打了一针强心剂，心情似乎不错，已经没有了之前的冰冷。她慢悠悠地走到邓原的面前："邓警官，请吧。"

说完，也不顾邓原的反应，杜宏的老婆又慢悠悠地走过胡子和大兵，下楼去了。

邓原的心里突然产生了一种不好的感觉，杜宏的老婆为何突然有恃无恐起来？是什么让她突然改变的？是杜宏跟她说了什么吗？还是，她明白了警方此次前来的结果最终还是一无所获？

邓原更倾向于最后一点，是的，杜宏把最后不利于他的证据已经转移了，他当然是什么都不怕了，他吃定了警方最终拿他没办法。但是，这绝不会打消邓原这次前来的决心，他一定要把杜宏带走。无论用什么办法，只要杜宏的人被扣住了，他豁出去了，也一定要找个罪名把杜宏压死！

邓原朝胡子和大兵打了个手势，两个人拿着搜查令下楼去了，该走的形式还

第十五章 背叛

是要走的，毕竟主人在场呢，并且，主人是否配合也很重要。

邓原相信这两个手下能把事情办好，现在，他要集中精力对付杜宏了。

杜宏的态度很让邓原意外，热情、谦和，与外面楼下那个冰冷的女人相比，简直一个天上一个地下。可这并没有让邓原放松警惕，杜宏虽然外表装出一副老好人的样子，可说出的话都是软刀子，几次差点儿把邓原强压的火给拱出来。

杜宏一看到邓原推门进来，立马笑脸迎了上去，握住邓原的手不放："哎呀，邓原邓警官是吧，你看，要知道你会来，我一定出去迎接你。"

邓原抽出了自己的手，仔细地打量了一下眼前的杜宏。无论是外表相貌，还是言谈举止，都不是邓原所能看上眼的，可以说是完全地不对盘。虚情假意地低三下四，但眼里却暗藏杀机。一个人再怎么极力掩饰，也无法装出如孩童般清澈的眼睛。

杜宏也在观察邓原，眼前的这个人绝不像白良那样好对付，尤其是那双咄咄逼人的眼睛，一般这种人都是吃软不吃硬。他马上继续谄媚地说道："来，快里面坐。上次你来正好赶上我外面有事要办。唉，也怪我不好，太忙了，早就该抽出时间去拜访你了，这倒好，让你又跑了一趟。"

"我知道，那次你去跟梦之幻俱乐部的老板谈生意去了。"杜宏不说这个还好，一说反倒给了邓原机会。面对杜宏的假客套，他一时还真不知道该从哪里下嘴好。

"什么？什么梦？什么俱乐部？我怎么没明白你在说什么。"杜宏愣了一下，话里真假参半，他怎么可能不知道梦之幻俱乐部呢？但他那天确实没有跟朱永义在一起，是谁告诉邓原自己去跟朱永义谈生意的呢？

"没明白？"邓原笑了一下，"可那天你的夫人是这么告诉我的。"

杜宏又愣了一下，但马上他就明白了，邓原在使诈！杜宏相信外面那个称作老婆的女人，只有自己好了，她才会有舒服的日子过。想明白了这一点，杜宏也笑了，放松了下来："邓警官一定是记错了，我那天是去参加了一个商务活动。不信，你把我老婆叫进来，再问她一次？"

杜宏的两次发愣没能逃过邓原的眼睛，他清楚地知道杜宏在说谎，可他一时又没有什么办法。如果把杜宏的老婆叫进来，她一定不会承认，没准还会反咬自己一口，这种当他才不会上呢。不过，既然话题已经扯出来了，那就接着俱乐部往下问："杜总不知道梦之幻俱乐部吗？不应该吧？"

"我这生意上的伙伴啊、竞争对手啊，多了去了，哪个都是有些门道的。你这突然一说，我还真一时没想起来。"这个时候马上否认，只能显得更假，警方绝对是有备而来的，杜宏用了一个缓冲的说辞。

"没关系，我给你提个醒吧，就最近两天轰动全市的连环剥皮案，杜总应该听说过吧？那报章媒体，甚至是网络，都铺天盖地了！"

邓原看着杜宏，心里想："这不就是你的杰作嘛，装！"

"哦，对了，我想起来了。"杜宏连连点头，并唏嘘不已起来，"哎呀，这个案件的性质太恶劣了，给咱们市抹黑啊。就今天还有市里的领导给我来电话说这事呢，这件案子足以影响咱们市的经济发展啊，这不是拖后腿嘛……"

"杜总，我今天来找你，不是要跟你研究经济发展，而是有人举报你与剥皮案有关。"邓原觉得很可笑，装官腔，还真以为自己是领导呢！当然，他也明白杜宏说这话的用意，就是强调他杜宏有人罩着。

"扯淡！"杜宏的声音有些大，随后他就克制住了自己，这个时候不能动怒，一怒就乱了阵法，"邓警官啊，这是诬陷啊，你怎么能听他们的呢？这一定是我的竞争对手眼红我，故意栽赃我，好抢我的市场。"

邓原看着一脸故作委屈的杜宏："我可不这么认为，剥皮案中的死者之一罗莎，不就是你的情妇吗？你是通过梦之幻俱乐部认识罗莎的，或者说你是通过朱永义的关系跟罗莎搞上的。罗莎用你们亲热时的艳照威胁你，想要得到好处，你一怒之下就指使朱永义虐杀了罗莎。杜总，你要明白一点，我们要是没有掌握了什么，是不会找上门来的。"

"哼，我知道是谁了，白良是吧。"殷勤的表情已经从杜宏的脸上消失了，既然话已经挑开，尤其是这种关乎于生死的事情，那就没有必要再继续装下去了，不过，他还是比较镇静，"白良他拿着艳照来敲诈我，可惜没得逞，那是他根本就不了解我。话说到这儿了，邓警官应该知道白良现在活得好好的，所以，同样方式威胁我的，我为什么要杀罗莎呢？这不符合正常逻辑啊，罗莎是我的女人啊，我杀了她不等于给我自己挖坑呢嘛。"

我会让你说出实话的！邓原饶有兴趣地看着杜宏："有时候，越不符合正常逻辑的，却越是很好的掩饰手段。我完全可以理解为，你正是利用跟罗莎的这层关系，反其道而行之，这就是所谓最危险也是最安全的。"

"唉，你理解错了，邓警官！"杜宏长叹一口气，继续说服道，"我知道，搞不正当的男女关系不好。可是我怎么可能为了一个女人而毁了我的大好前程呢？事实证明，我也一直在为咱们市的经济发展做贡献啊，还能有什么事比经济利益

第十五章　背叛

更实惠的呢？"

邓原知道杜宏在极力地辩解着，可杜宏的论点他实在是不爱听，还相当反感："恐怕理解错误的是杜总，你跟罗莎的关系到底怎样，我们没兴趣。但罗莎曾经说过，你有一个珍藏室，里面珍藏的全都是人皮制品，而这些人皮制品的提供者，正是梦之幻俱乐部的朱永义。至于，那些人皮的来源嘛，杜总应该比我更清楚，我相信与罗庄村租用院里的是同一出处。"

"哈哈哈……哎呀，我发现邓警官不但幽默，还很会编故事。有意思，真是太有意思了！"杜宏笑着鼓起掌来，随后又说道，"可惜啊，你编的这些都不是真的啊。什么朱永义啊，我根本就不认识他啊！不过呢，他最近倒挺出名，估计全市的人都知道他了。还有什么罗什么村，在什么地方啊？我咋没听说过呢！最逗最精彩的是，罗莎已经死了啊，一个死了的人还能说什么呢？邓警官，你说你逗不？我这忍不住又想笑了。"

邓原也哈哈大笑了起来，比杜宏还夸张，并且一笑就收不住了，身子都有些向前倾，好像真的遇到了什么特开心的事。

这让杜宏一时不知该如何反应好，想笑的脸僵在了那里。

笑得差不多了，邓原忍了忍，挺直身子看着杜宏："杜总难道不知道死人也是可以'说话'的吗？死人说出的话更能证明问题，更能让人信服。"

杜宏整理了一下面部表情，使得自己看上去很放松："那罗莎都'说'了什么呢？"

"罗莎'说'的话都在你那个珍藏室里，杜总应该明白我在说什么。"邓原是故意这么说的，所谓罗莎"说"的话，其实就是那个被剥掉了的胸部皮肤。虽然收集证据的核查工作刚刚开始，目前并没有什么显著成果，但邓原相信罗莎的胸部一定就陈列在杜宏那个保密的珍藏室里，尽管现在不知已经被杜宏转移到了哪里。

杜宏故作轻松地微笑了一下："说到底，邓警官还是不相信我啊！这样好了，你可以把我家从上到下搜查个遍，我也想知道我什么时候有了个珍藏室呢！"

"这个是肯定的了，我的人已经在这么做了。"邓原冲杜宏点点头，感激地说道，"谢谢杜总支持我们警方的工作。"

"你！……"杜宏被噎得一时说不出话来，从来都是他戏耍别人，这回轮到他自己被戏耍，那滋味实在是太憋屈了！这要是别人他早就暴跳如雷了，满门抄斩都难解心头之气，可他又不得不把这口恶气咽下去。他杜宏什么场面没见识

257

过？什么人没打过交道？他深知邓原是在故意激怒自己，他要是发飙的话就上当了。所以，一定要忍，好汉不吃眼前亏的道理他还是懂的。

邓原强势地盯着杜宏，舍不得动一下眼皮，他非常享受现在的感觉，那是一种报仇之后的快感，尤其是看到杜宏那敢怒不敢言的表情时，他瞬间全身都畅通了。他知道杜宏在咬牙，甚至杜宏早已问候自己的祖宗八辈了，可那又怎样呢？有种他就怒啊，他要发怒，他就是心虚！

杜宏不愧是身经百战，马上他就想得通透了。所有不利于自己的东西，销毁的销毁、转移的转移；那些掌握着自己重要情况的人，他也重金收买并安抚好了，他还真不信警方能掌握什么证据，这点儿底气他还是有的。而邓原无非就是玩玩儿诈，吓唬人的，这要是能把他杜宏吓倒，那真是白混了。杜宏变脸似的又挂上了亲和的笑容："支持警方的工作是每一个市民应该做的，我自然不在话下。只是，邓警官只因罗莎跟我的关系而如此审问搜查，是不是有些不太妥啊？呵呵，我怎么感觉我像一个被审讯的罪犯啊？"

杜宏的快速反应虽然让邓原有些失望，但也在情理之中，杜宏要是那么好对付的话，他反而会吃惊的。当然，邓原也是有所准备的，来之前他就已经想好了杜宏会找些什么说辞，而自己该怎么应对："杜总可否记得，你有一个叫赵成的手下啊？"

"赵成？我想想啊……嗯，我这生意面太广了，所涉及的行业众多啊，哪一个不是成百上千号的人，都是我的手下啊，这个赵成我还真没有什么印象呢。"杜宏在得知警察找上门来的那一刻，首先想到的就是那三个替他顶罪的手下，其次是朱永义，罗莎他压根就没有放在心上。他倒不是担心这三个人会出尔反尔，重金之下出勇夫，他付的钱足够这三个人的家人及后代衣食无忧一辈子，朱永义就更不用说了，这个疯子为了达到自己的愿望一定会守口如瓶。所以，他只要撇清跟那三个人的关系就行了。

邓原自然早就想到了杜宏会以这个为由为自己开脱，他微笑了一下，说道："除了赵成，还有另外两个人。当然，他们的名字我就不用说了，你肯定会说你不知道的。但是，这三个人跟你与梦之幻俱乐部，以及与朱永义有非常密切的关系。"

"哦？是吗？我怎么不知道？"杜宏挑了挑眉毛，"邓警官能说得明白些吗？"

邓原点了点头，说道："好吧，简单地说，赵成他们已经供认了与梦之幻俱乐部的朱永义策划及参与系列剥皮案。而他们都是你得力的手下，你别不承认

第十五章　背叛

啊！根据我们的调查，赵成他们近几年所有涉嫌犯罪的记录，都与你有着紧密的联系，可以说他们是在为你办事，不用我一一列举了吧？"

"呵呵，邓警官应该知道的，像我们这些生意人难免会得罪一些人，那些竞争对手就更不在少数了，起个冲突啥的也在所难免。那居家过日子不还得经常地拌个嘴嘛，小打小闹的，无伤大雅的哈，呵呵！"杜宏先是打起了哈哈，随后话锋一转，"至于我那些手下嘛，太多了，那说白了我跟他们也就是雇佣关系，总不能他们做了什么都要算在我的头上吧？就好比邓警官的亲戚杀了人，难道说邓警官也同样犯了法吗？呵呵，打个比喻哈，可能有些不恰当，邓警官您别介意，我主要是不想邓警官办了冤假错案。"

冤假错案？不把你办了那才真是冤了！邓原心里恨得痒痒的，可同时他也知道这么跟杜宏斗嘴下去也不是个事儿，必须马上进入正题，拘捕杜宏才是他此行的真正目的。今天他非把杜宏带走不可，绝不能留他在外面胡作非为："杜总可以放心，我们警方绝不会冤枉任何好人，也绝不会放过任何坏人。我相信杜总是真心要配合、帮助警方查案的，所以，就麻烦杜总跟我走一趟。"

"走一趟？什么意思？"杜宏装模作样地眨了眨眼睛，一副听不懂的样子，"哎呀，邓警官，要我跟你说多少遍啊！你说的那些我都不知道啊，我是想支持你们的工作，但我什么都不知道还让我说啥啊？"

邓原抱歉地笑笑："杜总心知肚明，至于到底说不说，就看杜总自己的了。"

"邓警官的意思是要拘捕我吗？那可是要有证据的！"既然撕破了脸，杜宏也毫不客气，抓，可以，得先出示证据。

"还用得着证据吗？就凭杜总跟被害人罗莎以及那三个手下的关系，怎么都要跟我回警局接受调查，这个事情很难理解吗？"邓原坚持着，毫不退缩。

"接受调查可以啊，我不是已经很配合你们了吗？该说的我都已经说了，还要我怎样呢？"杜宏眯起眼睛，鄙夷地看着邓原，"邓警官，我也是懂法的，在你们没有出示任何证据的前提下，我是完全可以拒绝跟你走的，你这不符合司法程序啊！"

"你要证据是吧？跟我回警局，我会给你出示的，但不是在这里。"邓原顿了顿，继续说道，"我刚刚说的只是极少的一部分，我可以实话告诉你，梦之幻俱乐部的朱永义以及你那三个手下，招认的可不是一星半点儿，他们招认出的可完全不利于杜总啊。既然杜总是懂法的，那就应该知道什么样的场合才是出示证据的时候。"

这话说到杜宏的痛点了，他一度怀疑是不是朱永义和赵成他们出卖了自己，还是邓原又再玩儿诈？他分辨不出来，但有一点他清楚得很，现在绝不是要横的时候。于是，杜宏又谄媚地笑笑，说道："邓警官啊，其实跟你走一趟也没什么的，我跟你们的冯局长那也是见过很多次的。当时还有好多市里的领导在，虽说跟冯局长的关系没多铁吧，但至少也是朋友了，我就怕我一去你们局里，你们冯局长该为我担心了，太尴尬了。"

杜宏不说这个还好，一说这个邓原更来气，摆谱是吧？别说局长，就是市长来了，他照样把杜宏带走！邓原完全无视杜宏的威胁，扬了扬手里的包："司法程序是吧，在这里呢，用不用拿出来给杜总过目啊？"

瞬间，杜宏僵了脸，他知道邓原的包里装的是什么，是逮捕令！居然带了逮捕令来，看来这个警察是铁了心不给自己面子了，真是软硬不吃啊！难道真的是朱永义或者赵成他们供出了什么？要不这逮捕令从何而来？如果要真是他们干的，他们的家人就别想有安宁日子过！

"怎么？杜总不相信我啊！那成，我现在就拿出来给你看。"邓原说完就作势要把手包打开。

杜宏心里再恨，再骂街，他都要忍一忍，因为他必须先把眼前这一关过了。他决定再努力一把："呵呵，邓警官说哪儿的话，警察都不能相信我还能相信谁呢！只是，刚巧我今天约了市长秘书，这我要放人家鸽子了，太不合适了。那秘书要是动怒了，别说你邓警官了，就连你们冯局长都吃不消！"

邓原又笑了，他在心里道："杜宏啊杜宏，你除了这个还会别的吗？这条路不给你堵死了，我能跟你叫板吗？"

他对杜宏点头道："杜总教育得对，爽约确实不是一个好的习惯。要不这样吧，你给市长秘书打个电话，把情况说明一下。我相信作为咱们市的领导，首先会支持咱们的工作的。"

"嘿！还真是天不怕地不怕啊，你小子哪来的自信？真以为我不敢打这电话吗？"杜宏二话不说，疾步走到书桌前，抄起桌上的电话迅速地拨出了一串号码。

邓原就这么任由杜宏随意地打着电话，一点儿反应也没有。他当然不会阻拦了，那正是他想要看到的，是他特意用话激杜宏这么做的。邓原相信杜宏打出的这个电话是不会有结果的，他也相信杜宏在吃了瘪的情况下还会再继续找可以求助的人。可惜，同样会无人理睬。

邓原的这份自信来源于他踏出警局前布置给曾秀的工作，那是以其人之道还

第十五章 背叛

治其人之身,杜宏不是利用媒体舆论吗?咱也会,咱能掀起更大的风浪!近水楼台先得月,那么多的媒体记者像苍蝇一样盯着市局、盯着剥皮案,只要有任何风吹草动,立马全市都能知道,更何况是警方透露出的第一手信息,媒体一定争先恐后地争夺独家新闻报道,甚至不惜使出各种手段来。恐怕现在,杜宏涉嫌剥皮案以及被警方拘捕的消息已经在全市闹得沸沸扬扬了,那些曾经是杜宏的靠山们,在这个时候一定是避杜宏而远之,伸手援救?不落井下石就不错了!杜宏制造舆论的结果是大错特错,简直是自掘坟墓!

正如邓原所设想,杜宏打给市长秘书的电话无人接听。他微皱了下眉,难道秘书在开会吗?其实杜宏今天并没有约市长秘书,他只是不想就这么轻易地被邓原带到警局里去,一是没面子,二是他现在心里也没有底了,万一警方真的掌握了什么,他进去后再想出来恐怕就不容易了。于是,他又打市长秘书的另一个电话,也是无人接听,他哪里知道此时的市长秘书简直把他当成了瘟疫,怎么可能接他的电话呢!

邓原看着杜宏那略带沮丧的表情,以及握在手里不肯放下的电话,他就知道自己的计划已经成功了。他颇有些幸灾乐祸地对杜宏说道:"杜总,大家都挺忙的,别再互相浪费时间了,要不你给市长秘书留个言吧,实在不成,我亲自跟他赔罪。"

留言管什么用!杜宏把电话甩在了桌子上,像是发泄,更像是在甩邓原的脸。不过,他还是心存一丝侥幸,不就是去趟警局嘛,有什么大不了的,外面的那个女人一定会想办法找到疏通关系的人,到那时候看警局还有什么脸面!自信又回来了,杜宏转身冲邓原笑了笑:"邓警官,我早就说过了,配合你们警方的工作那是义不容辞的。那成,那我就陪你走一趟。对了,事先说好了啊,到时候还得麻烦邓警官亲自送我去市长秘书那里呢,呵呵。"

杜宏大笑着朝门口走去,邓原跟在后面摇了摇头,都这个时候了还非要装出轻松洒脱来,只能说明这人的脸皮足够厚。

杜宏的老婆看到杜宏微笑着从楼上走下来,有些意外,起身迎了上去。一旁的胡子和大兵也停止了工作,看着跟在杜宏身后的邓原,眼里充满了询问。

杜宏看着老婆一脸担心的神色,爽朗地大声笑了笑:"哈哈,邓警官那边出了些麻烦事,我过去看看能不能帮上什么忙。没什么的,一会儿我就回来了。"

杜宏老婆点了点头,目光越过杜宏看向了后面的邓原,不太友好。

邓原读懂了杜宏老婆的敌意,但他没有理会,而是看向胡子和大兵。通过两人脸上的表情,邓原知道搜查杜宏家的结果是毫无所获,这也是在意料之中的。

他用手扶住了杜宏的肩膀，催促道："杜总，还有要事要办，咱们抓紧时间吧。"

杜宏对邓原的这个小动作很是不满，他向前走了两步闪到了老婆的身旁，顺势也甩开了邓原的手："市长秘书在开会，你一会儿告诉他我临时有事被绊住了，迟一些我会亲自向他请罪。"

杜宏的话是说给他老婆听的，但邓原知道那是说给自己的。他虽然只能看到杜宏的后背，却从杜宏老婆脸上的表情看到了威胁。邓原不想再继续装笑，任凭杜宏老婆那充满敌意的目光看着自己。他冲胡子和大兵使了个眼色，后两者会意地带着杜宏朝大门走去了。

邓原看够了杜宏老婆那张冷漠的脸，他也不想跟一个女人较劲，向一旁侧了下身，快步跟了上去。

"邓警官！"在邓原刚走过身旁时，杜宏的老婆及时地叫住了邓原。

邓原停住了，已经打开门正准备走出去的三个男人也停住了，胡子和大兵下意识地回头看了看。

"我相信很快我们就会再见面的。"杜宏老婆转过身看着邓原的后脑勺，说话的声音很大，"慢走啊，邓警官，不送了。"

"哈哈哈！"杜宏听到了自己老婆刚说的话，得意地大笑着走了出去，就好像他不是去警局接受审查，而是去参加一个宴会。

邓原没说话，快步跟了出去，门被用力关上的响声算是回应了杜宏老婆。

为了防止发生意外，胡子上了邓原开来的车，邓原则与杜宏并排坐在了后座上。一路上三个人都无语，胡子专心开车，邓原是不屑跟杜宏说话，而杜宏则是摆出架子装起深沉来，其实三个人都各自想着自己的心事。

这种僵局没过多久就被打破了，不是来自于车内的斗智斗勇，而是来自于车外的骚动。

市局的大门口围了好多的车和人，路面交通一度拥堵得水泄不通。尤其是大兵和邓原的车子一驶过来，一大群人像是统一了目标，立马围堵了上去，愣是让行驶中的两辆车停了下来。

咒骂、叫嚷声混成一片，每一个人都在张大嘴努力地诉说着，一时间让无法分辨出他们究竟在说些什么。有一些人想要扑到车子上，却及时地被警方人员制止、阻挡。还有一些拿着话筒的记者们也想要冲到车前，却被流动着的人群挤得寸步难行，人群的外围更有一些交通警察在维持着秩序。

胡子长按了一下喇叭，示意前面的大兵想办法冲出重围，邓原则不着慌地

第十五章　背叛

扭头看了看坐在身旁的杜宏："这可都是杜总的杰作啊！"

杜宏的脸青一阵白一阵的，心里更像是长满了草。车外叫嚷围堵的人群虽然混乱，但仔细听还是听到了一些刺耳的词，如，凶手、丧心病狂、人渣，等等。再加上邓原刚刚说的那句话，他终于有些明白究竟发生了什么事，而他现在的处境已经糟糕得不能再糟糕了。

杜宏怎么也没有想到他精心设计的局，反倒把他自己困在了其中。到底是哪个环节出了问题呢？是警方真的掌握了什么致命的证据，还是在欲盖弥彰？如果警方真没掌握了什么的话，怎能制造出如此大的动静？难道这次真的就玩儿完了？杜宏感觉到了冷，全身心地发冷，早知会这样，不如当初就早早地跑了，保命才是最要紧的。

可现在后悔也已经来不及了，杜宏看向车外那些恨不得要把他生吞活剥的愤怒人群，发现连那些维护秩序的警察看他的眼神也充满怒意。他什么也不想说，垂下了头，预想着自己会有一个怎样的结果。

邓原没有借着这个大好机会继续挖苦杜宏，他当然是希望立刻就把杜宏踩在脚下，可他也有头疼的事。他知道杜宏的意志正在一点一点地瓦解，可以说最后的一道防线已经开始崩塌，但为了这个，他也面临着进退两难的境地，弄不好还会付出极大的代价。

手包里的搜查令和逮捕令，绝对是最后压倒杜宏的筹码，可同时也是压在邓原心里的一块重石。因为这两个筹码是假的，在没有证据的情况下，他只能使用这种手段。还有就是，警方一度想要强压的舆论再次被他亲手掀起，风浪更是远远强于之前的，他不知道自己有没有能力控制住这种局面。该要如何收场才好呢？邓原想，也许冯局会气得跟自己拍桌子，也许还有可能会负法律责任。

车子在一群警察的维护下慢慢地驶进了市局大院，被拦在外面的群众还在大声地叫嚷着，没有退去的意思。好在他们只是情绪激动，并没有过激的身体冲撞。

邓原押着杜宏下了车，却看到曾秀从楼里跑了出来，看曾秀脸上那焦急的表情他就知道不会有什么好消息。邓原没有声张，让胡子和大兵先把杜宏带走。

杜宏在看到远处跑来的曾秀后，停住了脚步，打量了曾秀好几眼，最终低下头朝楼里走去。

曾秀被杜宏看得有些莫名其妙，可她现在只担心邓原，跑上前小声地说道："邓队，冯局在到处找你，冯局他……"

"知道了，我这就去找他。"邓原说完就朝楼里走去，他今天临出来前把手机关了，为的就是不想有人阻止。

"邓队！"曾秀大声喊住了邓原，看邓原的反应她已经知道冯局说的是真的，她真是不明白邓原为何要冒这么大的风险！

"放心吧，我心里有数的。"邓原回过身，冲曾秀露出了一个笑容，"袖子，没有我的同意谁也不许提审杜宏，等我回来。"

邓原进楼了，曾秀已明白自己该要做什么，也快步跑进了楼。

假逮捕令最终还是露了面，安静地摆在冯局的办公桌上，很无辜地被两个男人盯着。

冯局的目光从逮捕令上移开，看着站在自己面前微低着头的邓原："这个你怎么解释？"

还用解释吗？邓原知道自己这次有可能要栽，反正事已经做了，大不了脱了这身警服。他心一横，索性说道："事是我一人做的，我一人承担所有后果！"

冯局腾地站了起来，抬手指着邓原的鼻子骂道："你一人承担？就以你一个人的行为导致全警局都背黑锅，所有人的努力全被一个人抹黑了，你一人承担！你一个承担得了吗？我现在就可以把你移交到司法部门。"

邓原没有说话，冯局说得也对，自己的这种冲动行为确实没有考虑到全局，没有考虑到其他人，这个他没话可说。

看到邓原没有反应，冯局拿起桌上的假逮捕令递到邓原的面前："你自己看看，你干的这叫什么事！你这是在犯法，你知不知道？你作为一名刑警怎么能干出这种事呢！你的职责是维护法律，而不是去触犯法律，你办事之前不过脑子吗？"

邓原抬起头，看着一脸怒意的冯局，情绪也有些激动："就是因为过了脑子我才决定这么做的。冯局，不能让杜宏在外面这么无法无天啊！他操纵的那些媒体舆论你也看到了，你看看那些前来报案的人，他们的心情有多焦急，他们的亲人失踪了啊，极有可能已经死在朱永义和杜宏的手里了。你再看看那些无辜的受害者家属，悲伤的同时还要经受各种媒体报道的冲击，我绝不允许这样的事情继续下去，杜宏我是抓定了！"

"你真好意思说啊你，你真是……"冯局气得一把甩开手里拿着的假逮捕令，"你还敢跟我说媒体舆论，啊！你看看外面，那不都是你干的好事！别以为我不

第十五章 背叛

知道你让曾秀做了什么。我们是一个劲儿地往下压,你倒好,使劲地往上挑,这事你经过谁的批准了?还有这张逮捕令,谁给你的权力让你这么做的?现在是非常时期,你是觉得还不够乱吗?"

"非常时期就要用非常手段!我们是维护法律,但我们更应该维护的是正义!"邓原也有些发火,说话的声音也大了起来。

"我明白你的意思,这个道理我比你更懂,但这也绝不是你这么做的借口。"冯局的声音比邓原的还大,"什么事都要讲究方式方法,你这么做有没有考虑过后果?"

后果!杜宏的老婆说过这话,现在冯局又说这个,难道真像杜宏所说,冯局跟杜宏也有关系?邓原的心一沉,冷冷地说道:"我知道杜宏跟你有交情。放心,我不会让你为难的,我一人做事一人当,我会承担所有的后果,大不了我退出警界!"

"胡说!"冯局的眼睛瞪得如牛眼,暴跳如雷地吼道,"谁说我跟杜宏有交情了,我根本就不认识他!谁造的谣?人家说什么你就信啊?邓原,你是从事多年刑警工作的警务人员,不是3岁的孩子!"

一语吼醒梦中人,邓原打了个激灵,自己这是怎么了?什么时候这么容易被别人牵动情绪?因愤怒而冲动吗?还是怒火攻心而丧失了应有的判断力?来市局工作的时间虽然不长,但对冯局和其他几位领导多少还是了解的,口碑不错,不像是那种人。怎么就着了杜宏的道儿?被挑拨了呢?邓原觉得有些过意不去,可冯局现在正在气头上,他只好解释道:"冯局,我那是没办法啊!那姓杜的,一口一个市长秘书,一口一个市领导,还把你也摆了出来,那压得我真快喘不过来气了。我知道我这么做是欠考虑,犯了纪律是我不对。可你说我除了这么做,还能怎么办?难道明知道他杜宏犯法,却眼睁睁地看着他逍遥法外吗?冯局,我真咽不下这口气啊!"

"你小子别跟我装蒜,就你那点儿花花肠子我还不知道嘛!还玩儿起先斩后奏了,你以为我真的什么都不知道吗?"邓原的示弱卖乖还真起到了一点儿作用,冯局的怒火降了一些,但说出的话还是很严厉,"我告诉你邓原,像退出警界这种话绝不允许你再说!说出这种话的都是孬种,一遇到点儿挫折和困难你就撂挑子,把烂摊子扔给别人是吧?这种行为是可耻的,首先我就看不起你!上次会上我已经说了,不管那姓杜的是什么人,跟什么人有关系,一律严惩,你当我说着玩儿的是吗?你就这么不相信我吗?"

265

邓原听出了冯局话里的弦外音，以冯局的能力绝对一早就知道自己都干了什么，可最终两张假令还是发出去了，尤其是网监部门的大力协助，不是曾秀一个人就能搞得定的。在到达杜宏家之后，短短的时间内整个媒体效应就发挥了极大的作用，这恐怕也是冯局在背后指挥的结果。邓原的心里一暖，他明白冯局是因为自己没有事先汇报而发火，让冯局骂一通出出气就没事了，于是，他继续装可怜般地说道："对不起，是我辜负了局里对我的期望，我这就做自我检讨……"

"行了，少跟我来这套，不是你刚才对我吼的时候了？"冯局给了邓原一个白眼，但面色已经缓和多了，"不过，有一点你做得不错，在听到了关于我的谣言后能敢于指出来，敢于质疑，这点就比其他人强。但是，这并不代表你这次犯的错就会被抹去。跟你说啊，该怎么处理就怎么处理。你小子要是不服，就把案子漂漂亮亮地完结了。到时候你想要我处理你，我还不答应呢，听懂了没？"

"是，是，是。"邓原连忙答应着，就差敬个礼了，随后他又看了看落在地上的假逮捕令，又指了指窗外，"那，这个？"

"我会处理的，你甭管了。"冯局又假意地瞪了邓原一眼，"还不赶快找证据去，杜宏在这里最多只能拘留48小时，到时候你要是没有证据，看你怎么收场！"

"我这就去。"邓原说完一溜烟儿地跑了。

冯局看着邓原的背影，笑了："就知道给我找事。"

邓原哼着小曲儿回到了一队，三个为他百爪挠心的人立马围了上去，尤其是曾秀，非要闹明白邓原是如何把气得快要跳脚的冯局哄好的。

邓原才不会让手下看自己的热闹呢，三言两语就给他们打发过去了。还追着问？邓原索性一瞪眼："都闲着了是吧？正经事都忙不过来呢，起什么哄呢！"

三个人悻悻地散了，各自去忙活他们自己也不知道能不能有收获的寻证工作。

邓原没有急于去提审杜宏，他要让杜宏备受冷落，让杜宏感觉到自己已经没人可救。他要让杜宏在孤立无援的情况下慌乱无章。

邓原把所有的案宗以及涉案人员的详细资料，包括所有跟杜宏有关的内容全部找了出来，摆了满满一桌子。他把自己关在会议室里，不想受任何人、任何事的打扰，留给他的时间不多了。他必须在这堆资料中找出杜宏与系列剥皮案的蛛丝马迹，哪怕是一丁点儿的关系，都会成为他继续扣押杜宏的理由。否则，48小时后他就只能放人了。

资料非常多，邓原只挑那些跟杜宏有关的内容反复地详细研究。可几个小时

第十五章 背叛

过去了,邓原一点儿收获都没有。杜宏简直太老油条了,仿佛每走一步之前就已经设想好了退路,把自己完全置身于案件之外。邓原有些焦急,越急躁却越找不到切入点,好几次他都在会议室里走来走去,茫无头绪地不知道自己到底该如何是好。

这期间,杜宏也在骚扰邓原。

杜宏有些沉不住气了,他满脑子想的都是自己该怎么办。在市局楼门口看到从远处跑来的女警,他顿时没了呼吸,这个女警不正是朱永义所选目标照片上的那个女人吗?曾经一度怀疑朱永义的眼光是否出了问题,所以他看得特别仔细,印象也非常深刻。原来,她是警察!

那天夜里,赵成他们只是说有警方介入,并没有说清楚是哪里冒出来的警察。怎么就探得了梦之幻俱乐部里的秘密?当然,他当时也来不及详细询问,只得急急地抛出赵成他们三个替死鬼,所有的重心全是放在如何说服他们,并保证他们的家人没有后顾之忧。

现在想想,这一切都是朱永义特意安排的,怪不得朱永义说这个女人身份特殊,原来……姓朱的在玩儿他!朱永义一早就知道了,却偏偏瞒着他!

杜宏那个后悔啊,一时大意被下了套却全然不知,现在该怎么办?该如何把这个套给解了呢?他绞尽脑汁想了半天也想不出一个好的对策,有警方人员混了进来,他还有什么办法可想呢?他根本不知道这个女警在梦之幻俱乐部里究竟都找到了什么证据,警方到底掌握了多少。

杜宏如坐针毡,为什么警方到现在都不审问自己?难道还在搜集证据?会不会是朱永义他们又说了什么?他现在甚至可以想象得出,朱永义和赵成那几个杂种正在一脸虔诚地坦白从宽,而邓原他们则露出了满意的笑容。

杜宏站了起来,不成,不能再这么坐以待毙了。不能完全指望外面的那个女人,依现在的局面来看,她能不能及时搬出靠山来都还是个问题,恐怕还没等她找来靠山,自己就已经被定罪了,必须得靠自己!

杜宏疾步跑到门前,重重地拍打着门,大声叫道:"来人,我要打电话,我有这个权利!我要找律师!你们这是非法拘禁,快来人!"

杜宏的大喊大叫惊动了附近忙碌着的警察,也惊动了邓原。

邓原在得知了这一消息后,对着刚刚惊慌跑进会议室的小警察笑了笑:"让他打,怎么能不让人家打电话呢?随便打,想打给谁都行。找律师也行,这是人家的权利,只要他不走出这里,怎么着都行。"

小警察听得有些犯愣，但看邓原的样子又不像是开玩笑，点了点头，走了。

邓原撇了撇嘴，心想："现在着急了？太晚了吧！还惦记着找人呢，除了你那个老婆，谁还愿意来救你呢！"他继续埋头于桌子上摆放着的资料，即便是知道杜宏已经黔驴技穷，枯燥的寻证工作还是要继续，这是必不可少的司法程序。

会议室的门刚关上没多久，再次被推开了，这次进来的是胡子，一脸的激动。好不容易静下心来的邓原，又被打扰了，他有些气急败坏地瞪着胡子，真想一脚给胡子踢出去："怎么一个个都那么慌里慌张的，天塌了啊？"

"邓队，杜宏的老婆杀过来了！"胡子依然很激动，完全忽略了邓原那快要发怒的表情。

"什么！"邓原怒不起来了，他有些吃惊，喃喃地低声念叨，"怎么这么快就来了？"

"是啊，她就在外面，你快出去看看吧。"

胡子的这句话让邓原气不打一处来："我躲她还来不及呢，你还叫我出去见她！你到底是站在哪边的？"

邓原瞪着胡子的脸，却发现胡子激动的表情中有欣喜的味道，这下他真是忍不住了，骂道："你吃错药了？人家杀过来了你怎么那么开心？"

"啊？"胡子一时没明白邓原为何是这种反应，随后一想，他马上就明白了，赶快解释道，"嗨，都怪我太激动了，一时没说清楚。是这样，杜宏的老婆给你送了大礼，好东西啊！你赶快出去看看吧。"

邓原也被胡子说蒙了，他奇怪地看着胡子，这胡子平常挺正常的啊，现在怎么这么二百五了？还送礼，有这么大张旗鼓地来送礼的吗？那说白了不就是来贿赂的吗？他不知道替自己挡出去，还跑来叫自己赶快出去接受贿赂。但转念一想，邓原觉得这里肯定有些误会，胡子绝对不是那种人，他耐着性子对胡子说道："你先别那么激动，慢慢说，把事情说清楚了，到底怎么回事？"

"哎呀，就是杜宏的老婆帮咱们找来了证据，"说到这个，胡子是怎么也压不住激动的情绪，"证据啊！指证杜宏罪证的证据，想不到吧？我是怎么也没有想到啊，这杜宏会被自己的老婆出卖……"

邓原没等胡子说完就起身冲出了会议室，他已经听明白了胡子的话，同样，他也非常吃惊。那个牛气冲天得用下巴看人的女人，怎么突然转变这么大？出卖自己的丈夫，那不是她极力维护的人吗？难道是发生了什么事让她有所改变？还有，她提供的证据是什么？有没有价值？是不是自己一直梦寐以求的？邓原此时

第十五章 背叛

真是恨不得立刻就出现在那个自己曾经一度极不想见到的女人面前。

一队的办公室里相当热闹，围了许多议论纷纷的人，还有一些站在门口往里探头看着的，那些都是局里的同事。他挤进人群，一眼就看到杜宏的老婆站在一张桌子旁，而那张桌子上摆放着一个敞开口的木头箱子，装在箱子里的东西令他惊异得张大了嘴。

那应该是类似于小型保险柜之类的东西。不同的是，这个小柜子的门是从中间向两边打开的，因为其中一边的门已经被拉开了，可以看到里面放着几个牛皮纸的档案袋。

小柜子里放着的东西并没有引起人们的关注，柜子的本身也极其普通，让人们惊叹诧异且挪不开目光的是柜子的两个门，滚圆丰满、傲立挺拔的女性胸部！

想象不出吧，女性那自然柔美的胸部竟然被做成了门！两个胸部的至高点上又分别穿上了金色小环，作为拉手，当然，如果是恶意猥琐之人，握住胸部的高峰就可以把门拉开。

在场的所有人中除了杜宏老婆，都非常震惊。这绝对是对女性极大的侮辱，尤其是曾秀，她那气愤的样子像是恨不得要把谁给剁了。没有人比一队的人更知道，这个"胸门"是出自于哪里，未被拉开那一扇"胸门"上的粉蓝色蝴蝶太刺眼了，等于在"胸门"上面刻上了"罗莎"两个字。

杜宏老婆在看到邓原之后，特意沉默了一分钟，才打破了周围的议论："邓警官，我说过了，我们很快就会再见面的。"

现场人员都住了嘴，齐刷刷地看着杜宏老婆。

邓原也不例外，他看着杜宏的老婆等她继续说下去，可对方在说完刚刚那句话之后并没有再开口的意思，同样在盯着他看。邓原伸手向身后指了指："里面请。"

杜宏老婆点了点头，随手从身旁的"胸门"柜里拿出几个牛皮纸的档案袋，率先朝邓原的身后走去。邓原冲大兵和曾秀眨了下眼，意思是让他们做善后工作，然后也紧跟着杜宏老婆向会议室走去了。

杜宏老婆看着摆满会议桌的案宗资料，那是邓原还没有来得及收拾的，笑了笑："真是一片狼藉啊。"

这是邓原第一次看到杜宏老婆笑。其实当邓原得知杜宏老婆此次前来是给警方提供证据时，他就明白这应该是一次舒服的畅谈，但当对方真的脱下了一脸的阴冷时，他倒反而有些不适应了。他赶忙拉过一把椅子，示意道："快请坐，戴女士，这里很乱，你别介意啊。"

杜宏老婆笑出了声："邓警官的功课做得足啊，我的资料都能背下来了吧。"

"呵呵，快坐。"邓原有些不好意思了，的确，他在研究杜宏与剥皮案的关系时，也研究了杜宏老婆的资料。戴晓文，年轻时家境中庸，说不上是富裕，但也不是穷得叮当响，当时的杜宏也基本是这个样子。两人婚后由于事业发展不顺利，双双集资去国外发展了，资料也就到此为止，对于两人回国后的情况并没有记载。

戴晓文似乎并不想说太多客套话，坐下后把手里拿着的几个档案袋放在了桌子上："这里面全是杜宏的罪证。想必邓警官你们也在查梦之幻俱乐部的真正主人，可杜宏很狡猾，所有的资金往来他都多次转手，经办人更是谁也不认识谁，你们不可能马上就能查到杜宏的头上。不过，就算他做得再天衣无缝，我还是能够抓住他犯罪的证据，因为他根本就没有把我这个所谓他的女人当过一回事，对我根本没有提防。"

邓原也赶快拉了把椅子坐下，从最上面的一个档案袋里抽出资料文件仔细地阅读起来。一看之下，他心里那叫一个叫好，所有的书面资料，包括许多的银行转账单，都无一不指证出杜宏就是创办梦之幻俱乐部的人。有了这些证据，杜宏就摆脱不了与俱乐部以及朱永义之间的关系了，至少找到了继续关押杜宏的理由。

"这些也都是吗？"邓原拿起下面的几个档案袋，并没有打开看里面的内容。

"这些都是杜宏这几年来所牵扯案件的所有罪证，我都一一保存着。现在，送给你了。"戴晓文说完，冲邓原微笑了下，很有诚意。

"非常感谢你提供的这些证据，外面那个……"邓原一时不知道该用什么词来形容那个箱子，只好忽略过去，"是不是还有其他的？我们都需要的。"

戴晓文点了点头："其他的都已经在来这里的路上了，一会儿就会到。那天夜里，杜宏接了一个电话后，就急急忙忙地把家里的赃物都转移了，我知道他转移到了哪里。外面的那个，我也知道是你们最想要得到的，所以，就亲自送过来了。"

想得可真周到啊，邓原在心里又感谢了一遍戴晓文，但也有一个疑问又不得不问。他放下了那几个档案袋，很认真地看着戴晓文，问道："能否告诉我，你为什么要这么做呢？"

戴晓文并没有马上回答邓原的问题，而是反问道："邓警官是不是很奇怪，

第十五章　背叛

为什么这么短的时间内我会判若两人？之前还态度恶劣地跟你们作对，现在又坐在这里积极配合你们？"

"是啊。"邓原回答道。能不奇怪吗？简直是意想不到，他怎么也想象不出，同一天内，一个女人怎么会对同一个男人表现出截然不同的态度呢？究竟是为了什么呢？还是发生了什么事？

"呵呵，"戴晓文笑了，笑容中有苦的味道，看起来有些凄惨，"之前的那些都是表面现象，是我特意装出来的。其实我心里恨杜宏，恨之入骨，恨不得他马上去死！"

邓原没有说话，他知道不用问，戴晓文自己也会继续说下去。

果然，戴晓文收起了笑容，看着邓原又问道："杜宏是不是跟你说过，女人对于他来说就是一个玩意儿？"

邓原点了下头，算是作为回答。杜宏确实这么说过，印象深刻，因为邓原完全不认同这个观点。女性与男性来说，应该是平等的，尽管在有些方面，女人还是处于弱势，但从尊重他人的角度来讲，这个绝不可取。

"你知道杜宏为什么这么说吗？那是因为在国外的那几年，他被几个外籍女人玩耍，就像是一个玩意儿！"戴晓文没有理会邓原的反应，自顾自地继续说了下去，"刚到国外的一两年，我和杜宏很拼命，他那个时候也还有个人样。在我们共同的努力奋斗下，苦日子总算是挨过去了，我们挣到钱了。慢慢地，小本经营的生意也有了大的起色，我们在不断扩大，钱也挣得越来越多，到后来我们甚至购买了别墅，过上了富人般的生活。我真想就这么继续下去，可后来杜宏变了，变得我几乎完全不认识他了。本来是两个人打理的生意，渐渐地变成了我一个人支撑着。我觉得我就已经忙得四脚朝天的了，他比我还忙，整天连个影子都见不着。起初我还以为他真的是在外面忙着谈生意，可到最后，他隔三岔五地就整宿不回家，临出门前他更把自己打扮得漂漂亮亮的，西服革履不说，还喷男士香水。我不是傻子，我知道出现这种情况意味着什么。但作为一个女人，我应该尽可能地去包容，谁都有犯错的时候，但要给对方一个改正错误的机会，于是，我容忍了。但纸终将是包不住火的，我们的圈子不大，圈内人都是互相比较熟悉的，终于，我知道了他每天都在外面干些什么。"

邓原起身倒了杯水递给戴晓文，他知道接下来戴晓文就要说到重点了，同时，他也观察着戴晓文的情绪，没有任何的激动，就好像是在叙述别人的事情。邓原相信戴晓文所说事情的真实性，能如此平静，只能说明戴晓文早已走出心里的阴

271

影，早已看开了一切。她，只是在诉说一个事实。

戴晓文接过水杯，并没有喝，道了声谢谢后就马上进入主题："是一个圈内朋友告诉我的，她说她实在是不忍心我还被蒙在鼓里。她告诉我杜宏跟几个做非法皮草生意的人搭上了伙。呵呵，说来可笑，我当时听到以后，还替杜宏捏了把汗。我就心想啊，怎么能干这种非法的事呢？这不是找死嘛！可随后那位朋友的话却让我的心彻底凉了，她告诉我那个所谓的非法皮草生意其实就是个幌子，真正做的却是皮肉生意，只是档次高出许多，成员基本上都是富有之人，尤其以女性为主，用现在的话讲，就是富婆。"

"这么隐蔽的事情，你的那个朋友是怎么知道的呢？有什么证据吗？"邓原已经明白后面会发生什么了，只是职业习惯让他条件反射地马上提出了疑问。

"我明白邓警官的意思，我当时也并没有马上就相信了。"戴晓文笑着说道，并没有因为邓原的打断而不高兴，"邓警官虽然跟我只打过三次交道，但你应该不难看出我不是那种人家说什么我就会随便相信的人。我当时也提出了疑问，可朋友却用铁的事实回答了我。"

这话戴晓文说得没错，通过之前两次不友好的接触，邓原就已经知道这个女人绝不是善茬，而在对白良和罗莎的调查中，更加显现出这个女人的不简单。尽管戴晓文自己解释是她特意装出来蒙骗杜宏的，但从言谈举止中也不难看出她是一个干练精明的人。邓原冲戴晓文笑了笑，示意她继续。

"朋友是有备而来的，听到我的疑问后，她马上就出示了一小段偷拍的录像。呵呵，看着他与别的女人们做这种不堪入目的事，真是太讽刺了。邓警官，你能猜出我当时的反应吗？"戴晓文说到这里停了下来，看着邓原问道。

"你忍了！"想都不用想，邓原就回答了。如果一个女人，在知道了自己的丈夫极其不轨的行为后，还能多年来不露任何声色，只能说明这个女人的心理素质极高。

"邓警官不愧是干刑警这一行的，善于观察。这个录像的来源，朋友也告诉我了，唉，说来惭愧啊。"戴晓文轻叹一声，继续说道，"我家老杜自己不检点，还要影响其他人也跟着他一起丢人现眼，我那个朋友的老公就是其中之一，这个录像也是朋友的老公偷偷拍下的。可能杜宏是玩儿美了吧，连羞耻这两个字都忘了，竟然叫着圈里的朋友也去玩儿这个。杜宏一引诱，朋友的老公就上钩了。可毕竟人与人之间还是有差距的，朋友的老公很快就后悔了，他觉得对不起一直不离不弃陪伴在他身边的妻子。朋友的老公找杜宏沟通过，表明不想再这么沉沦

第十五章 背叛

下去，并让杜宏也好自为之，男人应该以事业为重。可惜啊……"

戴晓文没有马上说下去，而是把手里一直握着的水杯递到了嘴前，轻呷一口水，以缓解唇部的疲劳。

但在邓原看来，戴晓文更像是在强压心中那永远都无法抹去的怨恨。作为一个女人，心理素质再高、再能掩饰，可终究还是女人，柔软的那一面在面对过去的羞辱时是不可能一点儿反应都没有的。

戴晓文也许就是用这种方式来释放情绪的，邓原安静地等待着。

"可惜朋友老公的好言相劝，得到的却是杜宏的蔑视，并被杜宏威胁如果退出的话就要搞得他身败名裂。没有办法，朋友老公只得表面上先应和了下来。随后，朋友老公留了一手，他偷偷地录了像，利用这些录像成功地摆脱了杜宏的威胁，不过，朋友老公没有完全断了后路，他也不想把事做绝了，只要杜宏不再骚扰威胁，他答应杜宏不会把丑事声张出去。"戴晓文把水杯放在了桌子上，虽然面部表情没有任何变化，依然看上去非常平静，但内心是否如此就只有她自己知道了。

"可惜，最后还是让你知道了，你那个朋友以及她的老公没出什么事吧？"邓原不得不担心，以杜宏这种睚眦必报的心性，出卖了他的人不会有什么好结果，罗莎和白良的下场还不能说明问题吗？

"邓警官不用担心，他们都没事的。再怎么说，他们最后也算是帮助了我。我太了解杜宏了，我是不会让曾经帮助过我的人出任何事的。"戴晓文给了邓原一个安慰性的回答，然后轻笑了下，"其实，这可以说是好事，也可以说是坏事。从朋友的角度讲，朋友老公保留了杜宏所顾及的东西，一方面是牵制住了杜宏，可另一方面又给他自己带来了隐患。朋友无意中发现了秘密，一再逼问下，朋友老公才道出了实情。而对于我来讲，失望悲伤在所难免，可早知道总比晚知道强吧，至少我还来得及为以后做打算。"

"杜宏怎么放过他们的？"邓原问道。

"还能怎样，朋友和老公离开了呗。发生这样的丑事，他们是没脸再在这个圈子里混了，而且，他们毕竟捏着杜宏的把柄呢，生怕杜宏做什么小动作，那种提心吊胆的日子不好捱。我索性通过关系帮助他们离开了那里。从此以后，我们也就再也没有联系了，不是不想联系，是不想打扰到对方的生活。朋友老公能够及时悔悟就说明他还是有救的，他还是不想毁了自己。如果再联系的话，势必又会想起曾经发生的这桩丑事，那是心中的一根刺啊，还是不要动的好。"

"杜宏就没有千方百计地去找他们的麻烦吗？"邓原再次问道，"这有点儿不像他做事的风格。"

"他？哈……"戴晓文不禁大笑了一声，"他能有什么顾忌？在他认为，只要人在国外，就可以为所欲为，没有任何束缚，牵制他的人自动消失了，他高兴还来不及呢，只能是变本加厉！可能是没有威胁了，再加上我也一直装作什么都不知道，他就更加肆无忌惮了。生意上的事他也彻底不管了，全扔给了我，到后来他完全是天天夜不归宿。"

"他从来就没怀疑过你？"邓原有些吃惊，杜宏作为一个有家室的男人，整天地在外面如此胡来，而自己的老婆却不闻不问，这太不正常了。是杜宏太过得意而少了根筋？还是戴晓文太会演戏了？

"他从来没有怀疑过我，在国外是，回国后更是。主要是他也没有机会怀疑我，朋友的事处理完没过多久，我们在国外的生意就出了问题。"说到这里，戴晓文的表情有些伤感，"不是我经营不当，而是遇到了战乱。在那样一个情况下，谁还有心思做生意啊？自身的安全都不能保证了，雇佣工也一拨一拨地走了，最后就剩下我和几个人。杜宏我是指望不上，没办法，我只能亲力亲为，跟那些雇佣工一样干体力活。时间一长，我的身体也出现了状况，最后不得不把生意停了。生意没了，经济自然就紧张起来，那时杜宏才意识到问题的严重性。他想把生意转手，可那时又有谁会充这个大头呢？只能变卖了所有资产狼狈回国，这只能是当时唯一的出路，再不甘心也没有用。"

邓原作为一个听故事的人，心情并没有随着故事情节的发展而大起大落。不是戴晓文讲得不好，也不是他不相信戴晓文所说的，而是，像这样的事情对于邓原来说司空见惯了。刑事案件，非死即伤，天天面对着各种各样的罪恶，他早已有些麻木了，但他还是耐心地听戴晓文诉说着，一是他尊重对方，二是他想从细节过程中捕捉到更多与案子有关的内容。

戴晓文接着说道："其实，我本打算回国后就跟杜宏摊牌离婚的。可没想到，回来后的他却摆出一副荣归故里的姿态来，更是以我为挡箭牌，说是因为我的身体不好，是为了照顾我的病情才落叶归根的。好吧，他也算是说对了一点，我的身体确实越来越差，因为太过操劳，我的腰受了严重的伤害。实不相瞒，我已经没有生育能力了，我以后都不可能会有自己的孩子了。"

这一点邓原有些意外，他没有想到戴晓文也是这么地命苦。同时，他也彻底理解了戴晓文为何那么恨杜宏，背叛出轨也只是很小的一部分原因。"这也难

第十五章 背叛

怪了，我们在调查案子的时候也多少侧面地了解了一下你，但得到的情况都是说你很神秘，几乎足不出户，更不与杜宏一起参加社交活动。我想，你已经明确自己该做些什么了。"

"是啊，虽然我的身体毁了，但我的脑子还没被毁。我是彻底想明白了，跟他离婚那简直是太便宜他了，我不能就这么白白被他毁了。我一定要拿到属于我的东西，我一定要让他恶有恶报！"戴晓文一直平静的脸上难得地出现了恨意，那是发自内心的。到了这一步，她也没有必要去刻意伪装了，"于是，我任由他在外面想怎样就怎样。我呢，表面在家安心静养，暗地里却尽可能地搜集他的罪证，我知道早晚有一天我会用到这些证据。这么多年我都忍过来了，我不在乎再多忍这一时半会儿。终于，让我等来了你，邓警官。"

邓原听明白了戴晓文这最后一句话的意思，他冲戴晓文点头道："我明白了，你故意装出高傲冷漠的态度，甚至不惜把我激怒。一方面，你是做给杜宏看的；但更重要的一方面，你是在考察我，我说得对吧？"

"如果有得罪之处，还请邓警官多多原谅。"戴晓文抱歉地对邓原微笑了一下，随后把目光抛向了桌上那几个她带来的档案袋，"我也是没有办法啊！邓警官应该比我更清楚。杜宏其实没有什么生意头脑，他无非就是用钱来买关系，虽说我们在国外的生意以失败告终，但瘦死的骆驼比马大，回国后还算得上财大气粗，呵呵，挺可笑的。杜宏的今天就是靠当初砸钱砸来的，你也看到了这些我多年来积存下来的证据，杜宏犯的事可不是这一件两件，也曾经有人调查过他。但可惜啊，杜宏一摆出那些关系户，对方就被吓住了，即便是我有证据，我也不敢拿出来。"

邓原这才明白，为什么今天在杜宏家里戴晓文在请示过杜宏之后能表现出跟之前截然相反的态度。她知道自己今天的气势是势必要把杜宏押走，而这是她最想要看到的。

果然，戴晓文马上说道："邓警官，不是我特意奉承你，你今天在我家里的那股冲劲，让我看到了希望。我知道我多年来的努力没有白费，我真是感到非常欣慰，我真得好好谢谢你。"

邓原回之一笑："你别这么说，那都是我应该做的。如果要谢的话，应该是我谢谢你才对。记得我第一次找上门去时，你一共只对我说了四句话，我到现在都记得非常清楚。其中一句你告诉我杜宏跟梦之幻俱乐部的老板谈生意，你是在提示我对不对？"

戴晓文点了点头："是的,那是第一次见你,我不能确定你会不会像以前那些找上门来的调查人员一样最终打了退堂鼓,可我又不想就这么白白放弃了,所以,我就试探性地提点了一句。不过,结果是好的,你真的去查梦之幻俱乐部了。"

邓原又回笑了一下,有些苦涩的味道,如果当初他能马上察觉出来戴晓文的暗示,会不会案子现在就已经破了?就算没破,也会有很大的进展吧?至少不会是像现在这么举步维艰。邓原没有继续在这种后知后觉中纠缠下去,案子,无论之前进入了多少误区,终归是要完结的。他马上提出了实质性的问题:"关于梦之幻俱乐部,关于朱永义,以及杜宏与梦之幻俱乐部你还知道多少?想必剥皮案你也已经知道了,你还能否再提供更多的线索?还有,我知道罗莎曾经上门挑衅过你,你轻而易举地就把罗莎打发掉了。我想知道除了罗莎进入了那个珍藏室外,还有没有别的事情发生?或者,你对那个珍藏室还有没有更多的发现?"

"邓警官的问题还挺多,让我想一想啊,看怎么能够说得简短明了些。"戴晓文说完,低头皱眉冥思了起来,像是在组织语言。

邓原期盼地看着戴晓文,他希望戴晓文能说出更多的东西,有用的,没用的,哪怕只有一点点,只要能扯上关系就行。

片刻思索过后,戴晓文抬起了头:"我会说出尽我所知的,能不能帮到你我就不知道了。杜宏到底是怎么跟朱永义认识的,我还真不太清楚。但有一点我非常肯定,杜宏是因为特殊癖好跟朱永义搭上的。前面我已经跟你说过了,杜宏在国外的生活荒淫无度,而这绝非偶然,就是因为杜宏有着他独特的爱好。再怎么说我也是跟杜宏过了几年的女人,这一点我比谁都了解,杜宏就是喜欢丰满的女人。我也不怕你笑话,杜宏不止一两次地要求我去做隆胸,我都没答应。杜宏对此越来越偏爱,他回国后找的众多女人都是以这个为标准的,罗莎就是其中之一。"

胸部,一想这个部位邓原就有些皱眉头,他又想到了监控录像里那段令人发指的剥胸虐杀。看来,罗莎不是因为敲诈杜宏而被杀的,她是因为那个令许多人羡慕的胸部而送了命。他又想到了荣静和杨丽丽,杨丽丽就不用说了,现场的尸体就能说明一切,也是个波涛汹涌的主,可荣静呢?也是因为胸部吗?荣静被杀的现场照片中没有胸部的特写,因为荣静穿戴整齐,尸检报告中也没有任何对其胸部的解释。难道去问杨波?这个问题刚一想出来,邓原自己就否定掉了,还是先看看案子的进展吧,他对戴晓文问道:"你见过朱永义吗?"

戴晓文摇了摇头,说道:"我没有见过朱永义,梦之幻俱乐部我去都没去过。

第十五章 背叛

杜宏只是曾经跟我念叨过,我才知道的。我也曾经旁敲侧击地问过杜宏,可他什么都不说。你也知道梦之幻俱乐部所涉嫌的是命案,这与杜宏以前所犯的经济类案件不同,所以,杜宏特别小心谨慎。我不想让杜宏怀疑我,只能暗自调查,可我能查到的也就只有这些了。至于杜宏和朱永义他们具体是怎么犯罪的,我就真的不知道了。"

邓原点了点头,戴晓文说的合情合理,就以她对杜宏的憎恨度,如果真的掌握了杜宏他们杀人的铁证,是不会有今天这个局面的,更不会一边伪装一边又试探警方的举动。谁都知道这种恶性杀人案的结果就是死罪,杜宏人都要死了,戴晓文还有什么可顾忌的呢!邓原又换了另一个问题:"我想,你们家里的那个珍藏室你一定进去过。我不明白的是,既然杜宏这么小心谨慎,怎么会把珍藏室安放在自己的家里呢?"

"我一共偷偷进去过两次,罗莎被杀之前和之后。我想杜宏之所以这么做,应该是经过周密的考虑的,想听听我的分析吗?"

邓原当然是求之不得了,戴晓文是杜宏身边待得最久的人,她的分析只能对破案有帮助。他冲戴晓文点点头,示意她说下去。

"杜宏把珍藏室设在家里,原因可能有三个。第一,隐藏在外面看似保险,其实一点儿都不保险。无论是选择隐藏的地址,还是赃物的运送,都是要与人打交道的。而人可以说是最危险,也是最容易泄密的,尤其是那些别有用心之人。就算杜宏再笨,他也能想到这一点。第二,设在家里的话,除了我之外也不会有人去怀疑那里。女佣是拿钱办事,每月多打赏她些钱,让她该做什么不该做什么,她都非常听话。而对于我,杜宏更是一百个放心,他一直认为我最看重的就是钱,就是过奢华生活,没了他我就活不了了,所以,他以为满足了我这个要求后就不会有意外发生。第三,也是最重要的一点,那个珍藏室说白了根本证明不了任何问题,就算你们警方查到了那里,也拿他一点儿办法都没有。"

邓原很赞同戴晓文的分析,正如他在天鼎别墅区门口时想的一样,杜宏轻而易举地就可以把自己拒之门外。可杜宏还是把赃物都转移了,这说明什么?这说明顾及得太多并不是什么好事,反而更加证明此地无银三百两这个道理。邓原说道:"其实,杜宏他只要把属于罗莎的东西藏起来就足够了,其他的我们还真拿他没办法。"

"是这样的,"戴晓文点头称道,"杜宏可能认为光转移一两个对他不利的赃物不如把所有的都转移来得痛快,他以为这种做法很彻底,其实是更加表明他做贼心虚。"

邓原重重地点了点头，他不得不承认戴晓文跟自己所想的一致，同时他也不得不对戴晓文另眼相看，这个女人，不当警察真是可惜了。"那你既然偷偷进去过，里面究竟有什么玄机呢？罗莎死前曾经进去过一次，她的形容是没什么特别的，就是有好多小型的珍藏品，摸起来像是皮革制品。所有珍藏的全都是这样的东西吗？"

"是的，应该全都是用人皮制作出来的，就像你刚刚看到的罗莎的那个部分遗体。对不起，我只能用这个词来形容。怎么说呢，其实，我曾经提醒过罗莎，可是她却完全没当回事。"一说到罗莎，戴晓文并没有显现出任何怨念，相反，倒是有些同情的成分，"我第一次偷偷进入那个珍藏室的时候，对那些珍藏品并没有起什么疑心，只是当时觉得挺奇怪，杜宏什么时候对这些小玩意儿感起兴趣来了？即便是摸起来真的就跟摸自己的皮肤一样，我都没有往那方面去想过。后来，罗莎杀上门来，我灵机一动，结合杜宏在国外的表现以及他的癖好，我才隐隐猜测到那些东西都会是什么。罗莎死后，我又进去了一次，看到那个东西我才彻底明白了。"

"你是故意让保姆把罗莎引到杜宏最不愿意有人进去的珍藏室里，你是想让罗莎自己明白而主动远离杜宏。"邓原也明白了戴晓文的用意。

"我还能怎样呢？虽然罗莎也是个傻女人，虽然我不记恨她，可她毕竟和杜宏有关系，你要让我当什么事都没发生过似的去帮她，我还真做不到。我承认，在这方面我也有小气的时候，只是罗莎，太可惜了……"戴晓文说着摇了摇头，有些替罗莎不值，"你说这罗莎怎么就那么笨呢？杜宏有过的女人太多了，何止她一个啊，竟然这么上心。还有，杜宏都对她动手了，她一点儿醒悟都没有，还主动送上门来。唉，算了，她人都已经死了，我也就别再说她什么了。"

邓原倒没有替罗莎感到惋惜，他知道罗莎是什么样的人，他突然想到了一个问题。杜宏有那么多的女人，为什么是罗莎被杀了呢？难道单单只是因为罗莎的胸部长得漂亮这么简单吗？邓原还真不这么认为，他认为罗莎一定有她的"过人之处"！于是，他问道："围绕在杜宏身边的那些女人你大概多少也都知道些吧？她们与梦之幻俱乐部，或者与朱永义有没有什么关系？"

"那些女人啊，无非都是些风月场所里认识的。她们跟梦之幻俱乐部和朱永义有没有什么关系，我不清楚。但有一点我知道，她们目前都完好无损。"戴晓文马上就听明白了邓原的问题。

第十五章 背叛

邓原点了点头，又陷入了沉思，罗莎与那些女人的共同点在于，她们都是杜宏的情人；不同点在于，罗莎是通过梦之幻俱乐部认识的杜宏，而问题的所在是，罗莎死了，她们都没有事。邓原想到了朱永义，会不会是朱永义在有意算计杜宏？这种想法很突然，也更莫名其妙，可不是一点儿道理都没有。朱永义完全可以利用罗莎与杜宏的关系把杜宏拖入旋涡之中，即便是他们本就是合作的关系，但有命案在手，朱永义与杜宏都是一根绳上的蚂蚱了。罗莎无疑就是一个牺牲品，邓原认为一定是朱永义把罗莎介绍给杜宏认识的，并通过杜宏的爱好虐杀罗莎，而把杜宏跟他拴在一起。

但从朱永义的供词来讲，与这个推断又有些背道而驰。在审讯的时候，朱永义是非常袒护杜宏的，他宁愿自己去背负没有的罪行，也要把杜宏保护在身后，难道是因为朱永义知道他自己是死有余辜才这样做的？好像又有些说不过去，邓原隐隐地感觉到朱永义与杜宏的关系上一定有文章存在。

正在邓原思考的时候，戴晓文站了起来："邓警官，我已经耽误你太多的时间了，你肯定还有更重要的事要做，我就不多耽误你了。"

邓原这才反应过来。他愣了一下，没想到戴晓文会这么快就要离开。可看戴晓文已经有了转身要走的意思了，他也赶快站了起来，说道："戴女士，再次谢谢你提供的这些证据。如果我们要是有什么疑问，或者你又有新发现的话，咱们随时保持联系吧？"

没想到戴晓文摇了摇头，微笑着说道："邓警官，这是我们最后一次见面了。你应该不难看出，我等这一天等了很长时间，应该是我谢谢你才对。其实，我一直在为自己做打算，也一直在为自己做准备工作，可以说是小有成就了。今天心愿已了，我就要着手去开始我自己的新生活了。至于杜宏，就随他去吧，他跟我再也没有任何关系，我的律师会帮我完成离婚手续。"

"你，你是打算离开这里？"邓原看到戴晓文点头后，又问道，"你打算一个人去哪里呢？"

"随便哪里都好，只要不是这里就行。"看着邓原有些失望的表情，戴晓文收起了笑容，"邓警官，你真的不用再在我这里浪费时间了。知道的我都说了，能提供的我也都拿来了，而我提供的这些证据你心里应该比我更明白，除了给你争取了一些时间外，并没有对杜宏造成足够的威胁。剩下的事情还非常艰巨，当然，我相信以邓警官的能力一定能解决好，一定会把杜宏绳之以法。就这样吧，邓警官不用送了。"

戴晓文走了，走得一身轻松。邓原没有再继续坚持，戴晓文说得没错，时间是争取来了，但最终的结果仍要继续努力。

也许是戴晓文的鼎力相助，也许是自信瞬间回来了，邓原不再盲目急躁，他找到了着手点，那就是朱永义与杜宏的关系。这一次，邓原把重点放在了案件的本身，以及所有人的供词上，从作案的时间顺序，再到被害人的身份，以及阳县之行中所发现的问题和涉案人员各自的反应，他终于找到了系列剥皮案的突破点，顿觉心头一亮。

邓原发现值得推敲的问题挺多，而这些问题之间似乎又存在着矛盾的关系，只要把这些问题与矛盾关系——列举出来，一切就都不是问题了。

第一，从系列剥皮案的受害人来看，除了荣静和杨丽丽这两个非朱永义所杀害的，其他的死于朱永义之手的死者们也存在着"待遇"不同的问题，首当其冲的就是罗莎。朱永义团伙早在几年前就开始了虐杀的罪行，被害人员众多不说，还被溶尸水毁尸灭迹，唯独罗莎没被享受溶尸水的滋味，而是被抛尸在外。为什么罗莎会这么特殊？邓原才不会相信朱永义的解释是因为罗莎是他的贵客，朱永义的贵客可不止罗莎一人，那么罗莎的特殊性就存在着不同的意味了。邓原想到了杜宏，罗莎的死除了让朱永义他自己浮出了水面外，杜宏也进入了警方的视野，这两个人不是合作的关系吗？朱永义为什么要如此拆杜宏的台？而杜宏在得知了朱永义被抓后更是落井下石，看来这两个人存在着某种特殊的矛盾关系。

第二，就是荣静和杨丽丽了，通过审讯以及掌握的线索，这两个人根本不是朱永义所杀。可朱永义为什么要承担下来，甚至不惜牺牲他自己？难道是为了袒护杜宏吗？不是，他要是袒护杜宏就不会抛出罗莎了，他在保护谁呢？

第三，从作案时间上也似乎存在着矛盾，这个矛盾点体现在了荣静和杨丽丽以及罗莎这三个人上。只有这三个人是被曝光给警方的，可在时间上却有着很大的落差，竟然相隔半年多之久。如果从凶手的角度考虑，半年前杀死荣静后，经过半年的时间洗刷，再杀死杨丽丽，一时还真难让人们把两个案子联想到一起去。即便是凶手再作案，也应该是在杨丽丽被杀的半年以后再害死罗莎才对，可为什么杨丽丽和罗莎的被杀时间只相差了两天？朱永义不是杀害荣静和杨丽丽的凶手已确认无疑，那杀死这两个人的凶手为什么要隔出半年多的时间呢？这里面有什么意义存在呢？

第四，阳县之行的暗查像是中了某人的圈套，而这个某人应该就是朱永义，而不是杜宏。戴晓文对杜宏把赃物收藏在家里意义的分析，以及罗庄村的赃点都

第十五章　背叛

说明了杜宏跟阳县没有什么关系，那应该是朱永义在认识杜宏之前所为。那么，在审讯朱永义中猜测荣静和杨丽丽是否是梦之幻俱乐部的会员时，朱永义能马上否定并指出警方没有时间去把俱乐部里的每一个会员进行排查，这说明什么？这说明朱永义一直掌控全局，他掌握着警方的任何一个动向。朱永义知道警方人员调查到了什么程度，知道警方去了阳县，甚至可以说是朱永义引警方去阳县那里调查的。朱永义为何这样做呢？邓原猜想，应该是与朱永义极力想保护的人有关。

第五，关于裁缝的问题。在去阳县之前，邓原一直没有或者说是不想把裁缝当个重点问题来看待。可去了阳县之后，邓原才发现裁缝似乎才是系列剥皮案的重点。在阳县的调查中，邓原曾经一度以为裁缝就是朱永义，就连阳县的于四和康老板也把裁缝视为业内的大哥大人物，在审讯的时候朱永义自己也承认了他就是裁缝，可是现在邓原却不这么认为了。原因非常简单，找到裁缝的真面目似乎过于简单了，甚至可以说是轻而易举，这是不正常的。

仔细回想审讯朱永义的过程，邓原根本没指出裁缝的问题，反倒是朱永义自己一个劲儿地说他就是裁缝，还大为夸张地自我标榜一番。现在想想，朱永义不像是在老实交代，倒像是以裁缝来借题发挥。朱永义为什么要这样做呢？朱永义是裁缝的话，根本没必要这么张扬表现。可如果朱永义不是裁缝呢？这个想法不是偶然的，也不是平白而生的。裁缝的出现是因为杨波，是那个神秘跟踪人提示给杨波的。无论神秘跟踪人的目的是什么，提示给杨波都是因为荣静的死，可以说是荣静的死牵扯出了裁缝。可荣静并不是朱永义所杀，朱永义为什么要一口咬定他自己就是裁缝呢？难道朱永义知道裁缝是谁？或者说，朱永义在利用裁缝的问题来达到他自己的目的？朱永义的目的是什么呢？还有，康老板他们为什么也认定朱永义就是裁缝呢？

所有的问题都被一一列了出来，邓原面对着它们冥思苦想，他已经意识到了案子的关键在于朱永义和裁缝，而杜宏可以说是不值一提。表面上杜宏是有钱有势的显著人物，可实际上他从头到尾都是被利用的角色。可在朱永义、裁缝以及杜宏这三个人物之间如何才能把案子串联起来呢？怎样的串联才是合情合理的呢？

邓原闭上了眼睛，轻揉太阳穴以保持自己的头脑清醒。这个举动还真有效，没一会儿他就睁开了眼睛，他想到了时间次序。他把所有被害人按照时间顺序竖排列出，每一个被害人后面都注明已知或未知的凶手，以及有牵连的与案人员，用裁缝这个特殊人物把所有系列剥皮案从头到尾地反复过了几遍，还别说，还真得出了一个比较明朗化的推论，虽然有些大胆，但不是没道理可言。

邓原得出的推论是：荣静和杨丽丽是裁缝所杀，或者说跟裁缝有着莫大的关系。朱永义绝对不是裁缝，他对裁缝似乎有着一种矛盾的关系，可以用"又爱又恨"来形容。朱永义在利用裁缝，也可说是在找寻裁缝，而找到裁缝的媒介就是警方。杜宏呢，就非常简单了，杜宏与朱永义是互相利用的关系。杜宏利用朱永义吸收资金和满足特殊需求，而朱永义则利用杜宏提供的条件频繁作案以引出裁缝。同时，朱永义利用罗莎套住杜宏以备发生不测。

邓原相信，朱永义先前一直袒护杜宏的行为就是一种假象。他之所以不供出杜宏，是因为他的目标裁缝还没出现，杜宏还有可利用的价值。一旦目标人物有了任何迹象，朱永义会毫不犹豫地出卖杜宏。

邓原对这个推论非常有把握，也深感来之不易。他在感叹之余也让自己稍稍有所放松，案子查到今天这个地步可算有个说得过去的交代了。裁缝，这个对于剥皮案有着举足轻重影响的角色终于要隆重登场了。他在心里暗暗地好奇一下，这个裁缝是何许人也？长什么样？是怎样的一个人？

邓原对于自己的这种放松感有些自嘲，既然有了进展就该快马加鞭，现在还不是高兴的时候。他舒展了一下身体，随后冲着身后的门外喊道："都进来吧，站那么久了，腿不麻吗？"

门被推开，三个像是做了坏事，又像是窃窃欣喜的人冒了出来。他们来到邓原的身后，没有出声，静静地等待着命令。

"我要马上再次提审朱永义。"邓原一边收拾会议桌上的案宗，一边说道，"杜宏就交给你们了，所有的资料和证据这里都有，你们知道该怎么做。"

三个人不明所以，但还没来得及说话，邓原却已起身离开："有任何问题都等我审完朱永义再说。"

邓原朝会议室外走去，三个人正打算议论一下，邓原又站住身回头说道："事先声明，我这次可不是有意卖关子啊！你们非要为此讹我一顿饭，我也认了。"

看着邓原离去，三个人同时笑了。

第十六章 裁缝 ↗

关押了两天的朱永义，精神很好，除了身上的香水味早已荡然无存外，整个人看上去反倒显得更像是个正常人了。

邓原看着对面的朱永义，暂时没有说话。朱永义被押到审讯室之前，邓原跟看守了解了一下情况，得到的答案是，朱永义相对于其他几个被关押人员，更享受这种牢狱之灾。每天都养尊处优，唯一让朱永义所关切的不是他将要得到什么样的审判，而是他在外面所造成的影响，尤其是他作为裁缝所受到的关注度。他不止几次询问是否有人来打探他这个裁缝的所有消息，搞得看守也郁闷至极，这哪是即将判刑的死刑犯啊，天天盼着有人来采访，作秀都作到监狱来了，这样的重刑犯真是头一遭遇到。

邓原心里在暗笑："朱永义啊朱永义，原来你也有沉不住气的时候啊！狐狸尾巴露出来了吧，想引出裁缝？没有我们警方你还真办不到，看看你这次还能逞强多久！"

朱永义似乎也猜出了此次邓原审讯的目的，但看对方一直注视着自己不说话，他又有些摸不准，索性打趣地开玩笑道："邓警官这次提审我，不会就光是为了给我相面吧？呵呵。"

邓原被朱永义逗笑了，心想："就你这形象我看一眼就够了，还相面呢！"随后，他板起了面孔，直奔主题道："你指证杜宏，我可以找到你想要找到的人。"

"我想要找到的人？"朱永义眯起眼，似笑非笑，"我怎么听不懂邓警官在说什么？"

"我劝你还是省省吧，装傻是没用的，"说着，邓原向前探了下身子，"你、我心知肚明，你要找的人就是裁缝！"

"哈哈哈……"朱永义大笑了起来，笑得有些牵强，目光中更是充满了期盼的神色，但嘴上却说道，"邓警官的幽默感又来了，我找裁缝？我为什么要找裁缝啊？我不就是裁缝嘛！"

"如果我把于四抓来，你猜他会怎么样？"邓原收回身子，靠在椅子背上。于四是目前为止唯一一个可以让朱永义有所慌神的人，邓原一直怀疑阳县之行就是给警方设的一个套，之前分辨不出到底是杜宏还是朱永义所为，但现在看来，非朱永义莫属。以杜宏的所作所为，无非就是千方百计地使用各种手段来把他自己与系列剥皮案择开，这与引警方去阳县背道而驰，怎么可能让警方查到阳县并获得有力的证据呢？只能是朱永义！朱永义这么做的目的先暂时放在一边，单就配合朱永义引警方人员去阳县的人选上就有文章。朱永义在阳县生活了那么多年，同伙也有不少，像康老板那种跟朱永义有利益关系的人都能被抛出，偏偏于四这种小角色却单独"保护"起来，这说明于四和朱永义的关系绝非一般。

再从于四的角度讲，让他出卖一个关系非常好的人不是易事，邓原相信于四肯定也处在矛盾挣扎中。

问题看似简单，但回答起来却可以有正反两面。既可简单得一推到底，装作什么都听不懂，又可复杂得不知如何回答为好，因心中有鬼。邓原盯着朱永义，想看看他对这个问题会有什么样的反应。

朱永义是属于后者，邓原的问题让他不得不紧张。如果把于四抓来，邓原用的是"抓"这个字，而不是"叫"或者"请"，一字之差，所代表的意义就会完全不相同。邓原为什么要抓于四？难道于四在提供线索的时候露出了马脚？如果这样的话，就算于四没有参与凶案，但至少可以算是个"帮凶"了，这不是朱永义想要看到的。

朱永义不担心于四出卖自己，出卖了事情反倒好办了，目的已经达到，于四的落井下石只会增加他跟邓原谈条件的筹码。他所担心的是于四讲义气。朱永义相信于四绝不会出卖自己，甚至极有可能替自己担当。当初他劝说于四向警方提供线索就费了老大的劲，如果邓原真要把于四抓来，于四一定会咬紧牙关跟邓原周旋到底，最后的结果只能是于四受到自己的连累，他真不希望于四出任何事。

朱永义有些犯难了，这个问题怎么回答呢？让邓原抓于四来对质？这绝不可能。他只要一松口，邓原肯定派人杀向阳县。假装不认识于四？这也不太可能，如果邓原真在于四的问题上较起真来，于四以前的丑事就会被抖出来，而他和于

第十六章　裁缝

四的关系也就明朗化了。邓原不是白痴，稍微查一下就会知道怎么回事，尤其是康老板他们也都被抓起来了。难道主动承认是自己指使于四设计警方的？似乎也不行，这无异于是自己把于四扯入了剥皮案中，从头到尾于四都跟案子没有一丁点儿的关系，到底该怎么办呢？

时间一秒一秒地过去了，邓原看着朱永义迟迟不作声，已猜出了七八分。他知道自己设想得没错，朱永义已经在慢慢上道了，只要再努一把力，朱永义就会乖乖地交代了。所以，在于四的问题上邓原也不想再继续纠缠下去，他的目的在于朱永义对杜宏的指证，以及裁缝的信息。于是他轻咳了一下，先表态道："我知道你在想什么。放心吧，我不会为难于四的，再怎么说于四也有功于我们，嘉奖什么的谈不上，但至少不会辜负他的一片好心。"

朱永义暗松了一口气，只要于四不受到牵连，其他的都好说。不过，这并不代表他马上就会积极配合。裁缝能否找到还是个未知数，这么多年都没能引出裁缝，邓原就一定有把握？在这种前路渺茫的基础上，合作以及合作者之间就存在着一种平衡、互相牵制甚至是互相依赖的关系。这种平衡一旦被打破，一方占得了优势，另一方就失去了控制权，搞不好，弱势的那一方宁愿拆台散伙也不会让强势的那一方得势。

说白了，朱永义还不能完全相信邓原，尤其是到现在邓原也没能让他下决心"破釜沉舟"，没被逼到绝路上，怎么可能和盘托出呢？

朱永义看着邓原，表情有些轻蔑："邓警官是成心抬举我吧！区区一个杜宏还能难倒邓警官吗？呵呵，我一个垂死的重刑犯人，还能得到警方的厚爱，真是死而无憾了！"

"呵呵，你真这么认为吗？"邓原对于朱永义的轻蔑视而不见，淡淡地说道，"那我恐怕你会死而有憾了。"

两个人说完都暂时陷入了沉默，表情恢复了平静，各自的心里却剑拔弩张，颇有些较劲的味道。

邓原心里想的是："行啊，朱永义，你以为我听不出你这话里的意思吗？你真以为没有你，我就搞不定杜宏了吗？"如果在今天之前，朱永义说出这样的话，邓原也许心里会有些发虚。在杜宏的问题上，邓原承认自己是绕了弯路了，他一直认为杜宏才是那个最终的对手，尤其在荣静和杨丽丽的案子上，他更是曾经一度认为杜宏是凶手。可当他今天去杜宏家里进行抓捕的时候才知道自己判断错了，杜宏的身高不符合凶手，这两名死者不是杜宏所杀，戴晓文的证词也证明了这一点。尽管如此，送杜宏上断头台还是需要像朱永义这样的同案犯来指罪。那三个人，邓原不抱有希望，因为他们"无利可图"。朱永义就不同了，因为他的目标是裁缝。

但是，这并不说明朱永义就可以以此来要挟邓原。邓原绝对有能力把杜宏一脚踢进监狱，可能过程会费些周折，也可能结果不是那么尽如人意，可并不是非朱永义不可。邓原之所以卖给朱永义一个顺水人情，是因为杜宏的行为着实让他怒火中烧，不灭掉杜宏不足以平民恨！为那些被骚扰的受害者及家属也好，为老房和戴晓文也好，甚至可以说为他邓原自己的私心也好，一定不能让杜宏这种人再为非作歹。邓原相信，不会有人提出反对意见，包括朱永义。

如果，朱永义偏偏以此为要挟，那才真是不识抬举了。邓原明白，朱永义之所以到现在还在拿杜宏说事，是因为他心里还有着那么一丝的有恃无恐。他以为只要杜宏还好好的，剥皮案就结不了，而他自己则可以继续滋润地待在警局里，一边等待裁缝的出现，一边看警方的笑话。这如意算盘打得可真响啊，邓原心里嘲讽着："你朱永义真当我们都是傻子吗？非得把你的后路断了才行吗？"

朱永义心里想的是："你邓原既然来找我指证杜宏，那就说明你并没有掌握杜宏参与剥皮案的罪证。杜宏那只老狐狸没有我，你们警方拿不下，剥皮案就别想完结，到时候看你们警方怎么交代？想求我合作？那就拿出点儿诚意来！"

再者说，像杜宏这种空有一身华丽躯壳，实则是个胆小如鼠的人，怎么能跟亡命天涯的裁缝相比？要胆量没胆量，要魄力没魄力，根本就不是一个档次。邓原连杜宏这种货色都需要借助别人的帮助来搞定，还找裁缝呢，吹吧！如果他不透露一丁点儿的信息，他们恐怕连裁缝的影儿都瞄不着。

双方各自打着小九九，心里盘算着自己的赢面以及对方的心思，直到朱永义再次说话。

朱永义可能认为这次他占了主动，说出的话挑衅的味道很浓："还别说，我倒真想看看我是怎么个死而有憾，邓警官是不是有些太过于自信了？"

还真是有恃无恐啊！看来不狠狠地敲打朱永义几下，他还真是不知道自己现在处在一个什么境地！邓原淡淡说道："你这辈子都甭想见到裁缝。"

"呵呵，这好像不见得吧？"朱永义比邓原还自信，根本没把邓原的这句话放在心里。

"你这是承认你不是裁缝了吗？你觉得不见得，恐怕结果会令你失望，大大地失望！"邓原笑了笑，继续说道，"你以为就你在找裁缝吗？你错了，我们早

第十六章 裁缝

就在找了，早在还没有调查你之前。我可以跟你透露一下，有人已经跟我们提供了裁缝的信息，而这个人也在寻找裁缝。你想象一下，你被困在这里，束手束脚又无依无靠，人家可是自由在外，再加上庞大的警方力量，你现在还认为你能见到裁缝吗？"

"那个人是谁？"朱永义心里一惊，他惊的不是自己脱口承认冒充裁缝，这个是早晚的事，他所惊的是居然会被别人捷足先登。

"我没有必要告诉你。"

邓原又在心里说："我还想知道他是谁呢！"

有人也在找裁缝？这个人会是谁呢？这个人掌握了多少裁缝的信息？可靠不可靠？朱永义在心里犯起了嘀咕，却一时怎么也想不明白，突然，他意识到自己是上了邓原的当了。这么多年，知道裁缝的人何止是少数，想要一睹其真面目的又何止是少数，可以说谁都在找裁缝。邓原够狡猾，想用这个蒙住他，想得美！

朱永义耸了耸肩："邓警官大惊小怪了，想要找到裁缝的人可不少呢！在我们那个圈子里就有许多人对裁缝敬佩有加，争先恐后地四处打听裁缝的消息。"

"你们那个圈子？你们圈里公认的裁缝不就是你吗？不记得了？别啊，你千方百计地让于四把我们诓去阳县，为的不就是让我们认为你就是裁缝吗？然后再顺藤摸瓜地把你抓来，这么重大的事你都能忘了！哎，我发现你有些意识模糊了，要不要我叫法医来给你看看啊？"邓原真是忍不住想笑，看来朱永义的软肋不止于四一个啊，最软的那个还是裁缝，稍微绕一下，他就有些乱了方寸。

朱永义狠狠地瞪了邓原一眼："不是我夸大，没有剥皮案，没有我，你们是找不到裁缝的，找谁来帮助都没用。"

"是吗？何以见得呢？"邓原马上问道。

"当然见得了，剥皮案里有裁缝做的案子。你也可以理解为我利用梦之幻俱乐部和杜宏所做的一切，还有我把你们警方玩儿得团团转，那都是为了裁缝，所有所有的一切都是为了裁缝。"朱永义说着就有些得意起来，"所以，邓警官不用质疑，也不用编个什么其他人来诈我。"

"你说的案子应该是荣静和杨丽丽的吧？"邓原又问道。

朱永义没有直接回答，而是眨了下眼，随后更得意了。

"哈哈……你，你真是……"邓原终于忍不住笑了起来，"你真是太逗了。"

朱永义没想到邓原会是这么一个反应，他以为邓原会立马扑过来问东问西，他甚至幻想邓原会低三下四地来求他。朱永义皱皱眉："就那么好笑？"

"不是好笑，是可笑，你太可笑了！"邓原不笑了，很认真地说道，"你终于承认不是你害死的荣静和杨丽丽。虽然这个答案我早就知道了，可你只隔了两天时间就推翻了自己的供词。你还记得你上次都是怎么说的吗？为了一个裁缝，你前后扇了自己两个耳光，你不觉得很可笑吗？"

"只要能找到裁缝，做什么我都不介意。行了，邓警官，不用再挖苦我了。既然是合作，坦诚相待就足够了。"朱永义有些不耐烦了，他觉得今天邓原不是在审讯，而是在戏耍他。

"坦诚是必须的，但是合作就谈不上了。"

"你什么意思？"朱永义又瞪圆了眼睛。

"意思很简单，我是不会跟你合作的。警方是不可能跟一个杀人犯谈什么合作的，你要做的就是老实交代。"邓原说完看着朱永义，他知道此次审讯的目的快要达到了。

"我以为邓警官是来寻求合作的，既然不是就算了。我已经交代过了，也没有什么可再交代的了，邓警官请自便吧。"朱永义冷了脸，把脸转向了一边，不看邓原。

"朱永义，你忘了这里是什么地方了吗？你忘了你是以一个什么身份坐在这里了吗？你真是比我想象中的更可笑！"邓原心想，看来不推这人一把是不行了，"你为了自己的目的不择手段，你以为别人就都跟你一样吗？我根本没有骗你，我刚才说的那个人是真实存在的，他确实是在寻找裁缝，而我也确实不能跟你说太多，我只能告诉你，这个人是在荣静和杨丽丽的案子发生后出现的，你自己想吧。"

朱永义的嘴角微抽了一下，真有这个人？还是在裁缝作案后出现的，难道……这个人跟自己有同样的目的？朱永义依然侧头想着，没有理睬邓原。

真是不见棺材不落泪，邓原决定亮出底牌："如果你真的没什么可再说的了，我们就要结案了。杜宏的夫人已经把杜宏所有的罪证交给我们了，你是否指证杜宏都影响不了我们。"

"不可能，你们结不了案的！"朱永义身子一抖，马上转过脸看着邓原，"裁缝还没有找到，你们怎么可能结案？"

"怎么不可能呢？你在阳县和康老板他们，以及在本市与杜宏的剥皮、凶杀、非法人皮交易的所有证据我们都已经掌握了。上次审讯你自己也认了罪，那不结案还等什么呢？荣静和杨丽丽的案子是裁缝所为，与你们的剥皮倒卖案没关系，

第十六章　裁缝

等你们的案子结了后会单独成立专案组进行调查的。我想，等我们找到裁缝了，你也已经不在了。"邓原说完起身就要走。

邓原的这套说辞并不是完全针对朱永义的，案子是真的可以部分完结的。尤其是在现在这个媒体压力超负荷的时候，以朱永义和杜宏为媒体所围绕的案子一结，多少能缓解一下市局的紧张局面，冯局是绝对乐意这么干的。邓原之所以说出来，就是想让朱永义明白，是警方在给他机会，而不是他给警方机会。

"30年前！"朱永义听明白了，并在邓原刚一起身的瞬间做出了决定。

"什么？"邓原难掩脸上的笑容，又重新坐了回去。

朱永义继续说道："30年前，阳南市有名的医学院发生了一起震惊当地的凶杀案。一名20岁的医学院女大学生被剥去整张人皮，尸体就丢弃在那名女大学生的宿舍内，被剥去的整张人皮却没了踪影。"

"30年前？30年前你应该还是个孩子吧？"一句简单的陈述，邓原首先捕捉到的是时间，当时的朱永义还是个小孩。

朱永义没有理会邓原的问题，接着说道："具体的案情我不知道，没多久案子就淡出了人们的视线。可在这个圈子里，一个名字从此占据了第一的位子，直到现在。这个名字就是裁缝，在当时，但凡圈子里有些威望的高手们都在口耳相传，说是一个外号叫裁缝的人制造了阳南医学院的血案，裁缝随后就消失了，而那件艺术品却流传在了圈里人手里。听说是圈里某人偷来的，裁缝也在找，可这裁缝从此就没再出现啊，谁知道真假。"

"你们那个……圈里都是些什么人？他们是怎么知道阳南医学院的血案就是裁缝所为的？"邓原觉得有些不爽，一帮变相做生意的猥琐之人，真是自大得没边儿了。

朱永义摇了摇头："我不知道。"

"你不知道？"邓原气得快翻白眼了，"那你说的这些都是编故事呢？"

"你讲点儿理好不好？你刚才自己不也说了嘛，30年前我还是个小孩呢，我怎么可能知道当时圈里的成员都是些什么人，那都是流传下来的。"邓原没急，朱永义倒先急了，就好像邓原的质疑是在侮辱他的人格一样。

"那，那张人皮呢，现在在谁手里？"邓原说完又马上追加了一句，"别告诉我你不知道啊。"

"我真不知道，不过嘛，我倒是有幸亲眼见到过一次！"一说到这里，朱永义的眼睛直放光，满是崇拜，"10多年前，我在阳县刚入行的时候，在一个朋友的引见下，我看到了它……"

"哪个朋友？给你引见了什么人？"邓原已经预想到了这个问题朱永义是不会给出答案的，但他必须马上问出来，因为他都快坐不住了。朱永义诉说时看他的那个眼神，那股子神情，搞得邓原顿时浑身起了鸡皮疙瘩。在邓原看来，这都是血腥、残杀、恶心，等等。

被打断的朱永义挺不高兴："圈里的一个普通朋友，早走了，都不知道现在是死是活。"

"那引见给你的那个人呢？东西你都见到了，还不知道物主是谁啊，形容一下吧。"邓原继续问道。

"形容不出来，我压根儿就没见到那人，只看到绝世宝贝。"朱永义有些不耐烦了。

牵强，这么烂的借口也说得出口！都不用动脑子，邓原就知道朱永义的话里有水分。不过，他没打算继续追问下去，他心里明白，朱永义不想说的话，再怎么逼问都没用。还是把重点放在裁缝的身上吧，只要裁缝出现，那张人皮自然会出现，人都被挖出来了，皮还用说吗？

邓原换了个话题来问："所以这么多年来，先是阳县再到本市，你都在苦苦地寻找裁缝。可惜裁缝不赏脸，于是你就干脆假扮裁缝，先后与康老板以及杜宏合作，频繁作案，到最后更是抛出罗莎的尸体。你以为这会是一箭三雕。一方面，引起裁缝的注意，或者说是激怒裁缝，让他自己跳出来；另一方面，罗莎的死也牵制住了杜宏，逼迫杜宏通过黑道上的势力帮你寻找裁缝；最后一方面，罗莎的案子也会引起警方的注意，经警方插手调查，无形当中你就等于又有了一个很强大的帮手。黑白两道通吃，一个完美的设计，应该是这样吧？"

"邓警官的分析很精辟啊，可惜，只差了最后一点，最后一点分析得不够全面。"朱永义那死猪不怕开水烫的劲头又来了，"杀死罗莎，我的目的主要在杜宏。当然了，引你们警方找上门来更是求之不得。我真正利用你们警方的是阳县，我得让阳县的那些宝贝们都露面啊。还有最最最重要的，那就是我人生中最后一次操刀。唉，只是错过了那个曾警官，多好的皮肤啊。嗯，没关系的，刘警官的也不是很差，虽然身上有一块伤疤，但这影响不了我的发挥。刑警惨遭剥皮，那是轰动全市，甚至是全国的大新闻啊，裁缝知道了会是什么反应？呵呵，刑警嘛，毕竟不同于普通人，这俗话说得好，好钢就要用在刀刃上！"

邓原这一次没有被激怒，尽管朱永义说出的话非常刺耳，尽管朱永义的那

第十六章 裁缝

些用词足以让他暴跳如雷,可他始终静静地坐着听着,就像是一个失去了感知的人。也许这就是所谓的成熟吧,人生中既痛苦又不得不接受的成长。等朱永义说完,他只是很平常地问道:"可结果呢?你人坐在了这里。裁缝呢?裁缝跑哪里去了?"

朱永义自讨没趣儿了,他倒是希望邓原跟他急呢,哪怕大骂一顿或者打一顿也行啊,至少还算是有个反应。这邓原怎么跟裁缝一样,真是树欲动而风不起啊!朱永义的用力一拳,像是打在了棉花上,他心里不甘又不爽,只能继续用语言来发泄:"谁知道跑哪儿去了,我怀疑他就是个没心没肺的人,这么多年,我真是使出了浑身解数,他硬是连个面也不露一下。邓警官,你可能不知道,我就是那种天生就具有天赋的人,一学就会,再而精。后来出自我之手的艺术品,那叫一个绝,很多圈内人士看了后都叫好,有的更是拿我跟裁缝相比。我就想啊,我的技术都能跟裁缝相提并论了,这还不能引起他的注意,那不如冒充他试一试,万一他有所反应了呢?于是,在阳县的圈子里,我就慢慢地以裁缝自居。而他们呢,也慢慢地接受我这个假裁缝了,直到最后甚至对我就是那个叱咤风云的裁缝深信不疑。"

"我觉得这里你自认为的成分很多,毕竟裁缝是 30 年前成的名,这么长的时间了,知道当年的裁缝,又知道当年他残杀医学院女大学生的人应该是少数。也许,绝大多数人都不了解这些事实,他们只是奉承你的技术而已,你觉得呢?"邓原突然觉得朱永义其实挺好对付的,上一次审讯,朱永义确实让他吃了些苦头,可这一次,朱永义就像是一个智商不高的孩子。也可能是关心则乱吧,邓原这一次踩朱永义的痛处踩对了地方。

朱永义没有肯定邓原的假设,也没否定,而是自说自话地继续交代:"无所谓吧,后来阳县出了事,我想这也许是一个机会,就来到了这里。其实我跟杜宏早就认识,只是后来才熟了些。杜宏算是半个圈内人吧,他只是单纯的酷爱而已。在我的说服下才有了梦之幻俱乐部的,我从来没有骗过杜宏说我是裁缝。因为我知道像杜宏这种人是不能骗的,弄不好会自取其辱,所以,我选择了实话实说。"

"起初杜宏对我很是支持,也非常信任,我一边努力地扮演着裁缝做出一件件让客户满意的艺术品,一边等待着真正的裁缝出现。就在我快要彻底失去耐心的时候,裁缝终于出现了,他杀死了荣静。你知道那一刻我有多激动吗?他终于出现了,而且,他就在这个城市里。他离我是那么近,我们共同呼吸这一片空气,也许我曾经还与他擦肩而过。我期待着他有下一步的动作,可是他做了这个案子后又销声匿迹了，就好像从来没有出现过一样。有时我就想，是不是我做得还不够张扬？还不能完全引起他的关注？我是不是应该再大胆些？"

邓原听朱永义说着，一时没有打断他，他在脑子里一遍又一遍地想着案子，想他自己做出的推论跟朱永义交代的有没有出入。

"我把我的这个想法跟杜宏说了，我以为他会百分之百地赞同我的设想，可没想到却遭到了他的极力反对。杜宏认为我在玩儿火，是在毁了他、毁了大家。我努力辩驳着，可他一点儿都听不进去，甚至用恶言恶语来威胁我。这是我跟杜宏第一次发生分歧，闹得很不愉快，但最后我还是听从他。我以为慢慢地会有所改变，他终将会被我说服，可后来我发现事情并不像我想象的那么好。杜宏越来越不相信我，他满脑子都是钱，早忘了对我许下的承诺，还对我处处提防算计着，就连身边的赵成他们也像是在暗暗地监视我，随时把我的一举一动汇报给杜宏。"

"可你之前还一直袒护杜宏，替他承担下所有的罪名。既然你后来跟他的关系并不好，为什么还要这么做呢？你知不知道他在你被抓后都做了些什么？"邓原有些奇怪，朱永义和杜宏之间已经没有信任感了，朱永义不会真的以为杜宏会念他担负罪名的好吧？这朱永义到底是聪明还是傻呢？

朱永义看着邓原，轻笑了一下："我知道你是怎么想的，我并不傻。我之所以这么做，就是想给杜宏最后一次机会。他要是聪明的话，就会达成我的心愿；不聪明的话，那就不要怪我了。别看我被关在这里，他杜宏在外面做了什么我能猜到，我早就预想到了。所以，裁缝再次出现杀了杨丽丽后，我就干掉了罗莎。裁缝可能是对我的行为不满，也可能是对我的作品不满。总之，裁缝终于又有了动静，这个机会我是绝不会错过的，我才不管杜宏愿意不愿意呢。"

邓原听明白了，无论这次他怎么威逼利诱朱永义，朱永义压根儿就是打算出卖杜宏的，倒是自己先承诺了要找出裁缝。邓原没好气地笑道："看来，我又被你利用了。"

朱永义摇了摇头："什么利用不利用的？我在找裁缝，为了破案你们也在找，共同目标罢了。"

邓原暗暗点了点头，这种说法他还是能接受的。

朱永义继续说道："罗莎死了后，杜宏急了，生怕你们警方找上他，他想方设法地给自己找退路。可惜，太晚了，我也快对他失去了信心。我非常喜欢看他急得像热锅上的蚂蚁一样，很享受。在我认为，像他这样不守信的人就应该是这

第十六章 裁缝

个下场。同时,我也知道你们很快就会找上梦之幻俱乐部,可以说,我是天天盼着你们的到来。直到曾警官的出现,我知道我盼到了,那天我第一眼在俱乐部里看到她时,我就知道她是什么身份,来俱乐部里是为了什么……"

"朱永义,你有没有想过,是你错了呢?"朱永义交代的这些,邓原早就已经串联过了,跟他分析的基本无异,他突然意识到了另外一个问题。

"我哪里错了?"朱永义看着邓原,一时没明白。

"你有没有想过,就是因为你的这份执着反倒蒙蔽了你的眼睛?"邓原看着朱永义,对方却还是没有听懂的样子。于是,他进一步解释道,"你自己也说了,这么多年你一直用尽所有的办法都没能找到裁缝,你就没有想过也许裁缝已经不在这个世上了吗?"

朱永义想都没想,马上说道:"不可能。"

"那他为什么不出来?你在外面那么毁他的名声,他都不出面,你真觉得没可能吗?"邓原反驳道,"还有,30年前的凶案了,那个时候裁缝至少在20多岁,现在有多大了?你有没有想过这个问题?"

经邓原这么一说,朱永义愣了一下,像是在思考邓原所说的问题,但没几秒钟他又使劲地摇头道:"这绝不可能,裁缝一定还活着,而且,他就在这个城市。"

"你怎么就那么肯定?你连他人都从来没见过。"

"荣静和杨丽丽是他杀害的,我一直在关注这两个案子,他一定就在这里。只是他躲起来了,不想让我找到他,因为他知道你们警方已经盯上我了,他这个时候出现不是自投罗网吗?"朱永义有些激动,脸都涨得有些红了,"你不是也说了嘛,荣静和杨丽丽的案子就是裁缝做的。你现在又来跟我说他可能不在这个世上了,你到底在搞什么?你到底想不想找到他?"

"那只是我的一种推论,无证据的推论,你别用那种眼神看着我啊。"邓原也有些急躁了,尤其是,现在的朱永义看他就像是看一个仇人似的,"我希望你冷静一下,好好想一想,你怎么就那么肯定荣静和杨丽丽的案子就是裁缝做的?你亲眼看到了吗?"

"我要是亲眼看到了,还用得着跟你在这里废话吗?那你说,这两个案子不是裁缝做的,会是谁做的?"朱永义停了一下,看邓原没有马上反驳,继续说道,"除了裁缝,还有谁能那么精准地剥掉两个人的脸皮?那是脸啊,脸是人的身体中最难对付的一个部位。"

这次轮到邓原愣了一下,他觉得自己和朱永义是谁都看不上对方的论点,但又不能马上把对方说服。可分析案情，朱永义就得靠边站了。"你是不是觉得这个世上，除了你和裁缝就没别人了？就拿你来说吧，你能崇拜裁缝并达到近似于他的水平，别人就不行吗？你是不是有些太武断了？"

"你的意思是说这两个案子有可能是别人做的？"朱永义明白邓原的意思了，马上他也想到了一个问题，"会不会是你说的那个人？他向你提供裁缝的信息，其实就是想利用你们警方帮他找到裁缝？他的情况也许和我的一样，弄不好这两个案子就是他做的？"

"我可没这么说啊，我也没有否定这两个案子不是裁缝做的，我只是把各种可能都想到了，这样更有利于找出裁缝，或者找出真相。"邓原边说边想着心事，经朱永义这么一通乱问，他发现他还真的没考虑过朱永义所说的这个问题。跟踪杨波的那个人会是杀死荣静和杨丽丽的凶手吗？似乎还真有这种可能，就像朱永义冒充裁缝作案一样，这个人也是通过自己的方式来找裁缝？他找裁缝的目的是什么呢？协助警方破案吗？应该不是，如果是这样的话，他为什么要提示给杨波，而不是提示给我们这些真正的办案人员？难道他要帮助的是杨波？可他为什么不半年前给出提示呢？跟杨波有关系的荣静是半年前被害的啊，难道半年的时间另有意义？

朱永义看到邓原说话的时候有些心不在焉，他就越发地觉得邓原所说的那个人有问题。于是，他就穷追不舍地问了起来："那个人到底是谁？你说说看，没准我跟他还认识呢。你要是不方便的话，说个姓也行，或者你形容一下他的长相也行……"

"我不知道，你别问了。"问题还没想明白呢，朱永义又在那里咄咄逼人，邓原有些上火，随口一句打断了朱永义。

"哼！"朱永义的脸色一变，"看来邓警官是有意留一手啊。"

新鲜啊！朱永义说了半天裁缝，不跟没说一样嘛，只多知道了30年前的剥皮凶案，还具体不详。邓原想快些结束审讯，他需要一个安静的空间想问题："既然你不知道裁缝姓什么、叫什么、长什么样，要是没什么其他可说的了，就说说你和杜宏吧，我要具体细节。"

"现在吗？"朱永义瞟了一眼邓原，"那真是说上一天一夜也说不完啊！邓警官不如抓紧时间找裁缝吧，随便打发个手下给我做笔录就行了。"

真是求之不得呢，邓原二话没说，起身就向门外走去。

"给你个提示吧，为什么我成为不了裁缝，因为手法略差一些。邓警官理解

第十六章 裁缝

得来吧。另外，邓警官要是真能找到裁缝，我希望见他一面，这个要求应该能满足吧？"朱永义在邓原的手握向门把手的时候叫住了他。

邓原停住了手，朱永义说的这一点挺有帮助，剥皮的手法，看来得好好研究几名死者的尸检报告了。他回过身冲朱永义点了点头："应该可以，但如果裁缝不想见你，我就没办法了。"

朱永义笑了："邓警官能答应就行，只要找到裁缝，我肯定他会来见我，而且是心甘情愿地想要见我。"

这话说的，口气真大！邓原也笑了笑，问："那我怎么跟他说呢？"

"这个我先不告诉你，等你找到裁缝后就会知道。"朱永义卖起了关子。

"看来，你也是有意留一手啊！"邓原说完，打开审讯室的门就走了出去。这个朱永义，报复心还真强。不过，邓原并没有太在意。朱永义的那点儿小伎俩，他大概多少能猜到些，所以，就让朱永义先自我满足着吧。

杜宏的审讯也出奇地顺利，胡子他们没费多大劲，杜宏就自己老实认罪了。再不甘心又有什么用呢？证据已经摆在那里了。于是，一队的人又聚在了会议室里，及时互相补充信息。

两边同时进行的审讯结果一交流，大家都颇有些感慨，邓原先做了总结性发言："这个恶性的系列剥皮案基本上可以尘埃落定一半了，后面，我们主要针对荣静和杨丽丽的两个案子，以及裁缝和跟踪杨波的那个神秘人展开调查，你们都有什么意见吗？"

"我没意见，完全听从指挥。唉，我就是觉得……"胡子的表情有些复杂，"这朱永义和杜宏，唉，我真不知说什么好了，太奇葩了！这朱永义，为了一个不认识的人，从来都没见过的人就痴迷到这种地步，残害无辜者，出卖他自己，以牺牲自己为代价也要找到裁缝，这人的脑子是怎么长的啊？还有杜宏，出卖了多少人，凡是近他身的，都被他祸害过了。可结果呢，他还不是也被出卖？这就是因果报应，坏事做太多了。"

大兵是这几个人中最轻松的一个，透着一些喜悦。是啊，案子有很大的进展啊，能不高兴嘛。他打趣地说道："我觉得他们俩啊，特别适合表演变脸。一扭脸，立马变了一张脸，那速度比翻书都快。你们不这么认为吗？这朱永义和杜宏，前一秒还哥儿俩好得一个鼻孔出气呢，下一秒就成了互相揭发的仇人了，是不是？"

"我以为你能说出什么彩儿来呢！"胡子撇了撇嘴。

"嘿！你可别这么说，要不你问问袖子……"大兵也不示弱，看向曾秀，"袖子妹妹，有没有觉得哥哥我这形容特贴切啊？"

曾秀最讨厌的就是朱永义和杜宏这两个人，偏偏还有人拿这个来跟她逗，她一瞪眼："说点儿别的行不行啊？无聊！"

"噗！大兵你，真是哪壶不开提哪壶。你忘了袖子妹妹在朱永义那里受过刺激啊，哈哈……"胡子说着，捂嘴乐了起来。

"滚！"曾秀又狠狠地瞪了胡子一眼。

"我说，我难得幽默一回，你们也太不配合了吧！邓队都没像你们这样呢……"大兵假装不高兴，其实心里挺乐呵。他看向邓原，却看到邓原在皱眉深思，"邓队，想什么呢？"

邓原满脑子都是两个字：变脸！大兵开玩笑似的说的变脸，就好像一根儿针刺进了他的脑袋里，这让他想起阳县康老板随口说出的人皮面具。在当时，邓原就觉得面具这个词挺有嚼头。变脸、面具，这两个不相同的词语却表达着同一个意思，更何况荣静和杨丽丽又都是脸部被剥皮，不把它们想到一起还真挺难。

邓原觉得这两个案子跟脸会有着极其微妙的关联，是什么关联呢？他一时想不通。

"咳！那什么，有人好像老毛病又犯了啊。"胡子假装嗓子不太舒服，说完之后却看向另外两个面带疑问看着邓原的人，"你们有人想吃火锅吗？"

邓原虽然思想上开了小差儿，可三个手下说的话一字不落地全都传进了他的耳朵里，他挑了挑眉毛："干什么？造反？"

"不可能，这绝对不可能，"胡子马上嬉皮笑脸地说道，"我们就是想知道接下来该怎么做？"

曾秀和大兵强忍着笑，点了点头。

邓原知道这三个人又在算计自己，但他不会去跟他们较真，适当的放松是应该的。他想了想，回道："阳县和梦之幻俱乐部的案子虽然告一段落了，但收尾工作仍然繁重，所涉嫌的物证太多，咱们还不能掉以轻心。所以，你们三个还暂时按部就班，配合和完善那边的取证工作。"

"什么？"三个人异口同声地叫了起来。

邓原板起了脸："叫什么叫，都听不明白啊？要不要我再重复一遍？"

"不是，你思考了这么半天就下了这么一个决定？"大兵有些坐不住了，"你

第十六章 裁缝

开始可不是这么说的啊。你说的是要着手荣静和杨丽丽的案子，还有那个关键人物裁缝，你现在让我们继续去取证，那这两个案子怎么办？"

"就是啊，那个太枯燥了，一点儿动力都没有，哪怕让我们跑跑腿也比那个强啊。"曾秀也附和着。

邓原没好气地笑了下："瞧你们一个个猴急的，给个杆儿还真往上蹿啊？就你们急？我不急吗？我比你们任何一个都要着急。可我们的刑侦工作不允许急躁，尤其是在案子的最后关头，急躁就代表着分析不够透彻，要绕弯路，那就是失败，你们谁愿意失败？我刚才说了，你们继续取证工作只是暂时的，暂时！我现在还不知道这两个案子该怎么办好，你们容我好好研究一下行不行？一旦有了眉目，马上就有你们忙的，这点儿耐心都没有吗？"

胡子第一个收拾好资料，站起了身："各位，别废话了，干活儿吧！"

邓原把荣静和杨丽丽的两份案宗单独拿了出来，他忽然有了一种重归故里的感觉。当初接手系列剥皮案就是从这两个案子开始的，如今，绕了一大圈后又回来了，这两个案子还是没有破，这是不是代表自己无能呢？邓原苦笑了一下，与其在这里发感慨，还不如好好研究呢。

趁热打铁，邓原决定先从"脸"这个字着手。既然这两个案子不属于朱永义他们的系列案，那么被剥掉脸皮的意义就会有所不同，至少不会被作为皮饰品在特定的范围内销售。谁都知道脸这个部位目标太大，身体上随便剥下一块皮做个什么玩意儿，不容易让人们发现，但脸就不同了，就好比人的名字一样，无论是制作者还是消费者，都不想给自己惹麻烦。这也是为什么在阳县的时候，邓原一提人脸，康老板就吃惊成那样。

但世事又无绝对，就好像康老板所说的人皮面具，也许就有人专门收藏面具。

如果真有人专门收藏人皮制作的面具，这可就真是海底捞针了，怎么查？从哪里查起？真是一点儿眉目都没有，邓原在心里期盼着，可千万别真是这个结果。

为了从两名死者的面目特征上找到疑点，邓原需要看一下荣静和杨丽丽生前的照片。他的想法很简单，为什么这两个人的脸部皮肤被剥？总得有一定的原因或者规律吧？如果找不出，那就只能解释成是随机杀人了，这是世上最难破的案子。一个杀人者，没有任何目的、任何动机地随意杀人，怎么破？根本破不了！所以，他必须先得从两名死者的脸部照片上否定这一点。

可找出来的结果是，只有杨丽丽的照片，没有荣静的。邓原开始有些奇怪，荣静的案宗里翻来翻去都是那几张被害现场的特写，竟然一张原貌照片都没有，

297

这有些不符合正常办案逻辑了，尤其是这种脸部遭到破坏的受害者，起码都会有一张受害者本来相貌的照片作为对比，这是怎么回事？当初的办案人员忽略了吗？随后，他就明白了，当初的办案负责人不是别人，正是荣静的老公杨波。没有哪个作为老公的不熟悉自己妻子相貌的，也没有哪个老公能接受爱妻遇害前后视觉上的冲击。邓原觉得，"白菊"当初真不应该把荣静的案子交给杨波来侦破。

邓原只好登录本市公安内部系统查找有关荣静的信息，却发现荣静的资料也是少得可怜，除了一张荣静学生时代的照片外，记录内容也是寥寥无几。荣静的照片很青涩，像是初高中时候的样子，这就没有可对比性了，极少有人一直保持着学生时的模样，一点儿变化都没有。再看内容，原来荣静也是近几年才到本市的，之前是在龙宜县出生，高中后转入了本市，家庭成员只有杨波，父母那里是空白。

难不成荣静是从石头子里蹦出来的？怎么会没有父母的记录呢？邓原仔细回忆了一下第一次和曾秀去杨波那里时的情境，杨波确实说过跟荣静是从小一起长大的，杨波先来到了本市，后来荣静的父母出了事，死于一场灾难，荣静无依无靠才来投奔杨波的。

死于一场灾难？会是什么呢？带着好奇心，邓原联系了龙宜县的同行，对方很快就查到了荣静以及其父母的信息。荣静的父亲荣成和妻子张淑然死于8年前的一场火灾，火灾地点是龙宜县服装厂，火灾原因是库房电气老化引燃布匹，而荣成夫妇就是该服装厂的负责人。当时还上高中的荣静一下子成了孤儿，后因悲伤过度辍学离开了那里。

根据以上情况看，荣静应该是离开了龙宜县后就来到本市投奔杨波，然后与杨波结婚组成了家庭。邓原有些想不明白，按理说这荣静也够坎坷的了，好不容易又有了家可栖身，是什么原因被杀呢？

再想到杨丽丽，也是一个生活极不如意的女人，难道这两个女人都是因为被生活折磨而被杀？邓原摇了摇头，这结论太扯了。

邓原对自己能想出这么荒唐的结论感到可笑又无奈，不能因为找不到答案就胡猜，这可不是作为一名刑警应该有的水准。看来他得找杨波要一张荣静的近期照片了，还是得从脸着手。不过，他倒不急于马上去找杨波，阳南医学院的案子他需要找来好好看一下。裁缝，这个几乎被神化了的人，会是制造这起剥皮案的凶手吗？

邓原的怀疑是有根据的，目前谁都不知道裁缝是谁，也更没有人见过，阳南

第十六章 裁缝

医学院的剥皮案是听朱永义说的，而朱永义的消息则来源于 30 年前的一个传说。既然是传说，那绝对有失真的成分，一传十、十传百的结果是会有无数个不知真假的版本，谁又能真正说清楚这个案子到底是怎么回事？

但案宗绝对能说明案子的真相，借着便利条件，在公安系统里找一下便能知道案子的详情。可结果却让邓原很费解，查询的结果是无！

阳南市经过 30 年的变迁已经更名为 G 市，地界也扩张了许多，原阳南市医学院也更名为 G 市医科大学。无论是原名还是新名，医学院是存在的吧，但愣是查不出 30 年前的剥皮案。邓原不死心，他想也许是因为年代有些久而导致数据跟不上趟，于是干脆直接联系了 G 市警局。对方非常配合，结果却极其不配合，同样是查无此案！

难道是朱永义在骗自己？还是朱永义也被骗了？竟然还被骗了这么长时间？邓原有些迷茫了，是否存在裁缝的想法又冒了出来，他想肯定或者否定这一想法，可到头来的结果是举棋不定。单一个朱永义还好解释，偏偏还有一个神秘跟踪人也提到了裁缝，难道这两个人所说的裁缝不是同一人？有两个裁缝吗？一个裁缝就够他受的了，还两个！

再或者，这个神秘跟踪人就是裁缝？朱永义都能猜想到这个人可能也在冒充裁缝，那这个人是裁缝的几率也不会小。可他提示杨波找裁缝不就矛盾了吗？让警方抓自己吗？虽然有违常理，但不是不可能啊，那朱永义不就是拼了命地向警方出卖自己吗？那如果这个跟踪人是裁缝，为什么要这么做呢？

越想越头疼，邓原觉得自己再这么随意想下去，肯定会出问题，他不想步杨波的后尘。他甩了甩头，随后起身站在了窗前向外远眺。他需要放松，哪怕只有几分钟也可以，换换脑子再来想案子，也许真的会柳暗花明。

警局门外的人群早已被疏散，只有几名记者还在坚守岗位，整个街道都显得很清静。偶尔有一些行人匆匆走过，他们谁都不认识谁，从身旁经过时，有的会打量一下对方，有的干脆就视而不见。邓原看着这些行人不禁想到，他们都统称为人类，却有着各自的特点，每一个人都可以说是与众不同的。这就好比荣静和杨丽丽，一个是被注射了乙醚，安静地死去；另一个是被捆绑割喉，痛苦地死去。那么，为什么同样的结果能有不同的方式呢？

邓原突然想到了四个字："剥皮手法！"

这是临出审讯室时朱永义给的提示，因为剥皮手法的不同，所以造成了剥皮形式的不同！

邓原快速地回到了会议桌前，他想要知道荣静和杨丽丽在被剥皮的手法上究竟有何不同。如果找到了不同之处，顺着这个往下也许真的就能找到案子的切入点。

这个小小的兴奋没过多久就消失无影了，邓原盯着两名被害者的现场照片，看了半天也看不出任何端倪来。在他的眼里怎么看都是两个血腥的画面，怎么就不同了呢？到底如何区别剥皮的手法呢？他又仔细地对比两名死者的尸检报告，试图从文字上找到发现，可除了对于死者尸体上的详细陈述外，关于剥皮手法却只字未有。他不死心，又把其他的案宗查看了一遍，仍然是一无所获！

邓原放弃了，他真是彻底理解了那句名言："隔行如隔山！"

看来得找懂行的人来帮忙了，找朱永义吗？邓原首先否定了，不到万不得已，他绝不会去求朱永义的。朱永义能给出提示，估计就已经预想到自己可能会去求助于他了，想要警方靠他破案？没那么容易！

邓原想到了一个人，何法医。何法医从事很多年法医工作，有着非常丰富的经验，光从在杨丽丽被害现场没有借助任何工具的情况下，就能得出准确的结论来看，足以充分证明了这一点。就算何法医对剥皮不精通，但从一个法医的角度给出的建议对破案只能是有助而无害。

另外，邓原还发现了奇怪的一点，尸检报告不完整，缺了一个人的，那就是大刘！虽然杀害大刘的凶手是朱永义，大刘的尸检报告对破案来说并没有什么重大意义，可毕竟已经几天过去了，大刘的尸检报告为什么到现在都没呈上来？是什么原因造成了法医部门的工作懈怠？

邓原迫不及待地冲进了法医部门，没有看到何老。他以为何老可能在别的地方忙着，随便问了一个法医，可对方的回答却是："何老这几天都没来上班，身体不好请假了。"

"生病了？"邓原想到那次夜里扑查梦之幻俱乐部，何老就没有出现在法医的队伍里，因为照顾他年纪大。难道他的身体很差吗？在邓原的印象中，何老算不上是个充满活力的人，但也不像是病魔缠身的主，又问道："得的什么病？严不严重？"

"具体的情况不知道。"

邓原愣了愣："你们就不关心他吗？"

"我们这几天忙得四脚朝天的，哪抽得出时间啊。何老也是我们这里元老级的了，他生了病我们怎么可能不去慰问一下呢！"

第十六章 裁缝

邓原想了想，也对，随后问道："大刘的尸检报告出来了吗？"

"初步早就出来了，我们想让何老再审核一下的，谁知道他这几天都没来。"

"大刘的尸检不是何老负责的？"邓原想，这么重大的案子何老怎么不亲自上阵呢？

"一开始是何老负责的，可他一看大刘的尸体脸色就变了，站都站不稳了，就赶紧让他回家休息去了。"

法医的这句话让邓原很吃惊，一个天天跟尸体打交道的人怎么突然会对尸体有这么大的反应？何法医看到杨丽丽的死状都没皱一下眉头，为什么看到大刘就这样了？难道大刘的尸体……

邓原正想着，法医又说话了："你是为了大刘的尸检报告来的吧，是不是耽误你们的案子了？我现在就把报告给你？"

"嗯，现在给我吧。"邓原点了点头，马上又补充道，"把何老的地址也给我，我去看看他。"

邓原的突然造访并没有惊扰了何法医，他似乎已经想到了邓原会来找他。倒是见到何法医的邓原有些大感意外，眼前的何法医非常颓废，看着像是受到了什么重大的打击，并非身体抱恙。并且，来了之后邓原才知道何法医是独身一人，无妻无子。

何法医给邓原沏了杯茶："我知道你喜欢这个，我也知道你今天来的意图，有什么问题就问吧。"

何法医的直截了当使得邓原有些不好意思了，他此次前来虽然带着疑问，可主要的目的还是看望，但何法医说得好像他是在审一个犯人。他轻咳了一下："听说，你在给大刘尸检的时候身体突然不舒服了，我今天就是来看看你。"

"看望病人还带着案宗啊？"何法医指了指邓原手里拿着的档案夹，"跟我就别来这套了，你是奇怪我为什么会是现在这个样子吧？"

"我也需要你的帮助。"邓原干脆也直接说了。

"唉！我可能会让你失望的。"何法医无奈地摇了摇头，"我知道大刘的牺牲对于你来说是扎进心里的一根儿刺，同样，也触动了我心里的一根儿刺。看到大刘，我就想起了很多年前的一个人，这个人这辈子都会住在我的心里。让你见笑了，没想到吧？我一个老头子也会这样。"

邓原心里一颤。看到大刘，何法医应该是说看到大刘的尸体，那个样子的大刘能让他想到一个人，难道他也有跟自己一样的经历？

何法医继续说着:"我很想帮你,但我恐怕自己做不到。这几天我困在家里就是因为不知道该怎么去面对,对不起,请原谅我的懦弱。"

"能跟我说说吗?虽然这样会更加刺痛你,但我想知道,可以吗?"何法医这样算是懦弱吗?邓原不觉得,谁说男人就一定非得铁血?男人也有柔软的一面,邓原承认在大刘的问题上自己也是懦弱的,只是因为案子未结,一口气支撑到现在。如果可以的话,他不介意让别人看到自己悲伤的一面。

何法医像是在做思想斗争,几秒钟过后,他最终还是点了点头:"好吧,说出来也许会好一些。我是学医的,这个你应该知道,我最初的梦想是想当一名悬壶济世的医生,我也如愿考入了理想中的医学院。但当我离自己的梦想越来越近的时候,医学院里发生了一件改变我一生命运的事。青春年少,对爱情懵懂不知的时候,我喜欢上了一个比我小一届的女孩子,我一直暗暗地喜欢她。当我鼓起勇气想对她表白的时候,她……"

"她……她……"何法医受到悲伤情绪的影响,几经停顿,在深吸一口气之后,说了出来,"她却被残忍地杀害了,全身上下的皮都没了,只剩下一具红通通的尸骨……"

医学院、女学生、被剥皮……这几个关键词自邓原的脑海中划过,他腾地站了起来:"你说的是30年前阳南医学院的剥皮案?你,你是阳南医学院的学生?"

"你是怎么知道的?"何法医也激动地站了起来,惊异地看着邓原。

邓原解释道:"我在查的系列剥皮案中有两个案子跟梦之幻俱乐部没有任何关系,最近抓获的朱永义向我提供了30年前阳南医学院剥皮案的线索,只是,我真是没有想到你会是那里的学生。"

"这世上竟有这么巧的事?怎么这么巧?"何法医喃喃自语,跌坐回沙发上。

邓原也没有想到,他以为何法医会跟自己一样经历过与战友的生离死别,可说道出来的却是朱永义所说的那个30年前的剥皮案。那个他曾经一度怀疑是否真实存在的剥皮案,看来朱永义并没有骗自己。可是,为什么没有案宗呢?他马上追问道:"何老,能否告诉我,为什么我查不到这个案子呢?公安系统里找不到,我联系了原阳南市的警局,居然也没有查到这个案子,这究竟是怎么回事?"

"根本就没有立案,你当然查不到了!"何法医仿佛还处在过去的伤感中,说话的时候有些愣神。

"没有立案?怎么会呢?"邓原疾步走到何法医的跟前,俯身盯着他,"既然你都知道这个案子,那为什么没有立案?"

第十六章 裁缝

何法医从悲伤中抽离了出来，仰头看着邓原："你先坐下来，听我慢慢说，事情没有你想象中的那么简单。"

邓原听话地坐回到一旁，期待地看着何法医。

"没有立案是因为根本立不了案。"何法医看着邓原进一步解释道，"发现师妹被害的是我，报警的也是我。可当我带着警察赶来后却发现师妹的尸体不见了，你说该怎么立案呢？"

这一点邓原没有想到，尸体竟然不见了，没有受害人，当然立不了案了，可被害人的家属呢？就无动于衷吗？"死者的家属呢？也这么认了？"

一说到这个，何法医的眼睛湿润了："师妹唯一的亲人就是她父亲，医学院的教授，我的恩师。恩师看到女儿被害，当场就晕死过去了。"

"不是你发现遇害者并报的警吗？"邓原问道。

"我是第一个进师妹宿舍的。我敲了门，没有反应，后来我发现门并没有锁就推门进去了。我刚进去一分钟左右，恩师也来了。他不知道自己的女儿已经被害了，他边进门边喊：'小晴，怎么不去参加舞会啊？'然后……"何法医的声音有些哽，他忍了忍，"然后恩师看到屋里的情况后，就昏过去了。等恩师被救醒后他就疯了，他接受不了这个打击，后半生都疯疯傻傻的，直到最后咽气，他也没能找到女儿的尸骨。"

原来是个没有立案的悬案，受害人失踪，唯一的家属也去世了，该怎么找裁缝呢？邓原想了想，问道："你有没有怀疑过是谁做的？"

"我知道谁是凶手，可惜他跑了。"何法医马上回答道。

"是裁缝吗？"

"裁缝？"何法医的表情很惊异。

"朱永义说，当年制造阳南医学院剥皮案的是一个外号叫裁缝的人，难道不是他吗？"看到何法医的表情，邓原迟疑了，难道不是裁缝做的？

何法医没有回答邓原的问题，而是问道："朱永义是怎么知道裁缝的？"

"你知道裁缝？"邓原也没有直接回答问题。

"你先告诉我，朱永义是怎么知道裁缝的？他们是不是认识？"何法医急急地问道。

这下邓原确定了，何法医知道裁缝，那么找裁缝就有眉目了。于是，邓原把朱永义提供的线索跟何法医说了，最后他问道："你说你知道凶手是谁，就是这个裁缝吧？他到底是什么人？"

"他就是个卑鄙小人！"何法医愤怒地跳了起来，差点儿踢翻茶几，他在屋里走来走去，嘴里不停地说着，"还裁缝，呸，真抬举自己啊。我还奇怪呢，这朱永义是怎么知道裁缝这个外号的，无耻，欺师灭祖！一定要抓到他，畜生……"

　　邓原吃惊地看着暴走的何法医，这还是那个精干的何老吗？难道沾上裁缝都会变成疯子？朱永义是，现在他又这样了："何老，你别这么激动好不好？你这么走来走去的也解决不了任何问题啊，你坐下来好好说行不行？你至少先告诉我他到底是谁吧。"

　　"他也是阳南医学院的学生，我的同班同学，他叫冯才。"何法医站住了，看着快要张大嘴的邓原，"你应该知道他裁缝这个外号是怎么来的了吧？"

　　邓原真是怎么也没有想到，裁缝只是源于冯才名字的颠倒，之前所有人都在裁缝与皮肤上找文章，真是太可笑了。不过还好，可算是找到主了，原来是医学院的学生。

　　何法医安静下来了，坐回到沙发："裁缝这个外号是班里小范围的同学开玩笑时给他起的。他倒不客气，还真用上了。我说怎么一直找不到他，原来改头换面了。"

　　"何老，能不能跟我详细地说一下医学院那个血案？越详细越好。还有，你刚才说的那些好像并不能说明冯才就是杀害你师妹的凶手，你为什么那么肯定就是他呢？"邓原不再纠结裁缝这个名字了，既然已经知道裁缝是谁，那么下一步就要找到他，所以，必须先了解一下医学院剥皮案的细节。

　　"由于校区内的宿舍紧张，恩师就在教师宿舍顶楼给师妹找了一间独立的小屋。我刚才说了，恩师很是器重冯才，经常给他开小灶，所以，冯才可以随便出入教师宿舍。而且，案发当天，学校在举办舞会，所有的师生都去参加舞会了，只有师妹和冯才没有去。"

　　邓原觉得何法医说的这些有些牵强，还是不能说明问题，于是他问道："案发当天到底是个什么情况？"

　　"唉！我这辈子都不会忘记那一天……"何法医叹了一口气，陷入了痛苦的回忆中，"那天，学校下午有舞会，所有的学生都非常兴奋，尤其是我。我们学生的学业很重，难得可以放松一下。最重要的是，我想借着这个机会跟师妹表白。自舞会开始，我就特别紧张，也特别期待，一直等着师妹的身影出现在舞场，可舞会都快结束了，师妹也没有出现。这个时候，我听别的同学说，冯才今天也没来参加舞会，说是有非常重要的事情要办。不知道为什么，我突然有了一种特别

第十六章 裁缝

不好的预感。我记得前几天,我为了静心看书,跑到了校区内一个很偏的地方,那里很少有人去。当我看书正投入的时候,被远处的争吵声打扰了。我看过去,原来是恩师和冯才。我听不清他们到底在吵些什么,但不难看出他们吵得很激烈,两个人都是面红耳赤,冯才更是不尊重地用手指着恩师的鼻子。我当时有些不知所措,不知道是该赶快离开那里,还是上去劝架。正在这时,师妹从远处跑来,站在两个人中间极力劝说着。恩师好像被冯才气得够呛,甩手气愤地走了。师妹没有去追父亲,还在努力地对冯才劝说着。可冯才根本听不进去,转身也要走。师妹上前拉住他,却被冯才粗鲁地推倒在地。师妹好像被冯才的举动吓坏了,仰头看着冯才,而冯才同样用手指着师妹骂了一句什么后也走了,我看到师妹坐在地上哭得很伤心……"

"所以你认为冯才所要办的重要的事就是针对你师妹的,而你的师妹可能有危险?"邓原寻思着,只是激烈的争吵而已,就算吵急了动起了手,为此杀人似乎也有些说不过去,更何况冯才争吵的对象是恩师,并不是恩师的女儿。这些邓原并没有说出来,他知道此时此刻的何法医正处在悲伤、痛苦,甚至是愤恨中,如果说出来,何法医一定会有想把他踢出去的冲动。再者说,何法医既然认定冯才就是凶手,一定会有他的道理,不如听下去再说。

"我只是担心会有不好的事情发生,可没想到冯才会残害师妹。其实不光那次争吵事件,在之前,学院里就有冯才和恩师不合的传闻。"何法医没有注意到邓原的小心思,回答道,"你有所不知,当时的学院表面上看似祥和一片,书香门第,知识的海洋,实则私下的竞争也相当激烈。有一点我不得不承认,冯才真如他的名字一样,很有才,学习非常刻苦,恩师赏识他我无话可说。他的努力也没有白费,争取到了保送研究生的名额,这也是在恩师极力的帮助下得来的。可不知道什么原因,最终泡汤了。听说是恩师反悔了,好像是把名额留给了自己的女儿。这些当事人是不会跟我们说的,但那段时间冯才和恩师及师妹的关系非常地差。"

邓原点了点头,这样说来倒是有些合情合理,利益受到了严重的损害,这个可比吵架来得更猛烈。"后来你就去找师妹,发现她惨死在自己的宿舍里,冯才呢?你们就没有去找过他吗?"

"他早跑了。自从那天以后我们谁都没有再见过冯才,干出这种罪恶滔天的事还敢出现?要是让我找到他,我非撕烂了他不可。"何法医看向邓原,"这也是我为什么确定冯才就是凶手的原因,没做亏心事,跑什么?!"

邓原对事情的来龙去脉已经有了一个大致的了解，但有一个小问题他觉得有些蹊跷："何老，我只是就案子的本身而言啊。既然冯才要谋害恩师的女儿，他为什么让大家都知道他有事而不能参加舞会呢？这不是对他自己非常不利吗？他跟恩师及师妹有矛盾，几乎是众所周知的了，师妹的死很容易马上就能怀疑到他这个不在场人的身上，你不就是这么认为的吗？我来假设一下，如果冯才参加了舞会，在会场人多杂乱的情况下偷偷溜出去杀了师妹，再潜回会场岂不是更完美？"

"他这么做正是想给自己找不在场的证明！可惜，他没有想到我和恩师会突然去找师妹。"何法医立马提出了反驳，"照你这么说的话，他为什么要在学院里杀死师妹？学院里人多，又是宿舍，那随时都会有人出现的，他把师妹骗出去再害死了不是更好？师妹死在了学院里，而大家都知道他有事不在学院，到时候他随便找个什么人来做不在场证明，他连逃都不用逃了。"

"我明白你的意思了，冯才计划好一切，在所有人都以为他在学院外办自己私事的时候，偷偷潜回学院杀死师妹，却没想到你和恩师相继到来……"邓原按照何法医给的思路还原现场，"那这么说，冯才当时应该就在屋子里！他把自己藏了起来，也许在柜子里，也许在床下。而你当时的注意力全在被害的师妹以及找来后晕倒的恩师身上，等你出去报警的时候，冯才再借机把师妹的尸体带走。"

"没错，就是这样，我就是这么想的！"何法医大叫了一声，情绪又有些激动，"这么多年，我一直在想这个案子，我每次推论出的都是这个结果，一定是这样的！我和恩师的突然出现，打乱了冯才的计划，他没办法才把师妹的尸体带走的，没有尸体就立不了案，只能按失踪处理，如果有尸体的话，警方一定会查到他的。"

邓原却激动不起来，事实真的会是这样的吗？他不这么认为，同时，他的内心也矛盾起来。

依多年来破案的经验，尤其对于这种悬案，邓原习惯先对案件做多方面的猜想，凡是案件所涉及的人，都会当作怀疑对象逐一排查。分别假设这些对象就是凶手，根据案情推断出他们的作案动机以及作案过程，等等，最后，再在这些假设中找出一个最合理的来。

也就是说，阳南医学院的剥皮案不光单单以冯才来作为疑凶，何法医也同样可以！

邓原的矛盾在于，他已经开始怀疑何法医了。他不想把其作为假设对象，可

第十六章 裁缝

他又忍不住不这么做!

通过何法医对当年阳南医学院剥皮案的叙述,邓原发现何法医自己的主观意识太过强烈,说白了那是何法医自己的一套主观推理,并不够客观。如果,客观的就案件本身而言,何法医自己就存在着一些疑点。

首先,第一个发现师妹被害的是何法医,为什么会是他而不是别人呢?为什么偏偏那一天他想要对师妹表白呢?

其次,从何法医的言语中邓原不难听出,何法医对于冯才有一定的忌妒心理,也许来自于恩师对冯才的另眼相看,也许来自于冯才与师妹的过多接触。无论哪一点,都摆脱不了对于还原案件现场中有何法医自我偏见的存在。

再次,从作案动机、时间以及过程上,何法医也有是凶手的可能性。邓原现在就可以按照自己的思维做出一系列的假设。假设何法医借着学院有舞会而冯才又不在的情况下去向师妹表白,遭到了拒绝后用最残忍的方式杀害师妹以泄心中的忌妒之恨,而后被找来的恩师撞见,无奈之下何法医击其头部导致对方疯癫……

邓原不敢再假设下去了,这简直颠覆了他之前的想法。如果这个假设真的成立的话,那真正的裁缝岂不就是自己很是敬仰,又共同工作,现在正坐在自己的身边的何法医吗?

邓原偷偷地看向何法医,后者还沉浸在自己的世界里。在这一刻,邓原也搞不清楚自己到底希望答案是这样,还是不希望?如果何法医假借冯才的外号来作案并嫁祸他人,是可以解释得通的,毕竟两个人都是医学院的学生。可冯才呢?冯才为什么在师妹被杀后就消失了呢?如果冯才是被冤枉的,为什么他不站出来证明自己呢?

想到这里,另一个困扰邓原的问题又出来了,这个问题始于来何法医家之前。当得知何法医在看到大刘的尸体后差点儿晕倒,邓原在心中就有了一个疑问,为什么同样是剥皮被害,何法医会有两种截然不同的反应?虽然何法医解释为想起了师妹的被害,可如果何法医一直也在找裁缝,为什么杨丽丽以及后面的案子时他不说出来?这是不是更能佐证何法医就是裁缝的假设?可换一个角度想,何法医为什么要在大刘尸体那里暴露自己呢?继续伪装下去不是更好?

邓原想,也许应该去趟G市,就算没有案宗,事情总是发生过的,又惊动过警方,多多少少会有问讯调查的,他需要从多方面来了解这个案子。于是,他打破了双方各自的沉寂:"何老,能否告诉我你师妹是哪天遇害的吗?"

"1982年4月6号，舞会是下午2点开始的，快4点的时候我发现了师妹的遇害。"何法医马上回答道。

1982年4月6日？邓原在心里念着这个日期，怎么觉得有些熟悉呢？好像在哪里听过似的。1982年？

对，想起来了！

邓原快速打开带来的案宗，翻找了几下，一张很旧的照片露了出来。那是神秘跟踪人留在杨波家门口的，照片右下角的日期正是1982年4月6日，时间则是下午3:30！

这照片分明就是针对阳南医学院剥皮案的，否则不会是这个日期和时间，更不会在照片的背面注明一个裁字，可它究竟是想说明什么呢？难道南阳医学院的剥皮案另有隐情？邓原一时想不通，有些犯愣。

"怎么了？"何法医发现邓原的异常，看向他手里拿着的案宗，却被案宗的封面挡住了视线。

邓原几乎差一点儿就把照片抽了出来，他这次来的目的是想寻求何法医的帮助，可他现在犹豫了。最终他用手捏住了照片下面的日期和时间，举到了何法医的面前："何老，您看看，这张照片上的人有你认识的吗？"

何法医没有去接照片，毕竟是在警界里工作的，他知道邓原拿出的东西肯定是证物之类的东西，不能碰。所以他把身体向前凑了凑，仔细地看照片。"不认识，一个都不认识，这照片可够老的啊，这些都是什么人啊？"

"噢，没什么，一个证人提供的，跟案子有没有关系我还不清楚呢，正好带来了就让您看一下。"邓原随口编了一个理由敷衍过去了。他在想，案宗已经带来了，却没有摆出来探讨案情，何法医会不会起疑心？

邓原一边想着心事，一边准备把照片收起来，却突然被何法医叫住了："等等！"

何法医又把身子向照片凑了凑，几乎都快贴在照片上了："这几个人后面的小吃店我好像知道，欣欣小吃店……好像是我曾经去过的那一家。"

"哦？在什么地方？"邓原马上问道。

何法医回答道："在阳北长途汽车站附近，也叫欣欣小吃店。那家店看着挺不起眼的，但是在当地非常有名。那家店主做的糕点和小吃特别好吃，虽然我只去过一两次，但印象很深刻。"

"阳北？什么地方？"邓原心想，该不会跟阳南有什么关联吧？

第十六章 裁缝

"阳北就是现在的G市,确切地说是阳北加阳南组成了现在的G市。以前是分开的两个小市,中间隔了一条很宽的阳江,阳南和阳北的名字就是由此得来的。"何法医看到邓原恍然大悟的表情后继续说道,"阳北的那家欣欣小吃店,我去的次数不多,因为太远了,得绕过那条江才成。在当时交通又不像现在这么便利,去一趟得花一个多小时的时间。再说了,我一个穷学生,也没有钱老去那里消费。"

一个念头自邓原的脑海中闪过,他似乎已经猜到这张照片到底想要说明什么了,但必须要得到证实才行。"你现在能确定照片上的小吃店就是你所说的阳北的那个小吃店吗?"

何法医摇了摇头:"确定不了,本来我对阳北的那个小吃店就不是非常熟悉,而且又这么多年过去了。我想,也许只是碰巧都叫欣欣小吃店吧?"

邓原没有说出自己的想法,又问道:"案发后,你们再没有去找过冯才吗?"

"怎么可能不找啊,要是有一丁点儿冯才的消息,也不会是现在这样了。"何法医的表情又有些纠结了,"实不相瞒,我甚至去过冯才的老家。他的父母自从30年前收到他寄回家的东西后,就再也没他的消息了。直到临终两个老人也没有见到自己的儿子,可怜啊!"

"寄的什么东西?有没有具体的日期?"邓原想从这些小的细节中找出更多关于冯才的信息,可何法医的回答又让他失望了。

"好像是师妹被害没多久吧?具体的我也不知道了。冯才的父母说寄的无非就是一些吃的什么的,没什么特别的。"

看来在冯才家人这一块是不会有什么收获了,邓原转念一想,问道:"何老,我想你应该有冯才的照片,或者知道他体貌上有什么特征吧?毕竟你们曾经是同学。"

"有的。"何法医说完,起身走进另一个屋子,没一会儿他就拿着一个信封回来了,递给邓原,"就这几张,还是参加学院活动时别人拍下的,不知道他现在变成什么样了,希望对你有帮助吧。"

邓原从信封中抽出照片,发现不是冯才的单人照,还有其他别的同学:"这上面哪个是冯才?"

"那,站在最左边的那个就是。"何法医用手指了一下。

邓原看着照片上的冯才,很有气质的一个小伙子,看上去不是那种阳光活跃型,相比于其他同学内敛了一些,应该是属于成熟稳重型。邓原想,如果冯才把精力放在学习和事业发展上，30年后今天的他会不会已小有成就了呢？一时间，邓原还挺难把照片中的冯才跟裁缝对上号，他真的就是那个叱咤风云至今，甚至以后还会有影响的裁缝吗？邓原不禁产生了一种疑问，想当年冯才还只是个学生啊，一个学生的能力范围能有多大呢？邓原看向何法医，问道："何老，就一个医学院的学生而言，你觉得一个学生有能力做出那么完美的全身剥皮吗？"

何法医深思了片刻后，回答道："如果换作别人，我也会产生你这样的怀疑，但是冯才绝对有这个能力。恩师就是解剖学的教授，曾经多次评价冯才是个悟性极高的学生。每一次我们上恩师课的时候，冯才就特别兴奋，不像其他学生视解剖课为受罪。冯才是完全享受其中，甚至是到了下课的时间，他还舍不得离开解剖教室。所以，说冯才能够剥全皮而无瑕疵，我一点儿都不吃惊。"

邓原没有发表意见，这个问题与其说是问冯才，其实也是问何法医自己，可何法医的回答却让他更加矛盾了。这个回答，等于是告诉了邓原，何法医也能达到冯才的水平，他，也是个剥皮高手！

邓原决定先稳住对方，他收拾好案宗起身说道："何老，打扰您太长时间了！您多注意休息，有问题我再来向您讨教。"

何法医点点头，送邓原出了门。

第十七章 假瞎

大兵和两个同伴匆匆走出市局，右拐走进一个胡同，前方有一辆车停在那里。三个人迅速拉开车门坐进了车里，坐在副驾上的曾秀看着左侧的邓原："邓队，有必要搞得这么神秘吗？跟特务接头似的。"

"下面我布置任务，你们都听好了……"邓原直视前方，表情复杂。

"不是吧，"坐在后面的胡子打断了邓原，"还真特务接头啊？"

"再废话，我给你踢出去！"邓原通过后视镜瞪了胡子一眼，随后递给后面两人两张照片，"这两张照片是影印件，你们俩现在马上去趟G市，一个去阳北，找出第一张照片的出处。另一个去G市医科大学，在阳南，原名叫阳南医学院，务必查出30年前医学院剥皮案的详情。第二张照片上标注的人叫冯才，他就是裁缝。注意，牵扯到30年前，尽可能地找到老人去询问，可能会有难度，但我相信你们有办法查到。曾秀，想办法查出近30年来何法医的动向，跟什么人有接触。尤其是1月9号凌晨以及6月15号晚上这段时间，他都在哪里做些什么？"

邓原一口气布置下的任务，令三个没有任何心理准备的人措手不及。他们惊讶地看着邓原，半响后曾秀才第一个发问道："这不是荣静和杨丽丽被害的日子吗？你怀疑何老？"

"邓队，你能否说得详细些啊？到底怎么回事？"大兵也接口问道，"为什么突然要查何老啊？你不说明白了我们找不到调查的方向啊！"

邓原本不想说，不是说不出口，而是他打心眼儿里还是不想去怀疑何法医的。可是案子有了重大的发现，又牵连到了何法医，他不得不去怀疑。沉默了几秒后，邓原把知道的所有一切都说了出来。

三个人听得唏嘘不已，他们想象不出仅仅半天的时间，案情就有了这么大的变化！

"这太突然了，不过……"胡子的大脑在快速地运转着，"照这么说的话何老确实有嫌疑。邓队，我明白你为什么把我们叫出来了，你是不想让局里的人知道我们要调查何老。"

邓原点了点头，这一点说到他心里去了："我的目标太大，而何老毕竟在局里工作了那么多年，我怕我一查什么他马上就会知道。我现在都不能确定我今天是否已经惊动了他，所以，我只要求你们一个字，快！具体怎么分工，你们自己商讨吧，得到了消息第一时间通知我，越快越好！"

"这个是肯定的，但是，我还是不相信何老就是凶手。"大兵若有所思地说道。

"我也不想这样，但是没办法，你们赶紧动身吧。"邓原在后视镜里看到两个马上要下车的手下，突然叫住了他们，"等一下，一定要注意安全，一旦发现有危险，首先要保护好自己，明白了？"

大兵和胡子冲邓原点了点头，下车了。副驾上的曾秀却一直没有动，邓原扭头看着她："是不是对我的安排不满意啊？有就直说吧，我理解你们的心情，说实话，我也一直很尊敬何老的。"

"我不是要说这个，你安排给我的工作我会认真去做，我只是觉得……"曾秀有些犹豫，她不知道自己的这个想法是否正确，她也没有足够的证据去证明这个想法，但憋在心里她很不舒服，她想，就算是被邓原骂一顿，她也要说出来："我觉得，杨波也很值得怀疑！"

"杨波怎么了？"邓原马上皱了眉头，不会是杨波又出什么事了吧？

"邓队，我们有多久没有见过杨波了？有多久没有他的消息了？你不觉得这有些不正常吗？"曾秀深吸一口气，继续说道，"杨波的眼伤是因为荣静的死，那说明他是一个非常重感情的人。他开始也确实是这样，他急切地想要抓住凶手，他甚至为此犯了错误，可现在呢？从阳县回来后杨波有没有来找过我们询问案情？各种媒体那么大肆地折腾，都在讨论剥皮案，他杨波不可能不知道。连小芬的父亲都找上门来了，杨波竟然无动于衷，你不觉得他的这个异常很值得怀疑吗？"

邓原愣住了，曾秀说得没错，这个问题太值得推敲了。跟案子有牵扯的人，哪怕是受害人家属，有一丁点儿的异常变化都会把案子推向一个未知的境地。也就是说那会是一个重要的线索，而自己偏偏忽略了这一点，怎么能犯这么低级的

第十七章　假瞎

错误呢？邓原想了想："这样吧，现在咱们就去找杨波，看看到底是怎么回事。"

其实不用曾秀说，邓原也是打算去找杨波的，关于荣静他还有一些问题要了解。可再次见到杨波，邓原却发现杨波简直像是变了一个人，焦虑悲痛的神情没有了，取而代之的是淡然沉稳。除了他的眼部还依然缠着纱布外，整个人看上去挺精神。那个曾经因为妻子被害而自残的杨波哪儿去了？

邓原看着坐在沙发上的杨波，一时间有些无措。他扭头跟身旁的曾秀对视了一眼，心想，时间真的是把厉害的武器，可以让人们忘记那些不愉快的过去，可是，杨波的转变也太快了吧？曾秀的眼中则露出了笑意，轻蔑的嘲笑，那意思是说："看吧，我说的没错，杨波就是有问题！"

"邓原，过来坐下说，站在那里干什么？"杨波主动打破了尴尬，招呼邓原他们。

邓原走过去坐下，他决定开门见山地问："杨波，这么久了你也不联系我，是不是遇到了什么困难？"

曾秀差点儿没笑出来，还困难呢，杨波明明过得很滋润，这邓原还玩儿上含蓄了。

"护工好几天没来了，我的眼睛看不见，行动不便，所以就没去打扰你们，"杨波浅笑了一下，"我想，你们肯定会来找我的。怎么样？案子进展得顺利吗？"

曾秀环视了一下屋子，不是一片狼藉，不像一个眼部失明的人所造成的："既然护工好久没来了，我来帮你收拾一下吧。"

"不用，你来了是客，怎么能劳烦你呢？"杨波想要起身，却被邓原按住了。

"就让她去吧。"屋里的环境邓原也看到了，他明白曾秀的意图，是绝不会阻拦她的。

"嗯，那好吧。"杨波没有再坚持，转而继续追问道，"邓原，案子进展得如何了？"

邓原心里一沉，他认为杨波应该迫切地询问是否找到了裁缝，还有杀害荣静的凶手抓到了没有。可杨波问的是案子的进展，这让他产生了一种错觉，好像杨波不是案子的受害者家属，而是一个旁观者。邓原看向杨波，可惜他看不到杨波的眼睛，无法做出准确的判断。他选择了忽略这个问题，毕竟问案子进展还不能完全说明什么，只能说问法不同。"有进展，但也不太顺利。对了，那个跟踪你的人有没有再出现过？"

"没有，"杨波摇了摇头，"我已经不指望他能再出现了，随他去吧。"

邓原才不会有杨波这样的想法，跟踪人提供的照片已经成了阳南医学院剥皮案的关键，给杨波的提示更直指荣静的被害。这个人一定是认识裁缝，同时也可能与荣静有一定的关系。但是，他提供的两条线索为什么存在着冲突呢？他让杨波去找裁缝，分明等于是告诉了杨波，荣静是被裁缝害的。可他提供的那张照片又极有可能说明裁缝与阳南医学院的案子没有关系，照片上的日期和时间太扎眼了，他不得不这么想。

邓原分析不出这个神秘跟踪人为何会如此地矛盾，在G市那边没有查明一切前，他只能把问题集中在已知的荣静身上。他对杨波问道："能否给我提供一张荣静的照片？最好是近一两年的。"

"静儿没有照片，她非常讨厌照相，她甚至都不愿意照镜子。她总是说她长得不够漂亮，配不上我。"一说到荣静，杨波的脸上洋溢出幸福感，"静儿就是太不自信了，其实她长得很漂亮，在我的眼里她是世上最美丽的女人。"

没有照片？不太可能吧，邓原又问道："总得有一些证件之类的吧，那都是需要照片的啊。噢对，你们的结婚照也行，结婚证上也会有照片的。"

"我们没有结婚照。静儿说结婚照只是照片而已，并不能代表爱情，我们只要彼此恩爱携手到老就足够了，就连结婚证上的照片都是我找人从静儿身份证上弄来的。"杨波扭过头，用纱布看向邓原，"怎么？照片很重要吗？"

"没什么，案情需要而已。跟我说说荣静的以前吧，你们之前不是共同生活在龙宜县嘛，随便说些什么都行。"邓原没有说出他要荣静照片的真正目的，他不想刺痛杨波。他只是觉得荣静太怪异了，没有哪个女人不爱照镜子的，就像曾秀那样的假小子也有爱美的时候。更何况结婚是人生中的大事，怎么能不留影纪念呢？不过，没有照片也无所谓，荣静的身份证邓原查过，照片是荣静学生时代的样子，或许可以找技术部门帮忙。

"我和静儿挺不容易的，算得上是苦尽甘来吧。只是，"杨波迟疑了一下，"你们百忙之中来找我，只是听我说些家常事，会不会耽误你们啊？"

邓原回答道："不会的，我愿意听。"

杨波哪里能想到邓原的心思，邓原问出的每一个问题都有他的目的。就两个未结案的受害人而言，荣静比杨丽丽就显得神秘了些。现在的也好，过去的也好，他都不了解，杨波也没有进一步说明，也许知道得多一些会对案子有帮助。再有一点，曾秀还在忙活着，他怕杨波听出什么动静，干脆让他说话，分散注意力。

第十七章 假瞎

杨波倒是乐意谈论过去，也许那是他心中最美好的一段回忆："我出生在龙宜县，在我很小的时候父亲就去世了，父亲死于一场意外，也可以说是被害的，到最后谁也说不清楚父亲到底是为什么死的。也正是因为这一点我立誓今后要当一名警察，我不希望发生在我身上的悲剧同样再发生在别人的身上。梦想是美好的，可实现起来却有一定的难度。母亲一个人拉扯我长大非常不容易，困难就不用说了，还有许多的不解和歧视。就在我的天空是一片灰色的时候，有一个人走进了我的世界，并给了我一丝温暖，她就是静儿。说出来我也不怕你笑话，当时我还在上小学，静儿比我小，可她跟其他小女孩不一样，她很安静，就像她的名字一样，她说不出来什么好听的大道理，但她陪在我身边静静地聆听，我就感到特别地安详……"

邓原的脑海中出现了一个画面，在那样一个纯真无邪的年代，一个忧伤失落的小男孩和一个沉静怡然的小女孩，他们彼此相伴，他们互相安慰，他们不懂什么叫爱情，却都把对方看得很重。

"静儿的家境非常好，父亲是县里服装厂的厂长，母亲也很有能耐。后来，静儿的父母极力反对我们来往，在他们眼里我和静儿是门不当户不对。我家穷，不能给静儿提供富裕的生活保障。我又是单亲家庭，他们认为我的成长也不理想。再加上总有一些喜欢搬弄是非的人议论说我是贪图静儿家的钱，才故意去接近静儿的，人言可畏啊！我不怪静儿的父母，他们毕竟也是为静儿将来的幸福着想。可是，他们为什么就不尊重静儿自己的选择呢？你不知道，他们那个时候为了阻止我和静儿来往，看她看得特别紧，甚至不允许她出门。我不能去找静儿，只能和她偷偷地背着所有人来往，直到最后我考进了咱们这里的警校，和母亲离开了那里，他们才对静儿管得稍微松了些。"

杨波讲到这里，邓原已经知道后面又发生了什么。对于杨波和荣静来说，他们的爱情真是经受住了考验，从一开始的父母反对，再到后来天各一方，几近柏拉图式的爱情，他们挺过来了，最终走到了一起。这份真挚的感情让人羡慕，又让人惋惜，王子和公主幸福地生活在了一起，却没能共同走到终点。邓原没有再继续叹息，毕竟荣静已经死了，说什么都没用，他想了一下："我查过了，荣静父母死于服装厂的火灾，荣静有没有跟你说过些什么？"

"那是静儿心里的一道疤，我怎么可能狠心去揭她的伤疤呢！"杨波摇头叹道，"我只能是尽量不去提这件事。我把静儿接过来后的那两年，她总是一个人心事重重地独自悲伤。我想去安慰她，却不知该如何安慰好。我怕我一说些什么，她反而更难过了。唉，说句不该说的，我不知道是该感谢那场火灾好呢，还是该痛恨？说实在的，我对静儿的父母没什么好感，可我又不希望好不容易能跟我在一起的静儿不开心。"

邓原只是随口一问，或者说是在帮曾秀拖延时间，对于荣静父母的死，他暂时还没有什么想法。他还在犹豫到底要不要去怀疑杨波，到底要不要咄咄逼人地像审犯人一样去审问杨波。同时他也在注意曾秀，不知道她有没有收获，或者说，他希不希望曾秀有收获。

就在邓原和杨波马上要陷入尴尬境地的时候，曾秀完成了她的工作。她站在杨波的面前，眼神有些复杂，似乎有话要说。邓原赶快抬手制止了她，跟杨波寒暄了几句后，拉着她离开了。

曾秀虽有些不满，但她理解邓原，忍到出了杨波家门刚要张口说话，却又看到邓原食指抵唇做了一个噤声的动作。这下曾秀有些生气了，她白了邓原一眼，怒气冲冲地下楼去了。

来到楼下，邓原刚想要叫住曾秀，对方来了个急刹车，转过身来说道："现在可以说话了吧？就算他耳朵再灵，这里他也听不到。"

"小不忍则乱大谋！"邓原笑了笑，问道，"怎么样？有没有什么令你满意的发现？"

曾秀听出了邓原话里的意思，令自己满意？说得她好像有意刁难杨波似的，看来非得拿出东西来才能证明自己的怀疑是有根据的，于是，她说道："你没觉得杨波的家里整洁得有些奇怪了吗？一个瞎子，什么都看不到，怎么可能把家里收拾得那么好？杨波自己也说了，护工好久没来过了，不是有人在偷偷帮助他，就是他的眼睛根本就没瞎！"

"那你有什么证据证明你的论点呢？据我所知，一个瞎子也不见得会让自己的生活搞得一团糟。当适应了环境以后，他们会有自己的一套生活方式，不信你可以去走访几个盲人，他们的生活不输给眼睛正常人的。我想，你更倾向于第二点吧？有什么证据就拿出来吧，早就看到你鬼鬼祟祟的了。"邓原已经注意到曾秀那伸进兜里的手了。

曾秀拿出一个小证物袋，里面装着两支药膏："就是这个。"

邓原认得这两支药膏，是杨波的眼药，那次在杨波家里时护工曾经拿出来给杨波上过药："你把人家的眼药膏偷拿出来，不怕杨波发现吗？"

"哼！他是不会发现的，也根本不屑于去发现。"曾秀说着有些得意了，仿佛

第十七章 假瞎

已经抓到了一条跟案子有着重大关系的大鱼,"这两支眼药膏上布满了灰尘,至少有一段时间没有人去动过了。一个眼部受过重创却不积极用药的人,你说他的眼睛到底是真瞎还是假瞎呢?"

邓原盯着袋子里的眼药膏想了想:"你就没有想过也许会是另外两种可能吗?一种可能,杨波的眼睛已经快要好了,根本不需要再用药了。另一种可能,杨波的眼睛永远都好不了了,他自己也清楚地知道这一点,所以他放弃了继续用药。"

曾秀明显有些不愉快,她把眼药膏重新揣回兜里:"邓队,你对杨波有偏心。"

"袖子,你应该知道我不是那样的人。我知道你在想什么,我对何法医和杨波是一视同仁的。"邓原笑了笑,并没有责怪曾秀的意思,"何法医和杨波都有值得怀疑的地方。可就两个案子来说,何法医的疑点更大一些。荣静被害的那天,杨波在外地参加会议,何法医是不详。而杨丽丽的被害,这两个人虽然都不符合凶手的身高,但我现在不敢肯定这个身高有没有水分存在。"

曾秀一愣,马上明白了邓原的意思:"你是说何老要真是嫌疑人的话,他很可能在尸检报告中做了什么手脚,那个凶手身高的估测就有可能是假的。那我们怎么办?"

"我希望不是这样的,毕竟当时除了何老还有其他的法医在,要想做手脚也不是那么容易的。我不是不怀疑杨波,但在事情还没有任何眉目之前,我不想轻举妄动,明白吗?"邓原说完,转身又往楼里走。

曾秀对邓原的举动感到有些奇怪:"你刚还说不要轻举妄动呢,现在又杀回去,还不如刚才在杨波家里时就质问他呢!"

邓原扭回头:"我有说要杀回杨波那里吗?"

"那你去哪儿?"

"一会儿你就知道了。"邓原不再理会曾秀,走上了楼梯,曾秀也赶快跟了过去。

邓原的目标是杨波同层的最里面的一家住户,他记得那一次在杨波门口发现照片的时候有一个老大爷经过。虽然当时他并没有看到老大爷进的是哪家,但他后来从杨波家出来观察楼道环境的时候发现最后一家门口放着的菜篮子就是老大爷拎的那个,所以老大爷应该就是住那家。

在当时,邓原没有马上去询问是因为他根本就没把那张照片当回事。现在他后悔了,这张照片出现得非常重要,也许直接可以揭露神秘跟踪人的身份。护工是第一个发现照片的人,可护工已经好久没有出现了,只能寄希望于这个老大爷。老人一般都行动缓慢，万一他在离开和回来这段时间看到过什么陌生人呢？邓原不知道结果会怎样，但他清楚地知道自己不能再像上次一样错过这个机会了，他真心希望老大爷还记得那天都看到过什么。

快到三层的时候，邓原突然停住了。他扭头看着曾秀没有说话，用手指了指自己的脚，然后踮起脚轻轻地、慢慢地继续向三层走去。

曾秀有些无奈了，用得着这么小心谨慎吗？大大方方地去查有什么不好？怎么搞得我们倒像是做贼心虚似的？这要是有人看到一定以为是两个小偷！

曾秀苦笑着摇了摇头，只得像邓原一样尽量不出任何声音地跟在了后面。

终于，蹑手蹑脚地挨到了最后一家，邓原迅速按上了门铃。

出来开门的正是那个老大爷，他看到邓原出示的警官证后，没问什么就把两个人让进了屋子。

邓原松了口气，他还担心这个老大爷对于自己和曾秀的突然来访会询问几句呢，这要是被杨波听到就不好了。还好，老大爷挺好客。邓原猜想，这个老人家八成是个鳏寡老人。

邓原猜对了，老大爷就是一个人独居。他把邓原和曾秀让到客厅的沙发上，倒了两杯水放在茶几上后自己也坐了下来。"我一个人闲着也挺无聊的，正愁没人说说话呢，你们是有什么事吗？"

"哦，是这样，我有一个朋友住在这里，我前阵子来找他的时候在楼道里遇见过您，不知道您还有没有印象了？"邓原在心里想，要不要跟老大爷直说？会不会吓到他老人家？

老大爷笑着点了点头："有印象。我知道你的，你那次来的时候我就看到你了，可你当时没有注意到我。你是来找住在前面那个眼睛有伤的小伙子吧？我回来的时候看到你们俩和那个丑女人站在楼道里，我经过的时候还跟你们说话了呢。"

"您记性真好啊！"邓原禁不住地夸赞了一句，他就担心会是一问三不知。

老大爷听到邓原的夸奖，挺高兴的："我啊，在这里住了一辈子了，街坊邻居的都认识。这要是有个生人来啊，我只要见到就一定会记着的，呵呵。对了，你们当时好像在看一张照片，你就是为这个事来的吧？"

"是的。"邓原决定来直接的，"在朋友家门口发现了张照片，我们不知道是谁留下的。正好您那天买菜回来，我想问问您有没有见过什么陌生人？或者有没有什么可疑的人？"

老大爷仔细地回想了一下，说道："没有，我那天除了见到你以外，没有再

第十七章　假瞎

见过生人了。"

"您再好好地想一想，真的没有别人了吗？"曾秀马上追问道。

老大爷表情非常肯定地看着邓原，说道："真的没有别人了，我那天自从下楼到回来，就只见到你一个生人。"

"那可能是在您外出买菜的时候有生人来过了吧。"邓原说话有些打蔫，虽然他已经猜到会是这么个结果，但难免还是会有一些沮丧。

没想到老大爷却坚持地说道："不会的，那天我出门到回来，就只有你和那个丑女人相继进过楼。"

邓原迟疑地看了看曾秀，又看回老大爷，一时不明白这个老人家怎么就那么地肯定呢？

"呵呵，你们不要怀疑我，我说的肯定是真的。你们有所不知，我是下楼买菜去了，可菜不是我买的，我就一直坐在楼下晒太阳呢。"老大爷拿起自己的杯子，喝了口水，"我老伴走得早，我就一个儿子。儿子长大了要结婚，要有自己的家，我不想给儿子和儿媳妇添什么负担，就没有跟他们一起住。我儿子很孝顺的，隔个两三天就来看看我，给我买些吃的和用的。我每次都提前下楼，边晒太阳边等儿子，绝对错不了的。"

邓原快速思考了起来，如果按照老大爷说的，自己来找杨波的时候老人家就已经坐在楼下了，进杨波家时并没有在门口看到照片，又没有别人进过楼，护工来了才发现了照片……老大爷说护工和自己是相继进了楼，相继？想到这些，他马上问道："我进楼后多久护工出现的？"

老大爷有些恍然大悟："护工？原来那个丑女人是个护工啊！我说呢，那么英俊的小伙子，就算眼睛伤了也不至于找那么丑的一个女人啊！呵呵，发句牢骚啊！你进楼没多久，嗯，应该也就几分钟左右吧，她就进楼了。"

几分钟左右！邓原清楚地记得那次跟杨波至少讨论了半个小时以上，杨波才听出护工的脚步声，这个时间差距也太大了吧？难道是护工吗？邓原不是不敢往这方面想，他只是觉得在下任何结论前，一定要把其他的可能性都想到了。于是，他又问道："这个楼有两个出入口，会不会是有人从别的出入口进出时你没有注意到？"

"不会的，我坐的位置是进入这个楼的必经之路，无论有谁从楼里的哪个出入口进出都是逃不过我的视线的，呵呵。"老大爷为了让邓原和曾秀更明白他的意思，又进一步说明道，"一会儿你们出去的时候就会看到，就在楼的右斜前方，

319

那里有一个小花坛，种了些草木，坐在那里啊经过的人不仔细看还真不会注意到。每次我儿子来给我送东西，我都提前早早地下去等他。我就是想早些见到他，能跟他多说说话。我儿子也挺不容易的，上有老，下有小，隔个两三天还要来看看我。我都跟他说了，要是忙别过来那么勤了，他就是不听，呵呵，瞧我扯远了。言归正传哈，那天别的时间我不敢保证，但从我出门到回来，我保证就只看到你和那个丑护工。"

老人说起话来难免有些啰唆，可邓原却听得十分明白，现在已经再清楚不过了，照片是护工放在杨波家门口的。杨波是因为受到跟踪人的影响，误以为是跟踪人所为，从而也误导了自己没有去怀疑护工。

邓原几乎可以想象得出，那天来找杨波时，护工在附近的不远处看到了自己，她知道警方来找杨波谈的肯定是案子，所以等自己进了楼以后才偷偷尾随而至。护工一定跟刚刚自己和曾秀一样伪装了脚步声，在偷听到了自己和杨波的谈话后把照片放在了门口。在同样伪装了脚步声走远后，她再按照正常步率走回到门口，被杨波听出脚步声而造成了她刚刚回来的假象。护工也许是在偷听了谈话内容后才决定把照片留下的，也许她一早就计划好那天就抛出照片。这些都不重要了，重要的是，她是谁？

邓原还依稀记得，曾秀曾因护工的奇丑询问过杨波。杨波的回答是护工是在他即将出院前接替看护工作的，之前的老护工因有急事要回老家。这绝不是个巧合，现任的护工一定是有目的性地出现在杨波的身旁，她的目的？

邓原不得不把这个不起眼儿的人物摆放在眼前，这个护工到底是谁？她为什么要潜伏在杨波的身边？她的目的究竟是什么？

是在维护裁缝吗？关键时刻帮裁缝一把？那她像跟踪人一样留下证据就足够了，有必要这么大费周折地接近杨波并留在他的身边啊！

难道她真正的目的是跟踪人？她知道有这么一个神秘人物在针对裁缝，所以她守在杨波这里与之抗衡？这好像倒也能解释得通，现在已经知道照片是护工留下，要不邓原真会认为跟踪人有神经分裂，一边揭发裁缝又一边帮助他。可既然这两个人都是因为裁缝，为什么要围绕着杨波呢？而不是杨丽丽的老公？难道他们都跟荣静有关系？荣静不是已经成为孤儿了吗？除了杨波再没有认识的人了吗？

还有，杨波的转变会不会跟护工的突然消失有关？邓原觉得这几个人互相牵扯，暗藏复杂，似乎有一种说不明的关系存在着，却又偏偏抛开了杨丽丽。这杨

第十七章 假瞎

丽丽到底是为何被杀？

邓原被这些问题反复困扰着，都不知道自己是如何离开老大爷家的。还好曾秀很适时宜地接过了话茬与老大爷闲扯了几句，又非常及时地拉着他离开了。在谨慎走过杨波家时邓原产生了想要冲进去问个究竟的念头，最终被他自己强压下去了，这个时候不能冲动！

出了楼后，曾秀试探性地问邓原道："要不要我把那个护工揪出来？"

"没名没姓的，她真要是躲起来怎么找？"邓原摇着头摸出根儿烟，点燃了。

"那怎么办啊？"曾秀有些着急了。

"我想，她应该还会出现的，当务之急是把裁缝找出来，也许裁缝出现了，其他的两个会不请自到。"

"嗯，有道理，我们已经有裁缝的照片了，通过技术可以模拟出他现在的样貌，我就不信找不到他。"曾秀露出了欣喜的笑容。

"还有荣静，最好跟杨丽丽的面部特征做比对，看看能不能找出两个人的共通点来。对了，"邓原说完伸出左手，"把那个给我。"

"哪个？"曾秀疑惑地从兜里掏出装了眼药膏的小袋子，"是这个吗？"

邓原笑着接过了小袋子："刚才不是有人说我偏心嘛，杨波的眼睛到底怎样，医生知道，顺便再打听一下护工的情况。"

曾秀也笑了："我就那么一说，你还记上仇了。我说，你现在就去吗？"

"不趁热打铁，还等什么时候啊？"

"那也得看看现在什么时间啊，你不休息，人家还休息呢。"曾秀说完率先朝车子走去，邓原无奈地扔下烟头也跟了过去。

次日。

邓原安排好工作后就杀向了A市武警医院，眼科门诊的罗主任接待了他。罗医生年纪不大就已经坐上了主任的位子，看来医技应该是不俗的。关键是，罗主任正是杨波的主治医生。

邓原跟罗主任随便寒暄了两句，把眼药膏摆在桌子上，就直奔主题了："有一个眼部受外伤的病人叫杨波，是您医治的，您还有印象不？"

"我猜你也是为杨波来的，有什么问题吗？"罗主任简短地回答道。

"是这样，你看这些眼药膏，上面的灰尘表示杨波已经很久没有用药了。"邓原指了指桌上的眼药膏，继续说道，"而杨波还是看不到东西。这两支眼药膏我查过，无非就是起一些消炎作用，可以说没有任何疗效。我想知道杨波的眼睛到底是个什么情况，是不是很严重？"

"我已经知道你的来意了，呵呵，我可以肯定地告诉你，杨波的病情确实很严重……"罗主任笑着盯着邓原的眼睛，可话没有说完就停了下来。

邓原觉得罗主任的笑有内容，仿佛已经把自己看穿了。不过，他的回答却让邓原心里稍稍踏实了些，对杨波的疑心又减少了一分。可没想到，罗主任下面说出来的话却又让他眉头紧锁。

"但不是眼伤严重，而是这里非常严重。"罗主任说完，用手指了下自己的头。

"什么意思？"邓原愣了一下，马上他就明白了，"你是说杨波的精神有问题？"

罗主任摇头道："也不能完全说他的精神有问题，他的这种病来源于他自己，是好事，也是坏事，利弊的权衡就看他自己的意念了。"

"没明白！"邓原皱着眉头，他完全听不懂这位医生在说什么。

"是有些让人难理解。这样吧，我先来说说杨波的眼睛吧。"罗主任说着拉开抽屉取出一份病历放在邓原面前，"其实杨波的眼睛已无大碍，可以说早就好了。你可以看看病历的记录，只是眼部受到外伤而已。"

邓原疑惑地接过杨波的病历，一看之下才明白了些，可他还是有疑问："我看过杨波的眼部，一片瘀青，看着挺严重的。"

罗主任笑了笑："呵呵，那些瘀肿用不了多久就会下去影响不了视力恢复的。不信，你现在握紧拳头猛击自己的眼睛，你切身地尝试一下就知道了。"

"什么？"邓原有些怀疑自己是不是听错了。

罗主任努了努嘴，鼓励性地说道："来，挥打一下试试，放心，我是眼科医生，保你的眼睛没问题的。"

邓原还真握紧了右手的拳头，看了看罗主任，又想了想："我是疯了吗？没事打自己玩儿？不，我还没自虐到那份儿上。"

"下不去手是吧？我来帮你！"话音刚落，罗主任伸拳就朝邓原的眼部捶去。

"哐当！"邓原下意识地仰身向后躲闪时，失去重心险些摔倒在地。他及时伸手抓住了桌沿才稳住了身子，椅子却因此与地面有了碰撞。

罗主任看着邓原的狼狈相，笑得挺开心："怎么样？体会到了什么？"

邓原心神落定后，第一个反应就是自己够机警，躲过了这一突然袭击，随后他就有些悟出罗主任的意思了："你是说下意识的自我保护？"

罗主任赞许地点了点头："下意识，也可以说是人类与生俱来的本能。你刚

第十七章 假瞎

才通过自我保护的本能躲过了我的拳头,那么可想而知,即使是杨波用力捶打他自己的眼睛,在受重点上也大打折扣了。"

"可是,也确实有自残致死的案例啊!当一个人真正想死的时候,或者想达到自己的某种目的的时候,还是可以达成夙愿的啊!"

"你说的那些都是在借助于外界他物的情况下,比如上吊用的绳子,投河利用的是水,等等,这些都是本能所影响不了的。如果杨波是用一件物体来击打他自己的眼睛,那他就真的瞎了。但他用的是自己的手,在发力点和受力点上都受到自身本能的影响,造成了眼部的轻伤。还有一点,即便是不借助于外界物体,打别人和打自己,受伤的程度是不一样的。你现在就可以实验一下,你打我眼睛一拳,再打你自己眼睛一拳,那绝对有区别的。"

"那照你所说的,杨波现在是能看到东西的?"杨波竟然是装瞎,还真让曾秀说着了,可他为什么要这样做呢?邓原心想,会是因为荣静的死吗?抓不到凶手就索性逃避起来?还是,他特意伪装成瞎子以便向社会发泄丧妻的仇恨?杨丽丽的死会跟他有关吗?

没想到罗主任却否认了:"不,杨波现在还是看不到东西。可以说他是假瞎,也可以说他是精神上瞎了,而他的这种精神意识还在持续着。"

邓原似乎有些明白罗主任的意思了,可他一时理解不了,这怎么可能呢?看得见就是看得见,看不见就是看不见,还分个精神出来,这也太玄乎了吧?"能说得详细些吗?"

罗主任想了片刻:"那我就简短地说明一下吧,那些太专业性的东西你可能更理解不了。简单来说就是杨波的意识非常强烈,尤其在他自己认为,或者说极力想认为的情况下,这种强烈的意识完全把他封闭住了。杨波的情况我也知道,他无法接受妻子的惨死,更出现了幻觉,在极度痛苦的情况下,他选择了弄伤自己的眼睛,在他认为只要看不见了就会减少一些痛苦。这个想法一植入大脑,即使是后来他的眼睛已经恢复了视力,他也认为自己是看不见的,并且持续下去。"

邓原不自觉地眨了下眼睛,这个有些不可思议了:"人的意识真的能强大到可控制自己的思想吗?甚至影响到行为?"

"可以的,有这样的案例,但是极少,像杨波这样的我也是第一次遇到。"罗主任肯定地点了点头,"你们做警察的都应该有心理课程,或者心理学类的培训。你可以回想一下,讲师一定给你们举过类似于这种意识暗示的著名案例。"

是的,确实讲过,但当时邓原仅是为了完成课程任务,并没有想过要把这个结合到实际的案件当中。想来想去,他还是有些不甘心:"你真的确定杨波的看不见不是装出来的?"

"呵呵,非常确定。杨波在还没出院前视力基本上就应该恢复了,可他的反常极大地引起了我的兴趣。我给他做过各种测试,当时还有其他的医生在场,我们一致结论为他是看不见的。"

"为什么杨波的这一特殊情况我们不知道呢?之前那些送他来医院的同事们也不知道?"邓原觉得有些奇怪了,按理说这应该算是挺大的事了,去西区分局调案的时候"白菊"没有说,那说明"白菊"根本不知道这个事,罗主任为什么要隐瞒杨波的真实病情呢?

"从医生与病人关系的角度考虑,我是不会主动跟别人讲的。今天也是你来问我,我才说的,这也是杨波的病情所致。"

邓原更奇怪了:"就是因为他的病情这么严重,我们早知道了好早些找心理专家帮他治疗啊,这样不是更好吗?"

"正是因为你们会这么做,我才不主动说的。杨波病情能否好转完全取决于他自己,对不起,他是我的病人,我必须对他负责。"罗主任抱歉地笑了下,继续进一步解释道,"在我发现杨波这种特殊异常的时候,我开导过他,用了好多方法去暗示他,他根本就听不进去。后来我直言要带他去见我的一个朋友,我那个朋友是资深的心理医师,一定有办法帮到他。可你知道他当时的反应吗?本来稍稍平静的他突然一下暴躁了起来,发怒、痛苦不堪,抓到什么都想往他眼睛上招呼。最后没办法,我只能给他打了镇定剂。我把这些情况跟朋友咨询了,朋友说,像杨波这种意识极其强烈的人,抵触情绪和反抗意识也会格外地强大,一旦有与他主观意识相反的思想产生,就会有强烈的反抗意识出现,甚至不惜毁了他自己。除非杨波自己能够放下一切走出禁闭,外界的任何努力不但阻止不了他,反而会让他的病情更加恶化。我不知道你是否能理解得了,这些听起来确实难以想象,但它是真实存在的。我希望就算你无法理解,也能够正视问题的存在,不要去强迫他,要想办法用正确的途径去引导他。如果你愿意的话,我可以把我朋友介绍给你,他愿意帮助杨波的,可以吗?"

"可以,"邓原重重地点了点头,原来是这样的,看来是误会罗主任了,还好问得不是很尖锐,"对了,杨波最近的情绪比以前好些了,这是不是代表着他的病情在慢慢地好转?"

"是啊,他的精神比以前好多了,这是一个好的开始。只要精神放松,情绪

第十七章 假瞎

稳定，再加上正确的开导，慢慢地他就会走出自己的禁锢。"罗主任没有在意邓原的质问，相反，一说到杨波的现状他倒是挺开心的样子，"我个人对杨波还是很同情的，我也希望他能早日康复。我想，他把眼睛上的纱布去掉的时候，就是他决心走出来的时候。"

"你是怎么知道的？"邓原奇道，听罗主任这话的口气，就好像杨波站在他面前一样。

"他昨天白天来医院找过我。"

"他自己一个人？"看到罗主任点头，邓原又问道，"我想，他找你不会是为了眼睛，或者拿药吧？"

"他让我帮他打听一个人……"

"护工吗？"邓原打断了罗主任的话。

"是的，他说他的护工不见了。住院时他的第一个老护工我知道，所以，他让我帮他问问那个老护工。"罗主任没有表现出惊奇，毕竟人家是警察，能知道这些还不容易嘛！

"结果呢？"邓原本来也是打算打听一下丑护工的情况，既然罗主任已经找过了，倒是省了他的麻烦。

"我找到了那个老护工，她并没有因家里有事而回老家，现在在住院部护理一个心血管疾病的病人。老护工说，在杨波即将出院的时候，有一个很漂亮的女人找到她，给了她一笔钱，让她谎称要离开，并在第二天会有人来接替她看护杨波。"

"很漂亮的女人？她有没有说那个女人长什么样？"邓原想，护工长得那么丑，应该不是她，难道还有别人也牵扯到案子里？

"杨波跟你问了同样的问题。可老护工说，那个女人似乎不想让别人看到她的相貌，戴了很大的墨镜，但还是不难看出是一个美丽的女人。不过，老护工又提供了一点信息，只是她自己也吃不准。"

"是什么？"邓原急切地问道。

"老护工说，她第二天如约来到医院门口等待那个来接替自己工作的人，等了一会儿来的却是个长相奇丑的女人。她开始并没有在意，毕竟漂亮的女人是不屑于干护工这种又脏又累的活儿的。可与丑女人攀谈了几句后，她发现这个丑女人与头天的漂亮女人的说话声音是一样的。"

邓原马上追问道："她能确定吗？"

"她不敢确定。按理说对于这种半道劫活儿又肯给钱的事她是头一遭遇到，印象深刻是肯定的。可怎么说也是第一次打交道，又隔了一天，说话声音相似也比较平常，所以，她只是怀疑。"

怀疑吗？不，在邓原看来那几乎就是肯定了的。两个第一次接触的人就能把说话的声音联想到一起，这种直觉上第一印象的肯定往往比后期的反复斟酌更准确，老护工前后见到的两个女人应该就是同一个人！

"你现在的表情跟杨波当时的一样，是有什么问题吗？"罗主任打断了邓原的思绪。

邓原是不会对罗主任讲案情的，于是他故作轻松地说道："没什么，我走神儿了，后来呢？"

"后来就没什么了，杨波没有再提问，我就让那个老护工回去工作了。"罗主任没有理会邓原的反应，而是继续说道，"对于护工的这种不负责任，我表示很遗憾。我觉得像杨波这种情况，身边还是有一个称职的护工比较好。我本来是想给他介绍一个专业一些的护工，可他都没听完我说的话就闷闷地走了。"

第十八章 旧案

邓原心想，如果当时换作是自己，也会什么话都不说就闷闷地走开的。但出于礼貌，他还是跟罗主任客套了几句才离开了医院。

回市局的路上，邓原都在思索杨波以及那个神秘多变的护工。

多变，是他现在对那个护工的唯一认知，前后不同的相貌，美的、丑的，到底哪一个才是真实的她？或者说这两个也都是她伪装的？她可以更换不同的样子出现在杨波的身边，是用面具吗？可杨波看不见，她如此地变换相貌又是为了什么呢？真让人费解。

还有杨波，所谓的精神好转应该并不是病情转愈的前兆。邓原觉得杨波似乎更像被什么人或事吸引了注意力，99%就是因为这个神秘的护工，否则杨波找罗主任就会是讨论病情，而不是找人。杨波一定是发现了什么，可他为什么不说呢？会不会他也是处在怀疑阶段？

邓原突然有些兴奋了，这些一直寻觅不着的疑点，像是商量好的一样突然全都冒了出来。也许，离真相已经越来越近了。

回到办公室，连口茶都没来得及喝，曾秀就拿着一份文件坐在了邓原的面前，文件往桌上一放："看看吧，我刚拿到的。"

邓原没有马上接过文件，而是打趣地道："哎呀，这有眉目了连办事效率也跟着提高啊！这么快就有结果了，真是连口气都不让人喘啊。"

"哪有那么快，冯才和荣静的照片已经交技术科了，他们正在想办法处理呢，最快也得明天才能出结果。何老我倒是调查过了，荣静被害的时候杨波不是去外地出差了嘛，很巧的是何老也参加了那次的会议。至于杨丽丽被害的那晚，何老就在局里加班到晚上10:30，这还是其他同事考虑到他的年纪大，一再劝说下他才肯回家的，就算何老出了市局就马上赶往西郊，时间上也与杨丽丽的被杀时间不符。"曾秀说完看着邓原，"怎么样？至少可以排除何老的嫌疑了吧？"

邓原没有马上回答曾秀的问题，他指了指桌上摆放着的文件："那这个是什么？"

"嗨，瞧我，忘了说了，"曾秀不好意思地笑了下，"这个是我刚刚收到的传真，胡子传来的，我还没看就赶快给你送来了。"

"这小子，动作真快啊。"邓原拿起传真大致地翻了几页，全都是阳南医学院剥皮案的现场及调查记录，有的部分是手写上去的，应该是当时警务人员调查的笔录。马上，他又想到了另外一个人，"大兵那边有什么消息吗？"

"目前没有，他比较倒霉，选择了去阳北查找照片上的人，这可比找警察和案子资料的难度大多了。你说，我要不要给大兵打个电话问一下情况？"

"不用，他我还是比较放心的。"邓原放下传真，看着曾秀认真地说，"你刚才那个问题我现在还回答不了。这样，让我好好看看这个，看完之后再说。"

"行，那我就不耽误你了，有事你喊我吧。"曾秀知趣地离开了。

邓原静下心来，不带任何主观偏见地以一个调查人员的角度仔细地阅读了好几遍案件资料。其间，他还用笔勾画出重点内容部分，列出时间顺序以及各个地点的方位，甚至他还画出简图以配合文字更透彻地了解当时的情形。反复推敲后，他的心里已经有了一个明确的结论，再加上大兵及时打来的电话，30年前阳南医学院剥皮案的真相已一目了然。

放下电话，邓原盯着传真资料，眉头皱了又皱，他突然不知道该如何面对何法医了。以一个什么样的姿态呢？用什么样的方式来完结这个时隔30年的悬案呢？

几经思考过后，邓原决定直接面对，案件的真相是怎样就是怎样的，哪怕是有些让人无法接受。

邓原怀着复杂的心情来到何法医家时，何法医倒是显得很平静："我知道你会再来找我的，没想到这么快。"

邓原与何法医面对面坐在书桌前，中间隔着一份档案袋。邓原没有去看何法医，盯着袋子寻思着怎么开口。他总觉得今天的何法医跟上次见到时不太一样，可想来想去最后也只好说："今天来找你，是想跟你谈一谈阳南医学院的案子，我……"

第十八章 旧案

"我知道你在怀疑我,上次你来我就已经看出来了。不用拘谨,有什么话就直说吧。"何法医的冷静似乎在向邓原宣告,我不怕你怀疑我!

看到何法医的坚定,邓原稍稍放下些心来。既然已经知道我怀疑,那么至少是有一定的心理准备了,于是,邓原索性直接说道:"何老,你的师妹并不是冯才杀害的,而是另有其人!"

"你有什么证据证明不是冯才呢?"何法医也看了眼面前的档案袋,"你是有备而来,我想你更想说是我杀害的师妹吧?"

邓原已经猜出何法医会这么说了,他没有马上给出自己的结论,而是打开档案袋拿出那张30年前阳北欣欣小吃店的照片送到何法医的面前:"我派人去了G市,经调查这张照片上的欣欣小吃店就是你所说的当年阳北的那一家,你看一下照片上的日期和时间。"

何法医拿起照片,看了看又放下:"那又怎样,这能说明什么问题呢?"

"我的人找到了这张照片的主人。30年前,也就是1982年4月6日下午,照片的主人与几个朋友在欣欣小吃店聚会,3:30的时候他们一起在小吃店的外面拍照留念,却意外地拍到了一起事故。一个老太太被一辆飞驰的自行车撞倒至昏晕,骑车撞人的人跑了。但有一个人及时对倒地的老太太进行了紧急救护,这个人就是冯才。"邓原把大兵在电话里告知的情况,如实地转述给了何法医。

何法医的身体轻微地抖了一下,马上,目光又盯向了面前的照片。

"你现在看到的这张照片,是系列事故照片中的第一张。后面还有几张是冯才对老太太进行救护的过程,照片上可以清楚地看到冯才。而冯才在事后曾经找过照片的主人,一再恳求下把照片拿走了。"邓原继续说道。

何法医看照片的目光有些深邃,像是在分析照片上的映像,又像是在走神儿思考。

邓原又从档案袋里取出了传真文件,找出其中的一张放在照片的旁边:"这个是接到你报案后负责调查的警务人员的笔录,上面说在当天下午1:30时,有人看到你的师妹回宿舍楼,所以,从1:30到3:30这两个小时间的时间内,冯才是根本无法杀害师妹并剥掉她全身的皮后,再赶到阳北去救助被撞的老太太的。"

何法医没有去看那张传真文件,眼睛依然盯着照片,双手却握紧了拳头,身体无助地颤抖着。

"何老,话说到这份儿上,你应该知道杀害你师妹的真正凶手了吧?"邓原多少因何法医的反应有些伤神。

何法医终于无法控制自己的情绪了,声泪俱下:"我宁愿……我宁愿你怀疑的是我……我宁愿那个凶手就是我!"

"我是怀疑过你,在撇开冯才不是凶手的情况下,我把你当作重点嫌疑人来核对过案情。可后来我发现我错了,你也不是凶手。"看着老泪纵横的何法医,邓原也有些于心不忍,毕竟人命关天,他又不得不继续下去,"虽然你有作案时间,从舞会开始到快结束你决定去找师妹这段时间,也没有人能证明你从没离开过,但有一个教师证明了当天除了你以外,没有非该教师宿舍的住户进入。也就是说,只有住在教师宿舍的人员正常出入外,没再有别的学生来过。那名教师由于生病请假在宿舍休息,没有去参加或主持舞会。他所住的宿舍就在整幢教师宿舍楼唯一入口处的对面,为了便于空气流通,他的房门一直半敞着,有任何人进出他都看得到。而他更加证实了你进入教师宿舍楼的时间,与你配合调查的警务人员记录的口供相差不多,都是将近4点钟的时间。从舞会会场到教师宿舍楼大概需要10多分钟的时间,就算你跑得再快,时间相差也不会超出10分钟,这么短的时间内我不相信你能把师妹杀害并剥掉了她全身的皮,所以,你不是凶手。"

何法医没有抬头,声音哽咽着说:"舞会开始后我没敢离开过,连厕所都舍不得去,我生怕短暂的离开会错过师妹的到来。我……我去教师宿舍找师妹的时候,心里只想着见到她后该怎么说,根本没有留意到还有教师在宿舍里,我……我一直以为所有人都去参加舞会了。"

"对不起,何老,即使这样我也没有打消你是凶手的念头,直到后面学院保安的证词出现才洗清了你的嫌疑。保安说你当日下午4点多的时候突然冲进保卫科叫喊着要报警,直到后来警务人员赶到你都没有离开过保卫室。当时在屋子里的保安人员并没有马上就相信了你说的凶案,他们以为你是由于学习紧张而神经错乱了。在警务人员赶来后封锁了宿舍楼,他们才知道你说的是真的。从这一点来说,师妹尸体的不翼而飞不是你所为,也从而间接证明了你并非杀害师妹的凶手。"

何法医有些凄然,咧了咧嘴试图想挤出一个微笑来,却徒劳无功。他又想说些什么以缓解胸口的郁闷,喉咙却又像是被什么东西堵住了,吐不出一个字来。

"何老,有一个问题我不太明白。从教师宿舍到学院大门的保卫科有很长一段距离,教师楼的办公室里都有电话可用,你为什么舍近求远地跑到保卫科去打电话报警呢?"

何法医几近努力,才挤出了一句话:"去保卫科是会经过教师楼,但师生都

第十八章　旧案

在舞会会场，我不想惊动更多人。我以为保护好现场有利于警方侦破缉凶，没想到却给了他绝好的移尸机会。我真是后悔啊，早知道我就多叫些人来，至少……师妹可以得到安息。"

"这世上哪有后悔药可吃啊！别说是你了，连我也没有想到，要不是在这些记录和证据的帮助下，谁又会想到凶手会是他呢？"此刻的邓原特别能理解何法医的心情，30年来，一直被自己的主观假设掩盖了事实真相，如今真相浮出水面了，却是他非常尊敬的人。邓原看着已经渐渐平静些的何法医，想了想后问道："何老，我想今天对于你来说这个答案并不突然吧？"

何法医终于抬眼正视邓原："你说得没错，我之前一直坚信冯才就是凶手，但你上次来后又给我看了这张照片，我就隐隐觉得有蹊跷了。我又仔细地回想了几遍，也觉得恩师似乎有嫌疑。可同时我又不愿意去相信这一点，我宁愿师妹是死于我或冯才的手下。"

"排除了冯才和你以后，也就只有可能是你的恩师了。何老，当年的这些调查笔录没有公布，你现在好好看看吧。"邓原说完，把所有的传真文件都摊放在何法医的面前。

"那个时候他们是不会让我知道这些的，没有尸体，可能他们也在怀疑我呢。"何法医拿起文件，一张一张认真地阅读起来。

邓原特意等了几分钟，让何法医有时间能够大致了解调查记录的内容后才说道："从作案时间上看，你的恩师绝对比你有优势。他就住在那个宿舍楼里，与你师妹的特殊关系也不会让任何人第一时间就会怀疑到他。你师妹下午1:30回的宿舍，我推测那个时候她就已经被害了。何老，你应该比我更清楚，剥掉一个成年人全身的皮绝不是个把小时就能完成的，你的恩师早就计划好了一切，他利用参加舞会作为不在场的时间证人，等在场的所有师生都专注于舞会的时候他再偷偷返回宿舍楼。我相信他为了做到更完美，不止一次地往返于舞会与宿舍楼，而他作为学院的老师出现在教师宿舍楼就再正常不过了，这也是为什么那个生病的教师没有注意过他，反而记住了你这个非住宿人员进入宿舍楼的时间。"

邓原说到这里停住了，他看到何法医的手紧紧攥着，被捏得褶皱了的文件一抖一抖的。何法医一定在根据自己的分析想象当时的案发情形，邓原明白，那对于他来说绝对是痛苦与折磨。

半晌，何法医的情绪稍稍稳定些了，邓原才继续说道："可惜，你的恩师计划得再完美也没有想到你会去找师妹。我想，他当时刚好返回宿舍楼，发现有人进了女儿的房间，于是他为了不让自己败露，特意装成也是来找女儿的。他进门时说出了那句话后，又假装因女儿的惨死受到了极大的刺激而晕倒。后面的就很简单了，他在你跑出去报警的时候，迅速把女儿的尸体藏好并清理了现场留下的痕迹。这个藏尸的地点肯定就在宿舍楼里某个非常隐蔽的地方，谁也不会马上找到，即使是后来赶到的警方人员。等事情平息以后，他才把女儿的尸体带出了学院。你的恩师从头到尾都是在装疯，他仗着是死者的亲生父亲，认为不会有人去怀疑他，而大家甚至还会去同情他，他成功了。"

"是啊，谁能想到一个父亲会这么残忍地亲手杀害自己的亲生女儿呢？为什么呢？恩师他为什么要这么做呢？"何法医虽然认同了邓原的分析，但似乎一时还是有些难以接受，他又试着问道，"恩师已经去世了，师妹的尸体也没有着落，这些……这些都是我们的推断，没有真凭实据啊！你说会不会是别人呢？比如那个生病的教师，他一直在宿舍楼里的，他也有机会的不是吗？我真是想不出恩师这么做的动机是什么！"

邓原理解何法医，念师生恩情还属正常情理，更何况何法医说得也并没有错，陈年旧案，所牵扯的人老的老，死的死，但有一个人肯定知道真相。"这个恐怕只有冯才知道了。"

"冯……"何法医面带吃惊地看着邓原，刚说出一个字他就马上明白了邓原的意思。

"冯才根本就不是凶手，他为什么要躲起来？他为什么要背负这莫须有的罪名？这还不能说明问题吗？那是杀人啊，不是普通的刑事案件，除了你们的恩师，还有什么人能让冯才这么做？"邓原伸手点了点照片，"案发后冯才找到照片的主人索要照片，那说明他曾经想过要为自己洗清嫌疑，可最终他没有这么做。他和你一样，甚至比你还更要看重恩情，他宁愿牺牲自己也要保护恩师的名节。"

"这么多年我一直在错怪他，真正的裁缝原来是恩师，我……我对冯才有愧啊！"何法医哀叹起来，替冯才叹息，也替自己叹息。

恨了半辈子不该恨的人，换成是邓原的话也会心里非常难受的。可现在还不是难受的时候，于是他说道："何老，我需要你的帮助，案子需要你，我们得把冯才找出来。"

"还找他做什么呢？他根本就不是裁缝，30年前，他顾及恩师没有站出来说明一切。如今恩师早已去了，证明他清白的照片也出现了，呵呵，还有什么意义呢？"何法医仍然把自己埋在沮丧的情绪中。

第十八章 旧案

面对何法医的自我纠结，邓原斩钉截铁地说："这张照片只能证明冯才不是30年前剥皮案的凶手，但剥皮案还在继续，裁缝依然存在，所以必须找到他。"

何法医愣了一下，盯着邓原问道："你的意思是说现在还有人在利用裁缝这个绰号作案？"

"是不是还有人在利用冯才，或者说冯才已经变成现今的裁缝，这些都还是个谜。但有一点可以肯定，我现在查的剥皮案跟冯才有很大的关系，要不，这张照片也不会出现。"

"照你这么说我也觉得有些奇怪，他都忍了30年了，为什么剥皮案再出现的时候这张照片也出现了？"何法医边说边拿起桌上的照片，"对了，我还没有问你，这张照片哪儿来的？"

"是一个很神秘的女人留下的，她的身份我还没查清。我想，她应该是想说明冯才不是剥皮案的凶手。"邓原回答道。

"那为什么要提供一张30年前的照片呢？按理说，当年根本没有立案，就算这张照片出现了又有什么用呢？"何法医也感到有些费解。

"还有更奇怪的呢，何老，你看看照片的背面。"

何法医翻过照片，看到上面写的数字及文字："数字'一'是代表第一张，'裁'字是代表裁缝。等一下，这不是同一人同一时间写上去的，很明显'裁'字是后加上去的，你是觉得这里有问题吗？"

邓原却摇了摇头："既然照片是想说明什么，有一些注释也是正常。我觉得奇怪的是为什么用这第一张，而不是后面有冯才影像的那几张照片，那不是更加立竿见影吗？"

"对啊，为什么是这张呢？难道除了这张没有其他的了？不对啊，你说过冯才把照片都要走了啊！"何法医说完思索了起来。

"甭管到底是什么原因，这至少说明那个神秘女人跟冯才的关系密切，找到冯才就能找到她了。"邓原突然笑了，"何老，局里已经批准你从现在起暂归我们一队，直到案件完结。"

这下何法医为难了，他本来打算推脱掉的："我……唉，不是我不想帮你，可我除了会鼓捣尸体，破案我是一窍不通啊！我能帮上什么忙呢？"

"需要你肯定是有原因的，能不能回答我一个问题，我上次来就想问的？"看到何法医点了点头，邓原问道，"我接手的剥皮案已经有些日子了，其中还有你亲自做的尸检报告。同样是剥皮案，在你认为师妹是被冯才杀害的前提下，是什么原因造成你没有及时说出当年的剥皮案以及你也在找裁缝？而在大刘牺牲后，看到他的死状才有所触动？"

何法医没有思索就回答了："因为剥皮手法不同。无论是当年的师妹还是现在的其他受害者，他们尸体上留有的伤痕是不一样的，也许在别人看来是大同小异，但我能看出不是同一人所为。大刘的被害是这30年来我第二次看到全身剥皮，我根本做不到镇定。"

"我要的就是这个，帮我们研究剥皮手法，为了大刘和那些受害者，其他的要求你都可以拒绝。需要什么我会安排好，我希望明天能在办公室里看到你。"邓原说完，也没等何法医回答是否同意，拿起桌上的文件资料起身离开了。

第十九章 荣静

第二天，何法医出现在了一队的办公室里，前后而至的还有连夜赶回来的胡子和大兵。

邓原和他们简单地开了一个会，把这两天发生的事互相通报了一下，大兵更是带回了照片的底片。会后，邓原让胡子他们去休息调整，随时候命，何法医则到了会议室里。会议桌上早已准备好了荣静和杨丽丽被害案的详细资料、图片。邓原的想法是通过被害人被剥皮的手法来寻找凶手的作案特征，朱永义指出了剥皮手法不同，何法医也证实了这一点，那说明每个人作案的时候都会有自己独特的方式存在，找出不同或者共同之处，也许能够锁定凶手范围。

对于何法医来说，这是一项艰巨的任务。因为他必须面对过去，以他的恩师这个真正的裁缝为坐标，研究出其他几名死者的剥皮手法。这注定是在他那颗苍老的心上再狠狠地扎上几刀，但他最终还是说服自己接受了。

一切布置就绪后，邓原来到了技术科，曾秀已经和技术科的同志们奋战一天一夜了。

收获颇丰，不但通过高端电脑技术模拟出冯才和荣静现在的相貌，还在本市的外来人口中找到了冯才的下落。

模拟荣静的相貌相当简单，没用多少力气结果就出来了，可在冯才那里大家却吃了好些苦头。毕竟年龄差距相差过大，30年的时间真的可以让一个人的相貌与年少时的完全不一样，就连邓原对比过照片后都一度怀疑："这是同一人吗？"

档案显示，如今的冯才已经化名为马涛，53岁，无正当职业，有一女名为马蓉。下面除了一个外地的身份证和现在的住址外，再没有更多的信息内容。

邓原知道，年龄和住址是真的，他看向曾秀："这个马蓉查过了吗？"

"查过了，极普通的一个女人，不是那个护工。"曾秀摇头答道。

不是吗？邓原现在还真的不敢下结论，谁知道这个马蓉是不是那个多面目的神秘女人？

看到邓原有些犯愣，曾秀又问道："邓队，现在已经知道冯才在哪里了，要不要把他抓起来？"

"你忙了一夜了，先休息一下吧，我去会会他。"抄下地址，邓原就离开了。

按照地址，邓原驱车来到A市城南一条既贫穷又热闹的街道。在一幢六层高的简陋居民楼前，邓原把车停了下来。冯才就住在这幢楼的六层，房子是租来的。下车后，他没有急于进入楼里，而是习惯性地观察了一下楼的环境。整个楼的一层全是小杂货铺，二层以上的住户就很规矩了，加固的防盗窗，还能看到里面挂晒的衣服和一些植物花草。

在来的路上，邓原仔细地考虑过，把冯才带回局里进行审问不是没有理由，可似乎觉得这样做不太妥。他有种很强烈的预感，揪出冯才也许能引出那两个神秘人，但真要把冯才拘起来了，那两个人还会出现吗？可要是不抓，冯才得到什么消息跑了怎么办？

邓原决定还是先打听一下比较好。于是，他穿过马路牙子选择了一个由老婆婆看守的小铺。走进小铺时看到左前方有一个小冰柜，他绕到冰柜后面，一边往里走一边假装挑选物品，没一会儿就把看店的老婆婆吸引了过来。

老婆婆看到有顾客进来，笑眯眯地迎了上去："买点儿什么？"

"有烟吗？我怎么没有看到？"邓原早就看到烟架子了，就在小铺门口附近，他是特意把老婆婆往里面引。

老婆婆伸手朝门口指了指："你走过了，在前面呢！要什么烟？我给你拿去。"

"那麻烦您了，随便什么烟都成，我烟瘾犯了。"邓原继续看物品，好像还打算再买些什么。

老婆婆乐呵呵地从前面拿了盒最贵的烟递给邓原："这个行吗？"

二话没说，邓原马上把钱掏了。老婆婆更乐了："还需要什么？我帮你找。"

"暂时没了，"邓原把烟揣进裤兜里，他认为火候差不多了，"对了，向您打听个人啊！马涛您知道不？"

见邓原痛快地掏了钱，老婆婆高兴得合不拢嘴。她马上回答道："老马啊，

第十九章　荣静

这儿的人谁不知道他啊！那有一手的绝活儿呢。哦，我知道了，你是来找他帮你宰杀的吧。"

邓原点了点头，原来冯才是靠屠宰来维持生活的。当年医学院的高才生，如今沦落成屠夫，不过，他还真是舍不得扔下刀啊。

"那你一定是慕名而来的了，可惜啊。"

听老婆婆这么一说，邓原赶快附和道："还真让您说对了，是我一个朋友介绍我来找他的，怎么？他是出什么事了吗？"

"自从去年老马病了一场，他就不再接活儿干了，中风，左边身子行动不利索了。唉，老年人的通病啊，真是可惜了啊。老马的手艺是一等一的啊，请过他的人都是赞不绝口，你说同样是宰杀咋就有那么大的区别呢？我跟你说啊，老马切的羊肉片那是远近闻名的，好多地方都用机器切，老马就是纯手工。他亲手切出来的肉片比那些机器切出来的保留了不知多少原肉的鲜香味，具体是怎么个讲究我还真说不上来，但你吃过以后就会发现绝对有很大区别的。这种东西就怕比较，一比就知上下了，我就曾经找他帮过忙呢。"

老婆婆后面的话邓原没有怎么仔细听，以他对冯才的了解，能做到这些并不意外，他注意的是最开始的那句话。中风严重的就是瘫痪，卧床不起；轻的也是半身不遂。就算冯才是属于后者，只有半边身子灵活的人要想杀死一个成年女性并剥掉头部皮肤又辗转移尸，是无法独立完成的，一定有帮凶。

或者换个角度想一下，也许冯才不是凶手，那个跟踪杨波的神秘男人也像当年何老一样误以为冯才就是凶手。这个神秘男人跟冯才又有怎样的恩怨呢？

老婆婆以为邓原因白跑一趟而失望，进而开解道："你是大老远来的吧？不用担心，老马不干了还有小马呢，口碑也不差的。"

"小马？他儿子吗？"邓原知道老婆婆说的是马蓉，但他得装出什么都不知道来。

老婆婆笑着回答："是女儿。不过，她年初的时候搬出去住了，你要找她得到前面那条街的肉店去。"

邓原又装出恍然大悟的样子："哦，原来那家有名的肉店是他们开的啊？"

"他们是外地来的，在这里还不到两年，生活挺节俭的，哪有钱开肉店啊？那肉店是别人开的，老马在那里干活儿，这不后来病了干不了嘛，就辞了。毕竟技术好啊，老有回头客指名要老马，所以小马偶尔替她父亲去干活儿。"

邓原露出了吃惊的表情，这回不是装的。能达到冯才的水平，这个马蓉不简单啊,肯定也是个高手。如果从子承父业的角度考虑,马蓉在冯才的熏陶下也善于使刀不稀奇,可冯才真会有女儿吗?他是裁缝啊,甭管真的还是假的,也甭管有多大冤屈,黑白两道的人都在找他啊,过多的人际关系是犯大忌的,冯才会娶妻生子吗?不为自己着想也应该为亲人着想啊!冯才在本市的记录里只有女儿,并未有妻子的,这个女儿?邓原在心里打了个大问号。随后,他又向老婆婆问道:"她不住在这里,怎么照顾有病在身的父亲呢?"

"这我就不知道了,他们父女平时就很少露面,估计肉店的人清楚一些吧。"老婆婆抱歉地说道。

没有什么可再问的了,邓原走出了小铺,抬头望向六层,想了想最终还是朝着前街的肉店去了。

肉店很好找,刚拐上前街,邓原就看到一个小门面的店前排了挺长的队。这些人无疑都是来买肉的,因为他闻到了腥味。

肉店的面积不大,一张堆满肉的案子,上方挂了一排骨架,案子后面除了一个很大的立式冰柜外,就是忙得一团乱的店主了。生意很红火,店主一边称重、收钱,还时不时地朝后面什么人叫喊几句。

肉店的右边有一个很窄的小巷子,邓原绕过排队买肉的人走进巷子。前方十几米处敞开着一个小门,应该就是肉店的后门。跨进后门的一瞬间,邓原差点儿没被熏一跟头,那腥臭味太有杀伤力了,连他这个经常跟凶案打交道的人都一时有些难以接受。满地的血水,还有不知道什么动物的内脏,臭烘烘的黑红一片,正当他想着如何躲过血水进去的时候,一个声音冒了出来:"买肉前面排队去。"

邓原朝着声音看去,一个年轻的小伙子正蹲在垃圾桶旁忙碌着。小伙子的脸色不太好,显然是被前面的店主骂得在怄气。

小伙子见邓原没动,起身走向门口:"说你呢,前面排队去,买个肉还走后门。"

"火气挺大呵,来,抽根烟。"邓原掏出烟递了过去。

小伙子倒不客气,抽出根烟点上了:"这活儿没法干了。"

邓原见对方缓和了些,打趣道:"生意好是好事啊。"

"得了吧,又不是我的生意,才给我多少钱啊。"小伙子吐了口烟,看着邓原,"你不会也是冲着那姓马的来的吧?"

"呵呵,朋友特意推荐我来的。开始我还不太相信,但看你们的生意这么好,没推荐错。"

"有什么的啊,不就剔骨切肉嘛,谁不会啊!折腾出天来那不也就是肉嘛,

第十九章　荣静

又不是金子，不知道你们哪来那么多穷讲究，有得吃就不错了。"小伙子一副不服气的样子。

邓原觉得这个小伙子挺有意思，笑了笑："你们一起干活儿的还闹意见啊？"

"谁敢对她有意见啊！连老板都哈着她，谱可大了，每次来了也不说话，干完活儿就走人，还得我给她收拾烂摊子，也就看她是个女的，要不早跟她不客气了。"小伙子说完朝身后努了努嘴，"看到没，我刚给她收拾得差不多了。"

刚？邓原看着一地的脏物："她刚走的吗？"

"是啊，刚走没多久。你来晚了，下次早些来吧。"

"她一般什么时候来？"邓原想，也许马蓉还没离开多远，她会不会去看冯才？

"没有固定的日期，都是老板找她父亲她才来，她经常放老板鸽子，没职业道德。我觉得那帮人都是怪，还非得找她。"小伙子意识到说错话了，这等于把邓原也给骂了，毕竟抽人家烟嘴短，于是又马上说道，"那啥，谢谢你的烟啊，要不你留个电话吧，她下次来了我告诉你。"

邓原留下电话就匆匆离开了肉店，他一边疾步向冯才的住宅楼走，一边寻思着到底要不要现在就去找冯才。他总觉得这个马蓉似乎比冯才更加神秘，父亲中风了却没有守在身边照顾，神龙不见首更见不着尾，这是怎样一个父女关系？会不会是自己想多了呢？可是，跟冯才有牵扯的人能不去多想吗？

边走边想着，邓原突然感到右胳膊上传来一丝凉意，低头侧目一看，一条又细又长的红线横在了手臂上。

顿时，邓原站住了。他心里再清楚不过了，那是一把锋利的刀在肌肤上留下的痕迹，绝对是刀，他不认为在街上与行人有身体摩擦时会产生这样的伤痕。观察了一下四周，路上来往的行人很多，他还真没注意都有什么人经过自己的身旁。

现在，他想注意却发现自己已经成为了众人的焦点，行色匆匆的路人纷纷投来奇怪的目光，仿佛在看一个怪物。迎面走来的人们很自然地向左右两边闪了半个身位，谁也不想撞上一个突然站停的人。邓原觉得自己一定非常地可笑，他赶快抬步继续行走，速度却慢了下来，同时也提高了警惕。

邓原知道自己已经成为了靶子，而对方就在暗处观察着自己，这个人会是谁呢？还会不会再靠近自己？他尽可能用很自然的神态去观察每一个从身边走过的人，没有异样，每一个人都有自己独特的相貌、表情、体味以及动作，他们看上去都是那么地正常，怎么才能找出这个人呢？还是，对方发现自己已经察觉后离开了？

直到走到车前，邓原也没能找出对方。他伸手进裤兜，想借烟草的味道来缓解一下刚刚的紧张情绪，烟还没掏出来却又发现了异样，腥味。

邓原在车前闻到了淡淡的腥味，其实在刚才的人群中他也闻到了腥味。他认为那是正常的，可以解释为在肉店里停留过而自身沾带有腥味，可现在车前有腥味，这似乎就不太正常了。车一直停在这里，怎么会有腥味呢？附近也没有腥味的来源，难道是因为自己站在车前的原因吗？

要想证明是不是自己的原因并不难，想到这里，邓原拉开车门快速地钻进了车里，马上他也知道了答案。车里没有腥味，不是自己身上带的。为了更加确切地证明这一点，他甚至拉起身上的衣服闻了闻，这一闻让他差点儿没惊出一身汗来，上衣左边的下摆处有一条约5公分长的口子！原来，从肉店回到这里一共挨了两刀。衣服上的这一刀是什么时候划的？是在手臂上那一刀之前还是之后？

邓原仔细地观察挨的这两刀，从刀口走势来看，手臂上的那刀是从前向后划的，而衣服上的那刀则是从后向前划的。也就是说，这个人分别前后两次经过自己的两侧。两次，为什么会是两次呢？难道对方先在衣服上划了一刀没有引起自己的注意，又在手臂上补了一刀吗？

不对，次序和方位不对，邓原又想到了腥味。

在肉店时，自己待的时间不长，且也没有接触任何东西，离开肉店后身上的腥味很快就散去了。在人群中还能闻到腥味，那说明人群中有人在肉店长时间待过并碰过带有血腥味的东西。还有，一路走来到回到停车的位置都能闻到腥味，这个人应该是在自己的前面。从这个方位推断的话，手臂上的是第一刀，衣服上的是第二刀。邓原可以想象得出，这个人先是从自己右边迎面走过时划伤了自己的手臂，当时的自己是在思考状态中，没有看到已经处在身后的对方。随后，对方又从自己左后方向前超越时划破了自己的衣服，再顺着方向先自己一步到达车前。

为什么要有这第二刀呢？按理当时自己已经在警惕的状态中了。挑衅吗？戏耍？说明很会使刀？还是想告诉自己，随时都有可能取自己的性命？如果这其中的一刀是直接划向要害，比如咽喉，恐怕自己早已横尸街头了。邓原突然笑了，不是因为劫后余生，而是他想到了一个人，马蓉！

划伤自己的就是马蓉，带有腥味又熟练用刀，不是她还能是谁呢？邓原已经猜出马蓉这么做的目的了，她是在警告，或者说是威胁自己不要去惊扰冯才，这么做就有用了吗？也太小看他了吧，怕威胁就不干刑警这一行了，他从小就是被

第十九章　荣静

吓大的，不是不想让自己抓冯才吗？那他偏偏就抓！

邓原的手都已经伸向车门了，可生生地又收了回来，好像有些不对劲。

似乎有些问题被自己忽略了，邓原摸出根烟点上。在尼古丁的帮助下，他慢慢地冷静了下来。他首先想到的是，这次来的目的不就是找冯才吗，只是自己在犹豫要不要把冯才带走。就算马蓉没有袭击自己，他也许也会把冯才带回局里的。她这么做不是此地无银三百两了吗？这无疑是在告诉警方，他们父女跟剥皮案有关系。

其次，他想到自己忽略什么问题了，还是那个腥味。邓原又试着从头想了一遍，马蓉完成了肉店的工作来看望冯才时意外地发现了自己，她知道自己是冲着冯才来的。她没有马上离开，而是继续跟踪观察，直到自己从肉店出来后做出了袭击的举动。

这个马蓉为什么要这么做？见到警方不跑反而跟踪袭击，所谓的袭击也就是不疼不痒地划两刀，她到底想要干什么？

现在，邓原必须重新审度马蓉的动机了，正着想不通，那就反着来。

马蓉此举所造成的结果，就是自己一怒之下马上去抓他们父女俩。邓原相信马蓉不会乖乖束手就擒的，她一定是躲了起来，而冯才却会被带到警局。警方一边通缉马蓉一边对冯才进行审讯，但以冯才现在的身体状态来说不像是杀害荣静和杨丽丽的凶手，这两名死者都是今年先后遇害的，而冯才在去年就已经行动不便了。冯才只能算作是帮凶，或者重要嫌疑人而被警方严密监控，甚至是强行扣押……

监控，扣押……邓原突然有些明白了，在警方严密的监控下，冯才看似没有了人身自由，但换一个角度想，这也确保了他的人身安全。马蓉其实是在保护冯才，她看到自己没有马上进入目的地，而是去了小铺和肉店，她知道自己也在犹豫，所以用了激将法。

难道冯才有生命危险？有人想要他的命？否则马蓉也不会迫不得已选择警方来变相地保护冯才，这等于是把她自己也暴露了。会是谁想要冯才死呢？邓原马上想到了一个人，跟踪杨波的神秘男人。

那马蓉岂不就是那个神秘的护工？护工提供照片是在帮助冯才，这与马蓉的目的一致。护工能有照片，肯定跟冯才关系密切。马蓉是冯才的女儿，而护工善于变脸，马蓉是变换了面目的护工？或者说，护工是马蓉乔装改貌的另一面？

邓原打开车窗，把烟头弹了出去，巡视一下四周，他猜想马蓉也许现在正在某个角落里看着自己。"好吧，虽然不知道你到底是谁，但既然你做出这种选择，那就成全你。"拿定主意后，他下了车，掏出手机边打电话边向楼里走去。

街对面楼里的一扇窗前，一个相貌平平的女人看着邓原走到对面楼里后，才露出了笑容。那是一种期盼、欣慰还夹杂有其他情绪的复杂笑容，她抬起右手，看着夹在食指和中指间的刀片，收起了笑容。

恢复了冷静后，女人甩手把刀片扔到了一旁的垃圾筐里，转身快步走进了一个房间。

如果，你是第一次进入这个房间，你会以为它是一个化妆间，整个房间里只有一个长长的化妆台。可它又不同于一般的化妆间，长长的台面上没有摆满女人们爱不释手的香水、口红、眼影、粉盒等美容用品或工具，取而代之的是一个个人头模型，还有一面镜子。每一个模型都戴着面具，不同相貌的面具，就好像有一排女人在静静地注视着你。

女人走到镜子前，低头，双手伸到脑后，轻轻向下一扯，手上就多了一副面具。她把面具往台子上一放，抬起头盯着镜子中的自己，右手几次抬起，又放下，始终没有去触碰自己的脸。

良久，女人放弃了镜子，扫视了一排人头模型，轻轻地走到其中一个面前。那是一张很美丽的脸，美得让女人红了双眼，不自禁地伸手去抚摸，就像在抚摸心爱之人一样，眼泪无声地滑落于地。

市局刑侦一队里除了何法医留守，其他三个人还有技术部门的同事们都赶到了冯才家。

冯才好像已经料到警方会找来一样，什么话都没说，任由警方人员在自己的家里搜查取证。邓原也没跟冯才费口舌，当他第一眼看到冯才的时候他就知道，冯才非但不是杀害荣静和杨丽丽的凶手，连帮凶都算不上。冯才的病情比想象中的要严重，不会有人找这样的人来做帮凶的，那绝对是拖累。所以，邓原只问了他一个问题，马蓉的去向。

冯才的回答就三个字："不知道。"

邓原相信冯才是真的不知道，马蓉搬离这里就是为了更好地保护他。马蓉经常放肉店老板鸽子，而肉店老板是通过冯才找马蓉的。远离冯才的马蓉是不会知道的，马蓉一定是按照自己的空闲时间去肉店干活儿。现在不用急于去审冯才了，邓原决定把他交给何法医。老同学相见肯定有很多话要说，尤其是阳南医学院的

第十九章 荣静

剥皮案。

一队的人没有参与屋里的技术取证，都聚在了楼道里。邓原讲述完自己的遭遇后，曾秀他们也有三个新发现要汇报。第一个，通过技术模拟出的荣静现貌，与杨丽丽的照片一比对，才发现这两个人长得很像，相似度达到第一眼看到这两人时会误认为她们是亲姐妹。

另外，根据冯才的相貌以及化名马涛后的信息，在全国范围内搜索查找，他们发现，冯才自阳南医学院剥皮案后只用了马涛这个假名，离开阳南再到本市之间曾经先后去了几个小地方，其中待得最长的一个地方就是龙宜县。他在龙宜县落脚长达几年之久，于8年前突然离开，从此他的身边多了一个女儿。他带着女儿又辗转了两三个地方，最后来到本市。

最后一个是何法医研究剥皮手法时发现的，荣静和杨丽丽并非死于同一人之手。荣静被剥皮的手法很温柔、细腻，其目的纯粹是为了想要头部的皮，从下刀的力度来看像是出自一个女人之手。而杨丽丽的被剥皮具有破坏性、粗鲁，其目的不像是冲着皮去的，倒像是在发泄，照这个手法是剥不出一张完整的皮的，从下刀的力度来看像是一个男人所为。同时，何法医还发现这两个人的剥皮手法跟恩师的有些相似，像是模仿来的，但水平却又不同，杨丽丽尸身骨头上的刀痕过多而重，荣静的就相对少了许多。

听完之后，邓原拧眉苦想："说说你们的看法。"

胡子说："我们认为马蓉就是杀害荣静的凶手，何老也推测荣静是被女人剥的皮。荣静、冯才和马蓉都是8年前离开龙宜县的，而8年前荣静的父母死于服装厂火灾。这姓荣的一家当时一定是得罪了马蓉，可能跟服装厂的生意有关，可能还有男女感情恩怨，以至于马蓉要灭了他们。那场火灾应该不是意外，荣静当时逃过了一劫，来到咱们市后，这马蓉和冯才就找来了，马蓉在适当的时机下杀害了荣静后再去接近杨波。"

"那杨丽丽呢？"邓原问道。

"杨丽丽就是一个倒霉鬼，因为长得太像荣静了。杀害杨丽丽的凶手是男性，我想，马蓉一定还有一个男帮凶，只是目前还不知道这个人是谁。"曾秀回答说。

邓原仔细地想了一遍，虽然他自己也认为马蓉就是杀害荣静的凶手，可这个结论有些牵强了："说不通啊！杨波很早就离开龙宜县了，就算他除了荣静还跟别的女人有什么感情瓜葛，那时候他们还都是学生呢，屁大点儿的孩子能感情纠葛到哪儿去？再说了，如果是马蓉暗恋杨波，杀死荣静后为什么以那么丑的一个相貌出现在杨波的身边？这不符合正常的恋爱逻辑啊。还有，荣静是在父母死后举目无亲才来这里的，马蓉因恨要灭门的话当时为什么要留活口？谁都知道夜长梦多的道理。再有，假设马蓉还有一个藏起来的男帮凶，荣静死后算是大仇已报了，有必要再杀害一个长得像荣静的杨丽丽吗？还隔了半年之久？这个怎么解释？"

三个人一时都回答不上来，其实连他们自己都觉得这个推断漏洞太多，只是他们实在想不出一个答案来。

邓原继续说道："单就两个案子来说，我就提出了这些疑问，你们是不是忘了一个人？那个跟踪杨波的神秘男人，他在这里又扮演了一个什么角色？"

"我觉得，这个神秘男人会不会就是杀害杨丽丽的凶手呢？杨波说过，这个男人的身高保守估计在一米七五以上，有些符合杀害杨丽丽凶手的身高。"

邓原想起来了，杨波是这么说过。因为对方说话时在声音上故意做了伪装，杨波拿不准，只能有一个保守的估测，保守估计跟实际差3厘米也不为过。但是，他为什么要杀杨丽丽呢？他不跟马蓉是对立面的吗？他提示杨波是因为荣静的死，他为什么要杀一个长得像荣静的人呢？怎么这么矛盾呢？

看邓原深思不语，大兵说道："邓队，咱们这么瞎猜测也不是个办法，线索指向了龙宜县，要不咱们去那里好好调查一下。"

没想到邓原却回道："没有这个必要，他们现在都在这里呢，从他们身上还找不到答案吗？并且，恐怕咱们也没有这个时间了。"

"没有这个时间？什么意思？"大兵奇道，其他两个人也看着邓原等答案。

"我感觉到马蓉可能会马上就有所行动，她今天主动地暴露自己不光是为了保护冯才，似乎还有一种无后顾之忧、放手一搏的味道。我想马蓉最后要对付的就是跟踪杨波的神秘男人，所以现在最重要的就是在他们俩还没两败俱伤之前，找到他们。"

"这怎么找啊？一个压根儿就不知道是谁，长什么样；另一个虽然知道，人家动不动就变个脸，咋整？"胡子开始叫苦连天起来。

"也许杨波可以帮上忙。这样，我和曾秀去找杨波，你们结束完这边的事后，把冯才带回去先交给何老。查阳北照片上的指纹，如果没有找到马蓉的话马上联系我。"

邓原的想法是，即便是现在可以肯定马蓉就是护工，也要有证据来证明。证明这两人是同一个人，查指纹就足以说明问题。马蓉的指纹可以在冯才家里搜集

第十九章 荣静

到，只要她曾经在那里住过，就一定能找到蛛丝马迹。护工的可以在她留的那张阳北的照片上寻找。对此，邓原并没有抱多大希望，她当时留照片时特意伪装了脚步声，就凭这一点就能说明她的细心和谨慎，那她就应该轻易不会把自己的指纹留在照片上。不过，找不到也没关系，杨波那里能找到的。

另外，能否揪出马蓉和那个神秘男人现在也只有依靠杨波了。这两个人最开始的出现都是因为杨波，虽然现在寻不着他们的踪迹，但至少可以从杨波那得到马蓉的信息。先不说荣静到底是不是马蓉杀的，她伪装相貌陪在杨波身边照顾他，又突然离开，这里面肯定有事。再者，杨波不也是在找变成护工的马蓉吗？他一定是知道了什么，或者怀疑了什么，这些也许就是找到马蓉的最佳捷径。找到马蓉了，神秘男人还用说吗？

邓原这一次来得非常直接，一改以前在杨波面前保持的知心老大哥形象，他做的第一件事就是一把扯下了杨波眼睛上缠的纱布："6月15日晚11点，你在什么地方？"

曾秀被吓了一跳，邓原是怀疑杨波是杀害杨丽丽的凶手吗？杨波的身高不符合凶手的身高啊！这摆在明面上的事还用问吗？问也就算了，扯纱布干什么？杨波要是犯病了怎么办？这邓原到底想干什么？

杨波下意识地用手捂住了眼睛："你这是干什么？"

"回答我的问题，6月15日晚11点，也就是杨丽丽被害的时间，你在什么地方，都干些什么？"邓原很严肃，口气强硬。

"我，我应该是在家睡觉啊，有什么问题吗？"杨波一时还闹不明白邓原是唱的哪出，"我的眼睛有伤，把纱布给我。"

"有谁能证明呢？"

"在家睡觉还用别人证明吗？你……你在怀疑我？你有什么证据怀疑我？"杨波说话的口气已经带有怒意了。

"那你有什么证据可以证明我不用怀疑你呢？你的眼睛早就好了，继续装成瞎子就能让我不怀疑你了吗？"邓原冷笑地看着杨波，仿佛已经把他当成了一个犯人在审讯，"你很早就认识护工，早到在你还没有离开龙宜县，是你跟护工合谋杀了荣静。你借着出差在外地的机会指使护工作案，等半年后风声过去了，你又亲手杀掉长得像极了荣静的杨丽丽。你就是罪魁祸首，编出个什么神秘跟踪人，什么找裁缝的提示，根本就是你在欲盖弥彰！你就是贪图荣静家的富有，8年前龙宜县服装厂的火灾也是你的手笔吧？图财害命。可惜，你计划得再好，却没想到护工跑了,所以你现在急着找护工,我说得没错吧!"

"你疯了!"杨波气得跳了起来,一时激动,捂眼睛的手握成了拳头,马上,眼部受到光亮的刺激又赶快用手挡住。

邓原一定是疯了,别说杨波了,曾秀也惊得张大了嘴。她实在不明白邓原为什么要这么说。她也曾经怀疑过杨波,也做过对杨波不利的假设推论,可邓原说的这些也太离谱了吧?一点儿逻辑性都没有,说服力就更别提了,这哪是一名老资格刑警的水准?

杨波的样子有些滑稽,一只手捂眼,另一只被气得发抖的手指着邓原:"你胡说八道什么?你这是污蔑,我根本就不认识那个护工,你凭什么这么诽谤我,凭什么?"

"那你为什么去找她?还跑到医院去打听?就一护工而已,到处都可以找到,是什么原因让你放弃了追查残杀爱妻的凶手,转而去关注一个护工?"邓原也不示弱,继续咄咄逼人。

杨波和曾秀同时一愣,两人都明白了邓原的意图。杨波放下了手,一时无语,曾秀则看向了邓原,后者却一直盯着杨波,等答案。

曾秀明白邓原这么做是为了激杨波,可有必要这么做吗?再看看沉默不语的杨波,她彻底明白了,杨波的异常也许有他自己的苦衷。可在邓原看来那就是掩饰,杨波可能不会马上和盘托出,会有所保留的。不如把他放在一个极其被动的位置,要想证明他自己,就必须说。这个邓原,也不事先打个招呼。

果然,邓原又发力了:"怎么?很难回答吗?还是,真像我所说的那样?"

"我……我不知道该怎么说好。"杨波一屁股坐了下来,双手捂面。他也不傻,他知道邓原会来找自己,可没想到会是用这种方式。他不怪邓原刚刚的无礼,换成是他也许也会这么做,可该怎么说呢?有些难以启齿。

曾秀的心里尽管有些埋怨邓原,但现在必须缓和一下僵局。她拿过邓原手里的纱布走到杨波面前帮他缠上:"杨波,有什么就说,邓队他也是为你着急。"

眼部又恢复了负重感,杨波的心里也舒服了些,他发自内心地渴望黑暗。平静了片刻后,他才说道:"其实没什么不可以说的,我被我自己的一种感觉困扰住了。这种感觉非常强烈,可我又无法确定,我现在也不知道该怎么办好。"

"是什么感觉?"目的已达到,邓原说话的口气也缓和了许多。

杨波很为难,该怎么表达出来呢?想了又想,挤出了一句话:"我总感觉那个护工,她……她好像就是静儿。静儿并没有死,她又换了另一种身份回到了我

第十九章 荣静

的身边，就是这个感觉。"

"你说什么？"邓原和曾秀瞪大了眼睛看着杨波。

杨波沮丧了："看，我就知道你们会是这个反应，你们一定认为我疯了。我也觉得我是疯了，疯得无可救药了！"

曾秀也觉得杨波是疯了，比邓原还疯，简直病入膏肓："你会不会是因为妻子的死过度悲伤了？或者，你是因为太思念她而产生了这种错觉？"

"不，不是错觉，这种感觉不是我自己想象出来的，它不是凭空而出的，它是有根据的，绝不会是错觉！"杨波的态度很坚决。

邓原索性坐到了茶几上："你跟我们好好说说，是什么让你对护工产生了这种感觉？她对你做了什么？最近这段时间到底发生了什么？"

"最近什么都没有发生。护工对我很好，非常好，可以说是照顾得无微不至。可就是这种好让我觉得她好像很了解我，知道我在想什么，知道我需要什么，这绝不是一个刚刚接触的人所能表现出来的。"杨波锁眉苦脸，回想着说道。

邓原与曾秀对视一眼，这些并不能说明任何问题，护工不就是照顾人的吗，做得好说明称职，会不会是杨波的病情又严重了？就像罗医生所说的，杨波拥有超强的意识，现在他的意识认为护工是荣静？于是，邓原试探性地问道："仅仅就是这些吗？"

杨波摇了摇头："要只是这些倒好解释了，我也希望是我自己想多了，可远远不止这些。每当我心情不好、烦躁的时候，她跟我说话的方式和语气，让我感到特别地亲切，就好像回到了小时候，在龙宜县时的小时候，静儿就是这样安慰陪伴着我的。还有，也是最重要的一点，她提到了自己的过去，她说她曾经有一个很喜欢却不被家里人认可的男孩，他们是怎么偷偷来往的，都做过些什么。她说的那些和我跟静儿经历过的极其相似，甚至，有一些小的细节都能对上号。"

邓原寻思着，马蓉可谓是从龙宜县追杀过来的，既然把荣静和杨波作为目标，必定会了解一些他们的事情。可杨波用的是细节这个词，细节往往只有真正做过那些事的人才能说得上来。"你确定吗？"

"我觉得我可以确定，虽然她是以发生在她自己身上故事的口吻来告诉我的，但那些细节不可能这么巧吧？"杨波马上回答道。

"那你当时是怎样的反应？你没马上问她吗？"

"我想让她再多说一些，可她却说下次来的时候再说，她这一走就再也没有来过。"杨波又苦恼了起来，就像一个得不到答案的孩子一样。

太突然了，邓原没有马上去想护工和荣静的关系，而是问道："你为什么不跟我说呢？你宁愿去医院找罗医生，都不来找我？"

"我脑子里很乱，我不知道该不该找你。我不知道该怎么跟你说，我更不知道你能否相信我的这个感觉，我怕我说不清楚反倒给你裹乱，我……我觉得我对不起死去的静儿，凶手一直没有抓到我却心生它念，可我又相信自己的直觉，太强烈了，我无法当它不存在，我真是乱得一塌糊涂了。邓原，你能理解我吗？你能体会得到吗？"杨波又有些无措了。

邓原能理解。想坚定自己的感觉，却找不到正确的门路，同时又于心不忍，这种矛盾确实非常折磨人。但也让杨波的心里有了一丝希望，荣静也许没有死的希望，这个希望改变了他的精神状态，也让自己和曾秀误以为他有问题。"从罗医生那里你应该已经知道了，护工是有目的性地接近你的，现在，你还觉得她是荣静吗？"

杨波沉默了一会儿，像是在重新思考这个问题，最终，他还是点了点头。

邓原站了起来，在屋子里走来走去。

难道那个护工，或者说是马蓉就是荣静？马蓉杀荣静，现在她又变成了荣静，这案子怎么演变成这个样子了？该不该去相信杨波的这个感觉？不该吗？杨波自小跟荣静青梅竹马，那种熟悉程度胜于任何人，他这个外人是没有权力否定掉的。那投奔到这里跟杨波结婚生活的荣静又是谁呢？这世上有两个荣静吗？两个一模一样的人？邓原想，这个问题恐怕连杨波都回答不了，要不他也不会这么矛盾了。

可案子不能凭感觉，必须闹明白怎么回事，否则指望杨波找到马蓉的目的就要打水漂了。

马蓉、护工、荣静，邓原心里默念着。马蓉……对了，马涛是冯才的假名，这个8年前突然冒出来的女儿马蓉肯定也用的是假名。马蓉、荣静，都有一个荣的音，会是巧合吗？冯才改姓马，就是冯字少了两点，可以理解为他不想完全舍弃本姓，作为女儿姓马那是无可厚非，但后面的蓉字会不会也是不想舍去本姓呢？

邓原为自己的这一突然的想法暗暗吃惊，他已经开始把马蓉当成荣静去联想了，这有些像是被别人牵着鼻子走。但转念一想，既然现有的线索联系在一起怎么都解释不通，换一个角度去推断会不会就能说得通呢？

如果马蓉是荣静，那死的那个就是假荣静，可她为什么会有一张连杨波都辨认不出来的脸呢？会是假的吗？并且，她在这里跟杨波一起生活，在平时生活的点滴中杨波也没有发现吗？邓原马上想到了一点，荣静的父母不喜欢杨波，阻止

第十九章 荣静

他们来往，而杨波又很早离开了龙宜县，可以说杨波和荣静在龙宜县时并没有过多的亲密接触，后来就更不用说了，这两人根本连面都见不到，会是这个原因造成了杨波没有认出荣静的真假吗？

邓原停止了走动，转身看向杨波："你离开龙宜县后，到荣静来这里投奔你这段期间，你和她是怎么联络感情的？"

"我们都有学业要忙，尤其是我警校毕业后几乎是没有闲暇时间。她的父母很反对我们，她也就是偷偷地偶尔给我打个电话，主要是发邮件。"杨波迟疑了一下，"怎么了？是有什么问题吗？"

杨波不知道具体的案情，特别是后来关于冯才和马蓉的，他一直纠结于妻子以及那个颇有感觉的护工身上，对于一开始他迫切想要找到的裁缝也抛在了脑后，所以，邓原的这个问题让他有些不太明白。

但曾秀明白，她能理解邓原的想法，甚至她自己也在试着去推想，于是她帮腔道："杨波，邓队问的问题非常重要，你一定要想清楚了再回答，这将预示着咱们能否揭开所有的谜底。"

杨波知道厉害轻重，点了点头。

邓原又问道："荣静来这里以后，你有没有跟她聊过过去？聊在龙宜县时你们共同经历过的过去？你有没有发现什么不对劲的地方吗？"

"没怎么聊过。龙宜县对于她来说是个伤心之地，她的父母死在了那里，谈论过去会让她很悲伤，后来索性我也不再提了。"杨波想了想，"其他的就没什么了，过日子嘛，无非就是那些。"

听起来没什么问题，谁都不想纠缠于过去的痛苦里，日子还是要向前过的，更何况是两个好不容易能在一起的人，高兴还来不及呢，杨波没理由去怀疑心中所爱之人的。但是，这会不会就是一种很好的掩饰手段呢？也许假荣静就是利用了这一点，她拥有荣静的相貌而骗得了杨波，利用往事不堪回首来掩饰其真实身份，因为她知道，如果跟杨波缅怀过去的话就会露馅！

那她是如何拥有了荣静的相貌呢？也是剥皮吗？如果 8 年前她剥了真荣静的皮，真荣静岂不是就已经死了，怎么还会有后来的马蓉以及护工呢？邓原想到了冯才，冯才是医学院的学生，也许因为他懂医而救了真荣静，这也解释了为何他突然冒出来一个女儿，而这个女儿现在又很会用刀……

"对了，我想起来了，你好像说过荣静在被害之前跟你开过一个玩笑，是什么来着？"曾秀的话是问杨波的，也引起了思考中邓原的注意，他还真忘了这当子事。

"哦,她用被单把整个头部蒙住,说,如果她只剩下两只眼睛,我能否认出她来。"

此言一出,三个人同时静态了。

杨波不再像以前那样马上陷入痛苦之中,甚至去自残,他突然意识到妻子的这句话似乎并不是一个玩笑。他仔细回想当时妻子说这话时的样子,她像是知道会有什么事情要发生,知道自己会死,还会死成那个样子。既然生命受到威胁,为什么不说呢?为什么不寻求我这个刑警丈夫的保护呢?是不相信警方还是不相信自己的丈夫?或者,她已经接受了这样的结局?是什么让她产生这样的想法?还有那个护工,为什么会有那么强烈的熟悉感?熟悉到仿佛跟她是相识多年的亲人?除了母亲和静儿,还能有谁会给自己带来这种感觉?

曾秀和邓原不仅想到了杨波所想,他们几乎已经肯定了马蓉就是荣静!

假荣静分明已经知道了自己会有怎样的下场,可她又没法跟杨波挑明实情。她发现真荣静找到了这里,她说那句话的时候预计到了自己也会像当年的真荣静一样,只剩下两只眼睛,她是在用自己的方式跟杨波告别。难怪她不肯照相,不爱照镜子,因为那根本就不是她的脸。而化名为马蓉的真荣静杀她就是为了夺回自己的脸和本应该属于她的东西,她才是杨波真正的心爱之人,所以,她才会变身为护工来找杨波。

这些能说得通了,其他的问题又来了。这个剥皮换脸的假荣静是谁?她为什么要夺去荣静的脸?还有那个神秘的跟踪人,照这样看来他应该是为了假荣静才提示杨波的,难道他和假荣静是一伙的?杨丽丽呢?真的是因为长得像荣静才被害吗?为什么会隔了半年之久?

邓原觉得这些问题的关键在于 8 年前龙宜县服装厂的那场火灾,冯才和真假荣静可都是在火灾后离开的,他们的恩怨跟服装厂有关吗?于是他打破沉寂问杨波道:"关于服装厂的火灾你有什么想法吗?你在龙宜县的时候有没有听荣静说过家里有什么仇人?"

"没有,我们几乎就没怎么谈论过她父母服装厂的事。那是他们大人的事,与我们无关。不过,对于那场火灾我也感到挺意外的,世事难料,是福不是祸,是祸躲不过啊,也只能这样安慰她了。"杨波的脸上有淡淡的忧愁,那是不确定、伤感,甚至还有怀疑的成分,也许没有人能真正体会得到他此刻的复杂心情,"静儿是在火灾半年后才来找我的。我想,这半年来她一定非常地痛苦,同时失去双

第十九章 荣静

亲对于她来说真是太残忍了。"

半年？听完杨波的话邓原首先捕捉到的就是"半年"这两个字，杨丽丽是在假荣静被害半年后死的，而假荣静又是在火灾发生半年后来找杨波的，这个半年有什么意义吗？会不会跟剥皮换脸有关？邓原看向曾秀，后者则会意地掏出手机拨打起来。

电话是打给何法医的，根据邓原对剥皮换脸与时间上的猜想，何法医给出的答案是：半年为最保守的康复期。一般小面积非主要部位的植皮，十几天后就可以拆线，而对于脸部这个面积大且重要的门面，植皮的手法比较讲究，3个月以上能够完成去痕、愈合。以上这些还必须在医疗条件好，以及卫生环境没有受到感染的前提下。联系到案子，被害者和换脸者都没有去正规的医院，或者拥有超好的医疗设备，半年的康复为最佳保守时间。半年以后，植皮过的脸可以达到让人看不出来的效果，就此拉开夺脸变身的序幕。

最后，何法医又转告邓原，从阳北的照片上找到了可疑的指纹，与冯才家采集到马蓉的指纹一致。马蓉就是护工已经是不争的事实了。

杨波听得心惊肉跳的，剥皮、换脸、真假静儿、护工，还有从来没听说过的人物……他几次张了张嘴，却不知道从何问起好。他摸索着抓住曾秀的胳膊，正想着怎么开口，曾秀却拍了拍他示意他安静。曾秀的注意力全在邓原身上，此刻的邓原正在冥思苦想中，她比谁都知道这个时候绝不能打扰他。

案件还原大致已经清晰了，邓原试着从头推断，8年前假荣静及其帮凶制造了龙宜县服装厂的火灾害死了荣静的父母，残忍地剥去了荣静的脸皮并换脸于自身，半年后以荣静的身份投奔杨波来到本市。

荣静被剥脸皮后并没有死，她被冯才救了后以各种面具掩饰残面，辗转寻到这里，以其人之道还治其人之身的手法复仇性地杀死了假荣静。她这8年来跟冯才学得了精湛的刀功，为的就是能够完整地夺回自己的脸。所以，她在夺脸前给假荣静注射了药物，把尸体移至本市的服装厂库房，其目的就是挑衅，挑衅那个假荣静的帮凶。

邓原已经明确了，假荣静的帮凶正是跟踪杨波的那个神秘男人，也是杀害杨丽丽的凶手。而这个男人跟冯才肯定有一定的关系，至少他从冯才那里学得了手艺。得出这个结论，依靠于那个半年的时间，以及何老对剥皮手法的研究。

从时间上说，假荣静死后，其帮凶特意等上半年的时间就是为了能够找到拥有荣静相貌的女人。他知道半年以后这个女人会出现的，因为8年前他就是这样帮助假荣静变换身份的。可他没有想到，真荣静并没有笨到在夺回了自己的脸后就恢复本来面目，而是变身为护工守在杨波的身边，她知道帮凶一定会找上杨波的。神秘男人根本找不到拥有荣静相貌的女人，只能找与其长得相似的女人来泄愤，杨丽丽就不幸地成为了替死鬼。

从剥皮手法上讲，何老指出杀害假荣静和杨丽丽的凶手有男女之分，且手法都与恩师的相似，而能够达到恩师的手法的就只有冯才了，毕竟冯才是那位恩师的得意学生。荣静师出于冯才，通过假荣静的死误以为冯才就是凶手并去提示杨波，这说明神秘男人了解冯才，并且他还不知道真荣静并没有死。所以，他通过杨波让警方去帮着找裁缝。

邓原猜想，这个神秘男人应该是假荣静死后才来到本市的，否则，解释不了为什么假荣静在知道自己有生命威胁的情况下不去寻求神秘男人的帮助。也许，在假荣静投奔杨波之后他们就分道扬镳了，这种分开是对对方更好的保护，只是他们谁也没有想到真荣静还活着。

现在，唯一不知道的就是假荣静和神秘男人的身份了，也许冯才知道一些。想到这里，邓原疾步走到杨波的面前，一把拉起他就往外拽："走，马上跟我去警局。"

杨波被这么突然一拽，险些摔倒："去警局干什么？到底怎么回事啊？你先说清楚了啊。"

"没时间了，路上再跟你详细解释。"邓原朝曾秀使了个眼色，两个人连拉带扯地把杨波拖了出去。

市局。

杨波木讷地听着曾秀在自己的耳边说来说去，从路上再到一队的会议室里，他的脑袋简直不够使了。他听到了一个令他非常震惊的故事，而这个故事又与他有着非比寻常的关系，他现在分不清自己到底是在听别人的故事还是属于他自己的。他已经没有能力去分析与思考了，他此刻能做的就是听，机械般地聆听。

邓原从何法医那里得知，冯才已经证实了他们的恩师就是杀害师妹的凶手，而师妹的尸骨早已被恩师偷偷地掩埋于G市某个偏远的荒山。冯才当天晚上从阳北赶回医学院时，知道了师妹的被害。他知道是恩师所为的同时，也知道自己已经成为了重要的嫌疑人。夜里他去找恩师质问，恩师一见到他就跪下了，痛哭着一再恳求他给予保全，冯才是看在师生情分上才咬牙答应了。他去阳北索要照片，

第十九章 荣静

完全是为了将来以防不测，从头到尾他都没有想过要去揭发恩师。

原来，他们的恩师很早就有了对皮肤极度渴望的变态嗜好，经常借着在医学院的职务之便以满足他的畸形心理。冯才以优异的成绩博得了恩师的青睐，可后来，冯才慢慢地发现恩师给他单独开的小灶并不是完全针对学业，而是要把他的才华转变成一种工具，满足其变态心理的工具。他想把冯才培养成跟自己一样的人。

冯才为此苦恼过，一方面，他认为恩师的这一嗜好是不可取的，那简直就是犯罪。而另一方面，他又非常感激恩师，恩师给予他的帮助是无人能比的，甚至超过了他的亲生父母。对于冯才这个家境不是很好的孩子来说，恩师的器重与鼎力相助让他感受到了荣耀。

恩师对于冯才慢慢明白自己的目的并不恐慌，他甚至直言不讳地向冯才表露要进行一次活体剥皮并邀请冯才一起参与。

冯才对恩师的这一想法有些无法接受，而让他更加无法接受的是，恩师已经找到了活体剥皮的对象，那就是恩师的亲生女儿！冯才第一次与有恩于自己的恩师发生了冲突，那是一次激烈的争吵。可没想到的是，中途跑出来劝架的师妹却站在恩师的那一边，声称自己甘愿为父亲做出贡献，她愿意被活体剥皮而达成父亲多年来的渴望。

这一幕也正是何法医在医学院里亲眼见到的，只是他当时离得远，没有听清他们激烈争吵的内容。除此之外的那些传言，都是一些爱咬耳根子之人捕风捉影的无稽之谈。

从那次争吵过后，冯才有意无意地疏远恩师。直到案发以后，他才知道自己的远离并没有阻止恩师和师妹的计划，活体剥皮还是如期进行了，而对于所亏欠已久的恩师，他除了隐忍不言别无他法。

说到这里时，邓原看了眼何法医，微红的双眼里还含有泪光。邓原此时能理解冯才当时是以一种怎样的心情来接受承担恩师的罪行的，恩师和师妹一个愿打一个愿挨，而冯才这个外人除了报答恩情之外还能怎么选择呢？邓原也更能理解何法医现在的心情，那个在他心中一直怜爱有加的小师妹，原来跟其父亲一样是个变态的疯子！所托非人可能就是这个意思吧，冯才和何法医为他们自己心中的那份执着浪费了太多时间，甚至改变了一生。

邓原拍了拍何法医的肩膀："过去的就让它过去吧。"

"可师妹的皮还是没有找到。不管怎样，我还是希望事情能有始有终。"何法医叹道,"是恩师冒用冯才的外号在圈里风云一时的。可冯才告诉我,师妹的皮被别人偷走了,几经转手现在已不知所踪。"

"我知道在谁手里,这个人现在就在咱们警局。"邓原看了眼会议室里的杨波和曾秀,这个时候应该说得差不多了。

何法医吃惊地看着邓原:"这个人不会是朱永义吧?"

邓原收回了目光:"就是他,他给我们提供了裁缝的线索,交换条件就是他要见裁缝一面,还说裁缝一定会去见他的。那姓朱的一直都在寻找裁缝,你想想,他手里要是没点儿什么东西的话,怎么那么敢肯定裁缝一定见他?"

"也对。"何法医有所悟地点了下头,随后又摇了摇,"可是,冯才是不会去见他的,他根本就不是裁缝。并且,冯才告诉我,他曾经也试着打听过'师妹'的下落,可后来他打消了这个念头,他不想再跟剥皮扯上任何关系了。他想远离他们,离得越远越好,所以他才远走他乡,去偏远的地方。"

"那就你去见朱永义吧,你不是也想有始有终吗?由你亲手画上句号也算是了了你的心愿。其实朱永义也是个可怜之人,追求一个早已不存在的目标,骗了自己也骗了他人,希望他知道了真相后能够经受得住这个打击。"

"我?"何法医眨了眨眼,"我不太合适吧?"

"现在除了你没有再合适的人了,冯才和你不都是裁缝的学生吗!你去吧,我还有要紧的事要办。"邓原说完,没有再理会何法医,转身去了审讯室。

邓原来到审讯室,一个字都没说就把冯才带离了那里。冯才不是犯人,已经不适合关在审讯室了。现在,他要把冯才带去会议室见杨波,之前在杨波家的推论是否成立,马上就会见分晓。另外,能否及时地找到荣静和神秘男人也靠他和杨波了。

曾秀已经完成了转述案情的工作,她和杨波分别坐在邓原的两边。对面的冯才沉默不语,他们没有急着开口,而是在等邓原,这个一锤定音得他来。

冯才斜眼瞟了杨波一眼,对于这个眼部有伤的人感到有些意外。不过,他更注意的是邓原,杀上门来后又匆匆走了的警官。他知道邓原是这里的核心人物,再次出现并郑重其事地坐在这里,肯定已经掌握了重要的东西。之前见到老同学何法医,他就已经非常惊异了,但何法医并没有跟他问案情,现在他也在期待对方开口。

眼前的冯才让邓原有些不忍心,混浊的双眼,一脸的皱纹,无不透射出这是一个生活凄苦之人。尤其是他的精神有些呆滞,这是中风的后遗症,这种病是

第十九章　荣静

不可能痊愈的，身体行动不便只是其一，其二就是大脑思维缓慢。并不是说智商下降了，而是由于脑部血液流通问题而造成迟缓，对于同样的问题思考的时间要长一些，叙述表达起来要慢一些。所以，邓原选择了一个直接且回答简单的问题来问："荣静是在8年前龙宜县那场火灾之前被剥去的脸皮？还是在火灾之后？"

回答不会用很多字，冯才也没有运用脑力，几乎不假思索地淡淡而道："火灾之后。"

简单的四个字肯定了邓原的推论。荣静没有死，就是现在的马蓉，只要再知道假荣静和其帮凶的身份，以及龙宜县火灾的来龙去脉，一切就都真相大白了。可邓原一时却问不出口，他感受到了身旁的杨波有了极大的反应。其实在刚刚自己口中说出荣静两个字的时候，杨波就已经有些微微激动了，是他想知道答案的心理努力强压着，答案一出，他也彻底崩溃了。

曾秀企图去安慰杨波，被邓原按住了。这个时候还是让他释放出来的好，终有大白天下的那一天，躲是没用的，必须面对。

冯才也注意到了杨波的举动，他有些奇怪地看着这个双手握拳，身子一抖一抖，随时都有可能要爆炸的男人。为什么自己的回答让他这么激动，作为警方人员应该是高兴才对啊！难道他就是……

"为什么不早点儿来找我，为什么不早点告诉我！"杨波终于爆发了，脸色憋得通红，怒吼时，额头青筋突显。

冯才一愣，反应过来后眼中露出鄙夷的神色，他停顿了一下，缓缓地说道："原来你就是杨波，小子，她当时那个样子怎么会去找你呢，你会接受吗？不会，你只会嫌弃她，连自己喜欢的人都认不出来，你真是瞎了眼！"

冯才的话说得很慢，甚至失去了感情色彩，但在邓原听来却是一把锋利的刀子，直戳杨波的要害。尤其是那最后一句，包含了太多的内容，别说是杨波了，换成任何一个人都会是哑口无言。但那不是杨波的错，造化弄人罢了。

果然，杨波蔫了，纵有千言万语终归还是百口莫辩。他还能说什么呢？他确实没有辨认出来，一直被骗多年还为了骗他之人做出异常之举，真是狠抽自己两个耳光的心都有了。

杨波一前一后的落差反应让四个人的局面有些尴尬。冯才似乎并不买账，看杨波的眼神充满了敌意，大有与警方形成对立的趋势。邓原是不会让这种僵局持续下去的，他们应该是互相依托的关系，于是他主动转回话题问道："知道是什么人干的吗？"

"我只知道其中的一个，另一个……"冯才说着又不满地瞟向杨波，"你问他吧。"

邓原也扭头看了眼杨波，此时的杨波一动不动，像一个没有任何意识的死人。他又看向冯才，他知道冯才说的另一个就是假荣静，看来荣静被剥脸皮的时候假荣静并没有出现："你知道的那个是男的吧？并且，是你教会了他如何使刀。"

"不，我没有教过他，就连小静都是在不得已的情况下才指点了她。"冯才也许是因为病后症，也许是因为急于解释清楚，说起话来有些磕绊。

"那这个人是谁？跟你有什么关系？你别着急，慢慢说。"

冯才点了下头，缓缓道来："我只知道他叫肖亮，当年在龙宜县时他是我打工那个地儿的杂工，给我打下手的。他的话很少，从来不说他自己的事，他很要强，经常偷偷模仿我用刀，我看他年纪小也就没当回事。"

难怪比荣静的技术略差一些，原来是偷学来的。邓原想了想，虽然还不能把肖亮跟神秘男人画上等号，但根据现有所掌握的情况完全可以把他们假设是同一人。他朝曾秀看了一眼，曾秀马上起身出了会议室。

邓原又问冯才道："那这个肖亮是怎么知道你还有一个裁缝的身份的？你既然不想揭发真正的裁缝，我相信你是不会跟别人说的。"

邓原用余光观察了一下身边的杨波，没有反应。他想，也许现在裁缝到底是谁对于杨波来说已经不重要了。

对于这问题，冯才有些吃惊，他是不会知道有人提示杨波去找裁缝的，思考了片刻才说道："他知道'裁缝'这个外号？我从来没跟他说过，他也从来没有问过我……我知道了，他曾经偷翻看过我的东西，肯定是从那以后知道的。我跟肖亮都住在工作的地方，我总觉得我的东西被人动过。有次我提前回去，就看到他在翻我的东西，当时他说他洗的衣物少了一件，以为是在我这里就来找了。我看了下也没丢什么，就没跟他计较。"

邓原心想，这个肖亮倒真是关注冯才，也许他是听到了什么关于裁缝的风声，也许他只是出于对冯才的好奇，毕竟像冯才这种拥有让人羡慕的绝活儿之人是很难不被别人注意的。那肖亮为什么要去伤害荣静呢？"是你救了荣静的吧？你是怎么救了她的？"

"自从我发现肖亮有些不对劲后，也暗中偷偷观察他，越来越觉得他的举动怪异了。他经常不跟任何人打个招呼就消失了，我觉得他一定有鬼。那天，我手头上不是很忙，闲下来时听一个工友说肖亮鬼鬼祟祟地出了后门向着北边去了，

第十九章 荣静

还背着个包。我先是回到了住的地方，发现肖亮的东西都没了。虽然他的东西很少，但看这架势他是不打算再回来了。按理说我也是个打工的，管不着别人的事，但我总觉得有些蹊跷，说不上来的一种感觉，没过多犹豫我也就跟了过去。越往北走越荒凉，所见之物也越来越少，我不知道肖亮往北的目的地是哪儿。也许他可能就在附近，我只能慢慢地凭直觉边走边找，直到远远地看到一个人从一个仓库里跑出来。那人跑的速度很快，可我还是认出了那就是肖亮。那个仓库废弃很久了，里面没存放任何东西，没有人会往那里去，肖亮肯定有自己的目的。于是我就进去查看，发现了躺在木板上奄奄一息的小静⋯⋯"冯才一边回忆一边慢慢叙述，说到有些地方他会停顿一下。好在他的思维不混乱，整个过程讲述得非常清晰，甚至可以想象出当时的情境。

邓原伸手扶住了杨波的胳膊。他知道杨波在听，尤其是冯才刚刚说的这些，杨波不可能无动于衷，他只会比谁都听得更加认真仔细。作为一个男人，当听到自己的恋人有如此惨痛遭遇时，那种刺痛是无法用言语能表达出来的，邓原此举只是希望能暂且安慰他。随后，邓原又问道："为什么没有报警呢？"

"我当时顾不上那么多，只想着救人要紧。你们不知道她当时伤得有多重，能不能救活都还是个问题。我来不及把她送到医院去，也不敢移动她，我只能先在附近找到能用的东西进行简单的止血，再尽可能地用我所学到的知识来救她。我在那个仓库里守了她整整一夜，直到她第二天醒来。我问她是谁，她不肯说，我说是去报警，她却求我不要那样做。她说她有她的苦衷，并一个劲儿地感谢我救了她的命。"

"后来呢？静儿后来又怎样了？"杨波终于承受不住了，话都带了哭音。

冯才对杨波还是那个态度，冷冷地回了句："后来怎样还用得着我说吗？"

终于见到杨波有了反应，邓原放下心来，否则他真担心杨波会走入另一个不可知的极端。杨波现在只关心荣静后来的遭遇，提的问题并不是案子的关键，而冯才又因杨波与假荣静的关系而耿耿于怀，话中带刺，再这样下去两人会斗起嘴来。于是，邓原拍了拍杨波示意他先不要说话，由他来代问："然后你就认了荣静为女儿，又跟她一起来到了这里。对于一个你刚救下却不知其身份的人，你就那么轻易地放弃了在龙宜县多年的生活？"

"她太可怜了，我不忍心丢下她一个人。她失血过多，身子非常虚弱，后来就一直待在那个仓库里。我要是不每天过去照顾她，就算她不因重伤而亡也会被饿死的。更何况，我觉得她的被害多少与我有关，如果肖亮没从我这里偷学到用刀,也许她就不会是那个样子。她的整个面部都被毁掉了,以后怎么生存啊!我当时觉得我就是一个间接的凶手,这种负罪感我承受不起。"冯才明白邓原是在帮杨波问,他就是再憎恨杨波,也知道这些问题是避免不了,所以他非常配合邓原,"后来,她的伤势渐渐好转,她说要离开龙宜县去寻找伤害她的人。她虽然没有求我跟她一起去,但她当时说话时的样子是渴望我能帮她的,我就跟她一起离开了。龙宜县是我待的年头较长的一个地方,可那里并不是我的终点。像我这种四处流浪的人,去哪里都是一样的。"

"那你们8年前为什么不马上找到这里来呢?"

"当时我们只知道是肖亮伤害了她,我对肖亮的了解也仅限于其他工友闲谈时听到的,我和小静只能按照肖亮曾经去过的地方慢慢查找。这期间,我为了不让小静那个重度伤残的脸引起别人的惊吓,给她做了几副面具,都是借助于那些皮肤与人类接近的动物,去一个地方就给她换一副面具,也为了不让肖亮得知我们在找他。找了一圈仍无所获,小静才提出到这里来,她说在这个城市有一个她心里一直牵挂的人。"冯才说完又狠狠地瞪了杨波一眼。

邓原马上问道:"你和荣静来到本市后,才发现她已经被别人取代了,为什么没有当面揭穿?再有,你从来就没有质疑过荣静为什么被害后不报警吗?"

"她说过她有苦衷的,我也不会去问她,就像她知道我的一些事情却从来不刨根问底一样。我们互相尊重,只说自己愿意说的。我也是在离开龙宜县后,她才告诉我她家的一些事情,至于她为什么不报警,为什么不揭发那个冒充她的人,我想肯定会有她自己的道理。"冯才回答道。

邓原暂时没有提出异议,而是问道:"知道冒充荣静的那个女人是谁吗?"

"不知道。不过有一点可以肯定,这个女人跟肖亮肯定有关系,并且她了解小静,知道小静的事,要不然她也不会……"后面的话冯才没有说完,他再次看向杨波的眼神已经表明了。

这个不用冯才说邓原也知道,他大概可以推断出一个明朗的轮廓。荣静起初只知道肖亮是她的复仇目标,她不知道肖亮为何要剥去她的脸皮,经多年寻不到目标而心里又一直不忘与杨波的感情,才来到本市。她也许只是想看一眼杨波,看看这个长时间失去联系却没有再找过她的男人过得如何,却不想意外地发现有人在冒充她与杨波恩爱成婚。荣静的心里一定充满了怨恨,之所以没有揭发,一是她担心杨波可能无法接受已经毁了容的自己。二是她的目标人物肖亮并没有出现,她不想打草惊蛇。三是,她自己也有疑问而得不到答案。所以,荣静只能暗

第十九章 荣静

中观察，找到机会抓住冒充她的人寻求答案，并达到她复仇的目的。想到这里，又一个问题来了，邓原问道："以荣静的家境，她在龙宜县应该有不少认识的人，火灾后她被伤害至毁容。发生了这么大的事，她的那些亲戚朋友，甚至是老师同学，就没有一个来找她的吗？"

"这个我也很奇怪，但当时真的没人来找她。你说，会不会是因为有人冒充她的原因？"冯才没有给出答案，反倒询问起邓原来。

邓原心里一惊，难道冒充顶替早在龙宜县就开始了？随后他又否定了，如果那样的话也就不会有后来的事发生，到底怎样恐怕也只有荣静自己知道了。这个荣静还真是有些怪异，当然最怪异的还是她为什么不报警。

邓原隐隐觉得荣静不报警似乎是不想让警方插手，是什么原因能让一个惨遭剥皮毁容的女子放弃合法途径为自己讨公道，转而采用非法手段？难道她是有什么不可告人的秘密吗？会不会跟服装厂的火灾有关？"荣静有没有跟你说过她父母服装厂的火灾与她的遇害有关联？"

"小静倒是有说过，只不过……"冯才有些犹豫了，因为他也不知是怎么回事，他也只是猜测，"她跟我提这事的时候，像是在跟我讨论，又像是在自言自语，我也不明白她到底想要表达什么。总之，她是怀疑这两件事有着紧要的关系。来这里没多久我就病倒了，她一边照顾我一边忙她自己的事。去年年底我身体恢复得可以自理了，她突然说要离开一段时间。她说她已经接近答案了，把能留给我的都留下后就走了。"

邓原知道自己没有想错，看来8年前的那场火灾另有隐情。之前的推断基本上都得到了证实，那么，现在是时候实施下一步计划了，这也正是他为什么要把杨波带来见冯才。

邓原站起身来，从杨波身后绕到会议桌的一角，处在冯才与杨波之间。由于会议桌的长度，使得他很轻松地就能同时看到两个人。同样是病人，杨波比冯才可显得不冷静许多，虽然他的话极少，虽然他努力保持着自己看上去很平静，但实际上他的心里早已惊涛骇浪了，他在挣扎。这正是邓原所期待的，他就是要让杨波亲耳听到荣静凄惨的遭遇，只要再稍稍推杨波一把，目的就彻底达到了。邓原决定继续利用冯才："于是，你就轻松了。荣静自己走了，这一个一直让你担惊受怕的包袱没了。"

邓原的话让冯才有些意外，他扭头看着邓原，一时脑子没转过来。

"我说错了吗？你自己也说了，你对她不闻不问，你根本就不关心她，枉费她这几年对你的照顾，尤其是在你病重的时候。"邓原对冯才说着话，注意力却在杨波的身上。

"没有，不是的……"冯才一着急辩解，说话又有些磕绊，脸也有些红，"我要是不关心她，我何苦救她呢？"

邓原抓着这一点不松口："你救她说明你还有一点儿良知。可后来你知道她要做什么，你知道那是违法的，你就任由她自己去做而什么都不管，你就这样关心她吗？"

"我有什么办法？她什么都不跟我说啊。唉，其实我知道她是不想连累我，她是故意躲开我的……"

邓原心里乐了，这个冯才还真挺容易上道儿的："还有你不知道的呢！荣静为了帮你，冒着暴露的风险把你从阳北索要来的仅存的一张照片，提供给了我们，我想其他的照片都已经被你毁了吧？"

"是小静吗？"冯才一惊，老何只是说警方掌握了照片，没想到是小静，"她发现了照片，我也不太想瞒她，就简单地说了下。我看出她有想为我申冤的意思，就想把照片都烧了。她发现了后就抢走了那一张，唉，我认为那张照片说明不了什么，也没在意。这个小静。"

照片的事情邓原早已猜出了大概，他不想再耽误时间了："既然你也想关心荣静，你应该比任何人都清楚她现在的处境非常危险，也许她已经跟肖亮遇上了。你要真想她不出什么意外，就仔细回想她跟你一起时说过的每一句话、每一件事，希望我们还来得及救她。"

冯才和杨波同时一愣，这个小小的举动没有逃过邓原的眼睛。尤其是杨波，已经有些坐立不安了。邓原知道时机到了，对杨波问道："杨波，你怎么了？是不舒服吗？"

"嗯，我头疼，我……我想回家休息。"他支支吾吾地说完，也不顾邓原是否反对，起身慌乱地跟跟跄跄地冲出了会议室。

"你好好想着，想到什么了马上通知何老。"邓原对冯才说完，追着杨波也出了会议室。

第二十章 抓捕

杨波由于过于着急，好几次都撞到人和物，险些摔倒。最后一次在他几乎就要倒地的时候，邓原及时扶住了他："小心点儿，这么不舒服，要不要我找何老帮你看看啊？"

"不……不用了，我没什么事的，就是头有些疼。回家休息一下就好了，没事的。"杨波站定了身子后马上回答道。

邓原看到杨波的样子，有些担心了："真的没事吗？我看你可不像没事的。"

这时，曾秀也跑了过来："邓队，所有人都在会议室了，马上召开会议吗？"

邓原没有理会曾秀，而继续关心地问道："你这样我可不放心啊！要不，让曾秀送你回家吧？"

"不用，我能行的，就是对这里的环境不太熟悉而已。"杨波回道。

曾秀也看到了眼前的现状，连忙说道："要不让我来送你吧？开车很快的，不会耽误什么。"

"不，真的不用，我能行的。"杨波摆脱了邓原的搀扶，还特意露出了一个微笑，"你看，我没事的，我自己回去就行了。"

邓原还是有些不放心，追问道："你真的能行？"

"哎呀，你啰唆这工夫会议早召开了。你们还有更要紧的事办呢，别在我身上浪费时间了。"杨波好像比邓原他们还不耐烦起来，向前走了两步，又扭头说道，"你看，我没事吧，我自己能回去的，你们快去忙你们的吧，别管我了。"

见杨波确实没什么情况，曾秀赶快拉起邓原："邓队，快点儿吧，大家都已经在等咱们了。"

邓原没再坚持，应了一声就跟曾秀朝里面走了。

杨波听到身后急急离去的脚步声，放下了心来。他也没有再耽搁，尽自己最大可能快步出了警局。

邓原和曾秀并没有真的急于去开什么紧急会议，他们佯装走远后又轻手轻脚地回到了原地。看着杨波跌跌撞撞地出了局大门，又看到胡子从侧门小跑进来后，邓原才问道："都安排好了？有没有被发现？"

胡子笑了笑："大兵已经跟去了，该注意什么也都交代了，你就放心吧。怎么说大兵也是侦察兵出身，这是他的强项啊。"

邓原却笑不出来，他有他的担心："其他的呢？"

"咱们的通讯设备一流，出不了差错，就是不知道杨波那边你们搞定了没有。"胡子说完看向了曾秀。

"我这边也没问题，早趁他不备的时候在他身上装了追踪器，我相信他是没有察觉到的。只是，"曾秀也有她自己的担忧，"邓队，你确定杨波会就范吗？他跟咱们是同行啊，这种引诱的手段他是不会陌生的。他一定能想到我们是在利用他来找荣静，他会那么听话吗？"

"他一定会的，相信我。"这一点邓原还是很有自信的，"杨波现在的想法只会有一个，那就是救荣静。即便是他察觉到了我们在诱导他，他也顾不上这么多了，因为肖亮比我们更可怕。我们只是抓，而肖亮是要杀！我倒是非常担心两点，一是，肖亮有可能利用杨波的安全来威胁荣静；二是，杨波有可能协助荣静逃走。"

"那我们怎么办？这两个都是无法预防的。"胡子话音刚落，手机就叫了起来，他赶忙接听了电话。

邓原看了眼曾秀，又望向了外面，若有所思般地说道："只能见机行事了。"

是啊，这些未知的问题谁也回答不了。接下来会发生什么，荣、肖两人到底鹿死谁手，或者还有其他的不确定因素存在，谁又能搞得清楚呢？可要是不冒这个险的话，案子将永无出头之日，邓原只能希望不要有太多的意外发生。

撂下电话，胡子急忙跟邓原汇报道："邓队，果然如你所想，杨波有异常，他没有朝着家的方向去。虽然现在还不知道他的目的地是哪里，但他绝不是回家，并且，他自己摘下了纱布。"

"快，通知所有人就位，路上再具体分工。"命令一下达，邓原率先冲了出去。

就在邓原他们备战的时候，杨波上了一辆出租车。

第二十章 抓捕

司机是个四十开外的中年男人，他一边开车一边时不时地通过后视镜瞄一眼坐在后座上的男乘客。他觉得这个男人很奇怪，一会儿睁开眼睛，一会儿又闭上眼睛，有时还用手去捂住眼部。一般情况下，他都喜欢跟乘客闲聊上几句，但这位客人着实让他找不出聊天的切入点，那满脸的愁容，就好像谁欠了他钱似的，于是他打消了念头专心开车。

杨波知道司机在观察自己，他不想去理会。他的脑子非常乱，充满着愧疚。

杨波觉得自己太对不起静儿了，那个善解人意、美丽的静儿竟然承受着这么大的痛苦，而自己这个应该保护她的男人却什么都不知道。在自己最低落、最无助的时候，是静儿陪伴在身旁给予安慰和帮助。可在静儿被残害，最需要有人出手相救的时候，自己又在什么地方，又在做什么！尤其是，静儿好不容易找到了自己，却看到自己和别的女人在一起，又为了别的女人自暴自弃。而那个该死的女人正是伤害静儿、夺面冒充的顶替之人，可想而知这对静儿是多大的刺痛！

一想到这些，杨波就恨不得自己马上去死，真是瞎了眼了，瞎了眼！怎么会连自己日思夜想之人都分辨不出真假呢？这双眼睛还要它干吗使呢？杨波又想把羞愧和愤慨发泄到自己的眼睛上，最终他忍住了。静儿有危险，静儿现在还需要自己，自己一定要去救她。

杨波第一次自己主动扯下了裹在眼部的纱布，他迫切地希望自己能够看到东西，他相信自己能看到，也必须看到。他要用这双眼睛去找到静儿，他要尽自己最大的力量去弥补犯下的错误。

眼睛长时间地适应了黑暗，突然一下子见到光会很不舒服，纱布除去的一瞬间杨波就自动闭上了眼睛。他在心里说服了自己好多遍，才缓缓地将双眼睁开了一条缝。还好，现在是晚上，没有强烈的日光，他又试图把眼皮睁大一些，随后又闭上了。街上的路灯以及各种闪烁的霓虹灯还是不能让他完全放开。不过没关系，只要慢慢地多次努力尝试，重见光明不在话下。

杨波没有再在眼睛上费过多的精力，他知道自己的毅力能搞定。除了恢复视力，还有更关键的事情需要他思索，怎么才能找到静儿？

杨波凝神苦想，就像邓原告诫冯才的那样，静儿所讲的每一句话、每一件事，都不会是凭空而出，一定有它的内在联系，就看自己是否能捕捉到而已。

杨波捕捉到了，他已经知道自己该前往什么地方，西贸园。

西贸园位于A市西区城乡接合处，紧邻火车站，拥有便利的交通枢纽，又有大型商场、小商品批发市场，甚至还有一个娱乐广场。杨波能够想到这个鱼龙混杂的地方不是偶然,静儿在成为自己的护工后至少几次提到了这个地方,不是说去那里买东西,就是说刚从那里忙完赶过来。但从地理位置上看,静儿去那里再到自己的住处实在太绕了,那里绝不是购物的首选之地。静儿去那里应该是有其他的目的,现在想想,她一定是在找人,也许肖亮就在那里。

"司机师傅,能开快些吗?我有急事。"杨波的眼睛已差不多适应了环境,而心里也越来越着急。他不知道自己赶到那里还来不来得及,他也不知道该如何才能找到静儿。

司机应了一声,马上加速超过了前面的几辆车。

与此同时,紧跟在后面的另一辆出租车也加大了油门,坐在车里的大兵通过手机及时与赶在路上的邓原他们汇报跟踪情况。自从出警局后,大兵一直远远地跟着杨波,他知道曾秀会在杨波的身上装跟踪器,定位和监听上不需要他费多大心。信号接收器和通信装备也不方便携带,他只要跟着就行了。所以,与其说他是跟踪杨波,不如说是在保护杨波,让这个"盲人"不发生意外。

但大兵没有想到杨波的转变太快了,摘掉纱布就已经让他感到会有事情发生,更何况后来又看到杨波上了出租车。他赶忙通知邓原他们采取行动,因为他知道距离一旦拉出太远,就会超出监听信号接收范围,即便是在定位上能够找到杨波在哪里,也不能及时监听到所需内容,对事态下一步的发展也是不利的,他希望邓原他们能尽快赶过来。

两辆出租车,一前一后飞驰在街道上,在开过了一段较长的高架后,到达了西郊最繁华的地带。大兵对这里再熟悉不过了,还在西区警局的时候他经常来这里。正想着杨波的目的地是否就是这里时,他看到前面的出租车放慢了行驶速度,他赶快叫司机也减速错过了几个车位后拨通了邓原的手机。接通了几声后却被对方挂断了,正在纳闷,右耳戴的通信器里传来了邓原那熟悉的声音:"我是邓原,能否听见请回话。"

"邓队,我是大兵,请讲。"大兵心中一喜,这说明邓原他们离自己已经不远了。

"我已侦测到你们的方位,现在是什么情况?"

"杨波在西贸园下了出租车。"大兵一直注视着前方杨波的动向。

"盯紧他,有情况随时报告。"

"明白。"大兵也赶紧下了出租车。

距西贸园不远的路上,一辆小型房车迅速朝着目的地靠近。房车里邓原和曾

第二十章 抓捕

秀的面前摆放了几台电子通信设备，后面围坐的是胡子和多名刑警便衣。

邓原正是通过这些设备从大兵那里得知了杨波的现况，把监控权交给了曾秀让其继续监测，他则转过身看着后面沉默不语的战友们。大家的表情都有些凝重，这次的行动不但突然，并且难度非常大。荣静善于伪装，谁也不知道她这次会以什么面目出现，而肖亮的具体信息还在紧急的搜查中。在这种前路不明的情况下就采取行动确实有些冒险，然而最要命的是，还有一个杨波。

对于杨波这种从事多年刑警工作的同行，着实不好对付。杨波对所有行动中警方惯用的手段都非常熟悉，如果杨波的眼睛看不到的话，或许对行动还是有利的。可现在杨波已经主动恢复了视力，会站在哪一边？会不会成为这次行动的最大阻力？邓原拿捏不准，他只能做好最坏的打算："情况你们已经知道了，接下来就看你们自己的了。荣静见过我和曾秀，不到目标人物已锁定不方便出面。曾秀留在这里负责监控和联络，有什么情况咱们及时通报。胡子和大兵对案情最了解，可根据当时情况调配人员。有几点我请你们注意，第一，不要离杨波太近，尤其是认识他的，不要让他看到你们，一定要掩藏好，在暗中观察他的一举一动，通过他的表情和反应来判断出荣肖二人的方位。第二，你们面对的两个对手很会使刀，注意身边的每一个人，他们有可能也混在人群当中。这不是游戏，他们更不会手下留情，一旦出手将一刀致命，我不希望你们其中任何一个命丧刀下。第三，我要求你们能够随机应变、互相配合，如果杨波反水，就地缉捕。都还有什么问题吗？"

大家一致摇头，并保证完成好这次任务。

"邓队，咱们到了，大兵说杨波去了娱乐广场。"车一停稳，曾秀及时把得到的情况向邓原汇报，"马上行动吗？"

"娱乐广场？杨波去那里干什么？"邓原带着疑问看向了车外，现在车子处在西贸园大街外侧的一棵树下，前后两边停放的车辆成为了很好的掩饰，至少从外表看不出这是警方在进行抓捕。由于天黑，邓原看不清远处娱乐广场上的情况，但从炫彩的灯光以及传来的喧闹声可以知道广场上很热闹，像是有什么活动。这个杨波为什么要往人多热闹的地方钻呢？

邓原看向曾秀，想询问大兵是否还有更详细些的情况汇报，却发现曾秀根本没有看自己，正在电脑前忙碌着。于是，他转而看向胡子他们："准备好了就出发吧。"

胡子点了点头，正准备带领其他人下车就被曾秀叫住了："等一下。"

"等一下再行动,我在接收一份资料。"曾秀再一次叮嘱道,因为她知道这份资料对于这次的行动至关重要,"好了,你们快来看,局里传来了肖亮的资料。"

屏幕上显示出了肖亮的详细资料,邓原来不及让所有人都仔细阅读一遍,他将画面定格在肖亮的照片上:"你们记住此人的相貌,遇到这个人就要小心了,在保证自身安全的情况下再进行围捕。"

胡子和其他的便衣领命出发了,他们身揣武器,耳戴先进的微型通信器,只要占据了各个观测要点,等待的就是目标出现了。他们一行人快速地向娱乐广场奔去,一靠近广场就四散开来,各自根据方位进入广场向核心人物杨波靠近。同时,胡子也及时通过电波与大兵取得了联系。

邓原眼看着战友们接近广场后,才把目光收回锁定在电脑屏幕上,肖亮这个神秘人物终于浮出了水面。通过资料显示,肖亮在龙宜县待的时间与冯才所说的吻合,身高更与杀害杨丽丽的凶手相符,至此,可以确定肖亮就是那个跟踪杨波的神秘男人,也是害死杨丽丽的凶手,否则,整个案情就将解释不通了。

这些本就在邓原的意料之内,他的推断与案情的进展相差不会太大,尤其是肖亮出现在西贸园这个地方。"这里人口密集且复杂,因紧挨着火车站,来到本市的人下车后随便找个住处就可以逃避他人的注意。杨波是在西区警局,杨丽丽又是在西郊被害的,肖亮选择在这里落脚真是再合适不过了。"

"邓队,快看后面,肖亮的亲属在那里。"趁着邓原说话之际,曾秀已经阅读完整个资料,突有发现,"肖亮的父亲就职于龙宜县的服装厂,死于一场事故,这上面也没说具体是什么事故。母亲病故。天,他还有个妹妹叫肖芳,是失踪!邓队,咱俩肯定想到一起去了。"

邓原也看到了这些记录内容,他确实跟曾秀想到一块儿去了。这肖芳无疑就是后来的假荣静,资料里提到的事故会不会就是那场火灾呢?可龙宜县警方所提供的情况是,火灾只造成了两个人的死亡啊,就是荣静的父母,再没有其他人了……邓原觉得这件事有点儿意思,打趣道:"看来8年前的那场火灾挺热闹啊。"

"怎么讲?"曾秀也来了兴趣。

"什么怎么讲,等荣、肖二人抓到了就知道了。"邓原说完看向了车外,这些疑问他暂时不用关心,会有答案的,现在唯一让他想不通的就是杨波为什么要到热闹非凡的娱乐广场去。

不光邓原,连大兵也想不明白这一点。

下了出租车后,大兵没敢跟杨波太近。虽然晚上便于隐藏,但他知道杨波的

第二十章 抓捕

耳朵好使，能在脚步声中察觉到他的存在，他只能让杨波处在自己的视力范围内远距离跟踪。这样一来就有难度了，晚上街上的人不多，离近了怕被听出来，离远了又怕杨波突然消失。就在大兵正发愁的时候，杨波走进了娱乐广场。

大兵松了一口气，广场上的人非常多，三五成群聊天嬉笑的，还有一群老太太在扭秧歌，敲锣打鼓的，非常热闹。这让大兵可以很轻松地近距离跟踪，可没多久他就觉得不对劲了。

大兵本以为杨波是从娱乐广场借道而过，可没想到杨波在广场上兜起圈子来，随意地乱走。这让他不禁皱起眉来，这杨波是在干什么啊？

一时搞不清状况，大兵通过设备向邓原报告了这一情况。邓原给所有人下的命令是，原地坚守，提高警惕。

同时曾秀也打开了一台监控设备，那里能接收到来自于杨波的监听信息。没有说话的声音，只有广场上喧哗的吵闹声，什么都听不出来。两个人也只能对着设备干瞪眼。

娱乐广场上，杨波看似闲散般地在散步，实则他是在寻找一样东西，摄像装置。

自从到了西贸园，杨波就只想一个问题，怎么才能找到静儿？冯才根本不可能提供什么有用的线索，而他自己也只掌握西贸园这一个信息，西贸园之大如何去找呢？挨家挨户地去打听，这个不现实，时间也不允许。必须得想个办法在短时间内找到静儿，至少让静儿知道他来了。有他在，静儿就多了一分保护。

杨波怀揣着这份心情，边走边观察着周围的环境，一接近娱乐广场他马上心头一亮。广场上的一侧有一个大屏幕，即时显示着广场上流动的人群，你可以看到跳秧歌的大妈、大婶们欢乐地闪过，还可以看到边走边说笑的三三两两的人，甚至还有追跑打闹的小孩子们……杨波盯着大屏幕出了神，如果自己出现在屏幕上会怎样？

这个结果不用想就知道，黑暗中的光亮永远都是最引人注目的。广场的四周就算有路灯也昏暗一片，只要有人无论处在四周的什么位置，注意到广场上的大屏幕都会知道有什么人出现在广场上。杨波要的就是这种效果，只要自己出现在大屏幕上，只要静儿稍稍注意到这边就一定能看到自己，哪怕静儿没有及时发现。那个对静儿造成威胁的肖亮看到了也一样。也许此举会给静儿带来不备，会打乱她的计划，也许肖亮看到了会对自己不利，但，只要两个人中的其中一个看到了，目的就达到了。他现在已经顾不了这么多了，即便他知道自己会成为活生生的靶子，即使下一秒自己就会惨遭不测，只要能给静儿争取时间，他在所不惜！现在要做的就是马上找到广场上与大屏幕连接的摄像装置。

于是，杨波进入了娱乐广场，凡是在大屏幕上出现的人，他都在人群中仔细寻找。首先要确定这些人行走的方向，有了方向才能找出摄像头在哪里。

没费多长时间，杨波就成功地达到了目的。他并没有找到摄像装置被安放在哪里，但他的身影已经出现在了大屏幕上。他只是又稍稍挪动了一下身子，大屏幕的一半以上都被他占据了。他就守株待兔般地站在那里，等候他要找的人出现。

杨波此举惊住了广场上盯梢的便衣，也惊住了广场外守在车里的邓原，这个杨波太大胆了。不过，这一举动也极有力地帮助了警方。"各单位注意，除大兵盯紧杨波外，其他人向广场四周分散，发现可疑人员马上通报。"

邓原在娱乐广场上布下了一张大网，而这个收网的关键恰恰就是杨波。他唯独留下大兵，为的就是控制住这张网。只要大兵盯紧了杨波，哪怕杨波一个小小的动作、一个微秒的表情变化，都说明目标人物已经出现，他要让他们在没来得及与杨波接触前就被缉拿。

大兵对于邓原的意图自然是心领神会，他已经在慢慢地向杨波的身后靠近，而杨波的表情则完全可以依靠大屏幕来观察。胡子和其他多名便衣也佯装成行人，全神贯注地盯着四周。广场的四周是宽大的马路，马路之外才有几座建筑物，从距离和光线上讲，从建筑物到广场的距离早已超出了危险范畴。也就是说，无论是肖荣两人中的谁，也无论对杨波不利还是有利，只要是针对杨波就必须得进入广场，到那个时候就是他们集体收网的时候。

此时的杨波比任何一个围捕之人都要紧张，他四处地瞎看，觉得自己的双眼完全不够用了。他不知道先找上自己的会是静儿还是那个肖亮。如果两个人同时出现了怎么办？他怎么才能保护好静儿？现在，他又开始担心自己刚刚复明的眼睛能否及时地找出静儿？很久没有看到东西了，会不会在关键时刻反倒被自己的眼睛所蒙骗？到那时该怎么办？该怎么办？

杨波莫名地慌乱了起来，这种担忧以及不确定让他如临大敌，甚至额头上冒出了冷汗。他知道，这个时候必须想出应对的办法来……

大兵及时观察到了杨波的这一变化，马上低声通过无线电波向邓原汇报道："邓队，有情况，杨波好像很痛苦的样子，不会出什么事吧？"

"是有目标出现了吗？"

第二十章 抓捕

"不，不像是发现了目标，他像个没头苍蝇似的四处乱看，很焦虑的样子。"

听了大兵的话，邓原快速思考了起来。杨波为什么会这样？他应该是期待目标出现，焦虑？马上，他就想到了一点："注意杨波的眼睛，一旦他捂上，或者闭上眼睛马上告诉我。"

邓原的话音刚落，设备里就传出了大兵紧张的声音："杨波已经闭上了眼睛，下面该怎么办？"

"杨波在主动寻找目标，让大家慢慢向杨波靠拢，注意，千万不要让他察觉到。"邓原来不及过多解释，从曾秀手里夺过微型通信器戴在耳朵上，就快速地下了车低头朝娱乐广场走去。

目标人物即将出场，邓原知道是自己该出面的时候了。他预料得没错，杨波不会乖乖地站在原地傻等，不想被肖亮袭击又能及时救下荣静，就得在肖亮找到他之前先找到荣静。而要做到这一点，杨波只能依靠他那异于常人的听力。

弃眼用耳也是唯一的正确选择，杨波没有警方已掌握肖亮相貌的优势，他也不敢保证能否一眼就能认出荣静。可杨波熟知肖荣两人的脚步声，在警方也无法确定两个目标人物是否乔装的情况下，他能在人群之中第一时间听出两人的出现，所以，他又比警方有优势。

杨波正如邓原所想的那样，此时他的心里踏实了许多，虽然还是有些紧张，但那久违了的熟悉感使得他比刚刚从容镇定了。耳边传来的各种嘈杂声、纷乱的脚步声，并没有扰乱他的心绪，反而让他的脑海中出现了一幅画面，比用眼睛看到的还要清晰。

杨波可以通过听到的声音，分析出从面前走过的人们的状态、步调的频率等，从而判定出是否是自己想要找到的人。这还远远不够，他要把听觉范围扩大再扩大，他要听到更远的地方去，只有这样他才能及早地找到静儿。

杨波突然产生了一种强烈的感觉，静儿已经离自己不远了。为了更好地捕捉到这个感觉，他在原地慢慢地移动方向，仔细聆听来自四面八方的声音……终于，他被身后的一些声响所吸引，猛然间他转过了身。

大兵被吓了一跳，他一直在杨波后面不远处，假借着整理衣领与邓原小声地同步交流着。杨波突然一面对自己，他第一时间以为自己暴露了，赶紧住了嘴。

一时心虚，搞得大兵心跳都加快了，好在他马上就知道自己并没有暴露。杨波没有睁开双眼，表明他并没有看到自己，只是朝着自己所处的方向，倒像是在寻找什么。尽管如此，大兵也没敢再说话，甚至动都不敢动一下。

电波另一头的邓原还不知道发生了什么事,呼叫半天不见大兵回话才注意到广场屏幕上的杨波已经背了身,暗叫一声不好,马上通知大家道:"所有人注意,大兵可能已经暴露,凡是靠近杨波的前去支援。切记,杨波已经闭上了眼睛,注意你们的举动,不要让他察觉到。再重复一遍,小心行动,慢慢靠近。"

邓原心急如焚,却又不敢加快速度。目标人物可能已经进入广场,或者就在自己的附近,快速冲进广场的结果就是暴露自己。他只能装作是散步的路人,继续低着头向广场靠近,这段路对他来说太漫长了。

杨波站在那里,与大兵面对面,又相隔出一小段距离,这与周围散步的人群显得极其不协调,引来一些好奇的目光。好在大众对于两个陌生男人的奇怪之举并没有过多关注,只是扫一眼就匆匆而过,否则,大兵就真得好好想办法怎么过这一关了。

即便如此,大兵也非常焦急。他听得到邓原下的命令,甚至已经看到远处有战友向自己慢慢靠近了,可他无法解释。一直处在杨波身后没乱走动的他是不易被杨波察觉到的,反倒在杨波已经全神用耳的情况,有人向他靠近一定会被发现。

现在,他必须马上告诉战友们自己并没有暴露,不要凑过来,可该怎么做呢?抬手示意?不行,除了面前的杨波还有两个可能已经身处广场某个角落的目标人物存在,自己的举动提示了战友们,也等于提示了他们。但这么一直站着不动也不行,他们还是会发现异常,可又不能开口说话。说话?大兵马上拿出手机……

"哥们儿,吗呢?喝酒去啊,我这无聊地瞎逛呢……啥?别过来找我了,我过去找你们吧……"大兵一边心里暗骂自己笨,一边举着手机假装打电话。手机根本就没有拨通,他说的每一个字都通过电波传到了邓原和战友们那里,他相信他们能听明白。

他光想着静声不让杨波听出来,却忽略了声音有时候又是最好的掩饰。对于杨波来说,只能说明他的前方有人在聊电话;而对于还没出面的两个目标人物就更正常不过了,广场上有的是停停走走、站着闲聊的人,讲电话的也不在少数。大兵在关键时刻及时想到了这一点。

邓原一得到消息,马上对广场上的便衣们重新布控,并通过大兵的特殊语言了解到杨波的一举一动。同时,他离广场也越来越近了。

杨波的注意力并不在前方不远处"话痨"的大兵身上,而是在大兵身后更远一些的地方,他听到了两个微弱的熟悉的脚步声。这两个脚步声相隔时远时近,又忽前忽后相互交替着。杨波断定,静儿和肖亮一定是在广场大屏幕上看到了自

第二十章 抓捕

己才找过来的。他们又彼此知道对方的存在,他们都在暗中观察,慢慢靠近。

脚步声太弱,杨波想听得真切些,至少他能分辨出两个脚步声中哪一个是静儿的。但广场上太嘈杂了,尤其是,在他转身之后,两个脚步声都消失了。他特意等了一会儿,他知道静儿和那个人不会再前进的,他们都清楚已经被自己发现了。他需要的是时间,一个可以做出选择的时间。他要仔细回忆刚刚听到的脚步声来判断出两个人现在的位置,再选择自己该走向哪个方位。

选择已经有了,杨波很自信地朝着一个方位慢慢地走去。他不怕对方转身逃走,那样做只会让他清晰地听到脚步声而确定自己的选择。此时此刻的他因为这份自信又多了一份期待,与静儿再次相见只差几十步之遥。哪怕这个时候肖亮冲过来杀了自己,他也要挺过这短短的距离。

大兵握着手机的手都快出汗了,这个着急跟哥们儿去喝酒的人却迟迟没有离开广场。就在他快词穷的时候,终于看到杨波迈动步子从身旁走过。暗松一口气后,他马上恢复正常,小声与邓原沟通:"邓队,目标好像出现了,杨波朝我身后去了。"

邓原已经进入了广场边缘,得知这一情况他站住了。以他对杨波听力的了解,杨波一旦听出目标人物就会马上有所反应,这一次怎么会出现了时间间隔?他是在犹豫吗?

"邓队,请指示啊,杨波离我越来越远了,要不要马上跟上去?"没有得到邓原的命令,大兵有些着急。别说他了,其他的便衣们也追切地等待指令,神经都绷得紧紧的。

"等一下,让我想想,这个非常关键。"邓原快速地思考了起来。杨波为什么会犹豫呢?无论是对荣静的愧疚思念之情,还是对肖亮的憎恨之意,哪一个出现他都应该马上奔过去。这个时间差?难道是……

邓原想到了一个合理的解释,那就是荣静和肖亮是同时出现的,或者说,杨波同时听出了两个人的存在。从荣静与肖亮的关系上讲,这两个人即使是同时出现也绝不会是在同一个位置,否则现在的广场上一定已经鸡飞狗跳了。那么,这两个人的出现不是一前一后,就是一左一右,杨波的犹豫就是要辨别出两个人的具体方位,从而确定他下一步应做出的反应。

于是,邓原也面临着同样的问题,选择。他必须在极短的时间内判断出杨波会做出怎样的选择。他会是选择与荣静叙旧?还是会选择与肖亮一搏?留给邓原的时间不多了,容不得他去慢慢考量,猜想是否对错也就是它了:"所有人注意,杨波可能是冲着肖亮去的，大兵保持远距离跟踪，随时注意杨波的左右前方，不到万不得已不采取任何行动，只是观察。胡子从外围绕过去协助大兵。其他人，全部从广场外围绕道包抄合拢杨波，根据掌握的相貌找到肖亮。我只强调一点，所有人高度提高警惕，一旦发现异常，立刻做出相应举措，不用汇报，我只要求你们随机应变。马上行动。"

最后时刻，邓原几乎是交权了。他非常地清楚，在这种现场抓捕的行动中，所有事情都是瞬息万变，无法完全掌控。就算设想出能想到的所有可能，也绝对会有意想不到的事情发生，与其下达死命令让大家束手束脚，导致抓捕失败，不如让所有人根据现场情况临场发挥，也许会有更好的收获。

邓原做出杨波选择肖亮的猜测是有一定道理的。所有人都知道杨波此次前来的目的是为了荣静，荣静一出现杨波就有所行动的设想并没有错。但杨波不同于常人，他是有着多年刑警经验的老手。对于这个老手来说，保护荣静的最好方法就是让其不会成为目标人物，这种化险为夷的办法就是突出肖亮。如果，杨波前去的目标是荣静，那么荣静就等于是暴露了，先不说警方人员，至少肖亮会想方设法致荣静于死地。可如果杨波选择的是肖亮呢？肖亮在被成为目标人物的同时要对付杨波，就无暇顾及荣静，那么，荣静就可以趁乱逃之夭夭，或者利用杨波的帮助杀肖亮报仇。

这些也只是邓原单方面的判断，最终会不会如他所想还不得而知。他只能做好另一手准备，就是安排大兵和胡子做最后的防捕，不管有没有突发事情发生，盯住杨波准错不了。

杨波紧闭双眼一步步向目标人物靠近，他每迈出一步都在想对方会做出怎样的反应。他相信对方不会老老实实地等着自己到来，一定会有举动。

"啊——"人群当中突然传来一声惊呼！

杨波下意识地停住了脚步，仔细分辨惊叫声的方向，正与他前去的目标方位一致。是谁在喊叫？发生了什么？

还来不及向旁人开口询问，杨波又听到惊呼声相继传来："哎呀，我流血了！"

"啊！杀人了！"

"怎么回事啊？谁干的？"

……

杨波睁开了眼睛，前面的人群中一片骚乱。惊呼的、哭喊的，还有怒骂声混合在一起，更有一些人痛苦地捂着身体的某个部位，有红色的液体从那里流出来。

第二十章 抓捕

整个人群都乱成一锅粥了，你推我，我推你，完全没有了之前的轻松愉悦，大家都陷入了惊恐之中，把每一个靠近自己的人都视作为敌人，就像一群受惊而脱缰的野马一样，毫无目的地四处乱跑……

杨波震怒了，他怎么也没有想到肖亮会用无辜的群众来做挡箭牌。为了不让更多的人受到伤害，他冲着人群怒喝道："肖亮，有种你冲我来，不要伤害无辜的人。"

没有肖亮的回应，充斥在耳边的还是各种惊叫声。杨波试图在人群中寻找肖亮，乱窜的人们总是干扰他的视线。好不容易隐约看到人群中一个男人的行为和举动有些异常，但转瞬间又被其他的重重身影掩埋了。杨波仔细回想刚刚看到的那个男人，似乎正转向左侧寻找着什么。不好，静儿有危险！

"姓肖的，我在这里呢，你冲我来啊！"杨波不再犹豫，边喊边快速向人群中跑去。肖亮的最终目标果然是静儿，他到广场中来一定是猜到了静儿也会来找自己，而静儿肯定也不会放过这个机会。仇人相见，分外眼红，他希望自己的吼叫和奔跑能够吸引住肖亮，静儿千万不要受到什么伤害。

同样快速奔跑的还有邓原，以及广场上的便衣们。惊叫声一响起，邓原就知道广场上发生了什么事，他第一时间让曾秀马上通知所在区所有警力前来援助受伤群众，随后立刻命令所有参与抓捕人员，不惜一切代价一定要把肖亮拿下。

便衣刑警们接到命令，火速由广场外围向里合围，范围缩小再缩小。很快，他们就包围了肖亮。

此时的肖亮就像一个疯子一样，握着刀子的右手还在挥舞着，而他的左手则捂着胸口的位置。看着慢慢围上来的人，他已经明白等待着自己的将会是什么，索性一屁股坐在了地上。

后面就非常简单了，便衣们把肖亮铐上就开始陆续安抚受伤的群众，其中一个也赶紧向邓原汇报了情况。邓原气喘吁吁地赶到的时候，慌乱的局面已经基本上控制住了，他看了一眼坐在地上的肖亮，问向战友："还有一个呢？杨波他们呢？"

"我们来的时候就他一个。他身上有刀伤，胸前一刀，后背还有一刀，应该是荣静伤的他。我们没有看到杨波，胡子和大兵我们也没有看到。"

"什么？"邓原马上通过电波联系曾秀，"马上定位杨波他们的位置。"

"我找不到杨波的信号，不会是被他发现了把跟踪器扔了吧？"曾秀在电子制备上快速搜索着，没一会儿她又皱眉说道，"咦？怎么大兵的我也找不到？"

邓原一下子火了，吼道："我不是让你盯紧了吗？"

"邓队你别急，我再想想办法。"曾秀慌了，她刚刚一直联系本区的警力，确实忽略了这个，好在她马上弥补了，"我找到胡子了。"

根据曾秀搜索的结果，胡子在广场南边一家小型批发市场前，确切地说他正在往批发市场移动。邓原一眼望去，有一段距离，从方位上讲，广场上发生群击事件的地点，再到那里是一条好的逃脱路线。胡子是派去支援大兵的，追到那里……难道杨波真像自己想的那样去帮助荣静逃走？怎么大兵一点儿消息都没传来？开始，他还听到杨波的吼叫，可后来一点儿声音都没有了，除了惊叫吵闹声。他以为是当时场面混乱，导致他们都来不及说话，现在想想，大兵不会是出什么事了吧？邓原隐隐有一种不好的预感。

考虑到那边的情况还不明，而这边由于受伤群众太多也需要人手，邓原只叫了一名便衣陪同，其他人全都留守广场做善后工作。

找到批发市场前，邓原吓了一跳。大兵半靠在胡子的身上，一只手捂着喉部，借着路灯能看到他的白衬衫上好多血，而胡子的表情已经悲伤到了极点。那一刻，邓原真的在心里祈祷大兵千万别出什么事。

赶忙奔过去，大兵看到邓原似乎有话要说，被胡子抢了先："我追来的时候他就已经这样了，我还没来得及查看他的伤情，我也不敢移动他。"

"为什么不马上通知我们？找不到你们，知道我们有多着急吗？"邓原的脸色很不好，他在担心大兵。

"我的通信器被人群挤掉，踩坏了，我说话你们也听不到。"

邓原还想再责骂胡子几句，看到大兵向自己伸出了手，赶忙上前蹲下："到底发生了什么，你怎么跑到这里来了？杨波呢？他到哪里去了？"

"杨波疯了似的冲进人群，没办法，我也只好冲了进去。他到处找肖亮，跟许多人发生身体碰撞。我近身去保护他，他反倒转身扯下我的通信器，还有藏在他身上的，原来他早就知道了。等我们在人群中找到肖亮时，荣静早已跟肖亮交过手了。我不知道他们之间到底发生了什么，发现他们的时候咱们的人已经围过来了。杨波急于掩护荣静逃离，我不同意，杨波就跟我争执了几下。荣静更是回手给了我的脖子一刀。我当时顾不上自己的伤势，捂着伤口一路追到这里来。看到他们进了市场，我就……我就再也没有力气追了。"大兵说到最后，喘了又喘。

还能说话，说明大兵的喉部伤势不是很重，邓原松了口气："来，让我看看你的伤。"

第二十章 抓捕

大兵摇了摇手,慢慢地说:"我没事,只是划破了皮,身子太虚弱罢了,荣静对我手下留情了。"

尽管如此,邓原还是掰开大兵捂住伤口的手,果然,并没有伤到要害。只是皮肉上下翻开着,触目惊心,尤其是都能看到里面的喉管。如果,荣静这一刀哪怕再稍稍往里 0.1 毫米,大兵就牺牲了。想想都后怕,邓原马上通知曾秀:"叫救护车来,大兵受伤了。"

"不要管我了,快去里面找荣静。她受了重伤,我恐怕她坚持不了多久了。"大兵用手指了指批发市场里面。

叮嘱胡子照看好大兵后,邓原和便衣就朝批发市场奔去。

批发市场的大门被破坏了,灯火通明。邓原想这一定是杨波的杰作,他们没有逃远而是选择来这里,看来正如大兵所说,荣静的伤很重,需要紧急救护。越往里走看到的景象越狼狈,一些小商品洒落了一地,而地上的血迹随着步伐的推进也越来越多,这更加证明了荣静的生命已危在旦夕。

邓原还是不敢怠慢,重伤中荣静可以忽略不计,但还有杨波在。杨波为了帮荣静逃走不惜触犯法律帮助在逃犯,更致受伤中的大兵于不顾,谁敢保证杨波不会为了心爱女人的生命垂危而不做任何蠢事?于是,邓原和随从便衣都提高了警惕,慢慢向里面行进。

顺着越来越多的血迹,直到一条商铺通道的拐角前邓原停住了脚步,直觉告诉他杨波和荣静应该就在拐角的另一边。朝便衣使了个眼色,邓原的本意是让便衣从另外一边绕过去看看情况,像这种批发市场的通道都是相通的,不会有死角,但不知便衣是理解错误还是真够大胆,点了下头后猛地就蹿到了拐角处并做出了防范动作,随后又叫道:"快来看。"

还好没有意外发生,邓原赶紧走了过去,一眼就看到杨波倒在地上,身旁还趴着一名女性。由于女人脸朝下,看不清模样,不过应该就是荣静,因为她的身上全是血。邓原马上吩咐便衣道:"快,去外面叫人来。"

便衣跑出去了,邓原先蹲下看了看杨波,发现他并没有事,只是被打晕了。又去看荣静时,他差点儿没一屁股坐地上。荣静的那张脸太惨不忍睹了,没有了皮肤,完全就是一张肉脸,暗红色的肉脸,甚至连脖子那里也是。这种情况下,不管你做没做好思想准备,都无法接受。邓原不忍心再去看荣静的脸,查看她身上伤口的时候看到她的手里抓着一副面具。邓原猜想,这张面具应该就是荣静那失而复得的脸。他刚想去碰面具,荣静的身子微微动了一下,并有微弱的声音

375

发出。

原来荣静还活着,太好了,邓原赶忙扶起她道:"荣静,坚持住,救护车马上来。"

"没用了。"荣静的声音如同蚊子叫。

为了能听清楚,邓原俯身把耳朵贴了过去:"坚持住,杨波是不会希望你这样的,为了他你也要坚持住!"

"他?"荣静想笑,可一点儿都笑不出来,"已经没有这个必要了。"

邓原一愣,荣静为何表现得如此失望?对了,杨波为什么会被打晕?这里只有他们两个人,显然是荣静干的。为什么要打晕杨波呢?他们之间发生了什么?

"你那个同事……对不起,我只是想跟杨波单独见一面,但他……"荣静话没说完,几乎是气若游丝。

"他没事,我知道你没想要他命。"

"你想知道的答案都在脸上……"荣静的说话声越来越小。

"坚持住,你不要再说话了。"

"我想我的父母了,我要去……见……见他们。"荣静的身子一软,没了呼吸。

结局

　　善后工作很烦琐，肖亮在广场人群中制造的迫害惊动了全市，媒体更是抓住这个绝好的机会，报道宣扬了一番。好在结果还算是说得过去，就A市系列剥皮案来说，最后两名凶手，一死一伤。伤者肖亮已经供认是他诱骗并残害了杨丽丽，所有的细节都与案情对得上号，案件终于可以圆满地画上句号了。

　　一连几天，市局大楼里的灯火彻夜通明，所有人都忙得不可开交，疲惫的同时他们又都是兴奋的，因为他们看到了胜利的曙光。检验取证、一连串的审讯、核对案情细节，等等，不厌其烦地一遍又一遍筛对。要知道，对于这种重大恶性的系列案来说，被害人数众多，涉案人员也含有集团性质的，就必须做到一一核实，容不得一丁点儿的马虎。这种细致入微的工作着实折磨人，压得每一个人都几乎透不过气来。尽管如此，在大家的共同努力下，在经历了复杂的司法程序后，所有人都得到了一个满意的答复。受害者们得到了应有的安息，而行凶者们，朱永义、杜宏集团以及肖亮一个个地都受到了应有的法律严惩。就连孟君也没能逃脱，隐瞒真相、知情不报甚至从侧面帮助朱永义，这些足以让她在牢房中好好反省几年。

　　对于冯才，30年前的剥皮案，真凶早已死去，对于一个没有立案的案子来说，再去追究冯才的顶罪之罪已经没有了意义。更何况这30年来冯才过得很不好，已经得到了他替人顶罪的惩罚。

　　就在市局全体上下欢呼一片、论功行赏的时候，邓原却一点儿也高兴不起来。系列剥皮案是圆满了，但他的心里还有一件事圆满不了，跟杨波有关。邓原一直在等杨波主动来找自己，他有事情要向杨波交代，也有疑问需要杨波解答。可杨波似乎把他忘了，或者说杨波是有意在躲着他。

邓原采取了主动，他把杨波约了出来。就算杨波心里再不愿意，也必须出来，因为他手里有杨波想知道的东西。

清静优雅的茶室包间里，邓原扫了眼玻璃窗外美丽的街景后，就继续摆弄茶桌上的手提电脑。电脑里装载着一段视频文件，这是荣静最后留给邓原的。"你想知道的答案都在脸上。"于是，邓原在荣静临死时手里拿着的人皮面具里找到了这段视频。

视频的内容邓原已经看过好几遍了。他始终在想一个问题，杨波知道了8年前龙宜县服装厂火灾的真相后，会有怎样的反应？

包间的门被推开，茶室的服务员指引着杨波走了进来。

邓原有些吃惊，杨波的眼部又缠上了厚厚的纱布，他不是已经复明了吗？

服务员把杨波搀扶到邓原对面的椅子上，职业性地微笑了一下就自觉离开了。门被关上的一刻，邓原关切地看向杨波："你的眼睛？"

"直奔主题吧。"杨波很冷淡。

邓原本想让杨波看视频，现在看来是不用了，他点开文件："听听吧。"

视频文件是假荣静被杀前与荣静的对话，没有剥皮行凶的记载，只有事实真相的叙述：

8年前服装厂的火灾是一起有预谋且意外的事故，火灾是荣静父母一手策划的。服装厂经营到最后濒临倒闭，为了挽救厂子和能给员工发出工资，荣静的父母打起了保险的主意，说白了就是骗保。荣静父母在利用库房线路老化问题来制造火灾的时候，突然杀出来一个程咬金，这个人就是肖亮的妹妹肖芳，也就是后来的假荣静。荣静父母在逃离火灾时因肖芳故意堵住了退路双双被烧死，而肖芳也因火势太猛没能全身逃离，脸部被轻微烧伤了。

说起来，肖家兄妹与荣家早期有一些恩怨。肖亮和肖芳的父亲曾经是服装厂的司机，负责进布匹和运送货物，每次开车外出都是两天后回来，肖母则在家里看养两个不大的孩子。可以说肖父是肖家唯一的精神支柱和物质支柱，但一次车祸事故让这个支柱没能再回来。车祸是因为肖父为了早些回家见妻儿，疲劳驾驶导致坠崖，货物被毁，人也当场死亡。支柱没了，肖母就找到了荣家，她认为肖父是为服装厂送货途中出的车祸，服装厂也有一定的责任，荣家应该给予经济补偿。然而，荣家却认为车祸的原因是肖父自己造成的，与服装厂并无关系，货物被毁影响了生意，没找他们赔偿就应该知足了。双方因此闹得很不愉快，肖母更为此以及生活上的困难抑郁而亡。

事实上，荣家还是给予了补偿，尤其在肖母死后，他们承诺照顾两个孩子，也做到了。可在两个孩子看来，父母的死是因荣家，特别是年长一些的肖亮根本无法接受这些。他跑了出去，宁愿要饭也拒绝在他认为是施舍般的补偿。肖芳虽然年纪小，但对荣家也有敌意。随着年龄增长，她看到荣静总是比自己幸福快乐，就像一个公主一样。她总是偷偷地观察荣静，知道荣静的所有事。忌妒之心让她的心灵多少有些扭曲，经常跑到服装厂去偷些东西来卖。这也是为什么荣静父母计划骗保的事情肖芳会知道，她当时就在服装厂里。

对于肖荣两家的恩怨，当时很小的荣静并不知情，后来也没有人来告诉她，但她知道父母计划骗保的事。火灾发生那天，她就在家里等着父母安全地回来，最终等来的却是噩耗。她不知道是什么原因使得父母"失手"的，她不敢找警方去展开细致调查，只能接受因线路老化的火灾原因。

荣静因父母双亡受了不小的打击，她把自己关在家里，拒绝任何亲友以及校方的看望。有人找到家里想安慰她时，她甚至装作没在家，就在家里等着门外之人失望而去。直到有一天，门缝里塞进来一张纸条，她才急急地踏出了家门。

塞纸条的正是肖亮，他用火灾实情来引诱荣静出来，目的就是为了拯救妹妹那烧伤了的脸。被蒙在鼓里的荣静惨遭剥皮后也不敢去报警，一旦警方介入，父母的骗保就会被查出来，她不想让父母用生命付出的代价付诸东流。她只得强压着怒火，走上漫漫复仇之路。

至此，所有谜团都已真相大白。邓原希望杨波在知道了这个答案后能接受现实，可杨波一点儿反应都没有，他就呆呆地坐在对面，不说也不动。邓原甚至怀疑杨波到底有没有仔细听这段视频。邓原合上了电脑："杨波，我知道你现在心里肯定不好受，我们好好聊聊吧。"

"没什么好聊的。"杨波简单地拒绝了邓原。

邓原直皱眉："那你的眼睛是怎么回事？你是能看到的，我知道荣静的死对你的打击非常大，但人死不能复活，你还要继续生活下去，你这个样子怎么行呢？"

"我觉得我还是比较适合黑暗，就这样吧。"

邓原有些不爽，于是直接问道："那晚在批发市场里，荣静为什么要把你打晕？"

"这个是私事，与案情无关。"

邓原真生气了："你在帮助一个与案情有关的凶手逃跑，这是与案情无关吗？

你虽然没有穿着警服,可你是个警察,知法犯法。"

"你是要追究我刑事责任吗?随便你吧。"

"你……"邓原一时被气得说不出话来。他不会这样对杨波,可他也不知道这场谈话该如何继续下去。

"我就是个没用的瞎子,放弃我吧。"杨波说完扔下张口结舌的邓原,起身慢慢走出了茶室包间。

杨波漫无目的地在街上瞎走。他知道自己这样对不起邓原,但他实在没脸告诉邓原,被静儿打晕是因为他不敢看静儿的脸,甚至可以说是他自己害死了心爱的静儿。

当杨波急于给荣静救护的时候,荣静没有接受。她只是想在有限的时间里让杨波好看看她,看清她的真面目。她想知道杨波到底爱的是她的人,还是那副漂亮的皮囊。于是,荣静主动摘下重新夺回的"脸",在心里期待着杨波给出的答案。

答案是令荣静极其失望的,在摘下面具的那一刻,杨波瞬间闭上了眼睛。他也不知道为什么当时自己会做出那样的举动,他听到了静儿的叹息声,他听到静儿一步步向自己面前走来,他知道静儿是在给自己最后一次机会,可眼皮就像是被缝上了一样,怎么也睁不开。他想跟静儿解释清楚,还没来得及开口,头部就重重地挨了一击,失去了知觉。

杨波永远都无法原谅自己,如果当时自己能够睁开双眼看静儿一眼,也许静儿现在还活着。是自己这个口口声声说爱她的男人,让她绝望地放弃了最后的救护机会,是自己害得静儿带着遗憾离开了人世。

杨波就这么一直地走着,他不知道自己以后会怎样,也不知道应该去怎样生活。现在的他就像一个没有知觉、没有意识的死人,用他自己的方式苟延残喘于世,直到生命的终结。